Franz Wauschkuhn
Max & Consorten

Franz Wauschkuhn

MAX & CONSORTEN

Roman

Osburg Verlag

Erste Auflage 2019

www.osburgverlag.de

Lektorat: Clemens Brunn, Hirschberg
Satz: Hans-Jürgen Paasch, Oeste
Druck und Bindung: CPI books GmbH, Leck
Printed in Germany
ISBN 978-3-95510-181-7

Ähnlichkeiten mit lebenden Personen
sind rein zufällig und nicht beabsichtigt.

Prolog

»Lass uns hierbleiben.« Anne verschwand im Badezimmer. Nackt reichten der 35-Jährigen die weißblonden Haare bis zum Po. Es hatte ihr noch nie an Selbstbewusstsein gefehlt, schon als Kind. Das Wasser der Dusche klatschte auf die Kacheln. »Du … Es gibt so viel – viel zu viel, wovon ich nichts weiß«, rief sie. Max schwieg. Was wusste er denn? Wusste er wirklich?

Es war sein Wunsch gewesen, ihr die Stadt zu zeigen: sein Amsterdam. Man hatte ihm im *Hotel Amstel* wieder Zimmer 312 gegeben. Seit jeher faszinierte ihn der Blick über den Fluss auf das Gouden Eeuw – vergangenes Goldenes Zeitalter, längst gefolgt von einer blutigen eisernen Zeit. Und jetzt, nach allem, war er so froh, hier mit ihr zu sein.

Anne schmiegte sich an ihn. Der aufkommende Sturm über dem Ijsselmeer riss den wolkenverhangenen Himmel auf. Je länger sich helle Lücken auftaten, desto klarer schien alles wieder an Kontur zu gewinnen. Kindheit. Liebe. Stürme.

»Ich bin so neugierig. Ich muss alles wissen. Alles. Erzähl weiter«, sagte Anne und kitzelte ihn. Sie lachten und liebten sich.

»Dass uns der Wind wieder zusammengeweht hat«, sagte Max. »Unfassbar.« Und blickte aus dem Fenster hinaus. Als sie geboren wurden, war der große Sturm gerade vorüber gewesen. Am 8. Mai 1945 war der Krieg der Panzer, Bomben und Granaten, also der normale Irrsinn des 20. Jahrhunderts, beendet. Aber war deshalb Ruhe eingekehrt?

Anne war seinem Blick gefolgt. »Komm ins Bett. Lass die Wolken dunkle Wolken sein.«

»Du wolltest doch, dass ich dir erzähle«, entgegnete er.

»Aber jetzt sind sie doch längst weg«, begriff sie. »Die dunklen Wolken.«

»Sie sind niemals ganz weg. Dieser andere Krieg, der in der Gesellschaft, ist immer weitergegangen. Mindestens bis zum 20. Dezember 1963, als die Henker von Auschwitz in Frankfurt ihre Richter fanden. Mindestens.«

Anne starrte zum Fenster hinaus. »Geißel der Menschheit sind weder Hunger noch Krebs, sondern Glaubenseiferer und fanatische Ideologen.«

Max grinste. »Du meinst: die Dummheit.«

»Du blöder, alter Ironese«, drohte sie, lachte, schlug ihm ihr Kopfkissen mehrmals um die Ohren und setzte sich auf ihn.

Tag und Nacht flossen dahin. An jenem Nachmittag in Amsterdam, unter stürmisch wolkenverhangenem Himmel, wurde ihre Tochter gezeugt.

1. Von Schweinen und Menschen

Dürft' ich einmal sehen
Dein heimliches Walten
Und dann verstehen.
So hebe Du auch mich
vom Staube zu Dir auf,
nur einen Augenblick
zu sehen, wie Du lenkest
aller Welten Lauf,
die Ursache zu sehen
der Dinge sonder Zahl,
Die wunderlich geschehen.
Carl von Linné, Uppsala 1765

Adolf war kein Eber, sondern eine Sau – wie Eva. Aber so hießen die Schweine. Keiner störte sich daran. Die beiden rosigen Säue hausten in zweiter Generation in der Garage. »Kaffeemühlen« nannte man die quadratischen Backsteinhäuser, die während der 1920er Jahre solide für kleineres Geld errichtet worden waren. Obgleich das Haus von Werner und Lydia Lück nach außen Ruhe und Gediegenheit ausströmte, war es innen tagsüber von Kinderlärm, von unentwegtem Auf und Ab auf den Holztreppen erfüllt. Es gab nur drei Ruhepole: ein Herren- und ein Damenzimmer, in das sich Erwachsene und etwaiger Besuch flüchteten, und das Schlafzimmer der Eltern.

Der breitwangigen Köchin Rosi oblag die Kindererziehung, weil die Kindermädchen regelmäßig nach sechs Monaten kündigten. Köchin und Kindermädchen verfügten über winzige Verschläge unter dem blauen Spitzdach. Die waren Tabuzone.

Irgendwie gehörte auch Max Coehn zum lebenden Inventar. »Mäxchen, hier weiß ich dich in bester Obhut«, sagte seine Mutter Babette, die häufig verreiste. Auf ein Kind mehr oder minder kam es bei Lücks nicht an. Max schlief einige Tage – manchmal wurden es mehrere Wochen – im Zimmer der Zwillinge Henning und Rolf auf einer Wolldecke. Die wurde abends auf dem Fußboden ausgebreitet. Im Sommer 1950, als Max fünf geworden war, hatte ihn Dr. Lück aus dem Garten auf die Veranda gerufen und ihm mit seinen fleischigen Fingern das Stethoskop auf Brust und Rücken gesetzt. Er war Lungenfacharzt. Dann hatte er dem Jungen einen Klaps auf den Po versetzt: »Schieb ab, Mäxchen. Alles in Butter.«

Lydia und Babette, die selbst in schlimmster Zeit Kontakt gehalten hatten, waren sich 1928 zum Ball des Studenten-Corps Borussia in Berlin-Mitte begegnet. Die zarte, mit ihren dunklen Augenringen anämisch ausschauende, doch stets elegant auftretende Lydia hatte sich dort in den grobschlächtigen Mediziner aus Ostholstein verliebt, ihn gegen den Willen ihres Vaters, eines erfolgsverwöhnten Berliner Bauunternehmers, geheiratet und nach und nach acht Kinder zur Welt gebracht. »Es gibt Dinge zwischen Himmel und Erde, die wird man nie verstehen«, wunderte sich ihre Freundin Babette ein ums andere Mal, wenn sie die weiße, hölzerne Gartentür schloss.

Die Hungerjahre des Ersten Weltkriegs hatten sich Werner Lück ins Gedächtnis gebrannt. Deshalb hatte er im Herbst 1939 unten in der Garage einen Schweinekoben gezimmert: Küchenabfälle, alte Pflaumen, Äpfel, Eicheln und Kastanien gibt's genug. Zwei Schweine lassen sich davon mästen. Sein

DKW-Dreitakter werde ohnehin nicht geklaut. »Benzin ist rationiert. Das kriegt man nur mit Vitamin B.« Lydia hatte ihm nicht widersprochen – das tat sie so gut wie nie –, war in ihr Damenzimmer entschwunden und hatte auf dem Zeichenblock Kostüme entworfen – im Stil von Coco Chanel. Sie hatte den Studiengang Modezeichnen zum Sommersemester 1927 an der Kunsthochschule Berlin begonnen, aber nicht beendet.

Adolf und Eva grunzten und quiekten im Koben so laut, dass sie selbst in den Kinderzimmern des ersten Stocks zu hören waren. Max fand, es seien die lustigsten Schweine der Welt. Öffnete man die Garagentür einen Spalt, grunzten sie freudig Begrüßung, stellten ihre spitzen Ohren auf und blinzelten die Kinder mit ihren wachen blauen Augen erwartungsvoll an. Henning und Rolf, die Zwillinge unter den acht Geschwistern Lück, wedelten häufig die Garagentür hin und her, womit sie Quiekorgien provozierten. Passanten drohten mit dem Zeigefinger.

»Ihr müsst Adolf und Eva in Ruhe lassen, sonst werden sie nie Speck ansetzen«, mahnte die Köchin. »Außerdem kriegen sie Angst vor Willy.« Das war der schwarz-weiße Hirtenhund der Familie, der nie gebürstet wurde. Den Zwillingen zottelte er wie ein Schatten hinterdrein. Als Schweinetrog diente eine verbeulte Kinderwanne aus Zink. Ständig leckte braune Brühe heraus. Eklig fanden das nur die Mädchen. Die Jungen schauten fasziniert zu, wenn Adolf und Eva schmatzend modrige Äpfel, Suppenreste aus der Küche oder Unmengen wässriger Kartoffelschale fraßen.

Auch die Familien der Nachbarschaft aßen immerzu Kartoffeln: Kartoffeln mit Quark, mit Salz, mit Erbsen, mit Tomaten. Bratkartoffeln mit Hering gab es ausnahmslos in den Familien, die im Altonaer Fischereihafen und am Fischmarkt zu tun hatten. Sie galten als privilegiert. Kartoffeln wurden im Garten gezogen, auf Flächen, die vordem als Zierrasen oder Rosenbeet gedient hatten, oder wurden bei Verwandten organisiert. Babette Coehn hielt stets zwei Netze in petto. Hatte sie jemandem ihr Bohnerwachs angedreht und im Flur oder einer Kellerecke eine Kartoffelhorde erspäht, fragte sie: »Ach, sagen Sie, was für eine Sorte? Bintje? Ackersegen? Dürfen wir mal probieren?« Ohne das Ja der Hausfrau abzuwarten, hatte sie blitzschnell ihr Netz gefüllt. Sie sagte: »Seien Sie herzlich bedankt.« Weg war sie.

Ihre eigene Kartoffelhorde war ab März so gut wie leer. Die restlichen Kartoffeln, der eiserne Bestand, fingen unerbittlich an zu keimen. »Ihr Männer könnt Kartoffeln putzen«, sagte Babette zu ihren drei minderjährigen Söhnen. Zuunterst fanden sich wässrige, faulig süßlichen Gestank ausdünstende Kartoffeln, die sofort durchs Kellerfenster in den Garten flogen, wo die Hühner sie auspickten.

»Wenn wir nicht ewig Ratten hätten, hätten wir keine angefressenen Kartoffeln«, schimpfte Babette. Sie bestand darauf, dass ihre Söhne sie Mama nannten: »Mutti klingt abscheulich.«

Die Ratten kamen durchs Küchensiel. Dessen gusseiserne Abdeckung fehlte. Es gab Tage, da sprangen sie aus der Klosettschüssel ins Haus, auch die war früher mit einem Deckel versehen gewesen. Es ist unmöglich, Ratten im Lauf zu erschlagen. Achim und Peter, die älteren Brüder von Max, hatten es ein ums andere Mal versucht. Seither herrschte brüderliche Arbeitsteilung: Hörten sie unter der Kartoffelhorde Ratten nagen, nahm Mäxchen einen Weidenstock, legte sich bäuchlings auf die kalten Bodenfliesen und schlug mit einer dünnen Rute wie wild unter der Horde hin und her.

Anfangs drückte sich die Ratte in die Ecke, dann stieß sie einen kreischenden Laut aus und sprang zum Angriff der Rute entgegen. Darauf musste Max gefasst sein, rasend schnell wieder und wieder nach ihr schlagen. In ihrer Panik stieß die Ratte unter der Horde hervor. Aber da ereilte sie das umgekehrte Ende des Holzschrubbers, mit dem Achim oder Peter gelauert hatten. Die berstenden Knochen knirschten. Mit einem Eimer Wasser wurde das Rattenblut ins Küchensiel geschwemmt. »Das ärgert die anderen Ratten«, wusste Peter.

»Ihr kriegt die Pest, wenn ihr sie anfasst«, hatte Babette gesagt. Aber Mäxchen strich mit dem Zeigefinger jeder Ratte zwischen den Ohren, sobald sie vor ihm lag. Das musste er.

Im Winter warfen die Jungen jeden Kadaver mit der Kehrschaufel in den Ofen. Es roch noch lange. Im Sommer steckten sie die Kadaver in den Mülleimer. Manchen Leuten passierte unversehens das Malheur, vor ihrer Haustür in eine tote Ratte zu treten. Dies Missgeschick ereilte allerdings nur Mitmenschen, die Babette kein Bohnerwachs abkauften. »Bohnerwachs – von 'ner Jiddn!«

Die Zwillinge hatten die Idee: »Wenn Schweine alles fressen, fressen sie auch tote Ratten.« Unglücklicherweise hatte Max an jenem Sommertag nur eine einzige parat. »Wir brauchen aber zwei. Eine für Adolf, die andere für Eva.« So strichen drei Tage dahin, bis die Brüder Coehn die zweite Ratte morgens kurz vor sieben, noch vor dem Gang zur Schule, erlegten. Babette schüttete den Haferbrei gerade aus dem Aluminiumtopf in die Teller, da hatte Max die Ratte zwischen seinem Stuhl und dem Bein des Küchentischs entdeckt. Sie war fett, blickte doof zu ihm hoch und bewegte sich erstaunlich behäbig. Ein leichtes Opfer. Peter schlug von hinten mit dem Schrubber zu. Kein Pieps war zu hören. »Die war trächtig«, sagte Peter, studierte eine Ewigkeit die blutigen Eingeweide und warf sie schließlich durchs geöffnete Souterrainfenster. »Die Katzen freuen sich.« Babette und Achim ließen ihre Teller stehen. Der Haferbrei erkaltete zu Fladen.

Als die Zwillinge und Max die rechte Garagentür öffneten, grunzten die Schweine gut gelaunt. Henning und Rolf ahmten das Grunzen nach und traten vor die Bretter des Kobens. Alles geschah nun blitzschnell: Auf die Schnuten von Adolf und Eva plumpsten die Rattenkadaver. Die Schweine stießen Angstschreie aus und warfen sich panisch gegen die Kobenwand. Die unteren Bretter barsten. Im Nu waren Adolf und Eva auf der Straße.

Die Jungen liefen hinterdrein. Doch das Angstgeschrei der Schweine wurde nur lauter. Sie galoppierten davon, hielten witternd inne und trappelten dann gemächlich werdend von der Anhöhe der Dürerstraße zum S-Bahnhof Othmarschen hinab. »Adolf, Eva«, riefen die Jungen. Ab und an schielte die Sonne zwischen den Wolken hervor. Die Schweine spitzten zwar die Ohren, aber keines schien gehorchen zu wollen. Gehört aber hatten die Kinder in den umliegenden Gärten.

Als die Säue die Bahnunterführung querten und sich daranmachten, die kleine Wiese am Statthalterplatz umzuwühlen, waren es mehr als zwanzig Jungen und Mädchen. Die lachten und schwatzten, während es Henning, Rolf und Max mulmig zumute wurde. »Einkesseln müssen wir sie«, schrie Rolf. Doch das war mit Adolf und Eva nicht zu machen. Sie hoben drohend Kopf und Rüssel, schnauften und liefen stracks auf ein Mädchen mit rotem Pony-Haarschnitt zu. Die Kleine wich entsetzt zurück. Die Säue besannen sich.

Morgens und nachmittags war der Statthalterplatz voller tarnfarbener Tommy-Laster, die Hunderte britischer Besatzungssoldaten vom Feldflugplatz an der Wilhelmshöhe zur S-Bahn brachten. Noch im März 1945 waren dort Abfangjäger der Luftwaffe gestartet. Doch just als die beiden Schweine nun mehreren Hauseingängen ihre Aufwartung machten, waren weder plattschnäuzige Armeelaster noch Privatautos zu sehen. Die Kinder johlten: »Adolf, Eva, Adolf, Eva.« Alte Damen öffneten erbost die Fenster und drohten mit der Polizei. Kein Kind scherte sich darum. Stattdessen versuchten sie, die Schweine am Schwanz zu packen. Die wichen jedoch geschickt aus, tänzelten hin und her, um in einiger Entfernung plötzlich erneut wie angewurzelt stehen zu bleiben. Bis endlich Willy auftauchte. Nie haben ihn die Zwillinge und Max mehr geliebt als damals. Nach Art der Hirtenhunde begann er die Säue zu umkreisen, bellte sie mehrfach mit dem gelassenen Ernst eines Oberlehrers an und trieb sie souverän zurück in die Garage. Der Hund verstellte ihnen weitere Exkursionen.

»Hätten wir Deutschen doch so einen Willy gehabt«, sinnierte die Köchin. Henning und Rolf mussten ihren Eltern haarklein beichten. Sie schrien erbärmlich unterm Rohrstock. Zwei Tage lang konnten sie weder auf einem Stuhl noch auf der Schulbank sitzen. Ihr Vater berichtete beim Abendbrot vom Anruf eines Unbekannten, der gedroht hatte: »Wer den Namen des Führers und der hohen Frau versaut, gehört ins KZ.« Werner Lück hatte ihm lakonisch geantwortet: »Was das Schwein verbrochen hat, müssen die Ferkel büßen.« Das verschwieg er aber, als er die Kinder ermahnte: »Macht das nie, nie wieder! Ich brauch für unsere Praxis Privatpatienten, also Raucher. Also auch Nazis.«

»Wer hat angerufen?«, fragte Heidi beim Abendbrot. Ihre mongoloiden Augen wanderten vom Vater zur Mutter. Sie war im Juli 1943 geboren, pünktlich zur Operation Gomorrha, dem ersten Großangriff der Royal Air Force auf Hamburg. »Heidi hat einen Geburtsschock erlitten, weil es so fürchterlich gerumst hat und die Häuser plötzlich alle schaukelten. Deshalb ist sie nicht so wie ihr«, hieß es. Ihre Geschwister akzeptierten Heidi. Ja, sie hatten sie besonders gern. Heidi verstand Situationskomik und lachte so glucksend, dass sie alle damit ansteckte. Dann lachten plötzlich alle Geschwister. »Seid ihr meschugge?«, stöhnte die Köchin.

Als Babette von der Schweineoper erfuhr, rief sie Max und knallte ihm eine Ohrfeige: »Du sollst keine Ratte anfassen, schon gar nicht in der Hosentasche rumschleppen.« Abends neigte sie sich über sein Kopfkissen und flüsterte in sein schmerzendes Ohr: »Ich hab so gelacht, kleiner Mann. Mach weiter.« Er schlief glücklich ein.

2. Kinder, Kinder …

Dicker legte den Tippeltoppel über die Ritze zwischen Fußweg und Kantstein. Alle Kinder schauten gespannt. Der Tippeltoppel, also ein knapp zwanzig Zentimeter kurzes Aststückchen, das beidseitig konisch zugespitzt wird, fliegt bekanntlich nur weit, sofern er so sacht mit dem Stock hochschleudert wird, dass man in der Luft noch ein-, ja zweimal nachschlagen kann. Diese Geschicklichkeit besaßen Dicker und Max.

»Max, Mäxchen«, rief Babette. Er blickte sich um. Da stand sie zwischen den weißen Pfosten der Gartenpforte. Sie trug ihr blaues Kleid, das mit den großen weißen Punkten. Sie zog es sonntags an, wenn sie ihren Söhnen befahl, mit ihr spazieren zu gehen. Ein anderes Kleid besaß Babette nicht. Eines Morgens, beim Überstreifen, hatte sie gesagt: »Mit den Weibern hier kann ich's allemal aufnehmen«, hatte sich über Brust und Hüften gestrichen und sich dabei vor ihrem winzigen Schrankspiegel hin und her gewendet.

Max wusste nur zu gut: Sie war ungeduldig – stets – und unberechenbar. Aber schließlich war er als Nächster dran mit dem Tippeltoppel. Auch die anderen Kinder taten, als hätten sie Knetgummi in den Ohren.

»Max«, rief Babette wieder. Es klang schon gereizt. »Wir wollen los!«

»Verzieh dich bloß«, sagte Dicker lässig mit rauer Stimme und der Tippeltoppel flog. Er rannte hinterher, schlug ein-, zwei-, dreimal. Es war die beste Schlagfolge, die er bisher geschafft hatte. Weshalb ihn alle Dicker nannten, wusste niemand, denn Hans Georg, wie er richtig hieß, war ein schlankes, drahtiges Kerlchen. Außerdem war er sehr schlau und zeigte Erwachsenen gegenüber einen ausgesprochenen Charme.

»Du kommst jetzt, aber sofort«, war Babette zu vernehmen. Das klang bereits wie eine Strafandrohung: »Wenn du nicht hörst, sitzt du heut Nachmittag wieder unter der Terrasse!« Stinkig war es dort zwischen feuchtem Bruchholz und den Briketts für die Öfen. Natürlich gab es unter der Terrasse auch Ratten, aber sie nahmen keine Notiz von Max, wenn er dort Strafe absitzen musste. Abwechslung gab's nur, wenn Dicker leise durch die Rhododendren ans Drahtgitter schlich, hinter dem Max hockte. Mit dem Schuhabsatz drehte Dicker eine kleine Kuhle. Durchs Gitter konnte Max die Murmeln werfen.

»Ja-a«, schrie er und lief Babette entgegen.

»Du darfst dir aussuchen, wohin wir gehen: Zu Großmama oder zum Friedhof?«, sagte sie. Keine Frage: Auf dem Friedhof war es besser. Zwei Reihen hinter Großpapas Grab gab es einen glatten Sandsteintrog, aus dem Leute mit Gießkannen Wasser schöpften. Als Kind konnte man bequem darin baden, wenn das Wetter warm war.

»Zu Großpapa«, sagte Max. Babette umarmte ihn. Weil sie so angenehm duftete, legte er gern den Kopf an ihren Busen. Das Parfüm hieß *Robe du soir*. Sie sprühte es höchst vorsichtig mit genoppter Gummipumpe aus dem Flakon. Babette hatte es in der Parfümerie an der Esplanade erstanden. Danach hatte Max zwei Stunden beim Frisör auf sie warten müssen, wo ihre rotbraune Haarpracht unter einer riesigen, dröhnenden Haube trocknete. »Sie stehen ab wie ein Wischmopp«, meinte Babette selbstkritisch, als sie wieder auf der Straße stand und sich prüfend im Schaufenster spiegelte. Max nickte. Das war falsch, sie verpasste ihm eine harte Kopfnuss.

In einem der Pakete, die eine alte Dame aus Philadelphia *Babette Coehn and sons* nach Hamburg schickte, war auch ein Parfümfläschchen gewesen, dessen süßlich schwerer Duft Babette anwiderte. »Das riecht ja, wie Bonbon schmeckt«, stöhnte sie. »Die liebe alte Tucke hat Sinn und Zweck von Parfüm vergessen.« In ihren langen Luftpostbriefen, denen Babette stets ein aktuelles Foto mit den drei Söhnen beilegte, hatte sie sich dennoch artig für die liebe Duftgabe bedankt.

»Dann kannst du ja so bleiben«, entschied Babette und nahm Max bei der Hand. Als sie an den anderen Kindern vorbeigingen, zogen die Grimassen. Max störte das wenig, denn nichts erschien ihm heute verlockender als das Bad im weichen Regenwasser des Trogs. An ihrer Straße standen noch alle weißen Villen, die zwischen 1900 und 1914 erbaut worden waren. »In der Kaiserzeit«, wie Max' Großmutter stets wiederholte. »Heute kaum vorstellbar: als nur eine einzige Familie ihre Villa bewohnte. In was für grässlichen Zeiten leben wir jetzt? Wildfremde Menschen müssen sich in einer Wohnung miteinander arrangieren. Und das Personal benutzt die gleiche Dusche wie die Herrschaft! Unglaublich.«

Die Engländer hatten glücklicherweise keine Villa in unmittelbarer Umgebung requiriert. Nur jenseits der Stadtbahngleise gen Süden und an der Elbchaussee hatten die Besatzungsoffiziere alles beschlagnahmt.

»Bei uns hier haben die Tommys nichts bombardiert, weil sie die Elbvororte kennen. Sie hatten von vornherein geplant, nach der Besetzung Hamburgs hier zu wohnen«, hatte Onkel Hans gesagt. Er war der Mann von Babettes bester Schulfreundin Käthe. Weil Achim, Peter und Max »Tante Käthe« sagen mussten, war er »Onkel Hans«. Manche Erwachsene meinten, Hans kenne sich gut in der Welt aus, weil er zwei Jahre als Kriegsgefangener in Texas verbracht habe. Viel

Weißbrot hatte er dort gegessen und eine entsetzlich süße rote Tomatensoße, die er »Ketchup« nannte. Babette flüsterte mit leisem Lächeln zu ihren Söhnen – sie hielt dabei ihren Zeigefinger vor ihre vollen, geschwungenen Lippen: »Er ist ein ganz, ganz dummer, bescheuerter Nazi – aber harmlos. Total harmlos.«

Max war verwundert. In seiner Vorstellungswelt rangierte die Spezies »Nazi« gleich neben »Tyrannosaurus Rex«. Wie konnte ein Nazi harmlos sein? Über Monate hatte ihn der zähnefletschende Riesensaurier in Angstträumen verfolgt. Eine Zeichnung der Vorzeitbestie war in Band 1911 der Jugendzeitschrift *Der gute Kamerad* abgebildet. Gewöhnlich blätterte er bei Regenwetter durch die vergilbten Hefte. Da gab es seitenweise über Saurier zu lesen. Aber Max ekelte sich vor ihnen – und so war's auch mit den Nazis.

Nur neben Lücks Kaffeemühle gab es eine Ruine. Lange Stauden von Trümmerblumen mit weiß-roten Blüten wucherten darin. »Die Leute waren gleich mausetot, durch 'ne Phosphorbombe«, hieß es. Einen Keller mit der Aufschrift »Luftschutz« hatten die Zwillinge und Max nicht entdecken können. Leid taten ihnen die Leute, vor allem das Mädchen, das dort verbrannt war. Manchmal träumte Max, wie sie loderte und gellend schrie. Als Dicker und Max am Mittwoch einen Blumenstrauß in der Ruine gepflückt hatten, wies Babette den Strauß zurück: »Blumen aus einem Bombenkrater – bringt Unglück.« Das hatte Max traurig gemacht. In Wahrheit hatte sie den Strauß der Kinder abgewiesen, weil sie keine Vase besaß.

Doch heute kümmerte Max die Ruine nicht. »Achte auf Glasscherben.« Babette stupste ihn von hinten. »Noch ein Schnitt im Fuß wie neulich und wir müssen zurück nach Hause!« Sie hätte es nicht zu sagen brauchen, weil er sowieso auf Scherben und Dornen achtete. Im Sommer geht man barfuß. Das taten die anderen Kinder auch. Nur Dicker besaß außer Stiefeln noch mehrere Paar Schuhe, neue Sandalen mit Riegel, braune Halbschuhe mit Kreppsohlen. Dicker hatte einen Vater, der mit Ölsardinen handelte und ihm von jeder Reise aus Lissabon oder London ein kleines Spielzeugauto aus Gusseisen mit echten Gummireifen mitbrachte. Manchmal ließ sich Dicker dazu herab, Max mit einem seiner hochglänzend gelackten Autos spielen zu lassen. Aber nur manchmal.

Am Bahrenfelder See war das Ausflugslokal voller Gäste. Ältere Kinder schwammen dort. Max wurde neidisch. »Warum dürfen die da schwimmen?«, fragte er. Babette nahm seine Hand und drückte sie: »Weil die Frauen Sahnekuchen essen, die Männer Bier trinken und dafür bezahlen. So was nennt sich Gartenlokal.« Babette erzählte ihm von der plötzlichen Entstehung des Sees: Als sie in Mäxchens Alter gewesen sei, da habe es in Altona und in allen Elbvororten minutenlanges, dumpfes Donnergrollen gegeben. Dann sei, genau hier in Bahrenfeld, die Erde mindestens dreißig Meter tief weggesackt. Sogar Wissenschaftler vom Kaiser-Wilhelm-Institut seien damals aus Berlin angereist, um das Erdbeben zu ergründen. Der *Hamburger Anzeiger* und die *Norddeutschen Nachrichten* hätten tagelang auf der Frontseite vom seltsamen Naturphänomen berichtet. Das riesige Loch habe sich danach allmählich mit Wasser gefüllt. Nun sei es der See. »Geologisch bedeutet das«, erklärte Babette, »dass die Spitze des darunterliegenden unterirdischen Salzstocks eingebrochen ist.« Aber das sagte sie mehr zu sich selbst. Max hatte längst den Sahnekuchen vergessen.

Die Entfernung zum Friedhof war eben die gleiche wie der Weg zu Großmutter. Eine Stunde zu Fuß. Zur »Lutherhöhe« ging's zwischen Kiefern, Ilex und Rotdorn den Sandweg bergauf. »Das ist der höchste Punkt der Endmoräne aus der Eiszeit. Das müssen Jungs wie du wissen«, sagte Babette. An der neobarocken Backsteinkirche mit dem grünen

Kupferturm ging Max rasch vorüber. Er mochte sie nicht, sie sei so düster. Babette schritt hinterdrein, ihre Tennisschuhe hatte sie morgens geweißt.

Beim Kriegen-Spielen schwitzte Max kaum. Aber die Träger seiner Lederhose fühlten sich an den Schultern schon nass an. »Keine Wolke am Himmel«, sagte Babette. »Ist es nicht herrlich in Hamburg?« In der nächsten Sekunde folgte ihre Ermahnung: »Freu dich, dass du rumspringen kannst, andere Kinder hungern im Lager.« Vor der Kirche mündete die gegenläufige Straße in einer Kehre. »Wozu ist dieser große Platz?«, fragte er. »Damit die Hochzeitskutschen hier wenden können, wenn Frauen Männer heiraten.«

»Aber Gras wächst so hoch zwischen den Steinen. Hier ist keine Kutsche gefahren.« Dass die Eisenbänder um die Holzräder der Pferdewagen Gras niederrissen, wusste Max längst, weil er wie andere Kinder dem Bauer Lüdemann beim Heuen geholfen hatte. Babette schwieg eine Weile. »Mein Junge, du weißt doch: Vor fünf Jahren war Krieg. Da haben kaum welche geheiratet und jetzt gibt's keine Männer mehr.«

»Aber, warum haben Dicker, Henning und Rolf, Iska und Marianne … warum haben alle anderen Kinder einen Vater – und ich nicht?«

»Dein Vater war ein Held«, antwortete Babette. Das sagte sie jedes Mal so abweisend, dass Max sie nicht weiter fragen mochte. Ein Held, aber was für ein Held?, dachte er und stolperte. Die griechischen Helden jedenfalls, von denen ihm Großmutter vorlas, mochte er nicht. »Kannst du nicht aufpassen?«, schalt Babette. Sein rechtes Knie blutete. »Zeig her«, sagte sie und hielt sein Bein auf Distanz von ihrem Kleid. »Da sind nur ein paar Steinchen unter der Haut. Das hört gleich auf zu bluten. Zu Hause haben wir Jod. Spring wieder los. Geimpft bist du.«

Sie schritt weiter. Auf der rechten Seite der Straße standen Mehlbeerbäume und Birken, dazwischen spitzgieblige, übermooste Grabsteine. Kleine Steine lagen darauf. »Warum sind so viele Grabsteine umgefallen, Mama?« Der rostige Drahtzaun war löchrig. Es war ein Leichtes, darunter durchzukrabbeln.

»Komm zurück. Du sollst da noch nicht hin.« Die Kaninchen ließen sich durch Max nicht stören. »Aber hier sind Blumen in Stein gemeißelt, in komischer Schrift.« Babette starrte geradeaus, schaute nicht zwischen die Bäume, wo hellgrünes Licht zu Boden fiel. »Du kannst mich mit deiner Fragerei schier rasend machen.« Sie setzte ihre Sonnenbrille auf. »Frag Großmama, sie wird's dir sagen. Sie kann noch Ladino.« Mehr zu sich selbst: »Wir sind am Leben, merk's dir!«

»Warum gehen wir nur zu Großpapas Grab?« Max' Knie schmerzte.

»Weil Großvater ein Grab hat. Im Juli 1928 haben wir ihn noch ordentlich beerdigen können. Ein Grab. Weder dein Vater noch unsere anderen Toten haben eins. Bei Großpapa dürfen wir an alle denken.« Sie zerrte Max unsanft fort.

Großpapas Friedhof hieß Bornkamp. Ob es Bindfäden regnete, stürmte oder sich das Juli-Hoch über der westlichen Ostsee einnistete – die Blumenfrauen standen jedes Wochenende hinter wackeligen Stelltischen vor dem schmiedeeisernen Tor. Sie kamen frühmorgens aus den Vierlanden, auf deren fetten Böden die Nachfahren holländischer Siedler Gemüse und Blumen züchteten. Babette ging vorüber, gleich neben dem Vorplatz in die zweite Reihe. Wenn, dann kaufte Babette nachmittags, ehe die Frauen abräumten. Dann kosteten die Blumen nur noch ein Viertel.

Neben dem Grab, umgrenzt von dunkler Eibenhecke, polierte das blässliche Weib, das stets bei gutem Wetter auftauchte, den glatten schwarzen Stein ihrer Familie. Reden tat sie so gut wie nie. »Die stammt aus Dithmarschen. Moin, moin ist da schon viel zu viel«, sagte Babette halblaut. Die

Schweigsame konnte es nicht überhören. Deren kleine Tochter stand unschlüssig daneben, blickte ab und an schüchtern zu Max und Babette, rührte sich aber nicht vom Fleck.

»Willst du mit mir baden?«, fragte Max.

»Wo?«, fragte sie erstaunt. Sie hatte große, dunkle Augen. Ihre Mutter blickte sie missbilligend von der Seite an, schwieg jedoch weiter.

»Ich zeig's dir.« Der Sandsteintrog am Seitengang war randvoll mit Wasser. Max knöpfte die Lederhose ab, kletterte auf den Rand und sprang hinein. Wasser spritzte, die Kniewunde brannte. »Darfst du das?«, fragte das Mädchen, als er mit dem Kopf wieder auftauchte. Sie wirkte zerbrechlich, beinahe so unterernährt wie Max, eben wie ein Kind der ersten Nachkriegsgeneration. Ihre blonden Haare waren zu Zöpfen geflochten, an deren Ende waren Gummibänder mit roten Marienkäfern aus Bakelit.

»Komm«, rief er, »das ist schön glitschig.« Sie zog ihr Kleid über den Kopf, hängte es sorgsam über einen Taxuszweig, danach ihr weißes Leibchen und die Unterhose. »Ich kann's auch.« Mit diesem Satz sprang sie in den Trog, schlug aufs Wasser, dass es überschwappte. Keine Spur von Schüchternheit. Sie drückte Max ein paarmal unter Wasser und lachte. Es ist nett mit ihr, dachte er.

»Zwei Nackte, Männlein und Weiblein.« In gehöriger Entfernung stand Babettes jüngste Schwester Ruth. Sie sog an einer Zigarette. »Macht mich nicht nass, ihr Zwerge, keine Umarmung!«

»Ich hab kein Handtuch«, sagte das Mädchen und stieg aus dem Wasser.

»Nackte auf dem Friedhof. Mal was anderes.« Damit schnippte Max' Tante Asche ab. Sie war deutlich kleiner als Babette, neigte zur Fülle und war ständig neidisch auf sie. Weshalb? Aufgefallen war Max, dass Männer Babette nachschauten, Ruth aber nicht. Sie hatte zwar die gleichen, schön geschwungenen Lippen wie Babette. Das Bordeauxrot ihres Lippenstifts wirkte jedoch indezent, fast ordinär.

»Du – mit Zigarette. Was treibt dich her?«, pfiff Babette sie an.

»Haben sich die Toten beklagt?«, gab ihre Schwester zurück. Weiße Wolken wie Fäden wanderten am Himmel. Max' Lederhose begann zu scheuern. Das Mädchen hatte ihre rosa Unterhose angezogen und trocknete ihren knochigen Oberkörper. Ihr Brustkorb war flach, schmaler als der von Max.

»Freu dich, wenigstens haben die Gören Spaß«, setzte Ruth nach. Ihre Neffen durften sie keinesfalls Ruth nennen, weil sie unter ihrem Vornamen litt. »Wenn ich solche Zwerge hätte …«, sagte sie, konnte aber ihren Satz nicht beenden, weil Babette dazwischenblaffte: »Hast du aber nicht. Geld für Zigaretten rausfeuern, das kannst du. Ein Vermögen hast du am Schwarzmarkt gelassen.« Der Vorwurf saß. »Rütli«, wie Babette sie hämisch nannte, sog an einer neuen Zigarette und spreizte ihren kleinen Finger ab. Tränen liefen über ihre Wangen. »Heiraten durfte er mich nicht. Ertrunken ist er im Atlantik«, schluchzte sie. »Du lachst über mein Leid. Du bist so abscheulich!«

»Dürfen, durfte nicht. Hätte, hatte nicht. Verliebst dich in einen blutjungen U-Boot-Kapitän. In einen Goi.« Babette wurde niederträchtig, Zornesfalten gruben sich in die gebräunte Stirn. »Hab ich je etwas gedurft? Was ist in Deutschland schon erlaubt? Im Zweifel ist alles verboten. Hast du's nicht begriffen? Du musst dich entscheiden, du musst was wagen. Liebe, Hingabe kennt kein Gesetz. Mein Mann und dein Geliebter – richtig. Ja, alle sind verreckt, vergast, verbrannt, verhungert. Deiner ist ersoffen. Aber ich … ich hab meine Kinder.«

Babettes Zornesausbruch verblüffte Ruth nur kurz. Sie giftete: »Ja, von wem alles?« Ihr kleines, ovales Gesicht war rot vor Ärger. Das machte sie hässlich. Ruth wandte sich ab und schaute auf die erste Gräberreihe. Die Kinder standen erschrocken zwischen den beiden.

Babette wurde bitterernst »Nichts sag ich euch, weder unserer hohen Frau Mutter und dir erst recht nicht. Da wird gequatscht, ohne Verantwortung. Wenn der Neuaufguss von Adolf kommt, bringt er den kleinen Kerl hier auch noch um. Dass du's weißt: Sein Vater und ich haben uns geliebt … ein paar Tage im Herbst.«

»Wird' nicht melodramatisch. Mutter kann's besser als du«, stichelte Ruth. Sie neigte zu Niveaulosigkeit. »Babette Coehn hat ein drittes Kind und ratet von wem?«

Jetzt wurde Babette verächtlich. »Musst du dich so dümmlich aufführen? Dir fehlt seit jeher Klasse. Schau in den Spiegel: du … mit diesem ordinären Puder.«

Ruth heulte. »Hör auf!« Sie suchte etwas, sich zu setzen. Babettes Zorn verflog, sie spöttelte: »Hol Wasser vom Brunnen, beste aller Schwestern. Sprich: ›Trink. Auch für deine Kamele will ich Wasser schöpfen.‹« Sie hielt inne. »So soll ja unsereins den Geliebten finden. Erzählt das nicht Mosche?«

Max wusste sofort: Es war eine ihrer fiesesten Niederträchtigkeiten. Allemal war es das Gleiche: Wenn Babette ihre jüngste Schwester oder ihre Mutter traf, gab's Zank: gleich zur Begrüßung oder nach zwei Minuten. Weshalb? Das war völlig egal. Babette machte sich nichts draus. Deshalb nahm sie ihre Schwester in die Arme und hauchte ihr einen Kuss auf die Stirn. »Zusammenhalten.« Sie ironisierte sich selbst: »Mir Jude solde zusammenhalde. Du und isch habbe uns net wegmache lasse, under 'ne Duusche. – Sei stolz, Mädsche, kämpf um dei Glück!«

Die Schweigerin nebenan hatte jedes Wort belauscht. Sie wienerte den Marmor, als gäbe es Preisgeld. Babette hatte sie nicht aus den Augen gelassen. Lauter werdend sagte sie zu Ruth: »Wir müssen noch zu den Großeltern. Da sprießt nichts als Unkraut.« Ruth begriff sofort: »Ja, die Äste über dem Engel mit dem Kreuz sollten wir absägen lassen.« Den Grabplatz verschattete eine gewaltige Trauerbuche, sodass die Junihitze dort erträglicher war. Auf einer kleinen Marmorsäule tanzte eine schlanke Frau aus grüner Bronze. Keineswegs Ausdruck von Trauer.

»In den vierstöckigen Bruchbuden des Gängeviertels am Hafen gab's keine Treppen«, sagte Babette. »Die waren zu teuer. Arbeiterfamilien hausten dort. Zu den Schlafplätzen musste man an einem langen Tau hochklettern. Hebamme oder Armenarzt taten das auch, wenn eine Frau dort in den Wehen lag. Großpapa hat das noch bis ins Alter von sechsundsiebzig Jahren geschafft. Arztkoffer und heißes Wasser wurden mit Weidenkorb und Eimer an der Seilwinde hochgehievt. Keinen Groschen hat er Armen abgenommen.« Babette lachte. »Betuchte Damen haben ihn geliebt. Von denen hat er was verlangt.«

Den Hintersinn begriff Max nicht. »War Urgroßvater reich?«

»Leute, die viel zu verbergen haben, sind reich. Deine Urgroßeltern waren wohlhabend. Dein Urgroßvater war ›Königlich Dänischer Stadtmedicus‹. Er hatte in Kopenhagen studiert. In Altona fragte keiner, ob man Christ oder Jude war. Nach 1864 verpassten ihm die Preußen den Titel ›Sanitätsrat‹. Der dänischen Krone ist er treu geblieben, nannte sich nach wie vor Stadtmedicus. Ob auf Dänisch, Jiddisch, Platt, Französisch oder Englisch, er verstand sich mit allen.«

Irgendwann hatte sich Achim über seine Mutter mokiert: »Scheint die Sonne, redet unsre alte Dame von Toten.« Er hatte recht, Max fand es aber nicht bemerkenswert: Die Toten der Familie waren stets zugegen – wie die Lebenden. Die Familie Coehn war ein Kosmos, den Babette nicht müde wurde, in die Köpfe ihrer Söhne zu pflanzen: Kapitäne, die zugleich Kaufleute waren, Kopra aus der Südsee holten und

Pazifikstürmen trotzten. Nicht zu vergessen: Urgroßmutter, die sich in die Antike verliebt hatte und den familiären Schabbat nach ihrem Gusto reformierte. Großvater, der die elterliche Reederei in Bremerhaven nicht übernehmen mochte, weil es ihm in London besser gefiel. Quicklebendig turnten die Lebenden und die Toten durch Babettes Erzählungen. Die Toten lachten, konnten verliebt sein oder versanken mit ihrem Dreimastschoner vor Den Helder. Natürlich lebte Achims und Peters Vater fort. Der fluchte auf die Nazis: »Das waren vierzehnachtzehn Drückeberger und Schieber. Jetzt sind diese Prolet-Arier zu Frontkämpfern mutiert.« Alle Toten der Familie waren putzmunter. Bis auf Max' Vater. Das ärgerte ihn.

Babette rupfte Grasbüschel. Der Trockenheit wegen hielten sie zäh im Boden. »Großvater, also dein Urgroßvater, war übrigens ein Nachfolger vom Struensee. Vielleicht der berühmteste Altonaer Stadtmedicus.« Babettes Gedanken flogen. »Ein attraktiver Mann soll Struensee gewesen sein: Charmant und klug, aus Halle an der Saale. Struensee hat die traurige Königin in Kopenhagen von ihrer Kinderlosigkeit geheilt.« Babette richtete sich auf, ein Lächeln umspielte ihre Grübchen: »Darauf haben ihm die Barone den Kopf abgeschlagen. Schade.«

Max fand das verrückt. Aber die Welt der Erwachsenen war voller Widersprüchlichkeiten. Vom Stadtmedicus gab es ein rotbraunes Foto: Da stand Urgroßvater mit vorquellenden Augen, in heller Weste schwitzend, einen Bierseidel in der Linken. »Das war 1852 beim Ärztekongress in Moskau. Russische Ärzte trugen Uniform«, erklärte Babette. Max hatte Urgroßvater dem sympathischen Teil seiner Familie zugeordnet.

»Er hatte doch festgehalten – am alten Glauben? Ist doch nicht konvertiert wie die Übrigen?«, fragte Ruth, indem sie sich an die Grabsäule lehnte. »Weshalb liegt er auf einem lutherischen Friedhof?« Babette strich sich unwirsch übers Gesicht. Mücken. »Was quakst du so laut? Du siehst doch: Zumindest nach seinem Tod mochte er nicht länger in Gesellschaft von Leuten sein, die moderne Medizin ablehnten. Von Leuten, die vergebens auf den Messias hoffen. Verstehst du: Er hielt nichts von Konventionen. Er tat, was er für richtig hielt. Manch Katholik ruht auch in protestantischer Erde.«

Babette war gebückt an der rechten Hecke angelangt. Als sie sich aufrichtete, knarrte es aus dem Untergrund, morsches Holz knackte, im Nu sackte sie in die Erde. Ruth schrie: »Babette«, blieb jedoch wie angewurzelt stehen. Babettes Kopf ragte noch heraus. Einen Wimpernschlag lang meinte Max, Trauer in ihren Augen zu sehen. »Die Toten holen mich«, schimpfte Babette.

Ein Herr mit Schlips und weißem Kragen zwängte sich durch die Hecke. »Würden Sie die Güte haben, mir aus meiner Unpässlichkeit zu helfen? Ich mag noch keinen engen Kontakt mit den Ahnen«, sagte Babette lächelnd.

»Warten Sie. Ich hole eine Schaufel«, sagte der Mann. »Dann krieg ich Sie zur Hüfte frei.«

Gaffer versammelten sich. »Rühr dich nicht«, jammerte Ruth. »Wie auch«, gab ihr Babette aus dem Loch zurück. Sie begann hysterisch zu lachen. »Treten Sie beiseite«, sagte der Mann zu den Gaffern, »sonst brechen noch andere Särge.« Wenige Schaufelwürfe, und Babette konnte aus dem Boden gezogen werden. Sie gab dem Herrn einen Kuss auf die Wange: »Besten Dank. Falls Ihre Vorfahren Sie zu holen gedenken, wird' ich mich revanchieren.« Das einzige Kleid war hin. Ihr Blick fiel auf die schwarzen Schnürstiefel des Mannes. »Sie haben ja ein Holzbein. War's im Krieg?«

»Erfroren«, erwiderte der Herr.

Ruth sagte zu Max: »Deine Mama braucht mich nicht.«

Nachts war Babette allein durch die Kornfelder zum Ziegeleiteich am Hemmingstedter Weg gegangen. Im Sommer konnte man sich dort abends ungestört abseifen und schwimmen. Das war angenehmer als im Souterrainzimmer. Der dortige Waschtisch hatte schwarze, lange Risse im Porzellan. Babette mahnte ständig: »Jungs, damit müsst ihr vorsichtig sein.«

3. Petz, du hast schon nach mancher Musik getanzt

Am Montag hatte Max nachmittags Unterricht. Die Kinderkaserne, wie Babette sie nannte, mit ihren spitzen, verzierten Holzgiebeln im sogenannten Schweizer Stil der Jahrhundertwende, ihren kahlen Gängen mit weiß gefliestem Boden und schwarzen Kleiderhaken aus Aluminium als Wandzierde blieb an heißen Augusttagen feucht und kühl. Nur die Böden der Klassenzimmer waren mit schwarzen, geölten Bohlen gedielt. Wer von hinten geschubst wurde, hatte sofort Splitter im Fuß. Babette hielt es für selbstverständlich, dass Max ihr an unterrichtsfreien Vormittagen zur Hand ging: »Wenn du vor der Schule spielst, dreckst du dich nur ein. Mit dreckiger Bluse kannst du nicht zum Unterricht.« Gegen diese Logik gab es nichts einzuwenden. Folglich hatte Max Botengänge zu erledigen. »Spring da schnell hin«, sagte Babette wohl wissend, dass Max Kilometer zu laufen hatte und es keineswegs gewiss war, dass er um Viertel vor zwei rechtzeitig zum Unterricht sein konnte. Doch Babette einen Wunsch abzulehnen, wäre keinem ihrer Söhne in den Sinn gekommen. »Jeder muss seinen Beitrag leisten, Geld zu verdienen. Sonst kommen wir nicht durch«, sagte sie und hob ihre linke Braue. In jenem Frühjahr hatte sie den Verkauf von *Bombay Bohnerwachs* begonnen. Das stammte selbstverständlich nicht aus Indien, sondern aus einem Keller gleich neben dem Schlachthof an der Schanze, wo Rinder-, Schaf- und Schweinefett abgeschieden wurde und es grässlich stank. »*Bombay Bohnerwachs,* das klingt nach was«, hatte Babette gesagt. Ihr Vorschlag war für gut befunden worden, weshalb seither ein schwarzer Elefant mit erhobenem Rüssel vom goldfarbenen Dosendeckel trompetete.

»Nach all den Jahren braucht Ihr Parkett verlässliches Bohnerwachs. Ein Strich – und das Holz erstrahlt in diskretem Glanz.« Mit diesem Satz überfiel Babette die Hausfrauen an der geöffneten Tür. Sie hatte Erfolg. Wie Max damals glaubte: riesigen Erfolg. Vielleicht auch, weil der schmächtige Junge neben ihr stand und die Leute mitleidig wurden. »Dies ist etwas ganz Besonderes. Eine brandneue Erfindung aus Gandhis Indien«, fuhr sie fort. »Streubohnerwachs. Das hat's in Europa noch nicht gegeben.«

Die Szene war dramaturgisch einstudiert: Max hatte seine Mama aufmerksam von unten anzuhimmeln und mit dem Kopf zustimmend zu nicken. »Diese Dose lass ich Ihnen als Probe schon mal hier. Gratis. Sie werden viel davon ordern.« Damit drückte Babette den Frauen den blauen Zettel in die Hand, auf dem sie die Anzahl der Dosen und die unterschiedlichen Duftnoten ankreuzen konnten. Was sie seltsamerweise meist auch taten.

Wurde das Duo hereingebeten, sagte Babette: »Selbst ein kleiner Kerl wie Mäxchen geht mühelos damit um.« Aufs Stichwort zog Max ein dickes grünes Filztuch aus der rechten Tasche seiner Lederhose und verrieb sofort Wachs, wo er Holzparkett erblickte. Alten Damen gefiel das besonders, sie kauften gleich drei Dosen. »Fünfzehn Pfennig haben wir pro Dose über. Das sind 45 Pfennig, mehr als in ein Liter Milch.« Erschien allerdings ein Dienstmädchen – sie trugen weiße Leinenkrönchen –, stieß Babette ihr Mäxchen: »Kehrt, Marsch.« Sie verkaufte in den folgenden drei Jahren einige Zentner Streubohnerwachs. Anfang Juni 1951 hatte sie gesagt: »Ihr drei, hört mal her: In den Sommerferien fahren wir nach Föhr. Zweihundert Mark haben wir.« Vielleicht, so dachte Max, wenn er die gold, grün und rot gelackten Dosen mit dem Elefanten im Netz austrug, könnte man davon länger leben: drei Wochen, vier Wochen. »Für uns«, davon war er fest überzeugt, »gibt es nur ein kurzes Leben.«

Im Winter hatte er Babette im Dunkeln weinen hören: »Wie soll ich die Mäuler stopfen? Du grausiger Gott. Warum hast du mich nicht sterben lassen?« Sie schluchzte, drehte sich ständig, wühlte. Max wusste, sie weinte ins Kissen. Er hatte nicht gemuckst und weiter tief geatmet. Sie sollte nicht wissen, dass er wach war. Ihr Weinen ging ihm nicht aus dem Kopf – genauso wie die Fabel *Der Kettenbär*, die er auswendig gelernt hatte: »Petz, du hast schon nach mancher Musik getanzt. Sprich, welche von allen gefiel dir am besten«, so sprach der Zigeuner zu seinem Bären. »Herr, ich kann keine hören – vor dem Geklirr meiner Kette«, erwiderte der Bär.

Als sich die Schulklassen am Montag auf dem Hof in Zweierreihe aufgestellt hatten, um in ihre Klassenräume geführt zu werden, sagte Max' Lehrer: »Frau Seidel wird uns besuchen kommen und mit uns singen. Frau Seidel kommt aus Bayern und hat eine wunderschöne Laute.« Die junge, große Frau mit dichtem, zum Knoten gewundenen schwarzen Haar setzte sich neben dem Lehrerpult auf einen Stuhl und zupfte auf den Saiten. Sie beugte sich in ihrem Dirndl so vor, dass die Kinder die Ansätze ihres festen Busens sehen konnten. Keines lachte.

»Bald gras i am Neckar, bald gras i am Rhein«, sang sie mit voller melodischer Stimme. Dann zupfte sie auf der Laute, blickte kurz ihren Kollegen an. Dann sang die Klasse den Refrain: »Bald hab i a Schätzl, bald bin i allein.« Den Flirt zwischen ihrem blendend aussehenden Klassenlehrer und der jungen Bayerin spürten die Kinder instinktiv. Marie und Ann-Christine, die vor Max in der Bank saßen, tuschelten. Max dachte: Einen Vater zu haben, das wäre schön. Nur so sprechen wie Frau Seidel, das sollte Max' Mama keinesfalls.

»I werd eich bald als Klassenlehrerin unterrichten, weil euer Herr Lehrer ans Gymnasium soll«, sagte sie. »War wer von eich amol in den Bergen? Da komm i her.« Max hatte Berge auf Ölbildern und ein Alpenpanorama im *Abendblatt* gesehen. Vom Echo hatte er auch gehört. Aber selbst dort zu sein, das kam ihm fantastisch vor.

»Hot wer a Frogen an mi?«

Nur ein Finger ging zögernd hoch. Es war Sigrid aus der Bellmannstraße, mit der Max jeden Tag den Schulweg ging. »Und wo warst du im Krieg?«, fragte sie.

»Frauen waren nicht im Krieg«, unterbrach sie der Klassenlehrer.

»Doch«, beharrte Sigrid. Das war ganz gegen ihre stille Art.

»Widersprich deinem Lehrer nicht!«, herrschte der die Kleine an.

»Meine Mutter war aber Soldat.« Sigrid schluchzte. »Funkmessausbildung hat sie gemacht in Magdeburg. Sie hat Tommys vom Himmel geholt. Die haben Bomben auf uns geschmissen, meine Schwestern und meinen Opa umgebracht.«

»Nein, zu der Zeit war Frau Seidel nicht hier«, versuchte Lehrer Doestmann abzuwiegeln.

»Na, Mädel, do hast ane anständige Mutta. Auf die kannst stolz san«, sagte die Seidel freundlich. »I war net bei der Flak. Mei Vata hat g'sagt, dass i die Tier hüt'n und deshalb in die Berg blab'n muss. War ja sonst kona da.«

»Ja, seht ihr: Frauen mussten nicht in den Krieg«. Doestmann, für den die Klasse bisher geschwärmt hatte, wurde den Kindern plötzlich fremd.

»Aber meine Mutter war doch Soldat. Sie hat ein Foto davon mit Helm und grauer Uniform«, insistierte Sigrid. Solchen Widerstand hatte Doestmann der Sechsjährigen nicht zugetraut.

»Aber Frauen haben im Krieg weder Uniform noch Abzeichen tragen müssen«, versuchte er das Mädchen zum Schweigen zu bringen. Sigrid schüttelte erneut den Kopf und stierte bekümmert zur Tafel.

Sie tat Max leid, deshalb meldete er sich: »Das stimmt nicht. Meine Großmutter hat 'nen gelben Stern getragen. – Hat sie mir gesagt. Auf allen ihren Mänteln und Jacken. Dann hat's ihr nicht mehr gefallen und hat's abgetrennt.«

Frau Seidel schaute Max entsetzt an: »Deine Großmutter lebt?«

»Ja, wieso?«, wunderte er sich. »Sie wohnt am Rathenaupark, hat neulich auf mein Feuerwehrauto getreten. Sie war doch bei meiner Einschulung.«

»Mit Bomben und Abzeichen, das ist nichts für euch Kinder«, mischte sich Doestmann wieder ein.

»Ja, warum lässt's den Klanen net red'n?«, empörte sich die junge Bayerin.

»Weil er keinen Vater hat und seine Familie um Kopf und Kragen redet.«

»Ist's mit dene Jude un Mischlinge heuer in Hamburg a noch so?«, fragte sie.

»Ja«, sagte der Lehrer.

Als Max nach Hause kam, hatte Babette Haferflocken gekocht. Es war toll. Sie streute nämlich zwei Teelöffel Zucker drauf, der gleich zerschmolz. Sie fragte ihn, wie es in der Schule gewesen sei. Max erzählte ihr die Sache mit Sigrid und Großmutters Stern. Im gleichen Moment versetzte ihm Babette eine Ohrfeige, dass ihm der Löffel aus dem Mund fiel.

»Nie mehr redest du von Großmutters Abzeichen, nie«, schrie sie ihn an. »Wann hat sie das erzählt? Das Weib ist irre.« Babette glühte vor Zorn. Sie griff über den Tisch, packte seine Arme und schüttelte ihn: »Bist du wahnsinnig, bist du völlig meschugge? Was hast du dir dabei gedacht? Wenn du wieder davon redest und ich erfahre es …« Sie nahm sich sichtlich zusammen, »… dann darfst du nicht mit uns nach Föhr.«

Max heulte, weil ihm der Löffel im Gaumen schmerzte. Es blutete im Mund. Babette schloss ihn in die Arme. »Du darfst niemals erzählen, was deine dumme, dumme Großmutter so daherredet. Du weißt doch, sie ist alt, vielleicht senil, und erzählt komische Sachen. Weißt du, viele, andere Leute wünschen sich ganz doll, dass wir sterben und tot sind. Dann können wir auch nirgendwo mehr Bohnerwachs verkaufen.«

»Warum sollen wir tot sein?«

»Frag nicht so blöd«, antwortete Babette und wandte sich um zum Gasherd.

4. Schieber und Wurstpellen

Am Dienstag, zwei Wochen vor den Sommerferien, stand »Onkel Harro« vor der Tür. Er war groß, neigte zu schwammiger Fettleibigkeit, trug rötlichen Bürstenhaarschnitt, umarmte Babette und drückte Max an seinen Bauch: »Ein blonder Bub bist du, gell. Das hätt' ich nicht gedacht. Kannst g'schwind laufen und gut klettern. Gell.«

»Ja«, sagte Babette, »blond ist er wie die beiden anderen. Von meinen Krisselhaaren hat er nichts. Du siehst, die Natur ist ihm gnädig.«

Bei Achim und Peter im Souterrain konnte Harro nicht schlafen. Dort gab es weder Platz noch ein drittes Bett. Außerdem brachen die behelfsmäßig gezimmerten Betten regelmäßig zusammen, wenn die Brüder sich kloppten. Bei Babette und Max in deren Zimmer im Erdgeschoss war es das Gleiche.

»Du musst dir eine Pension suchen«, sagte Babette sehr bestimmt.

Harro lachte verschmitzt: »Da kannst du mich ja besuchen.«

»Der Kleine wird dich begleiten«, antwortete sie kühl.

»Morgen kann Mäxchen bei mir frühstücken. Da wird's auch für ihn ein richtiges Ei und Brötchen geben. Gell!«, meinte er gönnerhaft.

»Ja«, sagte Max. »Aber warum soll ich Onkel zu dir sagen, wenn du gar kein Onkel von mir bist?«

»Ich kenne Babette sehr viel besser als du. Aber das verstehst du noch nicht, mein Junge. Gell.« Er strich sich

Schweiß von der Stirn, weil sein Lederkoffer recht schwer zu sein schien und der Weg zur *Pension Schmidt* am Bahnhof so weit war. Im Zimmer auf der ersten Etage stand ein Holzbett mit riesigen Pfosten. »Sie haben fließend Wasser«, sagte der Hoteldiener. »Im nächsten Jahr werden wir wieder warmes Wasser kriegen, gnädiger Herr, so wie früher. Vielleicht auch eine Dusche.«

Harro öffnete seinen Koffer. Er hatte viel Kleidung darin, zusätzlich etwa vierzig längliche Kästen. »Wenn du größer bist, werde ich dir einen Rechenschieber schenken. Mit meinem wirst du schneller sein als alle Mitschüler.« Max interessierten die Schieber aus Kunststoff nicht. Jetzt erst recht nicht, da er keinen geschenkt bekam. Ein Später gab's für Max nicht. Harro nahm einen Bonbon mit blauen Streifen aus der Papiertüte mit blauen Sternchen, schob ihn sich in den Mund und tätschelte Max' Wange: »Gell, gehst zu deiner Mutter, gibst ihr einen langen Kuss und sagst: ›Der ist vom Harro.‹ Gell.«

»Ich mag den nicht, Mama. Mit seinem Seehundschnauzer, seiner Weste und seinem stinkendem Schweiß. Glaubst du, er hätte mir einen Bonbon gegeben?«, empörte sich Max daheim in der Kellerküche.

»Er konnte noch nie abgeben oder schenken«, sagte Babette am verzinkten Waschbrett, das sie Ruffel nannte. Sie wrang einige Unterhemden aus und legte sie auf den Marmortisch daneben. »Hilf lieber, die Wäsche im Garten aufzuhängen, damit sie heut noch trocknet. Morgen dürfen wir nichts mehr aufhängen. Dann sind die andern dran.« Es war das ewige Leid mit dem Trocknen. Nur mittwochs durfte Babette Coehn Wäsche aufhängen. Die anderen Untermieter, die mit in der weißen Villa einquartiert waren, pochten darauf. Im Winter, wenn das Haus kalt war und der Mittwoch ein Regentag war, blieben Unterhose und Leibchen feucht.

»Besser feucht als unsauber«, sagte Babette und spannte die Wäscheleine im Kellerzimmer, wo Achim und Peter schliefen, vom Ofenrohr zum Haken über dem Waschtischspiegel, ebendort, wo die drei Jungen Schularbeiten machten, lasen, sich wuschen, Zähne putzten und aßen. Daneben – von einem Flur mit Garderobe getrennt – lag die hell geflieste Küche mit dem Gasherd, dem Tisch mit der zerbrochenen weißen Marmorplatte, den alten, gelbweißlichen Einbauschränken mit den Ameisen, der Kartoffelhorde und den Ratten, die dort nachts fiepten.

Es herrschte preußisch akkurates Elend. »Du hast ja noch schönes Silberbesteck?«, sagte Harro mit Dackelblick zu Babette, wobei der Thonet-Stuhl aus dem früheren Kinderzimmer ihres Elternhauses an der Palmaille unter dem schweren Mann ächzte. Babette lachte: »Ich hatte einen Traum. Mein Großvater Meir Josef, seligen Angedenkens, sprach zu mir: Von dir mag der Führer keine Metallspende – ausschließlich vom arischen Menschen – du zählst nicht dazu. Diesen Satz hab ich beherzigt: So dürfen wir heute Haferflocken, Schwarzbrot, Hering und Bratkartoffeln mit silbernen Gabeln, Messern und Löffeln speisen.«

Sie warf den Kopf zurück, dass ihr dickes Haar eine Pracht war. Da Babette samt Kindern nicht über den Komfort einer Dusche, geschweige denn den einer Badewanne verfügte, hielt sie gewöhnlich ihren Kopf nach vorn gebückt über das rissige Becken. Dann setzte sie an, Haare zu waschen. Max stellte sich auf einen Stuhl und goss ihr aus dem Aluminiumkessel langsam lauwarmes Wasser über den eingeseiften Schädel. War ihr Haar sauber und trocken, stand es ab in alle Richtungen und Max verspürte Lust dareinzugreifen. Was nie geschah.

Harro konzentrierte sich auf die Mettwurst, von der er millimetergenau Scheibe um Scheibe absäbelte. Peter schob sich eine in den Mund. Harro war entsetzt: »Wurst hat Pelle, die muss man vorher abziehen. Hast du nie Mettwurst gegessen?« Peter schwieg und kaute.

»Die Jungen kennen keine Wurst«, sagte Babette. »Der Kleine ist Vegetarier. Mit Äpfeln, Kartoffeln und Fisch kriegt man Kinder auch groß. Sieht man das nicht?«

»Mit mir werdet's ihr besser haben, gell?« Harro schaute triumphierend Babettes Ältesten an. Eine goldgelbe Fliege mit dunkelroten Streifen hatte Harro umgebunden. Farblich Ton in Ton zum Beige von Weste und Anzug. »Ich glaube nicht«, erwiderte Achim kalt. Er sprach nie viel, wenn er daheim war. Harro ließ sich nicht um seine gute Laune bringen. Hatte er eine Scheibe an die Jungen verteilt, pikte er selbst mit der Gabel eine andere auf und verspeiste sie genießerisch. »Zu viel Fleisch macht unreine Haut«, ätzte Babette.

Sie war die Leitwölfin. Sie umkreiste ihr Opfer geduldig und unablässig, bis sie es packen konnte. Ihre Kinder bewunderten sie instinktiv zutiefst darum. Wann war Harro dran?

Der überhörte beflissen ihre Spitzen. »Siemens, AEG, die ganze deutsche Industrie braucht meinen Rechenschieber. Alle deutschen Konzerne wollen wieder was. Auf der Hannover-Messe werden sie mir's aus den Händen reißen. Gell.«

»Aber dein Rechenschieber unterscheidet sich in nichts von dem, was ich auf dem Lyzeum benutzt habe«, sagte Babette.

»Ach, mein Herz. Auf den Schub meines Schiebers kommt es an. Er ist unzerbrechlich.« Harro erklärte das majestätisch, ohne zu bemerken, wie sein Gerede amüsierte. »Au«, sagte Max, weil Peter ihm unter dem Tisch gegens Schienbein getreten hatte. Babette klatschte Max eine Ohrfeige: »Zuhören sollst du, wenn Onkel Harro uns etwas erklärt.« Max weinte nicht, weil er begriffen hatte, dass die Ohrfeige nicht ihm, sondern Onkel Harro galt. »In Spanien gibt es exzellente Wurstsorten. Beste Würste, luftgetrocknet. Die schmecken, Jungens. Gell.« Die drei Brüder musterten ihn feindselig, fast verächtlich.

»Warst du nicht ab 35 in Barcelona? Was hast du da getrieben?«, fragte Babette.

»Du weißt es wirklich nicht, mein Liebes?« Harro putzte sich den Oberlippenbart. Aber einige Fettkrümel hafteten.

»Sei bitte nicht scheinheilig. Du hast mir nie geschrieben.«

»Ich hab für die AEG-Sendemasten errichtet, im Auftrag der Roten. Die haben pünktlich gezahlt, obwohl die Masten letztlich der Falange zugutekamen. Spanien ist ein herrliches Land, warm und ordentlich. Der Caudillo hat mir im September 39 selbst die Hand geschüttelt.« Harro meinte, die Jungen sollten ihn dafür bewundern. Aber Caudillo Francisco Franco, der mörderische Wicht, war für die drei bislang kaum mehr als ein leerer Name. Harro ließ nicht locker: »Das hat der Franco nicht mal bei unseren Fliegern von der Legion Condor getan. Klein ist er, aber sooo schlau. Ein spanischer Grande. Vom Hitler hat er alles bekommen, Soldaten, Waffen, Geld. Aber hat sich nicht in den Krieg hineinziehen lassen. Ein echter Fuchs, gell.«

Babette goss sich Wasser aus der geschliffenen Glaskaraffe ein, die sie sonst nur feiertags aus dem Biedermeiereckschrank hervorholte. »Warum hätte Franco im Weltkrieg mitmachen sollen? Er hatte Spanien doch längst verwüstet. Dazu braucht man ja kein Fuchs zu sein.«

Harro winkte ab. »Küsten gibt es in Spanien und alles menschenleer.«

»Warum bist du nicht in Barcelona oder Madrid geblieben, statt in unser Krüppel- und Barackenland zurückzukehren?«, fragte sie.

»Deinetwegen.« Harro lächelte sie gönnerhaft an: »Ich werde dir bald Granada, die Algarve und die ganze Pracht Spaniens zeigen. Gell. Grad dich wird es begeistern, Liebes.«

Man konnte Babette ansehen, wie sehr sie die Wurstkrümel in seinem Schnauzer anwiderten. Mit einem Blick ermahnte sie ihre Söhne: Wehe, einer lacht!

»Wo hast du denn deine Frau, mein Harro? Hattest du nicht damals geheiratet?« Babette musterte ihn tückisch von der Seite und brach sich etwas vom Schwarzbrot ab. Harro pellte munter eine weitere Mettwurstscheibe ab und verzehrte sie genüsslich.

»Eigentlich war ich nie so recht verehelicht«, sagte er während des Kauens. »Ellenor lebte in Barcelona ihr ganz eigenes Leben: tanzen, flanieren, sich sehen und bewundern lassen, Tennis, teure Kleider aus Paris. Männern den Kopf verdrehen.«

»Und euer Kind? Habt ihr kein Kind?«, insistierte Babette.

»Natürlich. Die Karin ist jetzt so alt wie dein Ältester. Gell. Sie kommt ganz nach der Mutter: Immer nur eins im Kopf: Kerle. Ellenor und Karin leben beide in Westberlin, zusammen mit einem Colonel der US-Army – glaub ich jedenfalls.« Babette schwieg und schaute durch die weiß gestrichenen Eisenstangen, die das Souterrainfenster vergitterten, hinaus auf den hölzernen Schlag im Hintergarten. Pfauentauben flogen ein und aus.

»Harro, die Jungens müssen jetzt schlafen.« Es standen ihm wieder Schweißperlen auf der Stirn. Mit einer der verbliebenen Leinenservietten tupfte er sich ab. »Ihr seid die Sommerferien auf Föhr?«, sagte er mit verfettet sonorer Stimme. »Dann werd ich euch vorher die Elbe zeigen. Gell.« Babette schaute ihn verständnislos an: »Die Jungens kennen die Elbe rauf und runter. Achim kennt Alster und Elbe wie seine Westentasche.« Sie war stolz auf ihren Ältesten: »Nicht, mein Alsterpirat?«, lenkte jedoch ein: »Wir kommen mit.«

»So lange, wie wir morgen mit dem Dampfer fahren, seid ihr noch nie unterwegs gewesen.« Selbstzufrieden behielt Harro das letzte Wort.

»Was will der feiste Sack?«, fragte Achim, nachdem Harro gegangen war. »Ihn drückt schlechtes Gewissen«, sagte Babette. »Wer weiß, vielleicht suchen sie ihn steckbrieflich in Spanien oder Frankreich. Vielleicht war er bei der Abwehr, beim Admiral Canaris? Oder er hat in Spanien geklaut oder unterschlagen? Wer soll's wissen? Vielleicht schicken ihn auch die Ulbricht-Kerle aus Pankow? Von seinen Rechenschiebern kann er gewiss nicht existieren.« Mehr mit sich selbst redend sagte sie: »Vielleicht hat er Millionen am Frankfurter Schwarzmarkt gemacht.«

»Das glaubst du selbst nicht«, meinte Achim. »Der Fettsack ist viel zu feige.« Babette wurde ernst. »Wir können es uns nicht leisten, Chancen zu vertun, mein Lieber. Vielleicht kann er uns nützen.« Babette griff die Bibel von der Kommode und las bei Tisch *Daniel in der Löwengrube* vor. Diesmal war es an Peter, die Geschichte mit eigenen Worten zu schildern. Durchs Wiederholen kannten sich die Jungen recht gut aus im Alten Testament. »Und was lernt ihr daraus?«

»Nie Angst haben, nicht zaudern«, sagte Peter.

»Und immer selbst den Kopf gebrauchen, nachdenken, selbst entscheiden, nicht nachplappern, Angst überwinden – auch vor unserm Gott.« Babette klappte die Bibel zu und sagte: »Der eine fragt: Was kommt danach? Der andere: Wie ist's recht? Und also unterscheidet sich der Freie von dem Knecht.« Auf dem Sofa in ihrem Zimmer machte sie Max das Bett. »Schlaf, unser gerechter Gott behüte dich.« Sie gab ihm einen Kuss und holte die Briefe aus dem Kleiderschrank, die sie immer von Neuem las. Weinte sie?

»Ihr seid ja prächtige Matrosen«, sagte Harro, als die Brüder ihn in der Pension abholten. »Wie die Kaiserliche Marine – frisch, gescheit und wie die Orgelpfeifen. So wie ihr hab ich als Bub auch ausg'schaut, gell.« Harro rieb sich selbstzufrieden seinen Schnauzer. Den S-Bahnhof gegenüber vom Hotel hatte die Reichsbahn Ende des letzten Jahrhunderts als feste Burg mit Türmchen und Erker errichtet.

Achim blickte finster zu Boden. Er hasste Matrosenanzüge.

»Die hatte meine alte Freundin Alice auf dem Dachboden aufbewahrt«, sagte Babette. »Vierzig Jahre Eins-a-Qualität, seit 1910. Für bessere Gelegenheiten haben die Jungens keine anderen Hosen und Hemden. Woher soll's auch kommen?«

Ein Nordseehoch bestimmte das Wetter: blassblauer Himmel, sattes Frühlingsgrün der Kastanien und Buchen – für Mai viel zu heiß. Peter lief voraus, Max hinterdrein. Kriegen spielen wie Hunde. Im Jenischpark grasten schwarzbunte Kühe unten am Bach. Achim stiefelte brütend hinter Babette und Harro her. Als Max sich zu ihm gesellte, sagte er: »Ein echter Lump ist der. Kein Wort red ich mit ihm. Die aufgepumpte Blutwurst blökt immer: gell, gell, gell.«

Die Brücke zum Ponton des Fähranlegers Teufelsbrück quietschte im Auf und Ab des Schwells der Elbfähren, Werftbarkassen und Lotsenboote. Von der Deutschen Werft tackerten Niethämmer übers Wasser. Ein Raddampfer der Este-Linie gab mit aufschäumendem Wasser unter den Schaufeln volle Kraft achteraus und machte fest gegen den Ebbstrom. »Die Raddampfer der Kaiserzeit sind unverwüstlich«, erklärte Harro bedeutungsschwanger. Die drei wussten das ohnehin.

»Der ödet mich jetzt schon an«, flüsterte Peter. Onkel Harro trug weißen Leinenanzug mit Weste und zum weißen Hemd eine goldene Fliege. Heute jedoch mit roten Punkten. »Wir fahren nicht mit dem Raddampfer, sondern auf einem Schiff mit Heckschraube bis zum wunderschönen Glückstadt und retour. Gell.«

»Grauenhaft«, knurrte Achim. »Gell?« Peter und Max verbissen sich das Lachen. Als der Festmacher die Leinen der *Edgar Ross* belegt und den hölzernen Laufsteg herausgeschoben hatte, ging Babette zielstrebig aufs Oberdeck zur ersten Bank hinter den Schornstein. »Warum setzt du dich denn hierhin, mein Herz?«, fragte Harro, der ihr wie ein geiler Schafbock folgte. »Weil hier weder Fahrtwind noch Rauch stört«, fertigte sie ihn ab. »Hier sitzen wir immer.«

»Ich bin von Seeleuten umzingelt.« Dabei legte Harro seinen Arm vertraulich um Babettes Schulter. Sie hob die linke

Augenbraue. Seine Annäherungsversuche waren ihr sichtlich unerträglich. Max folgte Peter zur Hamburg-Flagge: geschlossenes weißes Stadttor auf rotem Grund. Es faszinierte Max, kniend ins brodelnde Heckwasser zu schauen. Braun wölbte sich eine Welle empor, wenn die Schraube langsam anlief. Dann wechselte die Farbe allmählich von Braun zu Weiß, schäumte in Milliarden von Luftblasen und erste Spritzer flogen. So geht's nach Amsterdam, Norwegen und Schottland, dachte Max. Karten von Nordsee und Nordatlantik kannte er aus dem schäbigen Diercke-Atlas von 1899.

»Als Segler schafft ihr's allemal zur Ostküste«, sagte Babette des Öfteren. »Wer Angst vor der See hat, ist verloren. Wie grüne Wände, Meter hoch bis zur zweiten Saling, laufen die Kaventsmänner auf euch zu. Als wollten sie alles erschlagen. Nur Sekunden herrscht Stille. Dann hebt die Welle euer Segelboot rauschend empor auf ihren Kamm: Ihr habt freie Sicht über die Unendlichkeit der Wellen und schlagartig hämmern Böen in die Segel.« Nach Bergen in Norwegen und Edinburgh in Schottland, ja bis zu den Orkneys war sie als Studentin gesegelt. »Mermaid«, sagte sie selbstironisch. »Schwere Stürme sind klug abzuwettern – so wie's ganze Leben.«

Unter Deck wurde Bier gezapft. »Echtes Bier von der Elbschlossbrauerei«, warb die freundliche Frau hinter dem Tresen. Sie hatte auf der Hinfahrt nach Glückstadt kaum Kundschaft und mühte sich umso mehr um ihre Gäste. Vier blanke neue D-Mark-Stücke für die Passage. Für das große Bier noch dreißig Pfennige extra. Wer konnte sich das schon leisten?

»Wir speisen im *Glückstädter Ratskeller*«, sagte Harro und wies mit seinem Spazierstock voraus ins Blaue.

»Was fuchtelst du mit deinem Stock vor meiner Nase«, maßregelte ihn Babette und schloss die Augen, um sich zu sonnen. Ihr Gesicht war ebenmäßig ohne Falten. »Du hast so wundervoll geschwungene Lippen«, gurrte Harro, der seinen gelben Panamahut aufgesetzt hatte, »und noch immer die wunderschönen grünen Augen mit den langen Wimpern, in die ich mich gleich verliebt habe. Wie jung wir damals waren 1930 in Berlin. Ich musste diese junge, charmante Dame einfach ansprechen! War ich dreist, mein Kleines? Ist es nicht, als sei die Zeit stehen geblieben?«

»Du hast mich geliebt? Sag bloß?« Babette hatte ihren sarkastischen Tonfall, hielt die Augen geschlossen und schüttelte ihre Mähne. »Als Erstes hat mich dein Vater abgefragt, ob meine Eltern auf der ›richtigen Seite‹ der Flottbeker Chaussee wohnten: ›Auf der Elb- oder der Landseite, mein schönes Fräulein?‹ Mit geballter Indezenz hat mich dein Mütterlein bei der Suppe gefragt, ob ich ›gottgläubig‹ sei? Ja, hab ich ihr geantwortet: Ich kenn mich in Gottes Biografie nicht so gut aus. Gottgläubig sei meine Verwandtschaft seit fünftausend Jahren. Meine Familie habe jedoch nie an den lieben, sondern nur an den gerechten Gott geglaubt. Ob die Statisterie ihres barmherzigen Gottes allerdings die meines gerechten Gottes sei, das sei zu klären. Da hat dein Mütterlein geschwiegen.«

Babette gähnte. »Ich habe ihr schließlich gesagt, dass wir vermutlich an denselben Gott glaubten. Ich persönlich fände die Jüdin Maria Magdalena recht sympathisch. Jesus sei zweifellos mit ihr verheiratet und beileibe kein Christ gewesen.« Babette genoss es, Harro bei geschlossenen Augen zu ärgern: »Da hat deine alte Dame nach Luft geschnappt.«

»Mütterlein hat dich von Anfang an geschätzt. Ob sie dich intellektuell verstanden hat, weiß ich nicht«, entgegnete Harro. »Sie lässt dich übrigens ganz von Herzen grüßen. Gell. Ich vergaß es, dir auszurichten. Gell. Sie sehnt sich so nach dem Grunewald zurück. Übrigens, unsre Köchin ist mitgeflohen. Sie wohnt im Keller und geht Mütterlein zur Hand. Treue Seele.«

»Aber Jesus?« Babette hielt ihre Linke vor die blendende Sonne. Harros Gerede perlte an ihr ab. »Mit Jesus hatte nicht nur ich, sondern hatten ganz andere Leute ihr Problem. ›Liebe deine Feinde wie dich selbst!‹, so eine Torheit wissentlich zu verbreiten. Das ist niederträchtig. Das müsste bestraft werden.« Babette ärgerte sich, sie erhob sich plötzlich, wanderte unschlüssig hin und her, wechselte den Platz. Das war auf dem Schiff nicht anders als zu Hause. Neben dem Schornstein war eine glatt lackierte, eiserne Fläche, auf die sie sich legte. Harro setzte sich augenblicklich daneben. Sein Schnauzer schob sich rhythmisch vor und zurück: »Magst du mein Jackett unter dein Köpfchen legen?« Sie antwortete weder Ja noch Nein.

»In Spanien sind Tage und Wochen so wie heute«, fing er erneut zu plaudern an. Seine Stimme zitterte leicht. Babette spielte Unschuldslamm: »Wann hast du deine Ellenor denn kennen- und lieben gelernt? Gleich nachdem ihr mich abserviert hattet oder später, als dein Vater dir den Posten bei der AEG in Spanien verschafft hatte? Oder eher?«

»Liebstes«, sagte er, »was quälst du dich – Jahre später?« Dabei strich er vorsichtig ihre rechte Hand.

»Wieso ich mich? Du quälst mich! Du hast die Wunde gerissen. Du warst meine erste Liebe. In deiner Gegenwart hatte ich mich als Frau gefühlt. Sofort. Nächte mit dir, davon hatte ich geträumt.« Sie sprach leiser, aber keineswegs so gedämpft, als sollten ihre Söhne es nicht hören. »Ich war unberührt. Aber du mochtest nicht abwarten. Hast mich ständig bedrängt. Ohne Studienabschluss wollt ich kein Kind. Sofort wär ich schwanger geworden, so innig wie ich dich liebte.«

Der Kapitän gab zweimal kurz Signal, zwei Wasserdampfwölkchen verloren sich im Blau. Viele Paddler waren unterwegs auf der Elbe, kein Segelboot in Sichtweite. Achim stierte aufs Wasser und auf den Elbdeich, ließ Babette und Harro nicht unbeobachtet. »Das Schlimmste auf der Welt – Harro inklusive – sind der Paddler und sein Zelt«, flüsterte er Max ins

Ohr, als der sich neben ihn setzte. Max musste lachen. Achim sagte mitleidig: »Du hast Glück, Lütter, dass du blonde Haare hast. Da erkennt keiner, dass du nur mein Halbbruder bist.«

»Ich bin sechs, du sechzehn und Peter elf. Ob ich euer Bruder bin, das müsst ihr selbst wissen«, antwortete Max. »Aber ich mag dich«, fügte er hinzu. Mit einem Rums stieß das Schiff gegen den Anleger Lühe. Der Steuermann gab voll rückwärts. Dann lag das Schiff fest. Das Oberdeck leerte sich.

»Wenigstens was zu trinken bringen, könntest du mir«, nörgelte Babette Harro an. »Eine Orangeade.« Die Frau von der Theke trug auf ihrem Holztablett Flaschen und ein Glas herbei. »Das Glas ist für die gnädige Frau«, sagte sie und erhielt von Harro sogar ein silbernes Fünfzig-Pfennig-Stück als Trinkgeld.

»Haltet keine Maulaffen feil! Springt los, schaut euch das Schiff an«, scheuchte Babette ihre drei mit einer Handbewegung fort. Im gleichen Moment legte die *Edgar Ross* wieder ab und schlug mit dem Heck wie zum Abschied kräftig gegen den Ponton. *Edgar Ross* war nur bis Glückstadt Unterelbetauglich, durfte also nicht in die Nordsee hinausfahren bis nach Helgoland wie *Jan Molsen*, der Stolz der Hamburger Fährschiffflotte. Aus dem Schornstein schlug fetter Schwerölqualm. Die Luken zum Schiffsdiesel waren aufgestellt. »Nicht bloß von oben glotzen, Jungs«, rief ein Maschinist von unten herauf. »Kommt runter. Ich zeig euch das Viech.« Die Kolben lärmten ohrenbetäubend, ein ewig hämmerndes Stakkato. Der Maschinist schrie. Die Jungen konnten kein Wort verstehen. Als sie die schwere Eisentür zum Motorraum mit den beiden Riegeln wieder schlossen, fragte der Maschinist: »Wo habt ihr die Matrosenanzüge her?«

»Das weiß Mama«, antwortete Max. Auf dem Oberdeck durfte die verölte Gestalt nicht erscheinen. »Ick bün ut 'n Keller.« Das Schiff ließ Pagensand an Steuerbord. Da hatten Hunderte Paddler ihre grau gummierten Zelte errichtet.

Die waren neu. Die alten hatten braun-grüne Tarnung. Beim Leuchtfeuer Pagensand-Nord kam die Rhinplatte und dahinter der Kirchturm von Glückstadt in Sicht. Für zwei Stunden konnte man an Land gehen.

»Auf deine Jungs kannst du stolz sein«, sagte Harro zu Babette, als sie die ausgetretenen Sandsteinstufen zum *Ratskeller* hinabgingen. Es gab Matjes nach Schwedenart. »Der Lütte kriegt nur Kartoffel mit weißer Soße«, orderte sie beim Kellner mit der Armprothese, der obendrein humpelte. So etwas übersah Harro geflissentlich. Er bestellte für sich teuren Wein aus der Pfalz. »Du hast also nicht vergessen, dass ich beim Mosel anhänglich geworden bin«, sagte sie. Harro grinste breit: »Lass uns darauf anstoßen.«

»Erst, wenn du mir Bier bestellst«, entgegnete Babette. Sie konnte schrecklich zickig sein. Harro langte kräftig zu. Gespannt beobachteten die Jungen, wie sich zwischen den Borsten seines Schnauzers Tropfen weißer Soße sammelten. Babette stieß ihn in die Seite: »Du tropfst.«

Um drei Uhr nachmittags legte die *Edgar Ross* wieder ab von der Pier und dampfte aus dem kleinen Elbhafen. Es waren Passagiere mit Rucksäcken und großen Taschen an Bord gestiegen. »Was wollen die?«, fragte Harro.

»Das sind Menschen, die in Hamburg Arbeit, aber keine Bleibe gefunden haben. Im Osten und Süden von Hamburg, in Rothenburgsort, in Wilhelmsburg und auf der Veddel, liegt alles flach. Da ist jede Mietskaserne zerbombt. Am Wochenende schippern die jungen Leute zu ihren Eltern nach Hause.«

»Das Volk hat wirklich sehr gelitten.« Harro strich sich über seinen Schnauzer, putzte ihn mit einem Tuch und himmelte wieder Babette an.

»Aber du und deine Eltern bestimmt nicht. Vor allem nicht Mütterlein.« Babette neigte zum Sarkasmus: »Dein Mütterlein zählt ja auch nicht zum Volk, sondern zur Avantgarde der neuen Zeit. Gell. Stefan George … war der nicht öfter zu Gast bei euch? Dieser esoterische Rattenfänger, der euch Jungmannen geistig benebelte? Erinnere ich mich richtig? Dieser Schacht, dieser entsetzliche Arroganzling mit dem Kneifer, der ließ sich in deinem Elternhaus beklatschen: ›Wer hat die Rentenmark gemacht? Der Hjalmar Schacht, der hat's vollbracht.‹«

Harro seufzte: »Im Nürnberger Prozess wollten ihn die Alliierten unbedingt verurteilen. Aber Mütterlein verteidigt den Dr. Schacht noch heute: Man habe ihm schwer Unrecht getan.« Melodramatisch fuhr er fort: »Wo sind sie alle geblieben?«

»Das kann ich dir genau sagen.« Babette kniff wieder die Augen zu. »Freigesprochen haben sie ihn! In Düsseldorf und in Hamburg stolziert er mit seinem Kneifer rum. Die Kanaille, der Schacht.« Sie holte zum Tiefschlag aus: »War dein Väterlein nicht Facharzt für venerische Erkrankungen? Unter Patientenmangel hat er in Berlin nicht gelitten. Mehr als gutes Geld dürfte seine Praxis abgeworfen haben. Hundertfünfundsiebziger waren doch bestimmt dabei? Zumindest die von der SA.« Damit schob sie mit einem Ruck Harros Jacke und Weste fort.

»Dir kann man einfach nicht böse sein«, bettelte er. »Aber so solltest du nicht über Väterlein reden. Gell. War er dir nicht von Anfang an wohlgesonnen, als du zu uns nach Dahlem kamst?«

»Wie recht du hast, mein Harrolein. Er war sehr charmant, bis er mich fragte, was für eine Geborene meine Mutter sei. Bei Tisch hat er dann über den ›Juden‹ Walther Rathenau gefaselt: Ob Rathenau nicht in Wahrheit ein Opfer des Hundertfünfundsiebziger-Milieus geworden sei – und nicht der Freikorpsoffiziere. Väterlein hat mir noch und noch die Platte mit den Schweinemedaillons angeboten. Er sagte: Jüdische Frauen seien in der Liebe so temperamentvoll.«

Babette öffnete die Augen und blickte Harro ins Gesicht: »Deutschnational hatte dein Väterlein gewählt, aber Ende 1932 hatte er das NS-Parteibuch. Stimmt's?«

En garde! Sie unterbrach ihr Florett-Gefecht: »Ihr hattet doch ein riesiges Meissner Service. Habt ihr was retten können?«

»Alles, mein Herz. Wir hatten es ausgelagert in Oberhessen. Wenn du mich und Mütterlein bald besuchst, wirst du wieder vom Meissner speisen.«

Babette setzte zur Parade an: »Väterlein hatte doch alle Hohenzollern-Fürsten als Meissner-Figuren. Gab's nicht später auch den Hitler und den Göring, so mit ausgestrecktem Arm?« Für kurze Sekunden hielt sie inne. »Aber das war sicherlich unpraktisch für die Dienstboten beim Abstauben: So 'ne Adolf-Figur ohne Arm. Wie sähe das aus? Furchtbar, nicht?« Sie kicherte – und Harro mit.

Babettes Kichern bedeutete nichts Gutes. »Waren nicht auch die Eheleute Heydrich bei euch in Dahlem herzlich willkommen? Weißt du? Heydrich, der fesche Marineoffizier, soll ein echtes Kameradenschwein gewesen sein: Als Kapitän zur See hat er mit den Frauen seiner Kameraden rumpoussiert und mehr als das. Der Marinestab in Kiel hat ihm 1921 das Consilium abeundi erteilt.«

Babette kostete die Situation in vollen Zügen aus: »Euer Heydrich hatte doch später das deutsche Weib mit den blonden Hörnchenlocken links und rechts der Stirn. Hat nicht Väterlein von Heydrich geschwärmt? Als dem Schöpfer des Schwarzen Korps, der jungen Eiche im deutschen Volk?« Jede Riposte war Harro versagt. Ihre Stiche saßen.

»Mein Liebstes, was quälen dich für absonderliche Erinnerungen an diesem herrlichen Tag?« Harros Hemd war unter den Achseln dunkel geworden.

»Wieso? Ich quäl mich nicht. Ihr habt mich gedemütigt. Ende Februar 33 war ich zum letzten Mal bei euch. Erinnerst du dich? Nach der Machtergreifung war Jüdinnen euer Haus verschlossen. Meine Anwesenheit wäre geschäftsschädigend gewesen, sobald Väterlein mit seinem lustzerfressenen Patienten Röhm parlierte, nicht? – I wo, ich hätte dein Elternhaus so und so nicht mehr betreten. Aber Väterlein, der Gute, war mir zuvorgekommen: Per Einschreiben-Rückschein hat er mir sein Haus verboten. Unfassbar! An den Satz erinnere ich mich noch, weil er mich so verletzt hatte: ›Frauen nicht reinen Bluts sind in einem deutschen Hause unerwünscht.‹ Du hast ihn doch gekannt, den Brief?«

Babette strich über Harros Gesicht. Es war ihre späte Genugtuung. »Lüg jetzt nicht. Lass das, bitte.« Sie lachte Harro ins Gesicht: »Alter Lügenbold! Was für ein mieser Feigling du warst. Bist noch mit mir ins Kino, ohne Wissen deiner Eltern, hast mit mir geknutscht und …« Sie ließ ihren Arm fallen: »Richtig: Heiraten hattest du mich ja wollen.« Sie machte wieder eine gedehnte Pause. »Gegen den Willen deiner Eltern? Wie oft hast du mir das beteuert, wenn du mich nach Nikolassee heimgebracht hast.« Babette streckte sich wohlig: »Weil du, mein lieber Guter, viel zu feige warst. Da bin ich selbst unangemeldet in die Praxis deines Vaters in der Kantstraße. Wollte seine Einwilligung zu unserer Hochzeit. Ich seh noch, wie seine Syphilis- und Schankerpatienten im Wartezimmer schockiert waren! Die Schwestern hatten mir den Zutritt zum Ordinationszimmer verstellen wollen.«

Sie neckte Harro am Kinn: »Ja, das war Wiener Komödie, das war Johann Nestroy: Ich hab vor Wut gelacht – und dann wurde die Komödie schlagartig Tragödie. Dein Väterlein, dieser Sauerbruch der Berliner Lustknaben, brüllte: ›Niemals, nie wird jüdisches Blut meinen Stammbaum schänden.‹ Ich hab ihn stehen lassen, dein Väterlein. Er hat's dir sicher episch breit erzählt, mein Harrolein!«

Es machte Babette sadistischen Spaß, ihn zu erniedrigen. »Als ich mich durchs Vorzimmer zurückwandte, sah ich ihn: Euren Reinhard Heydrich, ganz in Zivil, ohne SS-Henkerskluft. Hätte dein Vater ihn nicht so treu umsorgt, hätten die Tschechen ihn nicht auf der Kehre zum Hradschin abknallen müssen.« Babettes schlimmster Stoß gipfelte in der Frage: »War Väterlein nicht selbst in der SS, so ganz zivil und heimlich, so der Ehren halber?«

»Mein Liebstes, bitte sprich leiser. Gell. Man könnte dich missverstehen.« Harro erhob sich. Zu erkennen war, wo Harro mit dem Po gesessen hatte. Dort war es feucht. Die Sonne stand niedriger und abgesehen vom Fahrtwind herrschte rundum Flaute.

»Jungens, habt ihr ein Glück, dass ihr hier auf dem Schiff seid und nicht segelt. Ihr müsstet alles aufkreuzen«, sagte Babette. »Aber wir hätten die Tide mit«, sagte Achim. Er blickte verschämt einem Mädchen nach. »Schöne Beine hat sie«, sagte Babette.

Schwitzend, ohne Weste, Jackett und Hut hatte sich Harro auf den Weg zur Theke begeben und war mit fünf Flaschen Sinalco zurückgekehrt. »Trinkt mal dieses Frischgetränk. Gell. Ein Freund hat es in den Handel gebracht: Sine, also ohne Alkohol. Das ist sein Programm. Aber ihr lernt das noch auf der Schule. Gell. Eure Mutter und ich gehen mal nach hinten, etwas zu bereden.«

»Das heißt nach achtern«, knurrte Peter und tickte sich an Stirn, als Babette und Harro in sicherer Entfernung waren. »Ich wette, der hat auf seiner Berliner Privatpenne nicht mal das Kleine Latinum gemacht«, sagte Achim. Da standen Babette und Harro als Scherenschnitt in der Abendsonne. Max weinte. »Wer flennt, muss zu seiner Mama«, ärgerte ihn Peter und schubste ihn von der Bank.

»Mädel, ich möchte dich heiraten – standesgemäß, gell«, sagte Harro, zerrte seine verlassene Liebe an sich. Sein Schnauzer bebte.

»Bin ich jetzt arisch?«, schrie Babette. Sie war weiß vor Wut. »Woher hast du dies total verblödete ›Gell‹? Ich kannte einen Harro, der war Berliner.«

Als man in Teufelsbrück von Bord ging, herrschte Schweigen. Babette nahm Peter und Max links und rechts an die Hand. Es war noch ein längerer Weg durch den Park nach Hause. Max war todmüde. Jeder Windhauch war eingeschlafen. Kühe, die auf den Wiesen standen, schüttelten sich im Dunkeln vernehmlich.

Als Harro vor der *Pension Schmidt* verabschiedet wurde, gab Babette Max einen Stoß in die Rippen: »Wach auf, kleiner Mann. Sag Onkel Harro gefälligst Danke für den herrlichen Tag auf der Elbe. Gell. So wie es sich gehört.« Max machte seinen tiefsten Diener. Da erst sah er, dass Harro Riemensandalen und dicke, gelbe Wollsocken trug.

Babette schloss die Haustür zum gekachelten Windfang auf. Achim zischte nur: »Dieser elende Fettsack.« Nachdem Babette mit Mäxchen gebetet hatte, sagte sie zu den anderen: »Keine Angst! Ihr kennt doch eure Mama, gell.« Sie haben so gelacht – selbst Achim. Sie waren wie befreit. Harro kam nicht wieder.

5. Freunde I

Babette Coehn und ihre Söhne galten von Amts wegen als »Heimatvertriebene«. »Sind Sie Flüchtling aus Ostpreußen? Da müssen Sie ja Grauenhaftes durchgemacht haben – mit den Russen«, sagten manche Leute und musterten sie umflorten Blickes. Max hatte schnell spitz: Die Leute waren hinterhältig. In Wahrheit wollten sie Gejammer provozieren: dass es allen Heimatvertriebenen saudreckig ginge, am liebsten ganz mies. Oder dass die Rotarmisten Babette etwas angetan hätten. Am besten Vergewaltigung. Daran hatten die Leute klammheimliche Freude.

Babette tat ihnen nicht den Gefallen zu wehklagen – ganz im Gegenteil: »Es ist herrlich, wieder in Hamburg zu sein. Der Geruch der Elbe, unsere herrlichen Parks, all die uneigennützigen Mitbürger. Schade nur, dass so viel durch Bomben zerstört ist.« Dann gab sie Max einen Stups, worauf er zu sagen hatte: »Ich bin Hamburger, kein Quiddje.«

Die Leute waren derart verblüfft, dass sie lediglich zu fragen wagten: »Wie alt bist du denn?« Darauf antwortete Max so, wie es ihm eingebläut worden war: »Gerade als die Engländer uns befreit hatten – am 9. Mai, da bin ich bei Flut im Krankenhaus Tabea auf dem Falkenstein geboren.« Diese Äußerung verstörte regelmäßig die Fragenden. »Befreit – ach so, ach so – na, ja … also nach der Kapitulation«, sagten die Leute und hatten jede Lust verloren, weiter nachzubohren. Manchmal sagten sie: »Du Lausekerl.« Das klang nach Schlägen.

Aber es gab auch einige, die Babette Coehn und ihre Jungen akzeptierten. Frau Endel war eine spröde Hamburger Dame, dürr wie eine Bohnenstange, mit durchsichtig fahler Haut, schlohweißen Haaren, aber mit flink registrierenden Augen. Sie fotografierte die vier gemeinsam stets in der Woche vor Weihnachten: »Ich fotografiere nur noch Menschen, die mir sympathisch sind.« Babette freute sich jedes Jahr, wenn sie das aktuelle, stark vergrößerte Foto als Geschenk erhielt.

»Es ist Gottes Wille, dass Sie mit Ihren Kindern gesund wieder in Hamburg gelandet sind. Ostpreußen, entschuldigen Sie, liebes Kind, dorthin hätte ich nie geheiratet.« Sie sagte so häufig zu Babette »Liebeskind«, dass es fast wie ein Vorname klang. »Die Kälte, diese ungeschlachten Menschen dort und diese bigotten Landjunker. Ostpreußischer Adel war und ist eine Wetterfahne: mal ›viva Polonia‹, mal preußisch. Ab zweiunddreißig haben die Junker vor dem Tapezierer aus Wien gebuckelt. Plötzlich ist das alles vergessen: Die Baronessen und Grafen aus Ostpreußen geben sich heute liberaler als jedes Member of Parliament. Eine Baroness soll jetzt im Pressehaus am Domplatz ihr Unwesen treiben. Bei *Die Epoche*. Degoutant. Liebeskind, wie sind Sie mit dem Gesocks nur zurechtgekommen?«

»Nicht ganz so gut«, antwortete Babette. »Es war jemand aus der Verwandtschaft, der meinen Mann angezeigt hat: Landesverrat, Verunglimpfung des Führers.«

Frau Endel schien den Satz überhört zu haben. »Fritz hieß Ihr Mann, nicht wahr, also der Vater Ihrer Kinder? War er nicht Arzt und weit älter als Sie? Erinnere ich das recht? Ich hab's damals gewusst, als Ihre Heirat 1934 in Berlin stattfand, Liebeskind. Aber Details hat mein Hirn leider verlegt. Entschuldigen Sie mich, mein Liebeskind«, sagte sie und klopfte sich mit ihrer rot geäderten Hand an die Stirn: »Hat man ihn abgeholt?«

»Zwei Wochen nach unserer Heirat«, sagte Babette. »Drei Mal hab ich ihn rauszerren können aus der Hölle. Ich kann stur schalten. Wir hatten einen ausgezeichneten Anwalt in Berlin – ein Herr. Gott sei Dank, der hat das Wüten der Gestapo nach dem 20. Juli überlebt.«

»Ecken und Kanten haben sich vererbt. Man sieht's Ihren Söhnen an.« Lächeln flog übers Gesicht der Frau. »Liebeskind, Sie müssen mir nicht antworten, aber wie ist Ihr Fritz verstorben?«

»Im Februar 43 hat ihn die Gestapo in Königsberg umgebracht. Erschossen, erdrosselt, erhängt an den Füßen? War es schon unserem Anwalt untersagt, seine Leiche zu sehen, hatte ich erst recht keine Chance.« Frau Endel fuhr Babette mit der Hand ganz kurz über die Schulter. Als sie die Haustür hinter Babette schloss, fragte Max: »Wirst du auch mal so uralt und aussehen wie Frau Endel?«

»Das täuscht, mein Kleiner. Sie ist nicht uralt. Sie ist fünfundvierzig, genauso wie ich und damit dreißig Jahre jünger als deine Großmutter«, sagte Babette. Sie sagte es so, dass man sofort wusste, dass weiteres Nachfragen sie nur verärgert hätte. Also unterließ es Max. Begreifen, einordnen konnte er das alles nicht. Frau Endel sagte zu ihm: »Man kann alt sein, aber jung an Jahren. Das hat dir deine Mutter bestimmt gesagt.«

Andere Kinder gruselten sich vor Frau Endel. Max besuchte sie gern allein, denn sie hörte oft Musik aus ihrem Grammophon. »Edvard Grieg ist das. Sieh, wie der Morgen erwacht! Der kleine helle Streifen auf dem Fjord, die Ahnung der Sonne hinter den Bergen und dem dunklen Horizont. Die Helligkeit, die sich allmählich über den Schären ausbreitet. Das Licht tanzt tausendfach auf den Wellen.« Sie hatte recht. Am liebsten legte sie ein Stück von einem jungen Mann auf: »Der hieß Franz Schubert. Er war sehr unglücklich und ist früh gestorben. Es ist das Quintett C-Dur, 956. Adagio.«

Max lehnte sich an die Wand und schaute auf die Pitch-pine-Dielen. Es war die schönste Musik, die er je gehört hatte. Frau Endel saß stocksteif in einem Korbstuhl vorm Fenster. So verharrte sie, bis die Nadel am Ende der Platte kratzte.

»Schubert ist gestorben«, sagte sie, »nachdem er dies Quintett geschrieben hatte. Leben ohne Musik – das ist keines, mein Junge. Sie wird in dir leben, dich erfüllen, dich tragen, sofern du ihr genau genug lauschst. Sie wird in dir sein, dich nie verlassen, ob du auch durch Höllen gehst. – Komm wieder, dann hören wir Brahms«, ermunterte sie Max. »Der war Hamburger.« Weshalb sie das betonte, wusste er nicht. Aber Brahms, das klang vertraut und weich. Max' Gedanken segelten in die Zukunft – über die See, irgendwohin. Nichts gab es, was bedrohlich schien oder ihn, seine Mutter und seine Brüder hätte voneinander trennen können.

6. Freunde II

Weil alle Kinder quer durch die Gärten spielten, Mauern und Zäune souverän missachtend, kriegte Dicker bald spitz, dass Max häufig mit der alten Endel im Zimmer zusammensaß und Musik hörte. Ans Fenster zu klopfen, wagten die Kinder nicht. Eines Nachmittags sagte Tetsche, der eigentlich Hans hieß: »Du brauchst nicht mitzuspielen. Hau ab zur ollen Endel.« Max hatte ihm auf den Arm geboxt. Tetsche trat ihn. Sie hatten sich ringend auf dem Fußweg und in einer Pfütze gewälzt. Die Kinder haben gejohlt und sie angefeuert. »Hau ihm eins rein. Schlag zu!«

Dann war Tetsches Mutter, eine kleine, korpulente Frau mit blondem Haar und fein bestickter weißer Schürze, gekommen, hatte die beiden getrennt, Tetsche nach Hause gezerrt, Max aber vorher zwei links und rechts ins Gesicht gescheuert, dass seine Nase blutete.

»Musst du immer so rabiat sein? Du hast lange nicht mehr zwischen den Kohlen gesessen«, drohte Babette. Sie war entsetzt, dass Max sich mit Tetsche gehauen hatte. Denn Tetsches Eltern besaßen den größten Garten in der Straße, mit hohen Buchen, in dessen hinterem Teil sie gewöhnlich Kartoffeln, Bohnen, Erdbeeren und Lauch anpflanzten. Davon hatte Babette Coehn nach der Ernte etwas abbekommen. »Tetsche lädt dich aus von seiner Geburtstagsfeier.«

Das tat er nicht. Er feierte am Sonntagnachmittag. Max trug die weiße Matrosenbluse und schenkte Tetsche zehn bunt gelackte Murmeln aus Ton. Dicker brachte ihm zwei große Klicker aus Glas. »Er hat ja 'nen reichen Vater«, sagten die anderen Kinder. An diesem Nachmittag trank Max erstmals heiße Schokolade, zwei Becher. Dazu gab es Rhabarberkuchen und Kalten Hund. Es wurde »Reise nach Jerusalem« gespielt, »Fang den Hut!« und im Garten Verstecken. Tetsche hat geweint, weil er am eigenen Geburtstag so oft verlor. Sein Großvater, ein hutzliges Männlein, war die Treppe vom ersten Stock heruntergekommen. Gewöhnlich war er nur morgens zu sehen, wenn er um Viertel nach sieben mit schwarzblauem Arbeitgeberhut und zweireihigem Paletot aus schwarzer Schurwolle vors Haus trat, vom Fahrer im winzigen *Tempo Matador*-Dreiradauto abgeholt und in sein nicht ausgebombtes Büro in der Innenstadt chauffiert wurde. Er handelte seit Ewigkeiten mit Röhren und Gummischläuchen.

»Flenn nicht wie ein Waschweib«, tadelte das Männlein seinen Enkel. »Wenn jeder Hamburger Kaufmann über all die Geschäfte heulen würde, die ihm Adolf versaut hat, hätte die Elbe Hochwasser.« Er forderte die Kinder auf, sich auf den Boden zu setzen, und begann Witze zu erzählen, über die Tetsches Mutter gelacht hat. Die kleinen Gäste haben mitgelacht, weil sie wussten, dass es zum Schluss für jeden eine Glasschale mit Wackelpeter geben sollte – mit Schlagsahne. Als der alte Mann die letzten Lacher eingesammelt hatte und die Schlagsahne ins Esszimmer getragen wurde, sagte Sigurd, dessen schweinsköpfigen Vater Babette »Nazi-Streicher« nannte: »Ich weiß einen Judenwitz.«

»Die Witze, die dein Vater erzählt, behalt für dich«, fuhr ihn der Alte an. Siggi wurde feuerrot. Er hat schnell die Geburtstagsfeier verlassen. Später hatte er Max ein Bein gestellt beim Fußball und ihn auf der Straße hinfliegen lassen. »Du bist schuld«, hat er zu Max gesagt, »du hast mich blamiert.«

Weil Max' Knie blutete und Sigurd mehr Kraft hatte, antwortete er ihm nicht. Er wusste nun, woran er bei Siggi war.

Max ahnte, dass Siggi es gewesen war, der bei der Endel die Jugendstil-Glasscheibe zerdeppert hatte. »Wie am 9. November«, hatte Frau Endel gesagt. Trotzdem hat sie auch Siggis Mutter zum Kaffee in ihren Garten geladen. Babette wunderte sich: »Warum das?« Worauf Frau Endel antwortete: »Weil wir alle wieder zusammenleben müssen.«

»Die Narzisse«, zischte Babette verächtlich.

»Man darf nicht hassen. Hassen verblendet, und wer von uns hasst, begibt sich aufs gleiche Niveau mit dem braunen Pack«, erwiderte Frau Endel. »Dasselbe predige ich meinen beiden Töchtern.« Die studierten weit weg in Bayern. Sie waren beide sehr attraktiv – Max meinte sogar schön. Die großen Jungen schauten den Schwestern hinterher, wenn sie auf Semesterferien zu Hause waren. Dann saßen sie abwechselnd auf der Gartenschaukel, die vom dicken Buchenast herabhing, quatschten mit den Kindern der Straße. Die Jüngere von beiden setzte sich eine Schippermütze auf und parodierte Seemannslieder von Hans Albers – sehr zum Missfallen ihrer Mutter. »Der Albers wird bei der kleinsten Welle seekrank«, wusste Babette.

Nach Herrn Endel hat niemand gefragt, so als hätte er ihn nie existiert. Die Putzfrau sagte: »Frau Endel erschrickt, wenn es an der Haustür läutet.« Früher waren die beiden Mädchen beim ersten Klingelton in die Altländer Truhe gesprungen, die auf dem Treppenabsatz des Hauses stand. Max schien das keineswegs unnormal. Babette hatte nämlich erzählt, dass sich das jüdische Ehepaar Kaufmann an der Ebertallee, aus Angst von der Gestapo abgeführt zu werden, bei jedem Läuten im Hohlraum hinter den Schiebetüren zwischen Wohn- und Esszimmer versteckt hatte. Max fragte sich, wie die alten Herrschaften dort wohl geschlafen hatten.

Die Endel hatte allen Damen der Nachbarschaft gesagt, dass es bei ihr am Sonnabend echten, frischen Bohnenkaffee gäbe, keinen Muckefuck. Man solle also pünktlich sein, dann werde der frische Kaffee noch duften.

»Die kann ja auch einladen. Die hat ja keine Flüchtlinge und Ausgebombte in ihrem Haus«, hatte Sigurds Mutter beim Grünhöker in der Ulmenstraße verkündet: »Die Juden und die jüdisch Versippten sind alles, alles wieder Kriegsgewinnler, wie 1918!« Aber dann war sie eine der ersten Kaffeetanten im Garten von Frau Endel gewesen.

Es war nicht mehr so heiß wie am Mittag. Trotzdem hatte Siggis Mutter dunkle Schweißflecke, dort wo ihr ärmelloses, mit Rosen geblümtes Kleid an den Achselhöhlen schnürte. Babette sah es mit einem Blick und flüsterte Frau Endel zu: »Der Herr Parteigenosse ist offenbar sehr angetan vom strengen Odeur seiner Frau Gattin.«

Die Gastgeberin grinste, winkte jedoch ab: »Ich will heute weder Ironie, Gezänk oder gar tödlich beleidigte Hamburger Madams um mich dulden. Ich möchte ausschließlich zarte Kränzchenplauderei wie früher. Die Gören können meinetwegen um uns herum toben. Nur stören sollen sie nicht.« Es gab echten Marmorkuchen.

»Wollen Sie nicht wieder fotografieren, so beruflich?«, wurde die Endel gefragt. »Sie haben doch früher so schön fotografiert – unsere ganze Familie. Oder ist Ihr Berufsverbot noch gültig, jetzt unter Adenauer?«

»Ich weiß nicht, ob ich noch gut bin«, antwortete sie.

»Aber Sie haben doch viel besser fotografiert als Milli Otte?«, sagte eine andere Dame am Tisch. Siggis Mutter nippte nervös an ihrer Tasse: »Ja, die Otte, die wohnt noch die Straße runter … auf unserer Seite. Die Otte ist durch ihre Fotos der Goebbels-Kinder berühmt geworden. Die Konturen zerflossen so weich zum Bildrand hin.«

Babette lachte: »Wie die Zeiten sich ändern, meine Beste. Früher hatten Sie doch vom Herrn Reichsminister gesprochen, jetzt nur von Goebbels?«

»Wir trinken hier nicht Kaffee, um Vergangenheit zu wälzen«, mahnte Frau Endel und blickte tadelnd zu Babette. »Die Kinder liegen auf meinem Rasen und sonnen sich. Es gibt weder Fliegeralarm noch spucken uns HJ-Jünger ins Gesicht. Kein Mensch lässt sich mehr finden, der je für die Gestapo tätig war. Alles hat sich verflüchtigt im herrlichen Blau unseres nordischen Himmels.«

Die Schweißränder am Kleid von Siggis Mutter wurden dunkler. »Mein Mann war ja ... wie wir alle ... so dabei.« Ihre Betonung lag auf »so«. »Er hat das Schlimmste zu verhindern versucht. Ich weiß ...«, und damit schaute sie unterwürfig Frau Endel an, »dass die Otte – die war ja ganz früh 1930 schon in der NSDAP – bis zu Goebbels im Ministerium vorgedrungen ist und sich über Konkurrenz beklagt hat.«

»Stimmt«, sagte die Endel kühl, »das war der Beginn meines Berufsverbots 1937. Alle Kameras musste ich abliefern. Es waren sehr teure Voigtländer Spiegelreflex dabei.« Babette goss Siggis Mutter Kaffee nach. Die erhob sich und fragte nach dem »Klo«. Als sie sich wieder am Gartentisch setzte, sagte sie: »Schade, dass man nicht mehr in den Osten reisen kann. Mein Mann und seine Kameraden waren häufig in der Hohen Tatra zum Ski. Herrlich war es. Ich und die Kinder durften dort zweimal hinreisen, 43 und 44. ’ne Villa mit toller Bergsicht war das. Ein reicher Polacke hatte sie bauen lassen. Der war fort.«

»Wohin Sie auch immer reisen konnten«, mischte sich Tetsches Mutter ein. Sie war neidisch. »Wir Volksgenossen haben hier in Hamburg im Luftschutzkeller gehockt, haben gezittert, geheult und Bombeneinschläge gezählt.« Die übrigen Damen am Tisch nickten dezent Zustimmung. Siggis Mutter rieb an ihrer Nase, blickte nach unten auf den Rasen und kratzte sich unterm Tisch am rechten Oberschenkel. In die peinliche Stille hinein sagte Babette: »Ich fahre mit meinen Jungen im Juli nach Föhr. Ich hoffe, das Wetter hält sich.«

Siggis Mutter atmete sichtlich auf und fragte: »Ja, Frau Endel, wie war's eigentlich in Theresienstadt? Mein Mann hat im Sommer 44 oft geschrieben, das Wetter in Prag sei ganz ausgezeichnet.« Babette prustete ihren Kaffee über den mit hellgrün englischem Service eingedeckten Tisch. Sie lachte hysterisch. Die Kaffeedamen waren pikiert.

»Interessant«, entgegnete Frau Endel eisig. »Theresienstadt ist die Festungsanlage von Kaiserin Maria Theresia gegen die Preußen. Mein Mann ist dort verhungert wie andere Mitbürger unseres Transports aus Hamburg.« Siggis Mutter stürzte ohne Abschied aus dem Garten.

»Meine Empfehlung an Ihren Mann«, rief die Endel ihr laut hinterdrein. Was sonst nicht ihre Art war. Es war jener Nachmittag, seit dem sich die Damen nicht mehr zum Kränzchen treffen mochten. Nur eins hat Frau Endel beim Abdecken gegenüber Babette bemerkt: »Diese Braunen waren von vornherein so entsetzlich plebejisch, genauso abstoßend wie ihre ordinären Weiber. Ich weiß nichts über dies Weibsstück. Meinem lieben Mann war es zeitlebens ein Rätsel, wie diese törichten Nazibestien in unserm Land zur Macht gelangen konnten. Aber lass uns nicht länger darüber nachdenken, Liebeskind.«

7. Geschäfte, Geschäfte

Es waren die schönsten Ferien. Babette hatte *Bombay Bohnerwachs* kistenweise verkaufen können. »Aber das kann man jetzt auch im Laden bekommen«, hatte sie gesagt. Sie müsse ein neues Baantje finden. Ein Baantje! Dass Babette eine bessere Möglichkeit finden würde, Geld zu verdienen, davon waren ihre Söhne felsenfest überzeugt. Irgendwie schaffte sie alles. Deshalb zweifelten sie keine Sekunde, dass Babette die Unterkunft in Nieblum auf Föhr richtig ausgesucht hatte.

Es gab da ein Problem: Die Fahrt mit dem Zug von Hamburg-Altona nach Dagebüll in Nordfriesland und von dort mit der Fähre übers Wattenmeer nach Wyk war für vier Personen absolut zu teuer. »Hin und zurück kostet das fast hundert Mark. Das ist mehr, als wir für vierzehn Tage Ferien ausgeben«, schimpfte sie. Von Großmutter war kein Geld zu erwarten. »Wir haben nie Hilfe bekommen, außer von Alice, wir schaffen's auch so.« Ihre Söhne nickten und setzten auf Babettes Intuition.

Als es Juli wurde und keine Fahrkarte gekauft war, fragte Achim: »Ferien … wird das nichts?« Sonst werde er mit Freunden elbabwärts auf die Nordsee ins Watt segeln oder vielleicht auf dem Plöner See.

»Haltet ihr mich für dumm?« Babette lachte in den kleinen Spiegel überm Waschtisch und prüfte ihre Zahnreihen. Sie war's zufrieden. Dass Babette eine schöne Frau war, daran gab es für ihre Kinder keinen Zweifel. Sie sprachen nie darüber. Aber wo Babette auftrat – sie erschien nicht irgendwie in einen Raum –, richteten sich alle Blicke auf sie. Die der Männer verhohlen, die der Frauen voller Missgunst: »Ihre Beine sind tadellos.« Zu mehr mochten sie sich nicht herbeilassen.

So war es auch beim Hauptzollamt in der Speicherstadt, wohin »mein Mäxchen« Babette zu begleiten hatte, sobald sie ein Paket von den alten Damen aus Philadelphia abholte. Einmal hatten die Damen es besonders gut gemeint und Pralinen mitgeschickt. Als Achim das Zellophanpapier zu lösen versuchte, öffnete sich matschig grüne Masse. Maden hoben, kringelten, senkten sich, als wollten sie die Jungen verlachen. Sechs Wochen von der Ostküste bis zur Elbe – das dauerte zu lang.

Die Zollamtshalle am Tor zur Speicherstadt war Tag um Tag schwarz von Menschen, die in mehreren Schlangen geduldig vor den Schaltern zu warten hatten. Die Zöllner arbeiteten mit sadistischer Bedachtsamkeit. Im Winter stank es penetrant. Sie ließen sich Zeit beim Gang hinter den braunen Filzvorhang ins rückwärtige Regallager und beim Durchsuchen der Pakete. Die Decke des Saals war geschwärzt von Jahrzehnten.

Babette hielt sich nicht damit auf anzustehen. Sie rauschte mit ihrem Jüngsten im Schlepp auf die rechte Seite des Saales zu und verkündete von oben herab: »Bestellen Sie dem Herrn Oberzollrat, Frau Coehn sei hier.« Der kam innerhalb weniger Minuten, bat sie jedes Mal in sein Dienstzimmer. Er war älter als die feisten Beamten in der Halle. Ihn kleidete sogar die grüne Uniform. Denn er besaß natürliche Eleganz, nahm Babettes Benachrichtigung, holte ihr Paket selbst aus dem Lagerraum. Das gelöste Band gab er Max: »Das kannst du sicher gut gebrauchen.« Dann schob er ihr das Paket zu.

Mit sicherem Griff in die Mitte des Pakets zog Babette eine Zigarrenkiste mit goldroter Banderole hervor: »Die

Havannas sind fürs Amt und all Ihre verantwortungsvollen Herren.« Mit dem Anflug des Lächelns nahm er die Kiste entgegen. Um Komplimente war er nicht verlegen: »Sie machen uns wie stets Freude mit Ihrem Besuch.« Babette nahm seinen Handkuss entgegen. »Enchanté, Monsieur.« Sie zog ihren blauen Seidenschal zum turbanähnlichen Knoten auf dem Kopf. Der Herr Oberzollrat verschnürte die Pappkiste wieder und setzte seinen Stempel darauf. Sie sagte beiläufig: »Verfügen Sie nicht über gute Kontakte zur Hafenschifffahrt oder den Leuten von den Fähren?«

Er begriff sofort. »Nach Föhr wollen Sie mit Ihren Söhnen. Das dürfte ein wenig schwieriger sein«, meinte er. Er bot ihr einen Stuhl. »Lassen Sie mir ein paar Tage Zeit. Ich hatte selbst vier Söhne«, sagte er und streichelte Maxens kleinen Kopf. »Sie sind gefallen.« Zum Abschied gab er Babette links und rechts einen kurzen Kuss an die Wange.

»Wie lang haben Sie noch vor, tätig zu sein?«, fragte sie.

»Zwei Jahre, dann werde ich sechsundsiebzig sein. Ich war, wie Sie wissen, Sozialdemokrat und während der Zeit degradiert. Zu viele Jahrgangskameraden sind belastet. Sie waren in Frankreich, Russland, Norwegen und Griechenland. Gott weiß, was sie angestellt haben.«

»Gefällt Ihnen die Sorte«, unterbrach ihn Babette, »oder sollen meine Freundinnen aus Philadelphia demnächst etwas Neues mitschicken?«

»Lassen Sie's gut sein, junge Frau. Ich bin dran, Ihnen eine kleine Freude zu machen.«

Babette zeigte ihr charmantestes Lächeln: »Ich mag Sie, mein Herr.« Der Oberzollrat schloss hinter ihr behutsam die Tür seines Dienstzimmers. Babette und Max schleppten das Paket bis zur U-Bahn-Station Baumwall am Hafen. »Bin ich dir eine Hilfe?«, fragte er, als beide den Freihafen verließen.

»Natürlich, du bist immer 'ne große Hilfe, kleiner Mann«, sagte sie, blieb stehen und strich ihm zärtlich übers Haar:

»Wenn du mit mir gehst, geht dein Papa an meiner Seite – das bringt mir Glück. Hatten wir nicht Massel vor Weihnachten? Wir mit den Negerkussschachteln – die Zigeuner hinter uns her?«

Nachts schreckte Max schweißgebadet auf: Die Hetzjagd über das Trümmerfeld am »Bäckerbreitergang« ließ ihn nicht los: Über gefrorene Pfützen, zerborstene Backsteinmauern, das Gewirr verrosteter Eisenträger bis zum Großneumarkt waren sie gehastet. Sie konnten die gestikulierenden Männer und kreischenden Weiber abhängen – versteckt unter der Kellertreppe einer Ruine. Babette hielt keuchend ihre Kiste mit Negerküssen auf den Knien, Max die zwei kleineren, grauen Schachteln.

»Sind sie noch heil? Ich muss sie morgen im Krankenhaus verkaufen«, hatte sie geflüstert. Die Verfolger verloren nach kurzer vergeblicher Suche die Lust. Konnte man aber sicher sein, dass sie nicht irgendwo lauerten? Es begann zu nieseln. Babette zitterte. War es Angst oder Kälte? »Früher sind Zigeuner freundliche Menschen gewesen. Manche haben geklaut – aus Armut. Ich hab sie auf den Gütern erlebt in Mecklenburg. Dann hat Hitler sie ausrotten wollen, wie Großmutter, deine Tanten und mich. Jetzt rächen sich die Zigeuner.«

Plötzlich hatten Max' Zähne geklappert. Zu Hause, im Souterrain am eisernen Bullerofen, weinte er. Die Nachwehe von Todesangst. Achim und Peter haben ihm den Vogel gezeigt. Kein Einziger der zweihundert Negerküsse war kaputtgegangen. Was Peter ärgerte, weil er sonst immer die lädierten Negerküsse verspeisen durfte.

Als Max am letzten Schultag vor den Sommerferien die Kellertreppe hinabkam und seinen Ranzen auf der Spielkiste ablegte, grinste Peter: »Wir fahren mit der *Jan Molsen* bis vor Helgoland. Da steigen wir mitten auf der Nordsee von einem Schiff zum anderen über.«

»Und wenn es brist, was dann?«, fragte Max.

»Du bist so ’n Schisshase«, sagte Peter. Babette schloss Max in die Arme und drückte ihn. Sie war überglücklich: »Eine Seefahrt wirst du mit uns machen, du Wichtel.« Die Fährbillets waren ohne Anschreiben per Post gekommen.

8. Erste Liebe – zweimal

Niethämmer der Deutschen Werft weckten Babette pünktlich morgens um sechs. Die erste Schicht hatte begonnen: lautes, trockenes Knattern, dann ein zweites und drittes, zeitweise ein Chor. Dass dort, wo die Schiffe auf dem Helgen lagen, schier unerträglicher Lärm herrschte, der kilometerweit übers Nordufer der Elbe dröhnte, war völlig normal. Es war ebenso normal wie die Tatsache, dass sich junge Werftarbeiter einen Sport daraus machten, von der Fähre auf den Anleger zu springen – selbst wenn das Schiff noch zwei Meter vom Ponton entfernt war. Sie sprangen genau in dem Moment, bevor oben auf der Brücke voll achteraus gegeben wurde. Das war lebensgefährlich, aber die Arbeiter machten sich nichts draus. Vier Jahre hatten sie sich vorm Feuersturm des »Bomber-Harris« weggeduckt. Was sollte zwischen Fähre und Ponton passieren? »Lächerlich«, sagten sie. Nachmittags fuhren Dicker und Max mit Rollern auf den Anleger Teufelsbrück, nur um dieses Schauspiel zu betrachten. »Die wagen was, die Werftgrandies«, sagten einige Gaffer. Bei voll achteraus rauschte Heckwasser auf. Die Fähre stampfte in den reflektierten Wellen. Im Nu waren Vor- und Achterleine belegt.

Weit ist es die Elbe abwärts bis in die Nordsee, das wussten die Jungen. Einen Tag und eine Nacht dahinter, also hinter dem hellblauen Horizont, da lagen Boston, Halifax, Buenos Aires und Kapstadt. Letzteres war für Max ein Ort der

Sehnsucht, dessen Schönheit unübertrefflich sein musste. Dicker und er standen auf dem Anlegerponton, der stoßartig ruckte. Sie träumten den Fluss hinunter, der nach Westen immer breiter wurde. Sie träumten auf den Lenker gelehnt: Übers Meer hinweg, da wollten sie hin – irgendwann, möglichst bald.

Alles landete in Babettes schwarzem Pappkoffer. Sie hatte ihn wie ein Paket mit Band verschnürt. Peter trug sein Zeug im grauen Rucksack und Achim hatte einen Affen, einen Wehrmachtstornister mit Fell. Brot mit Kunsthonig als Frühstücksproviant war in einer Pergamentpapiertüte verstaut. Die musste der »Lütte« tragen – zusammen mit dem roten Ball, seinem Geburtstagsgeschenk.

»Du bist fünf Jahre alt, wenn dich der Schaffner fragt«, ermahnte Babette. »Und wenn du am Kartenknipser vorbei auf den Bahnsteig gehst, schaust du nicht ihn an, sondern mich.«

»Weiß ich. Aber der holt mich sowieso nicht ein, wenn ich an ihm vorbeilaufe. Der hat nur ein Bein unter seiner Wolldecke.« Achim schaute abschätzig an Max hinunter: »Wie viel Jahre soll der Knirps noch fünf sein?« Babette gab ihm einen Klaps in den Nacken.

Die Sonne glitzerte millionenfach auf dem Wasser. Keine Wolke am Himmel. Auf den St. Pauli-Landungsbrücken war es noch empfindlich kühl. »Ihr springt nach oben und besetzt die Bank hinter oder neben dem Schornstein. Ich komm mit dem Koffer hinterher.« Im Gedränge stand ein Mann mit vergittertem Holzkasten. Weiße Tauben gurrten ängstlich darin. Ein anderer trug Harke, Spaten und Schaufel mit sich. »Auf Helgoland können sie Spaten und Schaufel gebrauchen«, witzelte der Matrose, der die Billets prüfte. »Aber da fahren wir nicht hin, weil die Limeys ihre Bomben auf den Felsen werfen. Die denken in London, ihre Bomben werden ranzig.« Die Limeys waren die Engländer.

»Sind Sie von Helgoland?«, vergewisserte sich Babette. Der Matrose nickte: »Siemens hees ik. So heet jeder von uns.«

»Dann sind Sie ja ein Vertriebener«, flachste sie. »Vielleicht gibt's auch für Matrosen 'nen Flüchtlingsausweis: Ostpreußen, Schlesien, Sudeten- und Helgoland.«

Punkt halb acht legte die *Jan Molsen* ab. »Seht die roten Fahrwassertonnen: Wir haben den Ebbstrom mit uns. Wird 'ne schnelle Reise.« Ihre drei Söhne fanden Babette chic, wie sie da stand mit dem weiß-rot karierten Holzfällerhemd, das einem US-Paket beigelegen hatte. Ihre blaue Hose saß hauteng. Je länger der Krieg angedauert hatte, desto körperbetonter war die Mode geworden.

Vom Fischereihafen wehte fauliger Gestank. Die Schlote der Hecktrawler stießen fettigen Steinkohleruß aus. »Geräucherte Schillerlocke schmeckt lecker«, sagte Peter. Babette zeigte auf ein Haus am Altonaer Elbhang: »Das Haus eurer Urgroßeltern. Rechts standen die Pferde, links die Kutsche.« Ihre Söhne interessierte es nicht: »Der olle Kram.« Babette fasste die lackierte Holzreling und schaute zur Villa. »Wer dem Staat vertraut, hat verloren«, sagte sie und drückte Max an sich. »Da oben an der Palmaille hab ich Tanzstunde gehabt.« Max schwieg. Das tragische Ende ihres Freunds Klaus Thomsen kannten die drei Brüder zur Genüge. Der war als knapp Sechzehnjähriger während des Spartakusaufstands im Winter 1919 in Armeeuniform gesteckt worden, um mit anderen Tertianern schlotternd vor Angst den Altonaer Bahnhof zu verteidigen. Die Roten hatten ihn erschossen. Babette hatte ihren Söhnen im Eingang der St.-Petri-Kirche die Gedenktafel gezeigt: »Den Gefallenen der Aufstände von 1919–1921«. Thomsens Name stand unten rechts, klein, aber in goldenen Lettern. Er war ihre erste Liebe.

Peter hatte zusammengeklappte Liegestühle zwischen zwei Oberlichtern entdeckt. Die zerrten die Jungen heraus. Babette schlief, als das Schiff das Leuchtfeuer Tinsdal querte. Jemand tickte Max von hinten: »Wieso liegst du im Liegestuhl?« Sofort erkannte er das freche kleine Mädchen an ihrer Krähstimme. Beide waren gleichaltrig. Mit ihren Eltern und drei Schwestern wohnte sie in dem halbrunden Backsteinhaus am Mühlenweg quasi nebenan, gleich neben dem Kinderarzt. »Weil ich mir den Stuhl selbst geholt hab«, sagte Max.

»Aber du bist Kind, lümmelst im Liegestuhl herum und viele Erwachsene haben keinen.« Was sie altklug daherredete, hatte sie aufgeschnappt. Es diente ihr zum Anbändeln. Lachen spielt um ihre Grübchen. Sie trug ein kurzes weißes Kleid mit gesmoktem Oberteil, Rüschenkragen und Puffärmeln. »Du kannst dich in meinen legen. Willst du?« Max war über sich selbst erstaunt.

Sie lachte, rief »Neiein« und kicherte. Ihre weißblonden Haare waren zu Zöpfen geflochten, die als Kranz um den Kopf zusammengesteckt waren. Ihr Kindergesicht mit breiter Wangenpartie, rund gewölbter Kinderstirn und einem quasi mit Lineal gezogenen Näschen war makellos. Sie war das schönste Mädchen, das er kannte. Aber dessen wurde sich Max erst später bewusst. »Will ich überhaupt nicht.« Sie hüpfte neben ihm auf der Stelle.

»Schon als ihr an Bord gegangen seid, hab ich gesehen: Du trugst den roten Ball.« Sie hüpfte unentwegt. »Rat mal, wie ich heiße?«

»Du heißt Anne, das weiß ich längst.« Er fragte: »Wollen wir Fußball spielen?« Sie konnte sogar ein bisschen dribbeln. Max' Brüder waren herablassende Beobachter, sie mischten sich nicht ein. Mit echtem Fußball war's natürlich nichts – zwischen den Bänken und Liegestühlen. Einige Passagiere schauten grimmig zu, um die Winzlinge im nächsten Moment zu maßregeln.

»Meine Mutter hat sich bei meinem Vater beschwert: ›Die haben Liegestühle.‹ Da ist sein Gesicht rot angelaufen. ›Hast du anderes erwartet?‹, hat er gesagt. ›Sie sind jetzt noch dreister als früher, die Juden. Jetzt fordern sie sogar Entschädigung, Wiedergutmachung‹.« Anne hielt inne. »Was staunst du?«, fragte sie Max, während sie erneut zu hüpfen begann. »Mein Papa hat gesagt, ihr betet nur sonnabends. Ihr Juden.«

»Stimmt nicht«, sagte Max. »Stimmt gar nicht.« Sie waren wieder an der Backbord-Reling angelangt. Max hatte den Ball knapp halten können, sonst wäre er in der Elbe gelandet. Dafür hätte ihm Babette eine gelatscht. »Wir beten abends: ›Müde bin ich, geh zur Ruh, schließe meine Augen zu. Vater lass die Augen dein, über meinem Bette sein.‹«

Anne triumphierte und hüpfte wieder auf der Stelle. »Wir beten aber: Ich bin klein, mein Herz mach rein, soll niemand drin wohnen als Jesus allein.« Sie kicherte und griff Max' Hand: »Kommst du in unseren Garten? Nach den Ferien. Da können wir spielen.«

»Kommt nicht in Frage!« Hinter den beiden hatte sich ein grauhaariger Hüne aufgebaut. Der Oberkörper des Mittvierzigers war leicht vornübergekrümmt. Er packte Anne und zerrte sie rabiat fort.

»Ich will nicht. Was hab ich getan?«, schrie sie voll kindlicher Wut, warf sich nach hinten über und versuchte, sich mit aller Kraft loszureißen.

»Keinen Schritt machst du ohne uns, bis wir auf Amrum sind«, fauchte ihr Vater. »Sonst …« Er schritt marionettenhaft steif von dannen. »Ich verbiete dir ein für alle Mal, mit ihm zu spielen – diesem Judenbengel.« Max hörte noch ihr krampfartiges Schluchzen.

Nichts prägt stärker als die kindliche Liebe. Die erste Trennung von Max und Anne war die schmerzlichste. Sie wussten, sie gehörten einander.

Babette hatte sich im Liegestuhl aufgerichtet. »Setz dich auf meinen Schoß, kleiner Mann.«

»Sind wir Juden?«, fragte Max.

»Dummes Gewäsch. Wir fahren nach Föhr. Das Ekelpaket von eben verlässt in Wittdün unser Schiff. Du wirst diesen Leuten so bald nicht mehr begegnen. Sei nicht traurig. Es lohnt nicht.«

»Aber, das Mädchen. Anne hat gesagt, sie spielt mit mir.«

»Mäxchen, vergiss es. Ich glaub, sie ist ein aufgewecktes, liebes und außerordentlich hübsches Mädchen. Aber ihre Eltern – vor denen hüte dich. Jetzt spring los und amüsier dich.«

»Kennst du ihren Vater von früher?«

Babette blieb die Antwort schuldig.

Eine fremde Frau hatte ihre Schuhe abgestreift und es sich in Max' Liegestuhl bequem gemacht. Glückstadt war auf Steuerbord vorüber. Die Deiche rückten zurück. Max legte sich zu Babettes Füßen auf das gescheuerte Holzdeck. Er schloss die Augen und meinte, die Nordsee zu riechen. Nach Anne zu schauen, wagte er nicht.

Rund um Helgoland war die See spiegelglatt. *Jan Molsen* hatte aufgestoppt. Die Mittagssonne stand hoch. Der rote Sandsteinkoloss lag zerbombt und verödet keine zwei Meilen entfernt. »Es ist aus mit Helgoland. Auf den Schutthaufen wird kein Mensch zurückkehren. Die Tommys wollen ihre Atombombe dort testen«, sagte ein älterer Herr auf dem Oberdeck. »Danach wird keine Emma mehr dort nisten.« Die Umstehenden nickten. Seit Christian Morgenstern heißen alle Möwen Emma.

Die *Hilligenley* von der Wyker Dampfschiffreederei, deren Schornstein Qualmschwaden ausstieß, hatte sich längsseits gelegt. Als sich die Passagiere über die Gangway aufs Bäderschiff drängten, moserte Peter, er schiebe Kohldampf. »Trink Wasser«, beschied ihn Babette. »Erst müssen wir Amrum anlaufen, dann geht's weiter nach Wyk auf Föhr. Der Herr sollte sich gedulden. Wie wir von Wyk nach Nieblum kommen? Lasst euch überraschen.«

Leichte Brise aus Südost kam auf. Als das Seebäderschiff an der Pier in Wittdün festmachte, zerrte Annes Vater sie regelrecht von Bord. Max winkte ihr von oben. Sie schrie, heulte und versuchte, sich loszureißen. Ihre sonst zart besaitete Mutter klatschte ihr eine Ohrfeige. Annes Schwestern gingen ungerührt voraus. Sie trugen neue Lederkoffer.

»Warum haben die so schöne Koffer?«, fragte Achim.

»Warum bist du ein gut aussehender, junger Herr und andere Jünglinge nicht?«, antwortete Babette, die die Szene ebenfalls beobachtet hatte. »Die Mädchen schauen dir doch schon heute nach. Auf so etwas kommt es an im Leben. Nicht auf teure Koffer, schon gar nicht aus Schweinsleder.« Gemächlich ging es weiter durchs Wattenmeer. An Steuerbord in der Nachmittagssonne: Hallig Hooge, dahinter Langeneß.

Nach dem Anlegen in Wyk gab es Gedränge. »Eva, Eva«, rief ein Mann auf der Pier, schwenkte seinen Hut und blickte zum Oberdeck, wo Babette und ihre Söhne standen. »Adam, Adam«, rief sie und schwenkte die Arme. Die Leute lachten. Der Mann lief puterrot an und verdrückte sich.

»Hoffentlich ist der Wagen da«, sagte Babette.

»Ein Taxi?«, fragte Achim.

»Was Ähnliches«, bemerkte sie. Es war ein hölzerner Leiterwagen mit zwei schweren hellbraunen Pferden davor. Babette setzte sich auf den Bock neben den Kutscher. Max dazwischen. Achim und Peter ließen hinten die Beine baumeln. Die dickbäuchigen Pferde mit den Fellpuscheln über den Hufen begannen zu traben. Babette pfiff leise eine Melodie.

9. Im Garten blüht der Tod

Frau Bahnsen trug ein fußlanges schwarzes Kleid, das ihre Weiblichkeit betonte. Um den Hals endete es in einem schmalen weißen Kragen mit gestickter Lochborte. »Das ist Föhrer Tracht«, erklärte Babette. »Sonntags trägt sie ein besticktes schwarzes Leinenkleid mit Silberschmuck vor der Brust. Auf dem Kopf die kleine Haube.«

Das gekalkte Reetdachhaus hinter den vier Linden, deren Blütensaft – zum Ärger der Bahnsen – auf die darunterstehende Bank tropfte, lag am Westausgang des Dorfs. Es war gemütlich, keine fünfzehn Meter lang, neun Meter breit und maß sieben Meter vom Boden bis zum Dachfirst. Oberhalb der Haustür war der Friesengiebel mit Fenster, über dem das gusseiserne Bullauge auf die Straße blickte. Symmetrisch rechts und links der blauen Haustür mit verziertem Oberlicht waren jeweils drei Sprossenfenster. Die mit Wesersandstein gepflasterte Döns erstreckte sich durchs ganze Haus. Durch die Klöndör konnte man direkt in den Garten. Ursprünglich hatte die Döns, wie in Nordfriesland üblich, den privaten Teil der Familie auf der rechten Seite des Hauses von der Ökonomie auf der linken getrennt. Doch die Ökonomie war 1850 einer guten Stube gewichen, die ebenfalls mit Delfter Kacheln geschmückt wurde. Babette schlief dort im verlängerten Alkoven. Frau Bahnsen legte Wert auf die Feststellung: »Meine Eltern haben halb im Sitzen geschlafen. Sie waren's nicht anders gewohnt.« Hinter der Alkovenwand lag der dunkle Küchenraum mit Kochherd und Wasserpumpe.

»Butter, Honig. Das ist doch was für euch Jungs?«, fragte die Bahnsen am Morgen und bat, am Gartentisch direkt neben dem Haus Platz zu nehmen. Hochdeutsch zu sprechen, fiel ihr sichtlich schwer, weil ihre Muttersprache Friesisch war. Manchmal rang sie förmlich um die hochdeutsche Vokabel, verfiel ins Plattdeutsche oder Englische. »Dat Wichtigste is, dat jü mi versteiht«, sagte sie. Das taten ihre Gäste.

Gelbe Malven umstanden das Haus. Richtung Norden führten zwei schnurgerade Wege, gepflastert mit unterschiedlichen Backsteinmustern. Die Beete waren penibel von Buchsbaumhecken eingefasst. Nahe am Haus wuchsen Mädchenauge, Rosen, Hortensien; dazwischen hochragende, krautige Pflanzen mit je sechs dunkelblauen Kronblättern. »Das ist Würgling«, meinte die Bahnsen beiläufig, als sie mit Babette durch den Garten spazierte. »Zuweilen recht nützlich.« Für diese Pflanzen ließ sie extra Kalk vom Festland kommen.

Babette rang nach Worten. »In Ihrem Garten blüht der Tod.« Von ihrem Pharmazieprofessor in Göttingen hatte sie den Spruch: »Noch war die Erde nicht von Gott verflucht, ihr Schoß bracht nimmer Eisenhut hervor.« Die damalige Pflichtvorlesung lautete: *Pflanzengifte Nordeuropas.* Die Bahnsen schwieg. Beide Frauen verstanden sich.

Hinter ihrem giftigen Blickschutz zog Frau Bahnsen Radieschen, Bohnen und Kartoffeln. Den Abschluss des Gartens bildeten Apfel- und Birnbäume. Grenzzaun war die Stechginsterhecke. »Da kommt niemand durch – nicht mal Kaninchen«, sagte sie zu Max. »Wenn du dich stichst, wart nicht, komm sofort zu mir.«

»Ja, Butter.« Peter schaute die Bahnsen erwartungsvoll an. Max musste sich zu Babette auf die blaue Schiffsbank unter dem vorspringenden Reetdach setzen. Peter und Achim auf die hölzernen Klappstühle. Frische Scheiben Vollkornbrot lagen in einem geflochtenen Korb. Die Bahnsen goss Milch ein.

»Seit 37 war ich nicht mehr auf dem Festland«, rief sie einen Augenblick später aus der Küche. Ihre Wasserpumpe über dem Spülstein quietschte. »Ist Hamburg wirklich so zerbombt, wie die Leute sagen?« Sie trug einen Schusterschemel heraus, auf den sie sich setzte.

»Bleiben Sie auf Föhr!«, riet Babette.

»Was bleibt mir anderes übrig?«, antwortete die Bahnsen und trank Tee aus ihrer großen Mug. »1936 bin ich aus New York zurück nach Nieblum, wegen meiner Mutter. Mein Mann und ich hatten von Hitler keinen Dunst. Bei uns herrschte great depression. My dearest husband and I have changed US-Dollars in Reichsmark. Hab die money in renovation von unse house invested und zwölf acres Land günstig hinzugekauft.«

»In New York?«, fragte Achim, »echt in New York in den USA waren Sie?«

Die Bahnsen lächelte: »Sure, young boy. Ich hab in ein Magazin mit Rolltreppe und elevators in Manhattan gearbeitet. Ich hab mehr Verwandte an die US-Eastcoast than here. All the Fehringers went to New York. Nur ik und my husband were so stupid to go back to Freesland. Aber eigentlich war es meine kranke Mutter. For her we gave up our jobs and our life in Brooklyn. Alles aufgegebe.«

»Dann saßen Sie fest im herrlichen Third Reich«, sagte Babette. »Aber Sie hatten doch den US-Passport?«

»Just in the moment, when we left the ship in Bremerhaven and an Land gegangen, da wollten wir back to Brooklyn.« Die Bahnsen kämpfte mit den Tränen. »Iss, mein Junge«, fuhr sie fort und reichte Peter ein dick bestrichenes Butterbrot.

»Gier mir nicht jeden Bissen ins Maul«, sagte der zu Max und trat ihn unterm Tisch. Die Bahnsen hatte es bemerkt:

»Don't worry, my dear, du kriegst eine Scheibe Schwarzbrot mit Marmelade.« Es war das erste Mal, dass Max Erdbeermarmelade aß. Achim hatte sich vom Frühstück verdrückt. Er sprang aus der Luke vom Dachboden, wo er nachts schlief, hinab in den Garten. »Du brichst dir noch Hack und Zeh«, warnte Babette. Aber er war nicht zu bremsen: Ein Sprung aus drei Meter Höhe, dann rannte er um die Ecke, durch die geöffnete Klöndör, die steile Stiege zum Dachboden hinauf und wieder ein Sprung auf den Rasen.

Dass es regnen könne, kam den Jungen nicht in den Sinn. Keiner der drei äußerte, wie wohl er sich fühlte. Keiner lobte das wunderschöne Haus, die Zimmer mit den Delfter Kacheln und dem weißen Kachelofen. Wahrscheinlich fürchteten sie, dass die Realität wie ein Traum implodieren könne. Später stellten Meteorologen fest, dass es der heißeste Sommer des Jahrzehnts an der Nordsee war.

Während dieser Ferien verbrachten die Brüder mehr Zeit damit, im Dorf und auf den Wiesen herumzustreunen, als am Strand zu dösen oder zu schwimmen. Sie befanden, dass zu häufig Ebbe sei. Viel zu oft gähne ihnen das silbrig graue Watt entgegen.

»Wie soll man hier bloß segeln?«, maulte Achim. Kam die Flut, tobten sie so lange im Wasser, bis ihre Lippen blau wurden. Das taten sie nackt – außer Achim. Babette trug einen glänzend anliegenden blauen Badeanzug, der mit einer schmalen dunkelroten Borte abgesetzt war. Am dritten Tag sagte Achim nach dem Baden: »Ich bin scholle.«

»Was soll das heißen?«, fragte Peter, der seinen Kopf nicht vom Sand erhob.

»Scholle ist schlapp, einfach fertig. Das sagen jetzt alle.«

»Das ist Baliner Slang«, mischte sich Babette ein. »Wer spricht denn so in Hamburg?« Achim kam nicht dazu, ihr zu antworten. Denn vor ihnen hatte sich eine blonde Matrone samt Kind aufgebaut. »Wir sind hier nicht am

Freikörperstrand von Sylt«, sagte sie mit breitem bayerischen Akzent. »Sorgen Sie sofort dafür, dass die Jungen sich bekleiden. Oder ich hole die Polizei.«

»Oh, ein Polizist. Wo isser denn?« Babette setzte sich auf und verschränkte ihre Arme vor den Knien. »Sie sind wohl nicht von hier?« Die schwerbusige Madame, deren Tochter sich ungeniert in der Nase bohrte, bewegte sich keinen Schritt fort. Max fand, sie rolle das R so merkwürdig. »Wir sind von München nicht hierhergereist, um unser Schamgefühl von Ihren Buben verletzen zu lassen.«

»Sie sind aus München? Hätt ich's mir beinah gedacht! In München ist man so bewegt«, sagte Babette. Ironie verstand die Matrone nicht. »I besteh drauf, dass die Buam sich anziang.«

Babette musste so lachen, dass sie sich verschluckte. »Was veranstalten Sie hier für ein Affentheater?«, sagte sie, »über hübsch gewachsene Jungen, deren Schwänzchen nach dem Baden so klein sind, dass man sie kaum entdecken kann. Lassen Sie Ihre Tochter von der Hand, damit sie mitspielt. Und dann setzen Sie sich zu mir. Sie sind mir in der Sonne.«

Die Matrone war so perplex, dass sie sich plumpsend Babettes Aufforderung hingab. Sie blickte auf die träge auflaufenden kleinen Wellen; ihre Tochter fragte Max, ob er Muscheln mit ihr sammeln wolle. Sie hieß Amrei.

»Lassen Sie Ihre Kleine doch auch nackt laufen. Wen sollte das stören?« Peter und Max wurde im selben Moment bewusst, dass keiner eine Badehose besaß. Max trug gewöhnlich wollene Unterhosen, die Alice strickte.

Die kleine Münchnerin imponierte Max. Sie hatte sich flugs ihres Badeanzugs entledigt, obwohl ihre Mutter mit keinem Wort zugestimmt hatte, und raste im flachen Wasser hin und her, dass es nur so spritzte. Außerdem juckte sie sich ungeniert zwischen den Beinen. Dann hat sie Max ein paarmal geschubst, unter Wasser gedrückt und er hat es ihr nachgetan. Peter hatte einen Einsiedlerkrebs gefangen. Amrei wollte ihn mit ins Dorf nehmen und in ein Weckglas tun. »Dann geht er doch ein, der braucht Salzwasser«, sagte ihre Mutter. So verkehrt schien die korpulente Bayerin nicht zu sein. Babette und sie lagen bald auf ihren Handtüchern im Sand und plauderten.

»Wie Sie's Ihrem Mann gegeben haben. Alle Achtung.«

»Ja«, sagte die dralle Matrone, entledigte sich ihrer Strickweste und fing an, Münchnerisch daherzuschnattern: »Nu is er scho zehn Monat in Stadelheim. An Geld fehlt's uns wirkli net, naa. Aber i hab immer zu ihm g'sagt: Das Hitlergeld is futsch, endgültig. Die Währungsreform is g'wesn: Da geht's nimma mit 'm Schwarzmarkt und Amizigaretten. Er hat's aber net wahrham wollen, hat weida bei die Amis g'kauft. Aah, hat er g'sagt, mit der D-Mark wird's nimmer was. Ja, und dann hat er weida g'handelt. A Villa in der Herzogparkstroßn, glei do am Englischa Gartn hat er kauft von 'nem Nazi-Goldfasan. Da hat er aa die *Lucky Strike* im Keller g'habt, als die Polizei ihn festgnunma hod.«

»Sind Sie traurig«, fragte Babette.

»Jetzt wein i hier im Sonnaschein«, schluchzte die Dicke. »Sie könna so schö zuheern. Aan guda Mann is er, aber aan arg dumma.« Babette hatte es mehrmals um die Mundwinkel gezuckt. Nun brach Lachen explosionsartig aus ihr heraus. Sie warf ihren Oberkörper rittlings in den Sand und hielt sich mit beiden Händen die Andeutung ihres Bauchs: »Ja, ein dummer Lieber. So einen müssen Sie pflegen. Besuchen Sie ihn häufig? Das tut dem dummen Lieben gut – und vor allem nicht so zugeknöpft auf dem Besucherstuhl sitzen. Ein bisschen freier, so am Busen. Ihr dummer Lieber wird's Ihnen nie vergessen.« Babette wischte sich die Augen: »Entschuldigen Sie, dass ich Sie ausgefragt habe.«

»Aah, naa«, sagte die Münchnerin. »I haas Angelika. Da musste der Name meiner Tochter auch mit A beginnen. Un mei Mann, dös ist der Severien.« Babette wurde förmlich: »Mein Name ist Babette Coehn. B kommt vor C und das sind meine Buben.«

»Und Ihr Mann?«, fragte die Dicke.

»Nicht die Männer müssen uns, sondern wir Frauen müssen unsre Männer schützen – am besten vor sich selbst.«

Als zu ebben begann und immer mehr graues Watt frei wurde, verließ man einträchtig den schmalen Sandstreifen. Ein bis zwei Meter hoch war die braune Böschung, aus der Steine der Eiszeit hervorragten. Die Insulaner nannten die Böschung großspurig Kliff. Die Kinder gingen den langen Weg auf den ausgefahrenen Radspuren durch die Wiesen Richtung Kirchturm. Amrei und Max pflückten rote Wiesenblumen. Die Schwarzbunten lagen wiederkäuend faul im Gras und beäugten sie neugierig.

»*Boôpis,* kuhäugig, war die schöne Helena«, sagte Babette. »Kuhäugig, aber blöd.« Eine leichte Brise machte die drückende Hitze erträglich. Es wurde verabredet, dass der Neuzugang aus Bayern zum Abendbrot mit zur Bahnsen kommen sollte. Mutter und Tochter hatten ihr Quartier neben dem Dorfteich, in einem viel schöneren Haus. Das Reetdach dort war tief heruntergezogen, dick und ohne Moos, unterbrochen von einer dreieckigen Gaube mit doppeltem Sprossenfenster über der Tür. Zwei Walkiefer überragten die Gartenpforte. Dann ging's über Katzenkopfpflaster vom Vorgarten mit Rosen und Malven durch die Friesentür in die kühle Eingangshalle.

»Man kommt sich ganz heilig vor«, sagte die Dobretsberger. »Jede Wand nur Szenen aus dem Alten Testament auf die Kacheln. Seid's ihr so fromm hier im Norden?«

Babette hat schallend gelacht: »Das glaub ich eher nicht. Mit den Delfter Kacheln wurde früher geprotzt: So reich, so wohlhabend sind wir! Fragen Sie nach dem Motiv mit dem Walfang. Überall in den Kommandeurshäusern sind sie in der Döns. Ihre Wirtsleute werden Ihnen stolz die Fangszene auf den dreißig bemalten Kacheln zeigen. Wahrscheinlich steht auch der Schiffsname und der des Kapitäns darauf. Walfang war für Holland und Friesland das Goldene Zeitalter, das Golden Eeuw.«

»'s Wasser kommt bei mei Wirtsleit net aus der Wand, sondern aus a Pumpm«, schmollte Amreis Mutter. Babette hatte einen frischen Laib Schwarzbrot, Käse und Mettwurst erstanden. Der winzige Kaufmannsladen, wo Petroleumlampen, Tauwerk, blaue Seejacken und Würste von der Decke hingen, hatte immer geöffnet. Dazu gab's Radieschen aus dem Garten. Die Hoffnung, dass fürs Frühstück noch etwas übrig bliebe, erwies sich als falsch.

Mit Amrei konnte Max prima spielen: Sie stand minutenlang reglos auf einem Bein und versteckte sich wie kein anderer. Meist fand er sie nach längerem Suchen, wenn sie hinter der Regentonne oder den Stangenbohnen gickerte.

Von dem Tag an waren die Familien ständig miteinander. Während die Körper satte Bräunung zeigten, bleichten die Haare ins Weiß. Dämmerte es, liefen Amrei und Max über den Friedhof, weil es den Weg zwischen beiden Häusern abkürzte. Eines Abends kam Amrei zu Tode erschrocken zurück. Die Schimmel des Kutschers, die im Dunkel zwischen den Grabsteinen grasten, hatten die Köpfe aufgeworfen und gewiehert.

10. Ein neues Baantje

Obwohl Babette und die Dobretsberger Tage und Stunden gemeinsam verbrachten, blieb Babette standhaft beim Hamburger Sie: »Guten Morgen, Angelika, geht's Ihnen gut?« Die Brüder fanden das selbstverständlich. Großvater hatte gesagt: »Das Sie ist ein hohes Kulturgut. Man sagt eher du Esel als Sie Esel.«

»Die Dobretsberger Tante Angelika und du zu nennen – wäre echt übel«, meinte Achim.

»Man macht kein Geschäft mit Leuten, die man duzt«, ergänzte Babette. »Am Ende bleibt Ärger nie aus.« Den galt es, im Vorweg zu vermeiden. Ihr schwirrte anfangs die Idee durch den Kopf, die Dobretsberger für den Verkauf handgewebter Fehringer Wollröcke und Jacken in München einzuspannen. Je besser Babette sie aber kennenlernte, desto mehr verabschiedete sie sich von dem Gedanken.

Im Sommer 1951 brauchte Babette dringend neues Geschäft. »Ein neues Baantje«, wie sie sagte. Zigaretten gab es inzwischen allerorts am Kiosk und aus Automaten. Früher hatten die Displaced Persons (DPs) von der *Pension Greiner* in Großgmain im Salzburgischen für Babette billig Ami-Zigaretten organisiert. »Alles anständige Leute«, hatte Babette betont, wenn wieder eine Kiste diskret angeliefert worden war. Aus dem sündigen Dorf wurde auch Rohkaffee über den Grenzbach nach Bayern geschmuggelt, den Babette an den wieseligen Herrn Harz in der Hamburger Speicherstadt verkaufte.

Mit den Trägerkolonnen aus dem bayerischen Gmain klappe es leider in jüngster Zeit nicht mehr, hatten sich die DPs per Brief bei Babette entschuldigt. »Es war ein gutes Geschäft.« Sie leckte sich dabei die Lippen. »Aber der Transport war zu weit.«

Selbst kleinste Kolonialwarenläden hatten inzwischen Negerküsse im Angebot. Beim Streubohnerwachs Marke *Bombay* werde bald »nicht mehr genug über« sein, wie Babette sich ausdrückte. Nicht Geschäftsräume suche sie, sondern neue, außergewöhnliche Waren aus einer neuen Branche, in der sie sich tummeln könne.

Man musste weit durchs Watt wandern, denn der Krabbenkutter lag draußen am Hauptpriel. Über eine Holzleiter, die zum Ufer des Priels ausgelegt wurde, ging's an Bord. »Schlimmer als in die Berge«, stöhnte die Dobretsberger beim Hochklettern. Ihr Gesäß, das ein rosa Rock umwallte, war imponierend. Der Glühkopfmotor stieß mit dumpfem Klopfen regelmäßig seine Rauchringe ins Blau. Das Deck war nicht geschrubbt, es stank nach austrocknenden Miesmuscheln und fauligem Seetang. Selbst hier an Bord, wo »die janze Mischpoche«, wie Babette sich ausdrückte, nach Hörnum an die Südspitze von Sylt tuckerte, unterließ sie es nicht, Pläne zu schmieden.

»Wat schnackt ihr von 'ne Damenwäsche? An de Kimm is dat Füer vun Hörnum. Dat is heil bleven«, meckerte ungefragt der Fischer aus seinem Steuerhäuschen, vor dem die Frauen auf einem Bänkchen in der Sonne Platz gefasst hatten. »Blöder Kerl«, sagte Babette. »Auf keinen Fall eröffnen wir Läden. Dann haben wir sofort die Steuer auf dem Hals und der Gewinn ist futsch. Die Steuer ist unser schlimmster Feind. Wir veranstalten Modeschauen in Hotels und Krankenhäusern. Sie in München, ich in Hamburg. Unsere Ware verkaufen wir im Anschluss.«

»Schauen die Damen nicht unförmig aus, wenn sie Röcke aus handgewebter Schafswolle tragen?«, wagte die Dobretsberger zu unterbrechen.

»Angelika, Sie sollen die Röcke ja nicht selbst tragen«, beschied Babette unwirsch. »Und wenn, dann sieht's Ihr lieber, dummer Mann ja nicht. Er sitzt doch noch 'ne Weile in Stadelheim.« Amreis Mutter nickte und rang mit den Tränen.

In Hörnum lag mindestens ein Dutzend Krabbenkutter. Ihr Zustand war so miserabel wie die verrosteten Spundwände des Hafens. Als ihr Kutter am Päckchen festmachte, sprang Babette von einem Schiff zum anderen. An der Innenkante hatte sie einen Fischer beim Krabbenkochen entdeckt. Sie zwinkerte Max zu, als sie zurück war. Sie hob die in Zeitung eingeschlagenen Krabben in die Höhe: »Je drei Kilo.«

Als man durchs Hörnumtief heimwärts tuckerte, fragte die Dobretsberger: »Und was haben S' g'zahlt?«

»Eine Schachtel *Lucky Strike.*«

»Aber i denk, Sie tun net mehr mit die Ami-Zigaretten handeln?«

»Ja, wer denkt, kann auch irren«, antwortete Babette.

Natürlich hatte sie schon vor der Reise ihre Erkundigungen über Simon Reinhardt angestellt, den Weber in Goting. »Er soll ein weltgewandter Mann sein. Deshalb macht 'nen anständigen Diener, wenn ihr ihn grüßt. Wir brauchen ihn«, hatte sie ihren Söhnen eingeschärft, bevor die vier über die Schwelle seines Hauses traten. Obwohl Sonntag war, klapperten alle Webstühle. Die hölzernen Ungetüme reichten bis unter die Decke. Die Weberschiffchen flogen hin und zurück. Klackend hoben und senkten sich die Rahmen mit den gespannten Fäden. Der Raum war von solchem Lärm erfüllt, dass man sich nur per Handzeichen verständigen konnte. Simon Reinhardt verkörperte den Antityp des stämmigen Nordmanns: eine kurz gewachsene, nervöse Erscheinung, mit kleinen tiefdunklen Augen, die jeden sofort taxierten.

»Darf ich Ihnen meinen Bruder vorstellen«, sagte er höflich und gab einen Wink. »Hier sind zwei Damen vom Festland zu uns gekommen.« Dass Jes Simon Reinhardts Bruder sein sollte, war schwer vorstellbar. Denn Jes, der von einer Webstuhlbank aufstand, war groß, schlank und blond: bella figura.

»Sie tragen ja Uniform«, sagte Babette erstaunt.

»US-Navy. Seit 43 bin ich auf See. Wasserbomben auf deutsche U-Boote«, antwortete Jes. »Friesland endet nicht auf Sylt, sondern am Hudson.« Die Dobretsberger stierte ihn an wie ein Mondkalb. »Und wo ist Ihr Schiff?«, fragte sie. Simon Reinhardt hatte den Damen eine Tasse Tee eingeschenkt und sie ans Fenster gelotst. »Der Zerstörer patrouilliert in der Norwegensee, die Sowjets zu überwachen. Ich hab Holidays, helf Simon, den Leuten wieder das Weben beizubringen.«

Babette hatte inzwischen Geschäftliches geregelt: Sie würde Ware per Telefon ordern. »Schriftliches so wenig wie irgend möglich!« Über verkaufte Ware werde sie zu gegebener Zeit »nur persönlich« abrechnen.

Beide Reinhardts lebten unbeweibt. »Ich bin zu skeptisch, um mich zu verlieben«, räumte Simon später ein. Und Jes? Am selben Abend kam er zu Fuß in peinlich gebügelter Navy-Montur von Goting nach Nieblum. Man saß wieder um den grauen Sandsteintisch – Babette, Peter, Amrei und Max auf der Schiffsbank. Sie stand einst an Deck eines Islandfahrers, eines Hvalfangers. See und das Salz hatten ihr nichts anzuhaben vermocht. »Was is a Hvalfanger?«, fragte die Dobretsberger.

»Ein Schiff, mit dem man fette Fische angelt«, sagte Achim und verbiss sich ein Grinsen. »Silly joke«, tadelte Jes.

Als es dämmrig wurde und Frau Bahnsen ihren eigens gebrannten Schlehengeist auf den Tisch stellte, holte Jes seine Mundharmonika hervor und begann Shantys zu blasen. Ab und an warf er einen Blick zu Amreis Mutter. Die Kinder hatten das bemerkt. Jes brachte Amrei und Angelika nach Hause. Bevor sie ihren Söhnen Gute Nacht wünschte, trug Babette ihr Lieblingsgedicht vor:

Die Luft ging durch die Felder
Die Ähren wogten sacht,
Es rauschten leis die Wälder,
So sternklar war die Nacht.
Und meine Seele spannte
Weit ihre Flügel aus
Flog durch die stillen Lande.
Als flöge sie nach Haus.

In der folgenden Woche fand sich Jes stets pünktlich um sechs Uhr abends in Nieblum ein. Er brachte Räucherschinken, Wurst vom Deichschaf und kalte Milch in einer Aluminiumkanne. Dass Jes und Amreis Mutter flirteten, fanden die Kinder bald normal. Lediglich Babette registrierte, dass er der Münchnerin vertraulich um die Schultern und sie ihn um die Hüfte fasste.

Neben dem Garten von Frau Bahnsen wuchsen Kiefern, schief vom Südwestwind nach Nordost gebeugt. Sie gehörten dem Bauern nebenan und wurden von den Hühnern als Schlafplatz genutzt. Nachts, wenn der Rottweiler an seiner Kette unter ihnen patrouillierte, kam verträumtes Gackern aus dem Geäst. Morgens war keines der weißen Leghorn- oder braunen Italiener-Hühner mehr in den Bäumen. »Niemand beschneidet ihnen die Flügel. Deshalb machen sie mir in der Frühe die Beete kaputt«, ärgerte sich die Bahnsen. Beschweren tat sie sich allerdings nicht. Denn unter den weit über den Lattenzaun ragenden Ästen hatte man eine weiße Kloschüssel aus Porzellan vergessen, in die seit Jahren Kiefernnadeln rieselten. Dorthinein legte die eine oder andere Henne zuverlässig ihr morgendliches Ei. Weshalb ihr erster Gang Frau Bahnsen stracks zur Schüssel führte.

Peter und Max hatten ihr Zimmer zu ebener Erde, ebenfalls mit Delfter Kacheln und mit zwei grün gefassten Alkovenbetten. Babette zog meist den bedruckten Leinenvorhang von Max' Alkoven zu: »Du kannst schon schlafen, während dein Bruder noch liest.« Max sollte nicht hören, was die Erwachsenen in der Dämmerung des Gartens besprachen. Trotzdem wusste er Babettes Altstimme gut von der der Bahnsen zu unterscheiden.

»Haben Sie die dunkelroten Malven seit Langem?«

»Nein«, antwortete Frau Bahnsen, »erst seit dem Tod meines Mannes. Er starb im April 46 am Scharlach. Da gab's das englische Mittel noch nicht.«

»Sie meinen Penicillin«, sagte Babette.

»If we had stayed in Brooklyn, he would sit here by my side.« Die Bahnsen mochte nicht weitersprechen. Ein paar Tage später fragte sie Babette, als Max längst ausgestreckt in seinem Alkoven lag: »Gehen Sie mit Ihren Söhnen nicht zur Kirche?«

»In die evangelische oder katholische?«, fragte Babette schnippisch.

»Nein, hier bei uns in Nieblum nach St. Johannis«, sagte die Bahnsen.

»Unsereins mochte Luther nicht«, sagte Babette. »Stellen Sie sich vor: Babette Coehn am Tannenbaum mit hochgeschlossenem Kragen und Blockflöte.«

Die Bahnsen lachte: »Sie erinnern mich so sehr an unsere Ärztin in Brooklyn.«

Peter legte sein Buch zu Boden. Es war *Der gute Kamerad*, Jahrgang 1908. Besonders interessierte Peter darin der Bericht *1948 – das Ende des Kohlezeitalters.* Das sei alles Quatsch, empörte er sich. »Mit Endzeitstimmung lässt sich immer bestens Geld machen«, hatte Babette geantwortet. Die Jungen hatten die Bände 1901 bis 1913 des Jugendbuchs von Bekannten geschenkt erhalten.

Morgens lagen alle wieder am Strand. Die Dobretsberger rekelte sich wogend auf einer grün-roten Decke und weigerte sich strikt, mit zur Kirche zu gehen: »Wir sind katholisch.

Was soll die Amrei denken?« Babette ließ nicht locker: »Das wird die heilige Jungfrau nicht erzürnen. Zusammen mit uns wird's ein total ökumenischer Gottesdienst.« Amreis Mutter wusste mit »ökumenisch« nichts anzufangen. Sie nestelte an ihrer Korsage.

Vor St. Johannis stand Jes in dunkelblauer Landgangsuniform. »Da kommt ja eine ganze Matrosencrew«, sagte er. Achim blickte finster zu Boden. Er hasste seine weiße Matrosenbluse. War sie nicht viel zu kurz? In Fragen der Kleidung blieb Babette allerdings unerbittlich: »Brüder müssen gleich ausschauen.« Sie war auch unzufrieden mit ihrem Jüngsten: »Du setzt gefälligst deine Mütze auf. Die hab ich schließlich nicht umsonst im Koffer mitgeschleppt.« So hatte sich Max verschämt hinter seinen Brüdern vor der Kirchentür postiert, wo Jes ihn dennoch unter seiner weißen Tellermütze mit dem schwarzen Band und dem goldbestickten Schriftzug entdeckte.

»Zeig mal her«, sagte Jes, nahm ihm die Mütze vom Kopf und las. »Schwerer Panzerkreuzer Blücher.« Max schämte sich, Wut stieg in ihm auf – Wut auf seine Mama und auf all die Umstände, derentwegen er immer Matrosenzeug tragen musste.

»Den Blücher haben die Norweger doch im Oslofjord gleich auf Tiefe geschickt?«, sagte Jes. Amreis Mutter fasste seinen Arm: »Schau, der Kleine heult doch gleich!« Babette interessierte das keineswegs. Die Kinder wollten in der Kirche möglichst weit hinten sitzen, aber Babette schwebte mit eisernem Rückgrat durch den Mittelgang, vorbei an den Frauen in Sonntagstracht, mit der weißen Schürze und der kleinen schwarzen Seidenhaube auf dem glatten blonden Schopf. Babettes beiges Käppchen auf ihrem im Sonnenlicht kupferroten Haar, das sie selbst Bibi nannte, zog die Blicke nach sich.

»Von hinten schaut's glei aus wie a Struwwelpeter. Aber fesch. Dös muss i ihr lassen«, meinte die Dobretsberger.

Als der Pastor »Friede sei mit euch« sagte, fiel sein Blick auf Babette. »Er hat böse Augen«, flüsterte sie, wobei sie zur Krönung Mariens, der Himmelskönigin, aufschaute. Der Pastor auf der Renaissancekanzel setzte seine randlose Brille auf und las Josua 24, Absatz 3, Vers 19, den Bund mit Gott.

»Da sprach Josua zum Volk: Ihr könnt dem Herrn nicht dienen, denn er ist ein heiliger Gott. Ein eifersüchtiger Gott ist er: Er wird euch eure Übertretungen und eure Sünden nicht vergeben. Wenn ihr den Herrn verlasst und fremden Göttern dient, so wird er sich wenden und euch Übles tun und euch aufreiben.«

»Mir wird speiübel«, murmelte Babette. »Was Priester perfekt beherrschen, ist, Menschen in Schrecken zu versetzen.« Die Sonne wanderte südlicher und begann die Gottesdienstbesucher auf den linken Bankreihen zu blenden. Die Stimme des Pastors schwoll rhythmisch an und ab. Das Weiblein vor Max war entschlummert. Denn als der Pastor plötzlich die Stimme wieder hob, mit der Rechten ausholte und wie zur Untermalung mit dem Fuß auf den hölzernen Boden der Kanzel aufstampfte, schreckte sie auf und blickte erstarrt zu im hoch.

»Warum haben deutsche Soldaten 1919 freiwillig im Baltikum gekämpft, als Riga den Bolschewisten in die Hände fiel? Wozu haben die Freikorps-Kameraden ihr Leben gelassen? Warum haben ihre Frauen stillen Herzens die Todesnachricht ihrer Männer und Väter ertragen? Ich sage es euch, denn ich hab dort gekämpft, Seit' an Seit': So wie das Volk Israel, als es von Moses ins gelobte Land geführt wurde.«

»Hand vor den Mund!« Babette gab ihrem Jüngsten einen Kuss auf die Stirn und deutete auf den Pfarrer: »Jetzt weißt du, was bramarbasieren bedeutet.« Der redete noch heftiger über die Köpfe der Gemeinde hinweg: »Die Tartaren Sowjetrusslands standen vor den Toren Europas. Bis zur Memel war die rote Sturmflut gerollt. Aber deutsche Soldaten waren es, die auf baltischem Boden Deutschlands Sendung erfüllten: Luthers feste Burg gegen den roten Atheismus zu sein. Wir haben den Glauben verteidigt gegen den leibhaftigen Antichrist. Selbiges zu tun wird nun eure Sache sein. Denn in Josua 23, Vers 15 steht geschrieben: ›Wie nun alles Gute eingetroffen ist, das der Herr, euer Gott, euch verheißen hat, so wird der Herr auch alles Böse über euch kommen lassen, bis er euch vertilgt hat aus diesem schönen Lande, das der Herr, euer Gott, euch gegeben hat, wenn ihr die Bundesordnung übertretet.‹«

Eine freche Bauerntochter mit schwarzem Häubchen grinste und streckte Max die Zunge raus. Der erregte Mann auf der Kanzel erreichte weder die jungen noch die alten Frauen. Kurze Momente hielt er inne. Seine Finger krallten sich um die Brüstung der Kanzel. »Ja, Tausende deutscher Männer haben ihr Leben gelassen, damals zwischen Riga und Dorpat, als der Erste Weltkrieg längst vorüber war. Gekämpft wurde in der Hitze des Sommers und in der Kälte des baltischen Winters. Sie spürten mit jeder Faser: Mit den Sowjets ist der Antichrist Mensch geworden. Sein Name war damals Lenin. Heute ist es Stalin, der sich vergötzen lässt von Pankow bis Wladiwostok. Er hält Hunderttausende Deutsche als Sklaven in seinen Bergwerken, in Kolyma, in den Todeslagern am Eismeer.«

Minute um Minute sich steigernd verfiel der Pastor in fanatisches Bellen. Über die Schläfen seines puterroten Gesichts wischte er ab und an mit dem Tüchlein, das er aus dem Talar nestelte.

»Stalin, Kim Il-Sung, Mao Tse-tung, sie drohen uns. Heute ist es China, bald wird es Westeuropa, bald Amerika sein. Die Schlacht der Endzeit, Harmagedon, sie kann schon morgen sein. Der Herr stehe uns bei. Amen.«

»Der wird sich nie ändern«, sagte Babette. Bereits beim Ausgangslied begannen Männer und Frauen bester Laune friesisch zu schnacken. Babette zischte beim Verlassen der

Kirche: »Gebt ihm nicht die Hand.« Max vermochte es aber nicht, sich an ihm vorbeizuschlängeln.

»Ein rechter Seemann willst du werden«, sagte der Pfarrer leutselig.

»Nein«, sagte Max.

»Verspüren Sie etwa keine Wertschätzung für unseren Herrn Pastor?«, fragte Simon Reinhardt amüsiert, als sie über den Kirchhof schlenderten.

»Grauenhaft, solche Gottesmänner«, entfuhr es Babette. »Alle wollen ihre Hammelherde rasserein halten, seien es Pfarrer, Mullahs oder Rabbiner. Im Mittelalter ging's mit Halbmond, Kreuz und Schwert gegen die Ungläubigen – gestern mit Hakenkreuz und Zyklon B.«

»I hab aiarn Pfarra gar net verstandn. Ganz ehrli«, unterbrach die Dobretsberger und hakte sich bei Jes ein. »I waas aba andres als den bleeden Stalin. I waas vom Eis, zu dem i eich alle jetzand sofort einladn möcht.«

»Gut, dass es Ungläubige gibt«, freute sich Babette. Jes und Simon Reinhardt grienten. Ihr Lachen war ansteckend. Alle Kinder lachten und wussten nicht weshalb.

Sechs Jahre nach Kriegsende existierte in Nieblum eine Eisdiele, gleich in der Straße neben dem Schullandheim. Die Erwachsenen setzen sich drinnen um den Holztisch mit Häkeldecke. Was jünger war, hockte in Front des Eiscafés auf dem Friesenwall, der die Koppel einhegte. Jeder leckte zwei Kugeln Erdbeereis. »Leck schneller, sonst tropft dir alles auf die Bluse«, sagte Achim, nahm Max die Eistüte aus der Hand und aß sie selbst. Max boxte ihm gegen die Schulter. »Musst noch wachsen, Lütter«, sagte Achim und war schon seines Wegs gegangen.

»Warum hast du dich absentiert?«, fragte ihn Babette beim Abendbrot. Achim blieb verstockt, antwortete nicht und langte stattdessen nach dem Graubrot. Babette packte seine Hand: »Gefällt's dem jungen Herrn nicht mit uns?«

»Ich hasse Kieler Blusen. Ich finde es widerlich, dass wir in den uralten Klamotten rumlaufen müssen, dass wir immer anders sind als alle anderen. Warum kannst nicht auch du den Pastor grüßen? Warum wurde ich nicht konfirmiert wie andere?« Er schlug zornentbrannt auf den Steintisch. Frau Bahnsen verschwand entsetzt im Haus. »Weshalb sind wir bettelarm, aber andere Eltern aus meiner Klasse nicht?«

Wie sehr er Babette gekränkt hatte, wurde sofort klar, als sie sagte: »Du hältst es wohl mit den drei Affen.« Achims Wutausbruch mochte sie weder ignorieren noch als pubertäres Wüten abtun. Sie geriet in Rage: »Du hast deinen Vater verabscheut. Du hast dich geweigert, ihm einen Kuss zu geben, als er zum Skelett abgemagert aus dem KZ heimkam. Dein Vater hatte trotzdem Verständnis für dich. Aber ich wusste, dass du innerlich eine Mauer gegen ihn errichtet hattest, weil ihn die Leute in Insterburg wie einen Aussätzigen behandelt haben. Du hast ihm Unrecht getan.«

Ihr letzter Satz traf Achim wie ein Keulenschlag: »Damit musst du dein Leben lang fertigwerden. Das darf ich dir, einem Siebzehnjährigen, einem fast Erwachsenen, sagen.«

»Du bist widerlich!« Achim wurde noch zorniger. »Du hast ihn doch nie geliebt. Mir aber wirfst du das vor. Wie verlogen du bist.«

Es wurde die bitterste Auseinandersetzung, die sich Babette Coehn je mit ihrem Ältesten geliefert hatte. Sie hatte sich, je schlimmer sie vom NS-Regime als »Mischling ersten Grades« diskriminiert worden war, mehr und mehr mit ihrer Außenseiterrolle identifiziert – in Sarkasmus geflüchtet. Der Druck hatte in ihr Kräfte geweckt, die von purer Lust an der List bis hin zur Verschlagenheit reichten. Kein Zweifel: Sie besaß Chuzpe. Welchem Kind aber ist zuzumuten, von Gleichaltrigen als Außenseiter gepiesackt zu werden, ohne sich wehren zu dürfen?

»Reichsfeind, Reichsfeind«, hatten Jungen und Mädchen geschrien und ihn auf der Straße angespuckt. Achim hatte sich seinen gleichaltrigen Feinden in der Schule angepasst. Obwohl es ihr schwerfiel, lenkte Babette ein: »Solange dein Vater am Leben war, war er unser Schutz. Begreifst du das nicht?«

»Wieso?«

»Er war Arier, das besagt der Irrsinn der ›Nürnberger Gesetze‹. Ich und du aber nicht. Capito! In Ostpreußen war dein Vater ein angesehener Mann: Ein Arzt, noch dazu habilitiert.«

Achims schmales Gesicht wirkte hohlwangig. »Du hast ihn doch aus Selbstschutz geheiratet.« Diese Niederträchtigkeit ließ sie an sich abperlen.

»Dein Vater hat mich 1934 geheiratet. Die Rassetheorie der Nazis nannte er pseudowissenschaftlichen Irrsinn. Meinst du, dass ausschließlich dein Vater und ich hofften, der verrückte Spuk sei bald vorüber? ›Die Deutschen werden sich so etwas nicht gefallen lassen. Die Deutschen sind ein Kulturvolk, wo selbst der Müller von Sanssouci gegenüber dem König Recht behält‹, hat mir dein Vater vorgehalten. Das waren doch nicht nur wir, Großmutter, ihre Schwester, mein Onkel oder unsere Freunde! Hunderttausende in Deutschland hofften das Gleiche. Weit weniger als die Hälfte der Deutschen hat Hitler gewählt. Aber wer konnte sich anfangs ausmalen, was später passierte? Der beste Strafrechtler in Berlin glaubte bis 1938 fest daran, deinen Vater freizubekommen. Dr. Ronge war preußischer Anwalt alter Schule, dem es ums Recht ging, nicht ums Geld.« Babette suchte Achims Gesicht zu streicheln. Er wich ihrer Hand aus.

»Um Ihren Mann brauchen Sie sich nicht zu sorgen. Den kriegen wir frei«, hatte Ronge allemal wiederholt, wenn Babette ihn in der Berliner Uhlandstraße aufsuchte. Viel wichtiger sei, hatte Ronge gleich im Februar 1936 gesagt, dass

Babette richtig ihre Zukunft plane. »Sollte sich nicht ein Ort finden lassen«, hatte der Anwalt ihr gesagt, »wo sich eine begabte, junge Pharmazeutin frei entfalten kann? London, Paris, Montreal, Shanghai, selbst unten in Palästina dürfte eine moderne Apotheke nicht das Schlechteste sein.« Ronge formulierte barocke Girlanden, weil er wusste: Die Gestapo hörte seine Kanzlei ab.

»Warum bist du nicht nach Schweden oder London geflohen? Tante Lea hat es sogar bis San Francisco geschafft. Da kann man sich sonnen, auf Deutschland pfeifen. Vorher hat Tante Lea wenigstens in der Freien Stadt Danzig gelebt. Aber du und Großmutter, ihr wolltet euch ja durchmogeln.«

»Sag das nicht noch mal!« Babette hatte die Hand drohend zum Schlag erhoben, ließ sie jedoch wieder sinken. Die Auseinandersetzung kostete sie Kraft: »Ich darf dir nicht alles erzählen.« Achim kapitulierte: »Warst du nicht 26 Jahre jünger als er? Mein Vater hätte dein Vater sein können.«

Babette befand, es sei sehr spät geworden. »Los, kleiner Mann. Ab geht's«, befahl sie Max. Ein Igel schnaufte in der Dunkelheit. Fledermäuse huschten durchs Mondlicht. Das Plumeau im Alkoven war klamm.

Wecken taten die Pferde des Bauernhofs nebenan. Ihre Hufeisen klackten, manchmal rutschten sie, wenn sie langsam rückwärts an die Deichsel geschirrt wurden. Danach rollten die Wagenräder schrappend auf ihren rostigen Bändern davon. Im Vergleich zu den Reitpferden, welche die Jungen aus den Elbvororten kannten, waren die hellbraunen Belgier auf Föhr geradezu Kolosse. »In der Wallonie zogen sie Kohleloren im Bergwerk. Dann kam jemand auf die Idee, sie mit unseren Pferden auf den Inseln zu kreuzen. Nun sind's Friesen«, erklärte die Bahnsen. Sie bräuchten nun nicht mehr im Dunklen unter Tage zu arbeiten, ergänzte Babette. Die belgischen Friesen mähten das Getreide auf den Feldern rund ums Dorf. Mit weißer Mähne, dicken Fellpuscheln über den

Hufen, wolligem Haar zwischen den Ohren bewegten sie sich wie ein Uhrwerk, hatten aber alles flinken Auges im Blick. Die Frauen in schwarzer Tracht sammelten die Halme mit breiten Rechen, banden sie und stellten sie zu Hocken auf.

»Ihr könnt helfen«, rief eine den herumlungernden Kindern zu. Sie taten es den Frauen nach, so gut es eben ging, und schwitzten. Den Frauen schien ständiges Bücken in gleißender Hitze nichts auszumachen. Die meisten Bäuerinnen trugen schwarze Schleier. Ab und an schoben sie den Schleier hoch, um Schweiß fortzuwischen: »Sonne ist nicht gut für schöne, weiße Haut.« Die Kinder staunten. Noch stärker beeindruckte sie, dass über Stunden kein lautes Wort fiel, alles Hand in Hand ging und ohne weiteres Getränke und Brot geteilt wurden. Männer waren in der Minderzahl. Wie immer. Nachmittags tauchte Babette auf, brachte Bienenstich aufs Feld. Auf die Idee sei bislang keiner gekommen, meinten die Bäuerinnen.

»Eine Stunde – dann ist das Wasser wieder da«, sagte Babette. »Ich warte am Strand.« Alle Kinder badeten nackt. Neben Babette hatte sich die Dobretsberger in den Sand plumpsen lassen. Jes massierte ihr weiße Nivea-Creme auf den roten Rücken. Über Amrum baute sich eine schwarze Wolkenwalze auf. »Zu uns kommt das Gewitter spät in der Nacht – oder morgen früh. Es zieht die Runde über Sylt«, meinte Jes. Die Dobretsberger himmelte ihn an. Er hatte recht. Das Unwetter zog seinen Großkreis. Als die Mischpoche beim Abendbrot um den Steintisch saß, gab's im Nordwesten Wetterleuchten. Sekündlich wurde es schlagartig hell. Von fern grummelte Donner. Mit fortschreitender Nacht arbeitete sich das Gewitter gen Osten.

Zum Waschen holte sich Babette morgens Wasser von der Pumpe im Garten. Max musste sich direkt darunter bücken. »Manchmal ist's von Vorteil, ein kleiner Mann zu sein.« Damit gab sie Peter einen Wink und der pumpte so schnell, dass der Schwengel quietschte. »Hör auf«, schrie Max. Das Wasser wurde entsetzlich kalt. Babette hatte ein Stück Seife zur Hand und fuhr ihm damit energisch durchs Haar. »Salz verfilzt dein Haar. Du Seeigel.«

Die Bahnsen besaß zwei Liegestühle, welche neuerdings mit rotem Tuch bespannt waren. Die wurden unter dem Apfelbaum aufgestellt. Mittags lagen Babette und die Dobretsberger dort. Wenige Meter entfernt hatte Achim seinen Platz im Gras. Er hatte Schillers *Geschichte des Abfalls der Vereinigten Niederlande von der spanischen Regierung* mitgenommen.

»Nur die unverletzbare Heiligkeit der Gesetze kann dem Bürger die Früchte seines Fleißes versichern und ihm jene glückliche Zuversicht einflößen, welche die Seele jeder Tätigkeit ist«, las Achim laut vor.

»Lies bitte noch mal«, sagte Babette und schaute durch ihre Sonnenbrille gen Himmel. Achim wiederholte, ohne zu stolpern.

»I versteh's aa net«, mischte sich die Dobretsberger ein, »wer schreibt so a Zeug?«

»Muss man nicht wissen, meine Beste«, gab Babette süffisant zurück. »Es handelt sich nur um den Grundsatz, den die Nazis zwölf Jahre mit Füßen getreten haben. Die Schergen von Berija in Pankow begreifen ihn auch nicht.« Unter Berija subsumierte sie Pieck, Grotewohl und Walter Ulbricht, den DDR-Staatsratsvorsitzenden, den Babette auch »krächzender Gartenzwerg« getauft hatte.

Achim gefiel es, wenn seine Mutter die Nase hoch trug: »Der Autor heißt Friedrich Schiller.«

»Is der net aa an Bayer?«, fragte die Dobretsberger.

»Nicht unbedingt«, sagte Babette. »Aber schon nah dabei.« Max sah, wie ihre Mundwinkel zuckten. Doch sie hielt an sich, blickte reglos in den wolkenlosen Himmel. Die Sonne blich ihre Haare.

Bei Ebbe liefen Amrei und Max allein zum Priel. Der reißenden Strömung wegen war es nicht ungefährlich. Auf sandigem Untergrund ließen sich Krebse fangen, die sie wieder laufen ließen. Wäsche gab's so gut wie nicht zu waschen: Am Strand waren die Kinder nackt und im Dorf trugen sie – außer Achim – Lederhosen. Die Bahnsen und die Bäckerin von gegenüber sagten jedem Fremden, man könne sich auf Föhr keines herrlicheren heißen Sommers erinnern.

»Harte Winter, heiße Sommer«, plauderte die Bahnsen abends. »Der Winter 1947 war der schlimmste: der Hungerwinter. Die Tommys sind mit Lastern übers vereiste Watt gefahren und haben uns Brot und Kohl gebracht. Über den Halligen haben britische Flugzeuge Pakete abgeworfen. Sonst hätte keiner auf den Halligen überlebt. Das war mal anständig von den Tommys.« Die Dobretsberger erzählte, sie und ihre Münchner Freundinnen hätten sich 1946 mit einigen Amis richtig angefreundet. Nylonstrümpfe und Büstenhalter hätten sie geschenkt erhalten: »Nix mehr mit Tschocklett.«

»47 war übrigens ein gutes Apfeljahr«, sagte Babette. »Damals schipperte ab und an eine rostige Fähre von Blankenese über die Elbe ins Alte Land, das Flüsschen Este hoch. Ein Marschgebiet voll mit Apfel- und Kirschbaumhöfen.« Kein Mensch habe gewusst, wer die Fähre betrieb und woher die Kohle stammte. »Das wollte ja auch keiner. Da sind wir drauf. Ich hatte unser 880er Silberbesteck im Rucksack. Doch die Bauern winkten alle ab: ›Deern, wi hebbt dat alln's. Wi hebbt toveel vont Silver!‹ Das reiche für die Aussteuer von zwanzig Töchtern! Manche Bauern haben sofort ihren Hund von der Kette gelassen.«

Ein pickliger Bauer hatte Babette auf seinem Hof in Estebrügge gleich an den Busen getatscht. »Dem hab ich eine geklebt. Da hat er dösig geschaut.« Die Bäuerin sei aufgetaucht. »Auf dem Boden des Kuhstalls lagen Perserteppiche übereinander«, ergänzte Achim. »Ungelogen.« Er hasste seitdem Bauern.

»Später wird uns das niemand glauben«, bemerkte die Bahnsen.

»Nachmittags fuhr die Fähre retour über die Elbe. Der genietete Eisenkahn muss die Bomben der Engländer im Abzugsgraben zwischen Kirsch- und Apfelbäumen überdauert haben«, mutmaßte Babette. Im Laufschritt, mit Äpfeln und einem Ochsenschwanz im Rucksack, war sie in Begleitung von Achim verschwitzt zum Anleger gelangt, der bereits schwarz von Menschen war: Frauen jeden Alters – Hamstertaschen, Netze, Reisekoffer gestopft mit Obst, Kartoffeln und irgendwelchem essbaren Zeugs. Keine einzige Frau trug Schmuck. Eheringe, Armketten, Perlen – alles war eingetauscht. Aber die Frauen waren stolz auf ihr Gehamstertes, schwatzten von ihren Erlebnissen. Manchmal wurde offen gelacht. »Wir drängelten uns zum Heck der Fähre«, fuhr Babette fort. »Als sie in Cranz ablegte, sprangen zwei Polizisten an Bord. Sie trugen die blanken schwarzen Ledertschakos.«

»Alles beschlagnahmt«, hatten die Polizisten gerufen. Einer verdutzten Frau hatten sie sofort zwei Äpfel aus dem Netz gegriffen und feist grinsend verzehrt. Sie brach in Tränen aus, ebenso wie andere Frauen. Im Krieg seien beide Polizisten Drückeberger gewesen, hätten Polen und Russen kujoniert, flüsterten sich die Leute zu. Hass spülte durch das Schiffchen. »In den Knast mit euch«, hatte jemand aus der Menge gerufen.

»Die Polizisten sind nach achtern, ausgerechnet zu uns gekommen, haben sich breitbeinig in Schaftstiefeln aufs Freibord postiert. Beide haben sich mit einer Hand am Flaggstock festgehalten. Flaggen gab's ja 47 nicht. Sie musterten uns abschätzig als ihre Geiseln: ›Zeigt eure Hamsterware!‹ Ich staunte: Die Frauen rührten sich nicht, gehorchten nicht:

feindseliges Schweigen. Einzig das Klopfen der Maschine und das Plätschern des Schraubenwassers waren zu hören.«

Babette erinnerte sich gut: »Es war der einzig sonnige Oktobertag. Die Fähre hatte beinahe das Hauptfahrwasser der Elbe erreicht. Plötzlich gab's einen heftigen Ruck, das Fährboot hatte Grundberührung. Der Flaggstock knackte, brach und im selben Moment segelten beide Polizisten über Bord. Die Leute erschraken. Dann lachten wir alle lauthals los, wie befreit vom Albdruck. Einige klatschten Beifall, eine Fremde umarmte mich und begann zu tanzen. Hatte der Fährmann nichts bemerkt? Er steuerte sinnig dem nördlichen Elbufer zu. Achteraus im Heckwasser winkten und schrien die Polizisten verzweifelt aus immer fernerer Distanz. Ihre Tschakos hatten sie verloren. Zur Rettung sah sich keiner an Bord veranlasst.«

»Do hobt's ihr zug'schaut, wie Polizisten abgsoffa sin?«, unterbrach empört die Dobretsberger.

»Um die Sadisten wär's nicht schade gewesen«, entgegnete Babette. »Es ebbte. Neben dem Fahrwasser sind Wattflächen. Über die sind beide zum Schweinesand, der bewaldeten Elbinsel gegenüber von Blankenese, gewatet.«

»Sie ahnen nicht, wie sich Nazipolizisten bei Kriegsende und danach an unserer Westküste aufgeführt haben«, mischte sich die Bahnsen ein. »Als sei nie nix passiert, sind sie rumstolziert. Der Himmler ist am 8. Mai 45 mit einer Mercedes-Limousine samt Gefolge – alle feige in Zivil – in Büsum aufgetaucht. Kein Polizist in Dithmarschen hat gewagt, den Massenmörder festzunehmen, obwohl die Tommys Kopfgeld ausgesetzt hatten. So ist er entkommen.«

Aber Himmler, der Stellvertreter des Führers, und die Polizisten – das interessierte die Dobretsberger nicht die Bohne. »Wie ham S' denn die Äpfel und den Ochsenschwanz gekriegt, Frau Coehn? Silber hatten's die Bauern doch g'nug?« Die Dämmerung ging ins Dunkel über.

Lächelte Babette? »Schauen Sie, liebe Dobretsberger, da halfen nur *Lucky Strike Cigarettes.* Nicht zu vergessen meine Freunde, die Displaced Persons von Großgmain im Salzburger Land – gleich nebenan von euch Münchnern.«

Jes hatte sich dazugesetzt. Er brachte Amrei und ihre Mutter nach Hause.

11. Satans Lust

»Ist Ihr Mann in Gefangenschaft in Sibirien?«, erkundigte sich die Dobretsberger bei Babette. Sie saß neben ihr auf der ledernen Rückbank des Landauers. Gequetscht hockten die Kinder auf der Vorderbank. Es war ihre erste Fahrt in einer offenen Kutsche, dem schwarzglänzend gelackten Landauer. Die Luft war noch frisch.

»Nein«, antwortete Babette und schwieg. Die Coehn-Jungen trugen kratzige graue Wollpullover, dazu blaue Kniestrümpfe, die Babettes mütterliche Freundin Alice ständig strickte. Max dachte häufig an Alice, wenn seine Mutter sich wieder nervös und ungerecht verhielt. Alice hatte Babette, Achim und Peter seit Anfang Dezember 1944 in ihrem Haus versteckt gehalten. Bei Entdeckung hätte die Gestapo auch mit Alice kurzen Prozess gemacht. »Komm bloß mit deinen Gören, so schnell es geht, zurück zu mir nach Hamburg«, hatte sie Babette dringend geraten, als sich beide heimlich im Februar 1944 in Bad Landeck trafen. Babette Coehn war Reisen, jegliches Entfernen aus Insterburg, strengstens untersagt. Sie hatte sich darüber hinweggesetzt.

»In Hamburg hagelt es stündlich Bomben«, hatte Alice ihr in Bad Landeck berichtet. »Aber das hat sein Gutes: Die Leute werden aufsässig. Den Nazis kommt der Schneid abhanden. Neulich haben Männer der Freiwilligen Feuerwehr Flottbek gemeinsam mit KZ-Häftlingen aus Neuengamme am Dammtor Trümmer geräumt. Da passierte es: Die KZler waren abends ausgebüxt. Einfach futsch! Niemand wusste, wo sie abgeblieben waren. Als alarmierte SS auf Lastwagen anrollte, wurde ihnen von den Feuerwehrleuten die Straße versperrt. Die Feuerwehrleute haben die SS-Männer angepöbelt, sogar mit Prügel bedroht. Stell dir vor: Die SS hat das Weite gesucht. So ist die Stimmung.«

Adrett, mit leicht gewelltem weißen Haar saß Alice tagein, tagaus in ihrem grün bezogenen Ohrensessel auf ihrer Veranda, ließ sich von anderen erzählen und schaute dabei aus dem großen Jugendstilfenster über ihren Vorgarten auf die Straße. Sie war Jahrgang 1885. Ihre Villa in Othmarschen war eine der vielen vom Architekten Fernando Lorenzen 1903 erbauten zweigeschossigen weißen Putzbauten mit Klinkersockel und Hochparterre, die mit Erkern und Veranda versehen waren. Alice hatte die Villa anlässlich ihrer Hochzeit vom Vater geschenkt bekommen. Hinter ihrer Mütterlichkeit verbarg sich kluger Verstand.

Alice hatte Grübchen, ließ sich's Lachen nicht verderben. Anfang der Dreißiger war ihr Mann verstorben. Sie sprach nie von ihm. Seitdem hatte sie mit Tischdecken, die sie mit blauen und roten mythischen Drachen und bunten Blumenteppichen, bestehend aus Zehntausenden von Kreuzstichen, versah, häkelnd und strickend »die Hitlerei« an sich vorüberziehen lassen. Jede Unterhose der Coehn-Jungs, jeder Kniestrumpf, jeder Pullover war von ihr gestrickt. Die kratzten zwar, hielten aber warm. Auch die Matrosenblusen und die dazugehörigen marineblauen Leinenhosen stammten aus Alices Schatztruhe.

»Meine Jungen haben festes Leinen getragen. Jetzt tragen es deine«, hatte Alice gleich nach Kriegsende zur höchstschwangeren Babette gesagt. »Ich hab's aufbewahrt, weil ich wusste, dass es die Kinder meiner jungen Freundin brauchen würden.« Alices größtes Glück war, andere zu beschenken: »Auch kleine Dinge haben vorbestimmten Sinn.«

Ihre Hochzeitsreise hatte sie mit ihrem Mann ins britische Kaiserreich Indien unternommen. Zur Erinnerung hatten sie aus Delhi das Modell des Tadsch Mahal aus schneeweißem gemahlenen Marmor mitgebracht. Dieses beeindruckende, einen Meter hohe Souvenir thronte seither neben ihrer Standuhr unter einer ebenso imposanten Glasglocke. »Ich erwarte mein Mäxchen dringend«, hatte ihm Alice persönlich auf einer Postkarte mit dem Foto von Blankenese und der Elbe nach Föhr geschrieben.

Keine Frage, die Dobretsberger zahlte die Kutschfahrt um die Insel. Es ging nach Borgsum zur Lembecksburg, zum Ringwall, auf dem weißer und roter Klee blühte. Amrei fand die Burg »recht fad«. Ihre Mutter ergänzte: »Naa, a Burg is dös net.« Babette pflichtete ihr lachend bei: »Als ihr Bayern Kirchen erbaut habt, haben die Friesen auf ihrer Sandbank gehockt und mit den Robben um die Wette geheult.«

Der Kutscher lauschte unbewegten Gesichts. Er sprach nur Friesisch. Schlichen die Kinder abends an seinem verfallenden Fachwerkhaus vorüber, hockte er reglos am blanken Holztisch: Um ihn herum auf dem Lehmfußboden lagen Zeitungsreste, Handtücher und ein umgestürzter Weidenkorb, in dem er im Winter Feuerholz hereintrug. Er lebte allein und vom Schnaps. »Schau da, wie sie tanzen«, sagte Peter und wies auf den Tisch. Dutzende Mäuse huschten auf dem Tisch hin und her, um plötzlich seelenruhig neben den aufgestützten Armen des Kutschers Brotkrumen zu fressen. Das störte ihn nicht.

»Mir wird's auch fad«, stimmte Babette zu. Deshalb ließen sich die Frauen nach Wyk kutschieren, ins »Seebad« auf Föhr. Babette setzte ihren flachen, breitkrempigen Strohhut mit der roten Seidenschärpe auf. Der verschattete ihr Gesicht. Wyk war heil geblieben, als hätte nie ein Krieg stattgefunden. Die »Hitler-Allee« war jüngst in »Badewai« umbenannt worden. Auf den Stufen zum Hotel an der Strandpromenade knuffte Babette ihren Söhnen in den Rücken: »Haltung!«

Zur Kutschfahrt hatte Amrei ihr orange gestreiftes Kleid und die glänzend schwarzen Lackschuhe anziehen müssen. »Wie soll das Kind darin laufen, geschweige denn im Sand spielen?«, hatte Babette die Dobretsberger kritisiert. Die blieb dickfellig. So saßen Kinder und Erwachsene unbequem in knarrenden Korbsesseln. Die mondgesichtige Kellnerin brachte tiefe Teller mit Apfelkuchen. »Ist's recht?«, fragte die Dobretsberger.

Im Saal dämmerte schläfrige Ruhe. Babette hatte beim Eintreten kurz, dann aus ihrem Sessel sorgsam alle Tische gemustert: »Alte Männer mit jungen Frauen. Krieg nützt immer den hässlichen, alten Kerlen. Das liest man schon in der Tora.«

Plötzlich erschrak sie, ließ alles stehen und verschwand katzengleich durch die Schwingtür. Die klappte zweimal hin und her. »Blaabt's hier, lasst's aich den Kuchen schmecken«, sagte die Dobretsberger. Die kolossale Glasschüssel voller Schlagsahne war das Nonplusultra, dazu gab es Apfelsaft durch den Strohhalm. Es bedurfte keines Worts zwischen den Brüdern: Jeder suchte verstohlen aus seinem Blickwinkel den Saal ab.

Achim entdeckte ihn am Tisch hinter der gusseisernen Säule: den blonden Mann mit Bauchansatz unter einreihigem weißen Jackett und weißer Leinenhose. Auf den ersten Blick wirkte sein Gesicht nicht unsympathisch, bei näherem Hinsehen hingegen durchtrieben. Am Korbsessel lehnte ein Tennisschläger. »Oh, ganz fesch«, bemerkte die Dobretsberger bewundernd.

»Mit weißen Schnallenschuhen«, mokierte sich Achim verächtlich. »Wer kleidet sich denn so?« Was der Herr zu tragen hatte, das hatte Babette den Ihren längst eingebläut. »Schaut, der trägt 'nen fetten Goldreif am Handgelenk«, lästerte Peter. Verbale Spitzen begriff die Dobretsberger ohnehin nicht.

Auffällig war, wie intensiv der Mittvierziger auf seine attraktive, gut zehn Jahre jüngere Begleiterin einredete. Ihre

Gesichtszüge deuteten auf Sensibilität. Zwischen beiden war weder Intimität noch irgendein Hauch von Liebe zu spüren. Die Dame schwieg. War ihr die Situation peinlich? Ab und an lachte der Mann ostentativ und Beifall heischend. Was ihr missfiel. Er nahm einen Hundert-Mark-Schein zwischen Zeigefinger und Daumen und wedelte damit nach der Kellnerin. Im Moment als sie herantrat, schoss unter dem Tisch ein Schäferhund hervor. Die Kaffeekanne knallte splitternd auf die Marmorfliesen. Der Hund bellte ohrenbetäubend und der Mann schrie: »Scheiße!«

»Wie gewählt drückt sich der Typ aus?«, sagte Achim.

Angstverzerrten Gesichts lag die Kellnerin am Boden, während der Hund beide Vorderläufe auf sie stützte und sie anbleckte. Speichel troff aus seinen Lefzen. Gäste umringten den Tisch. »Ziehen Sie Ihre Bestie von der Frau«, schrie eine Dame. »Unglaublich«, empörten sich andere. Der Schäferhund knurrte noch aggressiver. Dann bellte er kurz, dass es in der Glaskuppel des Raums nachhallte, und schnappte um sich. Die Kellnerin schrie in Todesangst. Der Mann riss das Tier an der Leine, schlug ihm brutal mit der flachen Rechten auf die Schnauze.

»Es reicht. Janka, komm!«, fuhr er wütend seine fassungslose Begleiterin an und entschwand mit ihr ohne jede Entschuldigung. Seine Hosenbeine waren schwarzbraun vom Kaffee. Die Kellnerin, der die Leute aufhalfen, schluchzte: »Gezahlt hat er nicht.«

»Das hätte ich nicht gedacht von diesem feschen Mannsbild«, sagte die Dobretsberger. »Versicherungsvertreter, Geldeintreiber, das ist der Typ«, kommentierte Achim. »'ne Ratte mit Silberschlips«, meinte Peter.

»Warum seid ihr so still?«, fragte Amreis Mutter auf dem Weg Richtung Südstrand. Der Kerl mit der Bestie von Schäferhund hatte allen die Sprache verschlagen. Sie fanden Babette nicht. Wenigstens schien die Sonne. Am Wyker

Kurstrand hatte man baden wollen, aber die Badesachen waren noch im Landauer. Hinter dem Hotel *König von Dänemark* wartete die Kutsche, in der Babette längst Platz genommen hatte. Ihr Strohhut war noch tiefer in die Stirn gerückt. Zweifellos strahlte sie Eleganz aus. Das linke Pferd begann nervös zu scharren.

In Nieblum legte sich Babette sofort in den Liegestuhl. Sie verbarg ihre Augen hinter der Sonnenbrille mit hellbraunem Hornrand. Ihre Hände zitterten. Weinte sie? Wolken türmten sich auf. »Es ist garstig schwül«, störte die Dobretsberger das Schweigen.

Abends ermunterte Babette ihren Ältesten, sein Buch zu bringen. »Zeig mir die Stelle, wo du bist. Ich les euch vor.« Dass Max das meiste noch nicht zu begreifen vermochte, störte sie nicht: »Mäxchen ist intelligent genug, schnell zu begreifen.« Sie stellte ein Windlicht vors Buch auf den Steintisch und las.

Aber Philipp hatte es hier mit einem Kopfe zu tun, der ihm an Schlauheit überlegen war. Der Prinz von Oranien hielt ihn und sein geheimes Conseil in Madrid und Segovien schon lange Zeit durch ein Heer von Spionen bewacht, die ihm alles hinterbrachten, was dort Merkwürdiges verhandelt ward. Der Hof dieses heimlichsten von allen Despoten war seiner List und seinem Gelde zugänglich geworden. Aber den wichtigsten Aufschluss gab ihm ein aufgefangener Brief des spanischen Botschafters in Frankreich, Franz von Alava, an die Herzogin, worin sich dieser über die schöne Gelegenheit verbreitete, welche durch die Verschuldung des niederländischen Volkes dem König jetzt gegeben sei, eine willkürliche Gewalt in diesem Lande zu gründen.

Wann hatte Babette Gelegenheit, ihren Söhnen Lebenserfahrung zu vermitteln? In Hamburg ging's ums Nötigste, um Brot und Milch. Sie wusste nur zu gut, wie rabiat sie mit den dreien umsprang, und schämte sich. Hier, während der Ferien, glaubte sie, die Chance zu haben, ihre Sicht der Dinge zu erklären: »Philipp II. von Spanien war einer der Massenmörder, die sich in jeder Epoche finden. Die suchen Spießgesellen. Ihre Lüsternheit zu foltern und zu morden verbergen sie hinter Glaubenssätzen und Ideologien. Je länger ihr Regime währt, desto grauenvoller wird ihr Terror. Die Inquisitoren waren König Philipps Gestapo. Im Namen Gottes auf Nagelbretter gespannt und auf dem Scheiterhaufen verbrannt wurde jeder, der sich eigenes Denken nicht verbieten ließ. Charles De Coster hat darüber ein wunderbares Buch geschrieben: *Till Ulenspiegel und Lamme Goedzak.*«

»Wer hat hinter Philipp gestanden?«, fragte Achim.

»Für einen kritischen, jungen Mann mag das naiv klingen: Satan«, sagte Babette. Achim lächelte.

»Dein Großvater las Kant. Die *Kritik der reinen Vernunft* war sein Brevier. Daraus zitierte er. Wäre mir jemand mit der Existenz Satans gekommen, ich hätt' ihn als Backfisch für total verrückt erklärt. Aber das Leben bringt Einsichten, die unsere wissenschaftsgläubige Welt nicht akzeptiert. Es gibt keinen Zweifel: Satan existiert. Er ist die Macht des Bösen in der Gesellschaft. Du brauchst nicht erst das Buch Hiob zu lesen. Satan kann die Frau sein, die du liebst und begehrst – oder der Freund, den du für deinen besten hältst. Satan tarnt sich: Lebensunwert ist immer der andere oder der Fremde. So fühlen sich schwache Charaktere als Herrenmenschen. So lässt sich Gottes Gebot verspotten und ethische Grundsätze mit Stiefeln treten. Satan vernichtet Menschen aus purer Lust.« Babette füllte Achim Wasser ins Glas. »Genau das aber lässt die meisten an Gott verzweifeln.«

»Das glaubst du? – Ehrlich?«

»Schau dich um. Denk ans Schicksal deines Vaters.« Babette ging ins Haus und zog sich ihre Seidenweste über.

»Du fragst: Warum überlebt der Gottlose alle Katastrophen? Der Henker, der Betrüger, der Diktator? Warum wächst dem Mörder Reichtum zu? Weshalb bleiben all jene unbehelligt, trotz ihrer Raubzüge, Vergewaltigungen und Morde? Wieso lässt Gott gerade Gottlose in Gesundheit und Wohlstand altern? Das ist die Frage Hiobs, die Gott nicht beantwortet. Philipp II. hat Reformierte, Lutheraner und Juden zu Zehntausenden als Ketzer verbrennen lassen. Die eigene spanische Armada hat er im englischen Kanal wissentlich in den Untergang geschickt – wie Hitler die 6. Armee in Stalingrad.«

Zunehmender Mond erhellte die Nacht. Es jagten wieder die Fledermäuse. »Gottlose fühlen sich nie schuldig«, monologisierte Babette. »In Nürnberg hätte sich Hitler für unschuldig erklärt: ›Ich habe nie Befehl gegeben, meine politischen Gegner, Juden, Behinderte und Zigeuner zu ermorden.‹ Achim, denk an Mörder wie Stalin. Wen wundert's, wenn Stalin morgen alle Ärzte und Krankenschwestern in der Sowjetunion erschießen lässt? Völlig grundlos, nur eben so.«

»Ist Satan nicht Gottes Geschöpf?«, fragte Achim.

»Du machst es mir nicht leicht«, antwortete Babette. »Aber du hast ihn heut selbst gesehen.«

»Willst du mir Angst machen?«

»Keineswegs. Satan ist überall. Warum nicht hier bei uns?« Auf der Weide galoppierten Pferde durch die Dunkelheit.

»Mein Deutschlehrer spricht ausschließlich von Psychopathen«, beharrte Achim.

»Ach was!« Babette wurde ungehalten. »Dieser Arzt aus Wien, Sigmund Freud – du weißt schon –, hat für jegliche Niedertracht, für jede Erbärmlichkeit eine Entschuldigung erfunden. Es gibt aber keine rationale Erklärung, weshalb Menschen andere Menschen vergasen. Und dann versteigt sich dieser Freud zu der Behauptung: Mord ist der Beginn unserer Kultur.« Sie redete sich in Rage: »Selbstverständlich muss man sich kritisch mit Religion auseinandersetzen. Doch wie kann ein so intelligenter Mensch wie Freud Satans

Existenz leugnen? Es ist genau andersherum, als es dir dein Deutschlehrer weismachen will: Nicht der Psychopath wird zum Satan, sondern Satan schlüpft in die Kleider des selbstgefälligen Psychopathen. Denk nur an Hitler.«

Babette hielt inne: »Im Februar 1568 hat Philipp alle Bewohner der Niederlande als Ketzer zum Tode verurteilen lassen, per Dekret. Du liest es bei Schiller. Dies Dekret war nichts anderes als das Rassegesetz von 1934.«

»Weshalb haben Psychopathen massenhaft Anhänger?«, fragte Achim.

»Weil Psychosen so ansteckend sind wie Scharlach. Die Menschen verfallen im Nu dem emotionalen Fieberwahn.«

»Wann sind unsere Vorfahren nach Altona geflüchtet, Mama?«

»Um 1580 aus Porto. Ihre Grabsteine kann Großmutter dir zeigen.«

»Weshalb glaubst du an Gott?«

»Weil ich verbohrt bin«, antwortete Babette. »Meine Sturheit hast du geerbt. Sie ist nützlich. Zu beten scheint oft absurd zu sein. Aber immer wenn ich Gott fest vertraue, hilft er mir.«

»Wie wehrt man sich gegen Satan?«, fragte Achim.

»Tritt ihm so doll auf den Schwanz, dass er quietscht«, sagte sie. Beide lachten.

Peter war wach geblieben, er hatte das Gespräch durchs geöffnete Fenster belauscht. Max hörte, wie er ein Bein auf die dicke Federdecke legte und sein Kissen knüllte. Regen stürzte hernieder. Peter und Max standen auf, schauten in die Nacht, hielten die Hände unter die Wasserbäche, die sich vom Reetdach ergossen.

Am Morgen sagte Babette: »Wir müssen nach Haus. Ich schau, wann ein Schiff Richtung Helgoland fährt und uns *Jan Molsen* dann nach Hamburg bringt.«

Den fiesen Proleten im weißen Jackett hatte Max längst vergessen. Das Buch, das er mit auf die Reise hatte nehmen dürfen, trug den Titel *The Little Red Hen*, ein amerikanisches Kinderbuch. Die rote Henne faszinierte ihn. Auch ohne Englischkenntnisse schien sie ihm ein selbstbewusstes Persönchen zu sein: Red Hen verfolgte unbeirrt, was sie selbst für richtig hielt – trotz ständiger Lästerei ihrer stinkfaulen Tierkollegen auf dem Bauernhof. Little Red Hen war fleißig und erfolgreich – beinahe wie Babette.

Der Regen hörte nicht auf. Max saß auf dem gedielten Fußboden, vor sich das Buch. Je länger der Regen vom Reetdach rann, desto mehr begannen ihn die Motive auf den Wandkacheln zu interessieren. »Jesus ist langweilig. Immer das Predigen und die Arme ausbreiten«, hatte Babette gesagt. »Schau dir die anderen Delfter Kacheln an: Da passiert immer was Neues – wie in der Tora.« Das stimmte: Die Figuren auf den Kacheln segelten, plumpsten aus den Wolken und dazwischen Mord und Totschlag. Das Beste war die blaue Schlange mit dem Apfel zwischen den Zähnen, die sich über Dutzende von Kacheln rund um den Türrahmen wand. Max fragte, was sie zu bedeuten habe. »Wenn du aus der Tür in die Welt trittst, dann triffst du überall Schlangen«, sagte Babette. »Satan ist die Weltschlange.« Um nähere Erklärung bat er nicht.

Als sich die Sonne nachmittags zeigte, waren die Jungen an den breiteren Strand vor Goting gegangen. Eine Feuerqualle hatte Max beim Baden am Bauch erwischt. Das brannte höllisch. Babette hatte gesagt: »Stell dich nicht an.« Worauf Amrei schadenfroh gekichert hatte. Jes war gekommen und hatte sich bei der Dobretsberger mit aufs Handtuch gelegt. Er war schlank, braun gebrannt und muskulös. Peter sammelte Steine und Achim stierte missgelaunt über das Wasser Richtung Amrum.

Letztlich war es ein schöner Tag geworden. Auf dem Weg nach Nieblum wurden braune Schmetterlinge gefangen, Schafe und wiederkäuende Kühe aufgescheucht. Babette hatte jedem Sohn zwei dicke Scheiben frisches Graubrot mit Wurst in Aussicht gestellt: »Rindsmettwurst bekommt einem viel besser als die vom Schwein.«

Die Bahnsen hatte bereits gewartet. Es lagen frische Tomaten, Radieschen und zwei große Gurken auf dem Tisch. Dann kam sie viermal mit ihrer Pfanne aus dem Haus und schob jedem Kind drei Eier auf den Teller. Es war großartig.

»Kannst du in München auch so viele Eier essen?«, fragte sie Amrei.

»Ja, freili«, mischte sich die Dobretsberger ein. »Die Leut bringen mir alles ins Haus.« Achim rollte ob dieser Selbstzufriedenheit die Augen. Die Schwarzbunten muhten im benachbarten Stall, als Jes erschien. Die Jungen bewunderten ihn, so wie er dastand in seinem dunkelblauen Pullover, der passenden blauen, unten ein wenig ausgestellten Hose. Dazu noch die hochglänzenden Lederschuhe. »US-Navy«, salutierte er und setzte sich neben Amreis Mutter.

»Ein deutsches U-Boot setzte bei Flut am 8. Mai 1945 auf den Kniepsand vor Amrum. Das war eine tapfere Crew, die fühlte sich nicht geschlagen«, sagte Frau Bahnsen. »Stammte der Kapitän nicht von Föhr?«, erkundigte sich Babette mit Unschuldsmiene.

»Dös war sicher a Verwandter von dir«, flötete die Dobretsberger und rückte Jes auf die Pelle. Er schien ein bisschen unwillig. Doch dann tätschelte er ihr den Po. Die Jungen sahen es. »Warum heiraten Sie nicht wieder, Frau Coehn?«, ließ sich Amrei vernehmen: »Jede Frau gehört doch zu einem Mann.« Die Bahnsen lächelte und schaute Babette erwartungsvoll an.

»Weil alle tot sind, die ich mochte, meine Süße. Und weil alle, die ich jetzt kennenlerne, viel zu jung oder zu uralt sind«, antwortete sie. Max fühlte sich enttäuscht. So jemanden wie Jes hätte er als Vater akzeptiert. Die Dobretsberger legte ihren Arm um Jes' Hüfte.

»Gleich fangen die an zu schmusen«, flüsterte Peter Max ins Ohr. Babette hatte das mitgekriegt und sagte: »Schmusen ist ein jiddisches Wort.« Die Bayerin und der Mann aus New York strahlten.

»Kannten Sie den feschen Mann gestern in Wyk?«, fragte die Dobretsberger.

»Nicht in weißen Leinenhosen, aber mit schwarzer SS-Uniform und Totenkopf an der Mütze«, sagte Babette.

»Mit silbernem Totenkopf?«, fragte die Bahnsen. »Lasst uns an diesem schönen Abend nicht über so was sprechen.«

12. Hakenkreuz mit Kaviar

»Ich hab nichts zu verbergen. Erst recht nicht vor meinen Kindern«, sagte Babette. »Wie vielen Frauen ist es ebenso ergangen wie mir? Die katholische Kirche bedient sich des Exorzisten im Kampf gegen Satan.« Sie lachte. »Wer steht uns bei? – Ich brauch keinen Priester«, sagte Babette. »Man muss die Höllenhunde eigenhändig vor sich hertreiben.« In der Dämmerung gestand sie sich zu, Schwäche zu offenbaren: Ein einziges Mal im Leben. Sie besaß die seltene Gabe, so bildhaft zu erzählen, dass das Geschehen wie ein Film vorm Auge ablief. Mit gerade sechs Jahren war Max zu jung, das Erzählte ganz zu erfassen. Aber das, was er begriff, brannte sich umso tiefer ein. Als er sich in späteren Jahren mit Peter wiederholt über diese Nacht unterhielt, wurden die Schilderungen seiner Mutter mit der Zeit in seiner Vorstellung immer klarer. Er konnte jenen Film förmlich plastisch vor sich ablaufen sehen. Gehörtes und selbst Erlebtes fügte sich zu einem riesigen Puzzle.

Im September 1937 hatte sich Babette – zwei Jahre nachdem die Gestapo ihren Mann abgeführt hatte – auf der Rückfahrt nach Königsberg befunden. Vorangegangen war eine ihrer im Endeffekt nutzlosen Besprechungen in Berlin, bei der es wie stets darum gegangen war, wie sie ihren Mann freibekommen sollte, sofern er noch lebte. In welchem Gefängnis oder ob er sich im KZ befand, damit hielt der NS-Staatsanwalt sowieso hinterm Berg. In Königsberg?

In den Kellern des Gestapo-Hauptquartiers in der Berliner Prinz-Albrecht-Straße? Oder sonst wo? Das Schweigen darüber war Standardtaktik der Gestapo und ihrer juristischen Handlanger. Babette vermochte während der Rückreise über Stettin und Danzig nicht zu lesen, obwohl sie allein im Erste-Klasse-Abteil des D-Zugs saß. Die Luft war stickig, da das Fenster nicht geöffnet werden durfte.

»Das war eine der idiotischen Repressalien der Chauvinisten in der PKP-Bahnverwaltung in Warschau. Kurz bevor wir den polnischen Korridor und die Weichselbrücken passierten, platzte eine hohe SS-Charge ins Abteil.« Der zwischen dreißig- und vierzigjährige Mann schob seinen schwarzen Uniformmantel auf die Ablage und glättete ihn.

»Gestatten, Detlef Fischer, Hauptsturmführer.« Er machte die lässige Andeutung des Parteigrußes. Einer der blonden Karrieristen, war ihr erster Gedanke: intelligent, selbstverliebt, absolut skrupellos. »Es empörte und faszinierte mich, mit welch kalt lächelnder Dreistigkeit er mich von Kopf bis Fuß musterte.« Nach einer Weile hatte er sich erkundigt, wie es mit einem verspäteten Kaffee oder Tee im Speisewagen sei. Fischer hatte das stählerne Von-oben-herab-Lächeln der SS aufgesetzt. Der Speisewagen war erstaunlich gut besucht.

»Der Führer hat wieder einige Millionen Reichsmark für die Nutzung der urpolnischen Schienen überweisen lassen. Es dürfte den Herren in Warschau schwerfallen, die Strecke für Deutsche erneut zu sperren«, sagte Fischer.

»Weshalb reden Sie mit mir über Politik? Die deutsche Frau tut so etwas doch nicht«, unterbrach ihn Babette. »Aber ich sag Ihnen: Wir leben im Jahrhundert des Chauvinismus. Eine höchst infektiöse Krankheit, die ja nicht nur im Reich, sondern auch in Polen und Frankreich endemisch zu sein scheint.«

»Was Sie nicht sagen, gnädige Frau.« Babette missfiel das Benehmen der SS-Charge. Sie machte Anstalten, sich zurück ins Abteil zu begeben.

»Pardon. Ich wurde abgelenkt. Bitte nehmen Sie doch wieder Platz.«

Rückblickend war es die wichtigste Stunde im Leben Babettes. »Wäre ich zurück in mein Abteil gegangen, wäre vielleicht … Ich war zu gut erzogen, um auf dem Absatz kehrtzumachen. Für einen Moment hatte ich gemeint, er lenke ein. Ich hatte die Ratte unterschätzt.«

Sofort kam der nächste Angriff. »Sie trinken Danziger Goldwasser so gern wie ich?«, begann er säuselnd.

»Wie kommen Sie darauf, Herr Fischer?«

»Weil in der Freien Stadt Danzig zu viel Gold lagert.«

Sie zweifelte nicht mehr: Alles war geplant. Seine Wortwahl hatte er tagelang überdacht. Der SS-Hauptsturmführer setzte ein maliziöses Grinsen auf: »Danzig ist seit 1920 zum prallen Tresor voller Fluchtgeld mutiert. Pensionopolis – das war gestern, zu Kaisers Zeiten. Aber heute ist Danzig – dank des Versailler Diktats und des Völkerbunds – zum Umschlagplatz von Privatvermögen mutiert. Ein Treppenwitz der Geschichte. Man muss nur näher hinschauen: eine Sammelstelle – ebenso wie Zürich oder Genf – für Fluchtgeld, für Devisen und Gold aus der Sowjetunion, aus Riga, ja selbst aus der herrlichen Republik Polen. Unser Freund, der vom Führer und von Reichsmarschall Göring hoch verehrte Marschall Pilsudski ist leider kürzlich dahingeschieden. Aber sage und schreibe dreizehn polnische Bankhäuser, gnädige Frau, sind inzwischen in Danzig erblüht.« Die Schienenstöße polterten.

»Sie wissen das besser als ich!«

Er wurde impertinent. »Man hat reichlich Auswahl, um Konten und Schließfächer zu eröffnen. Die Polski Bank Przemyslowy am Langen Markt und die Bank Bydgorski am Kohlenmarkt dürften Ihnen ja bekannt sein.« Er musterte sie ohne jede Scham. »Ja, das viele Gold und die Devisen in den Tresoren dieser Banken … übrigens Gold, das unser Führer und das deutsche Volk dringend brauchen.«

»Sie sprechen in Rätseln?«

»Durchaus nicht, Frau Coehn. Sie wissen es besser.« Im Stakkato der Schienenstöße bildeten sich Wellenkreise in der Teetasse.

»Sie brauchen doch uns von der SS nicht zu fürchten, gnädige Frau. I wo.« Er nahm einen Schluck. »Die jüdische Hetzpresse in Paris und Prag schwemmt ein Meer voller Lügen über uns und ist – à la bonheur! – bedauerlicherweise so erfolgreich, dass selbst im Reich manch ein Volksgenosse daran zu glauben beginnt. Ich gebe zu«, räsonierte Fischer, »manchmal wirkt Gauleiter Forster – übrigens ein treuer Freund unseres Führers – hier in Danzig nicht für jedermann vertrauenerweckend. Er stammt eben aus schlichten Verhältnissen.« Fischer hatte breite Hände, die Fingernägel waren sorgfältig manikürt. »Vielleicht hat Forster aus frühen Kampfzeiten ein untrügliches Gespür für unseren Führer Adolf Hitler. Wir werden die jüdischen Hetzer bald zum Schweigen bringen.« Babette wich seinen Blicken nicht aus.

»Der Pole spielt uns Tag für Tag in die Hände, meine Gnädigste«, belehrte Fischer. Sie selbst käme doch des Öfteren mit Leuten in Danzig zusammen. »Überall werden unsere deutschen Bahn- und Postbeamten verdrängt und durch Polen ersetzt. Warschau tut alles, um Danzigs Wirtschaft ausbluten zu lassen, stattdessen nur noch Banken. Viel zu lange haben wir untätig zuschauen müssen. Aber der Führer lässt keinen Zweifel: Danzig kehrt heim ins Reich – so wie unser Memelland. Deshalb steht Danzig in Treue zum Führer. Der Pole, Frau Coehn, verspielt mit törichten Zollschikanen gegen Danzig und der Zugverplombung im Korridor seine Glaubwürdigkeit. Der Krug geht so lange zu Wasser, bis er bricht.«

Sie kenne aber genug Polen, die den großpolnischen Chauvinismus auch missbilligten, hielt ihm Babette entgegen. Fischer machte eine wegwerfende Handbewegung. »Unsere Ehre bleibt die unverbrüchliche Treue zu Führer, Volk und

Vaterland. All die Personen, die nicht zum deutschen Volkstum zählen, müssen aufhören, sich vor der SS zu ängstigen. Nicht umsonst heißt SS Schutzstaffel. Die SS braucht keine Nachhilfe in Fragen des Anstands. Der Reichsführer SS denkt so. Das haben wir am 1. Juli 1934 dem ganzen deutschen Volk bewiesen. Schaufenster einschlagen, rumgrölen, saufen das konnte der Mob von der SA perfekt. Röhm und seine Hundertfünfundsiebziger sind ja, dem Führer sei Dank, ihrer gerechten Strafe zugeführt. Also.«

»Darf ich raten, Herr Fischer?« Dass Babette seinen Redefluss mir nichts, dir nichts unterbrach und ihn nicht mit Herr Hauptsturmführer anredete, ärgerte sein narzisstisches Ego. »Nun«, sagte er lächelnd.

»Sie gehören zum SS-Oberabschnitt Königsberg und arbeiten für Herrn von dem Bach-Zelewski. Oder?« Fischer nickte ungläubig. Sein aufkeimender Ärger wurde fast greifbar. »Drehte es sich beim Korruptionsskandal in Sachen ›Osthilfe‹ nicht um erschlichene Subventionsmillionen? Dann geschah doch noch dieser merkwürdige Mord in Preußisch-Eylau im Herbst 1934.« Sie hatte den wunden Punkt seiner Vita zu fassen bekommen.

»Erinnere ich mich richtig, dass die SS, beim Versuch aufzuklären, auf massive Bestechung im engsten Kreis um Gauleiter Koch gestoßen war? – und dass sich Ihre SS die Zähne daran ausbiss? Denn Ihr Herr Reichskanzler wollte Koch lediglich demütigen, aber nicht beseitigen lassen.« Der SS-Narzisst schnappte förmlich nach Luft.

»Eine indiskrete Frage, Herr Fischer: Waren Sie dabei?« Sie hielt kurz inne. »Das war nicht gut für Ihre Karriere, oder?«

»Vor Ihnen muss man sich vorsehen«, sagte Fischer und fuhr sich mit der Hand durchs Haar. Die SS-Karrieristen imitierten auf den Millimeter den Haarschnitt ihres Idols Reinhard Heydrich. Fischer zündete sich eine *Atika*-Zigarette an. Über der Abteilschiebetür stand: »Nichtraucher«.

»Selbst für Sie, gnädige Frau«, fuhr Fischer fort, »also für alle Nichtarischen, wird gesorgt – selbst für assimilierte Halbjuden oder jüdisch Versippte.« Es sei doch absurd, wenn all diese Leute planten, Deutschland zu verlassen – womöglich Richtung Palästina. Praktisch mit nichts in der Tasche bei Mullahs, Muftis und Moslems betteln gehen? Scheußlich.

Fischers Redefluss war nicht zu bremsen: »Weshalb fliehen? Dazu gibt es doch gar keinen Grund. Erstens: Weil es sinnlos ist, zumal wir die Reichsgrenze hermetisch gesichert haben – auch zum Korridor hin –, und zweitens, weil die Regierungen in Paris, London, Bern oder Stockholm und selbst in Washington langsam, Schritt um Schritt, vom Führer gelernt haben, dass der Jude – wir haben es doch wieder im Oktober vor acht Jahren an der Wall Street erlebt – nur Chaos, Zerstörung und unsägliches Leid anrichtet. Da erschießt der Jude in Davos heimtückisch unseren Schweizer Landesgruppenleiter Wilhelm Gustloff und die Schweizer Richter verurteilen den Mörder nicht mal zum Tode! Ungeheuerlich«, schimpfte er. »Aber das schafft uns weltweit Sympathie. Wie viel Sympathie der Führer im westlichen Ausland genießt, haben doch gerade die Olympischen Spiele und Avery Brundage demonstriert.«

»Stammen Sie nicht zufällig aus Cuxhaven?«, unterbrach Babette erneut den Redefluss, in dem er selbstgefällig badete. Das verwirrte ihn: »Was veranlasst Sie zu dieser Frage?«

»Nur ein femininer Einfall von mir.« Babettes Mann hatte ihr vor der Hochzeit nächtelang Hintergründe und Details des ›Osthilfe‹-Skandals geschildert: Ostpreußen sei eben ein Dorf, jeder wisse von jedem alles.

Fischer sog genüsslich an seiner Zigarette. »Glauben Sie mir. Der Führer und die Bewegung haben überall Sympathisanten – selbst in Königshäusern. Unser Arm reicht weit. Der Jude hat keine Sympathien. Nirgendwo, nicht einmal in den USA. Roosevelt verweigert die Visa. Die Menschheit hat lang genug Erfahrung mit dem Juden gemacht. Zur Bildung eines eigenen Staates ist er völlig unfähig – geschweige denn eines Gottesstaats auf Madagaskar. Er lebt seit drei Jahrtausenden parasitär. Selbst Stalin hat sich vom Juden befreit.«

»Meinen Sie von Trotzki?« Babette fühlte sich nicht gekränkt, sondern erniedrigt. Sie wusste, wie viel Tücke sich hinter dem lässigen Gesülze verbarg.

Der D-Zug hatte Elbing passiert. Fischer sagte: »Ich erlaube mir die Freiheit, gnädige Frau: Ihre nahezu arischen Gesichtszüge – das ist erstaunlich.« Er rückte ihr über das Tischchen so zu nahe, dass die Uniformjacke spannte.

»Seien Sie nicht ungezogen«, entgegnete Babette.

Fischer schaltete wieder auf jovial: Er sei für das neu geschaffene Referat »Auswanderung« tätig. »Sturmbannführer Eichmann und ich halten besten Kontakt zu jüdischen Kultusvereinen überall im Reich, um über die drängenden Themen zu reden. Übrigens, sehr einsichtige, ja beinahe deutsch denkende Herren sind dabei – fast wie unsereins. Nach den Sitzungen genießen wir gemeinsam manch ein Gläschen Mosel. Die Herren sind kooperativ.«

Babette wurde aggressiv: »Deutsche, Weltkriegsoffiziere jüdischen Glaubens? Ich hab einen Oberst jüdischer Konfession kennenlernen dürfen, der Arm und Gehör verloren hat. Wegen seiner Tapferkeit im Grabenkampf bei Ypern ist er vom Kronprinzen persönlich mit dem EK I ausgezeichnet und geadelt worden. Das Eiserne Kreuz trägt er noch heute.«

»Gnädige Frau. Kann sein. Dieser Herr mag die Ausnahme sein. Sie bestätigt die Regel. Aber die Masse sind Drückeberger, Kriegsgewinnler, Vaterlandsverräter. Darüber hat unser Führer das deutsche Volk endlich aufklären können. Ich erinnre Sie nur an Erzberger oder den Vaterlandsverräter Rathenau.« Langsamer werdend rumpelte der Zug über einige Weichen in »Königsberg Hauptbahnhof« ein.

»Sie kennen die schöne Synagoge in der Papagoyenstraße, gnädige Frau«, sagte Fischer, als der Zug quietschend zum Stehen gekommen war. Er warf sich den schwarzen Mantel über und öffnete die Waggontür. En passant hatte er ihr erneut eine Falle gestellt.

»Sie irren«, sagte Babette ungehalten. »Ich hab die Synagoge nie besucht. Man spricht ja von einem architektonischen Wunderwerk. Kommenden Sommer soll 250-Jahr-Feier sein.« Sie konnte sich den Satz nicht verkneifen: »Übrigens, bei der Wahl im März dreiunddreißig hat der Stimmbezirk Papagoyenstraße wie immer für Thälmann und KPD gestimmt. – Aber wieso wissen Sie, dass ich aus Altona stamme?«

»Wir wissen mehr, als man meint«, antwortete Fischer lakonisch. »Ich übernachte im *Parkhotel* am Schlossteich. Ich darf annehmen, Sie auch, Gnädigste?« Man könne sich zum Abendessen dort treffen. Babette winkte ein Taxi heran. Sie war seiner Dreistigkeit müde. Aber ohne zu fragen, nahm der SS-Mann links neben ihr Platz. Schweigend fuhr man durch die Langgasse an der Börse vorbei über den Pregel.

Fischer ließ es sich nicht nehmen, ihren Koffer eigenhändig zur Rezeption ins Hotel zu tragen. Sie ging das mit dem Stuck der Gründerzeit überladene Treppenhaus zu ihrem Zimmer hinauf. Es gab für Babette Coehn nicht den geringsten Zweifel, dass diese Begegnung in der Prinz-Albrecht-Straße stabsmäßig geplant worden war. Was bezweckte Fischer? Sie wusste, wie brutal SS und niederste Beamte sonst mit allen Deutschen umsprangen, die das Nürnberger Rassegesetz zu Aussätzigen gestempelt hatte.

Blickte man vom Fenstertisch des Speisesaals zwischen den schweren roten Samtvorhängen Richtung Schlossteich, sah man junge Paare am Ufer flanieren. Niemand dachte 1937 an Verdunklung. Babette konnte sich nicht erinnern, das Hotelpersonal je zuvor derart liebedienerisch erlebt zu haben. Fischer orderte Portwein – schon war er serviert. Selbst der Dorsch in Senfsoße, den sie im *Parkhotel* gewöhnlich bestellte, war im Handumdrehen dampfend aufgetischt. Der Herr Hauptsturmführer aß Rehrücken.

»Sie haben richtig getippt«, nahm er die Konversation auf. Er sei tatsächlich in Cuxhaven geboren. »Als ich mein Jurastudium zum Sommersemester 1927 in Göttingen aufnahm, lernte ich Kommilitonen kennen, die mit der Bewegung Kontakt hielten. Einer kannte die Eltern von Dr. Goebbels.«

»Ein Arier von echtem Schrot und Korn, der Herr Reichsminister für Volksaufklärung. Und ein treuer Ehemann dazu.«

»Solche Scherze stehen Ihnen nicht zu, Frau Coehn, geborene van Dom.« Fischer hob drohend die Gabel. »Warum bucht eine blendend aussehende Dame nicht den ›Seedienst Ostpreußen‹ von Swinemünde nach Pillau, wo man doch auf dem Oberdeck einige Stunden herrliche Sonne genießen kann? Stattdessen eine Bahnfahrt im verplombten Abteil von Berlin nach Königsberg.« Fischer schnippte die Finger. »Sie glauben: Eine Stippvisite in Danzig fällt uns nicht auf.«

Babette hob ihr Glas und prostete ihm zu: »So wie meine Stippvisite heute Nachmittag, als wir gemeinsam im Speisewagen plauderten.«

Widerrede – obendrein von Frauen – ärgert männliche Narzissten maßlos.

»Entschuldigen Sie, Herr Hauptsturmführer«, sagte Babette mit Unschuldsmiene. »Spott liegt mir fern. Da bin ich ganz auf Ihrer Seite.«

Ein Bild des verstorbenen Reichspräsidenten Paul von Hindenburg an der Stirnseite des Speisesaals, das man Ende August 1934 vergessen hatte abzuhängen, war kürzlich gegen ein soßenbraunes Hitler-Ölporträt getauscht worden. Adolf in Öl war jedoch kleiner als Paul in Öl, weshalb die gepunzte Ledertapete um den neuen Rahmen herum gelblich auffiel.

Fischer gab sich zusehends leutselig. Er schlürfte zum Hauptgang kennerisch das »Piesporter Goldtröpfchen« im Munde hin und her, ehe er trank. Sein Blick fiel auf das Führerporträt: »Es soll jetzt koschere Weine geben – in Palästina. Wissen Sie übrigens, gnädige Frau, was am Wein koscher sein soll?« Sein Geplauder dünkte sie ins Vulgäre zu driften. Babette lächelte ihn nieder: »Wissen Sie, koscher – das hab ich von meinem Herrn Papa gelernt – stammt nicht aus dem Jiddischen, sondern aus dem Hebräischen und bedeutet: sauber, rein. Lassen Sie mich mal vermuten, dass Winzer an Rhein und Mosel tonnenweise unkoscheren Wein fabrizieren. Weshalb sollten sonst so viele unserer deutschen Weingenießer morgens unter Brummschädel leiden?«

Es dauerte, bis Fischer lachte: »Sehr gut, sehr gut, das wird dem Reichsführer gefallen!«

Sie fühlte sich elend. Er löffelte »Birne Helene«. Eine Ordonnanz knallte die Hacken und schnarrte: »Hauptsturmführer.« Fischer winkte sie gelangweilt fort.

»Das Bekenntnis zum Führer war Ihren Jura-Kommilitonen beim zweiten Staatsexamen bestimmt nicht hinderlich – oder?«, rutschte es Babette heraus. Sie hätte sich am liebsten auf die Zunge gebissen.

»Selbstverständlich, gnädige Frau, haben wir dem Führer unser Leben geweiht.« Wie ein Büttenredner fügte er an: »Die Vorsehong hat ons dazu aussersähän.« Fischer grinste über sich selbst. Bei ordinären Frauen mochte er damit Eindruck schinden. »Aber jetzt ist es Zeit für unser Danziger Joldwasser.« Er schnippte nach dem Ober.

»Für mich ›Bärenfang‹.« Bei diesem Schnaps wurde es Babette nicht blümerant. Fischer orderte obendrein eine Flasche Henkell-Sekt. »Devisen im Wert von mehr als einer Million Reichsmark haben Sie im Tresor: Münzen des Kaiserreichs, Schweizer Münzen, selbst kanadische sind darunter. An alles ist gedacht: Damit man beim Tausch in

Naturalien nicht zu viel verliert, befinden sich ausschließlich kleine Barren im Depot. Mir gegenüber sitzt ein steinreiches Judenweib.« Fischer schenkte sich selbst Sekt nach. »Wie haben Sie das angestellt, so viele Münzen und Barren am Zoll vorbei nach Danzig zu schleusen? Sie als Frau. Chapeau! Wer hat Ihnen geholfen? Wo kommen die Pfundnoten her?« Seine Maske interessierte ihn nicht mehr. Er hatte sie abgeworfen, sprach mit schneidender Kälte. Jede Regung von Babette schien er aufsaugen zu wollen.

Es war jener Augenblick, als ihr der Wortsinn von »Todfeind« bewusst wurde. Fischer war die Guillotine. Wie viele Menschen hatte er arrogant feixend verrecken lassen? Sie schüttelte den Kopf: »Wer meldet Ihnen so etwas? Ihr Dienst?«

Der Narzisst in SS-Uniform winkte gelangweilt ab: »Das Reich ist kein Zirkus. Die SS und der SD lassen sich nicht wie ein Kamel am Nasenring herumführen, Frau Coehn. Wir nicht. Subversive Personen wie Sie, Babette, sind ständig unter Beobachtung. Wir kennen Ihre Vorliebe für schwarzweiße Kleider dieser Modistin aus Paris.«

»Coco Chanel heißt die Künstlerin.«

»Ach, lassen Sie.« Nun gab er den verärgerten Stabsoffizier. »Ich kenne Ihre Vorliebe für Fisch. Wir kennen jede Speise, die Sie während Ihrer Reisen von Pillau nach Swinemünde oder Lübeck und retour geordert haben. Schwein weisen Sie ab, auch Hasen. – Sind ja auch nicht koscher. Alles ist dokumentiert. Sie ziehen übrigens bei Ihren Seereisen ins Reich die *Hansestadt Danzig* vor. – Ich übrigens auch. Ein modernes, schnelles, noch dazu ästhetisches Schiff. Glauben Sie mir, Gnädigste, wir wissen so gut wie alles.« Mit diesen Worten flegelte er sich im Stuhl, schaute ab und an durch das Sektglas zu ihr und dann zur Stuckdecke des Raumes.

»Sie haben das Gold nach Danzig verbracht, um mit Ihrem Mann nach Schweden zu fliehen. Es braucht keines Beweises.

Sie irren, Gnädigste, wenn Sie meinen, schlauer zu sein als deutsche Devisenstellen, Zollfahndung – und wir. Denken Sie immer daran: Das Weimarer System ist im Orkus gelandet. Jetzt herrscht die neue Zeit. Alle Stellen, die Devisen- und Zollvergehen verfolgen, arbeiten seit drei Jahren aufs Engste zusammen. Nicht zuletzt die Gestapo. Hören Sie sich um, bei all den Juden, die vorgeben, Deutsche zu sein! So wie Sie.«

Fischer lümmelte zwischen den Armlehnen und begann auf den hinteren Stuhlbeinen zu wippen: »Im völkischen Abwehrkampf stehen alle Behörden eisern zusammen. Oberfinanzpräsident Rauschning hat gerade in Hamburg ein Exempel statuiert. Da helfen auch keine formalistisch liberalen Rechtswahrer mehr wie dieser Dr. Busch. Hanseatische Anwälte – ach, eine sterbende Zunft. Sie sitzen jetzt, dem Führer sei Dank, im Konzentrationslager Fuhlsbüttel ein – gleich am Flughafen. Die Sondergerichte haben sich der Rechtsverdreher erbarmt. Selbst über die Familie Coehn und van Dom haben wir alles säuberlich dokumentiert. Ich hab leibhaftige Zeugen. Verwundert?« Er zog wieder eine Packung *Atika* aus der Tasche, zündete die Zigarette an und spukte Tabakkrümel auf den Perserteppich.

»Warum haben Sie mich im polnischen Korridor nicht aus dem Zug gestoßen? Das ist doch SS-Methode«, sagte Babette. Trotz des Alkohols war sie hellwach. Sie holte zum Schlag aus: »Sie brauchen mich, Fischer. Und zwar lebend. Stimmt's?«

»Machen Sie's uns beiden doch nicht schwerer, als es ist, meine Beste.« Fischer erhob sich vom Stuhl und prüfte sie wie der Lude seine Nutte im Rotlichtmilieu: »Früher oder später gehört Danzig, dies widernatürliche Unikum des Völkerbunds – gehört die sogenannte ›Freie Stadt Danzig‹ und dieser widerwärtige polnische Korridor zum Reich. Lang wird's nicht dauern. Dann ist Ihr Gold, Verehrteste, mein Geld.«

Er zog einen weißen Umschlag und zwei säuberlich maschinell beschriebene Papiere aus der Brusttasche und warf sie auf den Tisch: »Dort unterschreiben Sie. Es ist die Übertragung der Vollmacht für Konto und Tresor an mich.«

»Was sollte die pathetische Drohung? Er blufft, das Ekel«, schoss es ihr durch den Kopf. Aus Vorsicht hatte Babette Coehn in Danzig dreimal ihr Bankdepot und den Tresor gewechselt. Sie hatte zeitweise erwogen, den Tresor der polnischen Staatspost am Heveliusplatz zu nutzen. »Bei uns sind anständige Deutsche immer willkommen«, hatte der höfliche Postbeamte gesagt. Was immer verwahrt werden solle, bei der polnischen Post sei es sicher.

Fischer ließ sich Zeit. Als er zurückkehrte zum Tisch, trug er eine frisch gebügelte Uniformjacke. »Es fehlt die Weste, wie in der britischen Armee«, sagte er mäkelnd. Die Vollmacht war unberührt geblieben. Aber Babette wusste, dass sie den Trumpf hielt. Dieses eine Mal befand sie sich in stärkerer Position.

»Geben Sie mir eine Zigarette«, sagte sie. Es klang wie ein Befehl. Sie hatte bislang nie geraucht. Fischers Absicht stand ihr klar vor Augen: Am liebsten sollte sie gleich morgen – begleitet von einem nunmehr zivil gekleideten Hauptsturmführer – in Danzig ihre Habe abräumen und ihm übereignen.

Als ihr Fischer Feuer gab, inhalierte sie kurz und drückte zu seinem Erstaunen die Zigarette sofort wieder aus: »Sie gehen von Falschinformationen aus, Herr Hauptsturmführer.« Es machte ihr diebische Freude, ihm gegenüber die Souveränität der Hamburger Kaufmannstochter herauszukehren. »Ich unterzeichne keine Unterwerfungserklärung. Mein Mann und ich haben weder Geld noch Wertgegenstände illegal ins Ausland verbracht. Mein Mann ist bekanntermaßen wohlhabend, aber Devisenverbrecher ist er nicht. Sie sollten besser wissen aus Ihren Akten, dass mein Mann ein echter Patriot ist. Falls nicht: Fragen Sie Gauleiter Koch persönlich. Denn Ihr Parteigenosse Koch, Herr Fischer, war 1914 Gefreiter im Sanitätsregiment meines Mannes. Rühmliches weiß mein Mann nicht über Koch zu berichten.« Mit ihrer Serviette tupfte sie sich den Mund.

»Ja, richtig, das war Ihr Mann, der die Unterschlagungen von Koch 1916 beim Militärgericht zur Anzeige gebracht hatte. Lassen Sie uns nicht über Kinkerlitzchen reden.« Fischer goss sich erneut Sekt nach. »Gauleiter Koch«, sagte er gedehnt. »Wissen Sie, Verehrteste: Koch oder Forster – das nimmt sich nichts. Die sind beide so korrupt wie Harems-Eunuchen. Wir nennen das ›Hakenkreuz mit Kaviar‹.«

Fischer stellte sich vor ihr in Positur, die Hände in den Hosentaschen. Sein fruchtloses Bemühen und der Alkohol machten ihn wütend: »Unterschreiben Sie! Jetzt, sofort! Sonst geht's durch die Kneiphöfische Langgasse zur Dienststelle. Lernen Sie unsern Verhörkeller kennen! Da werden wir Zeit für Sie finden. Glauben Sie: in jeder Hinsicht – in jeder!« Fischer lachte. »Morgen werden Sie mir alles gebeichtet haben.« Er nahm einen Schluck Sekt.

»Warum rufen Sie nicht Ihre Leute? Führen Sie mich ab, Herr Hauptsturmführer!«

Die Kellner standen missmutig an der Saaltür. Fischer schritt unschlüssig zwischen den leeren Tischen hin und her, sagte kein Wort, musterte von Zeit zu Zeit Babette und blickte wieder nach draußen. Der Königsberger Schlossteich lag völlig im Dunklen.

Das Spiel war längst nicht aus. Aber die Runde war an Babette Coehn gegangen. Bereits im Taxi hatte sie sich gefragt: Kann er es wagen, auf eigene Faust – ohne Wissen der Prinz-Albrecht-Straße – auf Raubzug zu gehen? Das Saalparkett knarrte. Babette pokerte hoch: »Verfügen Sie, Herr Hauptsturmführer, – lassen Sie mich bitte raten – nicht längst über ein Treuhandkonto und Schrankfächer in Zürich? Ich tippe auf Johann Wehrli & Co? Da wird doch auch das Konto der Gustloff-Stiftung geführt.«

Fischers Gesicht wurde aschfahl vor Wut. Er fuhr mit dem Zeigefinger in den Kragen seines blütenweißen Uniformhemds.

»Alarmieren Sie Ihre Leitstelle. Lassen Sie mich abführen. Ich bestehe darauf!«

Fischer rührte sich nicht, schwieg. Unvermittelt schlug er mit einer Serviette auf die Tischkante. Die Kellner und das verbliebene Paar im rückwärtigen Teil des Saals schreckten auf.

»Schlampe«, zischte Fischer. Babette war so erregt. Sie hätte ihm beinahe über den Tisch hinweg eine Ohrfeige gescheuert. Aber sie kehrte wieder die hanseatische Kaufmannstochter heraus: »Sie vergreifen sich im Ton, mein Herr.« Fischer wurde vulgär: »Komm mit mir ins Schloss. Los. – Da spielen sie im Keller Neger-Jazz, New Orleans. Danach machst du mir Freude, Püppi.« Es brauche ein einziges Telefonat und ihr Mann sei frei, fuhr Fischer fort. »Als ich ihn neulich sah, war der Herr Doktor ziemlich gealtert, dank unserer Obhut.«

Sie legte auch ihre Serviette beiseite. Sein plebejisches Verhalten war voraussehbar gewesen. Ihr drängte sich die irre Frage auf: Was bezweckt die Gestapo damit, insgeheim eine Jazzband im Königsberger Schloss zu dulden?

Babette rannte, so gut es das enge Seidenkleid zuließ, die Treppe empor in die zweite Etage des Hotels und verriegelte die Zimmertür. Mit Blick auf den Schlossteich, war es die mondänste Suite des Hauses. Ihr Koffer stand da, wo sie ihn abgestellt hatte. Ein Blick, und sie wusste, dass Fischer die Zwischenzeit genutzt hatte, den zu filzen. Sie duschte, kleidete sich wieder an und verbrachte den Rest der Nacht vor dem Fenster stehend, bis es langsam hell wurde über den Dächern von Königsberg.

Mehrfach klopfte es heftig an der Außentür. Sie hörte Fischers heiser flüsternde Stimme, stellte sich hinter die Tür und sagte: »Ich schreie!« Es wurde dann still auf dem Flur. Sie schloss auch die Innentür und schob einen Sessel davor.

»Nein, der Hauptsturmführer Fischer hat bei uns nicht genächtigt«, bedauerte der Rezeptionist. »Aber der Herr Gauleiter Koch ist regelmäßig unser Gast, gnädige Frau.«

Mit dem Zug fuhr Babette weiter gen Insterburg.

Babettes Wut über alles, was sich mit Ostpreußen verband, war 1951 so vehement wie eh und je: »Diese Schreihälse vom Bund der Heimatvertriebenen und Entrechteten pinseln das sentimentale Bild ihrer ostpreußischen Heimat. Das ist widerwärtig verlogene Verklärung. Ostpreußen, das war einmal das Land der Seen und Wälder. Spätestens unter den Nazis wurde es grauenhaft. Schuld tragen nicht die armen Instleute, die Kleinbauern und Kleinstadtspießer. Es war der ostpreußische Hochadel, der sich die Millionen an Agrarsubventionen der Ostpreußenhilfe erschlich. Ein verkommener Adel, der sich selbst bediente und Ende 1932 vom Scheitel bis zur Sohle korrumpiert war. Der Tucholsky hat alles recherchiert.«

Spätestens nach der Kapitulation des Naziregimes im Mai 45, so meinte Babette sarkastisch, »waren alle ostpreußischen Fürsten, Gräfinnen und Comtessen – selbstverständlich! – aktiv oder passiv am Hitler-Attentat vom 20. Juli beteiligt gewesen. Ja, als man sich dann wiederfand, da fand man sich im Widerstand!«, sagte sie. »Macht sich ja auch besser.«

»Mäxchen, dir fallen ja die Augen zu«, hatte sie an diesem späten Abend im Sommer 1951 gesagt. Die Bahnsen hatte Max zugelächelt. Das Windlicht auf dem Tisch flackerte. »Der wütende Gentleman gestern in Wyk – ist er der Hauptsturmführer Fischer, really?«, hatte Jes gefragt. »Ich muss Meldung machen bei my captain.«

»Weshalb hoast's di ihm verweigert?«, fragte die Dobretsberger, die in Jes' Arm weggenickt war. Sie gähnte: »Lasst's uns endli zu Bett.«

Als Babette das Holztablett ins Haus trug, fragte die Bahnsen: »Hat dieser Fischer Ihnen damals wirklich nichts angetan?« Babettes Antwort blieb aus.

13. Wehtun soll’s

Amrei und Max spielten öfter im Dorf als am Strand. Wegen der Hitze war es dort nicht auszuhalten. »Das Meer ist immer weg, wenn wir zum Strand gehen – und deshalb bleib ich hier«, maulte Amrei. Tatsächlich war es in Nieblum angenehmer. Die Linden und Ulmen überragten die Reetdachhäuser, in denen es angenehm kühl blieb, auch wenn die Haustür vorne zur Straße und die Klöndör hinten zum Garten offen standen. Max spürte den leichten Luftzug im Innern des Hauses, wenn er mit nacktem Oberkörper hineinlief.

Die Wiesen färbten sich braun. Frau Bahnsen meinte: »Es muss endlich regnen, sonst gibt die Pumpe nichts mehr her.« Die Bahnsen erzählte von den Walfängern und den vielen Frauen, die ihre Kinder allein großziehen mussten, wenn ihre Männer im Nordmeer geblieben oder während des Rücktörns von Amsterdam im Sturm vor der Amrumbank ersoffen waren. »Da waren sie fünf Monate erfolgreich im Eismeer auf Fang und dann zogen die Frauen sie bei uns vom Strand. Achtundvierzig Männer, alle tot. Die Holländer nennen es Gouden Eeuw, Goldenes Zeitalter.«

»Gibt’s nicht mal was Lustiges von Ihren Vorfahren?«, ätzte Babette.

Die Bahnsen war pikiert: »Lesen Sie mal auf den Grabsteinen von St. Johannis. Nehmen Sie sich Zeit. Wie oft steht dort: ›Sie haben in einer vergnügten und zärtlichen Ehe gelebt?‹« Am besten fanden Achim und Peter die Geschichte von der

Ferntrauung: Der Amrumer Kapitän eines Walfängers hatte sich in Abwesenheit mit der schönen Tochter eines anderen Kapitäns aus Norddorf trauen lassen. Als er im September vom Walfang heimgekehrt war, holte er sie vierspännig auf blumengeschmücktem Wagen in sein prächtiges Anwesen in Wittdün. »Doch sie war zickig. Sie zankte mit dem Gesinde, den Nachbarn und ihrem Ehemann. Nichts mochte ihr gefallen in dem großen, reichen Haus, wie die Prinzessin auf der Erbse«, erzählte die Bahnsen. »Da setzte der Kapitän sie in die Kutsche und fuhr sie zu ihrem Vater zurück. Sie hat sich dann schnell besonnen und beide hatten zwölf Kinder in ihrer vergnügten und zärtlichen Ehe.«

Die Dobretsberger hätte längst in München sein können. Doch Jes war zur US-Navy nach Bremerhaven unterwegs. »Bis er zurückkommt, werden wir eh noch blab'n«, hatte Amreis Mutter verkündet. Ihren Wirtsleuten in Nieblum war's nur recht. Sie gab im Dorf mit vollen Händen Geld aus: Jeden Nachmittag für jedes Kind eine Tüte Eis. Sie zahlte den Eintritt für das Kasperletheater im Dorfkrug. Die Gänse im Feuerlöschteich vor dem Dorfkrug hätte Amrei besser nicht scheuchen sollen, weil die nach erstem Schrecken kehrtmachten, mit langen Hälsen kreischend hinter ihr herliefen und nach ihr schnappten.

Max erzählte seine Erlebnisse abends, weil Babette sich oft tagsüber mit dem Landauer nach Wyk kutschieren ließ und dort bis zum Nachmittag blieb. Sie hatte den Maler Cords kennengelernt, dessen Haus am Weg zum Strand lag. Max faszinierten die großen Glasscheiben im Dach, durch die Tageslicht in sein Atelier flutete. Der ziegenbärtige Cords malte Nieblum und die Nordsee so, wie sie waren, fast fotografisch. Von seinem Kollegen Emil Nolde, der in Seebüll auf dem Festland wohnte, hielt er nichts.

»Cords kennt die Leute auf Föhr«, hatte Babette erklärt. »Habt bloß keine Angst, dass ich ihm einen einzigen seiner scheußlichen Schinken abkaufen werde – selbst, wenn wir Geld hätten.« Achim, Peter und Max wussten Bescheid: Der Maler war eine jener Personen, die Babette als potentiell nützlich einschätzte und deshalb per Augenaufschlag umgarnte.

Mit einer schwarzen Mercedes-Limousine war Babette eines Mittwochs aus Wyk zurückgekommen. Der Fahrer hatte ihr die Tür geöffnet und sie hatte ihn beim Aussteigen unterm Schleier ihres Strohhütchens ancharmiert. Die Bahnsen war erstaunt über den Gast, den Babette zum Abendbrot mitgeschleppt hatte. »Ein Korpsstudent hat es häufig schwerer als ein Frontsoldat«, sagte Babette und hatte dabei ihr spöttisches Zucken um den Mund. Der vierschrötige Mann mit der fleischigen Nase wollte sich schier ausschütten vor Lachen. »Ja, Sie sagen es, Fröken, der Paukboden in Tübingen war mein persönliches Stalingrad. Der Gegner war so schnell, dass er mir gleich bei der ersten Mensur Wange und Lippe zerfetzt hat. Nach dem Nähen haben wir fürchterlich Bier weggeputzt.« Seine Wange war von tiefen Schmissen verunstaltet und der rechte Teil seiner Unterlippe hing schlaff herab.

»Ich stehe zu meiner Geschichte – im Gegensatz zu manch anderem«, sagte Dr. Pressler verschmitzt. Der Arzt faltete die Hände über seiner am Bauch gespannten Leinenweste: »Meine liebste Frau Coehn, Ihr Mann war doch Mediziner, also Kollege und Korpsbruder, wenn ich mich recht erinnere. Hat er nicht auch manche Ostpreußin ein wenig verjüngt?«

»Bringt das Geld?«, fragte Babette – ganz ironische Unschuld. Die Bahnsen warf ihr strafende Blicke zu. »Ich weiß ja, dass ein Landarzt nicht nur Geburtshelfer sein, sondern auch unverheirateten jungen Frauen vorab mit Rat und Tat zur Seite stehen sollte«, fuhr Babette fort. »Das wurde ab dreiunddreißig mordsgefährlich. Die Nazis wollten ja Gebärmaschinen.«

Pressler nahm einen Schluck vom Schlehengeist, den die Bahnsen auf den Tisch gestellt hatte. »Keine Angst! Selbst wenn ich glühender Proselyt des Anstreichers aus Wien gewesen wäre, hätte mich die SS abgelehnt, meiner schönen Lippe wegen. Nun aber, wo sie verboten ist, bin ich ihr Bestmann, der SS-Rettungsanker. Man verehrt mich heute geradezu in ihren Kreisen.«

Seit Sommer 1945 war Presslers kleine Privatklinik auf Föhr wie eine Tropenblume plötzlich erblüht, als Ort strengster Diskretion. Er konnte sich des Andrangs kaum erwehren. Bis in die US-Besatzungszone ins ferne Bayern hatte sich herumgesprochen, dass sich in Wyk das Kainsmal der SS professionell entfernen ließ.

»Alle Dienstgrade kommen. Sie sollten mal sehen, wie meine Patienten kleinlaut im Wartezimmer hocken. ›Oberkörper frei! Arme hoch!‹, befehl ich. Dann kommt immer die gleiche Suada: Arbeitslos seien sie gewesen, keine Anstellung nach dem Studium. Ja, und dass die Eltern alles, wirklich alles, in der großen Inflation 1923 verloren hätten.«

Mit seiner Nasenspitze tupfte Pressler auf den Boden des leeren Schnapsgläschens und blickte die Jungen der Reihe nach derart scheel an, dass sie losprusten mussten vor Lachen.

»Was Kinder, so einen Schieldoktor habt ihr noch nie gesehen.« Damit zog er Grimassen, wackelte mit den Ohren und kugelte seine Pupillen derart nach oben, dass für Sekunden nur das Weiße der Augäpfel zu sehen war. Darauf folgte der bitterernste Ausdruck des Krokodils, bevor es sein Opfer schnappt. Da hing der rechte Teil seiner Unterlippe so schief herunter, dass es den Jungen beim Lachen gruselte. Die Bahnsen hatte wortlos Klaren nachgeschenkt.

»Ich wette jedes Mal im Stillen«, fuhr der Arzt aus Wyk fort. »War der vor mir sitzende Patient SS-Obersturmführer, Hauptsturmführer oder schon Sturmbannführer? Meist liege ich richtig. Je jämmerlicher sie bei mir aufschlagen, desto höher ist ihr Rang gewesen, desto mehr haben sie auf dem Kerbholz. Heute war einer von Heydrichs Lieblingen bei mir: groß, blond und verschlagen. ›Waren Sie nicht im Hauptamt Sicherheitspolizei?‹, hab ich gefragt. Zuerst hat er Nein gestottert. ›Lügen Sie nicht so frech!‹, hab ich ihn angeherrscht. ›Sie waren 1930 ein fauler Junganwalt mit schlechtem Examen. Damit war Ihnen das Richteramt versperrt. Und mit Ihren schlechten Noten konnten Sie bei keiner Sozietät in Berlin, Hamburg oder Leipzig vorsprechen. So war's doch, Mann?«

Pressler grinste: »Der war total verblüfft. ›Woher wissen Sie das von mir?‹, hat er mich gefragt. ›Waren Sie auch beim Verein?‹ ›Njet‹, hab ich geantwortet. Da war er ganz verunsichert: ›Wenn Sie so viel von mir wissen, wissen Sie auch: Ich war ein winziges Rädchen. Ich hatte keine andere Wahl, als mich zur SS zu melden. Das war nicht einfach damals, als die Banken schlappmachten und Millionen auf der Straße standen. Als Schupo hatte unsereins überhaupt keine Aussichten.‹

›Na, na. 1930 hat Sie niemand gezwungen‹, hab ich ihm gesagt. Zeigen Sie mal Ihren linken Oberarm!‹ Ich hab ihm die Indianertätowierung der SS weggebeizt.« Pressler hielt sein leeres Schnapsgläschen wieder auffordernd hin.

»Tut's nicht schrecklich weh?«, fragte die Bahnsen.

»Ja, das soll's ja grad«, lachte Dr. Pressler. Speichel lief von seiner schlaffen Lippe. »Dann sag ich immer: Herzlich willkommen in Ihrer neuen Vita! Wie heißen Sie denn jetzt mit neuem Nachnamen? Herr? Der Patient heut Morgen nannte sich Detlef Haiens. Detlef Haiens! Ich hab gesagt: Willkommen Freund Hein!« Presslers Bauch bebte unter der Weste. Selbst Max durchschaute das Wortspiel vom »Freund Hein«, dem Tod.

»Bei Privatpatienten fragt man nicht viel. Pecunia non olet.« Damit gab er der Bahnsen, die sich erhoben hatte, um ihm erneut nachzuschenken, einen Klaps auf den Hintern. Sie zeigte ihm ihr zickigstes Lächeln.

»Was kostet Ihre Schönheitsoperation?«, fragte Babette.

»Na, 'nen Tausender mindestens, wenn nicht zwei – jetzt in guter D-Mark. Der Preis richtet sich nach dem Rang des Herrn.« Pressler schmunzelte. Wer geizig sei, behalte 'ne ordentliche Narbe als Erinnerung. Bei Intelligenteren, die vorausdächten, bleibe nur ein kleiner Ratscher.

»Warum so billig? Sie müssen das Mörderpack weißbluten lassen.« Babette schwelgte in Rachefantasien.

Als echte Friesin sah die Bahnsen Presslers Handwerk emotionslos: »Jedem das Seine und mir das meiste, aber nur in bar.«

Pressler lachte brüllend und streckte sein leeres Schnapsglas zum zigsten Mal vor. Babette klimperte ihren Gast an. »Ich weiß doch: Sie geben sich nicht mit dem Nome de Guerre Ihrer Patienten zufrieden.« Der Arzt griente: »Natürlich nicht, Fröken. Der von heut Morgen trug maritimen Familiennamen. Aber ich verrat's nicht. Geschäftsgeheimnis!«

»Ist Ihnen Fischers rollendes R nicht auch aufgefallen?«, überraschte ihn Babette.

»Sie sind ja noch durchtriebener, als ich dachte, Madame«, sagte der Arzt. Er verabschiedete sich mit Handkuss und schritt kerzengrade zum Auto.

»Sie können nicht einfach fremde Herren in mein Haus bitten. Es hätte unordentlich sein oder im Garten hätte Wäsche hängen können«, sagte die Bahnsen. Babette war so zufrieden wie lange nicht. Sie wechselte unvermittelt das Thema. »Eigentlich ist es ja nicht gut, im August Krabben zu essen. Aber sie haben mich an der Wyker Mole so angelacht«, sagte Babette. Die Bahnsen schüttelte den Kopf: »Warum sollen Krabben denn jetzt verboten sein? Friesen leben davon, seit man denken kann.« Manche Äußerungen von Babette fanden ihre Söhne spinnert.

Krabbenpulen erfordert flinke Finger. Alle mussten mitmachen. »Das muss schneller, viel schneller gehen, sonst kriegt ihr nichts in den Magen«, sagte die Bahnsen. Sie nahm zwei Eisenringe vom Kochherd, legte frisches Holz hinein und bald brutzelten Spiegeleier in der Pfanne. Auf jede frische Graubrotscheibe türmte sie Krabben – und darüber zwei Spiegeleier. Als alle zu Tisch waren, sagte die Bahnsen: »Bei uns gibt's Lotsenfrühstück abends.« Peter langte gierig zu. Bevor Babette die Hände zum Gebet faltete, blickte sie ihn missbilligend an.

Von der Bahnsen bekamen Coehns den Holzkoffer geliehen. Darein wurden alle gewebten Wollröcke, Jacken, Tischdecken und Eierwärmer von Simon Reinhardt verstaut, die Babette in Hamburg verkaufen wollte. Amreis Mutter lehnte strikt ab, Musterware nach München zu schleppen. Das sei ihr einfach zu viel. Simon Reinhardt und seine Weberinnen mussten Pakete packen und in Wyk auf die Post geben.

Am Montag Ende August sollte es per Schiff wieder zurück nach Hamburg gehen. Babette lag die Tage entspannt im Liegestuhl. Abends las sie aus der Genesis. Achim maulte: Sechs Wochen in einem Kuhdorf, das sei 'ne Strafe! Peter, Amrei und Max badeten, liefen durchs Watt, ließen sich im reißenden Wasser des Priels treiben oder spielten Fußball auf dem Sportplatz des Schullandheims. Amrei setzte durch, auch im Tor stehen zu dürfen. Sie hielt keinen Ball. An der Pumpe stritten die Brüder, wer brauner sei. Amreis Haare waren hell geworden. »Aber nicht so weißblond wie deine«, flüsterte Babette ihrem Max zu.

Bevor die Coehns ihr Gepäck und den schweren Holzkoffer an Bord der *Uthlande* hieven konnten, hatte Pressler sie vor der Mole in Wyk abgepasst. »Ich musste euch Jungs und eure Mama noch mal sehen, bevor ihr nach Hamburg verschwindet.« Der Mann mit dem hässlichen Gesicht gab Babette zuerst einen Handkuss, dann überreichte er ihr einen dicken

Feldblumenstrauß, mit dem sie in diesem Moment nichts anzufangen wusste. »Besuchen Sie uns in Hamburg?«, sagte sie.

»Ich fahr nie mehr aufs Festland.«

»Warum? Da bin ich aber neugierig, Herr Oberdoktor.«

»Festland bringt Unglück. See und Natur, die lernt man verstehen, wenn man sie lang genug beobachtet – aber nicht die Politik. Auf dem Festland hab ich meine beiden Söhne verloren und meine Frau. Meinen Freund Jens Mungard aus Keitum auf Sylt, den haben sie 1940 in Sachsenhausen umgebracht, weil er Gedichte auf Friesisch schrieb und den Nazi-Schwachsinn vom ›deutschen Arier‹ verachtete.«

Dem ungelenken Mann schossen Tränen in die Augen. Dann fasste er sich und sagte: »Ihr eigener Krieg geht weiter? Hab ich recht, Fröken?«

»Haben Sie anderes erwartet?« Sie trug an diesem Tag ihre schicke Sonnenbrille aus Schildpatt. Das zum Turban gewundene Seidentuch bändigte kaum ihr Haar.

»Ihr Hauptsturmführer zeigte sich nach der OP erstaunlich gesprächig. Eine Kinokette will er in Hamburg und Westdeutschland aufziehen. Der Führer habe sich über *Dick und Doof*-Filme auf dem Berghof und selbst noch im Bunker scheckiggelacht. Das sollten alle Deutschen tun. ›Die Leute brauchen Zerstreuung‹, hat mir diese Kanaille gesagt. ›Zerstreuung bringt Geld.‹«

Babette setzte ihre Sonnenbrille ab: »Hat der Kerl eine Adresse?« Pressler zuckte mit den Schultern: »Keine Rechnung, keine Adresse. Hamburg, nehme ich an. So klang es jedenfalls. Fischer verfügt übrigens über beste Beziehungen zu den Engländern.« Sie war nicht überrascht: »Im Sommer 1947 haben die Tommys ihre gesamte Besatzungsverwaltung in Hamburg ausgetauscht. Die Korruption stank bis London.« Als das Schiff mit dem Heck achteraus langsam die Mole von Wyk zurückließ, ging der Arzt noch zur Spitze und winkte.

Die Jungen hatten größte Mühe, den klobigen Musterkoffer von Bord zu schleppen. Es war acht Uhr abends. Achim hatte gegähnt, als das Schiff den Blankeneser Elbhang passierte. Die gesamte Zeit von der Elbmündung bis St. Pauli hatten die Brüder gerätselt, wie das Monster von Koffer nach Hause transportiert werden könnte. Babette hatte gesagt: »Das lasst mal meine Sorge sein.«

Kurz nachdem das Schiff an den Landungsbrücken festgemacht hatte, kamen ihnen drei blau Uniformierte entgegen. Die nahmen den Koffer und schleppten ihn ins Wachlokal der Wasserschutzpolizei. »Hier steht er sicher«, sagte Babette einem Polizisten, als sei es das Selbstverständlichste der Welt. »In zwei Tagen lasse ich ihn abholen. Dann veranstalte ich eine Ausstellung im Tropenkrankenhaus. Sicher ist was für Ihre Frau dabei.«

»Dat is dicht dorbi.« Der Polizist öffnete Babette eilfertig die Tür. Die Brüder schauten sich erstaunt an: Wie hat sie das wieder gedeichselt?

14. Zuflucht und Kindertrost

Zum Haferbrei, den Babette zum Frühstück kochte, gab es keinen Zucker. Haferflocken erhielt sie mit den Paketen aus Philadelphia. An Bargeld, um etwa Zucker im Laden zu kaufen, fehlte es Babette. »Ihr werdet auch ohne Süß- und Snoopkram groß«, beschied sie.

Ameisen waren Feinde. Sie machten sich über alles her, wovon Coehns am wenigsten hatten, Zucker, Marmelade, Honig, Fleisch. Als Peter die verbeulte gelbe Blechdose aus dem Küchenbord nahm, die sonst nicht angerührt werden durfte, und Babette den Deckel öffnete, war der Zucker schwarz von Ameisen. »Der gute Zucker!« Sie schüttete den gesamten Inhalt in den Spülstein. Da wuselten sie, bis das Wasser sie sämtlich in den Abfluss geschwemmt hatte.

Peter und Max hatten den Wunsch, sich an den Plagegeistern zu rächen. Mit sadistischer Genugtuung zerquetschte Peter einzelne Ameisen mit dem Nagel des rechten Zeigefingers ganz langsam – meist zuerst das Unterteil. Dann flimmerten die Fühler am Kopf und die Beinchen des Vorderteils so wild, dass die Jungen Schreie zu vernehmen meinten. Nützen tat es aber nichts, denn die Ameisen waren überall, in jedem Schrank, auf jedem Bord, in jeder Ritze des Hauses. Manchmal krabbelten einige am Hals, wenn Max seinen Rollkragenpulli überzog.

Wo sich ein Nest fand, lagen Hunderte fetter, länglicher weißer Eier. Ameisengift gab es keines. Peter sammelte manchmal die Eier und leckte sie von der Innenseite der linken Hand. »Die schmecken nach nichts«, sagte er, »aber sie machen stark, Kleiner.« Max glaubte ihm nicht. »Du Ameisenbär«, sagte er. Als sich beide Jungen Goldfische wünschten, beschied sie Babette: »Haustiere haben wir genug!«

Wo Peter das rostige blaue *Wanderer*-Fahrrad aufgetrieben hatte, wollte er nicht sagen. Nachfragen seiner Mutter halfen nicht. Aber er besaß nun ein Fahrrad, als Erster und Einziger in der Familie. So war es auch mit den Goldfischen. Peter kam auch als Erster mit Kaulquappen, die im Marmeladenglas stoßartig hin und her schwammen. Als sie sich am Morgen darauf nicht mehr rührten, sondern zu Boden gesunken waren, gingen Peter und Max an den Bach, der die Flottbek hieß, und käscherten Wasserschnecken. Die schlurften am Glasrand auf und nieder und waren erst nach einer Woche tot.

Die beiden Brüder hatten im Bach winzige Fische entdeckt: mit großen, schwarz umrandeten Augen und grauem Körper. Für die hatte Peter ein gebrauchtes Aquarium organisiert, das Platz auf der Fensterbank im Souterrainzimmer fand. Da schwammen die gefangenen Stichlinge. Er war stolz darauf. Umso betrübter war er, als sein Aquarium nach dem Aufwachen nur noch halb gefüllt war. Die Jungen gossen Wasser nach, damit die Stichlinge wenigstens überlebten, bis sie von der Schule kämen. Doch Babette hatte kurz entschlossen das Aquarium in den Garten entleert. »Die Hühner haben die Stickels aufgepickt«, sagte sie.

Peter verdrückte sich in den nächsten Tagen. Max hatte er anvertraut, er sei beim Tischler. Hatte er nachmittags Schule, war Peter morgens in dessen Werkstatt. Fand der Schulunterricht morgens statt, war es umgekehrt. Als Max ihn endlich in der Tischlerei besuchen durfte, sägte er bereits Nut und Feder für eine Schublade. Es duftete in der Hinterhauswerkstatt wundervoll nach Holz und Leim.

»Dein Bruder hat Sinn für Holz«, sagte der Tischler mit den sehnigen Händen. Peter war mächtig stolz, das zu hören. Aber er schwieg und schliff einen Holzzahn nach. Dass selbst der Tischler steinalt war, dünkte die Jungen völlig normal zu sein. Ihnen kam nicht in den Sinn, ein Wort darüber zu wechseln. Die Menschen ihres Gesichtskreises waren Frauen jeden Alters, die Männer jedoch zumeist weit über sechzig. Jüngere Männer – das waren ausnahmslos britische Soldaten, die Tommys mit ihren Tellermützen und dem roten Bommel drauf, die am Statthalterplatz von ihren plattnasigen Lastwagen sprangen.

Mit seiner zweirädrigen Holzkarre, auf der er Möbel transportierte, stand der Tischler eines Tages vor der Haustür und übergab Babette ein rechteckiges Paket samt Brief. Max musste ihn laut vorlesen. »Gnädige Frau. Meine Söhne sind gefallen. Sie hatten als Kinder viel Freude an diesem Aquarium. Ich schenke es Peter als Dank für seine tüchtige Hilfe. Ihr Kleinworth«, stand dort in spitzem Sütterlin. »PS: Peter kann bitte sofort bei mir anfangen, wenn er die Mittlere Reife hat.«

Peter war so glücklich, dass er noch abends mit einem Kescher lange, grüne Wasserpflanzen aus dem Ziegeleiteich fischte. Vier Mark fünfzig hatte er in drei Wochen beim Tischler verdient. Davon war er mit der elektrischen S-Bahn von Flottbek nach Altona gefahren und hatte zwei Goldfische in der Tierhandlung erstanden. Unten an der Treppe des Vorortbahnhofs hatte Max schier ewig auf ihn warten müssen. Als Peter am oberen Treppenabsatz erschien, hielt er das Weckglas mit den Fischen hoch. Er grinste verschmitzt und sprach auf dem Weg nach Hause kein Wort. Erst als er die Goldfische ins Aquarium goss, sagte er: »Seht ihr.« Den dickeren Goldfisch nannte er »Alice«, den dünneren »Horst«.

Bis es absolut dunkel geworden war, schauten beide Brüder den Goldfischen zu, wie sie steil nach unten stießen oder gemächlich von einer Seite zur anderen wedelten. Der

Kescher gewann ungeheure Bedeutung, weil Peter und Max meinten, täglich Wasserflöhe fangen zu müssen.

»Und was macht ihr mit den Fischen, wenn es Herbst wird?«, fragte Babette. Sie war gegen die Goldfische: »Ich mach das Aquarium nicht sauber. Das müsst ihr.« Weil die Fensterbank nur zwei Handbreit über dem Niveau des Gartens war, saßen häufig Katzen vor dem Fenster und beäugten die Fische.

Nach den Sommerferien bekam Max einen Lehrer, der in den Pausen ständig Zigaretten »auf Kippe« rauchte. »Dass der sich nicht die Lippe verbrennt«, sagten die Mädchen. Anfangs war er gut gelaunt, umfasste mit seinem linken Arm Maxens Kopf, sodass er die Handinnenseite des Lehrers im Gesicht hatte. Zeige- und Mittelfinger waren gelb von Nikotin. Babette mäkelte: »Max. In welcher Kaschemme treibst du dich rum?«

Schmielke unterrichtete Lesen, Schreiben, Rechnen und Heimatkunde: von Gletschern und Eiszeit, von den Germanen, St. Ansgar, den Wikingern war die Rede – und wie Nord- und Ostsee entstanden waren. Er hieß Hans Herbert mit Vornamen und wusste so spannend zu erzählen, dass die Mädchen in der Bank hinter Max aufhörten, mit den Beinen zu wippen. Wenn die Schüler den heiligen Ansgar mit seinem hohen Spitzhut malten, wie er die Hamburger zu Christus bekehrte, oder den dicken Dänenkönig, wie er in der Schlacht von Bornhöved vom Pferd in den Matsch fiel, zündete sich Schmielke mit silbernem Feuerzeug die Zigarette an und blies Ringe in den Klassenraum. Die Jungen und Mädchen schauten fasziniert von ihren Pulten auf. Hatte er mehr als fünf Ringe ausgehaucht, applaudierten sie.

Er stamme aus Berlin, erzählte Schmielke. »Ballien, eine riesige Metropole mit Olympiastadion. Det könnt ihr euch kaum voastelln.« Beim Elternabend hatte Babette jedoch einen anderen Eindruck: »Der berlinert gar nicht, der sächselt. Lass dich nicht noch mal von ihm anfassen. Der Kerl ist nicht koscher.« Dann hatte sie mit Max gebetet. Sooft er tags darauf im Unterricht den Finger hob, wurde Max geflissentlich übersehen. Schmielke gab sich plötzlich feindselig: Max' Lederranzen wurde kontrolliert. »Max, du bist zu faul, deine Hefte säuberlich zu führen«, verkündete Schmielke vor der Klasse. Auf den grauen Umschlägen seiner Schulhefte waren Fettflecke, obwohl er kein Schulbrot mitbekommen hatte, weil Babette zu klamm war, Brot und Margarine zu kaufen.

»Was hab ich dir gesagt? Hüte dich vor ihm«, sagte Babette.

Schmielke geriet häufig ins Plaudern: »Hinterm Sachsenwald stehen die Sowjets.« Die Roten wollten alle Deutschen umbringen, wieder Beute machen wie 1945 in Ostpreußen und Berlin. »Sowjetagenten, das sind alles jüdische Kommunisten. Die stecken ihre Opfer bei lebendigem Leib in Tonnen voller Salzsäure. Vom Leichnam bleibt nichts mehr nach.« In Berlin sei kein Deutscher mehr seines Lebens sicher. Einige Mädchen fingen an zu weinen. Max mochte Schmielke nicht glauben. Der fuhr ihn an: »Glotz nich so imberdinend!«

Zu Unterrichtsbeginn prüfte Schmielke täglich anhand des Klassenbuchs die Anwesenheit. »Andresen, Ahrens, Behrens«, las er monoton. Dann winkte er mit der Rechten in Max' Richtung: »Coehn, Max, aufstehen. Beweg dich. Nicht so schlapp. Mutter Babette, geborene van Dom, Apothekerin. Vater nicht ersichtlich.« Er wandte sich genüsslich den Kindern in der rechten Bankreihe zu. »Jedes Kind hat einen Vater. Stimmt's? Nur bei Max … da steht nichts. Gar nichts. Auch nicht: gefallen. Das sollte uns doch wundern. Du bist ein Wunder der Natur, Max. Weißt du das?«

»Mein Vater war ein Held«, antwortete er trotzig. »Aber das geht Sie nichts an.«

Siebenundvierzig Kinder blickten auf Max. »Soso, ein Held«, sagte Schmielke süffisant. »Wer erzählt denn so was?« Max antwortete ihm nicht und vergrub die Hände in die Taschen der Lederhose.

»Du weigerst dich, auf die Frage deines Lehrers zu antworten.« Schmielke holte den Rohrstock hinter der Tafel hervor.

»Halt die Hände gerade!« Im selben Moment schlug der Stock auf die Handoberseite des Sechsjährigen. Ein höllischer Schmerz.

»Hältst du deine Hände gerade!« Der Stock sauste erneut auf die Finger. Es war, als ob ein Messer die Haut aufschlitzte. Max biss sich auf die Unterlippe, dass sie zu bluten begann. Welch Triumph für ihn, wenn ich heul, dachte er. Schmielke riss Max' Hände empor und befahl: »Hände gerade!« Max schrie vor Schmerz. Zwei Jungen lachten. »Aus«, sagte Schmielke, »setzen!«

»Nein«, schrie Max. »Ich geh.« Schmielke versuchte, ihm den Weg zu verstellen, aber Max war schneller. Er lief durch die Schulpforte, schaute sich nicht um. Zurückkehren wollte er nie.

Babette war nicht da. Er lief vor der Haustür auf und ab. Die Finger brannten höllisch und schwollen zu roten Würsten an. Die Regentonne an der Hausecke war noch gefüllt. Max stellte sich auf die Zehenspitzen: Er hielt die Hände so lange hinein, bis sie vor Kälte schmerzten.

»Irgendwas muss der Lütte doch angestellt haben? Sonst würde kein Lehrer derart prügeln«, sagte Alice, die unterwegs gewesen war, um rotes und blaues Stickgarn zu kaufen. Also musste Max alles wieder und wieder schildern, was ihn noch zorniger werden ließ. »Viehisch, ein Erwachsener malträtiert einen Sechsjährigen«, sagte Babette von Mal zu Mal. Sie weinte. Max musste die Hände weiter in einer Emailleschüssel unter Wasser halten. »Nur kaltes Wasser hilft«, sagte Babette. Das war kein Trost. Mit verbundenen Händen führte Babette ihn am nächsten Morgen zur Schule. Einige Jungen winkten ihm heimlich zu, als Babette mit ihm die Marmortreppe zum Direktorenzimmer im ersten Stock hinaufging.

»Das kann ich mir von einem erstklassigen Pädagogen wie Herrn Schmielke überhaupt nicht vorstellen, Frau Coehn«, versuchte der Direktor, ihren Zorn zu besänftigen. Überzeugend klang das nicht.

»Schauen Sie sich doch die Finger an.« Damit wickelte sie die Binde ab. »Glauben Sie, das hat sich dieser kleine Purks selbst zugefügt?« Sie bebte vor Zorn. Direktor Heitmann blickte durch seinen Kneifer auf Max' Hände und dann wieder zu Babette.

»Sie sind doch Sozialdemokrat«, fuhr sie ihn unvermittelt an. »Haben Sie unter dem Nazipack nicht genug gelitten? Sie haben doch Ehre im Leib.« Heitmann hatte schlohweiße Haare, trug einen dunkelgrauen, weiß gestreiften Anzug mit hochgeknöpfter Weste wie Gustav Stresemann in den Zwanzigern. Unter dem Stehkragen war ein dunkelblauer Schlips mit gelben Streifen. Sein Blick wanderte über den kleinen Schulhof zur Sprungkiste: »Es sind zu viele von denen. Wir müssen uns arrangieren.«

»Herr Heitmann«, sagte Babette. Ihre Wut war unüberhörbar. »Wenn wir denen jetzt nicht das Handwerk legen, wann dann, Herr Heitmann?« Er fuhr sich mit den Fingern durch seinen Bürstenschnitt. »Zwölf Jahre, Frau Coehn«, räsonierte er. »Haben Sie nie an Ihren Idealen gezweifelt? 1945 glaubte ich: Jetzt kommt das Strafgericht. Entnazifizierung?« Seine Stimme bebte. »Das Pack hat sich gegenseitig entlastet. Keiner hat gebüßt – außer die paar in Nürnberg. Der Fragebogen der Alliierten: nichts als Mohrenwäsche! Glauben Sie mir: Alle Schmielkes stecken ihre Köpfe wieder frech heraus. So müssen sich die Römer zu Ende ihres Weltreichs vorgekommen sein – genauso wie Sie und ich heutzutage –, umzingelt von Barbaren.«

»Herr Heitmann.« Ganz wider ihr Temperament mäßigte sich Babette. »Wenn wir alle die Flinte ins Korn geworfen hätten, hätte niemand von uns die zwölf Jahre überlebt.«

Der alte Herr sagte zu Max: »Zeig mal deine Finger, mien Lütten.« Die waren blau und aufs Doppelte geschwollen. »Das soll dir nie wieder passieren«, sagte er schließlich und drückte sein Kreuz durch. »Seien Sie beruhigt, Frau Coehn. Ich werde das Entnazifizierungsergebnis dieses Kollegen nachfragen.«

»Sie glauben, das hilft?«

»Wir befinden uns in der Hansestadt Hamburg, Frau Coehn. Nicht in München, Schleswig oder Niedersachsen«, sagte er sehr ernst. »Max Brauer ist aus den USA zurück. Herbert Weichmann hat seine gute Stellung in New York aufgegeben, um in Hamburg beim Aufbau zu helfen. Untadelige Sozialdemokraten. Geben Sie ihnen Zeit. Wir hatten hier in Altona und in Hamburg bis 1933 fortschrittliche Schulbehörden. Pädagogisch waren wir führend. Darauf waren wir Hamburger Lehrer zu Recht stolz. Frau Coehn, Sie können sich auf mich und Oberschulrat Zahn verlassen. Sonst gehen wir bis zum Senator. Sie werden verstehen, dass ich manchmal müde bin.« Er setzte sich auf seinen hölzernen Drehstuhl. »34 haben sie mich in Unehren aus dem Schuldienst verstoßen.«

Er zog seine gestärkten Hemdmanschetten aus den Ärmeln hervor. »In der Gummifabrik Phoenix in Harburg habe ich bis 46 gearbeitet. Da sind zwölf wirklich wie tausend Jahre gewesen. Man merkt die Knochen im Leib, wenn man auf die fünfundsiebzig zugeht.« Er öffnete Babette höflich die Tür. »Der Kleine darf morgen zu Hause bleiben.« Sie verließ sich auf den gebrochenen Mann. Es hatte zu nieseln begonnen.

Geplant hatte Babette, am Nachmittag gemeinsam mit ihrem Jüngsten wieder Bohnerwachs zu verkaufen. Aber mit blau geschwollenen Fingern hätten Max' Verkaufskunststückchen eher geschadet. So gab sie ihm einen Klaps, als sie zu Hause waren. »Troll dich zu deinen Knirpsen.« Dass die anderen Knirpse noch in der Schule waren, interessierte sie nicht. Sie war überzeugt, dem Kleinen genug Aufmerksamkeit geschenkt zu haben. Was er auf der Straße oder in den Gärten anfangen würde, war ihr, wie Babette sagte, »schnuppe«.

Im Frühjahr war Zigaretten-Skat in Mode gekommen. Ältere Jungen aus den einst prächtigen, nun mit Flüchtlingen und ausgebombten Familien überfüllten Mietshäusern der Beselerstraße hatten angefangen, die farbig bedruckten Vorder- und Rückseiten von Zigarettenschachteln unterschiedlicher Marken zu sammeln. Am besten gefiel Max die Marke *Senoussi Privat* mit dem rauchenden Herrn, der einen roten Topfhut trug, auf hellblauer Schachtel. Da es mehr als zwei Dutzend Zigarettenmarken gab, hatte bald jedes Kind ein Häufchen Schachteldeckel zusammengebettelt. Diese Deckel trugen Dicker und Max immer in der hinteren Lederhosentasche bei sich. Sie saßen auf Treppenstufen der Hauseingänge oder auf dem Straßenkantstein und droschen wie Erwachsene beim Skat die kleinen Pappdeckel aufeinander. Wer dieselbe Zigarettenmarke wie der Vorspieler zog, gewann den ganzen Haufen. Meist spielten die Jungen zu viert. Mehr Spaß machte es allerdings, wenn acht oder zehn Kinder teilnahmen. Der Gewinner konnte bis zu sechzig Pappdeckel einheimsen und das Geschrei, das sich dann auf der Straße erhob, war beachtlich. Weshalb manche Väter ihre leeren Zigarettenschachteln sofort zerknüllten.

Beim Streifzug durch die Gärten traf Max zuerst Dicker, der sich an seiner Sandkiste langweilte. Dann ging's zu Tetsche, der gerade den Wasserhahn aufdrehte, um wieder den künstlich mit schwarzer Teerpappe ausgelegten Zierfischteich im Garten seiner Eltern aufzufüllen. Tetsches Mutter hatte das verboten, weil Wasser aus der Leitung »zu viel kostet«. Aber sobald Tetsches Mutter im Haus oder zu Besorgungen unterwegs war, lief ständig Wasser. Die Jungen fanden des Öfteren, dass der Wasserstand des Teiches zu niedrig sei. Max hatte dort nie einen Fisch erblickt, aber Tetsche behauptete, Fische seien morgens früh gut auszumachen. Wichtiger war, dass man auf dem Teich Holzschiffe schwimmen lassen konnte. Tetsche besaß sogar einen Passagierdampfer aus Blech mit einem Motor zum Aufziehen. Von einer Schraube angetrieben, rasselte der *Hapag*-Dampfer *Augsburg* mit nachlassender Geschwindigkeit von einer Seite des Beckens drei Meter weit zur gegenüberliegenden. Gemein war, dass Dicker Wellen machte, sobald das Schiff die Mitte des Teichs kreuzte. Es kenterte in der Regel.

Tetsche weinte jedes Mal, weil ihm väterliche Prügel drohten, falls er die *Augsburg* verlöre. Für seine Freunde war jede Kenterung jedoch Grund genug, sich aller Kleidung zu entledigen und im weichen Schlamm des Teichs das Blechschiffchen zu suchen. Blöd fanden die Jungen allerdings Entengrütze. Die haftete an den Beinen und oft genug am Po.

Die *Augsburg* musste nach dem Abspülen trocknen, ebenso wie die Jungen. Splitternackt ging das am besten auf dem schattenlosen Rasen vor der Veranda des dreistöckigen Hauses nebenan, wo Iska und Marianne von Kappenfels im Parterre wohnten. Iska war die jüngere der Schwestern, mit blondem Strubbelkopf, drahtig und rotzfrech. Als ihr bleichgesichtiger Vater sich Babette vorstellte, hatte er das »von« betont. Vor den Sommerferien hatte Iska Gleichaltrige mit ihrem Trick »Zeig mal dein Schulbrot« übertölpelt. Selbst Dicker hatte es brav aus dem Ranzen vorgekramt und aus dem Pergamentpapier gewickelt. Da hatte sie plötzlich die Graubrotscheiben gegriffen und kräftig abgebissen. Sie war unberechenbar. Die Jungen der Straße mochten sie gerade deshalb.

Auf dem Bauch liegend wurden die Rücken bald trocken. Tetsche hielt den *Hapag*-Frachter in den Fingern, betrachtete die Aufbauten, den Schornstein von allen Seiten und schüttelte Wassertropfen heraus, da riss ihm Iska seinen

Spielzeugdampfer aus der Hand und sprang die vier Sandsteinstufen zur geöffneten Verandatür empor. Keiner, weder Dicker, Max oder Tetsche, hatte bemerkt, wie sie sich angeschlichen hatte. Da stand sie nun in einiger Entfernung, lachte und schrie: »Holt es doch.« Ihr kleiner, magerer Körper war tief gebräunt: Sie trug ein Unterhöschen. Ihre größere Schwester hatte sich hinter sie gestellt und schaute zu.

»Seid ihr allein?«, fragte Dicker.

»Sind alle weg, weg, weg«, antwortete Iska im Singsang. Dabei sprang sie auf den weißen Holztisch der Veranda und tanzte wild darauf herum, indem sie den Dampfer über ihrem Kopf hin und her schwenkte. Dicker reckte sich und trat an die Verandatreppe: »Kannst du auch nackt tanzen?«

»Nein, nein, nein«, gab sie im Singsang zurück und hopste schneller hin und her.

»Du kriegst auch zwanzig Pfennig von uns«, warb er.

»Jaha«, gickelte Iska und streifte augenblicklich ihr Höschen runter. Sie machte Sprünge auf dem Tisch, beugte sich mit ihrem Oberkörper zurück, rieb sich ihre Scheide und spreizte die Beine weit auseinander. »Mach mit«, animierte sie ihre Schwester. Die stieg auf einen Stuhl, von dort auf den Tisch, drehte den Jungen ihren Rücken zu und zeigte mehrmals sich bückend langsam ihren Po. Dann fassten sich die Schwestern bei den Händen und tanzten neben- und hintereinander.

Tetsche und Max lagen atemlos im Gras. Beim Baden auf Föhr hatte Max Amrei zwar auch nackt gesehen. Hier auf dem Rasen wurde ihm bewusst, dass es zwischen Frau und Mann etwas geben musste, das sie wechselseitig anzog und auf geheimnisvolle Weise aneinanderband. Ob kurz oder lang – Iska hielt so unvermittelt zu tanzen inne, wie sie plötzlich damit begonnen hatte, sprang vom Tisch die vier Stufen herab und hielt Dicker ihre kleine hohle Hand vor die Nase: »Zwanzig Pfennig.«

»Ich hab nichts«, antwortete er. Das störte sie nicht. »Dann bringst du uns gleich vierzig Pfennig: Denn wir haben zu zweit für euch getanzt.« Dabei lachte Iska wieder und klatschte ihm mit der Rechten auf den nackten Po.

Am Teich haben sich die Jungen Hemd und Hose angezogen und den Blechdampfer im Haus auf Tetsches Spielzeugbord zurückgestellt. Tetsche hatte dreißig Pfennig, Max besaß nichts. Dicker zauberte ein silbernes Fünfzig-Pfennig-Stück hervor. Sie liefen auf dem Bürgersteig zu Iskas Haustür und klingelten wohlerzogen. Deren Mutter war im Augenblick zurückgekehrt und fragte erstaunt: »Was wollt denn ihr?« Max wurde rot. Aber Iska drängelte sich hinter ihrer Mutter vor. »Die schulden uns vierzig Pfennig«, rief sie mit durchdringender Piepsstimme.

»Du hast den Jungens Geld geliehen?«, fragte ihre Mutter skeptisch. »Das finde ich ja ganz lieb von dir.«

Dicker grinste frech und reichte Iska das Fünfzig-Pfennig-Stück.

»Zehn Pfennig kriegst du später von mir«, sie griff die Münze und verschwand im Dunkel des Hausflurs.

»Grüßt eure Eltern«, rief Iskas Mutter den Knirpsen hinterdrein.

15. »Mein Pflischt als Franzos«

Im Herbst entschied Babette, dass Peter Sprachkurse am Institut Français belegen müsse. Nachmittags oder abends? das sei ihr ganz egal. »Mitschnacker« seien nicht zu befürchten. Peter sei definitiv alt genug, sich nicht von Männern ins Gebüsch oder dunkle Flure zerren zu lassen, erklärte sie. Außerdem sei Peter häufiger in der Tischlerei als zu Hause. Darunter habe seine Französischzensur gelitten. Die Kursgebühr und das Geld für die S-Bahn-Fahrt in die Hamburger Innenstadt müsse er davon bezahlen, was er sich beim Tischlern verdiene. Obwohl er erst nach mehrfacher Ermahnung und mit widerwilliger Miene zum Kurs gegangen war, schien er zunehmend Gefallen daran zu finden.

»Du setzt die Akzente ja richtig!«, lobte Babette nach einem Monat. Peter deklamierte im Kellerzimmer sogar französische Gedichte und untermalte sie mit heftigen Hand- und Armbewegungen. Was Max blöd fand und ihm auch zu verstehen gab. »Du bist nur neidisch, weil du nichts vom Französisch verstehst«, sagte Peter und schubste Max übermütig aufs Bett. Mittwochs berichtete er von Mal zu Mal enthusiastischer von Monsieur Kleber. Babette gab ihm auf, den netten Französischlehrer zum Abendbrot zu bitten: »Du brauchst dich nicht zu schämen, gebildete Leute zu uns in den Keller zu laden. Die wissen genauso gut, was in Deutschland passiert ist. Manche Länder sind genauso zerbombt.«

Als Jean Marie, so hieß Monsieur Kleber mit Vornamen, mit seinem alten Damenfahrrad um die Ecke bog, belustigte er die Straßenkinder mit dem Tröten einer Gummihupe. Für Babette hatte Monsieur Kleber eine rote Rose. Achim behauptete, die habe Jean Marie vorher im Park geklaut. Schwarzbrot fand Monsieur Kleber ebenso *fantastique* wie die Rindsmettwurst, die Max zur Feier des Tages in Wallys Laden hatte kaufen dürfen.

»Eiß is es in meine schöne Eimat, in dä weiße Staadt Algier, petite Mäxschen.« Er strich Peter und Max über die Hände. Jetzt sei Zeit der Weinlese jenseits des Mittelmeers. Jean Marie hatte glatte tiefschwarze Haare, dunkle lebhafte Augen, leicht getönte Haut und war von sportlicher, mittelgroßer Figur. »Er ist wirklich très charmant für sein Alter«, war Babettes einziger Kommentar. Seine Familie lebte seit fast einhundertfünfzig Jahren »en Algérie Française«.

Was ihn denn vom warmen Mittelmeer ins unwirtliche Hamburg getrieben habe, fragte Babette. »Mein Pflischt als Franzos«, antwortete Jean Marie. Sie musste lachen. Der Kolonialkrieg – da unten in Vietnam – sei zwar nicht zu gewinnen, fuhr er fort. Vietnam sei traditionell französische Kolonie, aber viel zu weit weg in Asien. Dort seien ja kaum Franzosen heimisch. Südlich des Mittelmeers sehe es total anders aus. Bald werde Algérie untrennbarer Bestandteil des Mutterlands sein: ein Frankreich – beiderseits des Mittelmeers.

Babette rollte mit den Augen. Ihre Söhne merkten: Babette hielt das alles für Unsinn. Die Jungen begann es zu langweilen, zumal Babette Französisch parlierte. Vom Tisch aufzustehen, verbat sie kategorisch. Beim Verabschieden versprach Jean Marie: »Näschste Mal werd isch Datteln un Ziegekäse mitbringe.« Peter hing an seinen Lippen. »Ein Flasch guten französisch-algerischen Rotweins wäre wohl besser«, sagte Babette und lachte.

Als Jean Marie fort war, hieß sie ihre Söhne, sich noch einmal um den Tisch zu setzen. »Ein wirklich sympathischer Mann ist dieser Monsieur Kleber«, meinte sie. »Er ist gradlinig in seiner national-französischen Argumentation. Ich fürchte: beinahe nationalistisch. Manchmal schien er mir geradezu fanatisch zu werden. Er hat Freunde in der Fremdenlegion. Das ist merkwürdig für einen echten Franzosen.«

Dass Max in seinem Alter nicht wissen konnte, was sich hinter dem Adjektiv »nationalistisch« verbarg und Peter noch nie von der Fremdenlegion gehört hatte, interessierte sie nicht. Einwände wie: Das musst du den Jungen doch erst mal erklären, wischte Babette gewöhnlich mit der Bemerkung beiseite: »Sie werden ja älter und sind nicht auf den Kopf gefallen.«

Achim sagte: »Der Mann ist schwul.«

»Mag sein«, antwortete Babette. »Aber, ich glaub nicht.«

»Was ist schwul?«, fragte Max.

Da lachte Peter: »Das verstehst du Knirps nicht.«

Jean Marie Kleber war seither vielfach, ja immer häufiger bei ihnen. Babette ermunterte ihn geradezu. Um ihn zu kontrollieren? Was sie keinesfalls akzeptieren mochte, war jedoch die Zigarette, die »Lulle«, die ständig an seiner Unterlippe klebte, während er sprach. Meist trug er einen leichten Rollkragenpullover, dazu eine eng anliegende Cordhose und beides uni: marineblau. »Ein Exi ist das, ein Existenzialist, so 'n Sartre«, moserte Achim.

»Was ist ein Sartre?«, fragte Peter.

»Davon verstehst du nichts.«

»Sie lieben alle Farben, wenn sie blau sind. Nicht wahr, Jean Marie?«, spottete Babette. Die Jungen durften »Jean Marie« oder ganz einfach du zu ihm sagen. Babette blieb – alles andere wäre wider ihre Natur gewesen – beim Hamburger Du: »Jean Marie, Sie haben …« Babette hatte die Gewohnheit, abends zur Elbe oder in die Felder am Ziegeleiteich zu gehen. »Auf, auf«, befahl Babette, »ein bisschen Abendluft schnappen tut jedem gut. Auch dir Mäxchen.«

Jean Marie war binnen Kurzem in Babettes Terminprogramm eingemeindet. Er blieb immer wieder vor den schwarzbunten Kühen stehen, die auf den Wiesen grasten. »Bei uns sind sie braun, haben lange, spitze Hörner und stehen in Ställen.«

»Jean Marie, Sie meinen: bei uns in Algerien«, sagte Babette. »Was beschäftigt Sie immerzu Algerien? Sind Sie mit Ihrem Kopf auch mal bei uns, en 'ambur?«

»Nun spring mal voran«, gab Babette Max mit einer Handbewegung zu verstehen. Er war es sowieso leid nebenherzutrotten. Es gab Wiesel am Hemmingstedter Weg, possierliche Tiere, die abends hin und her huschten. Wurde es völlig Nacht, bemerkte man – wenn es absolut windstill war – sogar den Flügelschlag der Fledermäuse. Lief Max zurück zu den beiden, war stets von Algerien und Marokko die Rede. Jean Marie gebrauchte häufig das Wort »Waffeandel«. Vorstellen konnte sich Max nichts darunter, aber ihm gefiel Jean Maries lang gezogene Betonung des zweiten Wortbestandteils »aandel«. Algerien und das Mittelmeer begannen die Fantasie des Kleinen zu beschäftigen: weiße Häuser am Berghang und davor hellblaues Meer. Was er sonst aus den Gesprächen zwischen Babette und Jean Marie aufschnappte, war, dass die Menschen dort nicht glücklich waren, dass Bomben vor Kirchen und Synagogen explodierten.

»Redet ihr wieder über Politik?« Max wusste nicht, was Politik bedeutete. Achim hatte die gleiche Frage Tage vorher schon einmal gestellt.

»Ach lass, Mäxchen.« Babette nahm ihn an die Hand. »Es gibt wieder Leute – auch bei uns in Hamburg –, die schmuggeln auf Schiffen Maschinengewehre, Kanonen und Bomben über Marokko nach Algerien. Sie verdienen Millionen am Sterben der Menschen. Jean Marie mag die nicht. Er ist in großer Sorge um seine französischen Eltern und Geschwister, die dort leben.« Gelassenheit und Humor, Wesenszüge, die die Jungen an Jean Marie so bewunderten, waren wie weggeblasen. Er ereiferte sich: »Hitlerscherge zu sein, war also nicht genug. 1945 ging's kurz in die Garderobe zum Kostümwechsel: Braunhemd aus, Flanellanzug an? – Und als Waffenschieber geht's weiter. Nun kollaborieren diese Verbrecher mit Moskau. Sie verdienen fürstlich daran, dass Muslime gegen Christen und Juden aufgehetzt werden. Modernste MGs tschechischer Produktion und Maschinenpistolen der deutschen Wehrmacht haben die im Angebot.«

»Woher wissen Sie das, Jean Marie?«, fragte Babette. Wirklich erstaunt darüber war sie aber nicht.

»Ach.« Er machte eine wegwerfende Handbewegung. »Das weiß doch jeder.« Womit er übertrieb. Babette hatte zwar Getuschel vernommen, aber weder im Rundfunk noch in den Zeitungen war hierüber ein einziges Wort gefallen. »Die Waffen kommen auf Binnenschiffen der tschechischen Staatsreederei von Prag durch die Sowjetzone elbabwärts bis in den tschechischen Teil des Hamburger Hafens.«

»Das ist nun mal seit dem Schanddiktat von Versailles kein deutsches Hoheitsgebiet mehr«, amüsierte sich Babette. »Den Ärger habt ihr Franzosen euch selbst eingebrockt. Deutschen Zöllnern sind die Hände gebunden.«

»Auch gegen mörderische Waffeschiebä?«, konterte Jean Marie.

»Ah, wohnen die unter uns? Im Haus nebenan?«

»Oui, Madame«, sagte Jean Marie und begann wieder zu scherzen. »Sie betreiben Cinemas, aben Juweliergeschäfte, aben amies bei die Police von Ambourg. Aber aben noch mehre Freunde bei die Ambourger Rischter und vor aalem bei die Reschtaanwälte. Die wolle doch aaug verdiene. Enrichessez vous!«

»Ah«, lachte Babette, »dann waren all diese onestes ommes unschwer bei die Geeschtapoo? Abe isch rischtiesch getiept?«

»Absolutement, chère Madame«, sagte Jean Marie und beide begannen schallend zu lachen. »Sie sind gut informiert, Monsieur«, meinte sie beiläufig. Babette wusste nun, woher der Wind wehte. »Es könnte besser sein, Madame« antwortete er. »Vielleischt elfe Sie mier. Saeien Sie misch so gütisch.«

»Max, lauf zu, ab in die Falle«, sagte Babette und schubste ihn unsanft voran. Irgendwie war Max später zutiefst davon überzeugt, Babette und Jean Marie eng umschlungen gesehen zu haben.

Zwei Wochen später erhielt Babette einen Brief von der Weberei aus Goting. »Ich muss für vier Tage nach Föhr, unbedingt«, erklärte sie. »Die jungen Herren werden es sicherlich auch ein paar Tage ohne ihre Mutter aushalten können.« Das war keineswegs so einfach. Denn Babette hinterließ Kohleintopf mit der kurzen Bemerkung: »Einfach aufwärmen!«, und zusätzlich zehn Mark: »Für Brot und Milch«.

Während Babette sich auf Föhr aufhielt, kam Peter enttäuscht vom Institut Français heim: Sein Kurs war ausgefallen. Monsieur Kleber habe unvorhergesehen nach Paris reisen müssen. Eine ganze Woche blieb Babette dann »gezwungenermaßen« in Nieblum. Es gäbe so viel Schreib- und Abrechnungskram und obendrein die Vorbereitungen für ihre Weihnachtsausstellungen, schrieb sie in ihrem Telegramm. Max war betrübt, weil sie nicht mit ihm betete und ihm keinen Gute-Nacht-Kuss gab. Das war aber schnell vergessen, als sie zurückgekehrt war. Denn Babette war so entspannt und heiter, wie die Jungen sie nie zuvor erlebt hatten. Außerdem drückte sie Max mehrfach an sich und sagte: »Ach, du meine petite Mäxschään.«

Jean Maries häufige Besuche waren für Max von einigem Nutzen. Denn der Französischlehrer rauchte *Gauloises*. Mit deren blau-weißen Schachteln konnten Max und sein Freund Jürgen jeden Zigarettenskat gewinnen, weil es *Gauloises* nicht im freien Handel gab. Jürgen sprach unendlich langsam, wofür ihn die meisten Kinder hänselten, überraschte jedoch durch Pfiffigkeit. Er hielt seine *Gauloises*-Deckel in der Hinterhand, bis der Haufen hoch angewachsen war. Dann schmiss er ihn, und Max warf sein eigenes *Gauloises*-Deckelchen darüber. Sie durften nicht nebeneinander hocken, sonst hätte Dicker die Sache spitzgekriegt.

Dem Besitzer des Zigarren- und Tabakladens an der Querstraße war die französische Zigarette unbekannt. »Zeig mir mal 'ne Schachtel. Vielleicht kann ich welche bestellen«, hatte der stets unrasierte Willy Wubbe gesagt. Viele hielten rein gar nichts vom »ollen Willy«. Nicht etwa, weil er lungenschädliches Rauchwerk unter die Menschheit brachte, sondern weil man den Tabakkrämer für einen entsetzlichen Schlappschwanz hielt. »Waschlappen Willy und Wischlappen Wally«, scherzten die Nachbarn.

Wally war nämlich Willys Tochter. Obwohl sie den Kindern ebenso angejahrt vorkam. Sie verkaufte in ihrem Kolonial- und Gemischtwarenladen, außer Lebensmitteln aller Art, tatsächlich auch Wisch- und Scheuerlappen. Ihre Ladentür weit zu öffnen, war unmöglich, weil dahinter zwei Holzfässer – eines mit Gewürzgurken, das andere mit Heringen – standen. Daneben war ein großer Eichenstuhl mit braunem Ledersitz. Darauf ließen sich ältere Kundinnen nieder, während Wally die Bestellungen aufnahm: Zudem gab es immer etwas aus der Nachbarschaft zu berichten. Daneben, nur durch einen winzigen Aufenthaltsraum getrennt, wo Vater und Tochter zur Mittagszeit hinter halbhoher weißer Gardine aßen und die Straße mit einem Spiegelspion beobachteten, hatte Willy rechts sein Ladenlokal für »Rauchwaren aller Art«.

Selbstverständlich kauften die Frauen der Umgebung bei Wally. Selbst Werner Lück suchte Willy vor dessen düsterem Tresen auf. Der Lungenfacharzt ließ sich eingehend beraten, bevor er eine Havanna-Zigarre verschenkte. Als Max seine erste leere *Gauloises*-Packung von Jean Marie erhalten hatte, ging er sofort zu Willy. »Guten Tag, Herr Wubbe«, schrie er. Es hieß, dass Willy schwerhörig sei und hinter der Vitrine schlafe. Aber das war nicht der Fall. »Du brukts nich to schrien, mien Dschung. Ik versteih di good. Og ik hebb mol 'n lütten Söhn hefft.« Das erstaunte Max: »Und wo ist dein Sohn?«

»Hee is dod, verreckt – in Himmel«, antwortete Wubbe ins Hochdeutsche verfallend und schob seine flache Elbseglermütze, die er auch im Bett auf dem Kopf trug – das erzählten sich jedenfalls alle Kinder –, in den Nacken.

»Wann?«

»Na, eben. Eben Ende April. Ganz am Schluss von Kriech. Mein Jens soll in Berlin die Reichskanzlei, diesen Bunker, verteidigt haben – zusammen mit de Franzosn von 'ne Division Charlemagne – und HJ-Pimpfe aus Norddütschland. Die waren etwas älter als du, zwischen zwölf und sechzehn Jahre alt. Aver davon versteihst du nix. Dat brukst nich to weetn.«

»Und darüber denkst du die ganze Zeit nach in deinem Laden?«, fragte ihn Max. »Jo, mien Jung.« Dem alten Mann stand Wasser in den Augen. Er musste es wegwischen, um die *Gauloises*-Packung näher zu prüfen.

»Weshalb musste dein Sohn sterben? Er war ja kein Soldat.«

»Weiß nicht.«

»Aber einer hat ihn doch nach Berlin geschickt.«

Wubbe trug – ganz honoriger Geschäftsmann – Weste und Schlips mit einem ans Hemd angeknüpften weißen Kragen. Er atmete schwer: »Das war der Herr Böhm, Hellmuth Böhm, der Ortsgruppenleiter von Flottbek. Herumgebölkt hat Böhm noch am 20. April vorm Ortsamt: Hamburger Jungs sollten Heldenmut beweisen und dem Führer in schwerer Stunde zur Seite stehen.«

Wubbe beugte sich über den Tresen: »Dabei schlugen bei uns in Hamburg Tag und Nacht die Bomben ein. Jedes Kind wusste, dass es mit den Nazis und ihrem Krieg aus war.

Dann hat Böhm Gewehre an die Kinder austeilen lassen. So im Alter deines Bruders Peter. So sind die HJ-Pimpfe nach Berlin gekarrt worden.«

»Und wo ist Herr Böhm?«

Max kannte nur die korpulente Frau Böhm. Sie wohnte zurückgezogen in ihrer prächtigen Backsteinvilla, die von zwei Buchen und riesigen Rhododendren verschattet wurde, drei Häuser entfernt in seiner Straße. Max grüßte sie nicht, weil Babette es untersagt hatte. Frau Böhm hielt sich meist im Haus verborgen. Alle Kinder wunderte, dass sie dort allein lebte und weder Ausgebombte noch Flüchtlingsfamilien zur Untermiete hatte. Wenige Meter ihres rückwärtigen Gartens stießen schräg gegen das Grundstück von Willy und Wally.

»De is dod. Futsch, away«, antwortete Wubbe.

»Der auch?«

Wubbe zündete sich einen Zigarrenstumpen an: »Du kannst aber auch fragen!«

»Und wie?«

»Der Böhm stand in Zivil am Gartenzaun, nicht wie üblich in kackbrauner Uniform, und sagte: ›Das ist mein letzter Befehl an dich, bevor die Tommys unsere tapfere Stadt besetzen: Gib mir die Kiste deiner besten Zigarren!‹«

»Und da?«

Wubbe sog am Stumpen. »Ward's mol af«, hatte Wubbe dem Ortsgruppenleiter geantwortet, war ins winzige Häuschen verschwunden, um seine Tesching-Flinte aus dem Versteck hinter der Schornsteinklappe zu nehmen. »Ich hab die größte Schrotpatrone geladen, bin wieder raus und hab ihm mitten in seine Fresse geschossen.«

»War er tot?«, fragte Max. Es gruselte ihn nicht.

»Nö, – später. Böhms Blut hat so gespritzt, dass rote Flecken auf meiner Bettwäsche waren.« Die hatte zum Trocknen auf der Leine gehangen.

»Hat niemand was gehört?«

»Weiß nicht?« Wubbe klopfte Asche vom Stumpen ab.

»Und die Polizei?«

»War ja Ausgangssperre in Hamburg.«

»Hat dich niemand gefragt?«

»Nö.«

Seine Tochter Wally blickte gut gelaunt durch die Tür ins Tabakgeschäft und band dabei ihre Schürze fest: »Wat schnackst denn mit dem Lütten so lang, Papa?«

»Nun schieb mal los, Mäxchen«, sagte Wubbe, öffnete die grün gestrichene Ladentür, wobei die Glocke zweimal hell klingelte. Er drängelte Max hinaus. In der Tür waren zwei Fenster mit diagonal gekreuzten weißen Holzstegen.

»Weißt du, dass Waschlappen Willy den Ortsgruppenleiter Böhm erschossen hat?«, fragte Max, sobald ihm Babette die Haustür geöffnet hatte.

»Wo hast du den Quatsch aufgeschnappt?«, lachte Babette anfänglich, »was weißt du Knirps von NS-Bonzen?« Sie gab sich ärgerlich: »Du stinkst nach kalter Zigarre und altem Mann.« Max solle das bloß niemandem weitererzählen: »Solch Unsinn – auch den Brüdern nicht. Der Alte kommt immer mehr ins Tüdeln.«

Nach dem Abendbrot musste Max Babette begleiten, als sie »auf einen Sprung« noch bei Lydia und Werner hereinschaute. Babette nippte am Portwein und sagte: »Der alte Wubbe wird immer wunderlicher. Wubbe hat Max erzählt, er hätte den Ortsgruppenleiter, den Böhm, erschossen.«

Werner Lück prustete vor Lachen Portwein in die Luft. »Was tobt dem Ollen im Hirn herum?« Dann stellte er immer noch lachend sein Glas aufs Beistelltischchen. »So etwas Närrisches, marodierende Polen haben den Böhm erschossen oder irgendwelche Displaced Persons.«

»Aber Polen und KZler hab ich damals nirgendwo gesehen«, sagte Lydia und schüttelte den Kopf. »Kein Mensch war auf der Straße.«

»Nun mach kein Ammenmärchen draus«, tadelte ihr Mann. Er duldete keine Widerrede seiner Frau. »Das hätte Waschlappen Willy nie fertiggebracht. Dazu gehört Kaltblütigkeit, jemanden so hinzurichten.«

»Aber der Böhm soll schrecklich gelitten haben. Trotz seines zerfetzten Gesichts hat er noch eine Viertelstunde gelebt«, sagte Lydia.

»Hast du das wieder aus deinem Kränzchen?« Lücks sonnige Laune war dahin. Nichts missfiel ihm mehr als Lydias Kränzchen und die Kränzchendamen, die sich abwechselnd einmal pro Woche um halb vier Uhr nachmittags trafen, um sich miteinander über Ehemänner, Kinder und sonst was auszutauschen.

Zu Babette kamen die Damen allerdings nur unregelmäßig. »Weil es bei uns so eng ist, außerdem im Keller, und es nur Muckefuck und keinen guten Kaffee gibt.« Das glaubten ihre Söhne nicht recht. Denn die Männer ihrer Kränzchentanten waren Babette gegenüber immer ausgesprochen charmant und machten ihr Komplimente, sobald sich die Ehefrauen außer Hörweite befanden.

»Ich verfüge über andere Quellen«, entgegnete ihm Lydia zickig. Der Haussegen hing schief.

»Nemesis Divina«, sagte Babette auf dem kurzen Weg nach Hause. Zwei Worte, die Max lebenslang im Gedächtnis blieben. Ganz im Gegensatz zu Werner und Lydia Lück war Babette ausgesprochen fröhlich, als sie Max Gute Nacht wünschte.

16. Geschäfte, Geschäfte

Ihre Föhrer Webwaren präsentierte Babette Coehn Ende November, Anfang Dezember in großen Hamburger Krankenhäusern. Überall dort, wo sie eine der Oberschwestern »beste Freundin« nannte. Babettes Kränzchendamen kamen aus dem Staunen nicht heraus. »Wir wussten nicht, dass du so enge Beziehungen dazu hast«, sagte Gerti Voss. Hinter ihrem Rücken nannten sie alle »Gerti mit der Regenbogennase«. Babette konterte mit dem Satz: »Keine Angst, meine Gute. Mir werden Dutzende Verhältnisse nachgesagt, schön wär's. Bislang habe ich leider keins, weder mit 'nem Oberarzt noch mit 'nem Professor.« Die Kränzchendamen waren empört: »Sie hat eine zu freche Klappe.«

Am Mittwoch, als Max aus der Schule kam und seine zweireihige gewalkte Jacke an den Haken hängte, befahl Babette: »Deine Hausaufgaben machst du heut Abend. Jetzt hilfst du mir erst mal tragen.« Achim war irgendwo, gab Latein-Nachhilfe. Peter hatte sich in die Tischlerei verdrückt. Säuberlich verstaute Babette handgewebte Wollschals, Tischläufer, Sets, Eierwärmer und Mützen in Max' Rucksack. Für ihn löste sie am S-Bahn-Schalter in Othmarschen die Kinderfahrkarte. Der blasse Kartenknipser fragte: »Wie alt ist das Gör?«

»Der Kleine wird demnächst sechs.« Max nickte. Jede Fahrt mit der S-Bahn fand er spannend. »Schau aus dem Fenster«, wies ihn Babette an, »dann kennst du bald die ganze Stadt.« Auf dem Schotterweg von der Station Sülldorf zum Krankenhaus Rissen musste Babette ihre zwei Koffer voll mit der Kollektion mehrfach absetzen. »Zurück wird' ich das Zeug nicht schleppen.«

Brauchte sie nicht. Max fand, die Krankenschwestern seien rein närrisch nach Röcken und Oberteilen. Vielleicht, weil sie Babette chic und charmant fanden. Mit Blick auf die geplanten Ausstellungen hatte sie sich von der Schneiderin aus der dünnen Stoffkollektion Simon Reinhardts ein dunkelblaues mit weinroten Fäden durchzogenes Ensemble nähen lassen. Die Ränder des Bolero-Jäckchens waren mit schwarzer Borte gepaspelt. Lydia hatte den Entwurf gezeichnet, den sie körperbetont nannte.

»Sie – ganz besonders – können viel mehr aus sich machen«, flüsterte Babette beiläufig mancher hübschen Schwester zu. »Immer nur BDM- und Schwesterntracht. Ihr seht aus wie vertrocknete Nönnchen. Die fasst doch keiner an. Das schreckt jeden netten Mann ab.« Und: Wer denn der attraktive Arzt sei, den sie vorhin gesehen habe?

»Kaufen Sie den Stoff. Ich kenne eine gute Schneiderin. Die nimmt nicht viel.« Manchmal zog Babette ihren Wollmantel an und warf sich locker einen Schal um den Hals, drehte sich wie auf einem Laufsteg: »So machen es die Mädchen in Paris – bloß keinen Knoten, mit dem man sich halb erdrosselt.« Manchmal fügte sie noch an: »... und der beim Küssen stört.«

Einige Jungschwestern blühten auf, bedankten sich innig bei ihr und verließen glücklich den Raum. Ältere Krankenschwestern musterten Babette allerdings kritisch. Sie deckten sich mit Schafwollplaids ein, als drohe ein sibirischer Winter wie 46/47. Sie fragten: »Muss der Jung nicht Schulaufgaben machen, statt ewig hier im Krankenhaus herumzuhocken?«

»Keine Sorge.« Babette gab ihm mit dem Finger vorm Mund zu verstehen: »Verdrück dich!« Dass im Aufenthaltsraum der Krankenschwestern eine Verkaufsausstellung vonstattenging, dünkte selbst Max allenfalls geduldet zu sein, wenn es nicht sogar verboten war. Dazu schwiegen Babette und die jeweilige Oberschwester, die Max stets mit »Tante« anzureden hatte. Sobald ein Chefarzt mit seinem Tross Visite machte, wurde der Aufenthaltsraum von innen verschlossen. Max saß auf einem Hocker hinter der Tür, während Babette seelenruhig die Bestellscheine ordnete und ihre Bareinnahmen zählte.

»Immer Vorkasse, sonst kommt man nie auf den grünen Zweig«, sagte sie. »Selbst ein kleiner Junge muss das wissen.« Dass die Ware pünktlich vor Weihnachten ausgeliefert wurde, dafür garantierte die Autorität der Oberschwester. Die trug stets eine steif gestärkte weiße Haube, dazu ein graues, uniformes Kleid mit einer Bluse, die unter dem Hals von einer runden Brosche mit eingelegtem goldenen Kreuz zusammengehalten wurde.

Der Verkauf entwickelte sich glänzend. Babette musste mehrfach von Föhr neue Ware nachordern. Das tat sie vom Telefon der diensthabenden Krankenschwester aus. Max hatte geahnt, dass Babette eher früher als später sogar Jean Marie einspannen würde. Als es zum Universitätskrankenhaus, später zu den Krankenhäusern Barmbek, Heidberg und Harburg ging, fand sich der französischer Hausfreund pünktlich ein und schleppte die Pappkoffer, die mit dickem Ledergurt vorm Aufplatzen gesichert waren. Max konnte also nachmittags Hausaufgaben machen.

Schmielke übersah ihn jetzt ostentativ während des Unterrichts. Stand er neben Max' Bank sagte er: »Die Aufnahmeprüfung zum Gymnasium werden einige in eurer Klasse nicht schaffen. Meine Empfehlung, die eures Klassenlehrers, wird für jeden entscheidend sein.« Max erzählte Peter davon. Der sagte: »Das Arsch.«

Während seiner Neujahrsansprache, die Direktor Heitmann in der Turnhalle hielt, bedauerte er die Verrohung der Sitten. Das Vertrauensverhältnis zwischen Lehrer und Schüler habe keinen Bestand, wenn Schüler sich derart niederträchtig benähmen. Sigrid flüsterte Max ins Ohr: »In der Tasche von Schmielkes Wintermantel war 'ne tote Ratte.« Schmielkes Aktentasche hätte im Lehrerzimmer abscheulich gestunken. Siggi kicherte: »Jemand hat Stinkbomben reingelegt.« Die Packung Stinkbomben gab es zwischen Weihnachten und Silvester in der Drogerie Schumann für zehn Pfennig zu kaufen. Max hatte sich einige aufbewahrt.

Babette war aufgeräumter Stimmung. Sobald es vor Weihnachten begonnen hatte zu schneien, hatte sie sich ein helles Schottentuch um den Kopf gewunden. Was Jean Marie zu der Frage veranlasste: »Babette, sin Sie muslimisch? Trage Sie jetzt Turban-Mode?« Worauf sich Babette selbstverliebt um sich drehte: »Dernier cri, die deutsche Frau trägt Turban und Tschador an 'ne Schabbat.« Jean Marie grinste. »Feesche Frauuu.« Er hatte Babette ins *Streit's*-Kino am Jungfernstieg eingeladen. Der Film hieß *Der Zauberer von Oz*. Im Keller an der Handruffel des Waschzubers sang sie tags darauf das Lied *Over the Rainbow*.

Ein Roller mit dicken gelben Gummireifen war Max' Weihnachtswunsch. Man konnte auf diesem Roller sogar mit einem Fahrrad mithalten, sofern man schnell genug trat. Babette sagte: »Wenn all deine Freunde Pumproller haben, was brauchst du einen?«

Jean Marie hatte vorgehabt, das Fest mit seinen Eltern in Paris oder Oran zu feiern, hatte sich sogar bei Babette und den Jungen artig verabschiedet. Vier Tage später stand er allerdings vor der Tür und hatte zwei Flaschen algerischen Rotweins unterm Arm, den Babette mit ihm zu Weihnachten trank.

Großmutter meinte am Heiligabend: »Chanukka ist ein wundervolles Fest.« Achim bemerkte: »Jesus war Jude, kein Christ.«

Das geschah, nachdem Babette mit Jean Marie, Großmutter und Tante Ruth an der evangelischen Weihnachtsmette teilgenommen hatten. Großmutter hatte sich darüber erregt, dass der Pastor sich an der Kirchentür, wo er die Gemeindemitglieder mit »Frohe deutsche Weihnacht« verabschiedete, vor ihr weggedreht und nur Jean Marie leutselig beachtet hatte: »Sie, ein Franzose, ein Katholik – und das hier in meiner Gemeinde.«

»Was stört dich der Pfaffe? Hast du vergessen, dass er sich weigerte, Mäxchen zu taufen? Er ist und bleibt ein Sau-Nazi«, beruhigte Babette ihre Mutter. Jean Marie zog eine Schweineschnauze und grunzte. Die Jungen lachten. Selbst ein Weihnachtsbaum war vorhanden, den Babette in der Nacht zuvor mit gelben Wachskerzen geschmückt hatte. Nach Klingeln des Glöckchens und der Bescherung – Max bekam einen glänzend mit Ölfarbe gelackten Hafenschlepper aus Holz mit zwei Schuten dahinter – gab es Welsh Rarebit: Eine Scheibe Weißbrottoast, die im Gasofen mit Cheddarkäse, mildem Senf und Bier überbacken war. »Fast koscher«, sagte Großmutter, zog die Augenbraue hoch. Sie wusste, dass ihre Tochter beim Wort »koscher« wie eine Rakete hochgehen würde.

»Mit Sauerteig schmeckt's überhaupt nicht.«

»Sag bitte, wie ich hier Sauerteig ansetzen soll?«, fuhr ihr Babette sofort dazwischen. »Koscher, nicht koscher? Das ist was für die Reichen in New York, die nie Nazis und Krieg erlitten haben.« Schon war die obligate familiäre Missstimmung da. Babette lenkte ein: Seufzend bat sie ihre Mutter, doch bitte ihr Lieblingsgedicht zu rezitieren. Die stellte sich in ihrer Lieblingspose vor den Tannenbaum: »Ihr hört Strophen unseres Hamburger Landsmanns und von mir so geliebten Dichterfreunds:

Die Population des Hamburger Staats
Besteht, seit Menschengedenken,
Aus Juden und Christen; es pflegen auch
Die Letztren nicht viel zu verschenken.

Die Christen sind alle ziemlich gut,
Auch essen sie gut zu Mittag,
Und ihre Wechsel bezahlen sie prompt,
Noch vor dem letzten Respittag.

Die Juden teilen sich wieder ein
In zwei verschieden Parteien;
Die Alten gehn in die Synagog'
Und in den Tempel die Neuen.

Die Neuen essen Schweinefleisch,
Zeigen sich widersetzig,
Sind Demokraten; die Alten sind
Vielmehr aristokrätzig.

Ich liebe die Alten, ich liebe die Neu'n –
Doch schwör ich, beim ewigen Gotte,
Ich liebe gewisse Fischchen noch mehr,
Man heißt sie geräucherte Sprotte.

Die Familie applaudierte artig, die Augen der alten Dame leuchteten. Sie hatte kein einziges weißes Haar, obwohl sie Jahrgang 1878 war. Darauf machte sie ihre Enkel gern aufmerksam.

»Ist das nicht Einrik Eine?«, fragte Jean Marie.

»Deutschland – ein Wintermärchen. Caput XXII«, antwortete Großmutter. »Die Strophen drei und vier – das ist unsere Familie. Seit hundert Jahren hat sich nichts gebessert. Heine hat sich ja auch protestantisch taufen lassen.«

Zum Glück mussten Großmutter und Ruth schon bald zu Fuß und ziemlich weit zur Straßenbahnlinie 6 gehen, um heimzufahren. Die Jungen atmeten auf. Denn ihre herrschaftliche Großmutter begann zu solchen Anlässen entweder rührselig zu schmelzen, schwärmte dann vom »Altonaer Theater«, den hervorragenden Schauspielern, vom Musenhof zu Weimar, dem deutsch-jüdischen Hausfrauenbund, dem Dichter Schiller – wobei sie sich stets despektierlich über dessen »intriganten Freund Goethe« äußerte – oder es gab wieder einen Krach zwischen ihr und Babette, der sich gewaschen hatte.

»Kein Zores«, sagte Babette. »Jetzt brauch isch vin rouge.«

Achim las das *rororo*-Taschenbuch *Das Spiel ist aus.* Jean Marie hatte es ihm geschenkt. Der saß mit Babette auf ihrem Bett, das sie tagsüber unter einer Quiltdecke verbarg, und blickte gedankenverloren zum Weihnachtsbaum. Für Peter hatte er *Der Graf von Monte Christo* ausgesucht.

Am Ersten Weihnachtstag begann es kräftig zu schneien. Die Kältewelle folgte und Jean Marie ging mit Peter und Max am Elbhang rodeln. Er trug das kleine silbern verzierte Keltenkreuz unter seinem Islandpullover, mit dem ihn Babette überrascht hatte. Die Abfahrt war steil und schnell. Max fiel der Aufstieg von Mal zu Mal schwerer. Jean Marie, der neben ihm stapfte und den Schlitten zog, fragte: »Wem gehört denn das Haus dort links? Es muss fantastische Sicht über Elbe und Hafen haben.«

Jedes Kind wusste, welches Haus an der Elbchaussee von britischen Offiziersfamilien belegt war und welches nicht. Morgens warteten Jeeps oder Rovers in den Einfahrten. Mit dem lautlosen Abzug der Besatzungsmacht wurden peu à peu Häuser frei. Babettes Kränzchentanten meckerten über den »verwahrlosten Zustand dieser Villen«. Kein Bild, empörte sich eine, sei an der Wand geblieben. So habe sie gehört. Jegliches Meissner Porzellan, das

Silber, die Briefmarkensammlungen, teure Barocklampen und Bücher seien nach England verfrachtet worden. Was Babette häufig veranlasste, »Hört auf damit« zu sagen. »Ich hab keinen Deut Mitleid mit dem Nazipack, das sich dort seit dreiundundreißig in den Villen eingenistet hatte. Mit ehrlicher Händearbeit sind die braunen Kanaillen nicht zu Villen und Protz gekommen.« Das kam nicht bei allen Damen gut an.

»Ach du«, antwortete eine vorwurfsvoll und neidisch im Unterton, »dich behandeln die Engländer mit Glacéhandschuhen.« Was zutraf. Babette besaß eine bronzene Ehrennadel mitsamt dem Schreiben des britischen Innenministers, worin er sich bei der deutschen »Pharmaziestudentin Babette van Dom« dafür bedankte, in Falmouth ein Mädchen vor dem Tod des Ertrinkens gerettet zu haben. Das Schreiben, das sie hütete und Max sich wegen des großen Wappens mit dem Löwen gern ansah, hatte Anfang Mai 1945 nach der Besetzung Hamburgs Nutzen getragen: Babette war hochschwangeren Bauchs zur Gartenpforte gehastet und hatte es einem britischen Offizier gezeigt. Der hatte ihr einen Handkuss gegeben und war im Jeep weitergefahren. So war Alices Villa nicht requiriert worden – und auch keines der anliegenden Häuser.

Wer kürzlich die imposante Backsteinvilla am Hindenburgpark mit dem gigantischen Panoramablick über den Fluss bezogen hatte, wusste kein Kind Jean Marie zu sagen. Das erfuhr Babette jedoch gelegentlich vom Milchmann, der morgens mit zwei Pferden, die seinen Wagen zogen, durch die Straßen zwischen Kirche und Elbchaussee kutschierte und mit seiner Kuhglocke Hausfrauen oder Dienstmädchen herbeiläutete. An weiblichem Hauspersonal herrschte nach dem Krieg wahrlich kein Mangel. Was am Milchwagen geschludert wurde, sauste wie ein Rohrpostbrief rundum und landete letztlich bei den Kindern.

»Ein goldenes Schnäppchen hat der gemacht. Das Anwesen hat er über seine Beziehung zum Staatssekretär Georg Ahrens – also, Sie wissen schon – von den Nazis, äh, von der Hansestadt … also von der Hamburger Liegenschaftsbehörde erworben, weil die nichtarische Familie – ihr wisst doch: die netten Heymanns, die früher da wohnten –, 1941 spurlos verschwunden sind«, hatte der Milchmann berichtet. Babette amüsierte es, wenn brave Leute wie der Milchmann sich politisch korrekt auszudrücken mühten.

»Aha, spurlos«, sagte sie. »Und wer ist nun Besitzer?«

»So 'n stinkreicher Kerl. Mit 'nem Ansatz hier.« Der Milchmann machte eine kurze Geste vor seinem Bauch. »Der hat überall Kinos – bis hin nach Bergedorf – und seine Frau hat ein Juweliergeschäft an der Binnenalster. Ihre Köksch, die Puttfarken, kauft bei mir Milch und drei Pakete echte Butter alle zwei Tage.«

Peter und Jean Marie kamen am Dienstag nach dem Kurs im Institut Français gemeinsam in den Keller. Babette hatte Schwarzbrot mit Kunsthonig zu bieten. Zu Jean Marie sagte sie: »Wirklich ein Wunder: wie schnell trotz des Kriegs neue Riesenvermögen entstanden sind.« Ihre Söhne kannten nur zu gut ihre beißende Ironie. »Daas is daas Wiertschafdswundäär«, sang Jean Marie, blitzte Babette mit seinen schwarzbraunen Augen an. Beide lachten.

Im Souterrainzimmer, wo gegessen, gespielt, Schularbeiten gemacht und geschlafen wurde, gab es auch Trauer. Trauer bereitete Jean Marie der Brief seines Vaters, den er Babette und den Jungen vorlas: Die kommunistische Rebellenorganisation FLN in Algerien operiere immer brutaler. Sein bester Freund Raoul Prudhomme sei bei einem Maschinengewehrüberfall der FLN im Weinberg ums Leben gekommen.

»Ironie der Geschichte: Meine Großeltern standen als Kommunisten 1871 auf den Pariser Barrikaden. Sie flohen vor der Reaktion nach Algerien. Jetzt wollen uns Kommunisten dort vertreiben.« Als Jean Marie sich auf sein Fahrrad schwang und Babette ihm zum Abschied winken wollte, rief er fast vorwurfsvoll: »Dasse läuft alles über Ambourg.«

Weil es kaum Kokslieferungen während des Kriegs gegeben hatte, hatte Alice die Zentralheizung außer Betrieb setzen und in jedes Zimmer runde Bulleröfen aus Gusseisen stellen lassen. Die seitliche Fassade ihrer weißen Villa war dadurch arg verunziert, denn aus der rechten Hauswand ragten seitdem Ofenrohre. »Praktisch, aber hässlich«, sagte sie. Das Sofa, auf dem Max nachts schlief, stand keinen Meter vom Ofen entfernt. So blieben die Füße warm, wenn er sie unter der Decke vorstreckte.

Mondlicht funkelte auf den verschneiten Rhododendren des Vorgartens. Es läutete. Jemand fragte nach Babette Coehn: Sie verkaufe doch erfolgreich Webwaren hatte der Fremde im Windfang stehend behauptet. Was Babette abstritt. Der Mann entgegnete: »Sie haben Ihre Geschäftsunterlagen bereitzuhalten.«

»Wer war denn das?«, fragte Max.

»Ach, einer der Sadisten, die sich Steuerbeamte schimpfen«, antwortete sie. »Menschen, die sich als Beamte nie um ihr täglich Brot sorgen müssen. Aber, mein Junge, du schläfst jetzt. Lass dich nicht stören, wenn ich die Ofentür öffne.« Natürlich tat Max so, als ob er einschliefe. Babette kramte in ihren Papieren, die sie in einem Köfferchen im Kleiderschrank aufbewahrte. Sie suchte heraus, was nur einen Hauch bedenklich sein mochte. Alles das warf sie in den Ofen. Ein ums andere Mal loderten die Flammen prasselnd auf und erhellten den Raum.

»Schlafen sollst du.«

»Aber ich kann nicht schlafen.«

»Dann sag ich dir, was ich hier tue. Jedes Blatt werf ich ins Feuer, das Hinweis geben könnte, was wir verdient haben. – Gleich morgen will ich nach Föhr. Simon Reinhardt muss das Gleiche tun.« Selbst ihr Wochenkalender, auf dem Babette mit großzügiger Schrift jeden Vorfall und jeden Lebensmittelkauf notierte, wanderte ins Feuer. Hitze verbreitete sich um den Ofen.

Die Brüder waren wieder allein. Frühstück fiel aus. Trotzdem gingen sie pünktlich zur Schule. Nach dem Unterricht verkrümelte sich jeder: Achim zum Segelfreund, Peter zum Tischler und Max zu Henning und Rolf. Im Jenischpark rodelte man so lange, bis es zu dunkeln begann und die vereiste Bahn nicht mehr deutlich auszumachen war. Henning und Rolf hatten Gummistiefel. Als Max zu Hause klingelte und die Tür aufgeschlossen wurde, waren seine Lederstiefel total durchnässt. Alice fing ihn gleich an der Treppe ab. »Pst, Herr Kaas ist tot.«

Herr Kaas war der magere Mann mit der hohen Stirn, der vom Wohnungsamt fünf Monate zuvor in Alices ehemaliges Esszimmer auf der Beletage eingewiesen worden war. Max hatte ihn gemocht. Trotz seiner achtundneunzig Lebensjahre hatte Kaas stets in aufrechter Haltung vom Korbsessel aus durch das Fenster den vielen Pfauentauben zugeschaut. Nachts hatte Max sein rasselndes Schnarchen gehört, weil die großen, hohen Räume ineinander übergingen. Der vordere Raum, in dem Babette und Max nächtigten, war lediglich durch zwei hölzerne Schiebetüren von dem Kaas'schen getrennt.

Herr Kaas war zu den Damen im Haus chevaleresk gewesen und hatte sich stets gefreut, wenn Max an seiner Tür klopfte. Die Geschichte von seinen Autos der Marke Horch und wie ihm Kaiser Wilhelm 1912 nach dem internationalen Automobilrennen im Taunus einen silbernen Lorbeerkranz überreicht hatte, erzählte er Max auf dessen Bitte hin mehrfach.

»Womit haben Sie gehandelt?«, hatte Max ihn der Höflichkeit halber gefragt. Die meisten männlichen Erwachsenen, die der Kleine kannte, waren Kaufleute von Beruf: Im- und Export nach und aus Übersee. Die sprachen mit Babette über Margen, Preise, Chargen, die Rohstoffbörse in Chicago und vom Schafwollmarkt in Melbourne. »Wenn Mäxchen immerzu an deiner Seite hockt und die Gespräche der Erwachsenen mitkriegt, wird er ganz altklug«, kritisierte Alice. Max tat es aber gern, weil er merkte, dass er über die Welt der Erwachsenen bald besser Bescheid wusste als seine Freunde.

»Mit Kampfer, kleiner Mann«, hatte Herr Kaas geantwortet. »Kampfer war früher sehr gefragt, weil das ein hervorragendes Mittel gegen Rheumatismus und Nervenschmerzen ist. Wie du sicherlich weißt, hilft Medizin nur, wenn sie wohl dosiert wird. Deshalb wird Kampfer in geringer Dosierung von Apothekern verkauft. Aber ich hab es in großen Chargen aus Japan, China und Ceylon importieren lassen. Dort wächst der Kampferbaum. Aus dem Harz kannst du Kampfer gewinnen. Hol mir eines der kleinen Fläschchen vom Wandbord.« Max reichte es ihm. Die Hände des Alten zitterten nicht.

»Cinnamomum camphora«, las er das Etikett. »Siehst du die weißen Bröckchen darin? Nimmst du eine winzige Prise, ist Kampfer heilend, verschluckst du jedoch nur zwanzig Gramm davon, stirbst du in Krämpfen einen elenden Tod. Deshalb stell's wieder zurück, mein Kleiner.« Als Max sich auf den Stuhl stellte und richtig ins Bord schauen konnte, sah er, dass Kaas dort einen erheblichen Vorrat an Kampferfläschchen aufbewahrte.

Wann Herr Kaas an diesem trüb bedeckten Januarnachmittag aus dem Leben geschieden war, wusste niemand. Alice hatte in der Küche beim Krabbenpulen gesessen und Tauben beobachtet, die sich unter freudigem Flügelschlagen auf dem eisernen Handlauf der Gartentreppe begatteten. Da war es ihr nebenan so merkwürdig still vorgekommen. Sie hatte leise die

Tür geöffnet. Herr Kaas war schon steif gewesen – genauso wie Max ihn dann sah, als er vom Rodeln kam. Kaas' blaue Augen starrten zur Fensterbank, so wie er es immer getan hatte. Vor dem Toten verspürte Max keine Angst.

Onkel Werner stellte den Totenschein aus, worauf Alice den Bestatter anrief. Gleich morgen früh möchte er bitte vorbeikommen, damit die Leiche aus dem Haus käme, der Kinder wegen. Alice hat Max dann Gute Nacht gewünscht und noch drei Briketts in den Bullerofen geworfen, »damit du heut Nacht nicht erfrierst.« Der Junge dachte im Dunkeln an Herrn Kaas, der mit kreideweißer Haut keine drei Meter entfernt hinter der Schiebetür steif im Sessel saß. Darüber war Max eingeschlafen.

Bei ihrer Rückkehr von Föhr trug Babette einen schwarzen Persianermantel, oben schmal und unten weit. Drehte sie sich, wehte der Mantel aus wie eine Glocke; dazu ein schwarzes Persianerkäppchen – leicht gedrückt aufs Haar. Für Alice hatte sie einen Kasten echte Schweizer Pralinen mitgebracht. »Da bin ich wieder«, sang sie munter, ging in die Knie, um Max zu umarmen. Sie war warm und weich und duftete nach Eau du Soir.

»Ich muss mich um deine Bälger kümmern und der Gnädigen beliebt es, sich in der Welt rumzutreiben. Behaupte bloß nicht, du seiest zu dieser Jahreszeit auf Föhr gewesen. Während ich hier grobe Kerle von der Steuerfahndung abwimmeln muss, die nach dir und deinen Lieferanten fragen.«

»Was hast du denen alles ausgeplaudert?«

»Nichts, mein Täubchen.« Alice lächelte sie an. »Du weißt, dass deine alte Freundin immer für dich da ist und dich schützt.« Sie machte eine Pause: »War es wenigstens schön – mit dem Herrn?«

Babette gab ihr einen Kuss auf die Stirn: »Eerrlisch.«

»Aber nun musst du bedeckte Miene aufsetzen, weil Herr Kaas verstorben ist«, mahnte Alice. »Gestern ist er abgeholt worden. Ich weiß nicht mal, ob er Angehörige hat. Lass uns gemeinsam seine Habseligkeiten durchflöhen.«

Den ganzen Abend räumten Babette und Alice das Zimmer von Herrn Kaas auf, das vor dem Krieg als recht apartes Esszimmer mit silbernem Kronleuchter, Wandarmen und roter Seidentapete, die inzwischen Spannung verloren hatte, dekoriert worden war. Es war kalt, denn der alte Herr hatte es nicht warm haben mögen und auf einen Ofen verzichtet. Er hatte zwei Koffer, etwas leinene Unterwäsche, wenige Oberhemden, zwei Wollmäntel mit blauem Samtkragen, ein elegantes Paar Herrenstiefel, zwei dunkle Herrenhüte, einen schwarzen Seidenzylinder und einen Gehstock mit barockem Silberknauf hinterlassen. »Was hat er gelesen?«, fragte Alice. Sie fühlte aufrichtiges Mitleid mit dem verarmten Greis.

»Hier liegt der zweite Band von Alexander von Humboldts *Kosmos* auf dem Tisch. Schau unters Bett, Mäxchen, da findest du vielleicht den anderen Band.« Doch da lag kein Buch. Unter dem Pritschenbett zog er einen Pappkarton mit einigen Dutzend Fläschchen voller Kampfer hervor. »Die reinste Apotheke. Was machen wir damit? Du weißt doch am besten Bescheid, Babette.« Alice war eine resolute Dame. Was sie für überflüssig hielt, wanderte sofort in den Mülleimer. »Mal sehen«, antwortete Babette. »Wer weiß, wozu es noch Verwendung findet?« Alice drehte den Verschluss ab: »Riecht wie Menthol.«

Babette riss ihr das Fläschchen aus der Hand und verkorkte es wieder. »Bist du wahnsinnig, wenn du das einatmest, verfällst du ins Halluzinieren. Vielleicht stockt dein Atem. Sonst müssen wir um dich trauern, du doofe, liebe, alte Dame.« Der Pappkarton samt Inhalt wurde unmittelbar neben eingeweckten grünen Bohnen und Birnen in der Vorratskammer im Keller verstaut.

Das Geld, das Babette in verschiedenen Anzugtaschen fand, belief sich auf erstaunliche siebentausend D-Mark.

Alice nahm es in Verwahrung. Vor dem blauen, Wärme abstrahlenden Kachelofen in Alices Wohnzimmer schlief Max ein.

Am nächsten Morgen löffelten die Coehns in der eisigen Kellerküche Haferbrei. Die elektrische Klingel schnarrte. Zwei Herren vom Finanzamt Hamburg-Blankenese standen vor der Tür, die sofort Einblick in Babettes Geschäftsunterlagen forderten. »Kommen Sie zu uns in die Küche. Wir haben noch Grütze übrig.« Babette komplimentierte sie die schlecht erhellte Kellerstiege hinunter an den Marmortisch. »Nein, nein!« Sie wollten die Jungen keineswegs beim Frühstück stören. Babette solle ihre Unterlagen rausrücken, dann seien sie beide sofort weg. Doch ohne komische Oper ließ Babette die Fahnder nicht entwischen.

»Ich weiß beim besten Willen nicht, wie ich Ihnen helfen darf«, säuselte sie und fügte in besorgtem Ton an: »Sehen Sie sich bitte, bitte vor. Sie sollten Ihre Hosenbeine unten zuschnüren. Haben Sie Hosenklammern? Es wimmelt hier von Ratten im Keller.« Die beiden Steuerfahnder überflogen mit irritiertem Blick die leere Kartoffelhorde, die geborstene Abdeckplatte über dem Bodensiel und das Fenster, wohinter die Braunkohlebriketts der Coehns unter der Terrasse lagerten, ebendort, wo Peter oder Max üblicherweise ihre Strafen abzusitzen hatten.

»Ich hab keine Buchführung begonnen. Die Leute wollen mein Bohnerwachs und die Wolldecken nicht kaufen.« Babette plinkerte dem kleineren, beißwütigen Steuerbeamten schmachtend zu: »Ich hab eine Idee.« Sie zauberte aus dem untersten Küchenfach eine potthässliche braungrüne Wolldecke hervor. Es war ebenjene Decke, die sie, als die vielen Pakete mit der Ausstellungskollektion aus Föhr eingetroffen waren, stante pede mit der Bemerkung ausgesondert hatte: »Dass es erlaubt ist, solche Scheußlichkeiten zu weben! Unfassbar.« Doch nun jubilierte sie: »Wenn die beiden

Herren dieses friesische Meisterstück erwerben wollen, überlass ich's Ihnen zum Einkaufspreis. Wenigstens für Januar darf ich Ihnen dann Umsatz vermelden.«

»Machen Sie uns nichts vor!«, unterbrach der Untersetzte. »Wir haben Zeugen, dass Sie Verkaufsausstellungen veranstaltet haben mit ganz beträchtlichem Umsatz.« Peter flüsterte: »Das ist der Fiesere von beiden.« Babette zuckte theatralisch beleidigt die Schultern: »Mehr kann ich Ihnen beim besten Willen leider nicht bieten. Sie sehen doch unseren Wohlstand.«

Achim zeigte arroganteste Miene: »Meine Mutter – und Umsatz! Dass ich nicht lache.« Der Auftritt wurde den Steuerfahndern zusehends peinlich. »Bloß raus hier«, stand auf ihren Gesichtern geschrieben. »Sie hören von uns. Geben Sie uns die Adresse Ihrer Weberei«, schnarrte der Größere. Er hieß Pütz.

»Aber, aber, Herr Pütz«, wies ihn Babette zurecht. »Warten Sie bitte, uno momento! Ich hole Füller und Papier und schreibe Ihnen genau Namen und Adresse der Weberei auf«, sagte sie und verschwand. Es verstrichen mindestens zehn Minuten; die Fahnder traten wie belämmert von einem Bein aufs andere, während die Jungen ihren Brei löffelten.

»Mögen Sie wirklich nichts abhaben?«, erkundigte sich Achim tückisch und wies auf die klebrigen grauen Reste im Aluminiumtopf. »Ich hol auch zwei Teller.« Da erschien Babette in einer schlabbrig grauen Wolljacke und dem eng über der Stirn verknoteten Kopftuch der Trümmerfrauen. Sie übergab einen geradezu winzig linierten Zettel, den sie vermutlich aus einem herumliegenden Schulheft herausgerissen hatte. Die beiden Männer stolperten schimpfend die nicht mehr erleuchtete Kellertreppe hinauf. »Wir müssen Strom sparen«, rief Babette hinterdrein.

»Was war das denn für eine Aufführung?«, fragte Peter.

»Opera buffa«, trällerte Babette und riss sich das Tuch vom Kopf. »Hütet euch vor Zwergen und zu kurz geratenen Männern. Die sind alle mordsgefährlich.«

Achim schüttelte missbilligend den Kopf: »Was ich dir noch sagen wollte, Mama. Ab nächster Woche wohne ich bei Conrad Busch in der Sierichstraße. Dort kann ich mich aufs Abitur vorbereiten.«

»Geht's dir dort besser als bei uns?« Achim nahm wortlos seine lederne Aktentasche und ging.

Beim Aufräumen schaltete Babette gewöhnlich den schwarzen Volksempfänger aus Bakelit an. »We love the swing«, sang sie vor sich hin. Doch statt Swing waren Wasserstandsmeldungen von Rhein, Elbe und Weser zu hören. In den NWDR-Nachrichten um zwölf hieß es: »Wie die Polizei soeben meldet, wurde in Hamburg ein Attentat verübt. Die Bombe explodierte heute früh auf einem Grundstück an der Elbchaussee. Ob Opfer zu beklagen sind und wie viele, ist bislang nicht bekannt.«

Die schockierende Nachricht war im Laufe des Vormittags bis zur Schule Röbbeck gedrungen. Als Max heimkam, schien Babette nicht beunruhigt zu sein: »Vielleicht ein Blindgänger aus dem Krieg, der hochgegangen ist. Es liegt so viel unentdecktes Zeugs rum.«

Während des Abendbrots, als Jean Marie vorbeischaute, erzählte Peter, wie Babette die Steuerfahnder in die Flucht gejagt hatte. Jean Marie musste derart lachen, dass ihm die Augen tränten und er die Gabel samt Wurstbissen zurück auf den Teller legen musste. »Babette, ma chère Madame Diable«, wobei er die Arme über den Tisch legte und sie anhimmelte. Auch sie konnte sich nicht länger das Lachen verkneifen. »Dummer, dummer Maann«, sagte sie. »Geben Sie une Aaandkuss auffe Babette.«

17. Verraten und verkauft

Die Autobombe war die schaurige Sensation, der Gesprächsstoff am Milchwagen. Die beiden hellbraunen Pferde scharrten nervös, aber jede Anwohnerin der Uhlandstraße hatte noch einen besonderen Aspekt oder gar eine winzige persönliche Vermutung beizusteuern. Tetsches Mutter kannte wieder am besten den Hergang: dass es nicht auch den Herrn Haiens zerrissen habe, dass lediglich dessen Chauffeur ums Leben gekommen sei, das sei einzig und allein dem Zufall zu verdanken, »dem puren Zufall«. Denn der Herr Haiens hätte ja bereits hinten im Fond seines Mercedes Platz genommen. »Weil ihm eingefallen war, dass er Geschäftsunterlagen im Haus vergessen hatte, ist er wieder ausgestiegen. Da, genau in jenem Augenblick als Haiens erneut aus dem Haus trat, hat sein Chauffeur den Zündschlüssel gedreht. Vermutlich. Wumms – der Unterleib ist abgefetzt und der nagelneue Mercedes ist total ausgebrannt.«

»Woher wissen Sie das so genau?«, hatte eine Nachbarin – mit Betonung auf Sie – gefragt. Tetsches Mutter war daraufhin grußlos mit ihrer Zweiliter-Milchkanne weggegangen. Was natürlich die Mutmaßungen der Umstehenden befeuert hatte.

Die Neugier trieb Jungen und Mädchen an die Elbchaussee. Das verkohlte Autowrack stand nach wie vor in der Auffahrt. Ein Polizist mit schwarzem Ledertschako versuchte barsch, sie zu verscheuchen. Er drohte mit dem

Gummiknüppel. Vergebens. Immer wieder standen Kinder neben den großen, gemauerten Steinpfosten des geschwungenen, schmiedeeisernen Gartentors oder zwischen den Büschen am Maschendrahtzaun, der den öffentlichen Park vom privaten Anwesen trennte. »Feiger Mordanschlag auf Hamburger Kinokönig. Polizei vor einem Rätsel«, titelte der Aufmacher des *Abendblatts*. Ein Foto Haiens', des mutmaßlichen Anschlagziels, hatte die Redaktion nicht aufzutreiben vermocht. »Zeitungsbekieke«, wie Babette sich ausdrückte, war lediglich das Wrack des Mercedes 300 und die feiste, verheulte Witwe des Chauffeurs im Blümchenkleid.

»Die ultramoderne Bombe war unter dem rückwärtigen Chassis befestigt«, las Alice laut vor. »Trotz des furchtbaren Schocks arbeitet Kinokönig Haiens, preußisch wie es seine Natur ist, im achten Stock des Chilehauses hinter seinem Schreibtisch.« Er habe absolut keine Idee, wer es auf ihn abgesehen haben könne, hatte Haiens den Ermittlern erklärt. Vermutlich handele es sich um die Wahnsinnstat eines kommunistischen Bombenbastlers. SED, Stasi und NKWD seien ja dabei, »unsere junge Bundesrepublik« zu unterwandern. Von irgendwelchem Bedauern Haiens' über das grausige Ende seines Chauffeurs war aus dem *Hamburger Abendblatt* nichts zu erfahren.

Haiens sei ein geachtetes Mitglied der Hanseatischen Kaufmannschaft, zitierte der Zeitungsbericht den Präses der Handelskammer Hamburg: Unternehmerisch kreativ habe Haiens aus geringsten Mitteln ein florierendes Lichtspielimperium geschaffen.

»Mir wird speiübel von diesem Geschwätz«, unterbrach Babette.

»Gefällt dir Herr Neureich nicht? Du überraschst mich stets von Neuem«, neckte Alice und las weiter vor: Unternehmerpersönlichkeiten mit glücklicher Hand verdanke die Hamburger Wirtschaft ihren raschen Wiederaufbau, schrieb der Kommentator auf Seite zwei: »Umso niederträchtiger ist dieses Attentat – es ist ein Anschlag auf unser Hamburg.«

Das Abonnement des *Hamburger Abendblatts* sei viel zu teuer, beschied Babette, immer wenn Max sie wieder darum anbettelte. Denn auf dem Fuß der letzten Seite waren täglich die Comicserien *Ciscos Abenteuer* und *Petzi, Pelle und Pingo* abgedruckt. Am besagten Nachmittag kaufte selbst Babette ein Exemplar. Sie zeigte es später Jean Marie: »Um seinen Chauffeur ist's nicht schade. Früher soll der V-Mann der Gestapo gewesen sein.« Sie wechselten ins Französische. Es war das erste Mal, dass Max den Anflug unguter Spannung zwischen Jean Marie und Babette verspürte. Minuten später lächelte Babette wieder und lästerte: »Franzosen sind leider, leider nicht omnipotent. Das Finale überlassen sie immer uns Frauen.« Damit versetzte sie Jean Marie einen innigen Kuss auf den Mund.

Alices Lieblingslektüre war ausgerechnet der *Spiegel*. Das »rote Blatt«, wie Dr. Busch Augsteins Nachrichtenmagazin nannte, wurde von ihr umso heftiger verteidigt: »Mein Vater war Fabrikant, mein Mann war Unternehmer. Solche Leute müssen unabhängig denken.«

Wenn es regnete und Max nicht mit Dicker, Jürgen und Tetsche auf der Straße Fußball bolzte, bat sie ihn, ihr aus dem Magazin vorzulesen: »Das schont meine Augen.« Am folgenden Montag musste Max also mit einem Artikel gespickt mit entsetzlich vielen französischen Namen fertigwerden. Alice verbesserte geduldig seine Betonung. Sie zählte währenddessen emsig die Maschen auf ihrer Stricknadel. »Elysée Palais, ›Hotel Matignon‹, das wirst du alles in deinem späteren Leben hoffentlich sehen, mein Kleiner.« Berichtet wurde über den schlauen Premier Pierre Mendez-France und über die riesigen Probleme, die sich im Departement Algerien auftürmten. »Was sind Kabinette?«, fragte Max.

Jean Marie war per Bahn für vier Tage nach Frankreich verschwunden, aber pünktlich zu Peters Kurs Französisch II wieder im Institut aufgetaucht. In Begleitung von Jean Marie, der ein blaues Cordjackett über seinem »Exi«-Rollkragenpulli trug, war Babette am Abend zum Hauskonzert der Krombachs erschienen. Sie hatte ihn mit sanfter Überredung dazu eingestimmt: »Du wirst zeitlose hanseatische Großbourgeoisie erleben. So als habe es weder Nazis noch Verfolgung noch je einen Weltkrieg gegeben. Die Herren im dunklen Flanell und die Damen im kleinen Seidenen. Krombachs Im- und Exportgeschäft nach Portugiesisch-Angola, Brasilien und Chile läuft wieder geschmiert wie eh und je. Nur unterm Dach, da haust noch Einquartierung.«

Über Alice erfuhr Babette die Woche später, dass Frau Krombach gedenke, sie zukünftig nicht mehr zu ihren Musiksoireen einzuladen. Babette habe sich einem ihrer Gäste gegenüber ganz und gar unpassend, ja übel betragen. Überhaupt habe Babette sich stark zu ihrem Nachteil verändert, seitdem sie diesen jungen Franzosen im Schlepptau habe.

»Hör ich aus diesen Worten nicht meine eigene Mutter sprechen?«, hatte Babette da Alice gefragt. »Ich begreife Mutter nicht: Sie ist um Haaresbreite davongekommen, nicht in Theresienstadt gestrandet. Und nun: Business as usual? Wieso verdrängt sie alles? Ihre klappernde Todesangst, mit der sie mich heimsuchte. Ich wusste doch selbst nicht, wohin?«

»Wird' nicht testamentarisch, gerade du!« Während Max auf dem Teppich vor Alices Sessel lag und Knöpfe nach Größe in die Fächer ihres Nähkastens sortierte, berichtete Babette haarklein von der Soiree: »Hätten nicht manche aus dem alten Bekannten- und Freundeskreis gefehlt, man hätte meinen können, die Zeit sei stehen geblieben. Das Rosshaar auf dem Biedermeiersofa und den Stühlen ist elastisch und schwarz wie eh und je. An den Bibliothekswänden fehlt kein Buch, die dreiarmigen Silberleuchter auf den Beistelltischchen verbreiteten dezentes Licht. Die kurzen Stuhlreihen erstreckten sich vom Musikzimmer bis in die Bibliothek.«

Im dunkelgrünen Tweedjackett hatte der Hausherr die Gäste geradezu schwülstig begrüßt: »In sehr viel bescheidenerem Rahmen als früher, nichtsdestoweniger aber als Freunde der klassischen Musik darf ich Sie alle willkommen heißen. Insbesondere unsere vielversprechende Neuerwerbung aus dem Rheinland, meinen Freund Detlef Haiens, der den Menschen unserer Stadt zwar die Filmkunst in seinen Lichtspieltheatern näherbringt, der mir aber privat als Enthusiast der Wagner-Oper bekannt ist. Ich begrüße in ihm einen Gast, der trotz des unfassbaren Mordanschlags Haltung bewahrt.«

Hämisch fügte Babette an: »Es folgte dünner Applaus.«

An den schwarzen Steinway-Flügel seiner Frau gelehnt hatte Krombach zur hinteren Stuhlreihe geschaut. Die Blicke der gut zwei Dutzend Hausgäste waren ihm gefolgt. Da hatte Jean Marie ihr ins Ohr geflüstert: »Keep calm.«

»Trugst du nicht den Reif aus Schildpatt im Haar?«, unterbrach Alice. Sie war manchmal ganz versessen auf nebensächliche Details.

»Du meinst den Haarreif mit dem Davidstern aus Zirkonen?« Babette stöhnte: Die zwei Stunden seien ihr wie eine halbe Ewigkeit vorgekommen. Zum Abschluss hatte Babette mit ihrer Altstimme, am Flügel begleitet von der Dame des Hauses, noch drei Stücke aus Schuberts *Winterreise* beisteuern müssen. Wie es Tradition war, hatte die Mamsell anschließend auf dem Silbertablett Selbstgebackenes umhergereicht.

»Seltsam«, hatte Babette gegenüber dem Opernenthusiasten geäußert: »Herr Haiens, Sie ähneln fatal einer Person, die mir 1937 im Zug begegnete. Man könnte meinen, Sie hätten ein Double.«

»So kommen gefährliche, ja schlimme Irrtümer auf«, hatte er dreist, übers teigig weiße Gesicht grinsend geantwortet. Damit hatte er Babette erst recht in Kampfmodus versetzt.

»Ich hab dem Kretin«, fuhr Babette fort, »den Horaz um die Ohren gehauen: Glück erhöht die Schlechten, damit ihr Fall umso größer wird.« Ärgeres war dadurch verhindert worden, dass Jean Marie Babettes Mantel geholt hatte.

Babette habe sich verändert, sie sei in unangenehmer Weise mosaisch, ja alttestamentarisch aufgetreten, lautete hernach die übereinstimmende Kritik von Großmutter und Alice. Wahrscheinlich war dies das Fazit schier endloser Telefonate zwischen den alten Damen. Außerdem gab Großmutter ihrem Ärger darüber freien Lauf, dass Babette es eiskalt ablehnte, mit ihrem Danziger Schwager zusammenzutreffen. »Er war doch Babettes Lieblingsschwager?«

Peter mochte Großmutter und Ruth ebenso wenig wie Max in der hellen Wohnung an der Rolandsmühle besuchen, obwohl sie über eine Badewanne mit fließend warmem Wasser verfügten. Was außerordentlicher Luxus war. Aber Großmutter war nie entspannt. Sie lachte nie. Ihre große Nase war durchweg von jeder Art Schnupfen gerötet. »Sie ist die geborene eingebildete Kranke«, sagte man. Ihm sei absolut schleierhaft, wie sich Großvater habe in eine solche Frau verlieben können, hatte Achim näselnd von sich gegeben. Worauf Alice ihm bündig entgegnet hatte: »Geld ist das beste Schönheitspflaster.«

Selbstverständlich hatten die Enkel Großmutter ein Küsschen zu geben. Peter und Max taten es widerwillig. Statteten Babette und die Jungen Großmutter ihren obligatorischen Besuch ab, erntete Babette nach fünf Minuten immer die gleiche Tirade: »Was hast du nur gegen Paul? Er hat dich bis 1939 in Gelddingen solide beraten. Das hast du mir wiederholt bei deinen Besuchen erzählt. Was kann Paul dafür, dass dein Mann tot ist, dass du in Ostpreußen kaserniert warst?

Dass dein Hab und Gut verloren ist? Babette, die Nazis hätten deine Schwester Lea aus Danzig deportiert, wenn sie nicht mit Paul verheiratet gewesen wäre.«

»Irrtum«, unterbrach Babette dann regelmäßig die Suada ihrer Mutter. »1939 war Lea längst auf Java.« Grundsätzlich sprachen die beiden aneinander vorbei. Zores eskalierte allemal, wenn Großmutter triumphierend sagte: »Der schöne Paul ist wenigstens ein Mann mit Mut, der zur Familie steht. Und jetzt macht er ordentlich Karriere bei der Ambiance-Versicherung.«

Babette hielt sich dann kopfschüttelnd die Ohren zu. Das Adjektiv »schön« war eine der vielen Gehässigkeiten, mit denen die alte Dame ihre Umwelt beglückte. Das begriffen selbst ihre Enkel. Denn Paul war alles andere als ein männlicher Beau: ein zu kurz geratener, blassgesichtiger Mann mit spärlichem, glatt gescheiteltem Haar, dessen Färbung Großmutter mit Straßenköter beschrieb. Regelmäßig endete die Streiterei mit Babettes Frage: »Hat nicht Paul viel mehr mit den Nazis an der Hacke, als du ahnst, Mutter?«

Jean Marie hatte seine Coehns an diesem Freitagnachmittag – es lag wieder Schnee in der Luft – auf dem Gang zu Großmutter begleitet. »Sie altert. Sie verdrängt eben, was nicht in ihr Familienbild passt«, sagte er. »Wird' geduldiger mit ihr, Babette.«

Das Gegenteil war der Fall. Es wurde chaotisch. Denn Großmutter hatte den silbernen Leuchter entzündet, bevor einer der Enkel die Klingel gedrückt hatte und das Treppenhaus mit dem roten Kokosläufer ins zweite Stockwerk hinaufgelaufen war. Der Leuchter hatte sieben Arme. »Was soll das? Willst du uns ganz ins Unglück stürzen?« Wutentbrannt schmiss Babette ihren Wollmantel zu Boden. »Kannst du nicht ein einziges Mal an deine Enkel denken, wenn du's schon bei deinen Töchtern nicht tust? Mäxchen wird von Nazipaukern ausgehorcht!«

Babettes Stimme wurde schrill: »›Was habt ihr denn am Wochenende gemacht?‹, fragt ein Pauker. Und der Lütte antwortet ahnungslos: ›Meine Großmutter hat am Freitagabend den Leuchter mit den sieben Kerzen entzündet. Schabbat. Das ist in unserer Familie so.‹«

Worauf sich Großmutter von ihrem Stuhl vor dem Jugendstilschreibtisch erhob und theatralisch mit dem schwarzen Gehstock drohte: »Halte Frieden, es ist Schabbat.« Ruth hatte zu flennen begonnen. Das gehörte zum Ritual: Wurde es in der Familie laut, dann weinte sie. »Heulmemme«, giftete Babette sie an. »Ihr kommt jetzt mit«, befahl sie ihren Söhnen.

Während des Rückwegs durch die Bernadottestraße an den Schrebergärten vorbei herrschte peinliches Schweigen. »War das richtig von dir?«, begann Jean Marie. Worauf Babette ihn anfauchte: »Führ dich nicht auf wie mein viertes Kind!« Jean Marie wurde aschfahl, drehte sich wortlos um. Abends war sein Fahrrad, das stets in der Gartenhecke lehnte, fort. Nun heulte Babette.

Im Keller baten die Jungen, ihnen vorzulesen – aus der grün gebundenen Gedichtsammlung, dem *Echtermeyer*. Sie wussten: Balladen reizten Babettes schauspielerisches Talent, obendrein brachte sie Gedichtvortrag auf andere Gedanken.

»*Die Brück' am Tay* ist schaurig«, sagte Max.

»Lies bitte *Die Füße im Feuer*«, bat Peter. Babette weigerte sich. »Dann das Gedicht mit der Sonne«, bettelte Peter, »von Chamisso.« Babette mochte nichts Trauriges vortragen.

»Dann nicht«, sagte Peter patzig und holte ein graues Schulheft. »Wir mussten es ganz abschreiben.« Babette war verwundert: »Abschreiben. Kann's euch der Lehrer nicht anders beibringen?« Peter aber war nicht zu stoppen. Er leierte neun Strophen vom Blatt, bis ihm Babette kurzerhand sein Heft entriss und selbst weiterlas:

Ich macht ihn schnell noch vollends stumm
Und kehrt ihm die Taschen um und um;
Acht Pfenn'ge, das war das ganze Geld. –
Ich scharrt ihn ein auf selbigem Feld. –
Die Sonne bringt's nicht an den Tag!

»Meinst du, das ist die Wahrheit?« Peter nickte. Babette verneinte: »Denk dran: Überleben heißt: zurückschlagen. Aber feste!«

Am Dienstag war sie am frühen Nachmittag mit der Bahn Richtung Dammtor gefahren und erst abends um neun heimgekehrt, nachdem Peter und Max zwei Schwarzbrotscheiben mit zuckrig roter Rügenwalder Teewurst bestrichen hatten. Als Überraschung hatte Babette eine Tafel Schweizer Sprüngli-Schokolade gekauft: »Die müsst ihr gerecht teilen.« Peter hatte sie nachher so zerbrochen, dass gerade zwei Riegel für Max übrig blieben.

Am Abend darauf klingelte es: Da stand Jean Marie. Er trug zum ersten Mal eine blaue Baskenmütze. Die Jungen umarmten ihn, so freuten sie sich. Babette stand reglos wie die Salzsäule, Tränen liefen ihr über die Wangen. Weil es draußen nieselte, saßen Babette und Jean Marie später bei Max im oberen Zimmer. »Schlaf, Kleiner«, sagte sie, »morgen musst du früh zur Schule.« Aber er war viel zu aufgeregt.

»Rache muss man kalt genießen«, sagte Jean Marie. Babette hatte sich vor ihm auf dem Teppich niedergelassen und ihren Hinterkopf in seinen Schoß gelegt. Er streichelte ihr Gesicht. »Du ast wunderschönes volles aar, wie isch es bisher bei keine Frau gesehen abe.«

»Wie bei eine wundeübsche Zigeune-Madam aus La Bohème oder eine große, große Polarund, wau, wau, wau«, flüsterte Babette. Beide lachten. Dann flüsterten sie leise französisch. Max meinte über Paul und Lea, Mamas zweitälteste Schwester.

Großmutter und Alice gelangten während neuerlicher Telefonate zum Fazit, dass dieser junge Franzose – auch wenn er altersmäßig rein gar nicht zu Babette passe – inzwischen – »dem Herrn sei Dank« doch einen äußerst positiven Einfluss auf sie ausübe. Denn Babette dankte schriftlich auf die in englischer Schreibschrift gedruckte Einladung ihrer Schwester und ihres Schwagers zu deren Feier der silbernen Hochzeit, die, so wie früher, stilvoll am Sonnabend, den 6. Juni im Restaurant auf dem Süllberg hoch über der Elbe gefeiert werden solle. Sie werde in charmanter Begleitung eines Franzosen erscheinen, erwiderte Babette per Brief. Selbst nach einem Geschenkwunsch des Jubelpaars erkundigte sie sich.

Jean Marie hatte sie per Taxi abgeholt. Peter und Max wunderten sich, wie er sich eine so teure Fahrt leisten könne. Jean Marie trug seinen schwarzen Anzug, weil er weder Frack noch Smoking besaß. Babette störte das nicht. Sie hatte sich wieder ihren Schildpatthaarreif mit dem Davidstern ins Haar gesetzt, was Jean Marie zu der Bemerkung veranlasste: »Du bist meine Schermania mit eine Diadem.« Worauf sie ihm mit dem Zeigefinger drohte: »Isch kneif disch auch an 'ne Schabbat.« Die dicke, tiefgrüne Naturseide ihres langen Abendkleides knisterte. Lachend fuhr sie fort: »Meine Schermania – so etwas Freches wagt eine gleine, vorwietzische Franzos ssu misch ssu sage.«

Vor dem gesetzten Abendessen hatte es den Empfang mit echtem Champagner von Taittinger auf der Aussichtsterrasse gegeben, wobei Großmutter wieder und wieder das fantastische Panorama über die Elbe und das Alte Land gepriesen hatte, dann doch flink in den beheizten Saal geflüchtet war, obwohl sie ihren weiß-braunen Fuchspelz um die Schultern trug. Babette hatte Lea zur Begrüßung in den Arm geschlossen, sogar dem hässlichen Paul zwei Bisous auf die Wangen gehaucht. Was er am wenigsten erwartet hatte.

»Schönheit zu bewahren, bleibt Geheimnis besonderer Frauen«, sagte Schönrock zu Babette, was Lea mit verspanntem schwesterlichen Lächeln kommentiert hatte. Jean Marie wurde nicht für voll genommen – weder vom Silberpaar noch von dessen Gästen. Das manifestierte sich darin, dass Schönrock beim Händedruck an Jean Marie vorbeisah. Vielleicht lag es auch daran, dass Jean Marie ihn überragte und Paul sich nicht die Blöße geben mochte aufzuschauen. Babette hatte mit femininer Bosheit entdeckt, dass Pauls Schuhabsätze um wirklich einiges höher waren als bei üblicher Konfektion.

Paul Schönrocks Begrüßungsrede war gähnend langweilig. »Aber die Mockturtlesuppe ist hervorragend«, hatte ein unbarmherziger Gast geäußert. Schönrock hatte sich der schweren Zeiten im Osten erinnert. Dass er ohne seine Lea die schicksalhaften Jahre nicht hätte meistern können. Leas über sechsjähriger Aufenthalt vor und während des Krieges in Niederländisch-Indien und in den USA schien ihm nicht erwähnenswert. Auf den großartigen menschlichen Zusammenhalt und den Teamgeist auf der Führungsebene der nun in München beheimateten Ambiance-Versicherung war Schönrock unvermittelt zu reden gekommen. Der habe sich gerade während des Kriegs und des Bombenterrors glänzend bewährt und nun erneut in der heutigen Epoche des Wirtschaftswunders. Nicht zuletzt dankte Schönrock den aus Düsseldorf und München angereisten Vorständen der befreundeten Finanzunternehmen, denen die Ambiance und er persönlich in dick und dünn zur Seite stünden.

Vor allem aber hatte er die »sehr geehrten Herren Goetz, Overbeck, Rinn und Ladisch von der Deutsch-Südamerikanischen Bank, der Hamburger Kreditbank und der Rhein-Main-Bank« in ihrem Bestreben bestärkt, sie möchten doch bald wieder unter dem traditionsreichen Namen Dresdner Bank segensreich für den Wiederaufbau, also für jeden aufrechten deutschen Mitbürger, tätig werden. Worauf Paul freundlich applaudierendes Tischklopfen der erwähnten Herren geerntet hatte. Der hochverdiente Vorstandskollege Meyer weile ja seit Juni 1945, »zu unser aller tiefstem Bedauern nicht mehr unter uns«, fuhr Schönrock fort. Heute sei es Mode, der Dresdner Bank und dem Ambiance-Konzern so vieles Schlechtes nachzusagen. Dazu müsse er klar und deutlich feststellen: »Schluss jetzt mit der Vergangenheit!« Er, Paul Schönrock, wolle stattdessen zu Konstruktivem übergehen.

Wonach ihm kurzer Zwischenapplaus vergönnt war. Zumal, so hatte er mit festlich erhobener Stimme gesprochen, in der heutigen Gästeschar auch Detlef Haiens sei, ein Mann, den er wahrlich seinen treuesten Freund nennen dürfe. All dessen Sinnen und Trachten sei dem Wiederaufbau und dem Frohsinn seiner Mitmenschen gewidmet. Heiterkeit und Kultur verbreiteten Haiens' Lichtspielhäuser überall in der modernen Gesellschaft. Dennoch gewinne Neiddenken in unserer Bundesrepublik die Oberhand – er nenne hier lediglich den Namen Herbert Wehner. Dessen Sowjetsystem zeige mit feigem Mord und Attentat wieder die grässliche Fratze.

Unterm Tisch hatte Babette ihre Linke auf Jean Maries Oberschenkel gelegt und geflüstert: »Die bösse Bomb ies diesche Mensch ordentliesch in die Knie gefahrn. Der Hai zittert.« Ein Herr, ihr gegenüber am Tisch, blickte indigniert. Nach dem Walzer, den Paul und Lea unter dem rhythmischen Klatschen der Gäste absolvierten, hatte die Combo mit Swing für Stimmung gesorgt. Die Melodien von Glenn Miller, Benny Goodman und Count Basie wollten aber nicht zum plüschigen Ambiente mit den bedruckten englischen Leinenstores, den großen versilberten Leuchtern und den pseudoflämischen Wandarmen mit ihren kardinalsroten, mit goldener Borte gefassten Lampenschirmchen passen. »Scheußlich«, fand Jean Marie. Aber die Gäste waren eisern entschlossen, bester Stimmung zu sein.

Babette war vom hochgestimmten Paul sogar zum Tanz gebeten worden. Von Ferne hätte man meinen können, sie tanze mit einem Halbwüchsigen. Während sie sich im Rhythmus von *Tuxedo Junction* drehten, meinte Paul: »Ganz wie damals im Keller vom Königsberger Schloss.«

»Stimmt«, gab Babette zurück. »Dort hast du doch Detlef Fischer, deinen Mordkumpan, kennengelernt?« Paul unterließ es, ihr zu antworten. Er führte sie rasch zum Platz und verbeugte sich.

»Puhh«, hatte Jean Marie gemeint, »du bringst die Liliputmaan ordentlisch in Schweiß. Er stinkt nach Schwefel wie in Luzifers düstere Ölle. Warum musst du ihn auch erinnern: An die Allianz mit dem Böse?«

Die Luft im Saal wurde stickig. Lea saß allein, während sich ihr Ehemann mit einigen Geschäftsfreunden und deren Damen an die Bar verfügt hatte. Die Herren rauchten sündhaft teure kubanische Zigarren und dröhnten sich mit Cognac zu – wie zu glorreicher Zeit. Einer mit Menjoubart tönte: »Vor dem Gefecht wurde echter Cognac ausgeschenkt, die Flasche ging reihum in jedem unserer Tiger. Wir dann aus der Waldschneise heraus, in die T34-Panzerkolonne der Roten eingeschert. Dann von hinten, rums, rums, rums, haben wir sie nacheinander abgeknackt, Prost.« Einige Damen nippten an der Bar Rosé, gähnten verschämt und langweilten sich. Jean Marie war des Lobes voll von den Dauerwellen der Damen: »Grausisch unvorteilaft, diesse Dauerwellän. Eure Figaros en Ambourg, die müsse ihre Profession wierkliesch asse.«

Jean Marie fiel schon deshalb auf, weil er nicht die schwarzweiße Pinguin-Uniform der Herren trug, und Babette, weil sie mit unbefangenem Lächeln und trägerlosem schulterfreien Seidenkleid die männlichen Blicke auf sich zog. Beide konnten das Treiben unbehelligt neben der geöffneten Flügeltür betrachten. Sie hatten sich auf zwei unbequemen

Stühlen an der Wand des Saales niedergelassen. Man konnte frei sprechen, ohne befürchten zu müssen, belauscht zu werden.

Die schüchterne Lea hatte ihren Paul während einer Sommerreise nach Pommern kennengelernt. Aus Neugier hatte sie mit ihrer Mutter Ende August 1927 einen Abstecher nach Zoppot im polnischen Korridor gemacht. Lea hatte wie alle Neulinge am Roulettetisch des Casinos Geld gewonnen. Paul war blässlich, im Ganzen aber ein langsam gewinnender, unscheinbarer Jüngling gewesen, als er seinen Antrittsbesuch im Hause van Dom an der Palmaille in Altona absolvierte. Er hatte an der Technischen Hochschule in Danzig das Ingenieurstudium versucht, nach fünf Semestern allerdings geschmissen und dann als Versicherungsvertreter der Ambiance sein Glück versucht. Der Alte van Dom, Leas Vater, nannte Paul Schönrock den »Mann ohne Eigenschaften«. Worauf die zukünftige Schwiegermutter mahnte: »Willy, richte nicht so hart über den Knaben. Deine zweite Tochter liebt ihn – auch wenn er noch etwas wachsen könnte.«

Willy van Dom hatte den richtigen Instinkt: »Er ist der typische Karrierist: anfangs geheuchelte Unbeholfenheit, dann stilloses Auftrumpfen und Protzen. Eine van Dom an seiner Seite, das wird er wie eine Monstranz vor sich hertragen. Was hat er denn sonst zu bieten?« Seinen künftigen Schwiegersohn charakterlos zu nennen, hätte sich der alternde Bankier nicht erlaubt. Auf ihn wurde von Frau und Töchtern ohnehin nicht gehört. Babette hatte es auch unterlassen.

Jean Marie genoss in der Nacht der Silberhochzeit hoch über der Elbe den alten Bordeaux und ermunterte Babette, ihm mehr zu erzählen. Als Algerienfranzose hatte er nicht den Funken einer Ahnung von Danzig.

Lea und Paul hatten 1932 die helle, moderne Etagenwohnung – sogar mit dem Luxus einer Zentralheizung und fließend Warmwasser – am Hohen Tor mitten in Danzig bezogen. Sie lebten anfangs bescheiden, liebten Bauhausmöbel und waren, wie es den Anschein hatte, glücklich miteinander. Im Sommer lagen sie mit Tochter und Sohn am Strand von Zoppot. Babette besuchte sie alle paar Monate. Nach Babettes Heirat kamen die Schönrocks natürlich mit ihren beiden Kindern zu Besuch nach Insterburg, wobei sich Paul jedes Mal abfällig über die Nazis ausließ. Das trug ihm sofort die Sympathie seines neuen Schwagers ein. Ungeschützt zog der über seine eigenen katastrophalen Erlebnisse mit dem Sanitätsgefreiten Erich Koch und dessen kriminellen Betrügereien im Weltkrieg vom Leder: »Gauleiter und Oberpräsident von Ostpreußen schimpft sich der Strauchdieb jetzt.« Bei einem Glas Bordeaux hatte Fritz Coehn dann den Satz geäußert, der ihn das Leben kosten sollte: »Die Nazis sind Verbrecher. Sie sind Plebs. Sie haben nichts zu verlieren, aber viel zu gewinnen – auf Kosten aller Deutschen.«

»Und der Mann ohne Eigenschaften hat deinen Fritz postwendend denunziert?«, fragte Jean Marie.

»Ja, recht bald«, sagte Babette. Als ihr Mann von der Gestapo abgeführt wurde und die Leute auf dem Insterburger Marktplatz sie anspuckten, hatte sie schwangeren Bauchs ihre Koffer gepackt und war nach Danzig verschwunden. »Das war damals Ausland, Völkerbund-Ausland. Das weiß heut kein Mensch mehr. In Danzig konnte ich durchatmen. Anfang Mai 1939 schrieben die Pariser Zeitungen: ›Mourir pour Danzig?‹ Sterben für einen Fleck auf der Landkarte? In Paris und London hatte keiner begriffen, dass Danzig das letzte Schlupfloch aus dem Zuchthaus war, das sich Drittes Reich nannte. Dort, in Danzig, lebte meine Schwester.«

In Danzig hatte Fritz Coehn im Februar 1919, als sein Regiment aus Russland heimkehrte und demobilisiert wurde, ein Bankkonto einrichten lassen, samt Schließfächern. Bereits fünf Monate später hatte sich das als absoluter Glücksgriff erwiesen. Denn ausschließlich im exterritorialen Danzig war es möglich – also noch bevor die Inflation in Deutschland 1922 zu galoppieren begann –, Reichsmark nach und nach in britische Pfundnoten, US-Dollar und Schweizer Franken zu tauschen. Der völkerrechtliche Sonderstatus von Danzig erlaubte, was sonst wegen rigider Devisenbewirtschaftung in keiner Bank im Deutschen Reich möglich war. Ohne Verzinsung hatte Fritz Coehn seinen Devisenschatz im Schließfach schlummern lassen.

»In heutiger D-Mark gerechnet dürften es mehr als drei Millionen gewesen sein.« Babette zuckte die Schultern. »Vielleicht mehr? Wir hätten damit in Schweden oder England bequem eine neue Existenz aufbauen können.«

Vor Mitternacht hatte sich der Festsaal auf dem Süllberg zusehends geleert, weil sich die älteren Damen bei Lea verabschiedeten. »Auch ich könnte abhauen. Mein Mann amüsiert sich besser ohne mich«, hatte sich Lea bei Babette und Jean Marie beklagt. »Schönrock, der Typ macht an der Bar beste Geschäfte«, meinte Jean Marie. »Betrügerische wie immer mit diesem Ai…« – Er hatte den Namen Haiens nicht einmal zu Ende gesprochen, und doch hatte Lea sichtlich geschwankt. Jean Marie hatte sie knapp auffangen können. Das Malheur seiner Frau hatte Schönrock von der Bar aus beobachtet, sie schnell untergehakt und fortgedrängt.

»Du Sauhund, du Wichtel«, lallte Lea.

»Soll sich die Chose doch wundern«, sagte Babette ungerührt. »Wie sollte ich ein Fünkchen Mitleid mit Lea haben? Ich!« Es gab keinen Zweifel für Babette: Lea musste von allen Unterschlagungen ihres Mannes und dem Raub des Devisenvermögens in Danzig Kenntnis haben.

»Trotzdem heuchelte Lea Unschuld. Ich dummes Huhn hatte das aber 1937 nicht begriffen. Ich nahm an, Paul mache rasant Karriere im Ambiance-Konzern. Denn seit Danzig zur Drehscheibe aller halbseidenen Geschäfte zwischen den

NS-Kleptokraten und Polen geworden war, konnte einem Schlitzohr von Versicherungsschwengel manches gelingen. Ich war so entsetzlich naiv, meinem Schwager und Lea zu vertrauen.«

Lea hatte ein Taxi vom Süllberg nach Hause genommen. »Sie war völlig fertig vom Tag. Sie bittet euch um Verständnis«, war Paul aus der Bar zu vernehmen. Gläser klangen, es wurde sich zugeprostet. »Jetzt hat er freie Bahn mit fremden Weibern«, ätzte Babette.

Dass Paul und ihre Schwester nach 1936 zu Wohlstand gelangten, war unschwer an großen und kleinen Dingen zu bemerken gewesen. Paul steuerte plötzlich ein eigenes Mercedes-Cabrio mit rotem Lederpolster.

»Ich dachte, es sei ein besonderer Dienstwagen der Ambiance. Meine Schwester reiste mit Tochter und Sohn zum Skilaufen gen Salzburg und St. Anton. Plötzlich besaßen sie heiß begehrte Devisen. Dass es sich schlicht um Geld aus dem Schließfach meines Mannes handelte, war mir nicht in den Sinn gekommen.« Babette hätte es als perverse Idee abgetan. Betrug in engster Verwandtschaft! Sie hatte Paul im Januar 1936 gemeinsame Vollmacht über Konto und Schließfach in Danzig eingeräumt: »Für alle Fälle«, sagte ich mir damals, »sollte es mit den Nazis ganz bitter kommen!« Denn Paul stand ja nicht in deren Sold – wie sie fälschlich meinte. Als Bürger der Freien Stadt Danzig besaß er das schier unglaubliche Privileg, Visa für alle Länder Europas, sogar für die Schweiz und die USA zu erhalten. »Für schlichte Volksgenossen des Dritten Reichs, ganz zu schweigen von Menschen, die als Nichtarier und Mischlinge jeden Grades abgestempelt waren, also simplen Deutschen jüdischen Glaubens oder Herkunft, war daran nicht zu denken«, sagte sie.

Trafen sich Paul und die beiden Schwestern in Königsberg, Insterburg oder Berlin, wartete Paul mit dem zynischen Satz auf: »Bleib ruhig, Babette. Dein Mann hockt im KZ. Wir werden ihn schon rausbekommen. Verlass dich drauf! Fritz Coehn ist immerhin Arier! Solange dein arischer Ehemann lebt, so lange wird die Gestapo nicht wagen, dich zu holen.« Babette hatte Paul mehrfach gefragt: »Bist du sicher?« Seine Antwort blieb er schuldig.

»Heute weiß ich's«, sagte Babette. »Den Zynismus, mit dem all die Hitlergangster uns längst vor ihrem Krieg terrorisierten, will niemand mehr wahrhaben. Wie sollen Franzosen, Engländer und Amis heute unsere damalige Situation begreifen, gar nachvollziehen können?«

In der Bar auf dem Süllberg wurden Gespräche und Zurufe lautstark. Babette hatte sich von ihrem Stuhl erhoben, ihren langen Seidenrock angelupft und war auf die Terrasse getreten. Jean Marie fasste sie um die Hüfte. Drunten, auf dem Elbstrom, war Licht des kommenden Tages zu erahnen. »Weinst du?«, hatte Jean Marie gefragt. Sie schüttelte ihren Wuschelkopf. Jean Marie legte ihr die Stola über die Schultern.

Für Babette war es noch immer unfassbar, dass Lea, ohne ihr einen Wink zu geben, Anfang Oktober 1937 zusammen mit ihren Kindern von Hamburg auf Seereise um die Welt gestartet war. »Zuerst nach Bombay, dann nach Batavia, dem heutigen Djakarta, zu unserer ältesten Schwester. Dort hat sich Lea mit Tochter und Sohn monatelang einquartiert. Dann ist sie weiter in die USA.«

Eine Freundin aus Berlin hatte Babette nach dem Pogrom vom 9. November 1938 geschrieben: »Ich hab im *Metropol-Theater* in der Behrenstraße einen protzigen Wichtel gesehen. Während der Vorstellung hat er mit einer Wasserstoffblondine geknutscht. Er ähnelte dem hässlichen Paul verteufelt.«

Den Gästen der Silberhochzeit war nicht verborgen geblieben, dass sich Babette und Jean Marie nach Mitternacht in die Kühle der Aussichtsterrasse begeben hatten. Hatten die zwei kein Recht auf Intimität? Babette hielt die Arme verschränkt und blickte ins Dunkel. »Es lag an meiner Naivität, dass Lea auf meine Kosten um den Globus tourte, während ich am Ende der Welt, in diesem verteufelten Ostpreußen, gefangen saß wie in der Mausefalle.«

»Keine Selbstvorwürfe«, hatte Jean Marie sie zu trösten versucht. »Denk an die Grabplastiken Michelangelos: Die Vita activa bleibt die Schönere.« So sehr er auch Babette bewunderte, so ungeschickt erwies sich der Mann aus Algier, wenn er ihre melancholische Stimmung zu vertreiben suchte. Er küsste sie. Sie strich sich über das unter den Hüften ausgestellte Seidenkleid.

»Als der Safe in der Bank Bydgorski in Danzig geplündert war, war das Schicksal meines Mannes besiegelt. Der Raub war Fritz' Todesurteil – in letzter Konsequenz auch das meinige und das der Jungen. Alle Hoffnung auf Flucht war wie eine Seifenblase zerplatzt. Wann ich, die jüdische Witwe, nach dem Tod meines arischen Ehemanns abgeholt und umgesiedelt würde, war nur eine Frage der Zeit. Heydrichs Gestapo hielt verbal auf Pietät.«

Babette hatte Jean Marie das Rotweinglas aus der Hand genommen und trank es leer. »Ich saudummes Weibsstück. Meine kleine Lea hockte unterdessen sicher und warm in Los Angeles.«

»Entschuldige.« Jean Marie legte ihr seinen Arm liebevoll um die Schulter. »Mir fehlt ein Puzzlestein: Wenn die Braunen …« Er machte eine Pause und hielt lehrerhaft, was Babette überhaupt nicht mochte, seinen Zeigefinger vor den Mund. »… wenn die Nazis wirklich ein so infames, engmaschiges Netz an Devisenkontrollen errichtet hatten, dann muss der Gestapo, spätestens als die Tickets für die Weltreise deiner Schwester bei der *Hapag* in Hamburg gebucht wurden, aufgegangen sein, dass dein Schwager in Danzig über erstaunliche Dollar- und Pfunddevisen verfügte.«

»Du ast rescht meine schlaue, geliebte Franzoos.« Babette begann zu kichern. Sie drehte sich zu ihm und küsste ihn innig. Als sie sich von ihm löste, sagte sie: »Wahrscheinlich haben sie Paul während eines Führungstreffens des Ambiance-Direktoriums in Berlin ausgehorcht und verpflichtet. Bestimmt. Dort hat ihn die Gestapo gekeilt. So muss es gewesen sein.« Sie schwiegen.

»Kennst du mein Gedicht?«, hatte Babette nach einer Weile gefragt.

»Non.« Sie hielt ihn umarmt und deklamierte:

Mir hat die Gestapo die Seele genommen.
Und ich werde sie nie wiederbekommen.
Erst hab ich zu sterben gemeint.
Als mein Mann fortging, blieb ich am Fenster stehn.
Ich wusste: Ich würd' ihn nie wieder sehn.
Und ich habe nicht mal geweint.

Mir haben die Nazis meine Liebe geraubt.
Und ich hab in meiner Einfalt geglaubt,
das kann doch nicht möglich sein.
Bis ich mich eines Tags ganz alleine fand.
Ohne Seele und Hoffnung und Herz und Verstand –
Ganz mutterseelenallein.

Die erste Morgenbrise strich den Elbhang hoch.

»Du lebsch, du aas eine kleine, viel, viel zuu junge Franzoos bei disch, ma Babette«, sagte Jean Marie, total verliebt. »Freu disch, ma cherie. Diesch wird niemaan unnerkriege. Oder wills u mit dene finstere braune Gentlemen auf die Barocke Cognac kippe?«

Zusammen waren sie einem plötzlich Einfall folgend die vielen Hundert kleinen Stufen vom Süllberg zum Elbstrand hinab gelaufen: Jean Marie eilte vor, hielt auf jedem

Treppenabsatz inne und fing Babette auf, wenn sie ihm von oben in die Arme flog. Die Nacht war erstaunlich lau. Babette war barfuß und trug die einzigen Pumps, die sie besaß, in der Linken. Bei Tage hätten Passanten gesagt: »Ein hübsches Paar die beiden.« Die Menschen im Treppenviertel schliefen aber noch.

Ihren Söhnen berichtete Babette nach der Feier: »Es war fett und üppig wie bei kleinen Leuten.«

Ganz und gar unhöflich und heimlich habe sich Babette mit ihrer jungen Begleitung vom Fest verdrückt, kritisierte Großmutter in der Woche darauf während des Telefongesprächs mit Alice. Was Alice sofort brühwarm an Babette weiterberichtet hatte. Überhaupt verstehe sie ihre Tochter Babette ganz und gar nicht mehr, hatte Großmutter abschließend gemeckert: »Sie macht weder Anstalten, ihren Beruf als Apothekerin wiederaufzunehmen, noch bemüht sie sich, bei den Ämtern Wiedergutmachung einzufordern.«

Babette hatte nur den Kopf geschüttelt: »Unsere Mame begreift nichts mehr. Sie wird senil.«

18. Von Tieren und Menschen

Beim Stricken im Lehnstuhl lauschte Alice zuweilen dem NWDR-Schulfunk mit *Henry and Barbara* und *Neues aus Waldhagen* mit Bauer Frühauf, der sie amüsierte. In der anschließenden Nachrichtensendung des NWDR hieß es, die Aufklärung des Bombenanschlags in Hamburg-Othmarschen gebe der Polizei Rätsel auf. Verwendet worden sei ein neuartiger Plastiksprengstoff, der sich leicht schmuggeln ließe. Experten der Royal Army vermuteten, es handle sich um Sprengstoff tschechischer Provenienz. Nach wie vor fehle jedes Tatmotiv. Als Babette am späten Abend noch kurz zu Alice hereinschaute, um ihr gute Ruh zu wünschen, sagte Alice: »Mein Teufelchen.«

»Jetzt hast du mich durchschaut«, scherzte Babette. Die Freundinnen lachten. »Du brauchst doch nicht rot zu werden«, sagte Alice.

Es war ein schwerer Tag für Babette gewesen. Denn sie hatte zu Fuß Webware ins Krankenhaus Jerusalem geschleppt, wo die Oberin es übernommen hatte, im Auftrag Stoffe zu verkaufen. So wuchs Babettes Vertriebsnetz in aller Stille und Simon Reinhardt schrieb auf der Ansichtskarte *Dorfteich von Nieblum*, er käme mit der Weberei kaum noch nach. Er lerne bereits neue Mädchen aus den nördlichen Dörfern der Insel an.

Zudem hatte sich zum Abendbrot noch Dr. Busch angesagt. Die Brüder schätzten ihn schon aus dem einen Grund, dass er statt Blumen stets eine lange, herrlich duftende Kalbsmettwurst mitbrachte. Woher er Babette Coehn kannte, war den Jungen anfänglich ein Rätsel. Achim stellte die Behauptung auf, Mama habe Conrad Busch beim Schwarzhandel mit Zigaretten kennengelernt. Was absurd war, weil Busch nicht rauchte und alles andere als ein ausgebuffter Geschäftsmann zu sein schien. Gerade deshalb, beharrte Achim umso hartnäckiger darauf.

Babette erzählte später: »Dr. Busch und ich sind uns auf einem fantastischen Fest von Louis van Dom begegnet. Der ist über zwei Ecken mit uns verwandt. Ein fanatischer Japanologe, ein Kunstnarr, der alles über Ikebana weiß. In Hamburg hat ihn 1945 nichts gehalten. Jetzt lebt er wieder in Tokio. In seinem Elternhaus auf der Bellevue haben wir wie wild gefeiert. Es war ein Fest so unbeschwert wie nie zuvor.

Die Jungen fragten nicht weiter, weil sie die alte Leier ihrer Mutter nur zu gut kannten, wonach die Feste kurz nach Kriegsende und 1946 in all den Trümmern, »als keiner was hatte«, die besten, die »allerfröhlichsten« ihres Lebens gewesen seien. »Später wurden die Feten immer langweiliger.«

Zum besagten Sommerfest auf der Bellevue an der Außenalster hatten sich erstaunlich viele oppositionelle Swingboys wieder eingefunden. Einige kannte Babette von durchtanzten Nächten auf der Reeperbahn. 1944 waren die bekanntesten Swingboys in Hamburg – immerhin mehr als hundert junge Leute, die noch nicht eingezogen worden waren oder ihre Kriegsverwundung auskurierten – schlagartig von der Gestapo verhaftet und ins KZ Neuengamme verschleppt worden.

»Eigentlich hatten wir gedacht: Da kommt man nur zum Schornstein des Krematoriums wieder raus«, hatte einer der Swingboys auf dem Fest gejuxt.

»Es war eine ebenso heitere wie skurrile Nacht auf der Bellevue«, waren Babettes Worte. Der eine Gast habe nur noch einen linken Arm, der andere nur ein rechtes Bein besessen. Ein verrückter Tänzer habe bei *In the Mood* seine Fußprothese verloren. Ja, und da sei noch der Typ mit dem halben Gesicht gewesen. Der habe sich über permanente Kopfschmerzen beschwert, höchst charmant unanständige Witze erzählt, die ganze Nacht unentwegt Schnaps in sich hineingekippt. »Ab und an hat er mit heiserer Stimme gebrüllt: ›Don't fence me in!‹« Nur der Dachstuhl der Villa war von einer Brandbombe getroffen worden. Glücklicherweise war der Sommer 45 außerordentlich trocken und heiß gewesen. Kein Regentropfen hatte den Weg in die Stuckdecken des Erdgeschosses gefunden.

»Nichts passiert, hätte man meinen können, wenn nicht die Hälfte der männlichen Gäste verkrüppelt gewesen wäre«, erzählte Babette. Die Leute hatten geplaudert, einige junge Frauen hatten sich lasziv in die schweren Sessel geflegelt. »Je länger der Krieg dauerte, desto kürzer wurden die Röcke.« Selbst die Ölbilder hätten genauso in den Goldrahmen geprangt wie während der achtzig Jahre zuvor.

Bevor er zur Wehrmacht eingezogen worden sei, habe er Musik studiert und im symphonischen Orchester gespielt. Erst als er dies erwähnte, hatte Babette den Mann als Kurt Wollheim, eine Jugendliebe, wiedererkannt. Vom Fest an der Bellevue war ihr ein Vers im Gedächtnis haftengeblieben. Ein junger Bühnenautor aus Ostfriesland, Fritz Koeniger, hatte ihn vorgetragen.

's Tausendjähr'ge Reich – mein Freund mir schauert –
Ist gottlob hin – Nein, weißt du, mir wird schwach,
Wenn ich bedenke – denk mal drüber nach –
Es hätte wirklich tausend Jahr gedauert.

Unverhofft waren auch die Eheleute Jacobsson erstmals seit Jahren wieder aufgetaucht und gesellschaftlich dabei gewesen. Sie waren bis Anfang 1944 für »unsere Reichsvereinigung« tätig gewesen: »Wir sind ganz von Auschwitz nach Hamburg heimgewandert.« Babette hatte sie gefragt: »Und wie lang?«

»Acht, neun Wochen. Anfangs, im Februar, fiel uns langes Gehen noch sehr schwer. Die Beinmuskulatur war zu schwach, wir haben uns gegenseitig gestützt. Man musste erst zu Kräften kommen«, hatte Magdalena Jacobsson geantwortet. »Ein Glück, dass ich so scheußlich abgemagert war und lauter Furunkel im Gesicht hatte. Die Rotarmisten haben krampfhaft an mir vorbeigeschaut. Aber unsere Wanderung in der Kälte, zu zweit in Freiheit, fast ohne Brot, jeder nur mit gestreifter Jacke und einer einzigen Hose, so wie wir waren, als die Tore geöffnet wurden, das war unser schönster Lebensweg. Im wahrsten Sinne.«

Die Russen hätten sie vor den Polen schützen müssen: »Die Polen hat nicht interessiert, dass wir KZ-Häftlinge waren. Sie haben geschrien: ›Ihr deutschen Schurken‹«, hatte ihr Mann erläutert und mit dem Wort »verständlicherweise« ergänzt. In Hamburg zurück, hatte sich Björn Jacobsson sofort bei der Schulbehörde in der Dammtorstraße, gleich neben der Ruine des Opernhauses, gemeldet. Bis zum Sommer 1934, als er seiner nichtarischen Großmutter wegen aus dem Staatsdienst gefeuert worden war, hatte er an der Gelehrtenschule Johanneum Latein, Altgriechisch und Turnen unterrichtet. – Aber so recht willkommen geheißen hatte man ihn in der Schulbehörde nicht.

»Nun sind wir trotzdem beieinander«, hatte Babette gesagt und den beiden Jacobssons zugeprostet. Magdalena hatte zu schluchzen begonnen. Worauf Björn sie aus dem Sessel gezogen hatte, um mit ihr *Basin Street Blues* und *Sentimental Journey* zu tanzen. Danach war schottisches Shortbread aus britischen Armeebeständen und sogar Kuchen gereicht worden. Irgendwer hatte einen Haufen Schellackplatten mitgebracht. Bis fünf Uhr früh war bei lautestem Grammophon geschwoft worden.

Vorzustellen vermochten sich weder Achim noch Peter, geschweige denn Max, wie sich der gravitätische Hanseat Conrad Busch in jener bacchantischen Nacht gefühlt hatte. Viele Jahre später, im Frühjahr 1970, als Max während seines ersten Urlaubs als Jungredakteur Busch besuchte und an dessen Sterbebett saß, wurde ihm bewusst, dass Busch während seiner »zehn Jahre des Grauens« Stoiker geworden war. Im Herbst 1935 war Busch auf Veranlassung des Hamburger Gestapochefs Bruno Streckenbach »seiner rein liberalistischen Rechtsauffassung einer überwundenen Vergangenheit wegen« verhaftet und ins Kola-Fu, das Konzentrationslager Fuhlsbüttel, eingeliefert worden. Nur knapp hatte er das KZ-Pandämonium bis zum Einmarsch der Engländer überlebt.

Selbst ein Vierteljahrhundert später, auf seinem Totenbett, erinnerte sich Busch noch seines Mitgefangenen, des Holländers Dirk Latenstijn tot Voorst, den die Gestapo im Keller des Stadthauses so grausam zugerichtet hatte, dass er drei Stunden nach Verhör und Rücktransport ins Kola-Fu auf der Pritsche verendet war. »U bent een mens, ik dank u«, waren seine letzten Worte an Busch gewesen. (»Du bist ein Mensch, ich danke dir.«)

Während seiner allwöchentlichen Abendbrotbesuche im Coehnschen Allzweck-Kellerraum hatte Busch auf Fragen von Achim und Peter nur sporadisch geantwortet. Doch aus den Episoden hatte sich nach und nach das Panorama seiner Passion ergeben: Morgens um sechs waren alle »Politischen« mit Stockschlägen von den Drahtpritschen getrieben worden. Danach musste sich ein willkürlich herausgeschriener Häftling auf dem Hof über den eisernen Bock legen und erhielt Schläge mit dem Ochsenziemer, bis der Rücken blutete oder es den Aufsehern Brettschneider, Zirbes und Otten selbst genug vorkam. Danach hatte es geheißen: Im Hof zwischen den Gefängnisflügeln A und C »nach Kommando« laufen, Luft schnappen und dann in der Baracke Granaten drehen.

»Keiner von uns wusste, ob er den Abend erleben würde«, hatte Busch eines Mittwochs berichtet. »Die gefangenen Holländer, Polen und die deutschen Politischen, so wie ich, haben gebetet. Die Kommunisten haben heimlich die Faust gereckt und all die Kinder, die ab 1944 massenhaft im Keller von Haus B inhaftiert waren, blieben still, weil sie nicht mehr weinen konnten.«

Als Hamburg sich im Sommer 1943 in eine rauchende Ruine verwandelte, hatten die SS-Wachmänner und die SS-Wärterinnen alle Politischen beim Voralarm im überfüllten Saal IV hinter Eisentüren verriegelt, um selbst in den Luftschutzkeller zu flüchten. Bei jeder Bombe, die in der Nähe detonierte, war der sternförmige Zellenbau vom Schreien und Brüllen der Inhaftierten erfüllt gewesen. »Das war wie hysterische Ansteckung, der auf die Häuser A, C und B übersprang.«

»Ich weiß nicht, wie lange ich in Einzelhaft war. Man konnte dort nur ins Milchglas des Zellenfensters schauen. Taghell erleuchteten die Phosphorbomben die Nacht. Selbst bei Tag, so erzählten mir andere Politische, glitten Hunderte Flugzeuge wie Schwärme von Silbervögeln hoch über uns hinweg. Die Motoren erfüllten die Luft mit orgelndem Dröhnen. Granatsplitter zischten irgendwo zu Boden. Dann rumste es, wenn eine Sprengbombe in der Nähe einschlug. Selbst im dritten Stock spürte ich, wie die dicken Gefängnismauern bebten. Nach jedem Bombenangriff stanken wir nach Urin.«

Dr. Busch – Babette und die Jungen redeten ihn immer mit Titel an – hatte sich zu Weihnachten 1940 die *Ilias* und die *Odyssee* im altgriechischen Original als *Reclam*-Bändchen von seiner Frau gewünscht. Misstrauisch waren diese

»Effekten« der Reihe nach vom SS-Totschläger Hennings und der SS-Helferin Käthe Wulf, die sich Lagerleiter Johannes Rode als Geliebte hielt, schließlich selbst vom Kommandanten Willi Tessmann geprüft worden. Da diese NS-Größen weder mit dem griechischen Alphabet noch mit dem Autor Homer etwas anzufangen wussten, waren *Ilias* und *Odyssee* zuletzt doch an Busch übergeben worden. Auswendig hatte er die *Odyssee* Tag um Tag in den folgenden Jahren gelernt und, sobald in den Zellen das Licht verlosch, halblaut rezitiert. Er deklamierte die Hexameter, wo er ging und stand. Die Wächter hatten ihn für »plemplem« erklärt.

»Plemplem« nannten ihn in der Nachkriegszeit auch die Richter vom Hanseatischen Landes- und Oberlandesgericht. Natürlich hinter vorgehaltener Hand. Dieselben Herren, die Busch 1935 hatten hinter Gitter sperren lassen, um sich seiner lästigen Gesetzesdogmatik zu entledigen. Im Stillen hatten sie gehofft, dass er als »Schutzhäftling« längst sein Schicksal gefunden hätte. Aber nun sahen sie sich ihrem längst totgeglaubten Feind in Wiedergutmachungsfällen gegenüber. Schuld, gar Reue empfand keiner.

Busch kam einmal auf diese Richter zu sprechen: »Ihre Seilschaft funktionierte am Landgericht und am OLG so geschmiert wie eh und je zuvor. Untereinander waren sie sich im Mai 1945 einig: ›Von Anfang an sind wir gegen diesen Hitler, diesen Anstreicher aus Österreich, und gegen den Nazipöbel gewesen. Wir haben in Hamburg abwartende Opposition geübt und weit Schlimmeres verhindert.‹ Für keinen der Präsidenten oder Beisitzer gab es einen Zweifel: Alle Mitbürger mit Davidstern sind freiwillig ausgewandert.«

»Na, Gott weiß wohin? Nach Jotwede, vielleicht nach Palästina, China, die USA?« Ja, Anfang Juli 1942 habe die Gestapo einen Transport von tausend Personen zusammengestellt, verladen und an einen geheimen Ort verbracht. »Das ist unbestreitbar«, hatten die Richter des Wiedergutmachungssenats eingeräumt – aber vom Zielort Auschwitz sei nirgendwo die Rede gewesen.

»Der Leiter des Hamburger Staatsarchivs war ein Lump der Sonderklasse«, erinnerte sich Busch. »Dieser Professor Kellenhusen, der seit 1934 für familiengeschichtliche Nachforschung zuständig war, gefiel sich darin, besagten Richtern in ihrer Skepsis unbedingt beizupflichten. Mir, dem ›sehr verehrten Dr. Busch‹, wusste Kellenhusen ›bedauerlicherweise‹ schriftlich zu antworten: ›Ein positiver Nachweis für die Richtigkeit der Angabe Auschwitz im angeführten Verzeichnis (der jüdischen Gemeinde) liegt hier nicht vor‹.«

Die Justiz hatte aber Buschs Terriertemperament unterschätzt. »Ich trieb Dr. Max Plaut, den Vorsitzenden des Vorstands des Jüdischen Religionsverbandes Hamburg e. V., in Israel auf, den die Gestapo 1944 über die Türkei hatte auswandern lassen, was wahrlich einem biblischen Wunder gleichkam. Mit Plauts Hilfe überschüttete ich die Richter mit eidesstattlichen Erklärungen. Ja, dann fand sich zufälligerweise die Postkarte eines … na, nennen wir es Mitreisenden. Der schrieb: Während des Transports sei eine Person verstorben. Deren Leiche sei in der schönen oberschlesischen Stadt Oppeln ausgeladen worden. ›Ja, dreimal dürfen wir raten, Herr Vorsitzender, welches Endziel dieser Zug wohl gehabt haben mag?‹, fragte ich im Schlusswort. Von Oppeln aus gehen die Schienen über Auschwitz Richtung Krakau.«

Im März 1970 lag Busch greisenhaft abgemagert unter einem riesigen Plumeau, starrte meist zur rissigen Decke des kleinen Erdgeschosszimmers. Die Klarheit seiner Erinnerung und seine immer noch beneidenswerte Formulierungskraft fesselten Max. Dann blickte er hinab zum Ratzeburger See und sagte mit brüchiger Stimme: »Ich hab sie mein Leben lang so schrecklich gehasst. Gott verzeih mir. Diese selbstgerechten Mordbuben, ihre unsäglichen Helfershelfer, die SS-Banditen, Gestapo-Spitzel und die Richter.«

Buschs Arzt hatte ihm nur noch Stunden gegeben. Wenig später tat Dr. Busch einen schnappenden letzten Atemzug. Die speckig chamoisfarbenen *Reclam*-Bändchen der *Odyssee* lagen auf der marmornen Deckplatte seines Nachtschranks.

Anfang der fünfziger Jahre, als Busch begonnen hatte, die Coehns regelmäßig in ihrem mit Tisch, Kommode, Betten und Waschtisch vollgestopften Kellerzimmer zu besuchen, ahnten die Brüder nichts von alledem. Irgendwie war er die Respektsperson, einer der ihren. Das fühlten sie. Es tat auch keinen Abbruch, dass er gesprächsweise Babette gegenüber zum x-ten Male äußerte: »Dazu hat mein Großvater, Bürgermeister Pöppenhusen ...« oder »Dazu hat mein Onkel, Senator Pelchau, Folgendes erklärt.«

Peter sagte: »Buschs Wangen hängen schlaff.« Wofür er von Babette einen Stups in den Nacken erhielt. Während der Abendbesuche erzählte Busch, dass ihn die New Yorker Gemeinden wieder und wieder eingeladen hätten. Die Leute wollten ihm dringend New York zeigen.

»Sie sind so dankbar. Wofür? Sie bitten mich, Vorträge über Adenauers Wiedergutmachungsgesetz zu halten. Aber ich kann nicht weg von Hamburg. Das kostet mich inklusive Überfahrt drei Monate. Ich werde täglich von Dutzenden neuer Klienten überschwemmt, nun auch noch aus Kanada, Brasilien und Israel.« Er zeigte handschriftliche Luftpostbriefe mit krakeligen Unterschriften. »Viele dieser Deutschen sind weiß Gott wie alt und kränkeln. Sie müssen zu Lebzeiten wenigstens symbolische Genugtuung erhalten.«

Nach New York mit den Wolkenkratzern und den vielen Autos, wo es keine Trümmerlandschaften mit brandgeschwärzten, durchgeglühten Hauswänden gab, dorthin wollte Busch nicht reisen. Die Jungen hatten dafür kein Verständnis. Sie fanden das verrückt. Busch war für sie die Inkarnation des Protestantismus: lutherische Bescheidenheit gepaart mit tiefster Zuversicht zu Gott. »Ich bin Protestant.

Mein Glaubensreformator heißt nicht – wie bei Ihnen, meine liebe Babette, und euch Jungen – Israel Jacobson, sondern Johannes Bugenhagen«, erklärte Busch. »Kluge Leute lassen sich von religiösen Dogmen nicht beirren. Das tun nur Scholastiker. Bugenhagen und Jacobson wären beste Freunde geworden, dessen bin ich gewiss, hätten diese klugen deutschen Wissenschaftler im selben Jahrhundert gelebt.«

»Was heißt ›wie bei uns‹?«, unterbrach ihn Babette unwirsch. »Stecken Sie uns nicht ins Schubfach. Zuallererst sind wir Hamburger. Lichtjahre danach ist zu differenzieren: Das ist ein Hamburger protestantischer, jüdisch orthodoxer, jüdisch reformierter, mennonitischer, calvinistischer oder gar katholischer Konfession.«

Achim trat Max unter dem Tisch: Er solle ihm zwei Wurstscheiben zuschieben. Das Gespräch schwappte über die Köpfe der Jungen hinweg. Draußen im Garten besprangen sich wieder zwei Pfauentauben.

Busch räusperte sich und zog den Knoten seines blau-roten Seidenschlipses unter dem gestärkten weißen Hemdkragen enger. Er war Mitglied des Anglo-German Club. Zum dunkelgrauen Anzug trug er Weste und darin seine goldene Taschenuhr, die nicht tickte. »Sie haben recht, Babette. Der Massenmörder aus Braunau hätte im Bürgerbräu ebenso gut behaupten können: Die Glaubensbrüder Mennos sind rassisch fremd: Diese Mennoniten sind Artfremde. Wir müssen sie mit Stumpf und Stiel eliminieren. Demagogen lassen sich immer schräge Argumente gegen Religion oder Glaubensrichtung einfallen. Im Wiener Nachtasyl, wo sich Hitler rumtrieb, war vor fünfzig Jahren eben Hass auf Juden en vogue. Keiner im Wiener Männerheim kannte etwa Menno Simons oder die Zeugen Jehovas. Folglich konnten diese Religionsgemeinschaften auch nicht Hassobjekt Hitlers werden.«

Babette war besänftigt. Nichts regte sie mehr auf, nichts ärgerte sie mehr, als dass jüdischer Glaube mit dem Begriff

»Rasse« in Beziehung gebracht wurde. Sie sprach dann abfällig von Vermanschen. »Wer's tut, fällt nachträglich auf die abstrusen Rassetheorien rein«, war ihr stehendes Wort. »Es gibt keine menschlichen Rassen. Wir stammen alle aus Ostafrika. Die Evolutionsforschung wird's erweisen.« Der »ganze alte Kram«, wie Achim es nannte, blieb in den Köpfen der Jungen hängen.

Später erfuhren die drei, weshalb Babette so allergisch auf das Wort »Rasse« reagierte. Anlässlich eines Abendessens in Dahlem hatte sie im Frühling 1930 den Rassenhygieniker der Nazis kennengelernt: Professor Dr. Freiherr von Verschuer. Als »arrogant, herrischer Besserwisser« war ihr Tischherr ihr in unangenehmster Erinnerung geblieben: Nazi und Narzisst zugleich. »Fälisch-lockig-westfriesisch« sei Babettes Rassetyp, hatte der NS-Eugeniker Jahre später ungefragt Babettes geliebtem Onkel Heinrich zur Kenntnis gegeben. Und das ausgerechnet während eines Empfangs im Reichswehrministerium am Berliner Reichspietschufer. Verschuers Assistent Josef Mengele hatte beflissen genickt. Onkel Heinrich hatte dem hochtrabenden Mediziner auf Kölsch eine kräftige Maulschelle versetzt: »Ja, ein richtig völkischer Typ ist meine hübsche Nichte.«

Der glatzköpfige Onkel Heinrich hatte sich bei Fritz Thyssen die Sporen verdient, war stets bei den Treffen der Ruhrlade auf Schloss Hugenpoet sowie im Düsseldorfer »Industrieklub« mit von der Partie gewesen. Er erinnerte sich plastisch der Vortragsauftritte des Kommunisten Ernst Thälmann und des »linkisch armseligen« Adolf Hitler. Onkel Heinrich hatte sich seine kesse Lippe selbst gegenüber »alten Kämpfern« der NSDAP leisten können, weil er von Berlin aus höchst professionell die Produktion der Walzstahlindustrie an Rhein und Ruhr koordinierte. Was für Wirtschaftsdiktator Hermann Göring und dessen Aufrüstungsplan relevanter war als die üble Nachrede subalterner NS-Chargen gegen den Stahlboss.

»Kleiner, du kannst nicht folgen«, wandte sich Babette Max zu. »Weißt du, wer von Rasse redet, ist ein Schwachkopf. Mein Vater, also dein Großpapa, zum Beispiel, war schlank, groß, blond und hatte blitzeblanke blaue Augen, in die sich deine Großmutter während einer Italienreise verliebt hat. Auf Capri gab er ihr den ersten Kuss. Fremde, die Vater begegneten, meinten, er sei preußischer Offizier, vom Scheitel bis zur Sohle. Aber mein Papa war Kaufmann und Bankier – jüdischer Konfession. Noch dazu ein reformierter Jude. Überlegt hatte er, sich lutherisch taufen zu lassen wie Heinrich Heine. Hat es aber nicht getan.«

So rankte sich das Gespräch im engen Souterrainzimmer um die wackelige Holzplatte eines Biedermeiertischs, der mit etwas Silber und spärlichen Resten des Services *Kurland* eingedeckt war. In dessen Mitte lagen außer geschnittenem Vollkornbrot einige Scheiben Mettwurst zur Auswahl. Dazu dampfte Lindenblütentee. Weit wichtiger als die Wurst war den Brüdern jedoch, dass Dr. Busch Babette dabei beriet, wie sie wieder als Apothekerin tätig werden und welche Apotheke sie übernehmen könne. Lediglich in der Finanzierungsfrage herrschte Dissens: Babette weigerte sich strikt, ihr Wiedergutmachungsverfahren anzustrengen: »Was soll das? Da sitzen doch noch immer dieselben NS-Verbrecher in beamteter Borniertheit.«

Sie wurde Busch gegenüber beinahe vorwurfsvoll: »Nennen Sie mir einen einzigen Ihrer Peiniger, der heute hinter Gittern sitzt? Keiner. Kein Mann, keine Frau. Dieser Schlächter von Bassewitz-Behr, der die Widerständler zwei Wochen vor Hitlers Abgang hat erhängen lassen, dieser Bramarbas Vincent Krogmann, dann der Politkriminelle Karl Kaufmann oder dessen Handlanger Georg Ahrens.«

Dass Babette gezielt die Namen des NS-Bürgermeisters, des NS-Gauleiters von Hamburg und dessen Staatsrats erwähnen würde, wussten ihre Söhne im Voraus. Babette hasste diese Kreaturen. »Irgendwann hau ich jedem eine Ohrfeige, dass er nicht mehr sitzen kann. Kaufmann, der Gangster, fährt morgens mit der Straßenbahn und der *Bild*-Zeitung vor der Nase zur Mönckebergstraße ins Büro – als sei nichts passiert, keine Verfolgung, keine KZs, keine Korruption, kein Weltkrieg, keine Millionen Tote. Die Richter lassen ihn laufen. Aus gutem Grund: Der Angeklagte könnte unversehens über seine Richter auspacken.«

Bilder von Hexen mit Warzen und krummen Nasen, fletschende Ungeheuer oder Zauberer hatten Max nicht schrecken können. Selbst als er zusammen mit Peter im »Aki«, dem Aktualitätenkino am Hauptbahnhof, *Cinderella*, den Walt-Disney-Film mit dem Fratzenspiegel sah, hatten beide gelacht. War aber zu Hause wieder von Nazis oder NS die Rede, zeigte sich vorm inneren Auge der Jungen der Vorhang, hinter dem sich immer neuer Schrecken aufzutun drohte. Das machte traurig. Schalteten sie deshalb auf Abwehr?

Die Gespräche der Erwachsenen kreisten als ewiges Rondo um die alten Sachen. »Die Geschichte lehrt, wie man sie fälscht«, sagte Babette. Ihr Satz prägte sich tief ein. Ja, sie zwang die drei Jungen, Skepsis zu üben und früh politisch zu denken.

Ihre Ahnung, dass die alte Führungsclique des NSDAP-Gaus Hamburg keine fünf Jahre nach dem Inferno mittels einiger Senatssyndici wieder Strippen zog, hatte sich für Babette zur Gewissheit verdichtet: »Die Nazis tuscheln wieder: ›Die Linken, die Roten, die Sozis: alles Juden! Nächstes Mal werden sie uns nicht durch die Lappen gehen.‹«

Busch wurde bei diesem Punkt ungnädig. Er rieb sich die Schläfe. Seit dem 20. September 1916, als ihn ein Granatsplitter während der Somme-Offensive im Rückgrat traf, überfielen ihn Kopfschmerzattacken oder Schwindelanfälle. Außerdem quälte ihn Neurodermitis.

»Seien Sie nicht so schrecklich atemlos, Babette«, meinte er. »Wir werden sie packen. Aber von Ungeduld dürfen wir uns nicht hinreißen lassen, Recht zu beugen. Wir begeben uns sonst auf dieselbe Ebene mit dem Pack, machen uns gemein mit Verbrechern. Denken Sie daran, Babette. Machen Sie es sich und den Jungen leichter: Fordern Sie Wiedergutmachung, damit Sie wenigstens einen Fitzel Ihres Vermögens zurückerhalten. Was ist dabei? Nach alldem, was geschehen ist? Sie könnten getrost auswandern. Das war doch Ihr Wunsch. Eine sichere Existenz für Ihre ganze Familie aufbauen. Wäre das nicht im Sinne Ihres verstorbenen Mannes?«

»Nicht verstorben! Sie haben ihn viehisch umgebracht.« Babette behielt ihren Dickschädel: »Als Marranen haben unsere Leute die spanische Inquisition überlebt. Ab und an Schwein sein, das ist pragmatisch, ist lebensklug. Dann wird' ich eben Schwein, räch mich als Cristiano nuevo.«

»Dr. Busch hat recht«, mischte sich Achim ein. »Warum bist du so stur?«

»Jungen bei Tische sind stumm wie die Fische«, fauchte Babette ihn an. Achim schlug sich ostentativ vor die Stirn: »Bescheuert.« Worauf sie ihm eine schallende Ohrfeige versetzte.

Peter gähnte. »Serviette vor den Mund!«, maßregelte ihn Babette.

In der Küche mokierte sich Achim: »Wenn's nichts zu essen gibt, gibt's wenigstens Servietten.«

»Achim kann mich noch zum S-Bahnhof Othmarschen begleiten«, verabschiedete sich Busch.

»Die in Israel haben's leicht«, meinte Peter, »dort stört kein Nazi.«

»Bekloppter Rassekack«, sagte Babette nach einer Weile. Alle drei lachten. Albdruck fiel von der Seele. »Lasst uns am Schabbat nach Wittenbergen wandern. Vielleicht kann ich euch zum Essen bitten.«

19. Gottes Mühlen

Dass es Sonnabendfrüh aus Eimern vom Himmel schüttete, brachte Babette nicht im Mindesten davon ab, ihren Plan zu ändern. Achim maulte, weil er sich zum Segeln verabredet hatte. Peter machte schlechte Miene, weil er versprochen hatte, in der Tischlerei Bretter zu lacken. »Solange ihr eure Füße unter meinen Tisch stellt, wird pariert«, war ihr Kommentar.

Auf dem Elbuferweg unterhalb der Brauerei begann es aufzuklaren. Der Wind legte sich und die weite Wasserfläche des Mühlenberger Lochs glänzte als silbriger See. Die *Italia*, das verlotterte Auswandererschiff unter Panama-Flagge, lief seewärts Richtung New York. »Griechische Reeder mit ihren Seelenverkäufern. Ob sie Granaten oder verhungernde Auswanderer verschiffen. Die wollen nur Dollares, die pfeifen auf Moral«, sagte Achim. Er schwärmte seit ein paar Tagen für ein patentes Mädchen, Tochter eines Hamburger Reeders. Der pechschwarze Rauch des Steamers verbreitete Gestank weit über die Ufer.

Am Strand wurde Fußball gebolzt, zwei Weidensträucher dienten als Torpfosten. Babette trug ihren kleinen Leinenrucksack. Entgegenkommende blickten sich leicht verwundert nach ihr um: Der Leinensack mit Lederriemen passte ganz und gar nicht zur modisch schwarz-weiß gewürfelten Jacke, ihrer grauen Flanellhose und den flachen schwarzen Schuhen. »Warum musst du Hose tragen wie Männer?«, hatte Alice moniert. Dann aber gelacht: »Eines muss ich dir lassen: Die Hose macht Figur. Dein Po sieht proper aus.« Babette lächelte. Sie war sich ihrer Attraktivität bewusst.

»Tapfer, tapfer, Kleiner«, sagte Achim und klopfte Max auf die Schulter, als sie den Blankeneser Strandweg entlangstiefelten. »Die alte Dame hält Tempo.« Einige Ausflügler hatten es sich schon in Gaststätten und Cafés bequem gemacht. »Nimmst du mich mal wieder mit zum Segeln?«, fragte Max. »Maybe«, war Achims Antwort.

Babette sang vor sich hin und examinierte Peter und Max ab und an, welche Bäume am Weg wuchsen und was es mit ihnen auf sich habe. Um die Tümpel hinterm Altonaer Wasserwerk gruppierten sich außer Erlen Kolonien mannshoher Pflanzen mit handförmig zugespitzten gelbgrünen Blättern und hässlichen braunen Dolden. »Das ist Cicuta virosa. Nicht berühren, meine Herren!«

Richtung Wittenbergen wanderten sie am Strand entlang des Wassersaums, wo der Sand fest war. Vom Ponton, wo die Elbfähren anlegten, führte ein gepflasterter Weg vorbei an den Tischen des Kaffeegartens, der mit einer Reihe beschnittener Lindenbäume umsäumt war, zum *Strandhotel Wittenbergen*. Vor den Stufen zur Eingangsveranda, deren Lack abblätterte, plätscherte eine Fontäne in den flachen Teich voller Goldfische.

Ein Lächeln des Wiedererkennens lief übers Gesicht des Hoteliers: »Aan Tisch zu viert, wie ehedem, Madame van Dom? Und wann?«, fragte er.

»Nach dem Krieg, Punkt sechs Uhr abends, im *Café Hawelka*«, antwortete Babette. Beide lachten. »Ich beneide Sie um Ihr Namensgedächtnis«, charmierte sie. Selbstverständlich hatte er den Strandkorb unter der ausladenden Weide für Babette reserviert. Als Peter und Max sich in den flutfeuchten Sand warfen, brachte der Hotelier persönlich zwei Schläger und sechs Federbälle. »Na, dann spielen's tüchtig«, sagte er im Wiener Singsang. Er trug weißen Oberlippenbart.

Achim hatte es sich neben seiner Mutter im Strandkorb bequem gemacht und blinzelte in die hoch stehende Sonne des Frühnachmittags. »Du willst wissen, weshalb er so zuvorkommend ist? Ich seh's an deiner Nasenspitze«, sagte Babette. »Großvater hat nach der großen Inflation gerade Mittelständlern ohne viel Federlesens unter die Arme gegriffen. Auch diesem Herrn aus Wien. Das hat er uns nicht vergessen.«

»Uns greift keiner unter die Arme«, motzte Achim.

»Der Lütte spielt so schlecht«, beschwerte sich Peter, »könnte nicht Achim mal den Schläger übernehmen?« Das tat er nicht. So ging Peter ans Wasser. Babette rief: »Pass auf den Kleinen auf.« Das Elbwasser stank. »Wer mag darin schon baden?« Peter ließ sich mit bloßem Oberkörper wieder in den Sand plumpsen. Möwen zankten sich und kreischten. Ihre Kieler Blusen hatten die drei zu Babettes Füßen deponiert. Peter weckte Max durch einen Fußtritt in die Seite: »Wir machen jetzt Hochsprung, Kleiner.« In den Sand hatte er zwei Äste gesteckt, zwischen deren Gabeln er eine lange Weidenrute gelegt hatte. Mit elegantem Sprung setzte er darüber. »Streng dich an, Lütter, zeig's.« Max schaffte es nicht.

»Du musst 'n paar Jahre warten«, sagte Peter gönnerhaft. Max störte das nicht. Irgendwann, dessen war er sich sicher, würde er ebenso sportlich sein. Indessen war Peter über das eiserne Geländer des Landungsstegs geflankt und rannte zum Leuchtturm. Max hinterdrein. Einige Jugendkutter versuchten, bei schwacher Brise aus Südwest vergeblich gegen die Flut aufzukreuzen. »Möchtest du dabei sein?«, fragte Peter. Max nickte: Der Fluss, die unendliche See waren hell und freundlich.

»Träum nicht, Kleiner«, sagte Peter.

Ganz nach Babettes Wunsch war ihr Tisch abseits gestellt worden. Eine Reihe roter Malven trennte ihn von den anderen. Der Wirt selbst trug Köstlichkeiten auf, die den

Jungen bislang unbekannt waren: eine ovale Platte mit fein geschnittenen rosa Fleischscheiben und zwei tiefe Schüsseln mit Bratkartoffeln. Dazu Remoulade. Babette glättete ihre Leinenserviette sorgsam auf dem Schoß. »Worauf wartet ihr? Das ist kein Schweinefleisch. Das ist Roastbeef mit Bratkartoffeln.« Sechs Scheiben nahm Peter und einen Berg dampfender Kartoffeln, die süß nach Zwiebeln dufteten.

Babette wählte ein Glas Rotwein, da neigte sich der Hotelier an ihr Ohr: »Gnää Frau, der Herr Schönrock, Ihr Herr Schwager – also der Mini-Napoleon –, der hat sich um sieben mit Gästen angesagt.«

»Zufälle gibt's!«, sagte sie. »Besten Dank.« Ihre Söhne wussten: Gleich wird's unbehaglich.

»Halt, eine Frage noch! Hat er Vorbestellung gemacht?«

»Ja, Roastbeef mit Kartoffeln und frischen Salat mit Dill-Joghurt-Soße – ebenso wie Sie.« Er deutete zur Glasveranda: »Schauen S' nur. Der Salat wird gerade aufgetragen.«

Babette lächelte: »Wunderbar. Ganz ausgezeichnet.«

»Und wie kommen wir nach Hause? Zurückwandern?«, fragte Achim. Er hatte sich ins Schneckenhaus muffiger Opposition verkrochen.

»Allo, ma cherie.« Keiner hatte Jean Marie kommen sehen. Er küsste Babette in den Nacken. Sie umfasste seinen Kopf und hielt ihn fest. »Du bist ja ganz heiß vom Radfahren.«

»Oui, Madame.«

»Setzen Sie sisch, Herr Franzos! Isch beschtell noch aan Gedeck.« Damit erhob sich Babette, nahm ihren Leinenrucksack und verschwand durch die Veranda ins Hotel. Bei ihrer Rückkehr fragte Peter: »Wozu hast du den Rucksack mitgenommen?«

»So etwas fragt man eine Dame nicht. Jede Frau hat ihr kleines Geheimnis. Du wirst das noch lernen.«

»Exactement«, sagte Jean Marie. Er hatte Lachfältchen um die Augen: »Schpeziell: Madame Diable.«

Während die Kellnerin endlich auch Jean Marie Roastbeef anbot, war von der Veranda her großes Hallo zu vernehmen. Es wurde laut. Babette und Jean Marie tauschten Blicke. Max meinte, Tante Lea hysterisch lachen zu hören. Im Gegensatz zu Peter hatte sich Achim den Teller nicht zum zweiten Mal zugeschaufelt. Zwischen den Malven beobachtete er, wie auf der Veranda – nach dem Tablett mit Sektgläsern – ein zweites mit rotbraunen Flaschen serviert wurde.

»Plebs«, sagte Achim mit der sadistischen Herablassung, für die er später als Anwalt vor Gericht bekannt werden sollte.

»Schönrock kennt's nicht anders«, sagte Babette gelangweilt.

»Isch lasse misch von eure fiese Gebrabbel nischt störe.« Jean Marie konzentrierte sich auf sein Roastbeef.

Neugier hatte Babette gepackt. Sie ging durch den dämmrig werdenden Garten, dessen Wege von akkurat geschnittenen Buchsbaumhecken gesäumt waren, die Stufen zur Veranda hinauf.

»Du auch hier? Babette Coehn, meine Lieblingsschwägerin, aus der kalten Heimat. Setz dich zu uns.«

Wenig später war sie zurück. »Die das Dunkel nicht fühlen, werden sich nie nach Licht sehnen«, sagte sie, schüttelte ihre Haarmähne, nahm Jean Marie Messer und Gabel aus der Hand und setzte sich auf seinen Schoß. Sie gab damit Signal, dass ihre Söhne zu verschwinden hatten. Babette reichte ihnen vier Mark, als sich eine Fähre dem Anleger näherte: »Fahrt schön nach Hause. Vite, vite! Achim, ich kann mich auf dich verlassen!«

Am Sonntag hatten Alice und Großmutter schier endlos miteinander telefoniert: Lea sei völlig aufgelöst gewesen. Paul sei dem Tod gerade noch von der Schippe gesprungen. Es war in heiterer Runde gegessen und getrunken worden. Der laue

Abend »dort draußen in Wittenbergen« wurde in vollen Zügen genossen. Schlagartig war aber die Idylle beendet: Paul Schönrock hatte sich an die Brust gefasst, Kragen und Hemd aufgerissen. Puterrot war sein Gesicht angelaufen. Panisch hatte er geschrien: »Luft, ich krieg keine Luft.« Die Tischgäste sprangen auf, um ihm aus seinem Korbsessel zu helfen. Er röchelte schrecklich. Man legte ihn auf den Terrazzoboden. Sein Kopf schwoll rot, blau an wie ein Ballon.

»Ist denn kein Arzt hier?«, hatte Lea geschrien. Einzig der Hotelier hatte kühlen Kopf bewahrt. Zwei seiner Kellner hatten Paul auf das Hotelzimmer mit Elbblick getragen. Paul hatte immer kürzer, stoßartig geröchelt. Einer seiner engsten Freunde von der Ambiance sagte: »Seine Lunge pfeift. Jetzt stirbt er.« Doch der Stillste von Pauls Gästen war mit aufs Zimmer im ersten Stock gekommen und hatte sich als Mediziner zu erkennen gegeben. Dr. Sawade aus Schleswig hatte den Patienten so platziert, dass dessen Hinterkopf über die Kante der Matratze herabhing. Vermittels zweier kleiner Schnitte – »mit seinem scharfen Taschenmesser!« – unter dem Kehlkopf hatte Sawade freien Zugang zur Luftröhre geschaffen.

»Ohne Narkose? Hat er nicht furchtbar geschrien?« Alice war schockiert.

»Wie sollte er? Konnte er ja nicht. Schrecklich«, hatte Großmutter konstatiert. Worauf Alice erwidert hatte: »Ich hab mal von Ärzten gehört, die ihr Opfer ohne Betäubung operieren.«

Von solchen Ärzten mochte Großmutter nichts wissen. Schon gar nicht von Alice. »Koniotomie heißt die Notoperation«, berichtete sie. Paul sei nun fürs Erste im Altonaer Krankenhaus. Für die Ambiance-Versicherung falle er wahrscheinlich Monate aus. »Und das gerade jetzt!« Paul habe grauenhafte Schmerzen gelitten, er stehe unter Morphium, »wie unser Kaiser Friedrich damals 1888.« Ihr Schwiegersohn befinde sich aber in erstklassiger Behandlung eines Professors, lautete Großmutters nicht eben beruhigende Feststellung. Peter interessierte brennend, was für ein Röhrchen in die Luftröhre eingeführt worden war.

»Einfach wird's nicht gewesen sein, auf einem Hotelbett dem Patienten bei vollem Bewusstsein 'nen Gummischlauch einzuführen.« Das blieb Babettes einzige Äußerung. Die Schmerzen ihres Schwagers rührten sie nicht. Mit Dr. Busch mochte sie sich am folgenden Mittwoch auch nicht darüber unterhalten. »Wissen Sie«, fragte sie Busch, »was auf der Verbotstafel im Überlandbus von Jerusalem nach Tel Aviv steht?« Der verneinte. »Da steht: Es ist strengstens untersagt, mit dem Chauffeur zu reden. Der Mann braucht seine Hände zum Lenken.« Busch musste lachen. Dann wurde er ernst: »Merkwürdig finde ich: Dieser Sawade muss Nerven wie Stahl besitzen – Erfahrung und Brutalität. Sonst steht das kein Operateur durch. Ich bin beim Ärzteprozess in Nürnberg als Zeuge befragt worden.« Der Name Sawade sei ihm nicht erinnerlich.

Lea begann, Großmutter und Tante Ruth häufig zu besuchen. Sie besaß sogar einen Führerschein. Sie fuhr mit dem nagelneuen Mercedes 180 ihres Mannes, dessen Karosserie und Schnittigkeit bestaunt wurden, von Blankenese zum Krankenhaus. Auf dem Hin- oder Rückweg suchte sie bei Großmutter Trost.

»Das ist bloß ihr Getue«, ätzte Babette gegenüber Alice. Die sann über die Ereignisse der vergangenen Tage nach, während sie kleine rote Drachen im Kreuzstich auf einer neuen Tischdecke applizierte. »Du warst doch dabei, mein Herz?«, erkundigte sich Alice gelegentlich bei Babette und schaute kurz von ihrer Stickerei auf. »Paul hat doch früher nie Malesche mit den Atemwegen gehabt. Und dann das: Knall auf Fall Atemnot und dies schreckliche Keine-Luft-mehr-Kriegen. Man möchte meinen, er hat Schlechtes zu sich genommen.

Irgendjemand soll gesagt haben: Paul hat aus allen Poren nach Mottenkugeln – ähnlich wie Kampfer – gerochen.«

»Das überrascht mich«, antwortete Babette. »Allen Gästen – selbst Lea – sind alle Speisen gut bekommen. Wie sollte es anders sein? Alle haben vom selben Roastbeef, von derselben Remoulade und die gleichen köstlichen Bratkartoffeln gegessen. I wo! Die Küche im *Strandhotel* ist bestimmt nicht die Ursache.«

»Gab's keine Beilage, so frischen grünen Salat in einem netten Schüsselchen für jeden?«, insistierte Alice und lehnte sich in ihrem Ohrensessel zurück.

»Ja, Salat mit Dill-Joghurt-Soße.« Babette mied Augenkontakt mit ihrer mütterlichen Freundin. »Die Jungen, ich und Jean Marie haben das Gleiche an unserm Tisch gegessen.«

»Ssst«, machte Alice, schaute Babette schweigend an und prüfte dann intensiv ihr Stickmuster. »Jean Marie war also auch zugegen. Kommen wir der Sache näher? Von seiner Anwesenheit hat mir jedenfalls bisher niemand berichtet.«

»Lass meinen kleinen Franzosen bitte aus dem Spiel. Er hat nichts damit zu tun. Nicht, dass dummes Geschwätz aufkommt«, antwortete Babette. Alice legte mit der Linken ihr Stickwerk beiseite, nahm ihre silberne Brille ab, schaute eine Weile aus dem großen Fenster, wandte ihren Blick wieder Babette zu und sagte ernst: »Das ist eine böse, eine finstere, archaische Regel: Auge um Auge. Zahn um Zahn. Ich glaub nicht, dass es wirklich so in der Bibel steht. Da hat jemand falsch übersetzt.«

Ihre große Standuhr schlug sechsmal und man hörte die Rädchen im Werk rasseln. Nach Minuten der Stille nahm Alice wieder ihre Stickdecke: »Vielleicht machst du ja wirklich alles völlig richtig, mein Babettchen. Du weißt, wie sehr ich dich lieb hab. Ich mag und vermag nicht zu urteilen. Ich bin eine viel zu alte Tante, die von ihrem Sessel aus die Zeiten an sich vorüberziehen lässt. Diese Gattung geld- und ruhmgieriger Kerle, dem Gott sei Dank!, habe ich nie ertragen müssen. Für mich sind das Männer ohne Schatten.«

Leichte Röte lief über Babettes Wangen. Die beiden so unterschiedlichen Frauen umarmten sich. Der Ausdruck ihrer innigen Zuneigung. »Wo saß denn dein holder Herr Schwager«, fragte Alice immer noch neugierig und fügte nach einer Weile an: »Am Kopf des Tisches, wie immer?«

»Nehme ich an«, antwortete Babette, mied jedoch wieder Alices ausforschenden Blick. Dann verabschiedete sie sich kurz mit einem angedeuteten Kuss auf die Wange.

20. Keiner schaut zu, niemand sieht hin

Vom Altonaer Bahnhof, der backsteinernen Trutzburg der Reichsbahn, die sich nun Bundesbahn nannte, musste man die »Allee« unter blütentropfenden Linden entlanggehen, bis sich auf der rechten Seite das »Krankenhaus Altona« fand. Der langgestreckte Klinkerbau war während der »guten Zeit Schleswig-Holsteins unter der dänischen Krone« begonnen worden – mit gelbem Ziegel aus Egernsund am Nyböl Nor –, wie Babette erklärte. Es war ein Leichtes für sie, ins Zimmer von Paul Schönrock zu gelangen. Die jüngste Verkaufsausstellung »Echte Föhrer Handweberei« lag keine vier Monate zurück. Noch bevor sie mit Max das Krankenzimmer betrat, hatte sie ein halbes Dutzend Bestellungen der Schwestern notieren können.

Paul grüßte nicht. Sein Kopf war in einem Lederkorsett fixiert, seinen Hals verbarg ein Wulst aus Verbänden. Obwohl er bevorzugt behandelt wurde und allein lag, war der Raum spartanisch eingerichtet: An der Wand, auf die er über das Fußende hätte blicken können, wenn sein Kopf nicht fest fixiert gewesen wäre, hing ein vom Licht gebräunter Druck mit den betenden Händen von Albrecht Dürer. Daneben ein weißer Eisenschrank. Zur Rechten konnte man durch das französische Fenster den Park mit alten Kastanien betrachten. Als Babette sich behutsam über ihn beugte und mit gedämpfter Stimme sagte: »Wir möchten uns von deinem Wohlergehen überzeugen«, meinte Max,

Entsetzen auf Pauls Gesicht zu erkennen. Seine Augenlider zuckten panisch.

»Nun, du kannst nicht sprechen, mein Armer. Sonst bist du doch so eloquent«, begann Babette und stellte sich einen Holzstuhl neben das Krankenbett. »Vielleicht nie wieder.« Sie legte behutsam seinen rechten Arm unter die Decke. »Du kannst dich nicht wehren, mein Guter. Rien ne va plus. So erging's mir elf Jahre meines Lebens. Du erinnerst dich? Die Welt dreht sich. Rollentausch ist sehr amüsant. Und du, mein Armer, kannst nichts dagegen tun, nicht mal den Kopf schütteln, wenn ich jetzt deine Brieftasche dem Nachttisch entnehme.«

Max fühlte sich wie gelähmt. Zynisch hatte er seine Mama nie erlebt. Ohne Zögern holte Babette Pauls schwarzlederne Brieftasche aus der Schublade hervor, zog mehrere braune Fünfzig-Mark-Scheine heraus und legte sie nebeneinander auf den blechernen Nachtschrank. »Na, und wo ist das edle Kärtchen? Wen hast du als Treuhänder in Zürich? Ich darf doch gespannt sein.« Pauls Augenlider zuckten schneller.

»Ach, wie dumm ich bin«, sagte Babette. Sie strich energisch über den Teil der Bettdecke, der seinen Brustkorb bedeckte. »Wenn ich presse. Das schmerzt teuflisch, nicht wahr?« Sie lachte. »Dann kriegst du keine Luft mehr. Das kennst du ja. Dich wird niemand betrauern.« An seinen Schläfen traten winzige Schweißperlen hervor.

»Du bist so ein grässlicher Lump. Aber glaub nicht, dass ich für Gesindel wie dich ins Gefängnis gehe.« Sie drehte sich um, öffnete den weißen Schrank und holte seine graue Flanellhose aus dem Spanner.

»Der Papst sagt: Das Fegefeuer kommt nach dem Tod.« Sie fingerte in den Hosentaschen. »Das ist falsch. Ins Fegefeuer kommst du zu Lebzeiten. Ich sorg dafür.« Sie hängte die Hose zurück. »Richtig«, sagte sie. »Kreaturen wie du tragen Wertsachen nicht in der Brieftasche, sondern im Gürtel.«

Mit einem Ruck riss sie den Ledergürtel heraus, um das Ende abzutasten.

»Was haben wir hier? Das knistert ja.« Vorsichtig trennte sie mit der kleinen Nagelschere, die sie immer in ihrer Handtasche mit sich trug, helles Unter- und schwarzes Oberleder voneinander, zupfte behutsam ein eng gefaltetes Stück Papier hervor, das sie gegen das Licht hielt.

»Mein Lieber, was sagst du? Dein Treuhänder ist nun mein Treuhänder.« Bei dem Dokument, das Babette hin und her wendete, handelte es sich um das sogenannte Formblatt A eidgenössischer Notare mit zwölfstelliger Zahlenreihe samt notarieller Unterschrift. Babette hielt es ihrem Jüngsten vor die Nase. Sie hatte ihre feinen dunkelbraunen Lederhandschuhe übergestreift. »Ich notiere mir die Zahlen, mein treuer Paul. Auch das Dokument nehm ich zur Sicherheit an mich. Der Herr Notar wird mich in natura kennenlernen, als die einzig wahre, wirtschaftlich verfügungsberechtigte Person des Kontos.«

Sie wedelte mit dem Bogen über Pauls Gesicht. »Das süße Bankgeheimnis ist wieder das meinige, so wie in Danzig. Ist das nicht mehr als fair?« Sie triumphierte. »Ganz ehrlich: Ich find es schade, dass die Bank Bydgorski in Danzig nicht mehr existiert. Die Warschauer Bankiers hatten für ihre Niederlassung in Danzig eine honorige Truppe zusammengestellt: kompetent, diskret, Leute, die sich in Westeuropa und in der Schweiz auskannten. Echte Bankiers, die noch den Nutzen ihrer Kunden – und nicht nur ihrer Bank vor Augen hatten.«

Babette kostete die Minuten in vollen Zügen aus: »Lass mich raten, in welcher Korrespondenzbank der Treuhänder das Konto eröffnete? Zum Glück ist Zürich übersichtlich: Am Paradeplatz, in der Bahnhofstraße? Den Schlüssel für das Schrankfach bekomme ich dort ausgehändigt? Wenn ich mich ausweise, oder?«, fuhr sie fort mit Unschuldsmiene. Dicke Schweißperlen rannen von Pauls Stirn, die Babette penibel mit einem Frotteelappen forttupfte. Das schien seine Panik zu erhöhen. Sie hieß Max, sich auf den Holzschemel zu setzen. »Mäxchen, du hörst zu, was ich dem Kretin zu sagen habe.«

Sie lächelte Paul entspannt an. »Weißt du noch, wie ihr mich und meinen Ältesten in Cranz an der Ostsee besucht habt? Nirgendwo außer in Cranz und Nidden gibt es so feinen, weißen Sand. War das nicht 1937? *Ostsee- und Moorbad*, so hieß die Werbung von Cranz. Wo das Moorbad in Cranz lag, habe ich nie herausbekommen. Weißt du noch? Ich wohnte mit Achim im *Hotel Monopole* mit Blick auf die See. Das waren noch wirklich heiße Julitage. Das *Monopole* war das erste Hotel mit fließend warmem und kaltem Wasser im ›größten Seebad Ostpreußens‹. Luxus pur! Ein paar Schritte durch den Wald, dann war man auf dem Tennisplatz. Erinnerst du dich noch? Paul? Euch hatte ich für drei Wochen auf meine Kosten in der Suite des *Bellevue*-Strandhotels logiert. Großzügig. Für meine Schwester und ihren Petit Napoleon erschien es mir, damals jedenfalls, selbstverständlich.« Paul stöhnte.

»Muss er immer auf dem Rücken liegen?«, fragte Max. Seine Frage schien ihr irrelevant.

»Sieh mich an!«, zürnte Babette, fuhr dann aber entspannt fort: »Unsere Kinder sind gemeinsam über den Seesteg gerannt, haben im Sand gebuddelt. Lea hatte einen enorm schicken Badeanzug, der Figur betonte, aus einer ganz neuen Kohlekunstfaser, und du hast über die vielen Hakenkreuzfahnen an der Promenade gemeckert. Recht hattest du. Dazu noch das lächerliche, bescheuerte Werbeplakat mit Goebbels: *Ich möchte statt 1 Stunde 1 Monat hier bleiben.* Natürlich war es damals spießig in Cranz. Ich glaubte, dein politisches Gemecker sei ehrlich. Du hast in Wahrheit nie Haltung besessen. Wenn ich alles Revue passieren lasse, war deine einzige Rolle: die der Wetterfahne.«

Babette hielt inne. »Du kanntest ihn doch längst, deinen Hauptsturmführer Detlef Fischer. Er hat den besten Freund gemimt. Hat er dir rasche Karriere in der Ambiance versprochen, dafür, dass du ihm deinen Schatten verkaufst? Nicht wahr? Mein Paulchen: Gestapo-Fischer hat auf die Generaldirektion der Ambiance unmissverständlich Einfluss genommen. In der Berliner Taubenstraße hat man brav den Arbeitgeberhut gelupft und im Stillen ›Jawoll, Massa!‹ gesagt. Das Angebot, zur Ambiance-Tochter Lebensversicherungs-AG zu wechseln, hast du abgelehnt. Das hielt ich für verrückt. 1937 begriff ich das nicht. Heute weiß ich's: Geld ist dein Abgott. Übrigens, wer von euch beiden ist auf die Idee gekommen, alle KZs und Außenlager gegen Brand- und Sturmschaden zu versichern? Du etwa, du Schlemihl?«

Sie zog ihm die Decke bis unter die Nase hoch und lächelte. »Du hast eine Erfolgsprämie eingestrichen und unter euch brüderlich geteilt. Fischer und du, ihr seid das perverseste Duo!« Paul öffnete die Augen. Sie tupfte ihm erneut die Stirn: »Fischer war die graue Eminenz. Er ist immer noch dein Steigbügelhalter im Ambiance-Konzern. Richtig? Lass mich raten, was deine Gegenleistung war? Lüg jetzt nicht. Es war doch mein Depot in der Bank Bydgorski.«

Seine Lippen bewegten sich. »Regst du dich auf, mein Paulchen?«, sagte Babette und schlug ihm mit der flachen Hand auf die Brust. Sein Gesicht verzerrte sich vor Schmerz.

»Die Sache liegt auf der Hand: Ihr habt meinen Mann und mich ausgeraubt, ganz planmäßig. Zuerst habt ihr peu à peu die Tresorfächer geplündert, Teile der Devisen in Danzig unauffällig in Reichsmark und Schweizer Franken gewechselt. Außerdem waren da ja jede Menge britischer Pfundnoten und etliche Dollarbündel. Hinter meinem Rücken hast du im zweiten Schritt die Bank Bydgorski beauftragt, einen Schweizer Treuhänder für mein Geld zu finden. Wind davon konnte weder die Reichsbank noch irgendein NS-Devisenfahnder bekommen. Mir hast du versichert: ›Ruhig Blut, Babette, keine Sorge ums Depot. Alles ist in Ordnung.‹« Ihre Rechte krampfte an seiner Bettdecke. So von Ekel erfüllt sah Max seine Mutter nur dies einzige Mal.

»Schamlos hast du ausgenutzt, dass mir der Kampf, das endlose Gezerre ums Überleben meines Mannes, über den Kopf wuchs. Kraft besaß ich nicht mehr. Emslandlager … du wusstest davon … und dann KZ-Dachau. Danach ist er für fünf Monate als gebrochener Mann zurück zu uns nach Hause. Auf Stippvisite. Ja. Ihr beiden habt die Zeit genutzt, kaltblütig abgeräumt, Kippe gemacht. Und beim großen Fressen ist eure Gier noch größer geworden. Lass mich raten: Im Frühjahr 1939 hat Fischer durch die Klospülung im Reichssicherheitshauptamt spitzgekriegt, dass die Sache mit Danzig und Polen brenzlig wurde. Mourir pour Danzig? Da habt ihr beide den Rest meiner Devisen und die Goldmünzen abgeräumt. Waren schwere Säckchen! Du bist damit nach Zürich. Fischer hat dir das Visum für die Schweiz verschafft: Die Mordgesellen im Prinz-Albrecht-Palais lassen grüßen.«

Voller Zorn herrschte sie ihn an: »Schau mich an! Paul! Hier stehe ich. Feige weggucken! Was? Du elende Vertreterseele.« Sie konnte sich kaum beherrschen, ihn nicht zu prügeln. »Dass meine Schwester an deiner Seite an die Flasche geraten ist, wer soll's ihr verdenken?« Mit der Rechten zog sie ihm die Decke über die Nase.

»Mama, aber er schwitzt doch so«, sagte Max. Das überging sie. »Ja, dann ist das Konto eröffnet worden. Kein Mensch von eurem Schwarzen Orden ahnte etwas. Habt zackig ›Sieg Heil!‹ salutiert, selbst dieses Stück Scheiße, Hauptsturmführer Melmer, und die Kollegen vom Amt Canaris habt ihr hinters Licht geführt. Nicht schlecht! An den Endsieg habt ihr Gesindel nie geglaubt. Das Schweizer Konto war eure Rückversicherung für die Zeit danach. Zürcher Rück, nicht Münchner Rück. Du Versicherungskröte.«

Draußen auf dem Gang wurde ein Krankenbett vorbeigerollt. Babette lauschte. »Aber mich hat ein Paul Schönrock, der Mann ohne Schatten, wie ein Schaf am ersten Advent 1939 durch Danzig irren und nach Überbleibseln der Bank Bydgorski suchen lassen. Natürlich vergebens. Fischer und du, ihr habt euch auf die Schenkel geklopft vor Lachen: das blöde Judenweib.«

Sie trat mit Absicht gegen einen Bettpfosten. »Ich wette: Fischer hat Andrziech Komrowski noch am Morgen des 1. September erschießen lassen. Kopfschuss, bumm, aus. Dieser honorige Bankier war ungewollt gefährlicher Mitwisser geworden. Er musste beseitigt werden. Mehr brauchte Fischer nicht zu tun. Der Gestapo stand ja bei Hitlers Überfall die Danziger SS-Heimwehr zur Verfügung. Die erledigte die Drecksarbeit. Die polnischen Herren wussten zu viel über euch beide. Zufällig haben die Büros und Akten der Bank Bydgorski ja damals auch Feuer gefangen, rein zufällig, im Verlauf der Kämpfe um die Polnische Staatspost am Heveliusplatz. Nichts Belastendes war mehr übrig. Ihr habt euch persönlich überzeugt. Nicht wahr? In der Prinz-Albrecht-Straße, im fernen Berlin, ist keinem der Ignoranten aufgefallen, dass sich der Brand in der Bank Bydgorski, also fünfhundert Meter entfernt vom Häuserkampf am Heveliusplatz, ereignet hat. Chapeau, du Abschaum.«

Damit zog Babette die Bettdecke bis unter seine Augen und drückte kurz ihre Hand auf seine Nase.

»Onkel Paul strampelt mit den Beinen«, rief Max. Auch das überging sie.

»Was mich wundert«, räsonierte Babette, »ist deine Sorglosigkeit. Die Schweiz war voller deutscher und amerikanischer Spione. Hat dir Fischer nichts über den alerten Walter Schellenberg erzählt, den Chef von Himmlers Außenspionage? Der wusste fast alles über die Konten in Zürich – etwa über das von dem eitlen Lackel Ribbentrop, der sich Außenminister schimpfte.«

Sie schaute auf ihre kleine, über die Jahre schäbig gewordene goldene Armbanduhr. »Du wirst mir noch Fragen beantworten müssen, falls du hier rauskommst.« Sie drehte ihm schmerzhaft das Ohr und meinte beiläufig: »Musstet ihr beide nicht befürchten, dass der polnische Geheimdienst längst ein Dossier über euch Dreckskerle angelegt hatte?« Sie beugte sich ganz nahe über ihn: »Ich sehe es dir an: Ihr habt bös gezittert. Aber dann hat euch die GPU mit der Massenerschießung in Katyn aller Sorge entledigt.«

Babette lüftete die Decke und glättete sie bis zu den Füßen. Eine junge Krankenschwester schaute herein: »Alles in Ordnung, Frau Coehn?«

»Alles in bester Ordnung, Schwester«, rief Babette und winkte ihr heiter zu. Sie stand mit dem Rücken zur Tür: »Dieser Patient braucht kein Morphium mehr, bitte, bitte, Schwester, sondern gute Unterhaltung und geistige Nahrung. Die geben wir ihm.« Dabei strich sie ihm mit Mitleidsmiene übers schweißnass klebende Haar. Die Schwester zog rücksichtsvoll die Tür zu. Er strampelte erneut.

»Ich räum gern ein, verehrter Schwager: Meine Naivität dir gegenüber war strafwürdig, unsagbar dumm. Dafür hab ich büßen müssen, bis heute.« Sie beugte sich lächelnd über ihn. Paul strampelte so heftig mit den Beinen, dass sein ganzes Bett zitterte. Kopf, Hals und Brust indessen blieben straff fixiert.

»Am Kurischen Haff bei Schwendlund wolltest du ein Holzhaus als eine Art Sommerretiro für deine Familie errichten. Sagtest du mir jedenfalls damals in Cranz. Gabst vor, ein Grundstück mit Blick auf die Kurische Nehrung anhand zu haben. Auch das hatte ich dumme Pute dir geglaubt und einen neuen Bocksbeutel kommen lassen, als wir abends im *Monopole* zusammensaßen. Nicht schlecht, hatte ich gedacht, ein Holzhaus im baltischen Stil, keine halbe

Stunde Autofahrt von Königsberg entfernt. Und ich dumme Gans berichte dir und Lea noch vertrauensselig mein letztes Geheimnis: dass ich seit Sommer 36 einen wunderbaren, schnellen Jollenkreuzer im Vorhafen von Pillau hinter der Nordmole liegen hatte. Wenn alle Stricke rissen, wäre ich mit Ehemann und Kindern bei Südwest raumschots in die Drei-Meilen-Zone von Gotland gerauscht – in Sicherheit. Problematisch war lediglich, unbehelligt am Lotsenturm von Pillau vorbei ins Seegatt zu gelangen. Aber vom Segeln hast du ja keine Ahnung.«

Pauls Gesicht glänzte. Babette drehte ihm so fest die Ohrmuschel, dass er stöhnte. »Halt deinen verdammten Arm unter die Decke«, fauchte sie. Er tat es.

»Ja, ich hatte einige Mühe, den Jollenkreuzer jeden Winter wieder in die Halle in Pillau bringen zu lassen und dafür zu sorgen, dass er im Frühjahr aufgeriggt wurde. Meinen Vertrauensmann von der Bootswerft habt ihr umgedreht. Ihr wart bestens informiert. Fischer und du, ihr habt Katz und Maus mit mir gespielt. Silvester 1942 habt ihr den Jollenkreuzer abfackeln lassen. Tschüs, auf Nimmerwiedersehen.«

Uringestank verbreitete sich aus Pauls Bett.

»Ein Letztes. Warum ist Fischer zu mir in den Zug nach Königsberg gestiegen? Hast du davon gewusst? Oder war Fischer als einsamer Wolf auf Beutezug, ohne seinen Kumpel Paul?« Schönrock schloss die Augen.

»Davon hat er dir nichts erzählt, aha! Natürlich hat er dir misstraut. Chicago unter sich. Dann hat er mich überwachen lassen und im Alleingang abprüfen wollen, ob bei Coehns noch mehr zu holen ist. Kann es sein, dass Fischer weit mehr Vermögen bei mir vermutet hat? Geld, das er sich im Alleingang unter den Nagel reißen wollte? Durfte mir deshalb kein Haar gekrümmt werden?«

»Sieh mich an!« Babette schlug auf die Decke. Er öffnete die Augen. »War's so?« Er schloss wieder die Augen.

»Gut zu wissen. Es ist Zeit zu gehen«, sagte Babette. »Solltest du wieder sprechen können, sag Fischer, sag also diesem Haiens …« Aber sie vollendete den Satz nicht und drängte ihren Jüngsten grob aus dem Krankenzimmer.

Zu Hause, auf der Straße, ließ Dicker am Nachmittag Max ausnahmsweise auf seinem neuen Roller fahren. Der hatte weiße aufpumpbare Gummireifen.

Großmutter und Alice versicherten sich häufig, wie schön es sei, dass Pauls schreckliches Malheur im *Hotel Wittenbergen* Babette und Lea wieder zusammengeführt, ja wieder zusammengeschweißt habe. Die beiden Schwestern hätten achtlos über Jahre nicht mehr miteinander gesprochen. Nun habe Babette ihre Lea erstmalig sogar an der Strandtreppe besucht. Sie seien wieder ein Herz und eine Seele, Pott un Deckel. »Panta rhei«, war Achims einziger Kommentar.

Babette eröffnete Max, er möge sich überlegen, wo er in der nächsten Woche nächtigen wolle. Sie müsse dringend verreisen. Selbst Kinder unter acht Jahren könnten sich gefälligst Gedanken machen. »Ihr drei habt das Privileg, eine Mutter zu haben, die für euch sorgt«, erklärte sie. »Ihr wisst überhaupt nicht, wie viele Kinder einen Schlüssel um den Hals tragen und sich tagsüber selbst versorgen müssen, bis die Mutter oder irgendein Mann abends zu ihnen kommt.« Sie vergaß, dass Max den Haustürschlüssel auch am Hals trug.

Achim, Peter und ihn beeindruckte ihre Gardinenpredigt wenig. Denn ihnen war vollkommen klar, dass ihre Mutter keinen Abstrich an ihren Reiseplänen dulden würde.

»Ich bin die nächste Zeit sowieso in Winterhude, im Haus von Conrad Busch«, gab Achim zu verstehen. Peter wollte während Babettes Abwesenheit im Kellerzimmer allein für sich bleiben und bei Alice essen. So schien von vornherein festzustehen, dass Max die nächsten Tage eine Straße weiter bei den Lücks zu verbringen hatte. »Das wird wieder nett für dich bei Tante Lydia und Onkel Werner oder?« Nach kurzer Überlegung sagte Babette: »Oder du gehst zu Lea an die Strandtreppe nach Blankenese? Dort gibt's ein kuscheliges Zimmer, ganz unterm Dach. Da kannst du durch ein Bullauge die Schiffe auf der Elbe sehen. Lea wird dich verwöhnen. Du musst nur eine Stunde eher aufstehen, damit du mit der S-Bahn rechtzeitig zur Schule kommst. Fahrgeld kriegst du.«

»Wirst du lang verreisen, Mama?«, fragte Max. Ihn erfüllte Angst, seitdem er Zeuge ihres Krankenbesuchs geworden war.

»Wer ist Fischer?«, hatte er sich damals auf dem Heimweg erkundigt. Worauf Max von seiner Mama zu hören bekommen hatte: »Das geht so einen Wutz, so einen kleinen Mann wie dich, nichts an.«

Babette drängte ihn: »Willst du nicht zu Lea? Falls schlechtes Wetter sein sollte, hat Lea sehr schöne *Wiking*-Schiffe für dich – ganz aus Blei. Eine ganze Flotte, sogar die *Bismarck* und die *Prinz Eugen*. Das ist der glückliche Kreuzer, der im Krieg nicht versenkt wurde. Damit kannst du spielen.«

Der Zug, mit dem Babette über Frankfurt und Basel reiste, fuhr um elf Uhr ab Hamburg-Altona. Jürgen und Max hatten sich auf die letzten beiden Schulstunden gefreut, während des anschließenden Turnunterrichts sollte Fußball gespielt werden. So hatte es jedenfalls Frau Seidel versprochen. Doch dann erklärte Schmielke in der Tür zum Umkleideraum, er vertrete die erkrankte Frau Seidel und mit ihm würden alle den gleichen Spaß haben.

Er pfiff auf seiner Trillerpfeife. »Sofort auf dem Hof in Zweierreihe antreten. Los, los!« Dort hatte er vor dem Sandplatz, der glatt geharkt war, Sprungbrett und Seil zwischen zwei Pfosten aufgebaut. »Stillgestanden«, brüllte er und schnippte die Asche seiner Zigarette ab. Die Mädchen waren verschreckt und blickten peinlich zu Boden. Sie trugen wie die Jungen kurze schwarzblaue Hosen, die sowohl am Bund wie an beiden Beinen mit Gummizügen versehen waren. Man nannte das Pumphosen, worüber sich die Mädchen ärgerten.

»Steht nicht da wie nasse Säcke! Kopf hoch, Brust raus, auch die Mädels.« Schmielke trug nur seine mausgraue Weste. Das Jackett hatte er im Lehrerzimmer gelassen. Mit der Linken spielte er mit dem Feuerzeug in der Hosentasche. »Ihr springt jetzt dem Alphabet nach. Coehn, Max, du bist der Erste. Das Seil liegt bei siebzig Zentimetern.«

Verwunderlich war Schmielkes hinterhältiges Grinsen, als Max Anlauf nahm. Er setzte über das Tau und sah nur noch, wie der Stiel einer Harke ihm ins Gesicht schnellte, als er in den Sand fiel. Die Mädchen schrien, im gleichen Moment fühlte Max einen schrecklich stechenden Schmerz im rechten Fuß. Die Zinken der Harke hatten sich tief hineingebohrt. Zu Bewusstsein kam er erst auf der Ledercouch im Zimmer des Direktors. Die Binde, die um seinen Fuß gewickelt war, blutete durch.

»Da ist mir wirklich ein Fehler unterlaufen«, entschuldigte sich Schmielke devot bei seinem Vorgesetzten. »Aber die Verletzungen scheinen mir bei dem Jungen weniger schlimm zu sein, als es aussieht.«

Wie von fern hörte Max Direktor Heitmann sagen: »Danken Sie Gott, dass es Ihr letzter Tag an unserer Schule ist, Schmielke.« Der gab keine Antwort. Im Dämmerzustand bemerkte Max trotz der Schmerzen, dass Schmielke eine flotte Melodie vor sich hinpfiff.

War es die Melodie, die Max viele Jahre später in Westberlin hörte, als der RIAS sein »Potpourri beliebter Melodien« sendete? »1902 ein Gassenhauer im Berliner Thalia-Theater und Jahrzehnte später immer noch populäres Couplet«, sagte der Radiosprecher. Die Aufnahme von einer Schellackplatte knisterte und kratzte. Dann sang ein Bariton:

Ham Se nich den kleinen Cohn jesehn?
Sahn Se en nich im Vorübajehn.
In des Volkes Menge,
da kam er ins Jedränge.
Da ham Se nun den Schreck:
der kleine Cohn ist weg!

Der herbeigerufene Arzt spritzte Tetanus. Er muss dann Schmerzmittel injiziert haben, weil in Maxens Bewusstsein alles schemenhaft verschwamm: Die Fahrt auf dem ledernen Rücksitz des Taxis in die Praxis, der kalte Operationstisch, die gleißend helle Lampe darüber und das merkwürdige Stechen, als ihm der Chirurg die Wunden reinigte und nähte.

Beim Erwachen hörte Max lautes Dampfertuten und sah durch das Bullaugenfenster warmes Sonnenlicht. »Nimm die Schmerztablette gleich und spül sie mit dem Wasser herunter.« Tante Lea setzte sich auf die Bettkante und küsste ihm beide Wangen. »Du musst ganz stark werden und ich will dir dabei helfen.« Auf der Stirn tastete er eine riesige Beule.

»Du hast wieder Massel gehabt. Der Harkenstiel hätte dein Auge treffen können«, sagte sie, während Max wieder wegdämmerte. Wenn er kurzzeitig erwachte und den Atem anhielt, war es lautlos um ihn herum. Dann spürte er zartes Vibrieren: Unten auf der Elbe passierte ein Schiff. Die absolute Stille des Hauses faszinierte ihn, erstmals nahm er sie bewusst wahr. Alices alte, weiße Villa war zu weit weg von der Elbe, immer von Geräuschen auf dem Dachboden oder aus dem Keller erfüllt. Leas Haus an der Strandtreppe jedoch war totenstill. »Habt ihr keine Flüchtlinge als Untermieter?«, war seine erste Frage. Lea schüttelte den Kopf. »Du sollst schlafen.«

Musste er zur Toilette, half sie ihm die steile Holzstiege von der Dachkammer hinunter. »Rückwärts gehen, wie auf der Jakobsleiter!« mahnte Lea. Es war ein um die

Jahrhundertwende großzügig renoviertes Fischerhaus, das zur Strandtreppe hin durch gestutzte Eiben und zwei Eichen verborgen lag. Vom Wohnzimmer hatte man über den Rasen ein fantastisches Panorama der Unterelbe, mit Blick über das Mühlenberger Loch, die Sände und das Alte Land.

»Unbezahlbar«, sagte Großmutter, wenn sie zu Besuch war. Lea erzählte: »Paul hat das Haus 1942 günstig erworben, kurz vor den schweren Terrorangriffen.« Babette äußerte dazu gelegentlich: »Günstig geklaut. Von wem wohl?« Aber davon mochte niemand etwas hören.

Nach einer Woche durfte Max längere Zeit aufstehen. Lea setzte ihn in einen Korbsessel mit hoher Rückenlehne. Der rechte Fuß, an dem die Mullbinden dreimal pro Tag gewechselt werden mussten, tat noch höllisch weh. Manchmal dachte er an Babette. Er fragte nicht, wo sie sei. Lea mied das Thema. Im Gegensatz zu ihrer Schwester Babette waren ihre dunklen Haare dünn und fisselig. Sie trug Trauer ständig in sich. Die erschlafften Wangen und die herabhängenden Mundwinkel manifestierten es. Weder über ihren Mann noch über die erwachsene Tochter oder den Sohn, der seine Kaufmannslehre in Helsinki absolvierte, verlor sie ein Wort. Stören tat's Max nicht, weil Cousine und Vetter ihn altersmäßig sowieso tausend Jahre entfernt dünkten. Was Max überwältigte, war die Aussicht über den breiten Strom. Minütlich Neues: Der kreischende Eimerbagger, der unermüdlich den Elbschlick förderte und über Rutschen in Schuten leichterte; das Lotsenboot, die Fischtrawler, die Stückgutschiffe nach Südamerika, die Öltanker und die Frachter auf Jungfernfahrt. Zeit zu träumen.

»Ich geh einkaufen. Ich geh zu Paul«, rief Lea ein ums andere Mal durch die geöffnete Terrassentür.

Abends las sie ihm vor: Von *Karl und Marie*, den Geschwistern, die vor hundert Jahren ihre Sommerferien in Cuxhaven verbracht hatten. Marie starb an Diphtherie. Besonders liebte Max die kolorierten Kupferstiche des Kinderbuchs. Er schaute sich die Bilder so lange im Bett an, bis sich das letzte Licht aus dem winzigen Dachraum verflüchtigt hatte.

Großmutter und Alice fühlten sich eines Tages bemüßigt, zur Strandtreppe zu pilgern, um zu schauen, wie es dem »armen Jungen« ginge. »Die vielen Stufen werden zu viel für mich«, stöhnte Großmutter nach Luft ringend. Alice hatte eine Tafel Van-Houten-Schokolade mitgebracht: »Nicht alles auf einmal essen, das schadet der Verdauung.« Die alten Damen hielt es nicht lange bei ihm. Ihre Stimmen waren durchs Haus zu vernehmen. »Kannst du denn das Haus hier halten, falls Paul, was der Herr behüte …?« Diesen Satz vollendete Großmutter nicht, weil Alice ihr ins Wort fiel. »Lea, du sagst doch, Paul mache erstaunliche Fortschritte, er sei dabei, ein wenig zu sprechen.«

Lea nickte: »Paul ist noch vollkommen heiser. Aber Dr. Sawade kommt jeden zweiten Tag extra aus Schleswig, um nach dem Rechten zu schauen. Rührend. Sawade und Detlef Haiens bestehen darauf, dass Paul absolute Ruhe hat und keinen noch so gut gemeinten Krankenbesuch empfängt.«

»Wie verhält sich denn die Ambiance? Anständig?«, insistierte Großmutter.

»Nobel wie immer«, erwiderte Lea. »Die Führung hält zusammen durch dick und dünn.«

Max durfte in ein dickes Schottenplaid gehüllt auf die Terrasse kommen. Die Frauen hatten es sich in Liegestühlen bequem gemacht. Lea hielt ihre Augen geschlossen. Alice betrachtete sie. Man genoss die Sonne. Zwei Möwen jagten zeternd über sie hinweg. Nach einer Weile sagte Lea: »Es ist mir unbegreiflich. Aber seit der Kleine bei mir wohnt, fehlt mein US-Passport.«

Wieder herrschte geraumes Schweigen. Alice unterbrach die Stille: »So spurlos weg? Manche Dinge haben Beine. Ich frage euch aber was anderes: Gibt es Lebenszeichen von Babette?«

Großmutter machte ihrem Ärger Luft. Nie sei Verlass auf Babette: Unglaublich, die Jungen so allein zu lassen. Gerade jetzt bei diesem dummen Schulunfall. Sie wandte sich Max zu: »Wenn du deine liebe Alice und Lea nicht hättest.«

»Herrlich dieser Sonnenschein. Ich wünschte, Babette hätte es genauso gut wie wir«, meinte Alice. Sekunden später fragte sie: »Ihr beiden hattet euch doch am Abend vor ihrer Abreise getroffen, nicht wahr, meine kleine Lea?«

»Ja, was soll die Frage?«, wehrte sich Lea.

»Nichts, nichts. Ach, das war nur so 'ne Frage«, antwortete Alice besänftigend. Damit schlossen die drei wieder ihre Augen. Nach einer halben Stunde erhoben sie sich. Alice sagte: »Lea und Babette sahen sich als Kinder ja wirklich täuschend ähnlich. Beinahe wie Zwillinge.«

Peter besuchte Max nachmittags mit seinem Fahrrad. Die *Wiking*-Schiffe aus Blei fand er klasse: »Wir spielen Seeschlacht, mit Würfel und Zentimetermaß.« Peter gewann, schoss alle Kreuzer von Max ab, sodass er am Ende nur drei kleine U-Boote übrig behielt. »Du musst jetzt kapitulieren, wie in Flensburg-Mürwik.« Max war Dauerverlierer, er verlor den Spaß an Modellschiffen.

Nach zwei Wochen hing eine Schweizer Ansichtskarte im Briefschlitz: »An den Schüler Mäxchen Coehn, c/o Schönrock, Hamburg-Blankenese. Strandtreppe.« Auf dem Schwarz-Weiß-Foto waren ein weißer Raddampfer, viel Wasser, eine Hotelpromenade und »Grüße vom Vierwaldstättersee« zu erkennen. Der mit Füller geschriebene Text lautete: »Hier herrscht seit Tagen herrliche Sonne. Wir segeln ›Drachen‹. Gestern war sogar Spinnackerwetter. Jean Marie lernt, Pinne zu gehen. Zum Frühstück gibt's im Hotel ein Ei. In Zürich und Bern war viel zu tun. Es umarmt Dich Mama.« Nachdem Lea mit Max das Nachtgebet gesprochen hatte, bat sie ihn: »Darf ich deine Postkarte mit nach unten nehmen? Ich möchte sie mir in Ruhe anschauen.«

Jugendbücher gab es nicht im weinumrankten Haus an der Strandtreppe, nur den *Seeteufel* von Felix Graf Luckner und Gustav Schwabs *Griechische Heldensagen*. Max verschlang alles. So spannend es auch geschrieben war, so sehr wuchs sein Zweifel am Wahrheitsgehalt all der glücklichen Südseeabenteuer des Grafen. Als er Alice dies später anvertraute, lachte sie: »Der Graf Luckner, oh, là là.« Zu Max Beruhigung fügte sie hinzu: »Ein sehr charmanter Herr.« Offenbar hatte sie seine Kunststücke persönlich erlebt: »Er zerreißt dicke Telefonbücher mit bloßen Händen. Das musst du mal sehen. Ansonsten ist er ein echter Bonvivant.«

»Was ist ein Bonvivant?« Eine Antwort gab es nicht.

Lea schenkte ihm während der drei Wochen das erste eigene Paar Halbschuhe. Ein Elefant war in die Innensohle geprägt. Bis dahin hatte er das abgetragene Schuhwerk der Kinder von Babettes Freundinnen geerbt. »Du hast ja schon Hühneraugen, du Wutz«, hatte Lea gesagt, während sie seine Füße inspizierte. Zusätzlich kaufte sie ihm ein hellblaues Hemd aus echter Baumwolle, das bis über den Po reichte, und einen dunkelblauen Wollpullover. »Man muss nicht ewig Bescheißerle tragen«, meinte Lea. Das war ungewollt herabsetzend, weil Max stolz auf die weißen Hemdkragen gewesen war, die man unter den Achseln festband.

»Hallo, hört uns keiner?« Babette stand mit Peter vor den französischen Doppelfenstern zum Garten. Ihr Klingeln war im wiederholten Kurz-Lang einer Schiffssirene untergegangen. Babettes Gesicht war tief gebräunt, doch schmaler als vor ihrer Abreise. Sie drückte Max, dann ihre Schwester: »Was hätte ich ohne dich tun sollen?«

»Deine Chuzpe möchte ich haben«, antwortete Lea und strich über das Gesicht ihrer Schwester. »Haust ab, bist unerreichbar! Doch, ehrlich gesagt, dein Chaos tut gut: Mein Leben hat wieder Sinn, und ich hab deinen Wutz sehr liebgewonnen.« Der Ausdruck Wutz gefiel Max nicht. Die

Schwestern hatten sich in die grauen Deckchairs auf der Terrasse fallen lassen. Lea wirkte blass und zerbrechlich. Sie ging ins Haus und kam mit Teetassen auf dem Silbertablett zurück. Während sie einschenkte, fragte sie Babette: »Weshalb bist du nur so stark?«

»Haltet keine Maulaffen feil! Holt euch lieber was zu lesen, legt euch auf den Rasen. Aber glotzt nicht dumm rum!«, schnauzte Babette ihre Söhne an. Es war nicht allzu ernst gemeint.

»Deine Röcke sind noch kürzer«, spöttelte Lea.

»Hör ich einen Unterton?«, gab Babette zurück und streichelte Leas Arm. »Man darf sich in Deutschland heute wieder scheiden lassen, Lea. Das tun jetzt Tausende. Verlieb dich, geh mit dem Mann deiner Träume ins Bett. Brauchst weder Ariernachweis noch Ahnenpass. Nicht mal Kinder brauchst du zu zeugen. Stattdessen seid ihr lieb miteinander und lustig im Bett.«

Beide Frauen lachten. Lea stand auf. Ihr liefen Freudentränen die geröteten Wangen runter. »Lass dich ansehen«, sagte Lea, zog Babette aus dem Stuhl: »Lass dich anschauen: Deine grüne Bluse mit dem grünen Ledergürtel passt wunderbar zu dem schwarzen Rock. Aber ist dein Ausschnitt nicht zu tief?«

Babette machte ihren Schmollmund, fuhr sich vom Hinterkopf durch die Haare und sagte:

Sie war hübsch und schön gewachsen
Und verdiente gut dabei.
Denn sie hatte feste Taxen
Und das Geld war steuerfrei.

»Woher hast du das?« Die Schwestern gickerten. Die Last, die sie getrennt hatte, schien fortgefallen, nicht mehr existent zu sein. Es war wieder da: die kindliche Geschwisterliebe, das

Urvertrauen, der Wunsch, den anderen nie zu verlieren. »Du warst mein personifiziertes schlechtes Gewissen.« Lea hatte sich hingesetzt, Trauer ergriff erneut Besitz von ihr. Es war bewusste Trauer um all die Chancen, die sich ihr in den USA geboten hatten – die sie versäumt hatte wahrzunehmen.

»Spielt ›Mensch ärgere Dich nicht‹ oder ›Monopoly‹«, hatte Babette befohlen. Das fand Max nach kurzer Zeit blöd, weil Peter auch hierbei gewann. Sie sprangen die roten Granitstufen hinunter zum Strand. Als die Jungen nach gut zwei Stunden zurückkehrten, redeten die Schwestern noch immer von den USA. Kalifornien, das war für Peter und Max das Apfelsinenland, weit, weit weg, schier unerreichbar. Die Brüder wunderten sich, mit welcher Selbstverständlichkeit Lea vom Traumland sprach. »Peter muss sich langweilen, denn er kriegt ja nur die Hälfte mit«, hatte Lea ihre Schilderung unterbrochen. »Und der Lütte erst recht nichts.« Da irrte sie. Die Brüder begriffen schon recht gut Zusammenhänge, fanden es jedoch bequemer, die Erwachsenen darüber im Ungewissen zu lassen.

Lea hatte im Sommer 1941 mit behördlicher Genehmigung eine schlichte, aber verglichen mit deutschen Standards hochkomfortable Wohnung im obersten Stockwerk eines sechsgeschossigen Mietshauses beziehen können, mit Aussicht auf die Ostseite der Bay von San Francisco. Ein Glücksfall, an den Lea anfangs nicht hatte glauben mögen. Denn mit anderen internierten Familien der Achsenmächte wurde in den USA übel umgesprungen, ganz zu schweigen von US-Bürgern japanischer Herkunft, die seit dem Überfall auf Pearl Harbour als feindliche Ausländer betrachtet und in eingezäunte Internierungslager verfrachtet wurden.

»Ich weiß bis heute nicht, was den Ausschlag gegeben hat. Pauls Position bei der Ambiance?«

Die Familien deutscher Abstammung in San Francisco, die sie kennengelernt hatte, verhielten sich so unauffällig es irgend ging. Manche ließen ihren Familiennamen anglifizieren. Es liefen bittere Storys um, wie während des Ersten Weltkriegs mit US-Bürgern deutscher Abstammung umgesprungen worden war. »Aber Lea, du hattest nicht zu klagen!« Babette schien im Nachhinein neidisch zu sein.

»I wo«, gab Lea arglos zu. »Es war ein Wunder: Trotz des Kriegs erhielt ich Geld. Eine Anwaltskanzlei in Zürich schickte monatlich eine Überweisung. 800 Pfund britisch. Die musste ich in US-Dollar wechseln.« Leas hübsche Tochter Gabrielle hatte allen Jungen auf der High School den Kopf verdreht und ihr Sohn John hatte sich geweigert, zu Hause Deutsch zu sprechen. »Wir waren gerade beim Robbenfelsen südlich der Golden Gate Bridge, als die Wehrmacht kapitulierte.«

Peter und Max lauschten neugierig, weil sie von Dingen hörten, die verglichen mit ihrer eigenen Lebenswelt ganz und gar fremd, ja exotisch klangen. Was hatten sie nicht alles über die ewige Versteckšuche Babettes, Großmutters gelben Stern, über Konzentrationslager, Hunger, Sirenen, Bombennächte und übers Kriegsende erfahren? Natürlich wussten sie, dass ihre Mama ab 2. Januar 1939 den Vornamen Sarah hatte tragen müssen. Den Rechtshinweis *Gemäß Paragraph 2 der zweiten Verordnung zur Durchführung des Gesetzes über die Änderung von Familien- und Vornamen vom 17. August 1938* konnte Peter auswendig herunterleiern und hatte damit bei Alice einen unverhofften Lacherfolg erzielt. Das Adjektiv »makaber« war den Kindern fremd.

An Lea war alles vorübergehuscht, selbst die japanische Kapitulation im Herbst 1945. »Was hat dich emotional berührt?«, fragte Babette.

»Von Paul hatte ich kein Lebenszeichen. Wohin hätte ich schreiben sollen? Vielleicht hätte ich ihn in Gefahr gebracht.« Schlaflose Nächte hatte Lea das jedenfalls nicht bereitet. »Das darfst du ihm nie sagen: Aber Paul ist für mich während der sechs Jahre in San Francisco zum Schemen verkommen.« Das tat Lea weder leid, noch spürte sie sentimentale Erinnerungen. »Manchmal war er in meinen Träumen präsent: wenige, perfekt gescheitelte Haare, eiskalte, blaue Augen, ein Siegerlächeln. Ein Gesicht, das Verschlagenheit verrät – und seine Unnahbarkeit. Warum sollte ich mich sorgen?«

Paul hatten die NS-Behörden »uk« – unabkömmlich – gestempelt. Für die Gebäude und Baracken in den Konzentrationslagern hatte Schönrock in seiner Funktion als »Vertriebsdirektor Sach« der Ambiance spezielle Glasbruch-, Feuer- und Wasserschadenspolicen entwickelt. »Reichsführer-SS« Heinrich Himmler hatte ihm dafür persönlich gedankt. Das hatte Paul in seinem einzigen Brief, der Lea in Kalifornien am 13. Februar 1940 erreicht hatte, wohlweislich verschwiegen. Auch, dass sich die private Krankenversicherung der höheren SS-Führer für die Ambiance als Zuschussgeschäft entpuppte. Lea zweifelte nicht im Mindesten, dass US-Stellen Kenntnis vom Inhalt des mit Belanglosigkeiten gespickten Briefes genommen hatten. Der Vater ihrer Kinder war ihr aber so gleichgültig geworden, dass sie den Brief nicht einmal aufgehoben oder Tochter und Sohn gezeigt hatte.

Über das, was jenseits des Nordatlantiks geschah, hielt sich Lea indessen gut im Bilde: »Ich hab ja Hunderte von Briefen gefangener deutscher Offiziere ins Englische übersetzt.« Nach einigem Plaudern hatte ein sehr höflicher Herr, der sie 1942 in ihrer Wohnung aufgesucht und sich als Mitarbeiter eines staatlichen Informationsdienstes und der Plakette »OSS« ausgewiesen hatte, sie gebeten, ihm und seiner Stelle ein wenig behilflich zu sein. Leas Arbeit war von Monat zu Monat mehr geworden. Ab 1943 hatte sie sogar Tonaufzeichnungen der Gespräche von Wehrmachtsoffizieren und der Waffen-SS, die in Nordafrika in US-Gefangenschaft geraten waren, stenographiert und ins Englische übertragen. Ihre Tätigkeit hatte den Vorzug gehabt, dass Lea als Entgelt

840 Dollar nach Abzug der Steuer erhielt. »Die Leute vom OSS waren mir gegenüber jederzeit freundlich und sehr zuvorkommend.«

Von dem älteren Herren, der 1923 bis 1926 in Berlin Physik studiert und dort aufgrund des günstigen Dollar-Wechselkurses ein Luxusleben hatte führen dürfen, war sie sonntags oft zum Hummeressen in San Francisco Downtown eingeladen worden. »Mit Einstein bin ich«, erzählte der Herr vom OSS, »oft über den Schwielowsee oder nach Werder oder nach Potsdam gesegelt.« Lea hatte die Treffen genossen. »Weiter hat sich nichts ergeben«, sagte sie.

Was den Ausschlag gegeben hatte, 1947 aus der Sonne Kaliforniens in die Bombentrichter- und Trümmerlandschaft der alliierten Besatzungszonen zurückzukehren, hat Lea nicht mit Bestimmtheit zu sagen gewusst. Im Februar des Jahres war ihr ein Brief Pauls zugestellt worden, der es an Deutlichkeit nicht vermissen ließ. Widerstand schien ihr zwecklos. Aus dem Brief ging hervor, dass Schönrock die Überfahrt im US-Army-Headquarter in Frankfurt organisiert hatte. Der Rabbiner, dem Lea sich anvertraute, obwohl sie während der Jahre in San Francisco nie eine Synagoge besucht hatte und ihn nur dem Namen nach kannte, riet ihr, nach Deutschland zurückzukehren. Dort werde sich alles zum Besten klären. Während der Überfahrt von New York nach Bremerhaven in der winzigen Kabine eines *Liberty*-Schiffs überkam sie heulendes Elend – zumal ihre Tochter Gabrielle ein Stipendium für die Modeakademie in New York ergattert hatte. John unterhielt sich mit den Schiffsoffizieren, erkundigte sich nach Art und Wert der Ladung und maulte: »Was kann mir mein Dad in einem völlig kaputten Land schon bieten?«

Umso positiver war der junge Gentleman überrascht, an der Strandtreppe in Blankenese ein intaktes Haus mit geschmackvollem Mobiliar und einen Garten mit Blick auf die Elbe vorzufinden. »Fast wie unser Blick auf die Bay«, sagte er, nachdem er sein neues Zimmer inspiziert hatte. Paul musterte ihn von der Seite: »Besseres bekommst du heute in Nordeuropa schwerlich geboten. Später wird das Haus dir gehören – solltest du deine Schwester auszahlen. Viel Interesse an mir und Deutschland zeigt sie ja nicht.«

Das sei, wie Lea Babette erklärte, der Moment gewesen, als sie ihren Sohn endgültig verlor. Denn danach behandelte John seine Mutter, als sei sie Luft, sprach ausschließlich mit seinem Vater und erkundigte sich ausgiebig nach den Karrierechancen in der Ambiance, die Paul ihm in leuchtenden Farben ausmalte. »John wollte sich ebenso lässig geben wie sein Vater.« Lea hatte sich die Augen gewischt.

Als John die kaufmännische Lehre bei der Ambiance in Stuttgart antrat, tat ihr das anfangs weh. »Allein in diesem Haus wurde es mir aber von Tag zu Tag leichter ums Herz.« Paul sei nur sporadisch in Hamburg, gestand Lea. Er versichere inzwischen die Transporte der US-Army in den drei westlichen Besatzungszonen der Alliierten, hatte er ihr herablassend mitgeteilt. Er sei ständig unterwegs: Frankfurt, Bremen, München, Hannover. »Es ist ihm keine Anstrengung wert zu verbergen, dass er eine Geliebte in Frankfurt hat. Die scheut sich auch nicht das Mindeste, bei mir anzurufen, um nach Paul zu fragen. Wahrscheinlich ist nur deshalb das Telefon im Haus installiert. Wir führen Ehe à la mode«, sagte Lea.

»In der du vertrocknest«, ergänzte ihre Schwester. Sie genoss einen Schluck teuren Assamtees, wie sie ihn sich selbst nicht leistete. »Hast du mal gefragt, wie er zu diesem Prachtstück von Haus gekommen ist? Oder wer die Voreigentümer waren?«

Lea schüttelte den Kopf: »Das ist sinnlos. Er lügt ständig.«

»Und weshalb habt ihr vom Wohnungsamt niemanden eingewiesen bekommen?«

Lea zuckte die Schultern: »Was fragst du mich?«

Worauf Babette erwiderte: »Du lebst wie auf Durchreise.«

Leas Gesicht hellte sich plötzlich auf: »Meine US-Papiere. Mein Passport ist weg. Ich hab's außer dir keinem gesagt. Dabei hab ich ihn immer in meiner Handtasche griffbereit. Merkwürdig.«

»Soll ich nachschauen in deiner Tasche?«, sagte Babette. »Ich hab oft Glück dabei.«

»Na, mach«, sagte Lea schmunzelnd, »meine Tasche steht neben dem Telefon im Wohnzimmer.«

Wenig später rief Babette: »So 'n Massel, hier ist ja dein Pass. Er hatte sich verkrümelt, im Seitenfach unterm Reißverschluss.«

»Du Aas. Ich sollte dir böse sein«, rief Lea und verfiel in hysterisches Lachen.

Max wurde es langweilig auf dem Rasen. Außerdem begann Peters Magen zu knurren. Deshalb hatte der sich in die Küche verdrückt, wo sich zu seinem größten Erstaunen ein elektrischer Kühlschrank befand. Den inspizierte er gründlich, denn ein Kühlschrank war der Inbegriff von modernem Luxus.

Auf dem Weg zum Bahnhof Blankenese schwärmte Peter von zwei riesigen Scheiben Graubrot, die Tante Lea mit gekochtem Schinken belegt hatte. »Kein Schwein?«, hatte Babette gefragt. Lea hatte geantwortet: »Ach, lass das doch dem Jungen. Rubbish!«

21. Geschäfte, Geschäfte

Wie er sich über die Nähmaschine beugte und das Diagonalmuster auf die Täschchen steppte, wirkte er mit seinem schlohweißen Bart, seinen wirren Haaren und dem Stehkragenhemd unter verfleckter dunkler Weste wie der Drache am Bug eines Wikingerboots. Bevor sie die Treppen bis unters Dach hinaufstiegen, wo Alard Coles mit seiner Frau in der Mansarde hauste und arbeitete, sagte Babette zu Max: »Dein Großvater hat Coles noch 1931 Kredit gegeben. Er galt als verlässlicher Kaufmann und stammt aus Grimsby an der Ostküste von England. Die Liebe hat ihn nach Hamburg getrieben.«

Babette behandelte ihre Söhne – gleich wen – grundsätzlich als Erwachsene, wie der Maler Velazquez. Wenn sie ihnen erzählte, tat sie es eigennützig. Sie trainierte ihr Gedächtnis.

»Those RAF-People put our house in nice little pieces. Isn't it so, my dear?«, scherzte Coles mit britischem Humor, während seiner kleinen, zarten Frau das Wasser in die Augen stieg. Zum Wiederaufbau ihres Hauses fehlte den alten Leuten das Geld. Verkaufen ließ sich ihr Trümmergrundstück ebenso wenig, weil ein specknackiger Katasterbeamter Coles' Eigentum in Zweifel zog: Alle amtlichen Unterlagen seien verbrannt. Das sei nun mal so. Die Eigentumsnachweise hätte Familie Coles selbst beizubringen. Wie das jedoch geschehen sollte, wusste der Beamte ebenso wenig. Trotz

Babettes eindringlichen Zuredens war der alte Herr viel zu stolz, seine Landsleute von der britischen Zivilverwaltung um Hilfe zu bitten. Er und seine Frau hatten nichts weiter aus den Bombentrümmern retten können als eine Nähmaschine. Mit der bestritten sie nun ihren Lebensunterhalt. Kinder, Verwandte, die ihnen hätten unter die Arme greifen können, besaßen sie nicht.

»Du musst schon sehr alt sein«, war es Max herausgerutscht, als er Coles erstmals gegenübergestanden hatte. Den Dachraum teilte ein dunkelgrüner Samtvorhang, wohinter ein Eisenbett stand. »Eighty-nine is pretty young, isn't it?«, hatte Coles geantwortet, ohne von der Maschine aufzuschauen. Max wusste nicht, was ihn mehr rührte: War es das Alter des Mannes? Oder die Tatsache, dass dieser hünenhafte Greis grauenhaft abgemagert war? Eine Glühbirne funzelte von der Decke. Die weiß, gelb, grün und burgunderrot glänzenden Strumpftaschen aus Plastik waren die Produktidee des Greises. Woher er den Plastikstoff organisiert hatte, war Babette ein Rätsel. »Viele Fragen, viele Antworten«, sagte sie.

Zog man den Reißverschluss einer Tasche auf, öffneten sich darin fächerförmig zwölf kleinere Taschen, in die man Damenstrümpfe paarweise verstauen konnte. Die Idee fand Babette hinreißend, zumal sie selbst Schwierigkeiten hatte, diejenigen Nylon- oder Seidenstrümpfe, deren Laufmaschen aufgenommen werden mussten, von den heilen zu trennen. »Sie sollten mehr davon nähen«, hatte Babette den Greis sofort aufgemuntert. »Ihre Taschen lassen sich bestimmt gut absetzen, wenn sie jede mit einer andersfarbigen Leinenborte einpaspeln. Vielleicht könnten wir den Preis verdoppeln?« Das runzlige Gesicht der alten Dame, die hinter Coles die Taschen in Pappkartons verstaute, glättete sich. Sie küsste Babette die Hand: »Ohne Sie wir würden nicht überleben.«

»Lassen Sie das bitte, Verehrteste«, wehrte Babette ab und legte einhundertzwanzig neue Deutsche Mark auf den

Maschinentisch. »Ich tu, was ich kann. Wir werden gemeinsam ein schönes Stück Geld verdienen.«

»Warum hast du denen so viel Geld gegeben?«, fragte Max Babette, als sie Kartons voller Strumpftaschen die Treppen hinunterschleppten.

»Weil schon dein Großvater diesen Leuten geholfen hat. Aufgaben vererben sich in der Familie, die Unterstützung dieser alten Leute ist unsere Pflicht, die meiner und deiner Generation. Gott sendet uns häufig Menschen, die sich im Leben schwer zurechtfinden. Der Starke hilft dem Schwachen, sonst kann Gesellschaft nicht existieren. So steht es in der Tora geschrieben.« Sie stellten die Kartons auf den Gehweg, um zu verschnaufen. »Außerdem, mein Kleiner, Gott hilft: Die Taschen gehen weg wie warme Semmeln. Wir verdienen bestens dran.«

Tatsache war, dass die Strumpftaschen Babettes Weihnachtsangebot in sämtlichen Hamburger Krankenhäusern hervorragend ergänzten. Junge Krankenschwestern waren ganz närrisch nach roten Taschen. »Die Tasche ist wunderbar. Man kann so viel Nützliches elegant darin unterbringen.«

»Ja, wirklich diskret«, ergänzte Babette und zwinkerte den jungen Dingern zu.

Bis ins Jahr 1953 verkaufte sie Coles bunte Stepptaschen mit enormem Erfolg. Gerade als Babette die Taschen namhaften Hamburger Wäschegeschäften andiente, machte ihr leider der Tod den Strich durch die Rechnung. Coles hatte ihr mehrfach versichert, er werde bestimmt einhundertzehn Jahre alt werden, sodass man in aller Ruhe eine Taschenfabrik errichten könne: »A pretty good idea, isn't it?« Aber dann war er mausetot im Schnee der Rissener Landstraße gefunden worden. Den Tag darauf war ihm seine Frau gefolgt. Babette veranlasste für beide eine würdige Trauerfeier, die sie aus dem Erlös der übrigen Taschen beglich, die sie noch in der eiskalten Mansarde gefunden hatte.

Ein lutherischer Geistlicher, Babette, Peter und Max waren die Einzigen, die am offenen Grab der Coles beteten. Babette versetzte Peter eine Kopfnuss, als er mit der kleinen Schaufel nicht rasch genug Erde auf die beiden rohen Kiefernholzsärge warf. Auf dem Rückweg über den Friedhof erkundigte sich der Pastor, ob bei Begräbnissen in England wirklich immer *Rule, Britannia!* gespielt werde.

»Wo denken Sie hin?« Babette lächelte kess: »Das war nur meine Bitte an den Organisten gewesen. Ich glaube, der Verstorbene hätte sich darüber totgelacht.« Das war wieder eine der Szenen, wo Peter und Max nicht wussten, ob sie sich ihrer Mama schämen oder vor Lachen losprusten sollten.

Doch was war in ihrem Leben schon normal? Achim hatte einmal geseufzt: »Ich habe die tägliche Gratwanderung so satt.« Worauf Babette geheult hatte. Peter gewann diesem Leben Komik ab: »Mama hat zwar Pharmazie studiert, aber in Wahrheit ist sie Seiltänzerin im Zirkus.«

Wenn sie an Jean Maries dickem Wollschal zog und mit dem Ende des Schals um ihn herumtanzte, ihn neckte, um ihn dann mit innigem Kuss zu überraschen, dann schien Peters Fazit zutreffend. Jean Marie war es übrigens, der am späten Abend des 31. Januar 1953 in den Keller gekommen war und fragte: »Öört ihr dän Orkan singe?«

Peter und Max durften sich wieder anziehen. Babette erlaubte ihnen »ausnahmsweise«, Jean Marie und sie mit zur Elbe zu begleiten. Anfangs schien die Nacht pechschwarz, doch der Wind war erstaunlich warm. »Die Warmfront zieht voraus«, sagte Babette. Die Wellen klatschten bereits kräftig auf den befestigten Uferweg. »Nooch eine albe Meter und drübe auffe Finkenwerder säuft alles ab«, schrie Jean Marie. Doch in der Sturmnacht war nichts außer den weißen Kämmen der brechenden Seen zu erkennen.

Schlug eine schwere Bö zu, klammerte Max sich an Babettes Regenmantel. »Lass das!« Sie stieß ihn weg, hielt aber

Jean Maries Hand. »Jungen dürfen bei Wind keine Angst haben«, schalt sie. Das Weitere ging im Heulen der Böen unter. Mondlicht erhellte für Minuten den Uferweg. Wolkenfetzen sausten dahin. Sie gingen am Hindenburgpark den Hang hinauf. Der Wind orgelte. »Er ist zurück«, schrie Babette Jean Marie ins Ohr. Der blickte zu den erleuchteten Fenstern im Erdgeschoss. Es war die pompöse zweistöckige Backsteinvilla, vor der die Autobombe explodiert war.

22. Windige Nächte

Der Orkan aus Nordwest flaute morgens nicht ab. Die Radionachrichten berichteten über Hunderte von Toten in Holland. »Schrecklich. Alle Polder im Rheindelta sind abgesoffen. In Vlissingen stand die See viereinhalb Meter über Hochwasser.« Alice war persönlich betroffen, weil sie gute Freunde in Schouwen-Duiveland hatte. Nordfriesland, die Halligen und Föhr hingegen waren glimpflich davongekommen. Babette drehte sich in der Kellerküche um sich selbst und sang: »Ach, wie schön, dass niemand weiß …« Seiltänzerin, ging es Max durch den Kopf. Schutzpolder seines Lebens traf eher zu.

Gefördert wurden Babettes Geschäfte auch von Hechts. Sie hatten erfahren, dass Babettes Eltern Reformjuden gewesen waren und Babette in »Mischehe« mit einem Protestanten gelebt hatte. Vor dem Rotklinker-Mehrfamilienhaus an der Ebertallee, in dem Hechts mit ihren ergrauten Eltern die große Wohnung in der zweiten Etage bewohnten, stand tagsüber, ob es schneite oder regnete, die dreirädrige Karre eines jungen Krüppels. Ihm waren an der Ostfront beide Beine amputiert worden. Natürlich hatten Dicker und Max seine Karre ausprobiert, heimlich: Wenn man mit beiden Armhebeln die Kettenübertragung kräftig zur Drehung brachte, erreichte die Karre beachtliches Tempo. Zudem war sie erstaunlich wendig, wie die Kinder fanden. Hinter der Buchenhecke verborgen beobachteten sie, wie der Krüppel die Stufen vom Erdgeschoss zur Haustür herunterrutschte, sich mit der Rechten am Drücker hochzog, um mit der Linken durch den sich öffnenden Türspalt zu fassen, und ihn so weit öffnete, dass er sich hindurchzwängen konnte. Dann rutschte er affengleich auf den Betonsteinen bis zur Mitte der Karre und zog sich mit einem Schrei der Anstrengung auf den Sitz. Wie er es bewerkstelligte, dass seine Dreiradkarre nicht zur Seite kenterte wie eine Segeljolle, blieb ein Rätsel.

»Vor dem Krieg war er ein Wunderkind, ein Klaviervirtuose, dessen Anschlag zu größten Hoffnungen Anlass gab«, rühmte ihn Elke Hecht. Auf den Stühlen am Esstisch saßen zwei alte Leutchen, die Max ebenso zerbrechlich erschienen wie deren Tochter. Die wackelten mit dem Kopf und wiederholten: »Ja, ein geniales Wunderkind.«

Konrad Hecht war Ingenieur auf der Deutschen Werft, vor allem aber Sozialdemokrat aus Überzeugung. Die SPD hatte er in der ersten Hamburger Bürgerschaft nach Kriegsende politisch vertreten. Gewählt war er nicht worden. Die Engländer hatten ihn zum Abgeordneten ernannt, weil sein gerader Charakter bekannt war. Er hatte zu seiner Frau gestanden – studiert hatte sie Germanistik – und zu seinen Schwiegereltern. Laut Nürnberger Gesetz galten sie als Juden.

»Die alten Herrschaften haben sich seit 1941 tagsüber im Schacht der Schiebetür versteckt«, erzählte Babette auf dem Nachhauseweg. Erst bei näherem Hinschauen war zu erkennen, dass der Schacht für seine normale Bestimmung bei Weitem zu breit dimensioniert war. Dass weder eine andere Mietpartei im Hause Anzeige erstattet noch die Gestapo eine Haussuchung vorgenommen hatte, sei, wie Alice sagte, ein Gotteswunder. Denn Hecht hatte auf der Werft nicht den geringsten Hehl daraus gemacht, dass er die NS-Ochlokratie verachtete.

Als begnadeter Konstrukteur im U-Boot-Bau war er jedoch zum Ärger der NS-Bonzen sakrosankt. Beim Inspektionsrundgang im neuen U-Boot-Bunker auf Finkenwerder hatte er in Gegenwart des Werftdirektors und anderer Ingenieure 1943 zu äußern gewagt: »Das ist irre: Meine lutherisch getaufte und lutherisch getraute Frau haben sie per Gesetz zur Jüdin erklärt. Sie hat keine einzige Synagoge betreten. Vom jüdischen Glauben weiß sie so viel und so wenig wie jeder Protestant.«

Vielleicht war es das gemeinsame Schicksal der sogenannten »privilegierten Mischehe«, warum Elke Hecht und Babette sich auf Anhieb sympathisch fanden. Vielleicht war es auch die gemeinsame Ungewissheit, ob sie sich ihrer Wurzeln, der Jüdischkeit, besinnen oder sich endgültig zum Protestantismus bekennen sollten. »Euren Rat brauchen wir nicht«, sagten Elke und Babette, wenn Elkes Eltern oder Großmutter wieder einmal mahnten, sie sollten sich, bitte schön, in der frisch erstandenen jüdischen Gemeinde an der Kielortallee blicken lassen.

Viel Gutes sei auch von Dr. Loeffler vom Amt für Wiedergutmachung zu hören. Elke solle ihm unbedingt einmal einen Besuch abstatten. »Warum geht ihr nicht selbst zum Amt?«, wehrte Elke ab. »Wir sind noch jung. Wir haben ganz andere Dinge zu bedenken als ihr!« Die schier pausenlose Angst, das ewige Bemühen, unauffällig zu bleiben, irgendwie sich anzupassen, zu schweigen, wenn's unumgänglich wurde, den Arm zu strecken, sich wortlos untereinander zu verstehen, hatte die Familie Hecht eng zusammengeschweißt. Babette sagte: »Elkes Haare sind nach dem 9. November ergraut.«

Seine Mutter fragte er nicht nach der Bedeutung dieses Tages. Irgendwie ahnte Max, dass sich hinter dem Datum Furchtbares verbarg. Davon wollte er nichts wissen. Konrad Hecht schwieg bei Gesprächen über die Vergangenheit und verkrümelte sich, wenn sie ihm zu lange dauerten, in sein

Bibliothekszimmer. Es barst vor Büchern und technischen Zeitschriften. Gegenüber dem Fenster zur Straße hing das gerahmte Foto eines freundlich dreinblickenden älteren Herrn. Darunter stand *August Bebel.* In diesem Zimmer erledigte Hechts Sohn Johannes, der fast gleichaltrig mit Max war, seine Hausaufgaben.

Nur wenige Kinder der Umgebung mochten mit Johannes spielen, weil er immer trübselig dreinschaute und zu ängstlich war beim Versteckspiel. Aber am Tag als Elke und Babette sich an der Moorweide mit dem englischen Rabbiner verabredet hatten, mussten Johannes und Max sie gemeinsam begleiten. Sie sollten guten Eindruck machen, weshalb Max die weiße Matrosenbluse und Johannes einen grauen Trachtenjanker tragen musste. Sie schaukelten mächtig mit den Beinen, als ein korpulenter, vollbärtiger Herr ins Zimmer trat. Er entschuldigte sich, das hellgelbe Jackett wegen der sommerlichen Wärme abgelegt zu haben. Hinten auf dem Kopf trug er seine Kippa. Die Jungen sollten weder dort hinschauen noch darüber lachen, hatte Babette ihnen während der S-Bahn-Fahrt eingebläut. Es war ihr durchaus ernst damit.

»My German is a little bit rusty«, entschuldigte sich der Bärtige, weshalb Babette ihm anbot, das Gespräch entweder auf Englisch oder Französisch fortzusetzen. Elke und sie seien durchaus in der Lage zu folgen. Aber Dr. Drayek, den Max mit einem tiefen Diener begrüßt hatte, beharrte auf Deutsch, »because of the children«.

»Sie beide sind also weder in Auschwitz noch in Theresienstadt gewesen?«, begann er zu fragen. Elke schüttelte den Kopf, sie war irritiert. Babette sagte spitz: »Sollten wir?« Das mochte der Rabbiner nicht verstanden haben, denn er fragte: »Und Sie haben in Hamburg überlebt?«

»Wie man's nimmt«, antwortete Elke schnippisch. »Ist Ihnen eigentlich bekannt, was Nazijuristen als ›privilegierte

Mischehe‹ bezeichnet haben? So ein Gespann verkörperten nämlich mein Mann und ich. Bei Babette Coehn war's das Gleiche.«

Der Herr aus Mittelengland rieb sich den schwarzen Vollbart. Seine Unwissenheit über das, was in Nazideutschland geschehen war, schien selbst Elke, diese sonst so geduldige Frau, verdrießlich zu stimmen.

»Wir wollen zu Gott beten, damit er uns seine Gnade und Einsicht schenkt«, sagte der Rabbiner, indem er sich erhob. Alle standen auf. Er betete sehr lange in einer Sprache, die Max nie zuvor vernommen hatte. Es war melodisch, aber fremdartig. Doch als der Rabbiner nicht einhielt – es war das Achtzehngebet –, öffnete Max die Augen und sah, dass ihn seine Mame anlächelte. Als man sich wieder setzte, begann auch der Geistliche zu spüren, dass er keinen Draht zu den beiden Frauen fand. Er schnippte mit den Fingern und blätterte im Buch. Dann hob er seinen Blick: »Sind Ihnen in Ihrer Kindheit wenigstens die dreizehn Glaubensgrundlehren des Mose ben Maimon nahegebracht worden?« Ob sie wenigstens so etwas Ähnliches wie Bat Mizwa gefeiert hätten?

»Moses' Grundlehren haben mich meine Eltern gelehrt. Ich bringe sie meinen Jungen bei. Sonst säßen wir nicht hier.«, antwortete Babette. »Jedoch Bat Mizwa, ich meine: Nein. Aber ich weiß, wo ich stehe, und ich weiß, dass jede gute Tat von Bedeutung ist. Wie die Tora lehrt auch Jesus: Du sollst den Nächsten lieben wie dich selbst. Und Jesus war Jude.«

Ihr Gespräch verlief absolut nicht so, wie es sich die Frauen erhofft hatten. »Haben Sie die leiseste Ahnung, was es für uns bedeutet hätte, wenn bei einer Haussuchung Schriften zur jüdischen Glaubenslehre gefunden worden wären?«, fragte Elke.

»Ich denke schon«, sagte der Rabbiner.

»Können Sie nicht«, blaffte Elke.

»Und warum sind Sie nicht ins Ausland geflohen, emigriert?«

»Ohne meinen Mann?«, fragte Babette. »Sollte ich ihn im Gefängnis von Insterburg, im KZ oder im Moor des Emslands verschimmeln lassen?«

»Sie wurden ständig überwacht. Hatten Sie keine Furcht, abgeholt zu werden?« Er musterte forschend Elke.

»Jede Sekunde«, sagte sie leise. Sie schüttelte den Kopf ob der Frage. »Begreifen Sie nicht? Ich liebe meinen Mann. Der hat Hitler und die korrupte Mörderbande gehasst. Aber mein Mann ist Hamburger, Deutscher, Ingenieur. Er liebt Deutschland, so wie ein Engländer Großbritannien oder ein Franzose Frankreich liebt. Deutschland in seiner schlimmsten Not zu verlassen, das hätte er als Verrat, ja als Fahnenflucht empfunden. Er hat so gedacht wie leider viel zu viele, Hunderttausende anderer Männer, die irgendwo in Afrika oder Russland verdurstet, erfroren oder zerfetzt worden sind.« Sie fuhr dann noch leiserer fort: »Wissen Sie, auch ich bin Deutsche, ebenso wie meine Eltern, die jüdischen Glaubens geblieben sind. Ob aus Überzeugung oder Ignoranz.«

»Varruggt«, sagte der Rabbiner. Er wandte sich Babette zu: »Your mother said …« Er straffte sich hinter seinem Schreibtisch: »Es ist ihr und einem Helfer gelungen, alle Unterlagen rechtzeitig vor dem 9. November aus der Synagoge Papagoyenstraße zu entfernen. Wo ist das alles geblieben? We need it … wenn wir wenigstens eine kleine Gemeinschaft in Hamburg wieder aufbauen wollen. Your mother told me, that she hat den gelben Stern … took away.«

»Kann sein«, entgegnete Babette lakonisch. »Ich hab sie nicht mit Stern erlebt. Ostpreußen ist von Hamburg-Altona weiter entfernt als die Hebriden von London. Was die Nazis in Hamburg taten oder unterließen, konnte das Gegenteil dessen sein, was in Königsberg passierte. Außerdem gab es, verehrter Dr. Drayek, die große, schwarze Katze in Adolfs Reich. Die spielte unablässig mit ihren Opfern. Die eine

Maus fraß sie, happs!, sofort, die andere ließ sie ein Weilchen umherspringen, um sie plötzlich mit einem Pfotenhieb zu töten. Und die dritte Maus schien sie völlig außer Acht zu lassen. Aber dass diese Katze allen Mäusen den Garaus machen würde, daran zweifelte hier niemand.«

Der Rabbiner wurde nervös: »Sie meinen Ihre Gestapo.«

»Bravo, richtig«, beklatschte ihn Elke. »Aber die unsere war's nicht.«

»Ihre Mutter sagte, es sei ihr gelungen, die eigene Kennkarte und die anderer im Melderegister zu vernichten.«

»Sagt sie das?«, fragte Babette erstaunt.

»Yes. She did.«

»Wissen Sie, mein Vater verstarb im Juli 1931. Er war erheblich älter als meine Mutter und Vertreter des preußisch liberalen Bürgertums. Er hatte zwei Vorbilder, die er, solange er lebte, zutiefst verehrte: Das eine war Abraham Geiger, den Sie, Herr Rabbiner, möglicherweise nicht schätzen. – Aber ich will Ihnen nicht zu nahe treten. – Geigers Reformjudentum, also die jüdische Aufklärung ist in den Gaskammern geendet.«

Babette hielt einen Moment inne. Sie weinte, was sie sonst nie tat. Dann fuhr sie fort: »Der andere war ein deutscher Politiker, er hieß Gustav Stresemann und verstarb leider viel, viel zu früh, knapp drei Jahre bevor mein Vater selig starb. Mein Papa hat – soweit ich mich erinnre – in unserem Beisein weder ein jiddisches Wort noch Hebräisch gesprochen oder vorgelesen. Er hielt weder etwas von Herzl noch etwas von dessen Absonderungstraum. Wenn mein Vater zum Tempel ging – was selten genug vorkam –, manchmal zu Pessach, Rosch Haschana oder Jom Kippur, dann nicht in die nahe Papagoyenstraße, sondern in den schönen kleinen Tempel im Hinterhof an der Poolstraße in der Hamburger Neustadt. Die Fassade hat wundersam den 9. November und die Bombennächte überdauert.«

Babette erbot sich, den Herrn Rabbiner nach dem Gespräch zur Poolstraße zu begleiten. Der Weg dorthin dauere keine Viertelstunde. Eine Antwort blieb jener ihr schuldig. Sie ließ sich nicht irritieren. Sie erzählte von Sidonie Werner, der hochgeachteten Volksschullehrerin in Altona. »Sie ist wie meine Mutter im deutsch-jüdischen Hausfrauenbund gewesen. Aber dem Frauenverein für jüdische Wohlfahrtspflege ist meine Mutter nie beigetreten, obgleich sie deren Vorstand, also die musisch so kultivierte Margarethe Lichtheim, die mit ihrer Familie in unmittelbarer Nachbarschaft wohnte, immer sympathisch gefunden hat.«

Die Söhne Lichtheim seien bereits 1936 auf dem Christianeum, der Altonaer Gelehrtenschule, so schändlich beleidigt worden, dass beide den Entschluss gefasst hätten, noch als Schüler ins Ausland zu emigrieren. »Ihre Eltern starben im Gas«, bemerkte Elke. Drayek schwieg.

»Früher hat meine Mutter sich so gut wie nie um ihre jüdischen Wurzeln gekümmert. Vielleicht waren sie ihr zeitweise lästig. Ich habe Papa und Mama nie ernsthaft darüber reden hören«, berichtete Babette. »Als wir einmal rund um den Weihnachtsbaum standen – es muss wohl 1926 gewesen sein – und das Lied *Es ist ein Ros entsprungen* gesungen hatten, bemerkte mein Papa: ›Wir sind schon merkwürdige Juden.‹ Vielleicht sind wir Judenchristen wie Johannes der Täufer, wie Jesus oder wie sein Propagandaminister Paulus?«

Elke bat den Rabbiner um ein Glas Wasser, während Babette fortfuhr: »Seit zwei Jahrzehnten verbindet meine Mutter Herzensfreundschaft mit einem pensionierten Richter in Altona. Der ist Christ. Ich nehme an, dieser Freund hat ihr dank seiner guten Verbindungen – unorthodox – die üblichen Gespräche mit den Vorsitzenden des jüdischen Religionsverbands, der Gestapo und damit auch den Abtransport erspart.«

»Well.« Der Rabbiner überging ihren Seitenhieb auf den Religionsverband. Ihm war das Terrain sichtlich nicht kommod. Johannes und Max schaukelten mit den Beinen. Ob denn die Jungen beschnitten seien, wollte der Rabbiner wissen. »Entschuldigen Sie«, unterbrach ihn Elke nunmehr harsch. Was ihrer sensiblen Natur total widersprach. »Sie haben die zwölf Jahre nicht in Deutschland gelebt, sonst würden Sie eine solch absurde Frage nicht stellen.«

»Aber ohne Beschneidung gibt es keinen Bund mit Gott.«

»Demnach sind unsere Söhne gottlos. Ist das Ihre Auffassung, Herr Drayek?« Breite Sonnenstrahlen fielen durch das hohe Fenster. Draußen klarte der Himmel auf. Max faszinierten die Zehntausende von Staubteilchen, die über dem Schreibtisch gemächlich auf und ab wirbelten. Babette blickte am Rabbiner vorbei auf die Rothenbaumchaussee.

»In nicht allzu langer Zeit werden die Jungen dreizehn Jahre alt sein. Was dann?«, fragte der Rabbiner.

»Diese Jungen werden keine Bar Mizwa feiern – nicht in diesem Land.« Das äußerte Elke so patzig, dass Babette missbilligend zu ihr schaute.

»Lassen Sie uns alles etwas kürzer machen, Herr Rabbiner«, fuhr Babette fort: »In der Sowjetunion wird kein einziger jüdischer Junge beschnitten, weil er nur Nachteile dadurch zu gewärtigen hätte. Diskriminierung von Kindesbeinen an – das kann nicht Gottes Wille sein. Im sowjetisch besetzten Teil Deutschlands, in der DDR, ist es nicht anders als unter Stalin. Wir meinen, dass – weder in West- noch in Ostdeutschland – der Zeitpunkt noch nicht gekommen ist, dass unsere Kinder den jüdischen Glauben ihrer Mütter und Großeltern öffentlich bekennen oder gar ausüben können, ohne schwersten Schaden in ihrer Entwicklung an der Schule oder durch ihre Umgebung in Kauf nehmen zu müssen.«

Sie strich Max übers Haar: »Das Gefasel von der Herrenrasse, Goebbels verblödende Nazipropaganda, Juden seien keine Deutschen, steckt noch in allen Köpfen. Das erleb ich tagtäglich. Sie wissen es doch selbst, Herr Rabbiner. Dieser Irrsinn wird sich nur zeitlupenmäßig über Jahrzehnte verflüchtigen. Das ist ein Problem von Generationen.«

Ob es die beiden Frauen nicht heim nach Israel ziehe, da für ihre Söhne in Westdeutschland nur Nachteile zu gewärtigen seien, erkundigte sich der Rabbiner.

»Nein, nein.« Elke erhob sich wütend von ihrem Stuhl. »Welchen Ungewissheiten wollen Sie die Jungen denn dort aussetzen?« Ihre Stimme klang hysterisch. »Sollen wir die Kinder vor den Nazis gerettet haben, nur damit sie als blutjunge Soldaten im Kampf gegen fanatisierte Mohammedaner in Syrien oder Ägypten fallen?« Das sei ja wie vom Sturzregen in die Traufe! »Schluss muss sein mit den Kriegen, Vernichtungslagern, Genickschüssen, Gefallenen und Krüppeln! Schluss mit den Waisen und der ewigen Trauer der Frauen.« Elke machte eine Atempause, in der sie sich wieder setzte.

Dr. Drayek mied nun völlig ihren Blick. Die sonst so zurückhaltende Frau vermochte ihren Ärger nicht zu zügeln: »Würden Sie diesen Rat auch jüdischen Müttern in Manchester, London, New York oder Chicago erteilen? Ich vermute: auf keinen Fall.«

Damals erfassten Johannes und Max nur Bruchstücke der Auseinandersetzung. Selbst die kindlichen Beobachter hatten begriffen, dass das Gespräch außer Kontrolle geraten war. Die Luft im Raum mit der verblichenen weiß-grünen Streifentapete und den verrauchten Tüllgardinen war stickig geworden. Der Rabbiner antwortete Elke nicht. Stattdessen begann er zu beten: »Bring uns zurück, unser Vater, zu Deiner Tora, und bring uns nahe, unser König, Deinem Dienst, und führe uns in vollendeter Buße zurück zu Dir! Gepriesen bist Du, Herr, der an Buße Gefallen hat.«

Babette versuchte es mit ihrer bewährten Taktik: gnadenlos zu lächeln. Sie nickte dem Rabbiner ostentativ Zustimmung.

Drayek war sicherlich ein herzensguter Geistlicher, aber ihm fehlte es ihrer Meinung nach an Format. Vielleicht war es Mitleid, als Babette sagte: »Sie meinen es ehrlich mit uns, Herr Rabbiner. Das weiß und fühle ich, je länger wir beieinander sind. Aber Sie haben in England und wir haben ein Dutzend Jahre unter Hitler völlig unterschiedliche Lebenserfahrungen machen müssen. Wahrscheinlich wird es sehr, sehr viel Zeit brauchen, bis Elke und ich uns reif genug fühlen, zum Glauben unserer Eltern und Großeltern zurückzufinden.«

Sie neigte ihren Kopf, sodass man die breite blaue Samtschleife sah, mit der sie seit ihrer Kindheit ihre Haare bändigte. Dann blickte sie dem Rabbiner ins Gesicht und sagte: »Die Orthodoxie wird es nicht sein. Mag sein, dass sich meine Mutter ihr beugen wird. Reden Sie bitte mit ihr selbst darüber. Und die Mizwot? Meinen Sie wirklich, wir hätten nach November 1938 irgendeine Chance gehabt, die Ge- und Verbote wenigstens in etwa zu befolgen? Die Mizwot – das wissen wir seit der Aufklärung – sind gute Bräuche, eine kulturelle Angelegenheit.«

Sie nahm eine Pause, ehe sie fortfuhr: »Seele und Körper können sich trennen. Das ist meine Überzeugung. Es ist aber keine gottgegebene Regel. Dennoch ist es für mich zynischer Sophismus zu behaupten, dass die Verbrennung Millionen vergaster Menschen – in den Krematorien von Birkenau und wer weiß wo – deren Seelen daran hindern sollte, Gottes Herrlichkeit zu erblicken. So etwas kann nicht sein Wille sein. Glauben Sie etwa daran?«

Babette lächelte unbeirrt. Ihren Blicken wich Drayek jetzt aus, blätterte in Papieren, schaute in die Schreibtischschublade. Babette ließ sich von seiner gezielt unhöflichen Gestik nicht beirren. »Denken Sie ernsthaft, heute in der Sowjetzone oder hier im Westen eine einzige jüdische Frau zu finden, die mit Gottes Hilfe das Morden überleben durfte, die heute im Tempel einen anderen Platz als den neben ihrem Manne sucht?«

Er winkte ab: »Kein neues Thema.«

Sie überging seinen Einwurf und fügte gelassen hinzu: »Ich bin nicht als Suffragette geboren worden, beileibe nicht. Doch als Frau fühle ich mich heute, nach allem, was uns widerfahren ist, durchaus mit jedem Manne gleichberechtigt. Man kann unserer Glaubenstradition treu bleiben, wie Geiger sagt, und zugleich offen für die Moderne sein. Auch das sind wir Geiger und denen schuldig, die vor hundert Jahren unsern Glauben reformiert und den Tempel in der Poolstraße erbaut haben.«

»Sie sollten wirklich beim neuen Amt Wiedergutmachung beantragen«, wechselte der Rabbiner das Thema. Seine Geduld mit Elke und erst recht mit Babette war absolut am Ende. Er hatte sie mit dieser Floskel hinauskomplimentieren wollen. Doch damit goss er Benzin ins Feuer und stachelte Elkes Widerspruch erneut an: »Wissen Sie überhaupt, was heute pro KZ-Haft-Tag gezahlt wird? Haben Sie sich je ernsthaft mit diesem Thema befasst? Entschuldigen Sie, ich zweifle daran. Für sieben Jahre Hölle im KZ-Oranienburg oder Buchenwald gibt's vom neuen Bonner Staat knapp elftausend Mark.« Elke schnappte nach Luft. »Und was gibt's für vier Jahre im Spalt der Schiebetüren? Nichts. Überhaupt nichts. Und für Babette? War die Ermordung ihres Mannes ein Betriebsunfall? War das Verhungern meiner Cousinen im Ghetto von Riga nur: Schade, so ein Pech aber auch …?«

Vor Erregung ergriff sie ihren Hut, der neben ihr auf dem Teppich gelegen hatte und zog ihren Halbschleier herunter. Wut, Gram entluden sich wie ein Gewitter über dem Rabbiner: »Und wie verfährt man mit all den Erwachsenen und Kindern, die die Nazis zu Halb- und Vierteljuden abgestempelt hatten? Wer kümmert sich um deren Traumata? Wo ist das Mahnmal für all die Tausende halb-, viertel-, ja, achteljüdischer Wehrmachtssoldaten, die ihr Leben nicht für diesen Scheiß-Hitler, sondern in Treue zu ihrem Vaterland gelassen haben, die im Schlamm des Wolchow oder in U-Booten im Atlantik verreckt sind? Sie verdienten doch auch ein Mahnmal.«

»Das ist nicht Sache der Rabbinen«, erwiderte Dr. Drayek, öffnete die Wohnungstür und komplimentierte die vier unmissverständlich heraus: »Sprechen Sie darüber bitte mit Herrn Bürgermeister Brauer, mit Herrn Weiss oder Herrn Dr. Weichmann.«

Er selbst fühlte sich zweifellos hundselend. Wahrscheinlich wäre Drayek nicht so deprimiert gewesen, wenn er schon gewusst hätte, dass der kleine Johannes, der vor ihm saß, ein sehr frommer Jude werden würde – als Erwachsener in Genf.

Die beiden Frauen mieden damals und Jahre später jedes Wort über die zwei Stunden in der Wohnung an der Rothenbaumchaussee. Ihre Verletzungen waren noch zu frisch, zu tief und voll unsäglicher Schmerzen. Umso mehr lachten sie, wenn sie sich des sintflutartigen Platzregens erinnerten, der herabströmte, als sie aus dem einst so prunkvollen Mietshaus der Gründerzeit traten. Johannes und Max waren bis auf die Haut durchnässt. Die steif werdenden Lederhosen der Jungen kratzten. »Mein Hut und mein Kleid sind hin«, rief Elke, während sie auf dem Bürgersteig voranlief. »Meins ebenso«, keuchte Babette.

Auf dem Bahnsteig in Dammtor fielen sich beide Frauen in die Arme und lachten, bis die elektrische Oberleitung ihren sirrenden Klang abgab und der Zug einlief. Als die schwere Eisentür zum S-Bahn-Coupé zuklappte, Johannes und Max auf den gelackten Holzbänken den Frauen gegenübersaßen, lachte Elke los: »Das war unsere Taufe.« Tränen liefen über ihr Gesicht. Plötzlich lachten alle vier.

»Unsere Kinder sind das Wichtigste. Dann erst kommt die Rache. So soll's sein«, meinte Babette, während sie nach links hinausschaute zum Hamburger Schlachthof.

23. Oh, merde

Für das Kilogramm Eicheln zahlte Hagenbecks Tierpark 1953 dreißig Pfennige. Peter war seit Ende September in den Elbvororten unterwegs und sammelte Eicheln in einen Jutesack, den er mit Paketschnur auf dem Gepäckträger seines Fahrrads befestigt hatte. Er hätte einen Stadtplan mit Standorten der Eichen aus dem Kopf entwerfen können. Wo immer Geld zu verdienen war, nutzte er seine Chance.

»Könnte man Eichen melken, wär's einfacher«, sagte er. Die meiste Zeit brauchten Peter und Max zum Transport des schwer gefüllten Sacks über sieben Kilometer bis zur Annahmestelle am Hinterausgang des Zoos. Peter schob das Rad am Lenker und Max hielt den Sack, wenn es über den Kantstein ging und der Gepäckträger bedenklich hin und her schaukelte. »Kannst du ihn nicht halten?«, schnauzte Peter, ohne sich umzublicken.

Die ärgste Enttäuschung kam am dritten Donnerstag im Oktober. Als die Brüder im Nieselregen vor der Holzpforte angelangt waren, fanden sie einen Zettel an die oberste Latte geheftet: »Annahme heute geschlossen.« Peter schwieg. Mit dem schaukelnden Jutesack ging es wieder gen Heimat. Der Fußmarsch in der einbrechenden Dunkelheit und durch die Pfützen des Volksparks dünkte Max eine Ewigkeit.

Als sie den Sack die Kellertreppe hinabgleiten ließen, drohte Babette mit dem Finger. Sie war zornig: Was Peter sich eigentlich dächte? Wenn er sich die Grippe zuzöge, sei es seine eigene Schuld. Aber mit Mäxchen, das sei verantwortungslos. Dessen Lederstiefel waren quatschnass und Babette stopfte sie aus mit Zeitungspapier. »Die Eicheln bringen mindestens drei Mark«, wehrte sich Peter. Seine Wolljoppe hängte Max an die Jugendstilgarderobe vor der Kellerküche.

Babette sägte Schwarzbrotscheiben ab. Es regte sie völlig anderes auf: Jean Marie habe seit drei Tagen nichts von sich hören lassen. An der Strandtreppe in Blankenese mache sich Paul Schönrock wieder wichtig. »Die Canaille besitzt Chuzpe! Mit Sack und Pack kommt er heim zu Lea, als sei nichts geschehen.« Dass Lea seitdem nur noch heulte, erfuhren sie von Alice. Peter und Max stellten keine Nachfragen. Nicht aus Scheu vor Babette, sondern weil alles in ihrer Familie sowieso verworren war. So schien es ihnen jedenfalls damals.

Die Haustürklingel schnarrte dreimal. Babette schickte Max – »Lauf mal, Kleiner!« – die Kellertreppe hoch zum Windfang. Da stand der einbeinige junge Hausierer, der jede Woche vorbeihinkte, hatte seine Krücke gegen die Hauswand gelehnt und kramte in seinem braunen Holzkasten voller Schnürsenkel. Den trug er an einem Halsriemen hängend vor dem Leib. »Hier hast du ein Paar Schwarze für deine Stiefel!«, flüsterte er, »und jetzt ruf deine Mutter.«

Babette zog die Innentür zum Windfang dicht. Es waren Wortfetzen wie »Jean Marie«, »Main Rouge«, »Fischer« und »Sécurité«, die Max zu hören meinte. Erstaunlich war, dass der Hausierer ins Französische verfiel. Er wirkte noch blässlicher als sonst. Mit dem Rücken lehnte er gegen die gelben Wandkacheln, während Babette zurück in den Keller lief. »Hast du Schmerzen?«, fragte ihn Max. Denn Schweiß lief unter der Baskenmütze die Schläfen hinab. »Nett, dass du dich erkundigst, Kleiner. Ich hab immer Schmerzen.«

»Hier ist Wurstbrot in Pergament«, sagte Babette. Er verbeugte sich stumm, nahm seine Krücke und humpelte den gepflasterten Gartenweg zur Straße. Als sie die Haustür sorgfältig hinter dem Hausierer verriegelte, fragte Max: »Warum hast du dem Geldscheine gegeben?« Statt einer Antwort erhielt er eine Ohrfeige. »Heul nicht«, herrschte sie ihn an. Als sie nach dem Nachtgebet Max' geschwollene Wange betrachtete, gab sie ihm einen Kuss auf die Stirn: »Entschuldige meinen Ausraster. Ich hab zu viel zu bedenken.«

»Und der Schnürsenkel-Mann?«, fragte er.

»Ein braver Soldat, der zu lange in französischer Gefangenschaft saß.«

»Ist französische Gefangenschaft so schlimm wie russische?«

»Manchmal, besonders dort, wo Jean Marie herstammt, südlich des Mittelmeers. Da passieren scheußliche Dinge: Moslems gegen *colons* und Juden. Die Moslems fackeln die Synagogen ab.«

»Sind Jean Marie und seine Eltern *colons*?« Die verklemmte Sprungfeder des Sofas, auf dem Max schlief, knallte hoch. Es war die Nacht, in der er im Dunklen aufstand und das Bett seiner Mutter leer fand.

Mitte Oktober war Jean Marie zurück. Er brachte den Brüdern frische Datteln mit. »Sie sind mit mir auf dem Fährschiff von Algier nach Marseille und von dort im Bahngepäck gereist. Der Steward hat gefragt, ob ich sie meiner Freundin mitbringe. Isch ab non gesagt. Isch bringe sie ihre lustige Söhne.« Peter hatte die Datteln am selben Abend unter seiner Bettdecke vertilgt. Durchfall war die Strafe.

»Du kannst nur noch an Algier und Oran denken. Alles andere verdrängst du. Algérie Française, das ist deine Obsession geworden«, warf Babette Jean Marie vor.

»Und wann bemühst du dich ums Aufleben deiner Approbation und eine Apotheke?«, hielt Jean Marie ihr entgegen. Es herrschte Missstimmung zwischen beiden.

»Hast du 'ne blasse Ahnung, wie sich die Apothekerclique an den Realkonzessionen festklammert? Ihre Standesvertretung stützt jeden Altnazi schamlos – ohne rot zu werden. Schamlos …« Babette hatte ihren pädagogischen Tonfall, den Jean Marie gar nicht schätzte. »Das ist nicht schwer zu begreifen, weil die heutigen Inhaber 1933 durch Hitler billig an ihre Konzessionen gekommen sind. Ihre Gebietsmonopole schließen jede Konkurrenz aus. Besser könnt's nicht sein. Das nennt Erhard ›soziale Marktwirtschaft‹.« Selbst dieser Hausmakler Zobel existiere ja noch. Babette hatte ihn zufällig auf dem Gänsemarkt gesehen. »Dieser Schmierant hat fünftausend Reichsmark bei jeder Arisierung einer Apotheke abgesahnt. Er hatte quasi das Arisierungsmonopol auf Apotheken in Hamburg. Um das haben ihn die Rechtsanwälte beneidet.« Babettes Folgerung lautete: Abwarten und zugreifen.

»Ich kenn doch meine Konsemester: Die meisten sind Zyniker und deshalb willfährige Untertanen«, sagte sie. »Wer sonst sollte das Luminal ans Kinderkrankenhaus Rothenburgsort, nach Neumünster oder Hohenlychen geliefert haben? Helfershelfer beim zigtausendfachen Kindesmord. Das werden meine Kollegen empört abstreiten: Auf jedem Fläschchen stand doch der Hinweis: *Nur zur Verwendung für den Reichsausschuss zur Erfassung von erb- und anlagebedingten schweren Leiden.*«

»Oh, merde«, entfuhr es Jean Marie.

Zur gedrückten Stimmung trug Max' Herbstzeugnis bei. Als Babette die Note Drei in Deutsch, Heimatkunde und Rechnen las, erhielt er prompt die obligate Ohrfeige. »Warum schaust du mich so frech an? Wie willst du je Latein oder Französisch lernen, wenn du nicht mal Rechnen und Deutsch beherrschst?« Max biss sich auf die Lippe.

»Einen Lehrer wie Schmielke hast du nie gehabt«, schrie er sie an.

»Sei nicht trotzig, kleiner Herr«, gab sie zurück. Plötzlich lächelte sie: »Aber das steht dir ja gar nicht schlecht.« Länger kümmerte sich Babette allerdings nicht ums Zeugnis, weil sie zum Telefon gerufen wurde, das neben Alices Sessel stand. Es war das einzige im Haus, weshalb Alice notgedrungen Mithörerin der meisten Anrufe wurde. Lea log schlecht: Sie sei vollkommen wohlauf, seit Paul aus dem Krankenhaus zurück und nun ständig zu Hause sei. Schlucken falle ihm noch schwer. Im *Hotel Atlantik* an der Außenalster hätten sie sich schon zweimal zum Essen verabredet. »Einfach göttlich«, sagte Lea aufgedreht. Außerdem habe sie Kollegen von Paul, also von der Ambiance und der Dresdner Bank, zu Gesicht bekommen. Beiläufig fügte Lea an: »Paul lässt ausrichten, er wünsche dringend mit Babette zu sprechen. Am besten gleich Freitag Mittag im Restaurant *Gustav Adolf* auf den Hohen Bleichen – direkt zwischen Ambiance und Dresdner.«

»Bestell der Canaille, dass ich nicht komme«, fauchte Babette ins Telefon. Worauf Schluchzen vom anderen Ende zu vernehmen war. Alice sagte: »Du kannst deine Schwester nicht hängenlassen. Wer weiß, was sie sich antut.«

Babette wollte Zeit gewinnen, um besser vorbereitet zu sein. Sie tischte Peter und Max – bis es beiden querhing – Brat- oder Salzkartoffeln mit eingelegtem, manchmal geräuchertem Hering auf sowie Dickmilch, weil es »nichts anderes gibt«, wie sie beteuerte. Ihre Söhne wurden hellhörig, wenn Alice erwähnte, dass Babette ganz vorzüglich koche.

In der von Efeu und Wein eingewachsenen Villa auf der gegenüberliegenden Straßenseite lief morgens Punkt acht Uhr stets dasselbe Ritual ab: Die marineblaue Haustür mit den barock geschnitzten Holzranken vor dem Fenster öffnete sich, der weißhaarige Dr. Kirchhoff trat im grauen Staubmantel heraus und seine muntere Frau reckte sich empor, um ihm einen Abschiedskuss auf die Wange zu drücken. Beim Hinabschreiten der Treppe setzte Kirchhoff seinen blauen Samthut auf, den Babette als »Arbeitgeberhut« bezeichnete, wechselte die Aktentasche in die Linke und schritt zur S-Bahn. Seine Rechte hatte der weit über Siebzigjährige somit frei, um Nachbarn und Bekannte, die ihm begegneten, mit Anlupfen oder gar mit Ziehen des Hutes seiner Wertschätzung zu versichern. »Er könnte sich jederzeit einen Mercedes mit Chauffeur leisten«, meinte Alice. »Aber er ist zu klug, seinen bewährten Tagesrhythmus zu ändern.«

Die Kinder der Straße schätzten die Eheleute Kirchhoff: Sie verübten keine Klingelstreiche bei ihnen. Weder sie noch er verloren ein Wort darüber, dass die Jungen und Mädchen sich an ihren Äpfeln und Zwetschgen gütlich taten. Die Villa der Kirchhoffs war über Jahrzehnte wie ein Märchenschloss zugewachsen, aber Ende September erglühte das Weinlaub. Wie erzählt wurde, beherrschte der alte Kirchhoff acht Sprachen. Selbst Babette, die nie um Bemerkungen verlegen war, sagte anerkennend: »Einer der wenigen von Bedeutung. Er hat mit Max Warburg, dem Bankier, die Wirtschaftsprüfung in Deutschland begründet.« Natürlich konnten die Jungen nichts mit dem Begriff »Wirtschaftsprüfung« anfangen. Aber es war Babettes Art, Stichworte in ihr Hirn zu pflanzen. »Irgendwann werdet ihr Zeit finden, euch damit zu beschäftigen.«

Eines Tages hatte sich Kirchhoff ohne Jackett über die Straße begeben: Babette möge bitte anlässlich des achtzigsten Geburtstags seiner Frau das festliche Menü bereiten. Hilfsköchin und Personal würden ihr selbstverständlich zur Seite stehen. Die Tafel mit dem Silber werde von seiner Frau selbst eingedeckt, zwei Aufwartefrauen würden helfen und servieren. »Ich trete Ihnen mit meinem Anliegen doch nicht zu nahe?«, hatte er gefragt. »Wir hätten es lieber gesehen, ausschließlich unsere Familie zu bewirten. Doch meine Frau und ich müssen uns geschäftlichen Verpflichtungen stellen. Herren der Schifffahrt, der alerte junge Herr Schlieker, einige Herren von den Banken, der Ambiance und vom Außenhandel, die wir jetzt prüfen, sind samt Ehefrau geladen. Einige werden Sie persönlich kennen.«

Vor der Festlichkeit hockten die Jungen oft auf dem Treppenabsatz, der von der Küche in den Garten führte. Sie schauten zu, wie der Lachs zerlegt, geschnitten und in den Eiskeller gebracht wurde. Der wurde alle Vierteljahr über eine Holzrutsche mit rauchenden meterlangen Eisklötzen neu bestückt. Das Interessanteste für die Kinder der Nachbarschaft waren Hunderte dunkelgrüner Flusskrebse, die am Freitag angeliefert wurden und in Weidenkörben durcheinanderkrabbelten. Dicker hielt ein Stöckchen hinein. Als ein Flusskrebs mit seiner Schere zugriff, hielt er ihn hoch und Iska schrie.

»Steht nicht dumm rum und haltet Maulaffen feil, wenn die Gäste kommen«, war den Kindern eingeschärft worden. Doch als der dritte Mercedes 170, ein Mercedes Roadster mit Schwiegermuttersitz, dazu ein Mercedes der neuen Serie 180, ein roter Borgward und ein eleganter Horch Phaeton vorfuhren, hielten sie beim Kicken mit dem Fußball inne.

»Glotzt nicht so blöd«, nörgelte Iska. Die Anfahrt so vieler Autos war für die Jungen ein fantastisches Schauspiel. »Der Borgward Schrägheck fährt mindestens einhundertvierzig Sachen«, meinte Dicker. »Einhundertfünfzig – mit ordentlich Karacho«, sagte Tetsche, wobei er versonnen in der Nase popelte. Um ungestört beobachten zu können, verbargen sie sich hinter der Ligusterhecke. Weit oben in der Straße parkte ein weißes BMW Cabriolet ein.

»Ist das nicht deine Tante Lea?«, flüsterte Tetsche. Tatsächlich: Paul im anthrazitfarbenen Zweireiher mit Einstecktuch und Lea, die hinter ihrem Petit Napoleon im Schwarzseidenen mit großem weißen Kragen hertrippelte. Das Paar wechselte kein Wort miteinander – selbst vor der Haustür, die weit offen stand. Den Kindern wurden die schicken Autos bald langweilig. »Nicht immer luggi-luggi machen«, sagte Dicker. Versteckspiel in den Gärten war besser.

Nach der zweiten Tischrede war der Hausherr in die Küche geschlüpft, um Babette per Handkuss für die bislang so vorzüglichen Speisen zu danken. In der Tat sei es ihr eine Freude und Ehre gewesen, Kirchhoffs an ihrem Festtag zur Seite zu stehen, hatte sie spätabends der neugierigen Alice berichtet. »Ich höre dahinter ein Aber«, hatte Alice gesagt und ihre Stricknadeln sinken lassen. »Glaubst du, ich hätte von meinem Hochsitz hier in der Veranda nicht gesehen, wie dein geliebter Paul als einer der letzten Gäste seinen Knicks machte?«

»Na, spuck's schon aus, Babettje«, hatte Alice ermuntert. Aber die hatte länger gegrübelt. »Er bedroht mich wieder. Aber ich lass mich nicht erpressen.« Darauf hatten sich die so ungleichen Freundinnen umarmt. Klein beizugeben sei in jeder Hinsicht sinnlos, wahrscheinlich lebensgefährlich, waren sie nach ihrem von langen Pausen unterbrochenen Gespräch übereingekommen.

Davon erfuhr Max, als er volljährig wurde.

Lange vor Weihnacht setzte der Winter mit Schnee und Eisgang auf der Elbe ein. Peter und Max hatten nasse Füße, wenn sie nach Hause kamen, weil das Wasser zwischen Sohle und Oberleder ihrer Stiefel durchsuppte. Als sich die ersten dicken Eisschollen am Strand in Teufelsbrück ablagerten, schob Peter die größte Eisplatte wieder ins Wasser, sprang darauf und drückte sie mit einer langen Holzstange Richtung Fahrwasser. Der Ebbstrom trieb sie elbabwärts. Ein paar Jungen wollten es Peter sofort nachmachen, liefen nach Hause und organisierten heimlich Bohnenstangen. Wenige Tage später trieben Scharen von Halbwüchsigen auf Eisschollen mit auf- oder ablaufender Tide und winkten ihren Kameraden am Strand triumphierend zu. Besseres als Eisschollenschippern konnten sich die Jungen in diesem Winter nicht vorstellen.

Beglückt erzählten sie Babette davon. Sie hörte kaum zu. Ihre Gedanken kreisten um eine baufällige Fachwerkkate, ausgerechnet an der Elbchaussee. Die Kate stand, wie Babette sagte, zu sensationellem Preis zum Verkauf. Das Grundstück war groteskerweise zur Elbchaussee nur elf Meter breit und zog sich als dreihundert Meter langer Schlauch gen Nord, womit es wie eine Barriere die zwei riesigen benachbarten Grundstücke trennte. Als die Brüder frierend vor der Bruchbude standen, von deren Dach sich Reet gleich bündelweise löste, ulkte Peter: »Da muss man die Nachbarn fragen, ob man's Fenster öffnen darf.«

Babette hielt den Zeigefinger vor den Mund, als gäbe es Geheimes mitzuteilen: »Links, das gehört zum Reemtsma-Zigarettenclan – ihr wisst doch, der die Wehrmacht beliefert hat. Die Eigentümer rechts aber sind im April 1933 emigriert. Die können die Zigarettenleute nicht riechen. Ich glaub, sie hassen die. Auf jeden Fall soll eine gemeinsame Grundstücksgrenze vermieden werden. Jungs, das ist unsre Chance. Wir kriegen den Quadratmeter für eins siebzig. Bedankt euch bei Dr. Busch. Er ist auf die Sache gestoßen.« Peter grinste. »Typisch Mama.«

Max fragte sich, wo sie das Geld herzaubern wolle. Obendrein musste die Ruine bewohnbar gemacht werden. Das kostete wahrscheinlich mehr als das Grundstück. Doch Max unterließ es zu fragen. Nicht einmal Jean Marie, der »Mon dieu!« sagte, als ihn Babette beim Spaziergang mit ihrem Traumhaus überrascht hatte, wagte Zweifel am Gelingen ihres Vorhabens zu äußern. »Die Tenne wird Wohnzimmer mit Kamin. Daneben wird die Holztreppe nach oben führen. An die Stelle dieses Schweinekobens kommen Bad und Küche. Im Vorderzimmer zur Elbe richte ich mein Büro ein.« Sie hatte bereits alles durchgeplant. »Aber die Balken vom Fachwerk sind doch völlig wurmzerfressen«, sagte Peter. Das überging sie.

Es herrschte geschäftige Vorweihnachtszeit. Babette und Jean Marie erklärten, dringend nach Föhr reisen zu müssen, um persönlich darauf zu achten, dass sämtliche Bestellungen richtig ausgeführt würden. Babette musste den Grundstücksverkäufer telefonisch beruhigen: »Die Zahlung wird pünktlich zum Notartermin am 30. Dezember erfolgen.« Das war zwar das Datum von Peters Geburtstag, aber angesichts der Geschäftigkeit seiner Mutter wusste er im Voraus, dass sie am Abend bedauernd sagen würde: »Da haben wir doch glatt den Geburtstag des Jungen vergessen. Warum hast du keinen Muckser von dir gegeben?«

Großmutter hatte sich im Herbst mehrfach bei Alice über die unterbliebenen Besuche ihrer Tochter Babette beschwert. Die stellte sich für das Gejammer allerdings taub. Mit Max wollte sie Anfang Dezember das Weihnachtsmärchen vom *Tischlein deck dich* im Hamburger Schauspielhaus genießen. Doch als seine Platzkarte für den dritten Rang abgerissen war, sagte sie: »Viel Spaß, ich muss jetzt zu Dr. Busch.« Damit sah er sie nur noch in ihrem glatten schwarzen Persianermantel mit dem herzförmigen Persianerkäppchen in der Menge verschwinden. Nach Ende der Vorstellung musste sich Max inmitten einer vielköpfigen Familie am Kartenknipser im Hauptbahnhof vorbeimogeln. Babette hatte vergessen, ihm Rückfahrgeld zu geben. »Entschuldige, bitte«, sagte Babette und versetzte ihm einen Klaps, als sie die Haustür öffnete.

Am Weihnachtsabend, zu dem auch Achim erschien, überraschte Babette jeden ihrer Söhne mit einer Zellophantüte voller *Gartmann*-Schokoladenkringel. Worauf Achim der Satz entfuhr: »Das ist alles?«, und Babette gereizt antwortete: »Wir müssen jetzt sparen.« Mit Achims Antwort »Tun wir doch immer« war die Stimmung auf die Tiefe des Marianengrabens gesunken. Wortlos kauten die Jungen auf dem gummiartigen Käsetoast, den Babette üblicherweise am 24. Dezember auftischte, bis Jean Marie sich bei Achim erkundigte, ob in Hamburg denn noch über den Bombenanschlag auf diesen »Monsieur Ai – oder Aiens« gesprochen werde.

»'ne fiese Nummer war das mit 'nem neuen Plastiksprengstoff. Dr. Busch spricht nicht drüber.« Achim kämpfte mit den Käseschlieren. »Den Fahrer hat's zerrissen. Der war der Falsche. Die Lehrer haben sich fix in die Wolle gekriegt. Mein Deutschpauker hat gesagt: ›Das war der KGB, Stalins Geheimdienst.‹ der Kunstlehrer hat ihm einen Vogel gezeigt: ›Glauben Sie, die Amis hätten nichts damit zu schaffen – oder die Franzosen, die sich in Algerien festkrallen und die Araber kujonieren?‹«

»So, sagt das dein Kunstlehrer?« Jean Marie hob sein Rotweinglas: »Möge uns alles gelingen.«

Am Tag vor Silvester wurde der Kauf des Handtuchgrundstücks notariell in der Ferdinandstraße nahe der Alster beurkundet. Der Notar rappelte den Vertragstext so schnell herunter, dass weder Peter noch Max, die ihre Mutter ins Notariat zu begleiten hatten und im Hintergrund auf ungepolsterten Stühlen hockten, auch nur dem Wortsinn zu folgen vermochten. Babette Coehns Zahlung sei nun auf seinem Anderkonto eingegangen, bemerkte der Notar und schaute sie auffordernd an. »Ja, natürlich«, flötete sie, »hier habe ich noch das, was für Sie aussteht.« Damit erhob sich Babette Coehn, die ihren Mantel nicht abgelegt hatte, beugte sich über die mit grünem Filz bezogene Schreibtischplatte, hinter welcher der Notar thronte, zog ein Geldscheinbündel aus ihrem Persianermuff und sagte: »Da ligget's, zählen Sie bitte nach.« Der Notar machte kein freudiges Gesicht und komplimentierte diese Kundschaft schnell hinaus.

Peter hatte gehofft, dass Babette ihre Söhne aus Anlass seines Geburtstags zumindest ins *Café l'Aronge* einladen würde. Aber nichts, weder mit Torte noch Kakao! Stattdessen fuhr sie mit ihnen per Bahn und Bus zur Elbchaussee, wo Jean Marie sie im eiskalten Vorderzimmer der Remise empfing. Er drückte Babette an sich: »Viel Glück in deine Aus.«

Der Sturm, der am Vorabend aufgekommen war, hatte vormittags weiter zulegt und pfiff durch Mauerscharten des Fachwerks. »Aufpasse, de Diele sinne marott«, warnte Jean Marie. Peter und Max waren bereits durchs morsche Holz getreten. »Bloß keine Angst. Kies oder Lehm sind das Fundament. Darauf hat man Bohlen gelegt und die Dielenbretter draufgenagelt«, erklärte Babette. »So schlicht war das vor zweihundert Jahren. Wir erneuern das. Die Pinkelrinne der Kühe verschwindet natürlich.«

Das bekamen ihre Söhne nur halben Ohres mit, da Peter bereits Tenne, Schweinekoben und den Verschlag für die Kühe durchforstete: »Dieser Balken muss ersetzt werden. Hier ist Holzwurm.« Die heruntergekommene Remise hatte von seiner handwerklichen Fantasie Besitz ergriffen. Er fand, dass die Hälfte des Hauses bis zum Dach geöffnet werden sollte. Babette begeisterte sich: »Ein großzügiger Raum von der Diele bis zum First!« Aber verwarf es sogleich: »Platz für die Zimmer der Jungen würde fehlen.«

Sie hatte nicht bemerkt, dass Großmutter aufgetaucht war. Sie trug wieder ihre hässlichen Überziehgaloschen und stützte sich mit der Rechten auf den Silbergriff ihres Gehstocks, während Ruth ihre Linke untergehakt hielt. »Was steht ihr belämmert da, statt mich zu beglückwünschen?«, fuhr Babette die beiden wie ungebetene Gäste an.

»Lea ist fort«, antwortete Großmutter theatralisch. Ruth nickte.

»Was heißt fort?«, fragte Babette. »Müsst ihr ewig mit Unangenehmem kommen?« Unsicherheit war ihrem Timbre zu entnehmen.

»Fort ist sie. Keiner weiß wohin«, sagte Ruth, während Großmutter ermattet auf einer alten Tonbank niedersackte.

»Wer redet so dummes Zeug? Paul? Die Polizei?« Babettes aufbrausendes Temperament war in dieser Situation wenig hilfreich. »Keiner ist plötzlich futsch!«, ergänzte sie zickig.

»Paul hat sie gestern, als er todmüde vom Büro kam, nicht angetroffen. Dann hat er gewartet, ist aus Besorgnis um Mitternacht zur Polizeiwache in der Blankeneser Bahnhofstraße. Da haben sie ihn abgewimmelt und wieder nach Hause geschickt. Als Lea heut Morgen nichts hat hören lassen, ist Paul wieder zur Polizei, hat Vermisstenanzeige erstattet. Vom Büro in der Ambiance hat er mich um acht alarmiert.« Großmutter wies mit dem Gehstock auf Babette: »Ihr wart natürlich unerreichbar.«

»Kannst du mir nicht einmal Vorwürfe ersparen?« Babette sprach erstaunlich gefasst. »Und das glaubst du das alles deinem smarten Schwiegersohn?«

»Du mit deinem perversen Misstrauen gegen Paul! Lea hat ewig darüber geklagt.«

»Du sprichst, als sei sie tot«, entgegnete Babette.

»Duu«, entrüstete sich Großmutter und schwenkte ihrer obstinaten Tochter erneut drohend den Gehstock entgegen. Ruth zog die widerstrebende alte Dame aus der Hausruine. Sie verschwanden grußlos.

»War euer Verhältnis immer so innig, liebevoll?«, fragte Jean Marie. Babette war aschfahl trotz des Rouge auf dem Gesicht. Sie sank förmlich in seine Arme: »Das Schwein hat sie umgebracht!« Schüttelfrost erfasste sie, ihre Zähne klapperten aufeinander.

Ihre Söhne waren tief enttäuscht. Im Stillen hatte sich jeder auf diesen Tag mit dem neuen, uralten Haus, der Bruchbude, wie Achim es nannte, gefreut. Draußen orgelte mindestens Windstärke zehn. Glücklicherweise hatte Jean Maries erstes Auto, der saharagelbe Renault 4, anders als der VW Käfer vier Türen: Babette saß kraftlos auf dem Beifahrersitz. Zu dritt zwängten sich die Söhne auf der Rückbank. Als Jean Marie den Motor gestartet hatte, richtete sie sich auf: »Wir fahren zur Polizei. Ich will wissen, was los ist.«

Der glatt gescheitelte Polizist in schwarzer Hamburger Bobby-Uniform hinterm Tresen verhielt sich aufreizend desinteressiert. Viele Menschen würden tagtäglich vermisst, dozierte er. Wenn alle Geschwister sich sofort nach dem Verbleib ihrer kürzlich vermissten Angehörigen erkundigten, wo komme man hin?

»Weisen Sie sich aus«, kam es blasiert von oben herab. Das Wörtchen »bitte« kannte er nicht. Babette zeigte ihren Personalausweis. »Sie kenne ich doch! Natürlich!« entfuhr es ihr.

Jean Marie und die Jungen sahen den Eklat voraus. Babette geriet richtig in Fahrt: »Ja, ich erinnre mich. Natürlich: Sie waren doch 1940 Wachoffizier in Esterwegen?« Sie deutete mit dem Finger auf ihn. »Wie kommen Sie in den Hamburger Polizeidienst?« Der glatt geschniegelte Fünfzigjährige kehrte ihr augenblicklich den Rücken.

»Sie müsse Anscheige aufnehmen«, empörte sich Jean Marie laut. Doch der Polizist verschwand ungerührt im Nebenraum. Babette weinte vor Wut. Eine Bö warf die schwere Holztür zur Wache scheppernd ins Schloss. Im Auto fragte Jean Marie: »Warum bleibscht du in diesse Land, ma cherie?«

Babettes Körper zuckte konvulsivisch. Abends summte sie eine Melodie – die der Moorsoldaten.

24. Toujours y penser, jamais en parler

In der ersten Januarwoche, also noch während der Weihnachtsschulferien, rief Alice von ihrer Veranda laut durchs Haus nach Babette. Sie müsse ihr eine Meldung aus dem *Abendblatt* vorlesen, unbedingt: »Spielende Kinder haben im Packeis am Elbstrand von Oevelgönne eine Wasserleiche entdeckt«, eine Frau mittleren Alters. Großmutter hatte dieselbe Meldung auch gelesen. Sie habe sich elektrisiert gefühlt, berichtete sie später. Sie hatte sich per Telefon energisch bis zu Pauls Büro in der Ambiance durchstellen lassen. Anfänglich habe der absolut gefasst geklungen, erzählte sie. »Ist es Lea?«, hatte sie gefragt.

»Nein, wieso. Was fragst du mich?«, hatte Paul erbost erwidert. »Ich weiß nichts.« Er mache sich ungeheure Sorgen. Lea sei seit ihrer Heimkehr aus den USA so absonderlich, so fremd. Er warte weiter auf ein Lebenszeichen, einen Anruf, eine Karte seiner Frau. Großmutter hatte dann Schluchzen vernommen.

»Dieser Saukerl!«, schrie Babette und reichte den Hörer zurück an Alice. Max war ihr gefolgt. »Und du … ihr Gören, ihr redet kein Wort davon«, fuhr sie ihn an. Sie war derart in Rage, dass er eine Ohrfeige gewärtigte. Das alles sei nichts für Kinderohren. Mit diesen Worten schickte ihn Alice fort. Sie tat das jedoch mit so gewinnendem Lächeln, dass Max nie eingefallen wäre, ihr böse zu sein.

Die Woche war erfüllt von Ungewissheit, Wut und Trauer. Babette und Ruth stellten als Schwestern von Lea gemeinsam

Vermisstenanzeige im Polizeipräsidium am Karl-Muck-Platz. Sie wollten sichergehen, dass die Anzeige nicht unter den Tisch gekehrt wurde. Paul Schönrock ließ kein Gespräch mehr durchstellen. Seine Sekretärin schirmte ihn total ab. Babette ging trotz des Schneematsches mehrfach zum Haus an der Strandtreppe. Die eiserne Gartenpforte blieb verschlossen, kein Licht war im Haus zu entdecken.

Tagesgespräch der Ambiance-Verwaltung war die elegante Dame mit rotbraunem Haar, die, schnurstracks an den Pförtnern vorbei, sich weder von »Wo wollen Sie denn hin?«- noch »Halt!«-Rufen hatte aufhalten lassen, stattdessen mit dem Paternoster in die Chefetage gefahren und, ohne zu klopfen, durchs Vor- direkt in Schönrocks Chefzimmer gestürmt war. »Richten Sie aus: Wir ziehen ihn zur Rechenschaft! Ich spaße nicht«, hatte die Frau gedroht. »Wie ein Racheengel«, empörte sich die Chefsekretärin mittags in der Kantine.

Anfang März lag der schwarz geränderte Brief hinter der Briefklappe auf der Fußmatte: »In tiefer Trauer« zeigten Paul Schönrock, Tochter und Sohn den »tragischen Heimgang« der geliebten Ehefrau und Mutter an. Die Urnenbeisetzung auf dem Nienstedtener Friedhof hatte in aller Stille stattgefunden. »Verscharrt hat er das arme Mädchen«, sagte Alice, indem sie ihre dicke Brille abnahm und sich Tränen aus den Augen wischte. »Selbst ›geborene van Dom‹ fehlt hinter ihrem Namen.« Peter und Max schien es, als seien Großmutter, Ruth und Babette in Schockstarre. Keine der drei weinte. Es galt Großmutters Wort: »Haltung bewahren. Toujours y penser, jamais en parler (Stets daran denken, nie davon reden)!« Paul war Unperson geworden.

Als Anwalt hatte Busch Einsicht in den Obduktionsbericht im Hafenkrankenhaus: »Tod durch Ertrinken.« Der Bericht sei ebenso liederlich wie das holzige Papier, auf dem er getippt worden sei, meinte er. Babette hatte ihm für seine Bemühungen gedankt, konnte sich aber mit hochgezogener

Augenbraue nicht den Satz verkneifen: »Wenn in Adenauers Rechtsstaat Polizei und Justiz so arbeiten, dann: Hilf dir selbst, dann hilft dir Gott.« Busch wurde unwirsch, unterließ es jedoch, auf Babettes Argumentation einzugehen. Das Thema war zum Rondo verkommen.

»Sie ist doch eine tolle Schwimmerin gewesen. Durch hohe Wellen tauchte sie.« Ruth sog an einer Zigarette. Babette blies ärgerlich ihren Rauch weg. Sie vermutete nicht, sie war sich des Hergangs gewiss: »Spätabends hat er gesagt: ›Kommst du mit zum Strand? Nach all dem Büro muss ich frische Luft schnappen.‹ Brav wie das Lamm zur Schlachtbank ist Lea ihm die vereiste Strandtreppe hinabgefolgt. Sonst kein Mensch. Dann ist er mit ihr auf den Fähranleger, hat zu ihr gesagt: ›Sieh, was für riesige Eisschollen vorbeischieben!‹ Im selben Augenblick stößt er sie vom Ponton, sie stürzt unters Eis, macht wenige Schwimmzüge, wird zwischen den Eisschollen abgetrieben, schreit – drei Minuten später war sie tot. Ende!«

»Wirklich?«, fragte Ruth.

»Ja, du; du dumme Kuh. Schau dir die Haut deiner Finger an. Die sind gelb von den ewigen Zigaretten.«

Ein Friedhofsgärtner ließ sich gelangweilt herbei, den Grabplatz rechts neben dem Sandsteinmausoleum zu zeigen. Coehns legten Herbstastern nieder. Blumen, die Babette eigentlich scheußlich fand. Aber im Februar gab es keine anderen. Einen ernsten Brief über das – wie sie formulierte – »infame Verhalten dieses falschen Danzigers« wollte Großmutter an den Ambiance-Vorstand schreiben. Die Empörung überlagerte ihre Trauer um die Tochter. Dass es ihr so miserabel ging, dass es ihr fast die Kehle zuschnürte, hätte Großmutter nie zugegeben.

»Wie konnte sie diesen Wicht aus Danzig heiraten?«, wiederholte sie immer wieder. Sie erkundigte sich sogar: »War Paul auch in dieser scheußlichen Hitler-Partei? Du weißt doch bestimmt mehr darüber, Babette? Ich kenne dich doch.« Worauf Babette achselzuckend entgegnete: »Beruflich ist dein Schwiegersohn zweifelsohne ungeheuer erfolgreich. Karriere hat in unserer Zeit nichts mit Charakter zu tun. Meinst du wirklich, dass ihm seine bombigen Geschäftsabschlüsse wie gebratene Tauben in den Mund geflogen sind? Die Sturm- und Feuerschadenversicherung für Hunderte KZs und Arbeitslager? Vielleicht hat er dem Oswald Pohl, dem SS-Wirtschaftsamt und dem Kammler in Oranienburg noch 'ne Glasbruchversicherung aufgeschwatzt.«

Babette beugte sich mitleidig zu Großmutter: »Mame, hast all die Jahr die Augen davor verschlossen, dass dieser Kerl SS-Mann, wenn nicht gar vom SD gewesen ist?«

»Wieso ist er dann entnazifiziert?«

»Du bist grauenvoll, Mutter«, lachte Babette. »Tu nicht so naiv! Bitte nicht mit mir! Kennst du irgendjemanden aus deiner Nachbarschaft, der die Mohrenwäsche nicht mit heiler Haut absolviert hat? Du liest doch Zeitung. Selbst dem Hamburger Gauleiter Kaufmann wurde der Persilschein verpasst. Sie haben die Stirn, diesen Verbrecher als Mitläufer einzustufen.«

»Wen meinst du mit ›sie‹?«, hatte Großmutter noch gefragt. Später sagte Babette entschuldigend zu Jean Marie gewandt: »Meine alte Dame hat sich geistig im Kokon versponnen: Sie schützt sich als Goetheanerin. Partout mag sie nicht wahrhaben, dass Anstand, jegliche Kultur 1933 ein Ende hatten.«

Auf Großmutters Geheiß hatten auch die Enkelsöhne am Samstag zwei Uhr an Leas Urnengrab zu erscheinen. Ein stiller Abschied sollte es werden. Peter und Max hatten die geerbten schwarzen Wollmäntel mit den großen Perlmuttknöpfen und blaue Baskenmützen zu tragen. Achim erschien im eleganten Burberry. Er wohnte jetzt im Stadthaus von Conrad und Lara Busch, um sich ungestört aufs Abitur vorzubereiten. Deren einziger Sohn war am 4. Mai 1945 aus der

Bordkanone einer RAF-Spitfire tödlich durchsiebt worden. Er befand sich auf dem Fahrrad gerade auf der Landstraße nach Mölln, der Stadt des Narren Till Eulenspiegel.

Hatten Großmutter und Ruth Tränen in den Augen? Babette war keine Regung anzumerken. Sie hatte Rouge aufgelegt und die Lippen geschminkt. Als man eine Weile in Andacht auf den Schnee geschaut hatte, unter dem Leas Urne begraben sein sollte, erschien Dr. Drayek in schwarzem Talar, segnete die Familie und begann laut ein trauriges Lied zu singen. Dann stimmte er das Gebet an, dessen merkwürdiger Singsang Max den Rücken erschauern ließ:

Weint über die Trauernden,
nicht über die Verlorene.
Diese gelangt ja zur Ruhe,
doch uns bleibt das Seufzen.

Der Rabbiner verneigte sich vor dem Grab. Kaum dass er Großmutters Hand gedrückt hatte, war er verschwunden.

»Kurzer Auftritt!«, lästerte Achim.

»Halt den Mund!«, fuhr ihn Dr. Busch an. »Der Mann verdient alle Hochachtung. Weißt du, wie sich ein Rabbiner am Sabbat auf einem christlichen Friedhof, noch dazu vor einem Urnengrab, fühlt? Ganz zu schweigen davon, dass ihm eine solche Einsegnung nach halachischem Gesetz streng verboten ist? Das hat er für deine Großmutter getan. Ausschließlich, nur für sie allein.«

»Und was sind wir?«, fragte Achim gereizt, »Protestantisch, jüdisch, katholisch, sozialistisch?« Weder Babette noch Dr. Busch antworteten. Sie mochten das Thema nicht in Großmutters Gegenwart erörtern. Später, als Busch mit Achim am Dammtorwall die Stufen zur Untergrundbahn hinunterschritt, sagte der Anwalt: »Nutz dein Talent, die Welt zu einem besseren Ort zu machen.«

Großmutter hatte vom Beginn langer Trauer gesprochen. Sie trug ausschließlich Schwarz und weigerte sich, Bus oder Bahn zu fahren. Als Unterhaltung gestand sie sich nur Radiokonzerte zu. Max sagte sie: »Eins darfst du dir nicht entgehen lassen: Felix Mendelssohns *Sommernachtstraum*. Mendelssohn war ein Hamburger Jung aus der Michaelisstraße.« Stolz zeigte sie ihm die Schellackplatte mit dem *Sommernachtstraum*. »Eine Aufnahme der Berliner Philharmoniker aus dem Jahr 1933, dirigiert von Wilhelm Furtwängler.« Es gab aber keine Möglichkeit, die Platte bei ihr zu hören. Ihr Grammophon weigerte sich, sich aufziehen zu lassen.

Bis Ostern schritt die Renovierung der Remise sichtlich voran. Babette war permanent im Gespräch mit Maurern, Zimmerleuten und Klempnern – oder mit Webwaren unterwegs. Peter und Max waren praktisch auf sich gestellt. Nach der Schule trottete Max zu Tante Lydia. Dort war immer Essen für ihn übrig. Hausaufgaben erledigte er mit Henning und Rolf. Abends ging er nach Hause in der Hoffnung, seine Mutter anzutreffen.

Es war einer dieser Tage, als er durchs geöffnete Fenster vom Garten aus vernahm, wie Babette zu Alice sagte: »Verflixt, die Jungs stehen mir im Augenblick überall und ewig im Weg.«

Über Tage blieb sie im Mai in der Schweiz verschwunden. Was die Söhne kaum betrübte. Peter hatte für Max von Herrn Knappe, dem ölverschmierten Meister der Fahrradwerkstatt, ein gebrauchtes Damenfahrrad organisiert. Der Sitz war zu hoch. Der ließ sich beim besten Willen und mit viel Öl nicht absenken. Aber stehend konnte Max in die Pedalen treten.

Mit dem Korb auf dem Gepäckträger konnte er nun Blumen für die Gärtnerei Rahn ausfahren. Ein toller Job: vierzig Pfennige Trinkgeld pro Fuhre fielen meist ab. Mulmig wurde ihm, als er eines warmen Vorfrühlingstags drei Bund rote Tulpen bei der Adresse abliefern sollte, wo die Autobombe explodiert war. Ihm klopfte das Herz bis zum

Kragen. Max fürchtete, einen roten Kopf zu bekommen, als er vor dem geschmiedeten Rolltor stand. Das hinderte neuerdings jegliche Einsicht und war einziger Zugang zum hermetisch abgeriegelten Parkanwesen, das inzwischen mit einer mannshohen Klinkermauer nebst daraufgesetzten Glasscherben umfriedet worden war.

Hatte nicht Jean Marie kürzlich gefragt: »Wohnt diese Aiens noch im Aus am Elbaang? Määxschen, das weißt du doch. Du kommst am meisten erum.«

Aufs Klingeln hin öffnete sich das Rolltor keinen halben Meter, sodass Max knapp sein Fahrrad durchschieben konnte. Es war die Haushälterin, die mit Händen auf den Hüften in der Haustür stand. Die Ängste ihres Eigentümers waren den riesigen Rotbuchen zum Verhängnis geworden. Auch die alten Rhododendren mit ihren dunkelrot ins Lila changierenden Blüten, die noch vergangenen Sommer das Haus freudig umwuchert hatten, waren gerodet. Stattdessen bot frisch eingesäte Rasensteppe Sicht über jeden Quadratmeter des Gartens und Blick auf die Elbe. Max schob das Rad die Auffahrt entlang. Aus dem Haus brüllte eine zornige Männerstimme: »Das Pack bringt mich noch um. Jeden Fremden lässt es herein.«

Die Hauswirtschafterin drehte sich ungerührt um und rief: »'n Jung isses. 'nen lütter Dschung mit 'n Fahrrad. De bringt de Blomens.« Sie war vom Stamm der rotwangigen Dienstmägde aus Dithmarschen, die ihrer Herrschaft unverblümt ihre Meinung sagen und dennoch nicht entlassen werden, weil sie resolut selbst den größten Haushalt schmeißen, während sich die Dame des Hauses um Fingernägel, Frisur und frisches Make-up sorgt.

»Sie bringt mich um, dies Weibsstück«, hörte Max, als er den Blumenkorb übergab. Aus dem Zwinger neben dem Haus kam bösartiges Knurren von Schäferhunden. Zwei der Bestien sprangen pausenlos am Drahtgitter empor.

»Wart 'n Moment, Lütter«, sagte die Rotgesichtige. Von der oben gerundeten Haustür – Babette nannte das Naziarchitektur – ging der Blick durch die mit Solnhofener Platten geflieste Empfangshalle ins Wohnzimmer über den roten Perserteppich zum von Tüllstores gerahmten Panoramafenster, durch das die Nachmittagssonne schien. »Sperrangelweit lässt das Weib die Haustür auf«, schrie es wieder aus dem Wohnzimmer. Ein stämmiger Mittvierziger stürzte herbei und warf die Haustür zu. Es waren nur Sekunden, aber Max hatte ihn wiedererkannt: den Choleriker, dessen entsetzlicher Schäferhund in der Wyker Strandhalle die Servierfrau angefallen hatte. Ebender arrogante Widerling, der unter maßlosen Flüchen fortgestürmt war.

»Hast du noch was gesehen?«, forschte Jean Marie, als Max Tage später davon berichtete. Ganz präzise wusste Max sich nicht zu erinnern. Das gestand er ein. Aber links vom protzigen Panoramafenster, so schien es Max im Nachhinein, hatte halb im Schatten ein Mann gestanden.

»Kennst du ihn? Hast du den Mann früher gesehen?«, insistierte Jean Marie. Dessen Fragerei konnte penetrant sein. Max wich aus: »Weiß nicht.« Vor dem Einschlafen wusste Max sich schlagartig zu entsinnen. Die vornübergebückte Haltung und der Satz: »Ich verbiete dir ein für alle Mal, mit ihm zu spielen – diesem Judenbengel«, hatten sich ihm wie Säure ins Gedächtnis geätzt. Wenn Max einschlief auf Föhr – ja selbst als die Ferien längst vorüber waren –, schwirrte ihm der Satz durch den Kopf. Der ließ ihn nicht los. Ja, er tränkte ihn in Trauer. Annes Vater hatte den Satz gesagt.

Ohnehin ließen der Kauf der zweihundert Jahre alten Remise – viele Leute nannten das Gebäude »Schäferei« – und die Renovierung Gerüchte über Babette ins Kraut schießen. Dicker und Tetsche fragten Max beim Fußballspiel: »Woher habt ihr bloß das ganze Geld?« Max interessierte das natürlich auch. Babette antwortete sibyllinisch: »Ich bin auch vorm Krieg 'ne gute Partie gewesen.«

Im Übrigen laute das Gebot: Über Geld spricht man nicht! »Damit kannst du den Kleinen doch nicht abspeisen«, meinte Alice, während sie wieder eine weiße Tischdecke akkurat mit rotem Garn säumte. Sie war ärgerlich. Aber Babette beließ es dabei: »Die Leute reden sowieso. Hamburgs Elbvororte sind ein Dorf voller Spießer – und das wird immer so bleiben.«

Am Ostersonntag wehte eisig schneidender Ostwind. Vom wolkenlosen Himmel schien die Sonne. Vor der Kartoffelhorde in der Kellerküche hatte eine fette Ratte auf der Seite gelegen. Für die interessierte sich Peter außerordentlich, weil ihre Zunge bläulich aus der Schnauze hing. Sie war, wie die Jungen später erfuhren, das erste Opfer der städtischen Giftkampagne in den Abwassersielen. Die Brüder drehten sie: Die Ratte war stocksteif. »Werft das ekelhafte Tier in den Mülleimer! Aber dalli!« Babette ging mit den Ihren die fünf Kilometer zur Remise, um den Baufortschritt zu kontrollieren. »Neun Jahre nach Kriegsende ist es nicht nur an der Zeit, die Ratten loszuwerden, sondern auch ein eigenes Dach überm Kopf zu kriegen.« Natürlich wussten ihre Söhne längst, dass die Sprossenfenster noch nicht geliefert waren. Alle Kinder der Straße waren neugierig und radelten beinahe täglich zur Remise.

Peter sagte: »Toll, im eignen Garten zu stehen.« Max fand das völlig verblödet, zeigte ihm den Vogel. Aber Peter wollte seine Mutter erfreuen. Was er auch tat. Seine Hand war bandagiert, weil er sich beim Hobeln verletzt hatte. In sein künftiges Zimmer, das mit acht Quadratmetern und Dachschräge ebenso winzig wie das von Max war, wollte er das selbst gebastelte Bücherbord stellen. Es roch beißend nach nassem Zement. Babette strahlte, führte die Jungen von einem kahlen Raum zum nächsten. »Hierhin kommt die gemütliche Holzstiege zum Obergeschoss, wo ihr eure

Zimmer habt. Hier ist unsere Küche und hier ist das wunderschöne Wohnzimmer, das mit Pitchpine gedielt wird. Im Juni, wenn es hoffentlich nicht regnet, kommen die Reetdachdecker aus der Marsch.«

Sie redete, als gäbe es nichts Verlockenderes als die alte Remise. Sie küsste Jean Marie ein ums andere Mal. Die tiefen Grübchen um den Mund machten sein Lachen noch sympathischer.

»Du asch dann eine Feuelösche?«

»Beschtimmt«, antwortete sie.

Zur Einschulung im Gymnasium ging Max allein. »Das ist immer dasselbe.« Mit diesem Satz hatte sich Babette stur gestellt: Ein Chor singe, dann salbadere ein Schulrektor, worauf die Kinder anzutreten hätten, um in Klassen zusammengewürfelt zu werden, in denen keiner den anderen kenne. Solche Veranstaltungen habe sie mit seinen älteren Brüdern sattsam ertragen. »Nun geh schon«, sagte sie an der Haustür unwirsch und schubste seinen Ranzen.

Seltsamerweise gingen weder Henning und Rolf noch andere Jungen seiner Straße zum Christianeum. Dr. Busch hatte gesagt: »Nichts schult den Kopf besser als die alten Sprachen.« Zu Fuß waren es zwanzig Minuten bis zum wuchtigen Gelbklinkerkomplex im Bauhausstil. Es nieselte vom Himmel. Am Bahnhof Othmarschen standen Eltern mit herausgeputzten Söhnen, die auf Großmütter und Großväter warteten, um gemeinsam dem feierlichen Akt beizuwohnen. Hinter denen trottete Max her. In der Aula wurde ihm peinlich bewusst, dass außer ihm niemand einen Kieler Matrosenanzug trug. Ein überdimensionales Fresko mit nackten Läufern, zwei Diskuswerfern und einem Vollbärtigen, der in seine Toga gehüllt auf einem kalten Felsblock fröstelte, zierte die Längswand der Aula.

»Ist dies nicht ein herrlicher Tag für junge Christianeer? Ein unvergesslicher Tag? Vor euch öffnet sich die Antike, die ganze Frische europäischen Denkens«, schwärmte der Direktor. Er trug Fliege. »Doch für eure Eltern, ja, für alle Bürger dieser Stadt ist es leider, leider wieder ein sehr ernster, vielleicht tragischer Tag. Kehrt die Bombenfurie zurück?«, fragte der Glatzkopf. Heimtückisch in Autos und in Lagerhallen platzierte Bomben? Weshalb dieser Rückfall in unseligen Fanatismus: »Politische Auseinandersetzungen gehören ins Parlament oder vor das neue Weltforum der UNO …«

Die Ansprache war den Eltern in den Stuhlreihen hinter den Sextanern höchst belanglos. Sie schwatzten mit vorgehaltener Hand über die nächtliche Explosion im Hafen. Ausgerechnet der neu errichtete Schuppen 31 sei weggeblasen. Teile des riesigen Teerpappendachs waren durch die Luft gewirbelt und auf der westlichen Seite des Kais zerschellt. »Dann hat's ein Feuerwerk gegeben, dass der Hafen taghell war. Wie beim Luftangriff.«

»Davon bin ich aus dem Schlaf hoch«, mischte sich eine Frau ein. »Ich war ganz panisch und dachte: Gomorrha, der Feuersturm bricht wieder los. Aber keine Tausende von Flugzeugmotoren dröhnten.«

»Gerummst hat es wie beim Einschlag von Luftminen«, erklärte die Männerstimme direkt hinter Max. »Da sollen Bombentrichter sein, hab ich im Rundfunk gehört.« Kurzes Schweigen. »Ob Schauerleute dabei umgekommen sind?«

»Hamburgs Polizei tappt ewig im Dunkeln, bei Tätern und Motiv«, bemerkte eine Dame spitz: »Früher ist so was nie passiert.« Der Männerbass ließ sich nicht beirren: Zweistelliger Millionenschaden sei zu befürchten. Die für Marokko und Tunesien bestimmten Maschinenteile seien nun total unbrauchbar. »Das Schiff, das befrachtet werden sollte, ist nach der Explosion ausgelaufen. Sofort. Ohne Lotsen! Der Frachter ist in Tanger registriert. In Spanisch-Marokko.«

»Woher wissen Sie das alles?«, fragte vorwurfsvoll die Frauenstimme.

»Als Versicherungsmakler bin ich heut Nacht um drei aus dem Schlaf geklingelt worden«, antwortete der Bass. »Tanger«, wiederholte vernehmlich der Mann direkt hinter Max. »Das dreht sich bestimmt um tschechische Waffen für die FLN, die roten Rebellen in Algerien.« Bevor der Quartanerchor intonierte, meinte dieselbe Stimme: »Man ist seines Lebens nicht mehr sicher.« Max sah ihn förmlich den Kopf schütteln. »Manche Leute im Hafen fahren heutzutage selbstmörderische Risiken – pure Gier.«

Ein anderer unterbrach: »Ohne Flachs, Waffenhandel bleibt das lukrativste Geschäft. Die Kommunisten in Prag produzieren Maschinenpistolen und MG 42 en masse. Spottbillig, für die Rote Armee. Harte D-Mark und Westdevisen braucht der ganze Sowjetblock.«

»Geld hat noch keinen reich gemacht«, sagte die Frau.

Mehr verstand Max akustisch nicht, denn seine künftigen Mitschüler sangen: »O, Fortuna velut …«

»Salve discipuli«, sagte der Lehrer vor der Tafel im weiß getünchten Klassenraum und griente. Sein dunkles Haar war streng gescheitelt und lag glatt am Kopf an. Er war ein schlaksiger Typ um die vierzig, der den Schülern auf eine Krücke gestützt zum Klassenraum vorangehumpelt war. Mit der Krücke schlug er kräftig gegen sein rechtes Hosenbein. Die Sextaner schauten ihn entsetzt an. »Das Bein is aus Holz und das linke is aus was anners«, erklärte er, wobei ihm eine Strähne in die Stirn fiel. »Ich bin euer Lateinpauker, Klassenlehrer und sonst noch was. Ich heiße Dirksen. Meine Frau und meine Töchter sagen Hein zu mir – also, das war was Privates! – und nu geh ich aus eurem Klassenzimmer raus. Wenn ich die Tür von außen wieder öffne, stellt ihr euch stramm neben die Bänke. Ich sag: ›Salve discipuli!‹ – auf gut Hamburgisch heißt das: ›Moin, Jungs!‹ – und ihr antwortet im Chor, aber schön laut: ›Salve, magister!‹«

So geschah es allmorgendlich. Hein, wie er seitdem von der Klasse genannt wurde, war streng und gerecht, haute mit der Krücke auf den Tisch, wenn Vokabeln nicht geübt waren, strich aber den Jungen während der Klassenarbeit väterlich über den Kopf und sagte mit Blick aufs Heft: »Siehste, kannste doch. Weitermachen!« Er hätte ja am liebsten den Bauernhof seiner Großeltern bei Wesselburen weiterbetrieben. »Buten, weit weg inne Marsch.« Das erfuhr die Klasse allerdings erst nach und nach, während der nächsten vier Jahre. Latein hatte Hein schon als Kind fasziniert. Deshalb war er aufs Internat im Städtchen Heide geschickt, 1939 auf die Napola, die Nationalpolitische Erziehungsanstalt, auf Schloss Plön beordert und von dort an die Ostfront kommandiert worden.

Bei Kursk hatte er sein Bein verloren. »Das war mein Glück. Ich bin in den Harz ins Lazarett verfrachtet worden. Die Kameraden sind in der Ukraine verheizt worden. Schade«, sagte er, »aber die Russen hatten ja recht. Sie verteidigten ihr Land.«

»Ein vernünftiger Mann.« Babette war kurz angebunden, als Max davon berichtete. Sie war übellaunig, fast hätte er eine Ohrfeige bekommen, weil seine Lateingrammatik ihr auf den Fuß fiel. Abends hatte man mit Jean Maries Auto zur Remise fahren wollen, um die neuen Fenster zu bestaunen. Doch Babette hatte nur die Wagentür geöffnet, Jean Marie angeschrien: »Bist du total *mal* im Hirn?«, und die Tür wieder zugeknallt. Jean Marie war herausgesprungen, ihr bis zur Pforte gefolgt, hatte sie festgehalten. Sie hatte ihren Wuschelkopf an seine Brust gelegt und erbärmlich geheult.

»Opera buffa« hieß das Programm: Anfangs wird getobt, mit Türen geknallt, mit Fäusten auf die Brust des Mannes getrommelt, geweint, geschluchzt, schließlich gelacht und wieder versöhnt. Peter und Max hing dies allzeit dräuende Babette-Theater zum Halse raus. Glücklicherweise schien es Jean Marie nicht im Mindesten zu stören. Als die neuen

Fenster, Türen und Wandpaneele bewundert worden waren, erklärte Babette: »Bevor wir umziehen, muss ich nach Zürich. Die paar Tage werdet ihr Jungen selbst fertigwerden. Sollte Jean Marie sich vom Institut Français freimachen können, wird er mir nachkommen.« Sie gab ihm einen Kuss auf die Wange. Die Brüder schauten sie mit offenen Mündern an. Sie befahl: »Steigt ein, zurück ins Kellerloch.«

Als Max von der Schule kam, war Babette auf und davon. Auf dem Tisch lagen vier Zehn-Mark-Scheine. Peinlich war, dass Hein Dirksen, während Max beim Konjugieren lateinischer Verben herumstotterte, sah, dass er den Haustürschlüssel am Hals trug. »Arbeitet deine Mutter?«

»Ja«, antwortete Max und wurde rot. »Ich glaub schon.« Seine neuen Klassenkameraden tuschelten. In der Pause auf dem Hof posaunte Ostermeyer, der rothaarige Angeber: »Max' Mutter geht auf Arbeit.«

»Und deine Mutter sieht uralt aus, wie 'n Saurier.«

Ostermeyer schlug Max ins Gesicht, Blut rann aus der Nase. Worauf Max dem Großmaul einen Hieb in den Magen versetzte, dass der sich vor Schmerz krümmte. Max schlug noch einmal zu, die Mitschüler johlten. Dirksen verschaffte sich Respekt mit der Krücke. Er zog Maxens Ohr so lang, dass ihm die Tränen kamen. »Lateinschüler schlagen sich mit Worten.« Damit humpelte er über den Hof ins Hauptgebäude.

Zur Strafe musste Max zwei Tage im Klassenzimmer vorsitzen – von Viertel nach sechs bis zum regulären Schulbeginn um acht Uhr. Ihm schwante Übles. Zu seiner Überraschung aber begrüßte ihn Hein herzlich. Dessen Stirn war feucht. Max wagte zu fragen: »Sie sehen so blass aus. Soll ich Ihnen etwas holen?«

»Lot man, mien Jung, das is blots Kursk. Dat steckt mi in Unnerschenkel. Aver den hav ik jo nich mehr«, verfiel Dirksen ins Dithmarscher Platt. Das war Ausdruck besonderer Familiarität. Hochdeutsch fuhr er fort: »Damit wollen wir beide uns nicht aufhalten.« Er paukte mit Max Vokabeln, Konjugationen und Deklinationen. Zum Abschied tickte er ihm mit der Krücke auf die Schulter: »Latein macht richtig Spaß, nicht?«

Max war froh, dass die Prügelei ausschließlich im von Zigarren- und Zigarettenqualm geschwängerten Lehrerzimmer zur Sprache kam.

Das Riesenthema der zehn Tage, die Babette erneut in der Schweiz verbrachte, blieb in Hamburg »die Bombe«. Ostermeyer brachte ein Exemplar der *Bild* in die Klasse. Die Fotos anzuschauen, verwehrte er Max. Als der Klassenraum leer war, kramte Max *Bild* und *Abendblatt* aus dem Papierkorb und steckte beides in den Ranzen. Wirtschaftsprominenz äußerte sich: Hart und unnachsichtig müsse mit Terroristen verfahren werden. »Kinokönig« Detlef Haiens ließ sich mit dem Satz zitieren: »Heimtückische Anschläge muss der Staat nach dem alten Bibelspruch ›Aug' um Aug', Zahn um Zahn‹ vergelten.«

»Ja«, hieß es weiter, »jeder Vertreter unserer Demokratie macht sich schuldig, der die Wiedereinführung der Todesstrafe aus Humanitätsduselei verhindert.« Das Schwarz-Weiß-Foto dokumentierte den »Mann der Tat«: Haiens drückte hinterm Schreibtisch thronend eine Zigarre aus. Tage später zog Babette die Zeitungen unter Max' Schlafcouch hervor. »Was hebst du Zeitungen auf?«, fuhr sie ihn an.

»Da, der Mann, wo ich die Blumen hinge…«

»Klappe«, sagte sie. Ihr Blick vertiefte sich in die Prominentenbefragung. Sie erblasste: Zorn und Ohnmacht. Ihre Söhne hatten gelernt, in Momenten, da Babette wie ein Vulkan auszubrechen drohte, keinen Muckser zu geben. »Diese Rattenbrut, diese Bruderschaft«, stöhnte sie voller Ekel. Der Begriff Bruderschaft hatte Hautgout, seit die Briten im Januar 1953 die Bruderschaft von NS-Verschwörern um Ex-Gauleiter

Kaufmann und die Nazipolitiker Best und Naumann zerschlagen hatten. »Haiens, alias Fischer, gehört definitiv zur Bruderschaft, mitsamt seiner Helfershelfer in der Hamburger Justiz. Man schämt sich für den eigenen Berufsstand«, hatte Dr. Busch schon früher geäußert. Babette war fassungslos: »Diese Ratte.«

Sie ging zu Alice, die eine bauchige Flasche von der Anrichte holte. »Es ist die letzte Flasche Cognac aus der Lieferung von 1935. Ein Gläschen, mein Kind? Dann ordnen sich deine Gedanken. Empörung oder Wut bringen uns nicht weiter. Ich habe den Satz eines Engländers in Erinnerung. Huxley heißt er. Der sagt: ›Die Zivilisation stirbt an Blutvergiftung, sobald sie die Waffen ihrer Feinde einsetzt, also Verbrechen mit Verbrechen vergilt.‹ Das solltest du dir merken.« Sie prosteten sich zu.

»Wenn ich dich nicht hätte, meine Alte.« Babette entspannte sich. »Du sitzt hier seit einer Ewigkeit in deinem Sessel, hast Tausende Decken bestickt und bist darüber Philosophin geworden.« Alice blickte sie mütterlich aus ihren großen blauen Augen an: »Ein verwundetes Wesen wie du braucht Hilfe. Sträub dich nicht immer. Lass dir helfen. Alles schaffst du nicht allein, Babettje.«

Sie verknotete den Saumfaden der neuen Tischdecke. »Und nun verlässt du mich mit deinen Jungen, fort ins eigene Haus. Ich freu mich so mit dir. Aber ein wenig darf ich traurig sein. Du verzeihst?«

Der Umzug in die Remise an der Elbchaussee vollzog sich eines sonnigen Nachmittags. Der Tischler hatte Peter angeboten, die Habseligkeiten der Familie auf seinem Dreirad-Pritschenwagen Marke *Tempo Hanseat* zu transportieren. Sobald man die Kurbel drehte, gab's den Knall und der Motor lief. Letztlich kamen außer Pappkoffern und Taschen nur der Mahagoni-Eckschrank, der ovale Biedermeiertisch und die wackeligen *Thonet*-Stühle auf die Ladepritsche.

Peter und Max hockten dazwischen, während Babette sich in den engen Beifahrersitz bequemte. Ein armseliger Umzug. Babette jedoch trug den Kopf hoch. Tetsche und Dicker winkten.

Das Schlafsofa blieb zurück bei Alice. Max war stolz, ein eigenes Zimmer mit Bett, noch dazu aus Eisen, zu bekommen. Die Dachschräge war steil. Unter der Fensterbank der Dachgaube befand sich ein ausklappbares Holzbrett, auf dem er Schulaufgaben machen und lesen konnte. Aus seiner Gaube blickte er auf Zedern im benachbarten Garten der Zigarettendynastie. Peters Zimmer war nach Westen gerichtet.

»Wohin guckst du?«, fragte Max, als er ihn in seinem Zimmer aufsuchte. Peter schwieg. Unten im anderen Garten harkte ein dunkelhaariges Mädchen in roten, hautengen Shorts Rasenschnitt. »Findest du die gut?«

»Das geht dich nichts an, Lütter.«

Als Babette beide zum Abendbrot rief, brannte das Kaminfeuer. Zur Feier des Tages gab es Nudelauflauf aus dem neuen Gasherd. Zwischen den französischen Fenstern zum Garten hatte sie als einzigen Wandschmuck das Porträt ihres Vaters gehängt. Sie faltete die Hände, dankte fürs eigene Haus und bat Gott, Schutz zu bieten vor allen Feinden: »Vor denen, die wir kennen, und denen, die sich im Dunklen verbergen.«

Die Jungen hoben die Köpfe, als das schwarze Telefon läutete. »Immer im rechten Moment rufst du an. Wir essen«, Babette legte den Hörer in die Gabel. »Das war eure Großmutter, die uns alles Gute wünscht.« Der Telefonapparat sei nicht zum Schwatzen und Schmonzen da, spulte Babette neue Verhaltensmaßregeln ab. »Jede Einheit kostet achtzehn Pfennige und dazu kommt die teure Grundgebühr von zwanzig Mark im Monat.« Kinder dürften es nur im äußersten Notfall benutzen.

»Wir sind also Kinder«, sagte Peter.

»Sei nicht aufmüpfig«, tadelte sie.

Zur Schule konnte Max seither mit dem Rad fahren. Herr Knappe hatte den Ledersitz schließlich mit einiger Mühe absenken können, sodass Max nicht mehr im Stehen zu treten brauchte. In den Nachrichten des NWDR, die Babette morgens hörte, hieß es: »Der Bombenanschlag im Hafen gibt von Tag zu Tag mehr Rätsel auf.« Nicht Werkzeugmaschinen, sondern Hunderte Maschinengewehre und automatische Waffen tschechischer Produktion seien heimlich in Kisten gelagert worden. Nach Angabe der Staatsanwaltschaft war eine britische Firma, beheimatet auf der Kanalinsel Guernsey, Mieter des Kaischuppens.

Kurz vor den Sommerferien erhielt Max eine Eins in der Latein-Klassenarbeit. Für jede Einser-Note in Latein oder Altgriechisch, so hatte Dr. Busch versprochen, gäbe es eine Einladung ins »Restaurant 1. Klasse« im Hamburger Hauptbahnhof.

Ein wenig hatte Max sich geschämt, als er am Mittwoch um achtzehn Uhr ins hallenartige Restaurant trat und nach Dr. Busch Ausschau hielt. Babette hatte darauf bestanden, dass Max seinen weißen Matrosenanzug trug. Busch winkte ihn zu sich an den mittleren Tisch vor der hohen Fensterfront. Von oben konnte man auf die Gleise und die Züge blicken. Es war heiß und der Kellner entschuldigte, dass womöglich Rauch von den Lokomotiven in den Saal ziehen könne. Eine Klappe sei geöffnet.

»Hast du schon mal Hummer gegessen?«, fragte Busch. Max hatte ihn nie anders als mit dunkelgrauem Anzug, blütenweißem Oberhemd mit dunkelrot und blau gestreiftem Schlips erlebt. »Hamburg ist nicht englisch, sondern holländisch«, dozierte Dr. Busch. »Die Engländer haben uns erst im 17. Jahrhundert als Partner entdeckt. Wir haben den Amsterdamern alles zu verdanken: Sie brachten uns Börse und Wechselbrief. Im Dreißigjährigen Krieg stand Hamburg unterm Schutz des mächtigen Rats von Amsterdam. Weder der Kaiser in Wien noch der Schwede hat uns ein Haar gekrümmt.«

Weißwein aus der Wachau trank Busch, Max Sinalco. Schwarzgrauer Qualm einer D-Zug-Lok nahm kurzzeitig die Sicht. Busch spielte mit seiner goldenen Uhrkette: »Wenn man nicht weiß, woher man kommt, weiß man nicht, wohin man geht. So ergeht es leider allzu vielen Menschen. Aber zu denen will ein Max Coehn bestimmt nicht zählen. Beschäftigung mit Geschichte hilft, Menschen und Politiker zu durchschauen, also diejenigen, die korrupt sind und uns übelwollen. Deshalb beschäftige ich mich seit jeher mit Geschichte.«

»Sie waren doch zehn Jahre im KZ?«, wagte Max zu fragen.

»Gib mir deine Hand«, sagte Busch und fasste sie auf der Tischdecke. »Weil ich Protestant bin, Geschichte kenne und meinen Standort habe, wusste ich von Anfang an, wer Hitler und seine Kumpane waren.«

Ein hagerer Mann mit Bürstenhaarschnitt hatte sich neben dem Tisch aufgebaut. Durch seinen Zwicker blickte er herablassend wie ein Habicht auf Max herab. Die Daumen beider Hände waren in den Vordertaschen seiner Weste. »Darf ich stören, Dr. Busch? Wir sind uns leider früher nie begegnet. Mein Name ist Schacht.« Es folgte eine Pause: »Hjalmar Schacht.«

»Sie stören immer, Herr Schacht« erwiderte Busch in ebenso arrogantem Ton.

»Lassen Sie uns in Ruhe reden. Ich darf mich setzen?«, fuhr Schacht näselnd gespreizt fort.

»Nein«, antwortete Busch. Die Atmosphäre war schlagartig unangenehm. Andere Gäste schauten herüber. Max nahm einen Schluck Brause.

»Was soll das, Busch! Sie sind der einzige Hamburger, der gegen meine Privatbanklizenz Einspruch erhoben hat. Ich muss mich Ihretwegen mit Verwaltungsrichtern balgen. Unsinn! Lebenslang bin ich Bankier gewesen.«

»Beileibe nicht, Herr Schacht.« Busch war erbost. »Sie waren von jeher ein Hasardeur. Sie, Schacht, haben nicht die Reichsmark stabilisiert. Aber Sie wussten sich immer mit fremder Feder zu schmücken. Sie hatten keine Bedenken, sich diesem Obdachlosen, diesem Kretin aus Wien, vor die Füße zu werfen, Anleihen, die völlig wertlos waren, kleinen Leuten anzudrehen, um diesem Schreihals die Aufrüstung zu finanzieren. – Gleich und gleich gesellt sich gern.«

Schacht blieb hartnäckig, obwohl es ihn sichtlich schwer ankam: »Busch! Ich habe das eben überhört. Alle Welt weiß, dass in Nürnberg ein Schandurteil gesprochen wurde. Vae victis! Ich hatte Glück, dass die Westmächte ihren Irrtum eingesehen haben. Selbst die Herren von der Bank deutscher Länder haben mich rehabilitiert. Deshalb steh ich vor Ihnen, um in Hamburg endlich meine Privatbank zu eröffnen.«

»Ersparen Sie uns Ihre Farce, Schacht.« Beide Männer standen sich auf Augenhöhe gegenüber. »Sie waren nie ein Bankier«, lästerte Busch. »Dessen wurden wir uns im Konzentrationslager Fuhlsbüttel gewiss. Was Sie, Herr Schacht, vom Hamburger Bankier unterscheidet, ist der Umstand, dass ein Hamburger Bankier sehr gut weiß, dass Bankgeschäfte von Menschen für Menschen gemacht werden.«

Schacht nahm den Zwicker von der Nase. »Herr Busch, die Zeit wird bald vorbei sein, wo Sie als der Anwalt vermeintlicher jüdischer Ansprüche unseren Staat aussaugen dürfen.« Konziliant fuhr Schacht fort: »Ich kenne anständige Industrielle an Rhein und Ruhr, die die Tätigkeit eines hervorragenden Anwalts zu schätzen wissen.«

»Sie haben nichts gelernt, Schacht«, entgegnete Busch. »Es gibt kein jüdisches Aussaugen, wie Sie zu formulieren belieben. Faktum est: Es gibt Ansprüche auf Wiedergutmachung Hunderttausender deutscher Bürger, von Franzosen,

Ungarn, Balten und anderen Europäern, die jüdischer Konfession sind oder die man in Nürnberg per Gesetz zu Juden stempeln ließ. – Wie die Mutter dieses aufgeweckten Jungen.«

»Lassen Sie, Schnee von gestern. Damit hatte ich nie zu tun. Es geht bei meiner Banklizenz doch um Zuverlässigkeit.«

»Richtig, Sie haben den Kern der Sache erfasst, Herr Schacht. Wichtigstes Berufskriterium des Bankiers ist menschliche Zuverlässigkeit. Aber das ist ein Charakterzug, der Ihnen fehlt.«

Schacht drehte sich um und wäre fast über den kleinen Kellner gestürzt, der sich unbedacht hinter ihm postiert hatte. »Darf ich den Herren etwas bringen oder sonst wie helfen?«

»Dem Mann ist nicht zu helfen«, sagte Busch. Die Gäste in Hörnähe applaudierten Schacht, als er gemessen winkend zu seinem Tisch in der hinteren Ecke des Saales schritt. Ein Gast am Mitteltisch erhob sich, formte die Hände zum Trichter und rief Busch zu: »Judenanwalt!«

»Hier ist der Hummer«, sagte der Kellner. Als er wieselflink die Hummergabeln brachte, flüsterte er: »Machen Sie sich nichts draus, Dr. Busch. Schacht trinkt Rotwein, ein Herr war er nie.« Dann neigte er sich sehr nah ans Ohr von Busch: »Falls Sie den Wunsch haben … aus Versehen schütt' ich ihm Roten übers Hemd.«

Busch sah, dass Max grinste. Unbändiges Lachen brach aus ihm heraus. Alle Gäste schauten erneut zu ihnen. »Das ist gut, wirklich gut. Sie verdienen das Bundesverdienstkreuz«, sagte Busch immer noch lachend. »Aber lassen Sie's. Es wäre schade um den Rotwein. Schacht hat sich selbst genug besudelt.«

Busch widmete sich dem Hummer. »Schmeckt's, Kleiner?«, fragte er nach einer Weile. Max nickte. »Das eben war der frühere Reichsbankpräsident. Ein Handlanger des Teufels.«

25. In jedem Fall hilft Ambiance

Die Woche drauf starb Großmutter. Das Telefon läutete, Peter pellte gerade Kartoffeln und Max deckte den Tisch, »Messer und Gabel rechts auf das Messerbänkchen, vor dem Teller der Löffel.« Dass die Mahlzeit lediglich ein Mix aus Bratkartoffeln mit Röstzwiebeln war, störte nicht. Während Babettes Abwesenheit achteten beide Brüder auf Tischkultur: Ausdruck von Selbstachtung. Familiensilber der van Dom hatte Babette zur Hochzeit erhalten. Sie nannte es: »AOR, Altona, Ostpreußen und retour«. Max nahm den Hörer. Aufdringliches Schluchzen von Ruth war zu vernehmen. »Großmutter ist von uns gegangen.« Er gab Peter den Hörer. »Wieso gegangen. Ist sie tot?«

»Jahaha«, heulte Ruth.

»Sollen wir zu dir kommen? Wenn wir schnell radeln, dauert's 'ne halbe Stunde.«

»Wo ist Babette?«, jammerte Ruth.

»Weg, fort, Mama ist nicht zu Hause. In Zürich, am Gardasee oder segelt auf dem Lago Maggiore«, antwortete Peter. Die Fragerei, wo sich Babette wieder rumtreibe, ging den Söhnen auf den Wecker. Das Gejammer und Heulen ließ sich auch in zwei Meter Abstand von der Hörmuschel deutlich vernehmen. Die liebende Großmutter war sie für ihre Enkel nie gewesen. Wichtig war ihr der Goethe-Bund. So rezitierte sie – am liebsten im Wechsel mit ihrer ebenso dominanten Herzensfreundin Ottilie Springer – aus dem *Faust* oder dem

Westöstlichen Diwan. Gefürchtet waren Einladungen zu Lesungen in Ottis prachtvolle Säulenvilla, anlässlich derer die beiden Damen mit zittriger Stimme schier endlos Gedichte der Weimarer Granden deklamierten. »Wer weiß, vielleicht ist es das letzte Mal«, sagten manche, wenn sie schriftlich Einladung erhielten. »Die beiden Damen sind weit über einhundertsechzig.«

An ihrem Jugendstilschreibtisch, auf dem ein verschrumpelter Apfel lag, hatte Großmutter wöchentlich einen Leserbrief verfasst, den sie ihrer Freundin Otti vorlas, sobald er im *Abendblatt*, das sie selbst immer »Fremdenblatt« nannte, abgedruckt war. Fürs praktische Leben fehlte Großmutter jeglicher Sinn. Selbst Max' gusseisernes Feuerwehrauto hatte sie unachtsam zertreten, als er bei ihr hatte übernachten müssen, weil Babette ihn nirgendwo anders hatte wegparken können. Großmutter hatte in jener Nacht derart rasselnd geschnarcht, dass Max erwacht war. Zum üblichen Familienritual gehörte, dass sich Großmutter mit Babette über Nichtigkeiten zu streiten begann, sobald sie eine Viertelstunde zusammen waren. Bitterbös war jüngst die Auseinandersetzung, als Großmutter von Max als »deinem Bastard« gesprochen hatte. Worauf er Peter gefragt hatte, was denn ein Bastard sei. »So was wie du, also wenn 'nen anderer Mann mit Mama geschlafen hat – oder so was«, hatte der ihm geantwortet.

»Ruft Babette an: Sie soll, so schnell es geht, nach Hamburg kommen. Unmengen an Formalitäten sind zu regeln bis zur Beerdigung«, insistierte Ruth.

»Aber wir haben keine Nummer von Mama«, sagte Peter. »Sie meldet sich alle drei Tage selbst.« Das Problem war, dass Großmutter in ihrem Letzten Willen verlangte, innerhalb dreier Tage nach dem Ableben mit dem Kopf gen Osten auf dem jüdischen Friedhof am Bornkampsweg beerdigt zu werden. Der Spruch auf dem Stein sollte lauten: »Ihre Seele sei gebunden in das Bündel des Lebens.«

Dr. Drayek, der Rabbiner, war auch nicht zu erreichen. Nach Auskunft des Kantors befand er sich in England in seiner Heimatgemeinde. Wen wundert's, dass Ruths Anrufe immer verzweifelter klangen. Peter und Max trieb indessen die Frage um, wie sie Brot, Margarine, Nudeln, Milch oder Eier kaufen sollten. Das Geld, das Babette ihnen zurückgelassen hatte, war restlos verbraucht.

Dass Babette zurück war, sah Max sofort, als er von der Schule kam. Das Fenster seiner Gaube war geöffnet, Klaviermusik erfüllte das Haus. In ihrem schwarzen Kleid, mit dem breiten Gürtel dicht unter ihrem Busen, wirkte Babette jung wie nie. Ihr Gesicht war braun gebrannt, ihre Lippen kontrastierten in Hellrosa. Als sie ihn in ihre Arme schloss, roch er ein neues Pariser Parfüm. »Warum die Aufregung? Ruth ist seit dem Tag ihrer Geburt überfordert – mit sich selbst.« Babette versetzte Max einen Klaps auf die Lederhose und sagte: »Schieb ab, Kleiner.«

Weder an eine Trauerfeier noch an Großmutters Beerdigung vermochte sich Max später präzis zu erinnern. Aber an die Reetdachdecker, die drei Wochen lang auf ihren Leitern herumturnten, altes Reet vom Dach warfen und frische Reetbündel auf die Sparren nähten. »Was, Latein lernst du, wozu das?«, fragte einer von ihnen, als er von draußen in Max' Zimmer schaute. Es waren Leute mit offenem Gesicht und Humor. Untereinander sprachen sie Platt. Vielleicht war es zu viel Ungewohntes, dem Max sich stellen musste. Vielleicht war es Peters überraschende Ankündigung, er wolle nicht in Hamburg, sondern in einer Schule im Odenwald Abitur machen? Aufnahmegebühr und Geld für die ersten sechs Monate hatte er mit Arbeit beim Tischler angespart. Dass Babette erneut Tage oder Wochen fort und Peter im Internat sein würde – das schreckte Max nicht. Aber ganz allein im Haus zu leben, das würde fad werden.

Eines Nachmittags kurz vor den Sommerferien bestellte Babette ihre Söhne zum Bornkampsweg. Zur »Steinsetzung«, wie sie es nannte. Achim, der aus der Stadt kam, moserte: »Was sollen wir vor diesem verlotterten Friedhof?« Babette wies ihn zurecht: »Bleib gelassen, Freundchen. Zu jedem Friedhof gibt's Einlass.« Damit schritt sie Ruth voran und öffnete ein Eisentürchen, das vom Laubwerk einer Trauerweide verdeckt war. Einige Meter zwischen den verwitterten, teils umgefallenen Grabsteinen stand eine mannshohe, polierte Granitsäule mit dem Schriftzug »Ebba van Dom«.

»Weshalb sind nicht mal ihre Lebensdaten drauf?«, fragte Achim.

»Wenn du, Herr Sohn, die präzisen Daten des jüdischen Kalenders erkundest, wirst du ihre Säule verstehen. Wenn ich recht gehe, lebte deine Großmutter von 5639 bis 5719 jüdischer, also von 1878 bis heute christlicher Zeitrechnung.«

Zu konzentrieren wusste Max sich nicht beim Beten: Irgendetwas stimmte wieder nicht. Trotzdem legte jedes Familienmitglied den eigens gesammelten Stein vom Elbstrand auf die Platte. »Aber wo ist die Erlaubnis, sie hier begraben zu lassen?«, ereiferte sich Ruth.

»Wer viel fragt, kriegt viel Antwort«, beschied Babette ihre Schwester. »Wir haben ihren letzten Wunsch erfüllt. 1934 haben die Nazis den Friedhof geschlossen, reine Schikane. Was schert uns das?«

Die Brüder wussten, es sei das Beste, die Klappe zu halten. Verstörend empfanden sie allerdings, dass die Großeltern nun getrennt – der Mann auf dem christlichen, die Frau auf dem jüdischen Friedhof – ruhten.

»Ist das nicht alles total verrückt?«, meinte Peter, als sie zu Hause waren. Manchmal ärgerte er Max, indem er dessen Ranzen versteckte und heimlich von der Tafel Schokolade abbiss, die sich Max aufgespart hatte. Aber Peter kochte auch Nudeln und Reis für Max, solange Babette fort war.

Gelehrt hatte ihn Peter, auf Obstbäume zu klettern, mit Hammer, Schrauben und Bohrer umzugehen, Holz zu spalten sowie – nicht zuletzt – Holz nach dem Strich zu sägen.

Tante Lea hatte im vergangenen Herbst gesagt: »Was ist Peter doch für ein hübscher Jung geworden.« Das hatte er verstanden und kämmte seitdem sein dichtes braunes Haar sorgfältig vor dem Spiegel. Sein ovales, kindliches Gesicht hatte sich gestrafft und war männlich schmal geworden. Wenn es sich irgend machen ließ, ging Peter Babette aus dem Weg. Denn er empfand sie als extravagant und bezog innere Opposition gegen sie – wie bereits Achim.

»Ich muss weg«, hatte er des Öfteren gesagt, seitdem sie ins Reetdachhaus gezogen waren. Die Brüder sprachen untereinander nicht über den Friedhof. Peter schaute aus seinem Fenster. Ihn fesselte das Mädchen im anderen Garten. Sie lag im roten Badeanzug bäuchlings auf einem blauen Frotteetuch und las. Keine zwei Tage später ahmte Peter Babettes schlechtes Vorbild nach: Ein ausgerissener Zettel fand sich auf dem Esstisch: »Mama, sorg dich nicht. Ich bin für ein paar Tage in Ost-Berlin. Peter.«

»Stinkwütend bin ich auf meinen Sohn«, schalt sie. Die schallende Ohrfeige, die eigentlich Peter galt, erhielt Max, weil er gefragt hatte: »Hast du's ihm nicht vorgemacht, Mama?«

Zu Max' Geburtstag war Peter zurück. Er war noch schmaler im Gesicht, platzte aber schier vor Selbstbewusstsein. »Nun, bist du Kommunist?«, empfing ihn Babette sarkastisch. Er schüttelte den Kopf, sagte lediglich »Nö«, stiefelte die Treppe hoch in sein Zimmer.

Später, als Babette die Holzscheite im Kamin entzündet hatte, erzählte er von den Weltjugend-Wettspielen der FDJ. Nahe des Müggelsees hätten zwar morgens Sportwettkämpfe stattgefunden, Jungen und Mädchen aus der ganzen DDR hätten immer Uniform mit blauem Tuch getragen, aber nachmittags hätten sie alle im Gras gelegen oder im See gebadet.

»Und wo hast du genächtigt?«, fragte Babette. »Na ja, in 'nem kleinen Zelt«, antwortete Peter.

Vorm Schlafengehen suchte Max ihn in seinem Zimmer auf. Peter lag ausgestreckt auf seinen Bett, schaute schwärmend zur Zimmerdecke: »Da gibt's Frauen, Lütter, das kannst du dir nicht vorstellen.«

»Bist du verliebt? Willst du wieder hin?«

»Kann sein, Kleiner. Die, mit der ich im Zelt geschlafen hab, will nicht länger in der DDR bleiben. Vielleicht kommt sie nach Hamburg.«

»Und dann bist du im Odenwald.«

Max war neugierig, aber mehr ließ sich Peter nicht entlocken. Erstaunt war Max, als er ihn keine drei Tage später im Nachbargarten hinter dem hübschen Mädchen auf dem Rasen sitzen sah. Er spielte mit ihren Zöpfen. Natürlich erzählte Max nichts davon.

Vernachlässigt von Babette fühlten Peter und Max sich nicht. Sie wussten, dass sie in Babettes Leben lediglich Statistenrollen spielten. Zumal Jean Marie – wieder aus Paris zurück – neue Kurse am Institut Français abhielt. Mit Babette schlief er in dem großen Dachzimmer, das Aussicht über die Elbchaussee bis hinunter zum Fluss bot. Ruth sagte: »Hier wird es bestimmt mal sehr laut werden, wenn der Autoverkehr weiter zunimmt.« Worauf Babette ihr über den Mund fuhr: »Ich leb heut, und was morgen ist, kann warten.«

Am Abend bevor Max während der Sommerferien für fünf Wochen ins Schullandheim Nieblum nach Föhr abgeschoben wurde, erschien Dr. Busch unerwartet zu Besuch. Er fuhr nicht selbst Auto, sondern ließ sich im schwarzen Mercedes 180 von seinem Bürovorsteher chauffieren, einem glattgesichtigen Enddreißiger mit lateinischer Nase, der sich sehr höflich vor Babette verbeugte. Als er fort war, fragte sie: »Woher haben Sie diesen verständigen jungen Mann?«

»Vom Institut für Aufklärung und besondere Aufgaben«, antwortete Busch. »Der dunkle Teint täuscht. Er ist gebürtiger Dresdner. Direkt am Strand von Tel Aviv hat er eine schöne Wohnung.« Max wurde mit den Worten »Kümmre dich um deine Sachen und pack deinen Koffer« von Babette in sein Zimmer verwiesen. Am oberen Ende der Treppe konnte man aber lauschen.

»Babette«, sagte Busch verschmitzt. Was Max bislang nicht von ihm kannte. »Babette Coehn, Ihre Geduld und unser Abwarten haben sich gelohnt: Die beiden sind jetzt zerstritten, restlos auseinander.« Damit zog er die *Welt* aus seinem Mantel, breitete die Zeitung auf dem ovalen Tisch aus und deutete auf Seite drei. »Hier steht nur, dass die Ratte ihr Kinoimperium abstoßen, stattdessen in die Filmstudios in Bendestorf investieren will«, sagte sie.

»Ja, aber weshalb?«, rief Busch.

»Sie sagen's mir«, meinte Babette.

»Fischer muss verkaufen. Die Banken lassen keine Ruh. Er japst nach Luft. Ihm wird der Boden zu heiß! Selbst die faulsten Ermittler werden in Erfahrung bringen, wer hinter der Company steht, die Schuppen 31 gemietet hat«, triumphierte Busch. »Ich bin mir sicher, dass Fischer pleite ist. Wie sieht's denn aus um ihn herum? Die FLN ist düpiert, mit Ben Bella ist nicht zu spaßen. Die FLN-Guerilla braucht Nachschub gegen die Franzosen. Die Mörsergranaten, Maschinengewehre, alles ist längst bezahlt. Aber die Waffen kommen nicht nach Tanger. Sie sind durch die Explosion hier bei uns im Schuppen 31 zerstört, der Rest lagert im Asservatenbunker der Polizei.«

Busch legte Hut und Mantel ab. »Ich denke: Die Algerier sitzen Freund Ratte bös im Nacken. Nicht zu vergessen die Damen und Herren der französischen Gegenspionage, Leute aus der Résistance und Pieds-noirs. Gut Kirschen essen ist mit denen erst recht nicht. Ihr Bombenanschlag hat Fischer ruiniert.«

»Ja, und die Pointe?«

Busch lachte. »Heißt es nicht: In jedem Fall hilft Ambiance?« Buschs Stimme überschlug sich: »Ja, die Ambiance.« Es war merkwürdig, ihn kichern zu sehen. »Hier kommt die zweite Kanalratte ins Spiel, Ihr geliebter Herr Schwager. Seines Zeichens ist Schönrock Generalbevollmächtigter Nord der Ambiance, nicht wahr? Die Ambiance-Zentrale weigert sich zu zahlen. Wie könnte sie auch? Versichert waren im Schuppen 31 für den Export bestimmte Maschinen aus der ČSSR, keine Kriegswaffen! In Springers Käseblatt steht's Schwarz auf Weiß.«

Babette las den Bericht. »Das ist schier unglaublich«, sagte sie nach einer Weile.

»Bevor Waren und Anlagen eines Unternehmens versichert werden – das wissen Sie so gut wie ich, meine Liebe –, prüft selbst der kleinste Versicherungsmakler die Seriosität des Unternehmens. Spätestens bei ihrer Prüfung hätte die Ambiance darauf stoßen müssen: Mieter von Kaischuppen 31 ist eine obskure Guernsey-Company. Für Zwielichtiges aber trägt keiner das Risiko.« Der Anwalt hielt den Zeigefinger vor den Mund. Er achtete sehr auf gepflegte Hände. »Oder Ihr werter Herr Schwager hat selbst die Policen gegen alle Regeln der Kunst, vorbei an der Prüfung, durchgewunken. Dann hängt Schönrock absolut tief drin.«

»Was tu ich?«, fragte sie.

»Nichts, Babette, überhaupt nichts werden Sie tun«, sagte Busch, der sichtlich ernst geworden war. »Jetzt heißt es: Auf dem Quivive bleiben, der Jungen wegen. Ratten kämpfen – ohne Pardon.«

Im Schullandheim Nieblum, wo Max mit vierzehn anderen acht- bis zwölfjährigen Jungen im Schlafsaal voll wackliger Hochbetten hauste, erwachte er nachts, dachte an Babette, Dr. Busch und hatte das Foto des Kinokönigs vor Augen. Manchmal entführte ihn die Fantasie nach Amrum zu Anne. Ob sie den Sommer in den Dünen verbrachte? Den kräftigen Jungen auf dem Oberbett hörte Max manchmal weinen. Der war aus dem Erzgebirge in der Sowjetzone, wie die DDR damals genannt wurde. Eine westdeutsche Organisation hatte ihn und andere zur Erholung in den Westen geladen. Bevor das Licht abends gelöscht wurde, stellte der sich auf sein Bett und faltete die Hände vorm Bauch. Mit betont tiefer Stimme betete er weihevoll: »Putz die Zähne mit Odol und denk an Piek und Grotewohl.«

Damit schmiss er sich voller Wucht auf die Matratze, dass Ober- und Unterbett quietschend ins Schaukeln gerieten. »Noch mal«, schrien die anderen. Vom Unterbett tönte ein zweiter Junge aus Sachsen: »Hände falten, Köpfchen senken, zwei Minuten an Stalin denken!«

Sein Spruch fand sofort Anklang. Alle Jungen wiederholten im Chorgeschrei, das immer lauter anschwoll, bis der Lehrer vom Nachtdienst »Ruhe« in den Raum brüllte. Wahrscheinlich fanden Max' Zimmergenossen den Spruch so gut, weil alles, was mit Stalin in Verbindung stand, schaurig und makaber klang.

Es war langweilig auf Föhr. Es regnete tagelang in Strömen. Die Jungen aus dem Erzgebirge hatten den anderen Skat beigebracht. Selbst am Strand, wann immer sich die Sonne kurz zeigte, wurde Skat gedroschen. Den Lehrern, die sie zu beaufsichtigen hatten, war's nur recht. Sie konnten sich ihren mitgereisten Familien widmen. Pladderte der Regen vom grauen Nordseehimmel, blieb nur die Bücherei des Schullandheims. Sie war voller Kriegsbücher. *Mein Weg nach Scapa Flow* hieß eines, geschrieben von U-Boot-Kapitän Günther Prien. Die Lektüre stimmte Max traurig, weil er an die Ertrunkenen und an seinen Vater denken musste, von dem er nicht einmal den Namen kannte.

Die Wattwanderungen von Föhr nach Amrum machte er trotz des Regenwetters oft mit. Das Waten durch den reißenden Hauptpriel hatte nichts Abenteuerliches mehr. Ein Grindwal war gestrandet. Man konnte ihn aber nur weit draußen auf der Sandbank erahnen. Das Wattwandern war Abwechslung vom Einerlei des Heimlebens. Vielleicht wollte er auch nur Anne, die Pier von Wittdün und den kleinen Hafen wiedersehen.

Nach drei Wochen erhielt Max die sattsam bekannte Schwarz-Weiß-Postkarte mit dem Raddampfer, nun aber auf dem Zürichsee. »Hoffentlich geht es meinem Mäxchen gut? Deine Mama«, stand darauf. Damit ging er durchs Dorf zu Frau Bahnsen, um Babettes Gruß zu zeigen. Die Bahnsen hatte keine Sommergäste. Jes Reinhardt, der die Dobretsberger tatsächlich geheiratet hatte und als Offizier der US-Navy in Norfolk, Virginia, stationiert war, schickte Frau Bahnsen monatlich zweihundert Dollar. Ihr Kapitänshaus in Nieblum sollte Jes später erben.

Regnete es nicht, durfte Max in ihrem Liegestuhl lesen. Währenddessen briet sie Pfannkuchen oder verwöhnte ihn mit einer Cremeschnitte. Ihr Garten wirkte gepflegter denn je. Im kleinen Entwässerungsgraben an der Nordseite wuchsen hohe, feinblättrige Pflanzen mit vielen weißen Dolden.

»Berühr sie nicht«, warnte die Bahnsen. »Das ist Wasserschierling. Der ist auf der Insel selten. Ich hab davor gefleckten Schierling gepflanzt. Der schreckt die Katzen ab. Es ist die Schierlingsart, die im September rosa zu blühen beginnt.« Besonders stolz war sie auf ihre Maiglöckchen. Im neuen Rundbeet, das von Buchsbaum umrahmt war, stand majestätisch weißblütiger Fingerhut. »In die Mitte dieses Kreises hab ich die Bella Donna, die schöne Dame, gepflanzt.«

»Aber die rotbraunen Blüten find ich hässlich.«

»Ich auch«, sagte Frau Bahnsen und strich Max mit warmer Hand über den Rücken. »Aber die schöne Dame kriegt im Herbst schwarze blanke Kirschen.«

»Schmecken die?«

»In leckerem Pfannkuchen eingerollt schmeckt's, ein einziges Mal!«, sagte sie mit einem Anflug von Lächeln. Als Max sich im August endgültig von Frau Bahnsen verabschiedete, trug sie ihm auf: »Falls ich Babette helfen kann, soll sie sich mir anvertrauen. Sie weiß schon!«

Dazu kam er aber erst am zweiten Tag seiner Rückkehr. Babette nahm ihn nicht in den Arm, als er mit seinem Pappkoffer vor der Haustür stand. »Da bist du ja endlich«, sagte sie.

Ein Fremder saß am Esstisch, auf dem er viele von Babettes Büchern aufgestellt hatte, und biss auf einem Zigarrenstumpen herum. Es war ekelhaft anzusehen. Von Zeit zu Zeit troff ihm brauner Speichelsud aus den Mundecken, den er mit seinem rechten Ärmelschoner aufrieb. Der war auf der Oberseite bereits schwarz. Weder grüßte der Kerl, noch beachtete er Max, sondern blätterte gelangweilt jedes Buch, jeden Roman Seite um Seite durch. Oben in Babettes Schlafzimmer machten sich zwei andere Kerle zu schaffen, wühlten systematisch ihre, dann Peters und Max' Schränke durch, gingen mehrfach in Babettes Schlafzimmer zurück und beäugten jedes Mal erneut ungläubig den Fußboden unter ihrem Bett.

»Das ist die Steuerfahndung. Die darf mehr als die Kripo. Steuern eintreiben ist dem Staat viel wichtiger, als Mörder zu finden«, sagte Babette so laut, dass die drei Männer es nicht überhören konnten. Sie stolperte beim »St« der »Steuerfahndung« derart Hamburgisch über den spitzen Stein, wie sie es sonst nie tat. Irgendwer hatte anonym Hinweis gegeben, Babette Coehn betreibe illegales Geschäft. Aber es fand sich nicht der geringste Anhaltspunkt – außer einem Überweisungsbeleg von der Bank Bär in Zürich.

»Mit dieser Schenkung, die ich übrigens im vergangenen Jahr versteuert habe, wurde dies Haus erworben. Weitere Fragen beantwortet mein Steuerberater«, erklärte sie kühl.

Max saß oben am geöffneten Fenster, als die drei Wichtigtuer das Haus verließen. »Die Hexe lügt«, hörte er den Stumpenkauer. Tags darauf stand eine Frau mit mausgrauem Gesicht, die sich als Vertreterin der Sozialbehörde auswies, vor der Tür: Ob hier die Halbwaise Max Coehn wohne? Ihre Behörde gehe dem Hinweis nach, dass die Halbwaise unbeaufsichtigt sei. Dann hatte sich die Beamtin ungebeten an den Tisch gesetzt, »um Protokoll anzufertigen«, dessen Fragen Max ihr allein zu beantworten hatte.

Babette lief weiß vor Zorn auf und ab. Aber die beamtete Maus packte, nachdem sie Max' Zimmer inspiziert hatte, ihre Unterlagen zusammen und entschuldigte sich formvollendet: »Wir erhalten immer wieder Hinweise, denen wir, berechtigt oder unberechtigt, nachzugehen haben. Es ist unsere Pflicht zum Wohl der Kinder.«

»Das war das Impromtu der Revanche«, meinte Jean Marie. Verwundern tat, dass er mitten in der Hamburger Innenstadt ein Zimmer zur Untermiete beibehielt, obwohl er jede Nacht mit Babette verbrachte. »Mein Zimmer wird regelmäßig gefilzt«, sagte er und scherzte: »Nicht von meiner Vermieterin.« Max durfte abends länger aufbleiben, wenn Babette und Jean Marie am Kamin saßen.

Zum ersten Mal hörte er von General de Gaulle. Nach Jean Maries Schilderung stellte er sich einen alten Herrn vor – ähnlich wie Dr. Busch –, der mit seiner Frau in einem abgelegenen Dorf wohnte und stets zur Haustür heraustrat, wenn ein Flugzeug über dem Dorf kreiste. Zum Gruß wippte es mit den Tragflächen. Der alte Herr hatte sich geschworen, nur unter der Bedingung nach Paris zurückzukehren, dass ihn das französische Volk riefe. Mit seinem Chef Pierre Boursicot hatte Jean Marie den General in Colombey-les-Deux-Églises persönlich besucht. Sie hätten ihm beide gesagt, Algerien müsse französisch bleiben. De Gaulle habe ihnen mehrfach wohlwollend zugestimmt.

»Aber da wohnen doch Millionen Muslime, so wie in Palästina«, wandte Babette ein, »die sollen alle Franzosen werden?« Jean Marie geriet ins Schwärmen und steigerte sich enthusiastisch in die Heilsgeschichte vom General. Stehe de Gaulle erst an der Spitze Frankreichs, würde Babette endlich Jean Maries Geburtsstadt Oran und seine Eltern kennenlernen.

»Und was macht die FLN mit deinen Leuten und all den Juden in Algerien, sollte sich die französische Armee doch zurückziehen?«, fragte sie.

»Die FLÄÄN wirtte nisch siegän – auf keine Fall.« Jean Marie war empört. »Uunserä Armee bleipt.«

»Aber es kann trotzdem so kommen«, entgegnete Babette, »dann zählst auch du zum Millionenheer der Vertriebenen dieses Jahrhunderts.« Solche Sätze ließen Jean Marie verstummen. Sein Zorn wurde kompensiert durch Realitätssinn und Pessimismus.

»Interessiert dich Politik, Mäxschään?«, fragte er eines Tages. Der nickte. Die damaligen Gespräche über Frankreich und Algerien begann Max spannend zu finden. Aber der wahre Ansporn seines Interesses war ein anderer: Er wollte verstehen, was mit Babette und der eigenen Familie geschehen war. Im Kopf des Jungen schwirrte ein rätselhaftes Gewirr trauriger Ereignisse. Der rote Faden fehlte.

Der Herbst 1956 blieb außergewöhnlich mild, ja fast ohne Regen. Die Eichenblätter bewahrten lange ihr Grün und die Zwetschgenbäume trugen so reichlich, dass die Kinder kaum noch in die Äste kletterten. Mit dem Rad war Max zu Dicker und Tetsche gefahren, wo sie bis zur einsetzenden Dunkelheit auf der Straße Fußball bolzten.

»Hört auf, kommt rein«, hatte Tetsches Vater aus dem Fenster gebrüllt. »Aufstand in Ungarn!« Mit anderen Kindern hatten sie auf der Treppe der Eingangshalle gesessen, wo das dunkelbraun lackierte *Grundig*-Radio mit magisch grünem

Auge auf der Anrichte stand. Sondermeldungen häuften sich. Mit heiserer Stimme berichtete der Radioreporter vom schweigenden Aufmarsch Zehntausender im Stadtteil Pest östlich der Donau, die Freiheit verlangten.

»Die Russkies schießen alle tot.« Davon war Dicker fest überzeugt.

»Alles kommt in Bewegung«, sagte Tetsches Vater, als er die Jungen fortschickte. Halbmond war am Himmel zu sehen. Erregung lag in der Luft. Max sah mehr Beleuchtung in allen Häusern. Ob in der Schule oder bei Freunden, überall tönte Radio. Knattern von Maschinengewehrsalven war deutlich zu vernehmen. Der Radioreporter schilderte Pál Maléter, den jungen General, als Hoffnungsträger des Freiheitskampfs gegen die Unterdrücker aus Moskau. Rasselnd fuhren Hunderte Panzer der Roten Armee auf. Sogar die Rede des neuen Staatspräsidenten Imre Nagy übertrug das *Echo des Tages*. Er flehte mit seiner Bassstimme den Westen um Hilfe an. Nagy interessierte Max aber nicht, weil er Nagys Foto gesehen hatte: ein behäbiger älterer Mann mit dicken Brillengläsern.

Während dieser Tage hatte Herr Kirchhoff Babette Coehn persönlich gebeten, ihm erneut die Möglichkeit zu verschaffen, anlässlich des 35. Jubiläums seiner Wirtschaftsprüfungsgesellschaft die treuesten Kunden in seinem Haus zu bewirten: »Das geht leider beim besten Willen über die Kräfte meiner lieben Frau – und im Restaurant wäre es zu unpersönlich, einfach stillos. Könnten Sie mich bitte unterstützen?« Wozu Babette sich nur unter der Bedingung einließ, dass ihr genügend Personal in der Küche und zum Servieren zur Hand gehe. Sie selbst bleibe für die Gäste unsichtbar. »Das ist keine Marotte.«

Das schier unlösbare Problem der Souterrainküche war, Wasser in zwei gusseisernen Töpfen bei dauerhafter Hitze am Kochen zu halten, sodass die lebenden grünen Hummer, die hineingeworfen wurden, sofort verbrühten und sich rot färbten. Zu diesem Zweck war der Herd mit der stählernen Deckplatte und den Einlegringen schon am Vortag mit Briketts angeheizt und am bewussten Abend ständig mit trockenen Holzscheiten befeuert worden. Die Flammen schlugen heraus, die Ringe glühten, sobald die Töpfe beiseitegezogen wurden.

»'ne grausige Sache issas ja«, hatte ein Servierfräulein gesagt, als ein Hummer nicht sofort im brodelnden Wasser versank und stattdessen sekundenlang schrilles Pfeifen von sich gab. In der Hektik der Küche gab es kein Nachsinnen.

»Du kannst mir zur Hand gehen – vorher. Wisch ab und zu den Boden auf«, hatte Babette Max befohlen. Mehr als fünfzig Personen galt es zu beköstigen. »Hummer satt« bedeutete, dass zumindest für jeden Herrn ein zweiter Hummer aufzutischen war. Ein Hilfskoch mühte sich am Herd, der von einer modernen Neonleuchte in blauweißes Licht getaucht war. Die Servierkräfte hasteten treppauf, treppab von der Küche zum Esszimmer. Die Bezeichnung »Esszimmer« war hanseatisches Understatement. Dessen Wände waren im Stil der Zwanziger mit tannengrüner Naturseide bespannt und in der oberen Stuckkehle mit Brokatkordel abgesetzt.

An Kirchhoffs umrankter Villa waren, außen wie innen, der Bombenkrieg, die britische Besatzungsmacht oder gar Einquartierungen spurlos vorbeigegangen. Lediglich unterm Dach hauste ein weitläufig verwandtes bescheidenes Rentnerehepaar, das auch 1956 noch unverdrossen auf die Heimkehr ihres einzigen Sohnes aus sowjetischer Kriegsgefangenschaft wartete.

Die Gardinen aus geblümtem English Linnen und gelbgold gerahmte Ölbilder mit ländlichen Motiven aus der Marsch lockerten die Strenge der Einrichtung. Kirchhoffs muntere, selbstbewusste Frau wurde zu Beginn des Abends, als die Gäste noch mit Gläsern voll trockenem Sherry herumplauderten, mehrfach zum Erwerb des schweren flämischen Deckenlüsters beglückwünscht. Diese Lampe war die einzige Anschaffung, die sie bei ihrem Mann in jüngster Zeit hatte durchsetzen können. Ihr Erfolg hatte sich im Bekanntenkreis verbreitet.

Zum Hummer wurde trockener Weißwein aus dem Rheingau oder Chablis gereicht, zum späteren Käse Pomerol Château Petrus. In der Küche gab Babette Max den Wink: »Verdufte nach Hause.« Er wrang den Feudel noch einmal aus und breitete ihn über den Wassereimer. Vom Fortgang der Feier erfuhr Max erst, als er älter wurde.

»Château Petrus«, hatte Kirchhoff gesagt, während er sein Glas mit Grandezza erhob. »Petrus«, hatten die Herren im Chor geechot und die Damen bedeutungsinnig gemustert. Nach Käse und Süßspeise hatte sich die Sitzordnung gelockert. Paare begannen, es sich in den tiefen, samtgrünen Sesseln und den Sofas der Glasveranda bequem zu machen. Detlef Haiens, an dessen kaufmännischer Fortune trotz aller kritischen Zeitungsmeldungen keiner der Geladenen – außer Kirchhoff – geringste Zweifel hegte, führte das Wort. Er aschte seine Zigarre gelegentlich im Holzbottich des Gummibaums ab, der bis zur gläsernen Decke rankte.

»Petrus«, krakeelte Haiens, sobald er eines Servierfräuleins ansichtig wurde, und hielt ihr – ohne sie des Blickes zu würdigen, geschweige denn zu danken – sein stets geleertes Glas hin. Er gab den Bonhomme. Natürlich war von den grauenhaften Meldungen aus Budapest, von der Erschießung Maléters, dem Freiheitsdurst der Ungarn und der »Feigheit der Amis« die Rede.

Vor Mitternacht hatte die Unterhaltung einen Schlenker genommen. Es wurde über das entzückende Temperament ungarischer Frauen geplaudert. Ein kräftiges Prosit ging auf die charmante, ungarische Damenwelt. Selbst von Kaiserin Sissi war die Rede. Worauf sich Janka, die Haiens zu Beginn des Abends als »meine liebe Frau Gattin« vorgestellt hatte, im Sessel aufsetzte. Versteinerten Puppengesichts hatte sie nun die längste Zeit geschwiegen. Sie hob ihr Glas: »Der Aufstand gegen die Sowjetpanzer hat ebenso wenig eine Chance wie die deutsche Wehrmacht im Winter 1944 gegen die Rote Armee.«

»Waren Sie zugegen?«

»Leider.« Die Schönheit mit dem hohen Dekolleté bejahte, aus Budapest zu stammen. Bislang hatte sie so gut wie nichts getrunken, sondern nur am Glas genippt. Als ein Servierfräulein Haiens erneut nachschenkte, hielt Janka ihr Glas hin. »Mein Vater war Pinhas Gellert. Diamantschliff und Handel mit Steinen hatte er bei seinem Onkel in Antwerpen erlernt. Kaiserin Elisabeth hat am Tag ihrer Ermordung in Vevey ein Diamantarmband getragen, das mein Großvater selig entworfen und für sie gefertigt hatte. Ein Geschenk der Hauptstadt Budapest an die Krone. Unser Geschäft war 1944 zweihundert Jahre in Familienbesitz.«

»Ja, da haben Sie aber wirklich Glück gehabt und sind rechtzeitig vor den Sowjets aus Budapest geflohen?«, fragte ein junger Gast, der sich einen Stuhl zwischen die Sessel gerückt hatte.

»Wieso vor den Sowjets?«, fragte Janka Haiens und streckte ihr Glas aus. »Vor Eichmann.«

Selbst Gäste, die, ein wenig benebelt, offenen Auges vor sich hin gedöst hatten, schreckten auf. Für eine Sekunde, die so peinlich war, dass alle Blicke sich in das Dunkel über der Glasveranda bohrten, herrschte Stille. Aber es kam schlimmer. Der junge Mann fühlte sich jetzt erst recht bemüßigt zu reden: »Sie sprechen akzentfrei Deutsch. Sind Sie diesem Herrn Eichmann begegnet? Er soll ja noch am Leben sein, putzmunter wie der Dr. Mengele.«

»Ja, im *Majestic*, im eleganten *Hotel Majestic* in Buda, zusammen mit Detlef Haiens, der 1944 noch Fischer hieß.«

Eisige Stille. Sie hatte die Bombe gezündet. Ein Herr aus der Runde gab seiner Frau ein flüchtiges Zeichen aufzustehen. Sie verdrückten sich zu anderen Gästen im Herrensalon.

»War dieser Eichmann nicht eine hohe SS-Charge? Ist er Ihnen zu nahe getreten?«

Janka lachte: »Sie scherzen?«

»Dort haben Sie Ihren Mann, kennengelernt?«, sagte der junge Herr gequält. Er war sich der Peinlichkeit seiner nassforschen Konversation bewusst.

»Ja«, antwortete sie und genoss die Situation.

»Pferde, Remonte-Pferde, haben wir in Ungarn gekauft«, mischte sich Detlef Haiens, plötzlich hellwach, ein. Doch seine Artikulation war schleppend. »20 000 ungarische Pferde fürs Heer. Für die wir sauber bezahlt haben.«

»Erzähl'n Se uns nichts, Haiens«, meldete sich ein stattlicher Herr zu Wort, der sich die Smokingweste bekleckert hatte und Haiens direkt gegenübersaß. »Eichmann war bei der SS ein hohes Tier, Schoßkind von Himmler – niemals war der beim Heer! Ich weiß zufällig, was für Sauereien dieser Eichmann – übrigens auch so 'n Österreicher – in Ungarn abgezogen hat.«

»Wir haben Pferde gekauft, auf Heller und Forint bezahlt«, wehrte sich Haiens.

»Für eure Waffen-SS«, gab sein Gegenüber ungnädig zurück. Er tickte mit dem Zeigefinger an die Schläfe. »Vielleicht für eure SS-Panzerarmee in Komorn?« Einige Gäste lachten.

»Nein, ich sag's Ihnen doch«, bollerte Haiens. Sein grollender Unterton war nicht zu überhören. »Die Artillerie der Heeresgruppe Süd brauchte frische Bespannung.«

»Red net so rum! I ertrag's nimmer«, fuhr seine Frau dazwischen. »Der Herr hier wird's dir eh net glaub'n. Sag ehrlich, dass du ab Sommer 44 im Ausrüstungsstab von SS-Sturmbannführer Becher warst. Ihr habt mit der Waadat, unserer jüdischen Hilfsorganisation, verhandelt. Der Becher war 'n Militär – kaan Eichmann.« Sie trank sich Mut an. »Kurt Becher hat als einziger SS-Offizier Wort gehalten und zweitausend unsrer Leut gerettet.«

»Janka hat zu viel Pomerol genossen«, entschuldigte sich Haiens, wobei er wohlweislich den Blick seiner Frau mied. »Es wird Zeit. Wir gehen.«

»Warum, du mein Hauptsturmführer, Bannführer oder Oberhauptbannführer? Ii find's hier bei Kirchhoffs amüsant. Fischer, wann du jetzt gehst. – I net!«, sagte sie, fingerte an ihrer Diamanthalskette und nippte Wein. Die Szene entwickelte sich bühnenreif. Gäste hatten sich nach und nach hinter den Sesseln postiert. Sensationspublikum.

»Janka, komm jetzt, geh mit«, herrschte Haiens sie an. Er wankte. »Wo ist dein Mantel?«

»I blaab.«

Kirchhoff hatte einen Wink erhalten. Der resolute alte Herr war herbeigeeilt, neigte sich zu Janka und fragte ritterlich: »Wie kann oder darf ich Ihnen etwas Gutes tun?«

Sie gluckste vor Lachen und antwortete: »Indem Sie mich von dieser Ratte befreien.«

»Bringen Sie mir einen Stuhl«, bat Kirchhoff ein Servierfräulein. »Vielleicht kann der Gastgeber zur Mäßigung beitragen.«

Es war ein ganz und gar vergeblicher Versuch. Denn Haiens hatte sich in den Sessel zurückplumpsen und ein neues Glas bringen lassen. Er schwenkte den rechten Arm und ließ den Zeigefinger niedersausen: »Verreckt wär sie, dies Weib, auf dem Todesmarsch bei Eis und Schnee von Budapest nach Wien. Die Waadat, euer Jiddenkomitee, also der Kasztner, der Billitz und der Biss, die hatten versäumt, Janka mit auf die Liste der Leute zu setzen, die in die Schweiz entlassen werden sollten. Ich ...« Haiens pochte sich auf die gestärkte Hemdbrust seines Fracks. »Mir hat sie alles, mir hat Janka ihr Leben zu verdanken. Ich, ganz allein, ich hab dich gerettet: dich und deine Mischpoche.« Haiens kämpfte heftiger mit seiner Artikulation: »Wenn ich euch nicht mit schwedischen Schutzpässen versorgt hätte. Ihr wärt alle, allesamt verreckt. In Auschwitz – das ging nicht mehr – aber auf dem Hungermarsch.«

»Retter!« Ekel sprühte förmlich aus Janka. »Du zappelst im Netz deiner Lügen. Irre. Irre, du musst total irre sein, dich hier als Retter zu gerieren.« Es mochten die langen Vorhänge und die im Erdgeschoss übereinanderliegenden kostbaren Perserteppiche gewesen sein, die den Ton der Auseinandersetzung gedämpft hatten. Haiens fluchte: »Weib!« und stierte ins Weinglas.

»Retter, keinen hast du gerettet, Fischer!«, fuhr Janka unbeirrt fort. »Du hattest nie, niemals das Format eines Kurt Becher. Du warst hinter unseren Diamanten her – ein Schatz als Vorsorge für die Nachkriegszeit.« Sie zeigte mit dem Finger auf ihn: »Pure Gier stand Fischer ins Gesicht geschrieben, als er im Juni 44 unser schönes Geschäft betrat. Alle Auslagen, alles in der Werkstatt konfiszierte er persönlich. Aber, parbleu! Der beschlagnahmte Schmuck stellte sich bei näherer Prüfung als Imitat aus Idar-Oberstein heraus, als Nachtauslage. Dann hat dieser SS-Gott den dümmsten Fehler seines Lebens gemacht«, sie kicherte, »nämlich meinen Vater ins Sammellager in Pest abführen zu lassen. Da war ich die Einzige, die wusste, wo Vater die echten Steine, sein Gold- und Silbermaterial verborgen hielt.«

War es der Bordeaux oder eine fatalistische Anwandlung? Haiens gab keinen Laut von sich. Janka genoss es in vollen Zügen, ihn zu demütigen: »Ihr von der SS habt makabre Witze über den Endsieg gerissen. Skrupellos wart ihr sowieso – auch du; ab 44 waren die Schlaueren von euch nur noch Zyniker. Nach Folter und Mord habt ihr den Rückwärtsgang eingelegt und vor euren Geiseln Mitleid geheuchelt. Nein, Fatalisten wart ihr nicht.« Die Zuhörer waren so still geworden, dass keine Bedienung mehr die Veranda zu betreten wagte.

»Bei mir hast du dein Ziel erreicht. Unsere Steine, Vaters gesamten echten Schmuck, hast du nach Bergen-Belsen schaffen können, unbehelligt. Für SS-Hauptsturmführer Fischer eine simple Sache.« Sie lachte. »Wer hätte zum Ende hin gewagt, den Koffer eines SS-Offiziers zu filzen? Ja?«

Dabei deutete sie mit dem Weinglas wieder auf ihren Mann. »Unser Schmuck, unser Gold das war Fischers Beitrag zu Eichmanns Programm ›Blut gegen Ware‹.«

Chaos brach los: Haiens warf seiner Frau ein geschliffenes Kristallglas an den Kopf. Ihr Gesicht war blutüberströmt. »Mein Auge«, schrie sie. Kirchhoff packte Haiens und verwies ihn in schneidendem Ton des Hauses: »Aber sofort!« Haiens torkelte auf seine Frau zu. Er wurde von umstehenden Herren gehindert und widerstrebend zur Garderobe gezerrt. Der Skandal war perfekt.

»Sieg Heil«, rief ihm Janka nach. »Haiens alias Fischer«, mokierten sich einige der verbliebenen Damen, »und das in Hamburg-Othmarschen.«

»Ach, du bist auch hier. Woher kommst denn du? Wir haben dich den ganzen Abend nirgends gesehen«, sagten zwei der männlichen Gäste, als Babette sich mit feuchtem Tuch zu Janka beugte. »Lasst nur«, wimmelte sie die Fragenden ab und hatte die weiße Binde wieder in eine Schüssel mit kaltem Wasser getunkt. Ihr Blick fiel auf Jankas Haar. »Von Frau zu Frau«, sagte Babette, »färben Sie?«

»Sieht man das?«, fragte Janka. »Ja, als junge Frau hatte ich braunes Haar.«

»Wieso ist es weiß? Sie sind noch jung.« Die Gäste ließen die beiden unter sich.

»Bergen-Belsen. Dorthin hat man uns von Budapest in Viehwaggons verfrachtet. Drei Monate Ungewissheit, drei

Monate haben wir auf Ausreise in die Schweiz gehofft. Angst vor der Ermordung. So wird man weiß.«

In der Garderobe und im Windfang wurde es laut. »Raus, scheren Sie sich fort! Lassen Sie sich hier nie, nie wieder blicken!«, hörte man die erregte Stimme des Hausherrn. Eine Wagentür klappte. Haiens fuhr selbst – trotz des Alkohols. Die verbliebenen Gäste, die nicht leichtfüßig ohne Abschied das Weite gesucht hatten, sprachen gedämpft im Herrensalon. Nicht über die Peinlichkeit. Es wurde Kaffee gereicht. Babette bat, Janka möge ein Gästezimmer zur Verfügung gestellt werden. In ihrem kläglichen Zustand werde sie womöglich der Gewalt ihres Mannes überantwortet.

»Bleiben Sie bei mir«, bat Janka, »unter Frauen gibt's nichts zu verbergen, nicht wahr.« Babette redete ihr beruhigend zu: »Seien Sie klug, meine Liebe. Sie haben allen Grund, sich zu wehren. Energisch. Aber tun Sie nichts allein. Wir Frauen können uns gegenseitig helfen.«

Auf dem Gästebett erzählte Janka. Drei Tage bevor die britischen Einheiten das KZ befreiten, war Fischer mit dem SS-Stab Becher nach Bergen-Belsen gelangt. Er hatte Janka von einer Wärterin aus der überfüllten Frauenbaracke zur Lagerkommandantur geleiten lassen. Zu aller Erstaunen hatte er dort erklärt: »Ich bitte um Ihre Hand, Fräulein Janka Gellert.« Eine Sekretärin und die KZ-Wärterin hatten darauf geheult.

»Und?«

»Die anderen SS-Offiziere haben sich schier totlachen wollen: ›Jetzt dreht der Fischer durch!‹ Nur der Becher hat geschwiegen. Später hat er lakonisch gemeint: ›Ein intelligenter Schachzug, Verehrtester.‹ Das Wort Kamerad nahm Becher nicht mehr in den Mund. Was den britischen Verhörspezialisten die Sprache verschlug, war nicht das Inferno Tausender Leichen und Hunderter fast verhungerter, kaum bekleideter menschlicher Wracks, die ziellos herumirrten.

Das war zwar so schockierend, dass es selbst abgebrühte Fotografen und Kameraleute der Army noch im Traum verfolgte.«

Janka bat um ein Glas Wasser. Sie fühlte sich wieder munter. »Was den verhörenden Briten die Sprache verschlug und ihnen in Bergen-Belsen wie surrealer Aberwitz vorkam, war der Bericht eines hohen SS-Offiziers, nämlich des jovialen Kurt Becher. Der erklärte ruhig – glaubwürdig bis in jedes Detail –, dass er im Auftrag Himmlers an der Grenze zur Schweiz mit Vertretern der US-Regierung verhandelt und einige Hundert Juden gerettet hatte. Weil die Regierung in London Spannungen mit Washington vermeiden wollte, wurden Becher und sein Stab kurzerhand den verbündeten Amis überstellt. Und bei der US-Army hatte ein Detlef Fischer sofort den Freifahrtschein: Ein kooperationswilliger SS-Offizier, der obendrein eine Jüdin heiraten wollte … too much … totally crazy!«

Frau Kirchhoff hatte ein Tablett mit Mokka ins Zimmer hochtragen lassen. Babette fragte: »Warum haben Sie das mitgemacht?«

»Ich war wie gelähmt. Deportation, Angst, wie ein Stück Vieh erschlagen zu werden. Kein Brot, kaum Wasser, die tägliche Erniedrigung durch Lagerkapos, die Angst vor den Narzissen, den Wächterinnen, die Wanzen, die Kälte und Enge in den Baracken, die Separierung von meiner Mutter… und da hinein plötzlich dieser Heiratsantrag … Ja hab ich gesagt, weil ich mich treiben ließ, weil kein Lebensmut mehr in mir steckte. Die Dinge geschahen mit mir. Dieser Parvenü, der als SS-Mann Fischer in mein Leben geplatzt war, war mein Strohhalm. Keine Woche nach der Freilassung aus Ami-Gewahrsam – übrigens Wärme und Weißbrot satt – verfügten wir in Nürnberg über Ausweispapiere mit dem zweideutigen Nachnamen Haiens.«

»Haben Sie Kinder?«

»Nein, ich kann nicht mehr schwanger werden.«

26. Nur Mut

En passant eröffnete Babette ihren Söhnen in den Weihnachtstagen, sie sei jetzt Eigentümerin der *Bären-Apotheke*. Jean Marie drückte seine Gauloise aus und schenkte sich Tee nach. Dass ihre Approbation nach wie vor gültig war, wussten alle seit Beginn der Debatten mit Großmutter. Die hätte sich gefreut, dachte Max. »Uns wundert nichts mehr.« Das klang zwar, als Peter dies äußerte, wie eine Kampfansage an seine Mutter. Aber oben in seinem Zimmer, wo die beiden Brüder zusammenhockten, kam er zu dem Schluss: »Alle Achtung, unsre Alte hat's drauf.«

»Vielleicht erbst du auch mal was, Kleiner«, fuhr er fort. Achim und Peter gaben Max regelmäßig zu verstehen, dass er eben nur ihr Halbbruder, der Bastard, sei – eben geduldet –, quasi aus humanitären Gründen. Über die Familie, geschweige denn über Babette zu reden, schloss sich von selbst aus. Denn sobald Achim von Heidelberg, wo er Jura studierte, nach Hamburg kam, hielt er sich bei Dr. Busch auf. Mädchen fanden den dandyhaften Corpsstudenten hinreißend.

Zwischen Weihnacht und Neujahr ließ sich Peter herab, mit Max die *Fleischmann*-Eisenbahn im Erdgeschoss aufzubauen. Wofür ihn Babette lobte. Es war die Spur 00 mit den schwarzen Loks, die man mit einem Schlüssel aufzog und deren Tempo sich mithilfe einer kleinen Stahlstange regeln ließ. Ließen sie die Loks aufeinanderrasen, warf Peters Lok die von Max aus den Schienen. Die stählerne Triebfeder seiner Lok war eben stärker. Das amüsierte ihn. Max schluckte seinen Ärger runter.

Beim Frühstück, bevor Peter zurück in die Odenwaldschule reiste, bat er Babette, ihm ihre künftige Apotheke zu zeigen. Er sei zu neugierig. Dass er enttäuscht von der Örtlichkeit war – die Apotheke war in einem Mietshaus der Jahrhundertwende mit bröckelnder Fassade im Kleine-Leute-Stadtteil Mottenburg gelegen –, äußerte Peter erst auf dem Altonaer Fernbahnsteig, als Max ihn ans Abteil begleitete. »Ob das was abwirft?«

Ende der Weihnachtsferien war Max so gut wie allein im Haus. Babette hielt sich von früh bis spät in ihrer Apotheke auf. Nur Jean Marie traf er ab und an, wenn er aus der Schule kam. Jean Marie rauchte zu viel. Max' Mitschüler mokierten sich ständig: »Pfui, Deibel, was muss es bei euch stinken«, wenn er seine Holzfällerjacke an den Haken vorm Klassenzimmer hängte. Max fragte sich, ob die Remise wirklich sein Zuhause sei. Babette hatte zwar einen großen AEG-Kühlschrank in die Küche stellen lassen, darin lagerte ein Topf mit Gesichtscreme. Bei Tante Lydia hingegen war nach der Schule stets Essen für ihn übrig. »Hol dir selbst was vom Markt. Zum Einkaufen hast du wirklich mehr Zeit als ich«, kam die Antwort, sobald er maulte, dass der Kühlschrank, abgesehen vielleicht von den Wochenenden, gähnend leer sei. Sagte Max: »Ich hab kein Geld«, erwiderte Babette: »Verdien dir was. Ich brauch das Geld für die Apotheke.« Max wusste, dass Alice ihr vorhielt: »Du vernachlässigst das Kind.« Ihm war das nicht recht. Denn nach jeder Predigt ihrer Freundin verhielt sich Babette ihm gegenüber übellaunig.

In Hamburger Zeitungen war im Februar zu lesen, Kinokönig Haiens sei im Visier staatsanwaltschaftlicher Ermittlungen. Der Verdacht, Haiens habe bei einer Limited-Firma mit Sitz auf der britischen Kanalinsel Guernsey die Finger im

Spiel, hatte sich erhärtet. Ebendiese Gesellschaft sei Mieterin des Kaischuppens 31, der in die Luft gejagt worden sei. Gegen diese Notiz von fünfzehn Zeilen auf einer hinteren Lokalseite war Haiens per einstweiliger Verfügung bei der Kammer 3 des Landgerichts zu Felde gezogen. »Gegendarstellungen verärgern die Journaille«, sagte Busch gelegentlich eines Mittwoch-Besuchs. »Redakteure haben ihre eigenen Quellen bei Polizei und Staatsanwaltschaft. Obendrein macht jede Gegendarstellung die Leser erst recht aufmerksam.«

Als Haiens zur selben Zeit die Ehre zuteilwurde, ständiges Mitglied des Präsidiums der hochlöblichen Handelskammer Hamburg zu werden, hieß es unvermittelt im dritten Absatz des Zeitungsberichts, gegen Haiens seien intensive staatsanwaltliche Ermittlungen im Gange. Das sei womöglich die Ursache, mutmaßte der Redakteur, weshalb die Umstrukturierung des Haiens-Kinoimperiums ins Stocken geraten sei.

Eines Nachmittags, als bereits um halb vier Uhr Licht angeknipst wurde, hörte Max leises Knirschen im Schnee. Danach sackte etwas gegen die Haustür. Beim Öffnen fiel ihm eine Frau entgegen, die einzig mit beigem Sommermantel bekleidet war. Ihr Gesicht war von Hämatomen zugeschwollen. Sie stöhnte.

Babette wies Max am Telefon an, die Frau ins Haus zu ziehen, ihr auf dem Teppich vorm Kamin eine Decke überzulegen. Babette fügte hinzu: »Ja, ja nicht! … Du rufst mir weder die Polizei noch irgendjemand anderen an. Hast du gehört? Hast du das verstanden? Sag's mir! – Zieh die Vorhänge zu, dass keiner ins Haus schauen kann.«

Es dauerte keine halbe Stunde, bis Babette zur Tür hereinstürzte. »Halt ihren Kopf!«, wies sie Max an und tupfte der weißhaarigen Frau Arnikasalbe aufs Gesicht. Sie verabreichte ihr Schmerztabletten. Das elendig verprügelte Opfer konnte kaum schlucken. »Du wirst dich gleich ganz wohlig fühlen und träumen«, flüsterte Babette der Verletzten ins

Ohr. »Zuerst müssen wir dir die Treppe hinaufhelfen und dich in Peters Bett bringen. Kannst du das?« Was sich leichter als befürchtet bewerkstelligen ließ, weil die Frau krankhaft mager war. Babette entkleidete sie. »Dieser Dreckskerl«, hörte Max sie reden. Einmal schrie die fremde Frau laut auf.

Babette telefonierte nach Föhr: Die Wählscheibe rasselte zehnmal zurück. Beim ersten Telefonat sprach sie mit der Bahnsen, beim zweiten mit Pressler. Babette hatte ihr geschmeidig überredendes Timbre in der Stimme. Sie flötete: »Sie werden mich kleine, zarte Frau doch nicht im Stich lassen, großer Manitou?« Pressler lachte dröhnend in seiner Klinik in Wyk. »Für mich werden Sie doch ein allerletztes Mal aufs Festland kommen? Sie akzeptieren gefälligst meinen unsittlichen Antrag! – Sind Sie noch da?«, fragte Babette wiederholt in die Sprechmuschel. »Ich kann Ihnen nichts sagen, wenn Sie immer nur lachen.« Dann erklärte sie: »Unumgänglich sind persönliches Erscheinen und Ihre werte Unterschrift. Ich entlasse Sie sofort wieder auf Ihr Eiland.«

Als sich Janka Haiens nach zehn Tagen selbst unter die Dusche zu stellen vermochte und danach zart geschminkt im Erdgeschoss erschien, fragte Babette: »Hast du wirklich Mut und Kraft dazu?« Das war am Samstagmorgen.

Am späten Nachmittag stand der hünenhafte Arzt aus Wyk vor der Remise. Pressler zog eine Tafel Schokolade aus der Tiefe seiner Colani-Jacke, als Max die Tür öffnete. »Für dich«, sagte er. Der Arzt übernachtete schräg gegenüber im *Hotel Jacob* kaum zweihundert Schritt entfernt. »Die Aussicht über die Elbe ist faszinierend wie eh und je«, bemerkte Pressler. »Aber in der Küche, da tanzen die Mäuse. Ich hab's mit eigenen Augen gesehen.«

»Sie sind nicht von Föhr extra angereist, um dort zu speisen«, neckte Babette. Ihre kokette Art, wie sie Männer am Nasenring zu führen wusste, war frappierend. »In den Dreißigern, wenn ich von Ostpreußen kommend meine Mutter einige Tage in Altona besuchte, hab ich dort gewohnt. Damals war das *Jacob* formidable.«

Am Kamin wurden an diesem Abend vier Flaschen Rotwein geleert. Der friesische Hüne mit der schlappen Unterlippe und der drahtige Algerienfranzose verstanden sich prächtig. Jean Marie imitierte den Ruf des Muezzins und Pressler jodelte sein Walfängerlied.

Max durfte dabei sein: auf den grauen Wesersandsteinen des Fußbodens sitzend zuhören und zuschauen, wie das am Strand gesammelte Schwemmholz rot brannte, von Zeit zu Zeit aufflackerte und weiß zerfiel. Brüchiges Kistenholz, alte, grün zerfressene Dalben aus Eichen- und Tropenstämmen, die Peter und er am Strand zersägt hatten, um sie leichter mit der Handkarre den Hang hochziehen zu können – alles landete im Kaminfeuer. Über den Aufstand in Algerien mochten sich die Männer nicht einig werden. »Sartre und die Beauvoir verurteilen euer Kolonialgemetzel. Front dagegen macht die gesamte Pariser Intelligenz. Zu der zählen Sie sich doch auch. Oder? Trotzdem träumen Sie, mein lieber Jean Marie Kleber, von einem Frankreich südlich des Mittelmeers. Wie passt das zusammen?«

Babette blickte ab und an erwartungsvoll zu Jean Marie. Seine Antworten blieben zögerlich, gewunden. Selbst Max fiel auf, dass sie alles andere als ein überzeugender Wurf waren. Sechs Generationen französischer Kolonisten hätten unter schwersten Entbehrungen aus dem karstigen Land einen Garten Eden gezaubert. Das Departement Algérie, vergebliche Müh? Unter einer Diktatur der FLN werde das alles zerfallen, die Landwirtschaft und die Industriebetriebe. Weinbau sei Moslems ohnehin ein Gräuel.

»Warum führt ihr Krieg? Wieder Tausende Tote, Krüppel, vergewaltigte Frauen, Kinder ohne Eltern. Elend ohne Ende. Lasst doch demokratisch abstimmen: One man – one vote. Und bei Moslems nicht vergessen: One woman – one vote!«

Pressler prüfte Jean Marie. Der wand sich: De Gaulle sei der Einzige, der Frankreich aus der politischen Sackgasse herausführen und Bürgerkrieg verhindern könne. Außerdem werde er den Franc sanieren. Pressler lachte: »Ist Ihnen nicht etwas heiß in Ihrem schwarzen Rollkragenpulli vor Babettes Kamin?« Jean Marie war verdutzt. Dann musste auch er lachen. Babette küsste ihm schelmisch von der Seite auf die Wange: »Oh, oh, oh, mon cher!«

Dann schlängelte sich das Gespräch hinüber zum amtierenden französischen Premierminister Mendès France, zum »Schlitzohr Adenauer« und zum Verhältnis Deutschland – Frankreich: Zwei grauenvolle Kriege zwischen Bruderländern in nicht einmal fünfzig Jahren. Frankreich-Deutschland – das Land des Charlemagne! »Welch Irrsinn! Unsere Enkel und Urenkel werden das nie begreifen«, bestätigten sich der Nordfriese und der Algerienfranzose, desto mehr Wein sie intus hatten. »Trink eine winzische Schluck Rouge, Mäxschään. Dann fällst du umso schneller ins Bett«, sagte Jean Marie.

Die Tage verliefen langweilig. Latein machte Max Spaß. Der Chor der Schule übte das Oratorium in der Sankt-Michaelis-Kirche. Ein Klassenkamerad hatte ihn gefragt, ob er nicht im nächsten Jahr mit ihm segeln wolle, als Fockaffe. Die H-Jolle seiner Eltern lag in der Scheune am Jenischpark auf dem Bock. Außenhaut und Bodenbretter mussten geschliffen und an warmen Tagen des Frühjahrs frisch lackiert werden. Das Schlimmste war, rittlings auf dem eiskalten Boden unter dem Boot zu liegen und die rote Unterwasserfarbe abzuziehen. Wenn Max, in Gesicht, Haaren und Ohren, auf Jacke und Hose über und über mit Resten roter Mennige verschmutzt, ins Haus trat und Babette zufällig antraf, meckerte sie nicht.

Es galt, Rücksicht auf Janka zu nehmen. Die logierte nach wie vor in Peters Zimmer. Im Haus sollte Stille herrschen.

Babette hatte Max verboten, die Top Ten auf *Radio Luxemburg* zu hören. Merkwürdig fand er, dass Janka sich ausschließlich im Haus aufhielt. Sie weinte keine Träne. Selbst wenn es Nacht geworden war, unternahm sie keinen Spaziergang am Elbufer. Was ganz gegen Babettes Natur war. Sobald sie aus ihrer Apotheke kam und sah, dass Max noch Schulaufgaben erledigte oder ein Buch las, trieb sie ihn mit dem Ruf »Stubenhocker, raus an die frische Luft!« aus seinem Zimmer. Im Sommer, wenn er auf dem Elbuferweg bis zum Dunkelwerden radeln konnte, akzeptierte Max die Rauswürfe, aber im Februar? Er behalf sich, indem er zu Alice oder Lydia fuhr. Alice pulte in Windeseile Nordseekrabben. Davon erhielt er ein gehäuftes Toastbrot.

Es war zwecklos, Babette zu kritisieren. Entweder hörte sie nicht zu oder sie knallte ihm eine Ohrfeige. Deshalb äußerte er keinen Piep, als Janka und Babette begannen, ausschließlich vom »Verstorbenen« zu sprechen. Detlef Haiens, den Max selbst als cholerischen, eitlen Mann erlebt hatte, habe, so berichtete Janka, ein handschriftliches Testament hinterlassen, in welchem er sie – »rührend, in innig liebender Weise« – zur Alleinerbin seines Vermögens eingesetzt hatte.

»Dies Testament muss ich in meiner Kanzlei einsehen, sonst kann ich Ihre Interessen nicht erfolgreich vertreten«, forderte Busch. War er zu gradlinig und korrekt, um die Posse der beiden Frauen zu durchschauen? Max bemerkte als beobachtender Statist, dass Janka keine Eile zeigte, sich selbst ins Totenhaus zu begeben. Dort schaute inzwischen die resolute Hauswirtschafterin nach dem Rechten. Das Arbeitszimmer des plötzlich hinweggeschiedenen Großunternehmers war so oder so von den ermittelnden Polizeibeamten nicht freigegeben worden.

»Irgendwo zwischen seinen Sachen wird sich sein Testament doch bestimmt auffinden lassen«, wurde Janka mehrfach eindringlich von Busch erinnert. Er zeigte sich in diesen Wintertagen allabendlich bei Coehns. Unterstützung durch einen versierten Anwalt sei dringend geboten, äußerte Babette.

Übrigens ließ die Direktion Norddeutschland der Ambiance verbreiten, sie wolle in Sachen Kaischuppen 31 nicht den mindesten Makel auf sich sitzen lassen, alles offenlegen und werde den staatsanwaltschaftlichen Ermittlern Einsicht in jede gewünschte Unterlage geben.

Ihm sei ein Stein vom Herzen gefallen, berichtete Busch, nachdem er die von Kirchhoff geprüften Jahresabschlüsse der Kinokette und Unternehmensbeteiligungen eingesehen hatte. Firmen- und Privatvermögen des Ehepaars Haiens waren schon 1949 weit vorausschauend säuberlich getrennt worden. »Wie gut«, sagte Janka.

In jenen Tagen aß Max nach der Schule ausschließlich bei Werner und Lydia. »Bemerkenswert ist schon, dass Haiens – kaum dass er ins Zwielicht gerät – sang- und klanglos, geradezu wie auf Regieanweisung, das Zeitliche segnet«, lästerte Onkel Werner. Worauf Tante Lydia herzlich lachte und ernster werdend hinzufügte: »Ein Nazi-Drecksack weniger. Das soll Haiens gewesen sein. Sagt jedenfalls Babette.«

»Erzähl bloß nicht deiner Mutter, worüber wir gelacht haben«, rief ihm Werner hinterher, als Max sich aufs Rad setzte. Das kam ihm nicht in den Sinn, zumal sich sowieso niemand um ihn kümmerte.

»War das famos, dass Dr. Pressler gerade bei euch hineingeschneit ist, als dein Mann von den Herzkrämpfen heimgesucht wurde«, rief Babette aus der Küche Janka zu, die sich im Wohnzimmer mit Dr. Busch unterhielt. »Welch Massel.« Aber das sagte nur Babette. Den ermittelnden Kripobeamten hatte Pressler glaubhaft versichert: Er sei seit einem winzigen, vor Jahren in seiner Klinik in Wyk vorgenommenen dermatologischen Eingriff Vertrauensarzt des Verstorbenen. Gelegentlich einiger Aufenthalte in Hamburg habe er Detlef

Haiens Besuche abgestattet. Leider habe er seit Längerem beim Patienten Störungen des Herzrhythmus feststellen müssen.

»Wer hat die nicht?«, hatte ein älterer Kripobeamter bemerkt. Worauf ihm der Arzt von Föhr zugenickt hatte: »Vollkommen richtig.« Er habe Haiens, bedauerlicherweise vergebens, vorm Rauchen gewarnt und zu Mäßigung bei Alkoholischem geraten. »Aber das war nicht der Typ, der seine Zigarre beiseitelegte. Papa Heuss und der dicke Erhard tun's auch nicht«, scherzte er. Außerdem sei Haiens ein kräftiger und sportlicher Mann gewesen. Ohne sich selbst Vorwürfe machen zu müssen, hatte Pressler auf dem Totenschein kurz und bündig »Plötzlicher Herztod« eingetragen. Detlef Haiens war am 30. April 1957 im eigenen Bett entschlafen. Als Zeugin des friedvollen Ablebens wurde im *Abendblatt* die Hauswirtschafterin erwähnt. Das wusste der Redakteur allerdings nur vom Hörensagen.

Es soll eine stille Trauerfeier für Haiens stattgefunden haben, erzählte man sich. Für Max stellte sich aktuell nur die Frage, wann Janka endlich Peters Zimmer räumen würde, der während der Sommerferien aus dem Internat heimkommen sollte. Janka, so fand Max, okkupiere zu viel Platz im knappen Familienleben. Babette merkte das. »So ein schwaches Wesen braucht doch Hilfe.« Ihr Argument war grotesk. Denn Janka entpuppte sich über den Sommer von Tag zu Tag mehr als lustige Witwe.

Am zweiten Advent, Großmutter hatte immer von Chanukka gesprochen, war Jankas Haar schwarz. Dazu trug sie eine schwarze Jeans, die ihre Hüften betonte, und einen engen roten Pulli, aus dem ein braver weißer Bubikragen herausguckte. Ihre Formen rundeten sich allmählich wieder, und sie wurde täglich vom Fahrschullehrer abgeholt. Janka überlegte, ob sie sich eine viersitzige Limousine von Borgward oder ein zweisitziges Sportcoupé kaufen solle. Beim Verkauf des schweren Mercedes ihres entschlafenen Gatten stand ihr Jean Marie zur Seite. Überhaupt wolle sie all den teuren Plunder loswerden, mit dem der Verstorbene sich umgeben hatte. Janka wurde geradezu euphorisch, wenn sie mit Babette und Jean Marie Pläne schmiedete. Die beiden konnten sie nur mit Mühe davon abbringen, kurzerhand einen Makler zu beauftragen, das prächtige Anwesen mit dem einmaligen Elbblick zu verkaufen.

»Wohnen will ich da keine Sekunde länger«, sagte Janka.

Tante Ruth kam eines Samstags per Taxi vorbei. »Hat der Jung nicht Interesse an ein paar Büchern, die unsere Mutter hinterlassen hat?« Es war die Volksausgabe der Werke von Fritz Reuter dabei. Verschämt holte Ruth außerdem ein abgeschabtes, zerlesenes Buch hervor. »Vielleicht magst du dies Buch später einmal: *Krieg und Frieden* von Leo Tolstoi.« Max legte es nach dem ersten Blick fort. Das Eingangskapitel war auf Französisch. Umso mehr begann er *Ut miene Stromtied* zu lieben. Fritz Reuter lehrte ihn darin Platt.

Der Ärger brach los, als die Kanzlei Busch vom Nachlassgericht darüber informiert wurde, dass Detlef Haiens sein gesamtes Vermögen der Viking-Stiftung in Stockholm vermacht habe. Seiner Frau stehe lediglich ihr gesetzliches Pflichtteil zu. Das Testament hatte Jobst Preuss, Haiens' Haus- und Hofanwalt, vorgelegt. Es datierte aus dem Frühjahr 1952. Janka brach in Tränen aus und trommelte vor Wut aufs Bett. »Preuss, Preuss … kennen wir den nicht?«, sagte Babette. »Ist das nicht der lange Schlaks, dies Ekel, der dir auf dem Schiff nach Föhr verboten hatte, mit seiner Tochter Ball zu spielen? Als du so schrecklich traurig warst?«

»Er hat Anne gesagt, dass wir Juden sind und dass sie nicht mit mir spielen dürfe.« Dass Max den Anwalt Preuss beim Blumenaustragen in Haiens' Haus gesehen hatte, unterließ er zu erwähnen. Entweder hatte Babette ihm nicht zugehört oder es war ihr anderes durch den Kopf gegangen. Sie sagte zu Janka: »In der Ruhe liegt die Kraft.«

Davon wollte ihr Dauergast nichts wissen. Janka beruhigte sich ein wenig, als Busch anrief. Er habe trotz der Feiertage einen Richter gefunden, der seinen anwaltlichen Widerspruch entgegengenommen hätte. Zum Schluss schärfte Busch Babette ein, »nun endlich« gemeinsam mit Janka die »allerletzte, letztwillige Verfügung des Verstorbenen« aufzutreiben.

Zu Mittag des 24. Dezember hatte Peter, der am Abend zuvor von der Odenwaldschule gekommen war, gefragt: »Wo ist unser Tannenbaum?«

Babette blaffte: »Ich kann nicht an alles denken.« So war Jean Marie und den Söhnen die Aufgabe zugefallen, irgendwo und irgendwie eine Fichte aufzutreiben, die akzeptabel gewachsen war und noch nicht nadelte. »Gebt nicht zu viel aus«, hatte Babette hinterhergerufen. Jean Marie parkte seinen R 4 gewöhnlich weitab vom Haus am Nienstedtener Markt. Sie klapperten in Eile alle Tannenbaumstände von Altona bis Blankenese ab. Die restliche Ware hatten die Händler entweder bereits aufgeladen und festgezurrt oder zu Tannengrün zerkleinert. Davon brauchten sie nichts. Babette ließ ihre Säuernis spüren, als sie mit leeren Händen nach Hause kamen. Jean Marie wehrte sich: »Waruum giebssu mier Schuld? An deine Tannebaum in der Apotheke as du doch auuch gedach.«

Peter rettete die Situation. Er präsentierte, als es dunkelte, eine prächtige Douglasie. Ebenso wenig wie sie ihn früher gefragt hatte: »Wo hast du die vielen Pflaumen her?«, erkundigte Babette sich jetzt, wie er den Baum herbeigezaubert hatte. Später in Max' Zimmer, wo Peter auf der Luftmatratze nächtigen musste, vertraute er ihm an, die Douglasie in der Baumschule von Ehren abgesägt zu haben. Die war, gegenüber dem S-Bahnhof Klein Flottbek gelegen, unschwer per Fahrrad zu erreichen.

Gemeinsam ging es in die Kirche Maria Grün, weil Jean Marie Katholik war. Nach der Messe küsste er Babette, hob sie hoch und sagte: »Ssu deine Geburschdag sinne wir en Oran, ma petite chou!«

Das kleine Haus war ständig überfüllt, weil Janka keine Anstalten machte, sich auf eigene Füße stellen zu wollen. Peter schleppte das flotte Mädchen mit den schwarzen Zöpfen an, auf das er im Sommer ein Auge geworfen hatte. Sie trug Nylonstrümpfe mit Naht und mindestens drei Petticoats übereinander. »Von deinem Zimmer hältst du dich fern!«, flüsterte er Max zu. »Das brauch ich.« Das war Befehl.

Weihnachtsgeschenk war eine lederne Kniebundhose. Max' sehnlicher Wunsch war eine Öljacke fürs Segeln gewesen. Babette erklärte ungerührt: »Jetzt ist Winter, da brauchst du eine warme Hose. Was im Sommer ist, wird sich zeigen.«

Am Morgen des Ersten Weihnachtstages radelte er bei Schneegriesel zu Alice. Wie immer thronte sie strickend auf ihrem Ohrensessel auf der Veranda und winkte ihm von Weitem zu. Von ihr bekam er fünf weiße Unterhosen aus Baumwolle. Für die gestrickten sei er nun wirklich zu alt. Ihr Kachelofen strahlte wohlige Wärme ab. Während sie einen neuen Wollfaden aufnahm, fragte sie: »Wie merkwürdig sieht das aus, wenn ein Mann wie Babettes kleiner Franzose – wo auch immer – gleich mit zwei Frauen auftaucht? Und diese Ungarin, die Janka, ist die wenigstens nett zu dir?«

Daran dachte Max, wenn sich alles wieder um Janka drehte. Die Viking-Stiftung sei »braune Nazisoße« stimmten Busch und Jean Marie bald überein. Jeder von ihnen verfügte über eigene Quellen. Weit besorgter zeigte sich Busch in Anbetracht der Hamburger Richterschaft: »Die Kerle saßen 1934 genauso wie heute in ihren schwarzen Roben da – als sei nichts geschehen. 1934 waren sie erbost, dass ich Reichsgesetze und Verordnungen nutzte, um das Ausplündern von Mitbürgern durch die Behörden zu unterbinden. Da haben sie mir die Gestapo auf den Hals gehetzt. Heute entscheiden dieselben Canaillen, ob die nach einer Odyssee in New York gelandete, total verarmte Witwe eines rechtschaffenen Hamburger Bürgers, den man hinter Gittern hat verhungern lassen, ein paar Tausend Mark Wiedergutmachung erhalten soll.«

»Wie gewohnt werden sie Recht beugen«, war Babette überzeugt, »und Janka kriegt nichts. Prozessieren ist sinnlos. Den Streckenbach, den Hamburger Gestapo-Chef, hat doch vor zwei Monaten das Hanseatische Oberlandesgericht aller Beschuldigungen freigesprochen. Jetzt erhält dieser Politkriminelle Pension nach B4.«

Busch kannte Babettes Wut, ihre Abscheu und ihre völlig gestörte Auffassung von Richtern und Recht. Dennoch fragte er: »Wann wollen Sie endlich anfangen, anwaltlich um Ihr persönliches Recht zu kämpfen, Babette?«

»Weiß ich?«, erwiderte sie. »Männer träumen vom Recht, von Menschenrecht, Grundrecht, Grundgesetz. Frauen tun das nicht. Frauen müssen eigene Mittel und Wege finden.«

Der Schnee lag im Februar wie eine dicke weiße Pudelmütze auf dem Dach der Remise. Trotz des Hochs mit Sonnenschein und klirrender Kälte herrschte bei Coehns Tristesse. Janka mochte keine Sekunde allein sein. Sie hing an Babettes Rockschößen, begleitete sie schon morgens in die Apotheke und machte dort die Helferinnen nervös. Hinzu kamen Jankas Geldsorgen. Die Konten des Verstorbenen waren gesperrt worden. Über Zuträger war Dr. Busch bedeutet worden, der Rechtspfleger werde in Kürze das von Anwalt Preuss vorgelegte Testament als gültig anerkennen und eröffnen lassen.

Über die Klospülung des Landgerichts war ohnehin bekannt, dass Preuss eine Sektion des Toten in der Pathologie hatte durchsetzen wollen. Mild gelächelt hatte Babette, als sie davon erfuhr: »Mein Jankalein? Ham mir net a Guats getan, saan Leichnam eiäschern zu lasse?«

Jean Marie hielt sich wieder in Paris, Algier oder Oran auf. Deshalb saßen als Max' Familienangehörige lediglich Babette und Janka im Auditorium der Aula, als der Auswahlchor des Christianeums abends Carl Orffs *Carmina Burana* vortrug. Von der Schule heim gingen sie den weiten Weg nach Nienstedten zu Fuß. Janka fand den klaren Sternenhimmel und den im Schein des Vollmonds frostig glitzernden Schnee so bezaubernd. Zum Glück herrschte Ost-, also Rückenwind. »Wart ihr nicht zu laut mit eurem Chor und den Trommeln?«, erkundigte sich Janka schelmisch und stellte ihren Pelzkragen hoch. »Weißt du, dass die Jungs von ganz unanständigen Sachen gesungen haben?«, bemerkte Babette. Janka wollte sich ausschütten vor Lachen: »Mäxchen, was machst du für Sachen? Und das auf Latein!«

Zu Hause hatten beide Frauen plötzlich die Idee, ein anständig gezapftes Elbschloss-Bier zu trinken. Der Nienstedtener Dorfkrug lag direkt gegenüber der Einfahrt zur Friedhofskapelle, weshalb er reichlich durch Beerdigungsfeiern frequentiert wurde. »Der Gestank von Bier und kaltem Zigarrenrauch in der Kneipe bringt dich um«, hatte Babette gewarnt. So trug die Gaststätte im Volksmund den Namen: »Gehste rin, biste dod!« Die Nacht sei zu schön, trällerte Janka, als sie die Haustür schloss. Babette war im Dorfkrug bisher nur ein einziges Mal eingekehrt.

Man hätte sich über die Eingebung der Freundinnen wundern können. Seit Langem hatten die Söhne sich jedoch abgewöhnt, über Babette und ihre Entschlüsse nachzusinnen. Der Schornsteinfeger, der Klempner, der Glaser und andere von der Freiwilligen Feuerwehr hatten Babette und Janka mit Hallo begrüßt und sie genötigt, bei ihnen am langen Tisch Platz zu nehmen. »Der junge Glasergeselle schaut dich dauernd so an«, hatte Babette ihre Freundin geneckt.

»Stimmt«, sagte Janka. Sie hatte sich erstmals als Frau wieder beachtet gefühlt. Die Handwerker hatten geknobelt. Als es des Bittens kein Ende nahm, hatte Janka mitgetan, den

Lederbecher geschüttelt und die Würfel auf die Tischplatte geknallt. Da fiel nicht weiter auf, dass Babette sich absentiert und neben die Theke gestellt hatte, hinter der die rotwangige, gut gebaute Wirtstochter Bier zapfte. Jahre später, räumte Babette ein, sie hätten wohl eine halbe Stunde miteinander geplaudert. »Der Handschlag gilt«, hatte die Wirtstochter schließlich das Gespräch beendet. Bereits fünf Jahre zuvor bei ihrer Anstellung als Hauswirtschafterin in Detlef Haiens' Anwesen habe sie sich schriftlich ausbedungen, mittwochs, also an ihrem freien Tag, in der elterlichen Gastwirtschaft auszuhelfen. Das war für den Dorfkrug von Bedeutung, weil die resolute Margrit Dröge die Kneipe füllte. Die jüngeren Männer flirteten mit ihr und schauten ihr in den Ausschnitt. Die Älteren schätzten sie nicht nur, weil man bei Margrit anschreiben lassen konnte, sondern auch weil sie vor Mitternacht kurz und bündig erklärte: »Nu givt dat keen Köm mehr. Du mutst glix slopen.« – Nun gibt's keinen Schnaps mehr für dich. Du musst gleich schlafen.

Beim Hamburger Nachlassgericht hatte man in der Woche darauf nicht schlecht gestaunt. Eine Frau Dröge aus Nienstedten, die als Berufsbezeichnung Hauswirtschafterin angab, präsentierte dort einen verschlossenen Briefumschlag. Auf dem stand in sauberer Sütterlinschrift: »Mein letzter Wille«. Die Hauswirtschafterin gab zu Protokoll, den Briefumschlag rein zufällig beim Abstauben der Bücher an der Stirnseite des Wohnzimmers gefunden zu haben. Dazu komme sie leider bei all ihrer vielen Tätigkeit in dem großen Haus nur alle paar Monate. Sie habe mit echten Straußenfedern gerade über die Goldschnittbände *Deutsche Geschichte* von Heinrich von Treitschke gewedelt, da sei »ebendieser Umschlag hier« zu Boden gefallen. So detailliert wollte es der Nachlassbeamte nicht wissen. Aber der Redefluss der Köksch, wie er die Hauswirtschafterin vor seinen Kollegen in der Gerichtskantine titulierte, ließ sich nicht bremsen.

»Aber das tut doch was zur Sache!«, hatte die Dröge die Geduld des Beamten schier nicht enden wollend strapaziert. Über ihre Herrschaften hatte sie geratscht: »Geizig und jähzornig ist er gewesen, der Haiens. Der Mistkerl stank vor Geld. Nu isser der reichste Mann auf 'm Friedhof. Rumgeschrien hat er. Nach seinem besten Freund, dem Rechtsverdreher Preuss, hat er voll Wut mit 'nem Aschbecher aus echtem Kristall geschmissen. Eins weiß ich wie heute: Am Morgen, wie der Kaischuppen im Hafen in die Luft geflogen ist, das machte so richtig Wumm und die Fensterscheiben zitterten. Sie wissen doch? Von uns aus konnte man die Explosionen, das Riesenfeuer im Hafen noch lange sehen, da hab ich mich schnell verdünnisiert. Abends hat Haiens seine Frau verprügelt. Sie hat durchs ganze Haus geschrien. Grün und blau hat er sie geschlagen, überallhin, dass sie vor Schmerz 'ne Woche nicht im Bett liegen konnte.« So etwas wollte der Beamte nicht zur Kenntnis nehmen. Das täte »überhaupt gar nichts« zur Sache, wehrte er sich.

»Aber das muss mal raus, das muss mal gesagt werden – hier auf 'm Amt!«, empörte sich die Dröge. »Und von Beamten lass ich mir schon längst nicht das Maul verbieten!« Beamte hießen bei den Handwerkern in Nienstedten nur: Sesselpuper.

Dann brach die Köksch zum Ärger des schnupfengeplagten Justizbeamten auch noch in Tränen aus: »Die Janka ist eine so gute, liebe Frau. So eine hilflose, hübsche, zarte Person aus Budapest. Eine richtige Ungarin.«

Ihren denkwürdigen Auftritt schilderte die Dröge gestenreich auf Platt. Babette lachte Tränen. Janka bettelte ständig: »Übersetz mir's ins Hochdeutsch.« Die Frauen waren total aufgekratzt. Am nächsten Morgen plagte sie nie gekanntes Schädelbrummen.

Zweifelsfrei handelte es sich um Detlef Haiens' Briefpapier, da sein Name mittig oben erhaben eingeprägt war. Intensive

Vergleiche des Testaments durch insgesamt drei vereidigte Graphologen mit eigenhändigen Büronotizen Haiens' bewiesen die Echtheit. Erstaunlicherweise votierte auch der dritte Sachverständige, der dem Gericht von Anwalt Preuss benannt worden war, für die Echtheit des Dokuments. Der verfügte bei deutschen Gerichten über besten Leumund. Er zählte zu den festen freien Mitarbeitern des neu geschaffenen Bundesamts für Verfassungsschutz in Köln-Ehrenfeld. Seinen guten Ruf als verlässlicher Experte hatte er sich im Reichssicherheitshauptamt erworben. Heinrich Himmler hielt bekanntlich viel von Graphologie.

Datiert war *Mein letzter Wille* mit dem 10. Juli 1956. Janka Haiens war also doch alleinige Erbin. Während des Festessens, für das Janka über Tage kiloweise Gulasch geschmort und mit Knoblauchdunst das Haus verpestet hatte, erhob sich Dr. Busch feierlich, prostete mit Champagner erst Janka, dann Babette zu: »Ich trinke auf das Wohl aller Hamburger Kökschen. Die haben ihr Herz auf dem rechten Fleck.«

Jankas nunmehr rotes Haar war vom Friseur an der Esplanade leicht gelockt worden. Die Augenbrauen waren gezupft und ihr Gesicht schien glatt, ohne jede Falte zu sein. Sie lachte wie das Mädchen, das Max im Schaukasten des Dorfkinos gesehen hatte. Der Film hieß *Daddy Langbein*. Janka, die lustige Witwe, hatte den hanseatisch steifen Dr. Busch nach dem Käse zum Tanz aufgefordert. Was er ein wenig indigniert ablehnte. Babette aber hatte bereits eine Langspielplatte von Dave Brubeck aufgelegt. Die beiden Frauen tanzten so ausgelassen, dass Babette rief: »Wie ist es nur heiß.« Sie trugen an diesem Abend beide die schlichten, aber umso eleganteren Patentblusen. Janka hatte sie eigenhändig nach jüngstem *Burda*-Schnittmuster auf der elektrischen *Miele*-Nähmaschine genäht. Max lag längst oben zu Bett, hörte aber das Schlürfen der Lederpumps. Dann hatten beide *Mijn flakke land, mijn Flanderland* von

Jacques Brel gesungen. Jean Marie sang *Le plat pays*. Er hatte die Lieder des neuen Sterns am Pariser Chanson-Himmel mitgebracht.

Warum Max hellwach geworden war, entzog sich seiner Erinnerung: Vielleicht, weil kein Blues mehr durchs Haus klang. Vielleicht, weil es so still war, dass er oben im Dunkel an der Treppe sitzend das Holz im Kamin knacken hörte. Allmählich wurde er gewahr, dass Babette und Janka vorm Kamin saßen. Sie hatten das schäbige Ledersofa davorgerückt, schwiegen und beobachteten die Glut. »Vergebung erlangt nur, wer für seine Taten gesühnt hat«, sagte Babette in die Stille.

»Warum Vergebung?«

»Wir müssen vergeben können. So steht es in der Tora.«

»Nie«, sagte Janka. Die zarte Frau gab Härte preis: »Das ist gequirlter Nonsens von Rabbinen und Pfaffen. Von Leuten, die selbst so viel schreckliche Schuld auf sich geladen, Frauen, Kinder geschändet und deren Väter erschlagen haben, dass sie sich zur eigenen Beruhigung einreden: Es gibt Vergebung!«

»Du meinst Autosuggestion.«

»Warum sollte ich vergeben? Weshalb du?« Janka wandte sich den Flammen zu. Sie klang aufgedreht: »Es war ein fantastischer Moment voller Glück, als ich zusah, wie er das Zeug trank. Schlehensaft ist gut gegen Grippe, stärkt die Abwehrkräfte, hat mir Fischer ständig vorgehalten. Er war bass erstaunt, als ich ihm die Flasche zeigte. Er nahm sie in die Hand, prüfte das Etikett und fragte: ›Wie kommst du zu Schlehensaft? Woher hast du den?‹ –

›Von Föhr, aus Nieblum auf Föhr‹, hab ich gesagt. ›Probier ihn doch. Ich hab das Zeugs extra für dich bestellt.‹«

Janka nahm einen Schluck Rotwein. Max stieg im Pyjama die Treppe hinab, legte sich auf den Teppich vor Babettes Füße und schloss die Augen.

»Kannst nicht schlafen?«, fragte sie und wandte sich prompt wieder Janka zu: »Lass dich nicht unterbrechen. – Max kann nur das verschweigen, was er weiß. Und ich weiß, dass er den Mund hält.«

Vielleicht war es Janka gleichgültig, ob Max zuhörte oder nicht. »Hinter mir ist Fischer in die Küche gegangen, hat ein Glas genommen, die rote Gummitülle der Flasche abgezogen und sich eingeschenkt. Mir schoss durch den Kopf: Was machst du, wenn er auch dir ein Glas füllt? Er sagte: ›Du machst dich, Juden-Kuh.‹ Sein Glas hat er in einem Schluck geleert – wie er's immer tat. Er sagte: ›Puh, ekelhaft. Wieso schmeckt der Schlehensaft so faulig?‹« Janka lachte in sich hinein.

»›Der ist ganz frisch. Reine Natur, ungezuckert. Bestens gegen Fieber und Schnupfen‹, hab ich geantwortet. ›Auch bei uns in Ungarn.‹ Fischer hat Weste und Schlips abgelegt, sich in den Sessel fallen lassen. Dann hat er mir bedeutet, mich auf die Lehne zu setzen. Die Ratte schob mir den Rock hoch. Aber das Zeug begann zu wirken. ›Oh, ist mir elend‹, hat er gestöhnt. Schweiß trat ihm auf die Schläfen. Seine Pupillen waren geweitet. Er hat mich weggestoßen, griff sich an die linke Brust. ›Ich muss kotzen.‹ Dabei ist er aufgesprungen, hat ein paar Schritte vorwärts getan, hat sich an den Magen gefasst, ist auf die Fliesen gestürzt, hat in Krämpfen gezuckt. Wie ein Kalb auf dem Schlachthof hat er geblökt.« Janka versuchte, das blökende Todesstöhnen zu imitieren. Das machte ihr Spaß.

»Die Dröge ist in den Raum getreten: ›Soll ich 'nen Arzt rufen?‹ Ich hab gesagt: ›Noch nicht!‹ Fischer lag ja reglos am Boden. Speichelschaum rann ihm aus dem Mundwinkel. Das sah die Dröge nicht. Ich hab mich in den Sessel gesetzt. Plötzlich krampfte sich Fischer zusammen und röchelte: ›Vergiftet hast du mich, oh du …‹ Er zuckte. ›Das brennt wie Feuer.‹ Sein Gesicht färbte sich grauweiß. Ich hab mich erhoben, mich zu ihm gebückt und ins Ohr gesagt: ›Bald bist du tot, verreckt.‹ – Hätte ich lügen sollen? Ja, die Wahrheit konnte ich freiheraus sagen. Am Bein hat er mich zu packen versucht. Seine Hände waren bereits zu schwach.«

»Du bist nicht sadistisch?«

Janka lachte, ließ sich Zeit, trank mit Genuss wieder einen Schluck Rotwein. »I wo, du solltest mich doch kennen. Ich fühlte mich so leicht. Ich schwebte. Ja, einen winzigen Moment erfüllte mich der Wunsch, ihm einen furchtbaren Tritt zu versetzen. Ich hab's nicht getan. Ich wusste ja, dass er Schmerz nicht mehr spürte. Die Ratte stöhnte: ›Du Aas, verflucht. Du wirst des Lebens nicht mehr froh.‹ – ›Du … mir drohst du nicht mehr!‹ Ich war so wütend, dass ich dem Herrn Hauptsturmführer doch einen Tritt versetzte. Alles andere danach … mit dem guten Dr. Pressler und der Kripo weißt du ja, Babette.«

»Vergiss nicht, der lieben Frau Bahnsen für ihre Zutaten zu danken. Prost«, sagte Babette, »der Krieg geht weiter.« Max drehte sich zur Seite. Seine Mutter lächelte Janka zu, nachdem sie neues Holz ins Feuer gelegt hatte. »Darf ich mit dir rechnen?«

»Naturellement!«

Gelacht, ja auf die Schenkel geklopft hatten sich beide, als Janka noch vom Fischer und seinen Fischen erzählte. »Der besaß schon vor der Währungsreform exotische Zierfische? Ich glaub's nicht«, sagte Babette. »Als Statussymbol?«

»Glaub schon«, meinte Janka. Außer ihrem fabelhaften Ehemann habe wohl kein anderer in Hamburg bereits drei Jahre nach der Kapitulation ein beheizbares Aquarium besessen. In allen Farben leuchtende Fischlein hätten das voluminöse Aquarium auf der Marmorfensterbank bevölkert. »Die einzigen Fische, die jemals von oben auf die Elbe glotzen durften«, amüsierte sich Janka. »Wenn die Ratte spätnachts ins Haus kam, was siebenmal pro Woche geschah, war der erste Gang zum Aquarium. War Fischer übellaunig, schrie er: ›Die Viecher gehen kaputt!‹ Kam nach oben, riss meine Zimmertür auf, schlug mit dem Rohrstock auf meine Bettdecke und brüllte: ›Hintern frei!‹ Dann schlug er zu.«

»Grauenhaft«, sagte Babette. »Hat er versucht, dich zu …?«

»Nein, nur einmal in zwölf Jahren. Da war er wie 1944 von echtem Cognac so stinkbesoffen, dass es beim Versuch blieb. Mir hat er immer gesagt: ›'ne Juden-Kuh wie du kann nie mein Weib sein, aber meine Lebensversicherung!‹ Das fand er ulkig.«

»So irrt sich wer!«, lobte Babette.

»Als die Kripo mit seiner Leiche aus dem Haus war, kam die Dröge mit ihrem weißen Häubchen und fragte treuherzig: ›Madam, wat schall ik nu mit 'n Fischn int Aquarium moken?‹«

»Fassen Sie an!« Wir nahmen das Aquarium hoch. Fünf Eimer Wasser hatte ich schon abgeschöpft und … wir schütteten alles mit Schwung ins Klo. Die Fische platschten ins Becken, ein paar hüpften noch über den Rand. Als ich dreimal aufgezogen hatte, sagte die Dröge: »De Sielarbeiters warn sich wunnern.«

Babette grinste und Janka fing schallend an zu lachen. Max rieb sich die Augen. »Geh ins Bett. Es ist schon viel zu spät«, sagte Babette.

27. Die Clique lebt

Frühjahrsstürme waren ausgeblieben. Ende April war es so warm, dass außer den Eichen alle Bäume und Hecken in frischem Grün standen. Die H-Jolle von Kai, seinem Klassenkameraden, dümpelte an ihrer roten Tonne im Elbstrom. Bei Stauwasser schwoiten die Boote im Tonnenfeld unschlüssig hin und her, um sich nach wenigen Minuten im Flut- oder Ebbstrom neu auszurichten. Auf seinem Rad rollte Max den Hang unterhalb der Elbschloss-Brauerei hinunter zur Promenade bis zum Mühlenberg, wo »Modder Kühn« auf ihrem vierfach verankerten Eisenkahn Regiment führte. Der genietete Kahn hatte bessere Zeiten gesehen, als er noch als Schlafunterkunft für Hafenarbeiter gedient hatte. Modder Kühns Aufgabe bestand darin, auf die Segelboote im Tonnenfeld zu achten und die Segler zu ihren Booten zu rudern oder wieder abzuholen. Die Jungen und Mädchen riefen: »Hol över!«

Sie war undefinierbaren Alters, trank Astra-Bier aus der Flasche und rauchte ununterbrochen – mal Zigarette, mal Pfeife. Modder Kühn trug schwarze Rollkragenpullover mit Reißverschluss am Hals, eine blaue Seemannshose, deren Beine unten ausgestellt waren. Dazu gehörte noch die flache Elbseglermütze, sobald es zu nieseln begann. Wer nicht mit ihr Platt snackte, war kein ganzer Mensch. Dumm war nur, falls man es nicht schaffte, mit dem Segelboot vor Dunkelheit an die Tonne zu kommen. Dann war jeder Ruf: »Hol över,

Modder Kühn« vergeblich. Gewöhnlich aber wartete sie, bis alle Jungen und Mädchen zurück waren. Sie sprach von »miene Kinners«. Blies zu viel Wind, sagte sie: »Hüt geit dat nich. Ick ward di nich rudern.« Sie bettelnd umstimmen zu wollen, war zwecklos.

Andere Jungen hatten keine Mühe, das Großsegel mit der Holzgaffel hochzuholen. Max war weder schwer noch kräftig genug. So takelten Kai und er gemeinsam auf. Bei Ebbe kreuzten sie nachmittags elbabwärts. Wehte der Wind aus Nordwest, ging es rund um den Schweinesand. Nur vom hohen Geesthang aus wirkte der breite Strom mit den Segelbooten idyllisch. Aus der Nähe aber, wenn die Jollen krängten und Spritzwasser überkam, stank das verölte Elbwasser bestialisch nach Naphtalen. »Ulbrichts Jauche«, nannte Modder Kühn die Brühe, mit der das Chemiekombinat Leuna die Unterelbe beglückte. Zum Ende einer Segelsaison nahmen die Jugendlichen den penetranten Gestank nicht mehr wahr.

»Häng dein Ölzeug bloß an die Luft. Wasch dir die Haare. Ich halt den Gestank nicht aus«, beschwerte sich Babette.

»Die Elbe stinkt nun mal«, ärgerte sich Max, »dein feiner Zürichsee aber nicht.«

Die Ohrfeige saß. Er verkniff sich, Schmerz zu zeigen. »Aufs Zimmer! Morgen ist nichts mit Segeln«, befahl Babette.

»Du hast doch nur schlechtes Gewissen.«

»Zisch ab«, fauchte sie.

Fürs Erste war die Auseinandersetzung beigelegt, weil der Messingklopfer durchs Haus schallte. Onkel Will stand vor der Tür. Er hatte sich längst per Postkarte angekündigt. Wie jedes Jahr wollte er am »Ostasiatischen Liebesmahl« im *Hotel Atlantic* teilnehmen. Für Babette hielt er sieben rote Rosen in der Hand. Max hatte seine Mutter zwar an Wills Kommen erinnert, erinnern tat Babette sich aber nur an Geschäftliches oder an Leute, die ihr übel mitgespielt hatten. Die waren präsent. »Will, mein Lieber!« war ihr durchs Gedächtnisraster gerutscht. Denn er zählte zu den zurückhaltenden Naturen, die schlimmsten Schicksalsschlägen zum Trotz stets um gewinnende Freundlichkeit bemüht sind.

»Du schaust blendend aus, Babettje«, begrüßte er sie. Ihr Teint war einen Hauch gerötet. Sie hatte sich gerade umgezogen und trug das neue Kleid mit viereckigem Kragenausschnitt zur roten Bluse darunter. »Ach, du mein lieber Will«, hauchte sie und deutete einen Knicks an. »Das Kleid macht Figur, nicht wahr?«

»Schön habt ihr's«, staunte Will.

»Brauchst du Geld?«, fragte Babette, als sie beim Tee saßen.

»Nein, ich hab vierzig Mark«, sagte er.

»Damit willst du im *Hotel Atlantic* Garderobiere bezahlen, Gin and Tonic trinken, zu Abend essen und per Taxi wieder zu uns zurück. Bist du jeck?«

»Geht schon. Einer nimmt mich im Auto Richtung Westen bestimmt mit?«

Zu stolz war Will, um von seiner Schwägerin Geld zu borgen. Max mochte ihn sehr. Mit dreiundsiebzig Jahren verdiente sich Will als Straßenbahnschaffner in Darmstadt seinen Lebensunterhalt. Rente erhielt er nicht. Jedes Wochenende wanderte Will durch Taunus oder Odenwald, gut vierzig Kilometer pro Tag. Wandern kostet ja nichts. »So wie damals auf Java und Sumatra«, sagte er.

Bei den China-Men, den Hamburger Kaufleuten, die ihn regelmäßig zum Herrenessen baten, erfreute er sich allseitiger Beliebtheit. Weder jammerte Will, noch ging er sie um Anstellung in ihren Firmen an. Mit gepflegtem Menjoubärtchen und Kurzhaarschnitt war er ihr *jolly good fellow*. Sie konnten sich ja nicht vorstellen, wie lang er auf seinen prima sitzenden Smoking gespart hatte. Später, während eines Fußmarsches auf dem Elbdeich nach Haseldorf, als Max den *River-Kwai-Marsch* pfiff, hatte Will plastisch und ohne Selbstmitleid aus seinem Leben erzählt.

Kurz vor dem Ersten Weltkrieg war er als junger Mann den engen Verhältnissen in Thüringen entflohen, war auf gut Glück nach Amsterdam übersiedelt, um Kaufmann zu lernen. Dort hatte er die niederländische Staatsbürgerschaft erworben. 1919 ergab sich die Chance, Generalvertreter für Singer Manufacturing Company, NY, in Nederlands Indie zu werden. Weil er nicht nur Deutsch, Holländisch, Französisch und Englisch perfekt beherrschte, sondern in Kürze auch malaiische Dialekte sprach, wusste er den einheimischen Fürsten und islamischen Würdenträgern Achtung zu erweisen. Dank seiner Fähigkeit und des einleuchtenden Ratenzahlungssystems wurde die Singer-Nähmaschine in den zwanziger und dreißiger Jahren das Wunschobjekt aller Frauen zwischen Sumatra und den Molukken. Die Konzernvorstände in Manhattan sprachen vom Wunder. Will machte ein Vermögen in Niederländisch-Indien.

Während des Rückmarsches, wo sich Hunderte Schafe blökend in den Weg stellten, berichtete Will manchmal auch von Babettes ältester Schwester Lotte. Will hatte sie 1930 während eines Urlaubs im britischen Viertel von Shanghai kennengelernt. Sie hatten geheiratet und Großmutter ein Foto gesandt. Als die Japaner 1942 Niederländisch-Indien überrannten, deportierten sie Will wie andere Holländer in ein Konzentrationslager auf Sumatra. Aus dem wurde er 1945 von US-Truppen befreit. Zum Skelett abgemagert, hatte er überlebt, Frau und Kinder waren tot. In der zweiten Besatzungswoche hatte kaiserlich japanische Soldateska Lotte und ihre zwei kleinen Söhne mit dem Bajonett erstochen – zur Belustigung eben. Das erfuhr Will, als im Frühjahr 1946 wieder die niederländische Flagge über Batavia, also Djakarta, gehisst wurde. Ein schnöseliger junger Kolonialbeamter, der gerade aus Rotterdam eingetroffen war, überreichte Will den Ausweisungsbefehl: Will sei gebürtiger Deutscher, deshalb in

Batavia nunmehr Persona non grata. Das Vermögen sei an den niederländischen Fiskus gefallen.

»Zurück in Thüringen hab ich eine Spielzeugmanufaktur für Steinbaukästen aufgezogen. Die Rezepturen kannte ich von meinen Eltern. Die Steinbaukästen waren 1952 auf der Spielzeugmesse in Nürnberg so erfolgreich, dass westdeutsche Zeitungen mich als Prototyp des sozialistischen Unternehmers porträtierten. Ulbricht und der Stasi gefiel das nicht. ›Du hast die Japaner überlebt, dann überlebst du auch Bautzen‹, hab ich mir gesagt.« 1955 fand sich Will in den Baracken des westdeutschen Grenzdurchgangslagers Friedland wieder – mittellos. Von Selbstmitleid keine Spur.

»Ich muss dich enttäuschen, Will. Bei uns ist kein Platz. Ich quartier dich im *Hotel Jacob* ein, da schräg gegenüber«, entschuldigte sich Babette. »Das Geld gibst du mir später wieder.«

Auf der Lindenterrasse vom *Jacob*, die bessere Tage gesehen hatte, plauderte Will tags darauf: »Der Blaue Saal des *Hotel Atlantic*, die Kerzen und alle Herren in Frack und Smoking. Da fühle ich mich wie zu alten Zeiten: Tempi passati. Die Herren, die mich hätten mitnehmen können, hatten sich um zwei Uhr ohne Abschied still und leise verdrückt. Es war ein wunderschöner Morgen. Ich hab den Gang genossen, von der Alster an die Elbe, am Hafen, an den Werften vorbei, als die Vögel und die Stadt langsam erwachten.

»Janka musterte ihn ungläubig von der Seite: »Sie müssen von der Alster mindestens zwei, drei Stunden hierhergewandert sein.«

»Ja«, sagte Will und trank Ginger Ale. »Nächstes Jahr wird der indonesische Präsident Sukarno Ehrengast des Ostasiatischen Liebesmahls sein. Ihn wieder zu treffen, freut mich besonders. Er war mein Aktuar. Zwei Bekannte, denen ich in Batavia unter die Arme gegriffen hatte, haben mich übrigens gestern Abend auf unseren gemeinsamen Schwager

Paul Schönrock angesprochen. Ich musste ihnen natürlich beichten: ›Ich hab ihn nie zu Gesicht bekommen!‹ Die beiden Bekannten waren nicht zu bremsen: Schönrock sei eigentlich sicherer Anwärter für den Ambiance-Vorstand. Nun soll er allerdings arg in der Bredouille stecken.«

»War er gestern dabei?«

»Nein«, sagte Will verständnislos. »Ich wüsste nicht, was Schönrock mit Fernost zu tun hätte. Aber er war das Thema bei Tisch.«

»Kein Wunder«, sagte Babette.

»Wieso?«

»Schönrock hat Lea auf dem Gewissen. Deine Schwägerin.«

»Was sagst du?« Will war entsetzt. Seine Wangenmuskeln zuckten. »Das sagst du hier auf der Terrasse, in Gegenwart des Jungen?«

»Wenn es doch wahr ist«, erwiderte Babette ungehalten und strich so heftig über ihren weißen Leinenrock, dass der Petticoat darunter knisterte.

»Und die Polizei?«

»Polizei, deutsche Polizei – deutsche Richter.« Babette sprach leiser: »Was soll sich hier geändert haben? Nichts. Dieselbe NS-Clique ist am Ruder. Schönrock war von Anfang an dabei. Seine Seilschaft funktioniert in der Ambiance genauso perfekt wie in der Dresdner Bank.«

»Aber Mord? Mit diesem Begriff heißt es sorgsam umgehen. Mord?«, wiederholte Will und fuhr sich mit der Hand durch sein weißes Stoppelhaar. Unten auf der Elbe quietschten die Eimerketten des Baggers ›Odin‹. Dessen schlammig braune Schlickfracht platschte in die daneben vertäute Schute. Möwen schossen unermüdlich über diese hinweg, in der vergeblichen Hoffnung, Brauchbares zu finden. Die Lindenblätter bewegten sich kaum. Der Kellner trat heran: »Darf's noch was sein?« Will nickte geistesabwesend.

»Am Ende meiner Tage bin ich nun Kartenknipser in der Straßenbahn. Da braucht man nichts mehr zu wissen, Babettje.« Ernster werdend sagte er: »Die Ambiance soll einen jungen Personalvorstand haben, 'nen Einser-Juristen. Der hat sich wie ein Frettchen in die Sache verbissen. – Wurde jedenfalls gestern bei Tisch erzählt. Dieser Vorstand macht Schönrock zum Vorwurf, anmaßend zu agieren, selbstherrlich ganze Linien von Hafenschuppen in Hamburg, Bremen und Bremerhaven versichert zu haben. Alles unter Missachtung des Vier-Augen-Prinzips. Befürchtet wird, dass die Ambiance für diesen riesigen Schaden, für zig Millionen, aufkommen muss. Weit schlimmer aber sei für den Ambiance-Konzern, so wurde gesagt, dass sich die Ermittlungen über den Bombenanschlag im Kaischuppen seit Monaten hinschleppten. Schlimmste Spekulationen schössen ins Kraut: über Hintermänner und politische Verwicklungen! Presse und Rundfunk hätten sich auf die Ambiance als Großversicherer eingeschossen. Euer Erster Bürgermeister verlangt Aufklärung. Schönrocks Tage in seiner Bürosuite seien gezählt.«

»Ach, die Nummer.« Babette reagierte so gelangweilt, als sei die Bombe im Schuppen 31 etwas Alltägliches gewesen. »Da hat sich jemand mit Waffenexport aus der ČSSR übernommen. Der Freund unseres Schwagers, ein gewisser Haiens, alias Fischer. Damit hat der Haiens die Franzosen auf dem Hals, die bösen Buben vom Deuxiéme Bureau.«

»OAS?«, fragte Will.

»Nein, ich glaub: La Main Rouge. Die Brüder sollen brandgefährlich und nachtragend sein«, mischte sich Janka ein.

»Ma cherie.« Jean Marie erschien wie stets unerwartet. Auf Zehenspitzen musste er aus dem Hotel auf die Elbterrasse getreten sein, knetete Babettes Schultern zur Begrüßung und gab ihr einen Kuss in den Nacken. Sein Gesicht war dunkelbraun gebrannt. Zum obligaten schwarzen Existenzialistenpullover trug er eine schwarze, enge, feingerippte Cordhose.

»Wenn man vom Teufel spricht«, lachte Janka, während Babette sich erhob, um Jean Marie zu umarmen. Fast hatte man den Eindruck, Janka sei neidisch auf Babette.

»Isch ab noch eine Erre mitgebrachd: Monsieur Robert Trinquier.«

Ein drahtiger, untersetzter, etwa fünfzigjähriger Mann begrüßte artig die Damen und verbeugte sich distinguiert vor Will. Auffällig waren seine tiefschwarzen Augen, die wieselflink die Situation auf der Terrasse erfassten.

»Monsieur Trinquier un isch sin sso lange amis, seitä Indochine, un nu bei die General Salan en Alger.«

»Are you here in Hamburg – on holidays?«, fragte Janka.

»Man kann es so nennen«, antwortete Jean Marie anstelle seines Freundes wieder in gesittetem Deutsch. »Vielleischt übernimmt Monsieur Trinquier unsere neue Dependance vom Institut in Annover. Möglischerweis.« Hannover liege günstig, nahe der Zonengrenze. Trinquier schmunzelte.

»Leidärr, gib's noch immer ssu viel Deutsch, die glaubän, unserer Marie France schadenn zu dürfe – ganze ungeschrafd.« Jean Marie zündete sich eine Gauloise an und bestellte Rotwein. »Aber keine Rouge von dem Erre Tito aus Jugoslawie«, drohte er scherzend der Kellnerin. Die sagte: »Oui, oui.«

Max wurde heimgeschickt. »Das ist nichts für Jungen, wenn sich Erwachsene unterhalten. Du kannst mal Schularbeiten machen«, sagte Babette. »Schieb ab.« Es muss noch ein lustiger Abend geworden sein, weil Will am Montagmorgen in die Remise herüberkam und um eine Kopfschmerztablette bat. Er trank seinen Tee nicht aus, weil draußen ein VW Käfer hupte. Will reiste per Mitfahrerzentrale. Das kostete ihn nicht halb so viel wie das Bahnbillett.

Als Max aus der Schule kam, war nicht einmal Janka im Haus. Auf der Küchenablage neben der Spüle lag ein zweispaltiger Ausriss aus dem *Abendblatt*: »Höllenfeuer in der Ambiance – Bombe verwüstet Büro-Niederlassung Hannover – Millionen-Sachschaden«.

»Hat Schönrock sein Büro abgefackelt?«, lästerte Janka beim Abendbrot. Babette tat desinteressiert: »I wo. Das wär ’ne neue Variante. Nein, Schönrock ist ein Schleicher. Im Nürnberger Kriegsverbrecherprozess gegen Oswald Pohl ist sein Name gefallen. Ich las es zufällig. Die Westalliierten haben Schönrock damals total unterschätzt, für ein kleines Licht gehalten – für einen der zehntausend Trabanten des Himmler-Imperiums.«

Babette nahm einen Schluck Milch. »In der Ambiance steht er offen unter Beschuss. Aber die von der Dresdner Bank werden dafür sorgen, dass ihm kein Haar gekrümmt wird. Die haben gemeinsam zu viele Leichen im Keller.«

Es klopfte an der Haustür. Unter dem Vorsprung des Reetdachs standen Jean Marie und sein Kamerad Trinquier vom SDECE. Sie scherzten und schnippten gelegentlich Zigarettenasche ab. Es goss in Strömen.

28. Schafe haben Rituale

Als Belohnung für eine Zwei in Latein – es war ein Text aus der *Germania* von Tacitus drangekommen – hatte Dr. Busch Max für die Herbstferien ins verwinkelte Haus direkt unterhalb des Ratzeburger Doms eingeladen. Max war schon mehrfach dort gewesen und verband damit schöne Erinnerungen. Besonders hatte Busch sich darüber gefreut, dass Max den Hintersinn eines Satzes von Tacitus über die Natur Germaniens erkannt hatte: *Gold und Silber haben ihnen die Götter – ich weiß nicht, ob aus Gnade oder aus Zorn – versagt.* Lara, Dr. Buschs kleine, sich anfangs jedem gegenüber spröde verhaltende Frau, war die Seele der Familie.

»Das Schicksal hat sie gezwungen, Verantwortung zu tragen«, sagte Babette, sobald die Rede auf die Buschs kam. Als die Nazis Dr. Busch in »Schutzhaft« gesperrt hatten, um ihn im Kola-Fu, im Konzentrationslager Fuhlsbüttel, endgültig verschwinden zu lassen, hatte Lara im Stadthaus nahe der Alster die Koffer gepackt. Sie war mit vier Töchtern und Sohn in jenes Backsteinhäuschen geflüchtet, das ihre Großeltern 1850 als Feriendomizil auserkoren hatten. Dort brauchte man weder SA-Aufmärschen zu applaudieren noch Bomber-Harris zu fürchten. Meinte sie. Das idyllische Grundstück reichte ans Seeufer, verfügte über viele Obstbäume und einen Bootssteg. Die Garage beherbergte statt des Autos ein betagtes Schaf. Dessen Gewohnheit war es, unter souveräner Missachtung des heimischen Foxterriers morgens durch die geöffnete Tür in den Hausflur zu spazieren, kurz in der Küche nach dem Rechten zu schauen, um dann kehrtzumachen und das Haus friedlich ohne Mäh zu verlassen. »Tiere haben ihre Rituale«, erklärte Busch. Das alte Schaf war das Maskottchen seiner Familie.

Bis zu jener Ferienwoche im Oktober waren es noch vier Monate hin. Aber bald musste Max erfahren, dass nichts daraus wurde. Am Telefon sagte Babette: »Wer kann das Kind dort schützen?« Busch muss verärgert geantwortet haben. Worauf Babette erwiderte, sein Glaube ans Gute sei unverbesserlich: »Sie, ausgerechnet Sie, träumen vom deutschen Rechtsstaat.« Bereits in Rage warf sie Busch noch die Frage an den Kopf: »Wie soll uns eine Zentralstelle zur Aufklärung von NS-Verbrechen jetzt helfen? Das glauben Sie doch selbst nicht? Ich begreif Sie nicht.«

Gefragt hat Max nichts nach diesem Telefongespräch. Babette hätte zur Antwort gegeben: »Du sollst mich nicht belauschen.« Es bot sich sowieso keine Gelegenheit, weil Babette Grund zu haben meinte, auf Janka eifersüchtig zu sein. Bösgläubige hätten seit geraumer Zeit Anlass zur Vermutung gehabt, irgendetwas in der Dreierkonstellation zwischen den beiden Frauen und Jean Marie stimme nicht mehr. Zumal Trinquier gefragt hatte: »Warum kommt Janka nicht kurzzeitig mit nach Paris? Platz genug ist in meiner Wohnung. Das lenkt sie ab.« Worauf Jean Marie Zustimmung signalisiert hatte.

Babette war's nicht entgangen. Sie zankte und machte ihm Vorwürfe, sobald beide im Schlafzimmer waren. Das war bis zu Max' Zimmer zu hören. Schließlich winkte Babette Jean Marie, Trinquier und Janka im Hauptbahnhof mit ihrem florentinischen Seidentuch Abschied, als die drei in den Nachtexpress Kopenhagen–Paris stiegen. »Hast du deinen Pass?«, fragte Babette fürsorglich, als Janka aus dem geöffneten Abteilfenster lehnte.

Am folgenden Tag hatte Babette Blumen gepflanzt, wie immer mit Gummihandschuhen, hinten im Garten vor der Holzhütte, wo die Fahrräder untergestellt waren. Dort standen sie besonnt und trieben kräftig aus. Es war die gleiche Sorte mit den glockenartig blauen Blüten, die Frau Bahnsen auf Föhr umhegte und pflegte. Sie trug die Linné'sche Bezeichnung *aconitum napellus.* »Nächstens pflanzt Babette Riesenbärenklau«, hatte sich Alice boshaft mokiert.

Die »Zone«, wie Babette den Ostteil Deutschlands nannte, war weder unter Freunden noch in Max' Schulklasse Gegenstand irgendeines Interesses. Sie lag in einer Himmelsrichtung, die ihm ohnehin unsympathisch war. Denn alles, was Babette traurig gemacht hatte, war im Osten geschehen. »Dort treiben Stalins Schergen ihr Unwesen. Der Spitzbart mit der Fistelstimme, dieser Ulbricht, ist Hitler in Rot«, war ihre Einlassung. Den Stacheldraht und den geharkten Todesstreifen hatte Max im Forst bei Gudow oft genug gesehen. Wer seine Leute mit Stacheldraht und Soldaten einschließt, hat viel zu verbergen, hieß es. Die Klassenkameraden, die während der Sommerferien ihre Großeltern in der DDR besuchten, berichteten von Grenzern, die mit Maschinenpistolen und Schäferhunden durch die Zugabteile stiefelten und Koffer durchwühlten. Dazu allerdings mochten Peters amouröse Erlebnisse am Müggelsee überhaupt nicht passen.

»Wisst ihr, was das *Neue Deutschland* vor 'ner Woche gemeldet hat?«, fragte Ende Juni 1961 Max' Mathematiklehrer. Platzierte der mal seinen Lehrerstuhl mitten ins Hufeisen der Schülertische, war klar, dass statt Arithmetik und Algebra politisches Palaver angesagt war. »Sechzehnjährige sollten in der Lage sein, *Spiegel* zu lesen«, monierte er. »Vor zwei Monaten haben Adenauer und Strauß gesagt, das sei kommunistische Hetze pur, was das *Neue Deutschland* schreibt. Dummerweise stimmt jedoch, was im SED-Parteiblatt stand, diesmal von vorn bis hinten. Der *Spiegel* hat's sauber recherchiert: In der Dresdner, in der Bundesbank, da hat sich das braune Pack warm eingenistet. Direktoren, Vorstände und Aufsichtsräte, alle hatten das NS-Parteibuch. Von der Ambiance ganz zu schweigen. Diese …« Er brach seinen Monolog ab.

Heiner Ancken war mit Haut und Haar Naturwissenschaftler, der seine Gymnasiumskollegen, die Latein- und Griechischpauker, ungeniert als »Altphis« bespöttelte. Deutschlehrer und Kunsterzieher ordnete er unter der Kategorie »Ideologen und Salonbolschewisten« ein. Indessen legte er auf elegante britische Herrenmode äußersten Wert, trug zu exquisiten Tweedjacketts passende Westen und farblich abgestimmte Fliegen.

»Nach Kriegsende ist er drei Jahre in gewendeter Uniform herumgelaufen«, erzählten missgünstige Altphilologen. Gewöhnlich schritt Ancken mit zu Boden geneigtem Haupt und grimmiger Miene durch die Flure und murmelte vor sich hin. Das gab dem »Mann mit dem Kulturpropeller« die Aura von Unnahbarkeit. Bei witzigen, intelligenten Antworten seiner Schüler leuchteten aber seine Augen. Verschmitzt grinsend verteilte er zum Lob steinharte Zitronendrops.

»Ihr könnt's ja mal lesen«, sagte Ancken und fixierte grimmig den Klassenstreber Schwamm, der gehänselt und Schwammi tituliert wurde.

»Brauch ich nicht, kenn ich«, krähte der. »Meine Mutter hat's mir zur Lektüre gegeben. Über den Fall Oberländer hat sie mit meinem Vater gestritten.«

Schwammis Formulierungen waren so altklug gedrechselt, dass seine Mitschüler sich das Lachen nicht verkneifen konnten. »Seine Mutter ist Richterin, sein Vater Juraprofessor. Was soll andres dabei rauskommen?«, hieß es.

Schwammi bestätigte das Vorurteil. Was aus seinem Munde quoll, das war jeden Schultag eine Menge, wirkte so artifiziell verschroben, dass ihn seine Klassenkameraden fernab jeglicher Realität dünkten. An der Reckstange hing er wie ein nasser Sack.

»Oberländer.« Den Namen ließ sich Oberstudienrat Ancken wie Schokoladenkrokant auf der Zunge zergehen. Es war das Stichwort, erneut laut zu sinnieren: »Sachverständiger für die Behandlung fremden Volkstums. Das war 1940 tatsächlich der offizielle Titel dieses Herrn.« Ancken lachte kurz, schaute an die Decke des Klassenraums und dann in die Runde. »Die Nazis hatten Titel und Ränge – einfach abstrus. Kaum zu glauben. Fragt sich nur, wie Oberländer das fremde Volkstum in Polen und Russland misshandelt hat? Bei Massakern seines Bataillons ist er selbstredend nie dabei gewesen, nie! Der hat die Nachtigall nur von Ferne zirpen hören.«

Wieder ein kurzes, bösartiges Lachen: »Dann duldet Adenauer Oberländer sieben Jahre lang als Bundesminister für Vertriebene. Ist das zu fassen? Brrr …«

Ancken schüttelte sich. Nach sechs Monaten Unterricht in Mathematik und Chemie war klar: Max' Klasse diente ihm als Auditorium, politisch Dampf abzulassen. Das konnte Ancken im Lehrerzimmer nicht. Die Jungen wussten, dass er Witwer und einsam war.

»Meine Herren – pfui Teufel! Sechzehn Jahre danach scheuen die sich nicht, wieder 'nen Schattenmann, so 'nen vir obscurus, zum Vorstand der größten deutschen Versicherung zu küren.«

Ancken lehnte sich zurück und warf dabei seine Arme hoch, dass der Stuhl ächzte. »Das steht im Wirtschaftsteil der *Welt*. Schönrock – der kennt sich wahrscheinlich mit ›Sterbetafeln‹ aus.«

Ancken wandte sich Max' Tischnachbarn Pünder zu: »Was sind Sterbetafeln?« Eine Antwort erwartete er nicht. Der Vorhang des ersten Akts der Ancken'schen Inszenierung fiel. Mit einem Auge hatte er mitgekriegt, wie Pünder, der schon morgens sauer nach Schweiß roch und dem bereits schwarzer Bartflaum wuchs, sich gebückt eine Stulle in den Mund schob.

»Schmeckt's?«, fragte Ancken missbilligend, indem er zur Wandtafel schritt. »Sie brauchen uns nicht mit voller Schnauze zu antworten. Dem Ochsen, der …«

Das war eine seiner symbolischen Ohrfeigen, die mehr gefürchtet wurden als eine tätliche. Ob Ancken eine Versicherungspolice des Münchner Konzerns besaß, blieb ungewiss. Aber er gab Anlass, dass zum Unbehagen einiger Väter abends außer Tomaten, Wurst und Käse auch das Thema Altnazis auf den Tisch kam.

Von ihrer Apotheke brachte Babette Zeitungen mit. Meist die *Neue Zürcher*. »Die *NZZ*-Redaktion ist nicht käuflich.« Im Wirtschaftsteil hatte Babette den Bericht entdeckt. Danach hatte der Aufsichtsrat der Ambiance unabhängige Juristen beauftragt, den »Wahrheitsgehalt der gegen unseren neuen Vertriebsvorstand seitens des SED-Regimes erhobenen Vorwürfe zu dessen NS-Vergangenheit zu prüfen«.

Karl Eduard von Schnitzler, »Sudel-Ede« genannt, der Chefpropagandist der DDR, hatte den Vorgang in seiner Fernsehsendung *Schwarzer Kanal* erstmalig thematisiert. Trotzdem schien die *NZZ*-Redaktion der Sache Bedeutung beizumessen. Abweichend vom bleiernen *NZZ*-Layout war ein Foto von Schönrock in die Meldung eingeklinkt.

»Ich bin gespannt«, sagte Babette, als sie die Seite zeigte. Überzeugt klang das nicht. Sie hielt nichts von Sudel-Ede. »Seriös ist der wirklich nicht.« Babette hatte von Schnitzler im Winter 1946/47 bei einer der feuchtfröhlich zudringlichen Redaktionsfeiern des Nordwestdeutschen Rundfunks im Hochbunker auf dem Hamburger Heiliggeistfeld kennengelernt. Von Schnitzler hatte sich ihr als »Chefpublizist« vorgestellt und im Verlauf des Abends heftig an Babette zu klammern versucht.

Im Stadtteil Mottenburg, dem Einzugsbereich ihrer Apotheke, machte ein übles Gerücht die Runde: Die neue Apothekerin schwatze Rentnern homöopathische Mittel auf. Die seien total wirkungslos. Rezeptpflichtige Arznei verkaufe sie viel zu teuer. Anfangs wollte Babette das Geschwätz ignorieren. Der Umsatzverlust war aber schmerzhaft. Im Juni schrieb die Apotheke rote Zahlen. Den Stier bei den Hörnern packend suchte sie jeden Arzt der Umgebung persönlich in seiner Sprechstunde auf. Achim ulkte »hat sie heimgesucht«, wobei sich herausschälte, dass ein Pharmavertreter das Gerücht streute. Busch riet Babette ab, zivilrechtlich gegen »das Subjekt« vorzugehen: »Deutsche Richter!« Eines Abends erzählte sie, das Problem habe sich erledigt. Der »Pharma-Heini« sei in seiner Hütte in der Kleingartenkolonie Diebsteich derart grün und blau verprügelt worden, dass er auf absehbare Zeit berufsunfähig sei. Lächeln spielte um ihren Mund.

Der Ärger über das Geschwätz in Mottenburg interessierte Max herzlich wenig. Ein Segelfreund, der in Oevelgönne direkt am Elbufer wohnte, zeigte ihm in diesen Tagen jede Ecke des Hamburger Hafens. Der Vater war Lotse. Nach Ende des Unterrichts waren die Jungen auf der Elbe, kreuzten mit der hölzernen Jolle das Hauptfahrwasser, um dann gemächlich die be- und entladenden Frachtschiffe in den Hafenbecken zu bewundern. Der Mast ihres Boots war kaum länger als einer der Jungen. Die Bordwände der Frachter schienen unendlich hoch. Matrosen, die gelangweilt über die Reling schauten, warfen von oben Äpfel oder Bananen herab.

Die beiden schipperten bei schwülflauer Brise am Sonntagnachmittag vor der Ausrüstungspier der Werft Blohm & Voss. »Wollt ihr an Bord?« Ein Maat ließ die Jakobsleiter von der *Gorch Fock* herab. Bis zur zweiten Rah des neuen Segelschulschiffs durften sie aufentern. Aus ihrer Vogelperspektive ließ sich der gesamte Hafen überblicken. Die Jungen waren viel zu begeistert, sich zu ängstigen. Von Süden über die Harburger Berge zog gemächlich Bewölkung auf. Am Köhlbrand, der Verbindung zur Süderelbe, vorbeisegelnd sahen sie, dass am Oevelgönner Nordufer ein weißes Betttuch aus dem Fenster hing. »Komisch«, sagte Max an der Pinne. Als sie mit der Jolle näher kamen, tauchte die Mutter seines Mitseglers im Fenster auf, gestikulierte wie wild. Sie schrie immer das Gleiche. Weil es aus Südwest briste, vermochten die Jungen aber nichts zu verstehen. Erst an der Festmachertonne hörten die Jungen: »Krieg. Kommt von Bord. Sofort! Es ist Krieg.«

Max ließ die Gaffel fallen. Die Jungen sprangen von Bord und schwammen an Land. Indessen sie den eigenen Sohn durch die Haustür schob, befahl die Lotsenfrau bündig: »Nimm du dein Rad. Sieh zu, dass du nach Hause kommst.« Max war triefend nass. Vom Aufmarsch der DDR-Volksarmee am Brandenburger Tor und von »Mauerbau« entlang der Berliner Sektorengrenze war ständig die Rede. Babette hatte das Radio so laut gedreht, dass es auf der Elbchaussee zu hören war, als Max die Gartenpforte öffnete.

»Bist du verrückt? Wo kommst du her? Du hast ja blaue Lippen!« Mit dieser Suada empfing ihn Babette. Aber wütend war sie nicht. »Dusch dich oben.« Er fühlte sich vom Radeln so schlapp, kalt und elend, dass er sich ins Bett verkroch. Er schaute den kreisenden Schiffchen des Mobiles zu, das von der Decke hing, und schlief darüber ein. »Hier hast du ein Zuckerei. Das hilft«, weckte ihn Babette. Weil es bei ihr weder Bonbons noch Schokolade gab – das war ein Grundsatz –, galt das mit Zucker verquirlte rohe Ei als Hochgenuss. Das Radio hatte Babette ausgeschaltet.

»Die Amis haben längst gewusst, was der Spitzbart plant«, sagte sie. »An West-Berlin wird er sich nicht heranwagen. Das lassen die im Kreml nicht zu. Das Kriegsgeschrei ist Quatsch.« Mutter und Sohn hatten später gemeinsam hinterm Haus gesessen, den Vögeln und der untergehenden Sonne zugeschaut. Der 13. August 1961 war für beide ein schöner Sonntag.

Der Anruf kam nachmittags, als Max aus der *Anabasis*, den Erinnerungen des Xenophon, übersetzte. Xenophon, der alte Haudegen, schrieb wenigstens handfest. Das gefiel Max. »Nicht so 'n Geschwurbel wie Platon.«

Eine angenehme Männerstimme erkundigte sich, ob Frau Babette Coehn zu sprechen sei. Worauf Max dem Telefonanrufer die Nummer der Apotheke diktierte. Der verabschiedete sich höflich, sagte nicht wie Onkel Werner: »Schreib's auf, du Heini!«, sondern betonte, er werde sich wieder melden. Babette sprach abends von einem seltsamen Telefonat. Der Herr wolle sich unbedingt mit ihr in der Innenstadt verabreden. Sie – »ganz allein Sie, gnädige Frau« – solle imstande sein, seinem Klienten zu helfen. Der befinde sich publizistisch in stürmischer See.

»Nein«, hatte Babette geantwortet und sich jedweden weiteren Anruf verbeten. Die Sache hatte ihr nachts keine Ruhe gelassen: Sechs Uhr morgens rief sie in Paris den noch schlaftrunkenen Jean Marie an und bat ihn um Rat. Etwas damit anzufangen, wusste Jean Marie im ersten Moment nicht. Als Babette ihrem Mäxchen später zum Frühstück Haferbrei auf den Teller füllte, trällerte sie jedoch.

»Ich heiße Erika Mann.« Mit diesen Worten war die Tochter des Dichters im Sommer 1958 unangemeldet während des Englischunterrichts in der Klasse aufgetaucht. »Ein paar Lausejungs brauchen wir für die Verfilmung des ersten Buches meines Vaters: *Buddenbrooks*.« Worauf Max' Englischlehrer katzbuckelnd befahl: »Schüler mit den Noten Eins bis Drei aufstehen.« Was sie unwillig taten. Die verlebte Dame sprach mit kratzig verrauchter Stimme. Sie hielt ihre glimmende Zigarette zwischen den Fingern, nahm einen tiefen Zug und sagte: »Ihr geht jetzt auf den Schulhof, da wartet unser Fotograf und in zwei Wochen sehen wir euch wieder, als muntere, kleine Statisten im Studio. Vierzig Mark gibt's pro Tag.« Die Jungen fragten sich, weshalb nicht auch andere mit schlechteren Noten für den Film geeignet seien, wussten sich jedoch keinen Reim darauf zu machen.

Der unverhoffte Geldsegen war zwar reizvoll – zumal sie für drei Tage offiziell vom Unterricht befreit waren –, dass sie aber fast zwei Stunden per Bahn und Bus quer durch Hamburg, also vier Stunden hin und zurück, zum Studio nach Tonndorf fahren mussten, fanden die Schüler saublöd. Dass er den weißen Matrosenanzug zu tragen hatte, machte Max erst recht unwohl. Babette hatte unmissverständlich gesagt: »Früher trug man den Kieler Anzug zur Schule. Thomas Manns Buch spielt vor hundert Jahren.«

Außerdem dauerte das mehrfache Abdrehen der Schulszene schier ewig: Die Jungen hatten in den Bänken zu sitzen und den schmächtigen Hanno Buddenbrook mit Papierkügelchen zu bewerfen. Die mussten sie vorher ins Tintenfass tunken. Als die Jungen im Jahr darauf den zweiteiligen Film im Esplanade-Kino anschauten, herrschte bittere Enttäuschung: Ihre Szene war weggeschnitten.

Erstaunlich fanden sie indessen, dass Bildreporter und Werbefirmen sich seitdem für sie interessierten: 1959 und 1960 wurde die Klasse mehrfach abgelichtet: Auf der Eingangstreppe des Gymnasiums, in der Turnhalle, beim Fußball auf dem Sportplatz und bei Chorproben. Zu bewundern war Max' mondgesichtiger Tischnachbar Pünder eines Tages auf Großplakaten an Litfaßsäulen, wie er gierig in sein Brötchen biss: »Sanella, die schmeckt!« Gewöhnlich strich Pünders Mutter Butter aufs Schulbrot. »Margarine essen nur kleine Leute«, das war ihre Überzeugung. Zum Elternabend erschien die Vorortdame im schwarzen Nerzmantel und einem wagenradartigen schwarzblauen Federhut. Den Auftritt dieser Arztgattin wusste Babette jedes Mal theatralisch zum Besten zu geben. Jean Marie bog sich vor Lachen.

Als Kai, Robert und Max auf dem Heimweg von der Schule fotografiert wurden, hatten sie nichts dabei gedacht. Fotografen waren auch auf den Begleitbooten, als Kai und Max 1961 die Herbstregatten auf der Alster segelten. Aber war es Zufall, dass gefilmt wurde, als beide mit der neuen Pirat-Jolle aus der Schleuse am Hamburger Rathaus paddelten? Dort war es immer flau.

Selbst zum Auftakt der Tanzstunde in Blankenese, wo Max Anne wiedertraf, erschien ein Fotograf. Anne trug einen marineblauen Pullover mit Perlenkette, einen knallroten Rock und blaue, flache Pumps. Jungen und Mädchen saßen sich durch die Tanzfläche artig getrennt im schlecht beheizten, weiß getünchten Saal gegenüber. Hatte sie ihm einen Blick zugeworfen? Wollte sie ihm etwas sagen – wie vor zehn Jahren auf dem Schiff?

»Magst du die?«, flüsterte Kai.

»Ja«, antwortete Max. Er spürte, dass er rot wurde. Aber Max war nicht der Einzige, der Anne attraktiv fand. Denn als die Jungen die Mädchen zum ersten Tanz auffordern sollten, waren zwei andere schneller. Beim dritten Walzer entschied Anne souverän: »Den hat Max längst vorbestellt.« Er schwamm im Glück. »Dass du dich an meinen Namen erinnerst«, flüsterte er bei der zweiten Drehung. Beinahe wäre er gestolpert. »Nicht reden. Auf die Tanzpartnerin achten«, fuhr der Tanzlehrer dazwischen. Er trennte die beiden und ließ sich eine Weile von Max führen.

»Hat's dir mit dem Herrn gefallen?«, fragte Anne schnippisch, als sie wieder gemeinsam tanzen durften.

»Ganz toll, du Natter.« Er zog sie an sich. Sie zischte mit ihren Zähnen, legte kurz ihren Kopf an seine Schulter und wahrte gleich wieder Abstand.

Bis Max an der Garderobe seine gewalkte Joppe vom Haken bekam, dauerte es. Die Mädchen kicherten und stellten sich so merkwürdig an. Sie tuschelten lauter überflüssiges Zeug.

Meinte er. Auf der Eingangstreppe der Tanzschule sagte ein Mädchen im Vorübergehen: »Anne ist längst weg.« Beschämt fühlte er sich. Das Licht der Straßenlampen wurde durch feinen Niesel getrübt, der aus Süden von der Elbe herüberwehte.

Sein Fahrrad hatte er daheim gelassen, weil Babette gesagt hatte: »Nach der Tanzstunde begleitet man ein Mädchen bis zur Haustür!« Nasses Laub lag unter den Straßenbäumen zuhauf. Er stellte den Kragen auf, trottete die Godeffroystraße entlang, stieß Haufen von Blättern vor sich her und war unglücklich.

»Blödmann.« Anne sprang hinter dem steinernen Pfosten einer Gartenpforte hervor. »Du dummer Max, bringst du mich nach Hause?« Sie hakte sich unter, begann zu hüpfen und erzählte dabei: »›Hüpfen gehört sich nicht‹, hat mein Vater gesagt, als wir in Wittdün von Bord gingen. Ich hab mich die ganzen Ferien auf Amrum mit meinen Schwestern gezankt. Hast du mir nachgeguckt? Sag's mir. Du hast es!« Sie lachte und hakte sich fester ein. »Was habt ihr auf Föhr gemacht?«

»Der Weg ist weit zu euch, wenn wir nicht mit der S-Bahn fahren«, sagte Max.

»Ach, lass uns an der Elbe gehen«, entgegnete sie. »Du zeigst mir euer kleines Haus. Dann gehen wir noch durch den dunklen, dunklen Jenischpark.«

»Dass du und ich gemeinsam Tanzstunde haben«, sagte er. »Das ist ein Zufall.«

»Nein«, sagte sie und hüpfte wieder. »Dass du Tanzstunde nehmen willst, das hab ich gewusst. Aber mein Vater nicht!«

Beide lachten. Sie strahlte so viel Selbstbewusstsein und Heiterkeit aus. Hatte sie es wirklich gewusst? Nachzufragen wagte Max nicht.

»Du hast dir in der Brauerei Geld verdient, damit du die Tanzstunde, den Blazer und schwarze Halbschuhe bezahlen kannst.« Max war total verblüfft, verwirrt und schwieg. So viel, ja alles ihr erzählen, hatte er gewollt: Wie es auf Föhr gewesen, wie oft er später in Nieblum gewesen war und dass er bei der Wattwanderung nach Amrum von ihr geträumt hatte. Aber wie konnte er sie mit alledem in diesem Moment überschütten?

»Du hast nichts auf dem Kopf«, sagte sie, als sie auf dem Elbuferweg waren. »Willst du meine Mütze?«, fragte sie neckend und gab ihm einen Kuss auf die rechte Wange.

»Und deine Pumps? Die müssen völlig durchweicht sein.«

»Du Doofmann, schaust nicht mal richtig hin auf dein Mädchen«, antwortete sie zärtlich. Aus ihren Manteltaschen ragten die flachen Absätze heraus. Von Zeit zu Zeit verdeckten Wolken den Halbmond. Max zog sie an sich, was sie gern mit sich geschehen ließ – und wagte sie nicht zu küssen. Anne musste sich beeilen, denn Punkt neun hatte sie zu Haus zu sein. Die Furcht vorm Vater, ihr verängstigtes Gesicht, als der sie vom Oberdeck gezerrt hatte, war Max wieder präsent.

»Ein versteinerter Mann«, sagte er.

»Ein tief enttäuschter Träumer«, entgegnete sie. Sie rannten durch den Park und waren außer Atem, kurz bevor sie vor ihrem Elternhaus innehielt.

»Nächstes Mal bringst du mich mit dem Fahrrad zurück«, sagte sie keuchend. »Ich kann gut auf dem Gepäckträger sitzen.« Dann flüsterte sie: »Ruf nie bei uns an!«, und lief zum großen, wie eine Sichel gerundeten Haus, das weit zurück und kaum beleuchtet im Garten lag. Nach einer Weile wurde es hinter dem Fenster der linken Dachgaube hell. Die Umrisse eines Mädchens waren zu sehen. Anne winkte ins Dunkle. Max tat das Gleiche.

»Wo treibt sich der Herr so lang rum?«, begrüßte ihn Babette, als er die Haustür aufschloss. Wahrheitsgemäß berichtete Max, ein Mädchen nach Hause gebracht zu haben.

»Du hast Dreckklumpen an den Sohlen. Die hast du weder in der Tanzstunde noch in der S-Bahn aufgelesen«, meinte

Babette beiläufig. Sie hatte Zeitungsausrisse studiert, die ihr Busch zugeschickt hatte und nun neben ihr ausgebreitet auf dem Sofa lagen. »Adenauer hat lauter Verbrecher um sich: Oberländer, Globke, Gehlen. Ein veritables Adolf-Gedächtnis-Ensemble. Fehlen nur noch ein paar Verbrecher aus Theresienstadt, Treblinka und Auschwitz. Und wer A sagt, muss auch Bergen-Belsen sagen. Nicht wahr? Ein ganz neuer Aspekt der Wiedergutmachung.« Babette zerknüllte das Zeitungspapier, warf es in den Kamin, legte trockenes Geäst dazu und entzündete es mit dem Streichholz.

»So ist das noch zu etwas nütze«, sagte sie zu sich selbst und streckte ihre Linke über die auflodernde Flamme.

Nach dem Unterricht fuhr Max einen Umweg am Bertha-Lyzeum und an Annes Elternhaus vorbei. Ihn trieb die vage Hoffnung, Anne von Weitem zu sehen. Er fieberte der Tanzstunde am Donnerstag entgegen. In seinem Zimmer warf er sich aufs Bett und schaute, wie sich die fünf Segelschiffe seines Mobiles sanft im Luftzug drehten. Sie drehten sich unablässig wie seine Gedanken um Anne. Er hatte sie ständig plastisch vor Augen: ihre runde Kindchenschema-Stirn, ihre schalkhaft blauen Augen, die hohen Wangenknochen, ihre Grübchen, ihre wunderbar zarte Haut und ihr ansteckendes Lachen.

Dass Anne während der ganzen Woche unerreichbar blieb, hatte ein Gutes: Da Max inzwischen Tertianern Nachhilfe in Latein und Chemie gab, waren keine Termine zu verlegen. Eine freche Dreizehnjährige, deren Vater Whisky, Gin und andere Spirituosen aus England importierte und Max fürstlich mit zwei Mark fünfzig pro Nachhilfestunde entlohnte, fragte Max zur Begrüßung an der Haustür: »Du hast ja so 'n schicken Rollkragenpulli an. Du kämmst dir die Haare aus der Stirn. Wie heißt sie?«

»Ein tolles Mädchen«, antwortete er. »So ein tolles Mädchen, wie du auch werden wirst.«

»Sie ist blond?«, insistierte die Kleine. Das klang nicht etwa neugierig, sondern so, als ob sie ihn auf die Probe stellen wolle. Er antwortete ihr nicht.

»Und sie hat dickes blondes Haar und schöne Beine.«

»Kann sein«, sagte Max und schlug das Übungsbuch auf. »Lass uns Vokabeln üben.« Er war beunruhigt.

Hundertzwanzig Mark hatte er Nachhilfegeld gespart, um seine Partnerin beim Abtanzball zur Cola oder zu einem Glas Bowle einzuladen – und das Taxi zu bezahlen, wenn er Anne nach Hause brächte. Denn Babettes Devise lautete: »Fürs Amüsement meiner Herren Söhne geb ich keinen Heller. Was Geld wert ist, weiß man erst, wenn man's selbst verdienen muss.« Sie um Taschengeld, ganz zu schweigen um eine Kinokarte zu bitten, war sinnlos. Sie blieb stur.

Stürmisch hatte der Herbst begonnen. Wenn Max nachts darüber grübelte, wie er Annes ganze Zuneigung erwerben oder ihr irgendetwas Schönes schenken könne, ohne dass ihre Eltern oder ihre neugierigen Schwestern davon erführen, rüttelten die Böen am Reetdach. Das Fachwerk knarrte. Die Gedanken schwirrten in einer Endlosschleife um sie: Ein Kuss? Mag sie das? Will sie's vielleicht nicht? Oder doch? Mit ihr im Gras liegen, schwimmen gehen, segeln, tanzen, reden. Darüber schlief er ein. Wenn er aufwachte, den ersten Blick aus dem Fenster warf, kalt duschte: Das Gefühl, magnetisch zu Anne gezogen zu sein, verließ ihn keine Sekunde. Aber nichts mochte er sich anmerken lassen. Babette meinte: »Irgendetwas geht in dir vor. Du bist überhaupt nicht mehr mein Mäxchen.«

»Haben Sie kein Jackett, Max?«, kanzelte ihn Tanzlehrer Bauss gleich zu Beginn der zweiten Stunde ab. Die anderen Jungen grinsten, weil Bauss vor ihnen hin und her tänzelte und ganz und gar nicht ernst zu nehmen war. Max trug schwarzen Pulli mit V-Ausschnitt und seinen gelb-blau-rot gestreiften Schlips. Ein Junge sagte: »Max hat keins.« Beim

Foxtrott stolperte der unversehens über Max' Fuß und schlug vornüber aufs Holzparkett.

Vorher jedoch hatte Max den Tanzlehrer um die Hüfte fassen müssen, um drehen zu lernen. »War's wieder schön mit ihm?«, neckte Anne, als er nach dem zweiten Aufforderungswettlauf ihre Hände hielt. Er war zu fasziniert von Annes Lächeln, um ironisch zu parieren.

»Wartest du auf mich?«, fragte er, während sie im Takt der Musik zwei Schritte auseinander machten.

»Wer weiß?« Sie schlug die Augen nieder. Sein Herz pochte. »Aufgepasst – und noch einmal!« Der blasse Tanzmeister hatte sich dazwischengedrängt, Anne untergefasst und Max' Part übernommen. Sie ließ sich leicht führen und warf ihm einen frechen Blick zu.

»Fühltest du dich verlassen von mir, ganz allein auf der Tanzfläche, mein Mäxchen?«, fragte sie, als sie wieder gemeinsam tanzten. Ihre Blicke trafen sich. Im Ohr hörte er ständig »mein, mein, mein«. Das Possessivpronomen.

Vorsorglich hatte er Vorder- und Hinterreifen seines Rads nachgepumpt, eh er zur Tanzstunde gefahren war. Auch die Schrauben des Gepäckträgers zog er nach.

»Weshalb putzt du dein Fahrrad bei dem Schietwetter?«, hatte Babette gefragt. Als Anne auf dem Gepäckträger saß und Max von hinten umfasste, fühlte er sich so glücklich wie nie zuvor. »Bist du auch warm?«, rief er ihr zu, als sie mit zunehmender Geschwindigkeit die abschüssige Straße zum Elbuferweg rollten. Sie drückte ihren Kopf an seinen Rücken. Kurz hinter der Kneipe *Dill sien Döns* sagte sie: »Ich will wissen, wie du wohnst.«

»Kann sein, dass meine Mutter zu Haus ist.«

»Hat sie Pickel auf der Nase?«, kam es von hinten.

In der Remise brannte kein Licht. Babette war wieder irgendwo. Max war erleichtert. »Lass es dunkel«, sagte Anne, als er die Tür öffnete. Sie gingen auf Zehenspitzen die

Holztreppe hinauf. In seinem Zimmer stellte sie sich vors Fenster: »Liebst du mich?«

Max zog sie an sich. Sie hatte es erwartet. Sie legte ihre Arme um seinen Hals. Sie küsste ihn auf den Mund und eine kleine Ewigkeit glaubten beide, nie aufhören zu dürfen. Die gestrickte weiße Wollmütze war ihr vom Kopf gerutscht. Ihr Gesicht glühte. Sie küssten sich wieder, als ob sie eine Ewigkeit verbringen wollten. Plötzlich hielt sie inne, tat, als wolle sie in seinen Hals beißen, sog aber nur kräftig an seiner Haut.

»Ich bin ein Tiger, grrrr.« Sie lachte aus vollem Hals. Er hielt sie. »Ich muss los«, sagte sie und küsste kurz auf seine Nase. »Morgen hast du ’nen fetten Knutschfleck am Hals. Von miiiiir.«

Wenige Autos fuhren auf den Straßen. Es war glücklicherweise trocken geblieben. Max merkte, dass Anne auf dem Gepäckträger absichtlich schaukelte. »Man muss Spaß haben mit dem, den man liebt«, rief sie. Er bremste, sie sprang ab und sie küssten sich. Ihre Mütze hatte sie verloren.

Die Mathematikstunde am nächsten Vormittag begann merkwürdig. Ancken machte ein noch finstereres Gesicht als üblich, grüßte die Schüler kurz, warf die Illustrierte *Quick* auf den Lehrertisch und schaute sich in der Klasse um: »Wir haben einen Prominenten unter uns. Einen echt Prominenten. Verblüffend! Das habe ich aus diesem Intelligenzblatt erfahren. Illustrierte drucken ja nur die Wahrheit, nur lautere Wahrheit.« Schwammi griente. Anckens Tonfall verriet tiefen Groll.

»Ja, unsern Max, den hätten wir beinahe nicht unter uns. Beinahe. Stellt euch vor: Wir hätten ihn nie kennengelernt. Schrecklich! Seine Frau Mutter beinahe auch nicht – und seinen Bruder, der sein erstes Staatsexamen in Bayern bei Franz Josef Strauß macht. Ja, und den Peter, der allen Girls nachstellt.« Er nahm die Illustrierte in die Hand und warf sie verächtlich zurück auf den Tisch. »Ein sympathischer Altnazi hat sie gerettet, so ein barmherziger Samariter! Ihr wisst ja: Nur als Samariter kommt man in den Vorstand des größten deutschen Versicherungskonzerns.« Ancken ließ sich auf einen Stuhl plumpsen. »Heutzutage gibt's Karrieren!«

Alle blickten zu Max. »Er kriegt ganz rote Ohren. Die leuchten«, rief Schwammi hämisch. Hämisch zu sein, war sein Lebenselixier. Alle lachten, selbst Kai. Es war Max, als müsse er im Boden versinken. Er griff seine Tasche, stand auf und sagte im Rausgehen: »Schwammi, du bist und bleibst ein bourgeoises Arschloch.« Was Ancken Max hinterherrief, verstand er nicht. Das Wörtchen bourgeois – ganz neu in Maxens Sprachschatz – gab ihm Genugtuung.

Auf dem Rad schaute Max nach unten. Die Leute sollten nicht sehen, dass er weinte. Am Kiosk neben dem Bahnhof kaufte er die *Quick*. Es begann kräftig zu regnen, das Heft wurde beim ersten hastigen Durchblättern nass. Im Schutz der Bahnunterführung fand Max den Artikel. »Retter aus tiefster Not« war über zwei Panoramaseiten getitelt. Darunter ein Farbfoto: Paul Schönrock feist grinsend auf einem recht hohen Balkon und im Hintergrund die Münchner Frauenkirche. Auf den nächsten Seiten: Achim mit Bierseidel auf einem Isarfloß, Peter im Schwimmbad umrahmt von zwei kessen Mitabiturientinnen, Babette beim Öffnen der Apothekentür und ganz am Schluss: Max, braun gebrannt auf der Pirat-Jolle in der Alsterschleuse.

Im Neonlicht des Laborraums wurde Babette bleich vor Wut. Ihre innere Spannung übertrug sich, je länger sie las. »Und meine Kerle sind in Paris«, waren ihre ersten Worte, nachdem ihr Blick sekundenlang ratsuchend an Flaschen, Dosen und abgepackten Pharmaka entlanggeglitten war. Sie raffte sich auf. »Lehn dein Rad nicht immer gegens Schaufenster! Schließ es ab! Wie lange soll ich's dir noch sagen?«

Als sie am Labortisch zu schluchzen begann, vibrierten einige Messgeräte. »Das ist zu viel«, heulte sie: »Nie gibt's Frieden.«

Tageszeitungen griffen das Thema begierig auf. Außer Schwammi und Jochen zeigte sich die Schulklasse solidarisch. Keiner sagte: »Du Jude.« Der Direktor persönlich rief Babette an, entschuldigte sich für Anckens aufbrausendes Temperament und erkundigte sich, ob die Schule »irgendwie helfen« könne. Doch die *Quick*-Story zog ihre Kreise. Die *Frankfurter Zeitung* widmete Schönrock ihre Spalte »Persönlich« im Wirtschaftsteil. Ja, man hätte seinerzeit selbst im Middle Management der Konzerne fast automatisch Mitglied der NSDAP sein müssen, hieß es in dem Artikel. Nachweislich, so wusste der Redakteur zu beruhigen, habe es Schönrock mit Ach und Krach *bis zuletzt* vermeiden können, Mitglied im »Freundeskreis des Reichsführers SS« zu werden. Schönrock selbst reihe sich ein in das namenlose Heer der psychischen Opfer des Regimes. Denn privat habe der neue Ambiance-Vorstand schon seit dem 9. November 1938 schlimmste Ängste um die Mutter seiner Frau und deren Schwestern durchstehen müssen. All seine Bemühungen hätten bis zum kläglichen Ende der NS-Diktatur einzig einem Thema gedient: der Rettung der geliebten Menschen vor der Gaskammer.

Es habe Schönrock größte innere Überwindung gekostet, assistierte das *Wirtschaftsblatt* aus Düsseldorf, aber die Aufnahme ins »Schwarze Corps«, die SS, sei Voraussetzung für alle Gespräche mit Oswald Pohl, dem Chef des SS-Konzerns, gewesen. Im selben Bericht beteuerte Schönrock: »Ich stehe zu meiner Vergangenheit, weil die Sorge um geliebte Menschen selbst fragwürdige Mittel heiligt.« Knapp einen Monat später lief in beiden Zeitungen jene großformatige Anzeigenserie der Ambiance-Versicherungsgruppe an, die sich sechs Monate hinzog. Babette machte Max darauf aufmerksam: »Mir ist speiübel.«

Das Ärgste aber war die Pressemitteilung des Versicherungsverbands in Köln. Ein Anonymus hatte sie in den Briefkasten gesteckt: Privat habe Schönrock kürzlich in Israel die Gedenkstätte Yad Vashem besucht. Zitiert wurde er mit dem Satz: »Erschütterndes hab ich gesehen, aber auch viele Zeugnisse selbstlosen Muts im schier aussichtslosen Kampf gegen Antisemitismus und Vernichtung.« Das Existenzrecht des jungen Staates Israel zu schützen, sei Pflicht aller westlichen Demokratien, insbesondere der Bundesrepublik Deutschland.

»Es fehlt nur noch das Foto: Schönrock mit Ben Gurion«, fluchte Busch, der mit einem Zeitungsstapel unterm Arm abends bei Coehns auftauchte. Er hatte nach dem *Quick*-Artikel Überlebende der neuen jüdischen Gemeinde kontaktiert – auch den Hamburger Finanzsenator.

»Das ist wirklich das Übelste vom Üblen«, sagten die wenigen. Aber, so fügten drei von ihnen an, es müsse auch von jüdischer Seite einmal Schluss gemacht werden mit dem Aufrechnen und Anklagen. »Sie, lieber Dr. Busch, haben auch einen schmerzlichen Verlust hinnehmen müssen: Ihren Sohn«, sagte Babette.

Nachdem Busch sich verabschiedet hatte, entkorkte sie eine Flasche Bordeaux. Sie trank, ohne zu reden. Sie wollte, dass Max neben ihr auf dem Sofa sitzen blieb. So starrten sie gemeinsam ins Kaminfeuer. »Je älter du wirst, desto besser erkennst du deine Feinde«, unterbrach sie das Schweigen. »Und es gibt mehr davon, als du in schwärzesten Träumen ahnst.«

Das Treibholz aus der Elbe knackte und knallte im Kaminfeuer. Oben im Bett meinte Max später zu hören, wie sie eine zweite Flasche öffnete. Trotz der Kälte hatte Babette sich kurz in den Garten gesetzt. Der Mond hielt Hof. Die Wolken jagten über den Himmel.

Montags verteilte Christian Schultz im Gymnasium seine Liste der Hits von Radio Luxemburg, die er selbst vervielfältigte. Keiner dankte ihm. Er war hochbegabt, aber depressiv und vertraute Max in einer Freistunde an, dass sein Onkel als SS-Offizier die Mordmaschine der KZ tage-, ja wochenweise zum Stottern gebracht habe. Kurt Gerstein, sein eigener Onkel, zugleich als Handlanger und Spion im Lager der Mörder? Tag und Nacht kreiste Christians Denken um die Zwiespältigkeit des Guten. »Aufwachen!«, mahnten ihn oft die Lehrer, wenn er während des Unterrichts wie abwesend aus dem Fenster schaute. Im Kaffeeladen aber, wo sich die Jugendlichen in der Waitzstraße trafen, sprühte er vor Optimismus und begeisterte sich für die Beatbands im *Top Ten* und im *Starclub*. Christian war Schwarm der Mädchen.

An einigen Stehtischen verstummte das Gespräch, als Max den Kaffeeausschank betrat. Schwammi griente und sein Freund Jochen übte sich als Lachsack. Sie machten sich lustig über Babette. Die hatte Reporter von *Bild* und *Morgenpost* unmissverständlich der Apotheke verwiesen. Aufmacherfotos davon prangten auf der ersten Seite.

Im *Echo des Tages* des Norddeutschen Rundfunks war im Originalton von ihr zu hören: »Lügen, nichts als schändliche Lügen!« Aufmerken ließ Babette allerdings, dass die Programmmacher Schönrocks Samariter-Epistel aus der *Quick* eines Radiokommentars würdigten. Der endete lakonisch mit dem Satz: »Wir alle werden applaudieren, sollte sich diese herzerwärmende Story als wahr erweisen.«

Alice war die Einzige, die Babette in diesen Tagen Mut zusprach. »Wehr dich, Kindchen. Wehr dich«, sagte die alte Dame regelmäßig am Ende schier endloser Telefongespräche. »Du darfst nicht aufgeben, nicht schlappmachen. Denk an deine Söhne.«

Die alte Dame hatte Max gebeten vorbeizuschauen. Sie saß in ihrem Ohrensessel und trug eine neue Brille, deren Gläser so dick wie Lupen waren. »Bald werd ich nicht mehr sticken können. Mir ist ein Vogel zugeflogen, der graue Star.« Max sei lang, aber viel zu schmal geworden. Deshalb müsse sie ihm unbedingt Krabbenbrot machen. Als Alice aus der Küche auf die Veranda zurückwatschelte, fragte sie: »Hat mein Max Kummer? Dazu vielleicht noch Liebeskummer?« Sie neigte nicht zur Ironie, sondern meinte es mütterlich besorgt.

Aus der Tiefe ihres Nähkorbs kramte sie zwei Schlüssel hervor: »Einen kennst du ja, den Haustürschlüssel. Der andere ist für das kleine Mansardenzimmer unterm Dach. Ich will nicht wissen, wann und mit wem du kommst, wenn ihr allein sein mögt.« Sie versuchte, einen neuen roten Faden durch das Öhr der Nadel zu stecken. »Ist sie hübsch? Als ich das erste Mal verliebt war, da hatten wir viele Hausangestellte und eine Gouvernante. Ich hab sie überlistet.«

Die Erinnerung machte sie zusehends munter. »Ab heute Nacht soll's viel Schnee geben.« Sie verknotete die beiden Enden des Fadens. »Am Waseberg hab ich mich damals mit meinen Freundinnen getroffen, um zu rodeln. Wir trugen viel zu lange, unbequeme Röcke damals. Mehr als sechzig Jahre ist das her. Rein zufällig waren natürlich auch ein paar nette Jungen da. Mein Vater hat nichts bemerkt. Selbst meine Mutter und unsere Hausmädchen haben nicht Lunte gerochen. Einzig, dass ich meinen großen Butterlecker, meine Haarschleife, verloren hatte, fiel auf.«

Wie seit eh und je hatte sich dann schon am Samstagmittag am Waseberg in Blankenese eine Meute Jugendlicher zusammengefunden. Der Sonnenschein und der klare blaue Himmel ließen sie die Kälte vergessen. Die meisten Jugendlichen trugen unisex: dicke Rollkragenpullover, Isländer und Windjacken darüber. »Bahn frei«, schrie jeder, der auf seiner Kreek, einem kurzen Brett mit schmalen Eschenholzkufen, zu Tal sauste und mithilfe einer nachschleifenden Stange zu steuern suchte. Was selten gelang, weil jede Bodenerhebung auf der vereisten Bahn zur Sprungschanze wurde.

»Huuh«, rief Anne, als beide ihre erste Abfahrt machten. Max hielt sie, so eng es ging. Sie trug ihre rote Schiebermütze mit Schottenmuster und darunter zwei Ohrenschützer, die wie Kaninchenpuschel abstanden. Einige Mädchen hatten sich darüber mokiert. Aber in Wahrheit neideten sie Anne, dass die meisten Jungen sie schick fanden und ihr hinterdreinschauten. Max und Anne rüschten hinunter, bis die Bahn glänzte. Bergan ließ Anne sich häufig schieben, rutschte ab und fiel gekonnt in seine Arme. Neben der schneebedeckten Wiese im Tal wuchsen Büsche und Bäume. Anne legte Schiebermütze und Ohrenschützer in die nächste Astgabel: »Das stört nur.« In der Dämmerung, die herankroch, konnten sie sich ungestört küssen. Dass sie wegen des tiefen Schnees und des beschwerlichen Wegs in der Dunkelheit erst kurz vorm Abendbrot zu Hause war, akzeptierte Annes Mutter, während ihr Vater schwieg.

»Nach der Kirche«, hatte Anne zum Abschied gesagt. So trafen sie sich am Sonntag schon kurz vor zwölf an der Rodelpiste. Bis zur Nase war Anne vermummt in einen Schal. Ihre Augen lachten.

»Meine Tante Alice hat eine große Villa«, sagte Max.

»Weshalb bist du unsicher? Wenn du's mir sagst, ist es ganz bestimmt ein wunderschönes Haus. Zeig ich dir nicht mein Vertrauen?« Anne spürte seine Beschämung und fügte sofort an: »Die kleine Anne trieb immer heftige Sehnsucht, Alices Haus von innen zu sehen.« Sie schmiegte sich an: »Ist es dort ganz kalt, muss Anne gewärmt werden.«

Außer dem leeren Spiegelschrank, dem hölzernen Jugendstilbett und einem Waschtisch mit tropfendem Hahn befand sich nichts in der kalten Mansarde. Mattes Licht fiel durch das Dachfenster. Was sollte stören? Sie waren so verliebt. Sich in den Armen zu halten, in die Augen zu schauen, küssen zu können und ins Ohr zu flüstern: »Ich lieb dich so sehr.« All das war überwältigend. Anne und Max waren so erfüllt von ihrer Liebe, dass kein Wunsch kam, mehr zu wollen.

So schlichen sie nachmittags in Alices Villa die Treppen hoch bis zum Dach, lagen bekleidet unter einer dicken Schottendecke, waren voller Glück, den Körper des anderen zu spüren. Wenn sie sich nicht küssten, träumten sie von der Zukunft: von ihrer gemeinsamen Weltumseglung, ihrem Studium und einem Leben in Cinque Terre. »Sollten wir dort arm sein, werden wir Gärtner, du und ich, aus Liebe«, sagte Anne. Ihre Worte in Frage zu stellen, ihre Äußerung gar kitschig zu finden, wäre Max nicht eingefallen. Die beiden waren eins: Yin und Yang.

Eines Nachmittags hatte ein elektrisches Heizöfchen in der Mansarde gestanden. Im Schneidersitz auf dem Bett hockend malte Anne Aquarelle. Sie war aufs Äußerste konzentriert und beherrschte die Technik perfekt. Max las ihr aus *Krieg und Frieden* vor, solange es hell genug war. Hatte die Dunkelheit ihr Zimmer erobert, lag sie in seinem Arm und sie erzählten einander.

»Warum hasst mein Vater euch so?«, wunderte sich Anne ein ums andere Mal. »Seit Bau der Berliner Mauer sagt er oft: ›Bevor uns die Sowjets überrollen, sind wir alle in den USA. Dort könnt ihr in Ruhe studieren. Ich hab schon einiges da.‹« Zuneigung und Abscheu gegenüber ihrem Vater kämpften in ihr.

»Ich bin so irre neugierig«, gab sie selbst zu, lachte über sich und küsste Max. Er musste ihr deshalb unbedingt von Babette berichten. »Und du weißt wirklich nicht, wer dein Vater ist?« Ihre langen weißblonden Zöpfe hatte sie eigenhändig zum Bubikopf gestutzt, seit sie heimlich mit ihrer Freundin den Film *Außer Atem* gesehen hatte. Jean Seberg war Annes Idol. »Was hast du bloß gemacht?«, war der entsetzte Kommentar ihrer Mutter gewesen. Ihr Vater hatte sie prompt des Tisches verwiesen: »Das kann nicht meine Tochter sein.«

Fast drei Wochen hielt sich der Schnee. Anne erzählte von der Äußerung ihrer Mutter, keine ihrer Töchter sei so rodelvernarrt wie sie. War das eine Warnung? Max und Anne verhielten sich noch vorsichtiger. Nach der Schule nahmen sie im *Tchibo*-Kaffeeausschank bewusst keine Notiz voneinander. Lediglich beim Abstellen seiner leeren Tasse flüsterte Max ihr zu: »Sehen wir uns Donnerstag zur Tanzstunde?«

Mit einem Stein war zum vierten Mal das Schaufenster der Apotheke zertrümmert worden. Der Kriminalpolizist sprach von Vandalismus: Das müsse man hinnehmen wie Regen und Wind. Was interessierte es auch den Beamten, dass sich die Versicherung weigerte, den erneuten Schaden zu regulieren. Das Vertragsverhältnis kündigte der Sachbearbeiter der Versicherung mit der lakonischen Bemerkung: »Ihre Apotheke ist eben in einer schlechten Gegend, in Mottenburg.« Babette war außer sich.

Zu Max sagte Babette: »Das ist Terror.« Was zweifellos der Fall war. Vier Tage später wurden die Scheinwerfer ihres fabrikneuen roten VW Käfer Cabrio, auf den sie wie närrisch stolz war und den sie zur Sicherheit auf den Hinterhof der Apotheke parkte, eingeschlagen. »Nächstens fackeln sie unser Haus ab«, befürchtete Babette.

»Das Böse ist keineswegs banal.« Das sagte sie dem Redakteur, der bei seiner Recherche über das Vorleben von Ambiance-Vorstand Schönrock auf Babettes Äußerung »Alles erlogen!« gestoßen war. Die Reportage auf Seite drei der *Welt* war dann wenig schmeichelhaft für den Münchner Konzern. Noch am gleichen Tag beklagten sich Schönrock und der Ambiance-Aufsichtsrat gegenüber dem Chefredakteur, in »merkwürdiges Zwielicht« gerückt worden zu sein. Der Leser bekam nämlich mit jedem weiteren Absatz stärkeren Zweifel an der Samariterrolle Schönrocks. Nicht ohne Absicht war ein Porträtfoto von Babette mit gefetteter Bildunterschrift zu sehen: »Schwägerin Babette Coehn: Alles erlogen!«

Worauf sich bei ihr jener Herr Roeloff erneut gemeldet hatte. Seine Agentur betreue die Ambiance: In München gäbe es nach wie vor den Wunsch, mit ihr in Kontakt zu treten. Aufgabe von Public Relations sei es ja, allerlei Missverständnisse aus der Welt zu räumen. Er persönlich sei übrigens völlig neutral. Miteinander zu reden, sei ja bekanntlich hilfreich. Busch warnte Babette, ein Gespräch von vornherein abzulehnen: »Man muss wissen, was der Feind will.«

Babette war von Roeloff sichtlich angetan, nachdem man sich im *Café l'Aronge* gegenüber der Staatsoper getroffen hatte. »Wenn die Kasse stimmt, ist ja selbst der Teufel als Kunde recht«, hatte Babette nach einigen Artigkeiten das Gespräch eröffnet. Das könne schon sein, kam locker die Antwort: »Auch mir selbst sind manche Anliegen unserer Großkunden unsympathisch.« Der Ober brachte den Assamtee mitsamt der kleinen Sanduhr.

Zum Nikolaustag, als die Warmfront mit viel Wind über die Nordsee fegte und sich der Schnee binnen Stunden verabschiedete, füllte sich das kleine Reetdachhaus. Um Babettes Schuhe waren drei Päckchen mit Parfüm und rote Rosen drapiert. Es handelte sich um Flakons mit Chanel N° 5. Babette weinte vor Glück. Er wolle jetzt länger in Hamburg bleiben, versprach Jean Marie.

Hohläugig, in sich gekehrt, war Janka abgereist. Nun redete sie spontan auf Babette ein, quasselte wie ein Wasserfall ohne Ende von Paris und schilderte Deauville in leuchtenden Farben. Am »Planschbecken von Tout Paris« werde sie ihr eigenes Juweliergeschäft eröffnen. Vielleicht heiraten? »Mein lieber Trinquier sagt, er sei es leid, die Schmutzarbeit für Monsieur Melnik und Michel Debré zu machen.«

»Kennt einer von uns Monsieur Melnik oder Debré?«, versuchte Jean Marie abzulenken. Ohne es zu wissen, hatte Janka einen Fauxpas begangen: Sie hatte nicht nur Klarnamen, sondern auch internen Ärger des französischen Auslandsgeheimdiensts SDECE preisgegeben. »Die Trinquiers sind die Fischerdynastie in Trouville«, sagte Jean Marie. Sein Kollege hatte im Bett zu viel geplaudert.

Für kleine Feiern war die bescheidene Reetdachkate durchaus eine originelle Lokalität. Aber sie bot zu wenig Raum, sodass sich Bewohner und Dauergäste nach zwei Tagen am liebsten wieder den Rücken zukehrten. Deshalb hatte sich Janka fürs Erste im *Hotel Jacob* eingemietet. »Der Ausblick von meinem Zimmer auf die Elbe ist unbeschreiblich«, schwärmte sie. »Man könnte ein Kleinod aus dem Hotel machen.«

Die Sanitäreinrichtung des zweihundert Jahre alten Fachwerkgebäudes war ebenso antiquiert wie der niedrige Keller, wo Küchenvorräte auf wackligen Holzregalen unweit des Steinkohlebunkers und der Zentralheizung lagerten. In Nienstedten ließ man kein gutes Haar am Hotel: Der große Kühlschrank im Keller sei alle naslang außer Betrieb, weil die Wirtsleute Strom sparten. Dort zu speisen, sei inzwischen unzumutbar, geradezu todesmutig. Selbst das Zimmermädchen gab Janka den diskreten Hinweis, es gäbe Mäuse in der Küche. Bier und Kümmel hingegen wurden abends kräftig ausgeschenkt. »Wirklisch?«, alberte Jean Marie. »In soo eine alte Otel tanze die Mäusche gern auf die Tiesch.«

Dr. Busch war als Treuhänder Jankas beauftragt, die Im- und Exportfirmen sowie die Kinokette von Detlef Haiens abzuwickeln und die Renommierimmobilie an der Elbchaussee zu veräußern. »Mit Kintopp lässt sich heute noch Geld verdienen, aber in zehn Jahren glotzen alle fern«, hatte Babette ihr zugeredet. »Du selbst aber willst keinen Fernseher kaufen«, gab Janka patzig zurück. Nach wie vor weigerte sie sich strikt, die Rotklinkervilla ihres verblichenen Despoten zu betreten.

»Ich wette, du findest du noch Verwertbares«, ermunterte Babette ihre Freundin. Doch Janka blieb stur. Die gut betuchten hochnäsigen Damen der Nachbarschaft wunderten sich

Wochen später, dass Nienstedtener Handwerker sonnabends mit ihren Pritschenwagen beim verlassenen Prachtbau vorfuhren und Mobiliar ausräumten. Haiens' teure English-Linnen-Vorhänge zierten wenig später Privatwohnung und Büro des Klempners. Im Elektrogeschäft am Markt prangte plötzlich ein absolut exquisit kolorierter Stich namens *Hamburg vor dem großen Brand.*

»Wieso interessierst du dich auf einmal für Hockey?«, hatte Babette gefragt. Gegenüber Janka äußerte sie: »Aus dem Jungen wird' ich nicht mehr schlau.« Babette kam nicht auf das Thema zurück. Sie musste in ihrer Apotheke präsent sein und zudem fast täglich Dr. Buschs Büro in der Spitalerstraße aufsuchen. Max hatte sich zum Hockey angemeldet und einen gebrauchten Schläger geliehen. Wintertraining fand spätnachmittags in der Turnhalle des Lyzeums statt. Über dessen Eingang prangte der von Lorbeer umkränzte Spruch: *Wanke nicht mein Vaterland 1915*. Weil das Jungentraining zeitlich vor dem der Mädchen stattfand, war es üblich geworden, dass einige der Hockey-Jungen noch blieben, um den Mädchen zuzuschauen. Erfüllt war die Halle von ohrenbetäubendem Gekreisch der Spielerinnen. Die trugen kurze blaue Röcke und waren nachher schweißgebadet. Ihre weißen Blusen klebten am Körper.

Anne sei als Torwart vor dem Kasten recht talentiert, hieß es. Aber ihre Verteidigerinnen versagten. Sie traten nicht schnell genug an und waren zu zögerlich im Angriff. Auf jeden Fall war das Spiel der Mädchen derart ruppig und der Ball auf dem glatten Holzparkett so schnell, dass Anne in ihrer unförmigen Torfrauenverkleidung – mit ramponierten Beinstutzen, wattiertem Körperschutz und Helm – kaum Bälle hielt. Im Gewirr nach dem Schlusspfiff fiel nicht auf, dass Anne ihr Helmvisier hochklappte und Max herbeirief. »Küss mich«, befahl sie hinter dem Torpfosten und sinnliches Lachen huschte über ihr Gesicht.

Es beobachtete keiner, als Max ihr behutsam den Helm abnahm und vor ihr niederkniete, um sie von den Stutzen zu befreien. Der Schulhof war schlecht beleuchtet. Anne mochte nicht mehr hinten auf dem Gepäckträger sitzen, sondern schob sich auf der Querstange zwischen Lenker und Sitz. So war sie zwischen seinen Armen, wenn sie radelten. Furcht zu stürzen hatten sie nicht.

»Warum willst du ausgerechnet zur Mitternachtsmette? Was ist in dich gefahren?« Babette, Jean Marie und Janka fanden Max' Idee höchst befremdlich an diesem gemütlichen Heiligabend mit Rotwein, Fondue, Vivaldi und knisterndem Kaminfeuer. Peter, den Max morgens vom Zug abgeholt hatte, grinste: »Magst du das Mädchen echt so sehr?« Max nickte. Über Liebe sprechen Brüder nicht. So schlug ihm Peter kräftig auf die Schulter und schloss hinter Max die Tür, als der das Haus verließ. Jean Marie gab gerade die manierierten, steifen Bewegungen des Komikers Jacques Tati zum Besten. Die Frauen auf dem Sofa bogen sich in Lachkrämpfen.

Es war eine Riesendummheit, die Christmette zu schwänzen, weil Anne gleich anfangs berichtet hatte, dass ihr Vater hypermisstrauisch sei: »Er forscht mit harmloser Fragerei nach und genießt es dann, uns Töchtern Fehler vorzuhalten.«

Aber Anne und Max mochten keine Sekunde des Beieinanders missen und schlichen in Alices Villa wieder die Treppen hoch bis unters Dach. Auf dem Teller in der Mansarde lagen Lebkuchen und Schokoladenkringel. »Fröhliche Weihnacht euch beiden«, hatte Alice mit großzügigem Schwung auf den Briefbogen geschrieben. Unter ihrem hellbraunen Dufflecoat zog Anne ein schmales Buch hervor. »Die schönsten Gedichte, die ich kenne.« Sie hatte wieder ihr schalkhaftes Lächeln. »Les Fleurs du Mal«, sagte sie und küsste Max auf den Mund.

»Mein Vater hasst deine Mutter.« Anne schaute Max aus ihren riesigen, blauen Augen forschend an. »Hasst sie nicht ebenso?« Der Gedanke war ihm neu. Anne blätterte im Bändchen und fand den Vers:

Dem Trinker gleicht der Hass, dem in Spelunken
Mit jedem Schluck der wildre Durst erwacht
Und sich der Hydra gleich verhundertfacht.

Bis zwei Uhr morgens lagen sie zusammen. Behutsam holte sie aus dem kleinen Pappkarton jedes der fünf hölzernen Schiffsmodelle des Mobiles hervor, das Max ihr in seinem Zimmer mühselig, aber überglücklich gebastelt hatte, und betrachte es gegen das Licht. »Der Dreimaster, das bin ich, und der Lotsenschoner, der ständig hinter mir kreist, das bist du«, sagte sie und wandte ihr Gesicht ihm zu. »Die drei anderen Schiffe – das sind unsere Kinder!« Sie schob den Kasten mit dem Mobile behutsam zur Seite. »Du liebst mich sehr, nicht wahr? All die Stunden, die du gesägt, geschliffen, gemalt und die Masten, Rahen und Segel gesetzt hast. Da hast du an mich gedacht.«

Anne legte sich auf ihn. Sie schauten sich unverwandt an. Max spürte selbst durch die Kleidung ihr merkwürdig vorstehendes Brustbein. Als er nach längerem Schweigen mit der Linken unter ihren Pulli kam und die Haut ihres Rückens zu streicheln begann, sagte sie: »Später! Es ist zu früh.« Sie küssten sich. Es war eine schier überwältigende, seelische Erfüllung, mit dem anderen so innig verbunden, ja eins zu sein. Sie legte sich in seinen rechten Arm und schaute zur Zimmerdecke: »Weißt du, dass Menschen, die sich so innig lieben wie wir, immer miteinander verbunden bleiben? Jahrzehnte! Solche Menschen fühlen, spüren und hören sich – auch wenn sie Tausende Kilometer voneinander getrennt sind. Sie sind eins – bis ins Jenseits.«

»Ist das nicht esoterisch?«, fragte Max.

»Nein, das ist wahr. Ich weiß es.« *Viola Tricolor.* Anne kam immer wieder auf diese Novelle von Theodor Storm zurück.

Der 30. Dezember ist ein denkbar ungünstiges Geburtsdatum. Peter war so ein 30.-Dezember-Kind und pustete gerade die Kerzen um seinen Topfkuchen aus, als Roeloff anrief: Schönrock und ein gestandenes Aufsichtsratsmitglied des Konzerns seien in der ersten Januarwoche zufällig in Hamburg. Beider Wunsch sei es, Babette an neutralem Ort in Ruhe zu sprechen. Er, Roeloff, schlage *Cölln's Austernkeller* vor, wo man sich in einem der netten Séparées ungeniert unterhalten könne.

Gestikulierend hatte Babette Jean Marie herangewinkt und ihm kurz den schwarzen Hörer hingehalten. Sie war freudig überrascht. Umso ernster hatte sie geantwortet: »Wir werden darüber nachdenken.« Max fand den Plural unangebracht. Zu Jean Marie sagte sie: »Sollten wir nicht vorher dort ein paar Austern essen?«

Ihm sei nicht danach zumute, antwortete Jean Marie. Er wirkte total niedergeschlagen. Aus sicherer Quelle hatte er erfahren, dass Präsident de Gaulle Algerien preisgeben wolle.

»Aber ihr habt doch immer an de Gaulle geglaubt? Deine Eltern, du, deine Freunde? Du warst doch selbst in Colombey«, sagte Babette besorgt. »Gibt's Bürgerkrieg?« Jean Marie mochte sich nicht näher einlassen.

»De Gaulle – ist er nicht mehr dein Heiland?«, spottete Babette. Der sei zwar Offizier von Beruf, nicht zuletzt aber Politiker, »und Politik ist die Kunst, seine persönlichen Interessen als Interessen der Allgemeinheit erscheinen zu lassen«. Wer sich auf das Wort eines Politikers verlasse, der sei verlassen. Jean Marie ertrug ihre Weisheiten widerwillig. Deshalb gab sie ihm schnell einen Kuss und sagte. »Sei lieb, mon petit chouchou.«

In der letzten Dezemberwoche war es bei Temperaturen um die zwölf Grad Celsius schlicht zu warm. Am Schultag vor den Ferien wünschte der zwergwüchsige Griechischlehrer: »Herbstliche Weihnacht.« Peter war kaum zu sehen, weil er sich nachts auf der Reeperbahn im Tanzschuppen *Top Ten* herumtrieb. »Da sind Superbands aus England«, schwärmte er. »Die spielen nicht Rock 'n' Roll, sondern Beat auf Elektrogitarren. Beatles ...« Das war es aber nicht allein, was ihn die beiden Ferienwochen zu Haus hielt. Irgendwie hatte er das Mädchen, mit dem er im Sommer im Nachbargarten geflirtet hatte, wieder aufgetan. Darin, so räumte sogar Achim gnädig ein, sei sein Bruder Peter begnadet. In Babettes Gegenwart wurde Derartiges jedoch nie von den Söhnen erörtert.

Zum Frühstück am Silvestertag erklärte sie: »Lasst uns keine trüben Tassen sein. Wir müssen mal richtig feiern mit Tanz und vielen Freunden.« Janka war begeistert und telefonierte sofort mit Trinquier. Der 16. Februar sei ideal, meinte der. Dann habe er noch das ganze Wochenende in Hamburg und sei mit dem Nachtzug Montagfrüh wieder in Paris.

An der Nordsee ist ein warmer Dezember der sichere Vorbote einer kräftigen Sturmsaison. »Wir leben auf der Höhe von Neufundland«, kommentierte Alice das Hamburger Wetter. »Wenn der Golfstrom keine Lust mehr hat, erfrieren wir alle.« Max hatte ihre Wetterlitanei schon mit fünf Jahren auswendig nachplappern können. Darüber lachte Alice herzlich und meinte: »Alte Tanten werden schrullig.«

Ihrer Mutter hatte Anne erzählt, dass sie während der Weihnachtsferien zusammen mit einer Klassenkameradin aus Finkenwerder unbedingt einen Vortrag über Fischfang ausarbeiten müsse. Was nur insofern zutraf, als eine ihrer Klassenkameradinnen mit Eltern und neun Geschwistern auf der Elbinsel wohnte. Der Vater kümmerte sich als Arzt um die Werftarbeiter, Fischer, Segelmacher und Bauern. Telefon existierte nur in dessen Praxis. Keine von Annes vertrockneten Lehrerinnen – Anne nannte sie »die alten Tucken« –, denen Emanzipation oder Karriere zeitlebens Fremdworte blieben, wäre je auf den Gedanken gekommen, am Mädchenlyzeum politische, gar wirtschaftliche Themen im Unterricht zu behandeln. Doch für Anne und Max war die kleine Schwindelei von unschätzbarem Wert. Sie eröffnete einen Tag des Beisammenseins.

Auf die Frage »Wieso habt ihr euch auf der *HADAG*-Fähre zwischen Teufelsbrück und Finkenwerder getroffen?«, hätten sie geantwortet: »Purer Zufall.«

Der Südwest riss die Wolkendecke auf und die Sonne zeigte sich phasenweise, als beide zum Deichvorland radelten. Ebbe gab das Süßwasserwatt des Mühlenberger Lochs frei. Grau- und Brandgänse genossen ihr Flugballett, sie flogen in keilförmigen Formationen oder in aufsteigenden und sich senkenden Figuren über das Watt zur Süderelbe und wieder retour. »Die schwätzen ja ohrenbetäubend.« Anne lehnte sich auf den Lenker ihres Fahrrads und deutete auf Hunderte von Gänsen, die wilde Loopings flogen.

»Die sind so verliebt wie wir und machen irre Sachen.«

»Du weinst ja!« Max legte sein Rad auf den Deich.

»Was zu schön ist, endet immer traurig.«

Annes ganzer Leib bebte, als er sie an sich presste. Es war keine ihrer improvisierten Stegreifkomödien, sondern bitterernst. Von Mal zu Mal spürte Max stärker, dass Anne trotz aller nach außen gekehrter Selbstsicherheit von diffuser Panik besetzt war. Sie öffnete ihre blaue Colani-Jacke. »Bleib bei mir!«, bat sie und schlang plötzlich ihren selbstgestrickten roten Schal um seinen Hals. Sie setzten sich auf eine angeschwemmte Bananenkiste.

»Ich geb dich nicht her«, sagte Max. Sie zupfte ihm den Schal ins Gesicht. Sie lachte, weil sie Unheil ahnte. Ihr Teint war gerötet.

»Für immer?«

»Auf ewig!«

Mit Rückenwind radelten sie übers Kopfsteinpflaster parallel zur Alten Süderelbe. Sie hielten mehrmals, um die in den Sielgräben aufliegenden Fischkutter zu begucken. Auf dem Rückweg zum Fähranleger machte Max den Vorschlag, ihr noch die Segelmacherei am Auedeich zu zeigen, auf deren schlecht erhelltem Segelboden Makko-Segel gefertigt und repariert wurden.

»Wat för 'n seuten Deern«, sagte der ansonsten maulfaule Segelmacher zu Max, als sie die steile Treppe rückwärts hinabstiegen. Anne bekam sogar einen seiner kunstvoll geknoteten »Watch Fobs« geschenkt. Die fertigte der Segelmacher auf seiner Bank vorm Haus sitzend als Anhänger für Uhren und Schlüssel. Abends saß er dort seit eh und je, um die Schiffe auf dem Köhlfleet zu beobachten. Seine Hände mussten ständig in Bewegung sein.

»Na, ihr«, meinte der Bootsmann freundschaftlich, als sie ihre Räder wieder auf den grün-weißen Fährdampfer schoben. Max drückte Anne an sich.

»Magst du auch nicht nach Hause?«, fragte sie.

29. Verraten und verkauft

Jean Marie und Babette wirkten total aufgedreht, wenn nicht gar überdreht. Zum ersten Mal war Babette ihrem Jüngsten völlig fremd: nicht mehr Mama. Jean Marie pries Babette über alle Maßen: Sie hätte exzellent ausgeschaut, bellissima figura gemacht. Wie konnte er das behaupten, fragte sich Max im Stillen. Denn Jean Marie war ja nicht mit Babette in *Cölln's Austernkeller*, also in die Höhle des Löwen, gestiegen, sondern hatte sich währenddessen im Institut Français mit Sprachschülern abgequält. Sagte er jedenfalls.

In Wahrheit mochte Max weder von Babettes Feldzügen, von der »braunen Pest«, von »privilegierten Mischehen«, »Halb- und Vierteljuden«, vom Untertauchen, von Gefallenen, von Bergen-Belsen, von Orthodoxen und Liberalen, noch von de Gaulle, General Salan, dem Fallschirmjäger Massu und von Algerien irgendetwas hören. Hass war die Sache der Erwachsenen, nicht die der Jugend. Mochten sich die Erwachsenen doch am Grauen berauschen, baden im gegenseitigen Hass und sich zerfleischen. Anne und er wollten Jahrhunderte weit fort und keinesfalls mit von der Partie sein.

Sie! In diesen Topf packte Anne schlankweg ihren Vater, Babette und deren gesamte Entourage. Auf dem breiten Bett in Alices Mansarde blätterte Anne nervös suchend in *Les Fleurs du Mal*. Sie fand den Vers. »Hör zu, mein Geliebter! Sie sind's doch, die Baudelaire beschreibt?

Des Teufels Fäden sind's, die uns bewegen.
Wir lieben Graun, berauschen uns im Sumpf
Und Tag für Tag zerrt willenlos und stumpf
Der Böse uns der Hölle Stank entgegen.«

Wann Max zu Haus auftauchte, interessierte nicht. Anne hingegen musste ständig Schleichwege suchen, dem Zeitkorsett ihrer Eltern zu entschlüpfen. Pünktlich wie in der Kadettenanstalt hatte sich die Familie Preuss um halb acht vollzählig zum Abendbrot im Esszimmer aus Eichenholzmöbeln zu versammeln, wo zwischen »Reich bitte den Brotkorb!« und »Trink nicht zu viel Milch!« jede Tochter Rapport über schulische und sportliche Leistungen zu leisten hatte. Annes Mutter schwieg.

»Mein Vater hat mich von klein auf abgelehnt. Ich bin das dritte Kind, also das schwarze Schaf«, sagte Anne. Sie wiederum hatte es von klein auf abgelehnt, seinen Vorstellungen zu entsprechen: Entschied sich für Hockey statt für Tennis, machte sich auf Französisch über die Anglophilie der Hamburger Gesellschaft lustig, lernte Geige spielen statt Klavier, aquarellierte und wusste besser als ein Junge über Autos Bescheid. Zur Weißglut hatte sie ihren Vater mit der Äußerung gereizt: »Ich will nicht mit in die USA, auch wenn zehnmal die Russen kommen. Nach dem Abi geh ich als Au-pair nach Paris.«

Ihre beiden älteren Schwestern und auch ihre jüngere taten alles, damit Anne das schwarze Schaf der Familie blieb. Sie neideten Anne ihre Schönheit und Schlagfertigkeit.

Wahrscheinlich hatten die Schwestern gepetzt: »Anne ist nicht zum Konservatorium am Jenischpark, sondern mit ihrer Geige ins Kino gegangen.«

Es gab dort letztmalig Max' Lieblingsfilm. »Anne«, hatte er sie gedrängt: »*Tatis Schützenfest* musst du sehen.« Als der schielende Riese zum vierten Mal den Vorschlaghammer stemmte, um den Holzpflock in die Erde zu schlagen, und das Kinopublikum vor Lachen johlte, wurde es schlagartig hell im Kinosaal. Die Platzanweiserin rief: »Eine junge Dame wird dringend von ihrem Vater gesucht.« Anne erhob sich mit ihrem Geigenkasten. Ihr Vater stand mit zornverzerrter Miene im Lodenmantel am Vorhang neben dem Ausgang. Er packte sie rabiat am Arm, Pfiffe wurden laut, der Saal wurde abgedunkelt und der Film lief weiter. Kein Zweifel: Annes Vater hatte Max gesehen.

Nach dem Hockeytraining berichtete eine Mitschülerin, Anne sei seit zwei Tagen nicht zum Unterricht erschienen. Sie anzurufen, verbot sich. Max schrieb ihr jeden Nachmittag einen Brief. Keinen erhielt sie. Denn Annes Freundin, der Max seine Briefe als Botin anvertraut hatte, öffnete jeden, las ihn und warf ihn in den Mülleimer.

Was sich beim Treffen im *Austernkeller* im alten Nikolaiviertel ereignet hatte, war ihm schnuppe. Max erfuhr Details wie immer portionsweise von Alice. Zudem hatten Babette und Jean Marie sich eines Abends so unbeherrscht gestritten, dass Max sich übers Geschehen im *Austernkeller* durchaus selbst ein Bild machen konnte. »Mäxchen soll damit nicht belastet werden«, war Babettes ständige Rede.

Ausgerechnet am Vormittag des Treffs hatte steifer West das Grau in Grau über der Hamburger Innenstadt gelockert. Hin und wieder zeigte sich die Sonne. Auf dem Bürgersteig des Hauses, das nach dem großen Brand von 1842 erbaut worden war und seltsamerweise den Zweiten Weltkrieg heil überstanden hatte, waren Kanalisationsarbeiten begonnen worden. Zum Schutz gegen Schnee und Regen hatten die Arbeiter über der Grube, die in Eile ausgehoben worden war, ein Zelt errichtet. Davor und dahinter parkten schwarze Limousinen. Babette sprach später vom »Aufgebot der Ambiance«. Schönrock hatte sie auf dem Bürgersteig vor dem Eingang des Restaurants abgepasst und sie – zu ihrem größten Ärger – nassforsch mit Küsschen auf die Wangen begrüßt. »Lass das!«, hatte sie ihn angefaucht und ironisch hinzugefügt: »Das Bataillon deiner Schadenprüfer ist ja schon ringsum tätig. Was müssen dir die Hosen schlottern?«

Die fünf Stufen hinab zum renommierten Restaurant war Schönrock vorausgeeilt. Ein mediterran anmutender Ober hatte die Tür geöffnet, Babette den Mantel abgenommen und sie den Flur entlang zum vorbestellten Séparée geleitet. Dort hatte ein Herr vom Aufsichtsrat der Ambiance sie »herzlich willkommen« geheißen. Der Anwalt Preuss, den Babette »Fischers Fußabtreter« nannte, hielt sich devot zwei Schritte zurück.

Das Restaurant lebte vom dämmernden Ruhm. Die Lederpolster der beiden Bänke im Séparée waren in anderthalb Jahrhunderten geradezu versteinert. Der Erneuerung harrten auch die Samtvorhänge an der Innenseite der mit kleinem Glasfenster versehenen Tür. Das Interieur mit kolorierten Hamburgensien aus dem Biedermeier wirkte derart stocksteif, dass lediglich ein Auswärtiger hinter dem Begriff Séparée etwas Anstößiges vermuten durfte.

»Braucht Ihr Herr Schönrock Geleitschutz?«, hatte Babette mit kokettem Lächeln die Schlacht eröffnet. Worauf der Ambiance-Aufsichtsrat, ein jovialer Schwabe mit Bauch namens Georg Pfleiderer, in getragenem Ton erwiderte: »Unser Kollege Schönrock braucht keinen Schutz. Auch nicht in der Öffentlichkeit. Ich kenne ihn als Leistungsträger mit blütenweißer Weste. Abgesehen vielleicht davon, dass er in der SS war. – Nun gut, Jugendsünde. Dazu steht er. Aber wer war das nicht zu jener Zeit?«

Ohne darauf einzugehen, geschweige denn ihre Feinde anzublicken, hatte Babette ihr Persianerkäppchen zurechtgerückt. »Ich verlange erstens, dass meinen Jungen kein Haar gekrümmt wird. Ich verlange zweitens, dass jeder Übergriff auf unser Eigentum zukünftig unterbleibt. Ich bestehe drittens darauf, dass mir sämtliche Schäden in der Apotheke und am Wagen sofort auf Heller und Pfennig ersetzt werden.«

Pfleiderer steckte das wortlos nickend weg. »Als Anwalt, der die Ehre hat, die Interessen der Ambiance zu vertreten«, unterbrach Preuss in hanseatisch arrogantem Anwaltsduktus, »darf ich Sie, verehrte Frau Coehn, wahrscheinlich – mit Verlaub – auch im Interesse Ihrer Söhne darum bitten, zukünftig ehrenrührige Anwürfe gegen unseren Mandanten Herrn Schönrock zu unterlassen.«

»Höre ich eine Drohung?«, fragte Babette und lächelte Preuss in Grund und Boden.

Der joviale Schwabe griff ein: »I bewahre, gnädige Frau. Es geht lediglich darum, das unverschämte öffentliche Geschwätz über Schönrock ein für alle Mal zu beenden. Mithin das Vertrauen all unserer Versicherten und Aktionäre zu stärken. Es geht uns schlicht um den guten Ruf des Hauses. Der ist unser teuerstes Gut.« Damit hatte Pfleiderer sein Glas mit französischem Weißwein erhoben und den Anwesenden, die noch vor leeren Gläsern saßen, zugeprostet: »Santé!«

Preuss preschte erneut vor: »Die Hamburger Justiz geht mit den Ermittlungen des hessischen Generalstaatsanwalts keineswegs konform. Sie wird diesem Fritz Bauer bei seinen absurden KZ-Ermittlungen jede Amtshilfe verwehren. Bauer will nur künstlich Schmutz aufwirbeln. Prozesse gegen Lagerleitungen! … sechzehn Jahre nach dem Ende. Hamburg hat genug gelitten. Da sollten Sie Ihrem Itzig nicht noch Munition liefern, Frau van Dom, entschuldigen Sie: Frau Coehn. Bauer will sich in den Medien profilieren. Er ist ein 175er-Fall – einer für die Psychiatrie.«

»Soso, ein Itzig. Sie sind mutig, mein Herr. Nur zu! So kennt man Sie ja gar nicht!«, fuhr ihm Babette in die Parade.

»Da hat er mich hasserfüllt angeglotzt«, erzählte sie später. »Ich hatte so etwas im Voraus erahnt, hab ihm sofort eins hinter die Löffel gegeben. Ich hab gesagt: Haben Sie ein

Problem mit meiner Person? Ist mein Lidstrich falsch oder mein Lippenstift? Passt Ihnen mein Parfüm nicht? Haben Sie mich als Primaner deshalb nicht anhimmeln dürfen, weil Ihr Herr Vater Sie drohend angeherrscht hat: Sie ist Jüdin. – War ich aber nicht. Dazu hat mich 1935 ein Jurist namens Globke mit seinem Kommentar zu den Nürnberger Gesetzen gestempelt.«

Babette war gnadenlos. Sie hatte mit süßestem Lächeln hinzugefügt: »Als Primaner sahen Sie früher wirklich fesch aus, Herr Preuss! Meinen Sie, wir Mädels wären blind gewesen auf unserm Schulweg? Nur, weil wir Zöpfe trugen? – Spaß beiseite! War es nicht mein Papa, der Ihrem Herrn Vater während der großen Inflation unter die Arme gegriffen hat?«

»Die Herrschaften kennen sich?«, mischte sich Pfleiderer ein. »Was sitz ich hier, um zu vermitteln? Als Stuttgarter will ich in Hamburg Hummer speisen. Das ist mein Wunsch – und davor ein Schälchen Kaviar. Was halten meine Gäste davon?«

Während Kaviar gereicht wurde, ließ sich Pfleiderer herbei, sich nach der Profession des Herrn Vaters »unseres verehrten Rechtsbeistands« zu erkundigen. Worauf Preuss kleinlaut berichtete, sein Vater habe eine Zigarren-»Fabrique« mit drei Angestellten in Altona besessen, die sich nach 1924 allmählich wieder erholt hätte. Die neuen Importzölle gegen Dumpingimporte aus Amsterdam und Havanna hätten gewirkt.

Pfleiderer und Babette hatten amüsiert Blicke getauscht. Der Kaviar sei übrigens hervorragend temperiert, äußerte sie sich lobend zum Ober. Aus der Küche des Restaurants klang laut *Les Funérailles d'antan* von Georges Brassens. Weshalb Pfleiderer sich erkundigte, ob der Küchenchef Franzose sei. »Non, non«, entschlüpfte es dem Ober. Was der Aufsichtsrat nicht zur Kenntnis nahm.

»Lassen Sie uns den Hummer genießen. Dann mach ich mich mit unserem Dr. Preuss rasch auf den Weg.« Damit öffnete Pfleiderer krachend die linke Hummerschere und zog mit der zweizinkigen Gabel den kräftigen roten Muskel heraus. Tatsächlich hatte er es eilig, sich aus der Affäre zu ziehen: »Un hüte Se sich vor unsere Doktor Preuss. De isch als Jurischt a ganz scharfe Hund. I däd nich d' Ambiance anpinkle, wenn i …«

Ähnlich dem Harburger Bundestagsabgeordneten Herbert Wehner vernuschelte Pfleiderer jedes Prädikat am Ende des Satzes. Das hatte System. Zu Schönrock gewandt, meinte er: »Se mache des scho mit de Rechnung un ihren vereehrde Frau Schwägerin.« So ließen der joviale Schwabe und der buckelnde Preuss Babette mit Schönrock zurück. Die saßen sich nun gegenüber – ohne Ausflucht.

»Du hast Lea gestoßen – wie eine Katze ersaufen lassen.« Schönrock tat eine lässig abwinkende Handbewegung. »Perfekt«, sagte sie amüsiert. »Du antwortest nicht, weil deine Leute unser Treffen per Tonband mitschneiden. – Du bist und bleibst die miese Kröte wie eh und je. Nicht mich, sondern dich wird das Band belasten.« Er machte Anstalten, sich zu erheben.

»Ich geh!«

Sein Kehlkopfschnitt war schlecht verheilt und hob sich rot über dem gestärkten weißen Hemdkragen ab.

»Bleib sitzen! Du weißt ganz genau, dass ich keine Ruhe geben werde.« Sie war im Kampfmodus: »Ich hab endlich Zeugen: Fischer und du, ihr habt Befehl gegeben, meinen Mann zu töten.«

»Unsinn, krankhafter Unsinn«, wehrte er sich. Schönrocks Hände zitterten. »Das muss ich mir nicht anhören – nicht bieten lassen. Vor keinem Gericht wird ein Zeuge deine Schauerfantasien bestätigen. Die Ambiance ist sich dessen sicher.«

»Wollt ihr sie alle kaufen?«

Schönrock stocherte mit seiner Gabel in der Beilage: »Wir wollen einzig und allein, dass du endlich die Klappe hältst. Das ist mein wohlmeinender Rat.« Achim stünden nach dem

Assessorexamen alle Türen der Ambiance offen. Für Peter fände sich bestimmt etwas Vernünftiges.

»Du bist wirklich uralt geworden«, sagte Babette. »Hast du Parkinson?«

»Lass uns wenigstens ruhig reden«, bat er. »Wer, glaubst denn du, hat während all der scheußlichen Jahre schützend seine Hand über deine Mutter, deine Schwester, dich und die Jungen gehalten? – Zugegeben, eure Mutter war immer borniert. Die alte Frau glaubte allen Ernstes, sie hätte der Gestapo mit dem Diebstahl der Unterlagen aus der Synagoge ein Schnippchen gespielt. Fischer hat sich scheckiggelacht, als er davon erfuhr. Denn 1934 hat die Gestapo alle Akten des ›Zentralverbands‹ in Berlin beschlagnahmt. Darin sind – preußisch akkurat – alle Personen jüdischen Glaubens oder jüdischer Abstammung erfasst. Wir haben die Unterstützung der jüdischen Kultusvereine vor Ort gar nicht benötigt. Aber wir haben getan als ob.«

Schönrock beugte sich vor: »Fischer wollte deine Mutter und Ruth 1942 auf die erste Transportliste von Hamburg nach Stutthof setzen. Ich hab's verhindert.«

»Darf's nok en peu?«, fragte der Ober, nachdem er kurz geklopft hatte. »Sind die Errschafte zufriede?«

»Ich hab hysterisch gelacht«, gestand sich Babette Jahre später ein. »Die Situation war absurd.« Wieder zu sich kommend hatte sie Schönrock gefragt: »Weshalb hast du Fischer davon abgebracht?«

»Lass gut sein«, sagte Schönrock. »Du wirst mir nicht glauben: aus Liebe zu dir.«

»Oh, was bist du für ein miserabler Komödiant?«

Schönrock machte erneut Anstalten aufzustehen.

»Bleib!«, herrschte Babette ihn an. »Du willst was von mir. Ich nichts von dir.«

Sie faltete ihre steife Leinenserviette zu einer Krone und stellte sie auf die Mitte des Damasttischtuchs. »Ich kenne längst die Wahrheit. Du und Fischer, Ihr habt Schiss gehabt, uns deportieren zu lassen. Denn ein Gestapo-Verhör vor dem Transport und vor jeder Selektion im KZ war obligatorisch. Stimmt's? Eure Henker dort wären nicht zimperlich mit mir umgesprungen. Sie hätten bald gewusst, dass Fischer und du mein Vermögen in die Schweiz verschoben habt. Das hätte euch Kopf und Kragen gekostet.«

Sie stützte ihre Ellenbogen auf. »Gauleiter Koch hatte doch eine Rechnung mit Fischer offen. Der hätte euch zwei Dreckskerle – schwupps! – an den nächsten Baum hängen lassen. Oder Genickschuss, kurzer Prozess.«

»Albern, pure Hirngespinste!« Schönrock wechselte die Taktik: »Du warst, als ich dich zum ersten Mal in Danzig sah, viel lebendiger, attraktiver als Lea.« Er schüttelte sich angewidert. »Wie sich Lea eingehakt und an mir gehangen hat.« Er trank den Rest des Rotweins und rief laut: »Champagner.«

Babette schlug sich an die Schläfe: »Unfassbar! Deutest du damit an, du hättest meinen Mann ermorden lassen und meine Schwester ersäuft. – Nur um mich zu bekommen? Bist du janz meschugge?«

Wut hatte derart von ihr Besitz ergriffen, dass sie immer leiser sprach: »Mein Schwager, der Lump, als Richard III.! Für wen hältst du mich? Mit primitivstem Gesäusel, mit Groschenroman meinst du, mich zu beeindrucken. Mich mundtot zu machen? Du bist ja noch primitiver, noch elender, als ich je dachte.«

Durchs Fenster zur Straße waren ab und an Beine von Passanten zu sehen. Babette nahm sich zurück, drückte die Fußklingel und orderte zwei Kännchen Kaffee. Sie goss Schönrock ein. »Spätestens im Herbst 44 wär ich doch dran gewesen, als Jüdin in privilegierter Mischehe.«

Schönrocks Gesicht wurde aschfahl, seine Hände zitterten pausenlos. Ihn unten am Boden zu sehen, war Babette pure Lust. »Das war euer Pech: Kein Transport mehr von

Königsberg nach Auschwitz. Aber unser Glück. Die Rote Armee stand schon dazwischen. Gehofft habt ihr, es sei ein Leichtes, uns in all dem Chaos zu beseitigen. Ja, im Massengrab von Nemmersdorf – ideal!« Babette süßte ihren Kaffee. »Nemmersdorf, eine elegante Lösung, obendrein nützlich für Goebbels' Propaganda.« Sie genoss den Moment: »Aber dann war Babette plötzlich aus Insterburg verschwunden. Fort, unauffindbar! Fischer und du, ihr beide habt vor Angst in die Hosen geschissen.«

Schönrock vermochte kaum, die Tasse zum Munde zu heben, so zitterte die Rechte.

»Ihr hattet nicht damit gerechnet, dass im August 44 ein blutjunger Leutnant in mein Haus einquartiert wurde.« Es ekelte sie, wie der Kaffee Schönrock aus den Mundwinkeln troff.

»Ja, ich hab mich verliebt. Er strahlte, als er mich sah. Ich hab mich nicht mehr versteckt. Die Leute haben getuschelt. Er hat mich und die Jungen im Kübelwagen an die Seen gefahren. Was störte der Altersunterschied? Jeder Tag konnte der letzte sein. Ende Oktober hat er uns in den Lazarettzug geschmuggelt – draußen im ersten Waggon hinter der Lok. Dort, wo die Bahnsteige in Königsberg nicht beleuchtet waren. Unter blutgetränkten Wolldecken haben wir uns verkrochen. Bis Greifswald sind wir mit falschen Papieren.«

Schönrocks weißes Oberhemd, sein Schlips, das Jackett voller Kaffee. Babette klingelte dem Ober. »Der Herr wünscht noch einmal Kaffee zur Aufmunterung«, flötete sie. Schönrock fasste sich an den Kehlkopf.

»Schmerzt er?«, sagte sie. »Ich hab meinen kleinen Leutnant angefleht zu desertieren. Seine Antwort: Ich bin Christ. Ich muss bei meinen Leuten bleiben.« Schönrock stierte krampfhaft zur Decke.

»Habt ihr ihn liquidiert?« Dieser spontane Gedanke war ihr so abscheulich, dass Babette ihren Hass kaum zu zügeln wusste. Schönrock kannte offenbar das Schicksal des Mannes, den sie geliebt hatte wie keinen vorher. Schönrock wischte ihre Frage beiseite: »Daher stammt also dein Jüngster.«

»Du kannst hier nicht offen reden. Ich hab's begriffen.« Sie gab sich zynisch: »Könntest du nicht deinen Leuten sagen, sie sollten endlich euer Tonband abschalten?« Zu Babettes maßlosem Erstaunen hatte sich Schönrock tatsächlich mit zeitlupenartig steifen Schritten aus dem Séparée begeben. Sie wusste, dass er zurückkehren würde.

»Hast du nicht auch Schuld auf dich geladen?«, sagte er, während er stöhnend wieder Platz nahm.

»Ich? Du bist geistig umnachtet«, antwortete sie. »Kennst du Carl von Linné und sein Buch *Nemesis Divina*?« Schönrock schüttelte den Kopf.

»Solltest du. An einem Mörder werde ich meine Hände nicht beschmutzen. Du richtest dich selbst.« Babette wechselte ins charmante Fach: »Ich verfüge über Unterlagen aus Zürich, die dir gehören.«

Ihre verbale Handgranate hatte gezündet.

»Du lügst«, schrie er.

»Du irrst, mein Guter. Der Treuhänder in Zürich hat sie mir ausgehändigt, als Dank, dass ich ihn nicht angezeigt habe beim Kantonalgericht.« Babette spielte mit ihrem Perlhalsband. Sie kostete den Moment aus. »Er mochte deinen Schmutz nicht länger in seiner Kanzlei verwahren. Du hast vergessen: Es befinden sich Fernschreiben darunter – von Joachim von Ribbentrop. Pfui Deibel! – Und diesem grausigen Gauleiter Sauckel.« Sie schüttelte sich vor Ekel. »Du, Schönrock, warst als Vertreter der Ambiance unauffällig und prädestiniert, für dies Mörderpack Konten einzurichten.«

»Du lügst.«

Sie zwinkerte dem Ober zu, der mit einem eleganten »Monsieur, Madame« wieder verschwand. Babette Coehn triumphierte: »Du kriegst von mir sämtliche Unterlagen und Briefe, die mir der Anwalt in Zürich ausgehändigt hat. Alle. – Unter einer Bedingung: Dass du aus meinem Leben verschwindest.«

Als Babette dem Ober zwei Fünfzig-Mark-Scheine als Trinkgeld in die Hände drückte, entrüstete er sich: »Sssu viel, Madame.« Sie strich ihm fast intim über den Arm: »Grüßen Sie mir Ihren Küchenchef, mein lieber Kleber.«

Schönrocks Chauffeur war vorgefahren. Im Verlauf der vergangenen zwei Stunden hatte sich der Himmel wieder zugezogen. Schlagregen hatte große Pfützen hinterlassen. Schönrock hielt zittrig einen Schirm über Babette.

»Lass das«, fauchte sie. Just im selben Moment wurde aus einem Fenster des Kontorhauses vis-à-vis jenes Foto gemacht, das die *Quick* die Woche drauf veröffentlichte.

Während Schönrock die Wagentür geöffnet wurde, rief ihm Babette zu: »Wir machen am 16. Februar eine Festsause im *Jacob*. Du weißt, in dem weißen, alten Hotel über dem Elbufer. Uns schräg gegenüber.« Es sei zwar vom Gesundheitsamt geschlossen. »Aber ich veranstalte das ganz intim. Fünfzig, sechzig Leute wollen kommen. Du wirst dort finden, was du suchst.«

Schönrock gab seinem Chauffeur den Wink zu fahren. Babette nahm ein Taxi zur Apotheke, wo Janka auf sie gewartet hatte.

»Wird er kommen?«, fragte sie ungeduldig.

»Davon kannst du ausgehen. Er kommt«, antwortete Babette, während sie ihren weißen Kittel mit den Silberknöpfen überstreifte.

Happy End lautete die Fotozeile in der *Quick*. Das Foto allerdings sprach für alles andere als Harmonie: Babette Coehn würdigte Schönrock keines Blickes. Layouter und Redaktion hatten sich nicht daran gestört. Im Fließtext hieß es: »Nach langer familiärer Aussprache hat die Schwägerin des Ambiance-Hoffnungsträgers versichert, ihre Äußerungen seien falsch interpretiert. Sie widerspricht schärfstens der SED-Hetzpropaganda, Schönrock sei tief in die Machenschaften verschiedener NS-Größen verstrickt.«

Die Unfalltragödie seiner kränkelnden Ehefrau, so die Illustrierte, habe Schönrock und dessen Schwägerin Babette Coehn einander näherkommen lassen.

30. Gottes Mühlen

Ende Januar, eine Woche vor dem Abtanzball auf dem Süllberg, hatte Alice die zwei auf der Treppe abgefangen. »Max, es ist sehr ungehörig, mir diese bildhübsche junge Dame nicht vorzustellen«, tadelte sie und nahm dabei Annes Hand.

»Sie heißen Anne. Beide habt ihr eine gute Wahl getroffen. Haltet durch!« Die alte Dame wusste alles über die Nachbarschaft in den Elbvororten. »Auch Kinder sollten lernen, Mutter und Vater zu verzeihen«, sagte sie, während Anne und Max sich an ihrem blauen Kachelofen wärmten. »Während des Ersten Weltkriegs und im Elend danach haben viel zu viele junge Männer sich seelisch ein Panzerhemd angelegt. Erinnert Sie das nicht an Ihren Herrn Vater, junge Dame?«

Anne und Max hatten von Alices Kakaotrüffeln kosten dürfen. In der Mansarde auf dem Bett planten sie für den Sommer. Der Segelmacher in Finkenwerder hatte Max sein altes Folkeboot in Aussicht gestellt: »Nicht geschenkt. Aber wenn ihr durch den Kleinen und den Großen Belt schippert, dann freut sich dat Schipp.« Max' Einwand, es könne recht eng werden auf dem Segler, wischte Anne weg: »Magst du nicht eng?«

Beunruhigt war Max, seit es den Aushang zum Abtanzball gab. Unter *Tanzpaare* stand Schwarz auf Weiß: *Anne Preuss/ Max Coehn*. Sie werde es ihrem Vater schonend beibringen, versprach Anne. Max spürte, dass sie sich dessen keineswegs sicher war. »Was geschieht, wenn ich an den Tisch deiner

Eltern trete, meine Verbeugung mache und dich auffordere? Kommt dann der Tobsuchtsanfall? Brüllt dein Vater? Zerrt dich deine Mutter aus dem Saal?«

»Das Schicksal unserer Eltern ist nicht unseres«, hatte Anne gesagt. »Ich freu mich so auf den Ball. Dann hat das Versteckspiel ein Ende.« Beide wurden unvorsichtig: Sie trafen sich nach der Schule im Schallplattengeschäft, wo sie über Kopfhörer am Tresen Jazz, Chansons und die Beat Brothers hören konnten. Selbst Babette hatte mitbekommen, dass Max' Tanzpartnerin Anne Preuss sei.

»Was für eine Zumutung? Mit Preuss in einem Saal, womöglich Konversation treiben! Ich bin nicht dabei!« Was Max auch nicht erwartet hatte. Ohnehin werde sie mit den Vorbereitungen für die Fete im *Jacob* mehr als ausgelastet sein. Während der ersten Februarwoche hieß es, der Frühling sei zur Unzeit gekommen. Die Temperaturen bewegten sich um sechzehn Grad Celsius. Es nieselte ständig.

Im Festsaal mit der von Marmorsäulen getragenen Galerie spielte eine Vier-Mann-Combo Rumba, Foxtrott, Tango und Walzer, als Max im Gefolge von Kai und dessen Eltern hereintrat. Während die Tischrunden sich füllten und der Geräuschpegel stieg, blieb *Tisch Preuss* frei.

»Sie werden schon noch kommen«, beruhigte Kais Vater. Die meisten jungen Leute tanzten. Max befragte Kellner und Tanzlehrer: Nein, es gäbe keine Absage. Doch der Tisch blieb leer. Kurz vor neun Uhr wagte ein junges Pärchen, ebendort Platz zu nehmen.

»Trink wenigstens was.« Kais Vater schenkte Max Mosel ein: »U-Boot-Fahrer sind hart!« Er hatte bemerkt, dass der Junge gegen Tränen kämpfte. Eine halbe Stunde später stand Max mit seinem Fahrrad verschwitzt vor Annes Elternhaus. Es war stockdunkel. Als er mehrfach klingelte, regte sich nichts. Er warf Kiesel vom Gartenweg zu Annes Fenster: nichts.

»Was bist du so traurig?«, fragte ihn Babette am Morgen vorwurfsvoll.

»Weiß nicht.« Er schmiss sich auf sein Bett und sah durchs Fenster, wie der Sturm zulegte. Wo war sie? Nachmittags fuhr er erneut zu Annes Elternhaus. Eine Nachbarin sagte: »Was suchst du hier? Die sind weg.«

Max' Seelenzustand kümmerte Babette keinen Deut: Ihr Jüngster könne sich »mal nützlich machen«, mal helfen, mal die Küche vom *Jacob* säubern und mit Sagrotan wischen, mal die Gasträume im Erdgeschoss mit Blick zur Terrasse staubsaugen und »falls du deine Güte vollmachen könntest« auch das Speisezimmer im Obergeschoss! »Die Toiletten riechen nicht gut«, mäkelte Babette. Der Koks im Kohlebunker müsse näher zur Heizung geschaufelt werden.

Babette spannte Max derart ein, dass er sich wehrte: »Weißt du, dass ich noch zur Schule gehe und Hausaufgaben zu erledigen habe?«

Sie antwortete: »Du bist neuerdings so merkwürdig.« Die Arbeit half ihm nicht, müde zu werden.

Wo ist Anne?, war sein einziger Gedanke, der ihn wie rasend umtrieb. In seiner Verzweiflung betete Max im Dunkel seiner Dachkammer, Anne möge wieder da sein. Irgendwie. Er würde dann auch fest an Gott glauben, versprach er in die Stille.

Babette und Jean Marie mussten ein paar Worte über Max gewechselt haben, denn Jean Marie erkundigte sich: »Kann ich dir helfen. Ist es so schlimm?« Babette jedoch beschied auf Kölsch: »Es kütt, wie's kütt.«

Seitdem redete Max nur das Nötigste mit ihr. Im Bertha-Lyzeum weigerte sich die Sekretärin, Auskunft zu geben. Ihre Klassenkameradinnen, die er nach dem Hockeytraining befragte, wussten nicht, weshalb Anne Knall auf Fall fort war. Carola, ihre beste Freundin, meinte, sich zu erinnern, es sei schon lang von einem Mädcheninternat im

Wallis oder einer Boarding School bei Toronto die Rede gewesen. Annes Vater habe ständig geschimpft: Anne sei die einzige Tochter, die haltlos, ungezogen sei und auf alles Widerworte habe. Anne habe daheim viel geweint. Max passte den Postboten ab. Der hieß allenthalben: der »Zwerg in Uniform«. Dessen Kopf reichte nicht über die Lenkstange des Fahrrads. »Nein, die Preuss, die sind nicht mehr da«, sagte der Zwerg. »Die haben Briefe bekommen von der US-Botschaft in Bonn.«

Am Dienstag fegte wieder Weststurm übers Haus. Das Dachgebälk knarrte und ächzte. Bald, in den nächsten Tagen, so hoffte Max inständig, kommt das Lebenszeichen von ihr: eine Postkarte, ein Luftballon, ein Anruf, irgendetwas. Wenn nicht an ihn persönlich, so doch vielleicht an ihre Freundin. Irgendetwas.

Es blieb bei Hoffnung. Denn auch Tage und Wochen später kam nichts.

»Die Maschine hat hart aufgesetzt, schrecklich gewackelt, konnte aber normal ausrollen«, berichtete Trinquier, der, früher als geplant, noch am Mittwoch mit Air France von Le Bourget nach Hamburg geflogen war.

Janka hatte abends im Haus gejubelt: »Wir feiern bis Sonntagfrüh.« Trinquier hatte sich schnell verabschiedet und Janka gedrängelt, ihm im Hotel beim Auspacken zu helfen. Mit dem *Hotel Jacob* war es wie mit allem in Babettes Leben: Es schwebte sozusagen im »Claire-obscur«. Die langjährigen Pächter kümmerten sich nur noch um Zimmerbelegung, Bettwäsche, Sanitär und Heizung. Im Übrigen stand das Hotel wieder einmal zum Verkauf. Der weiße Fachwerkbau hoch über der Elbe musste einen echten Liebhaber finden. »Frühstücken können Sie im kleinen Restaurant gegenüber. Das gehört nicht zu uns, ist aber ganz bequem. Sie brauchen nur über die Straße«, sagte derweil die Matrone, welche die Rezeption bewachte.

Babette hatte sich in den Kopf gesetzt, die antiquierten Gasträume mit einem rauschenden Fest zu erfüllen. Sollte das Wetter es zulassen: Auf der Lindenterrasse, die Max Liebermann im Sommer 1898 gemalt hatte, könne man ja Champagner reichen und nach den Sternen greifen. Das Gesundheitsamt hatte zwar ausdrücklich jegliche Nutzung der Küche untersagt, aber was scherte das Babette?

»Der Pächter bekommt seinen Obulus, punktum!«, beschied sie. Jean Marie hatte sich vor Lachen auf die Schenkel geklatscht, als Max ihm erklärt hatte, wie es um das *Hotel Jacob* wirklich bestellt sei. »Deine Mère at Chuzpe.«

Freitag 18 Uhr sollte sich die Gesellschaft zum Aperitif einfinden. Eine halbe Stunde später sollten als Auftakt warme Miesmuscheln gereicht werden, danach die Mockturtlesuppe als Appetitanreger für den Wiener Tafelspitz mit Karotten, Wacholder und Lorbeer. Für neun Uhr waren Variationen von Käse geplant, für die Damen Malakofftorte. Gekrönt werden sollte der Abend von Austern. »Grad das Rechte zur Nacht«, lachte Babette. Für Chablis und Bordeaux hatte Jean Marie zu sorgen.

Selbst Ruth war geladen. »Zum Lichtzünden?«, fragte sie.

Alice hatte gemahnt: »Sei nicht so orthodox, Ruth!« Ein Fest, bei dem sich Jung und Alt richtig amüsieren sollten, das wünschten sich Babette und Jean Marie. Ja, es könne ab und zu Sprachschwierigkeiten zwischen den vielen Franzosen und Deutschen geben.

»Aber keine Verständigungsprobleme«, meinte Janka.

Alice amüsierte sich: »Ich befürchte ernstere Probleme zwischen Hamburgern, Friesen und Bayern.« Denn selbst Jes und Angelika Reinhardt waren aus den Staaten angereist und Dr. Pressler hatte die alte Bahnsen ohne Rücksprache von Föhr mitgeschleppt. Angelika war noch fülliger geworden. Sie sprach original Münchner Amerikanisch, weshalb Jean Marie stöhnte: »Parbleu, ich versteh die nette Dicke nicht.«

Beide fanden sich indessen auf den ersten Blick so sympathisch, dass sie sich immer einmal drückten, wenn sie sich begegneten. Jes verhielt sich nachdenklich. Die Rote Flotte sei eine wachsende Bedrohung.

So konnte das Fest auch nicht »hochnotvornehm« – wie die Gastgeberin formulierte – werden, zumal abgesehen von den jungen Ärzten und Krankenschwestern der Kliniken, wo Babette ihre Verkaufsausstellungen improvisiert hatte, auch einige Damen und Herren ihrer Einladung zugesagt hatten, die Achim als »Milieu« charakterisierte. Babette korrigierte ihn: »Das waren ehrliche, anständige Schwarzmarktleute. Sie haben mich um keinen Pfennig betrogen.«

»Es pfeift hier in Hamburg aber ordentlich«, meinten die Gäste, die am Mittwoch und Donnerstag eintrudelten und es sich in den Hotelzimmern des *Jacob* bequem machten. Die kahlen Äste rauschten. Auf den Rasenflächen neben der Remise kauerten Dutzende von Ringelgänsen. So viel Wasser hatte die Nordsee bereits in die Elbe gedrückt, dass bei Flut Wellen über den Uferweg spülten. Wegen des anhaltenden Nordwests waren weder Fenster noch Außentüren zu öffnen. Am Donnerstagabend flaute der Wind merklich ab.

»Vielleicht können wir uns morgen Abend in Ruhe auf der Terrasse zuprosten«, hoffte Babette. Sie irrte: Kurz bevor Max am Freitagmorgen seine Schultasche nahm, krachte ein gewaltiger Eichenast nebenan zu Boden. Rad fahren zu wollen, war illusorisch. Der Rundfunk warnte in den Frühnachrichten: »Das Hochwasser in Hamburg wird voraussichtlich zwei Meter fünfzig bis drei Meter höher als das mittlere Tidehochwasser eintreten.« Sturmtiefs, die von Island über Südengland in die Nordsee wirbeln, sind für Hamburger alltäglich wie Ebbe und Flut. Man bleibt besser daheim oder zieht Gummistiefel und Öljacke an, um die Fensterläden zu prüfen.

»Bleib zu Hause«, sagte Babette. Aber Max wollte nicht. Dachziegel klapperten, wo er entlangging. Sie lösten sich, wurden von kräftigen Böen mitgerissen und zerschellten krachend auf Straßen und Gehwegen. Einige Lehrer erschienen nicht zum Unterricht. Der Orkan tobte, donnerndes Rauschen erfüllte die Luft. Man vernahm selbst Martinshörner nicht mehr. Interessierte es Max? Ohne Anne schien ihm das Chaos rundum wie ein übler Film, dem er distanziert aus der Ferne zuschaute. Erstaunlich am Wetterszenario des 16. Februar 1962 war eher, dass sich der Kern des Azorenhochs kräftig bis über die Biskaya hinaus vorgeschoben hatte und mit seinen Ausläufern bis zu den Hebriden reichte. So ergab sich an diesem Wintertag ein Druckgefälle von fast siebzig Millibar, das wie eine rasende Düse Kaltluft in die Deutsche Bucht pumpte.

Bei Anlieferung der Speisen um elf Uhr morgens orgelte es permanent mit zehn Windstärken. »Hättet ihr nicht einen besseren Tag auswählen können?«, riefen die Köche, während sich zwei gegen die Tür zum Gastraum stemmten, damit sie nicht mit Gewalt zuschlug. Ab und an rasten Feuerwehrwagen aus Blankenese Richtung Innenstadt. Mittags hämmerte der Orkan mit Windstärke zwölf über die Stadt.

»Kümmre dich um den Heizungskessel im Hotel«, hatte Babette befohlen. Ihre Besorgnis traf zu. Der heftige Luftzug im Schornstein brannte den Koks in abenteuerlicher Geschwindigkeit zu Asche. Ansonsten liefen die Vorbereitungen wie geplant. Babette erschien schon um vier Uhr, wies noch einmal die Mädchen ein, die sonst im *Dorfkrug* bedienten: »Seht ihr adrett aus, miene Deerns?« Die schauten besorgt aus den Fenstern, solange schwaches Tageslicht noch das Naturschauspiel erkennen ließ, das sich am Fuß des Geesthangs ereignete. Der Elbstrom war weiß von Schaumkronen. Hochwasser war bereits um drei Uhr eingetreten. Doch von Ebbe war auch Stunden danach nichts zu merken. Stattdessen lief die See unvermindert auf. »Das ist ja wie das Meer«, sagte eine Bedienung. »Gut, dass wir hier oben sind.« Die andere meinte: »Finkenwerder geht unter.« Das Vorland des Deichs, wo Anne und Max gesessen hatten – er sah es selbst –, war seit Stunden überspült. Kein Schiff, kein Lotsenboot war unterwegs.

Die Gäste trafen früher ein. Die Pontons des Fähranlegers Teufelsbrück waren zwischen den Holzdalben drei Meter hoch aufgeschwommen. Wasserfontänen schossen aus den Gullys der Elbchaussee. Ein Taxifahrer sagte: »Es dauert nicht lange, dann ist die Fahrbahn überspült. Die Elbe wird den Jenischpark überfluten.«

Max' älterer Freund Dieter wohnte in einem Haus direkt in der Senke. Teppiche, Bilder, Geschirr, Silber und Bücher schleppte der während dieser Nacht in den ersten Stock.

Babette strahlte. Sie trug ihr neues Abendkleid mit einem Glockenrock aus dicker roter und einem schulterfreien Oberteil aus weißer Naturseide. Jean Marie wirkte im Stresemann älter – beinahe erwachsen. Als ihn französische Freunde wegen des Anzugs neckten, sagte er selbstironisch: »Das is bäste Zeischen von deutsch-französiesche Koabitation.« Er nahm Babette unter den Arm. Alles klappte wie am Schnürchen. Ruth hatte einen hochroten Kopf: Sie vertrage keinen Champagner, entschuldigte sie sich. Es war ein kleiner Franzose namens Xavier, der sie verwirrte.

Beim Servieren des Tafelspitzes verlöschten die Wandlampen. Das schien keinen zu stören. Die Leute lachten und Babette tastete sich zur Küche. »Funktioniert wenigstens das Telefon?«, rief sie. Lediglich die blauen Flammen der Gasherde verbreiteten spärliches Licht. Die Köche schritten durch den Saal und entzündeten die Kerzenleuchter auf den Tischen. Die Gäste sprachen lauter, lachten mehr und Wein floss in Strömen.

»Man kommt nicht mehr nach Hause«, sagte Alice zu Dr. Pressler. Die Bahnsen saß schweigend neben ihm. Sie schüttete mehrfach den Inhalt ihres Glases in das des Arztes, sobald er es geleert hatte. Die Jazzband spielte *Sentimental*

Journey, als eine Hammerböe das Gebäude erzittern ließ. »Das ist mehr als Windstärke zwölf da draußen«, war man sich einig.

Ein scharfer, heulender Luftzug kam aus Richtung des Windfangs. »Da ist er ja«, sagte Babette zu Jean Marie. Die Kerzen flackerten. Gute Beobachter hätten meinen können, sie habe für Sekunden zufrieden gelächelt. Schönrock zupfte seine Krawatte zurecht und blickte sich um. Er wirkte in dieser ausgelassenen Gesellschaft mit seinem zweireihigen Anzug und Schuhen mit erhöhtem Absatz deplatziert. Jean Marie sagte später: »Ich hätte über ihn stolpern können.«

»Mein Bester«, rief Babette enthusiastisch und schwebte Schönrock entgegen, »setz dich neben die liebe Frau Bahnsen. Sie ist eine welterfahrene Frau. Sie kann dir viel von New York erzählen.«

Erst einmal solle er den Tafelspitz in Ruhe genießen. Sie habe da übrigens noch das Paket aus Zürich. »Es liegt für dich bereit auf dem Bord, da – in der verschlossenen Abseite. – Alles wird sich finden.«

Süßsaurer Miene wandte sich Schönrock dem Tafelspitz zu. Zur Bedienung, die ihm Chablis einschenkte, nörgelte er: »Wollen Sie mich damit vergiften?« Worauf die dralle junge Frau ihn etwas betreten anschaute, aber dann plötzlich anlachte: »Selbstverständlich, gnädiger Herr.«

Während Käse gereicht wurde, sangen Freunde von Jean Marie ein Lied von François Villon. Alice amüsierte sich königlich. Sie winkte Babette zu: »Zu, zu, zu unanständig, aber köstlich!« Die befürchtete, dass der Wein nicht reichen würde, wenn die Gäste im gleichen Tempo weitertrinken würden. Pünktlich um elf wurden die Austern auf Servierwagen in den Saal geschoben und Jean Marie brachte ein Hoch auf die Köche aus. Nasse Handtücher wurden gereicht, für wenige Minuten verstummten die Gespräche. Draußen bellte der Orkan.

Die Balken und Sparren des Fachwerkgebäudes ächzten. Feuerwehrwagen waren draußen nicht mehr zu hören. Die Elbe hatte die Senke von Teufelsbrück längst geschluckt. Auf der Insel Finkenwerder und im Alten Land war kein Licht zu erblicken. Die Gäste feierten jedoch immer ausgelassener. Ein Herr aus dem Milieu zog ein lebendes Kaninchen aus dem Hut. Die jungen Ärzte und Krankenschwestern tanzten derart unschicklich, dass die Dobretsberger noch Jahre später davon erzählte. Selbst Schönrock soll tüchtig mit einer der Krankenschwestern poussiert haben. – Hieß es später.

Um vier Uhr früh hatten die Köche sich auf den Heimweg machen wollen. Daraus wurde nichts, weil weder Busse noch S-Bahnen verkehrten. Eigene Autos besaßen sie nicht. Draußen herrschte Chaos. Äste, eine lange, rot-weiß gestreifte Markise versperrte die Straße. Als Max in der Remise Licht einschalten wollte, tat sich nichts. Es gab keine Elektrizität, denn auch die beiden Kohlekraftwerke Hamburgs standen inzwischen unter Wasser. Die Musiker hatten es sich im Hinterzimmer des Hotels auf dem Fußboden, so gut oder schlecht es eben ging, bequem gemacht. Unter großen Badelaken suchten sie vergebens, Schlaf zu finden. Babette, Jean Marie, Janka und einige Unentwegte saßen im Saal noch um sechs Uhr morgens am Tisch zusammen und prosteten sich mit schwerer Zunge zu.

Das ohrenbetäubende Knattern von Hubschraubern des Heeres, die ständig Rettungseinsätze vom Jenischpark aus nach Finkenwerder und ins Alte Land flogen, weckte Max. Er hatte keinen Tropfen Alkohol getrunken. Babette und Jean Marie zeigten sich einsilbig, als sie in der heimischen Küche auftauchten. Im Radio wurde ständig über die Flutkatastrophe berichtet: Eine Naturkatastrophe unbeschreiblichen Ausmaßes habe die Millionenstadt heimgesucht. Alle Sender spielten getragene Musik. Von Hunderten Toten und Tausenden Obdachlosen war die Rede.

Am Sonntag flaute der Wind merklich ab. Segelfreunde wollten helfen. Sie ließen den schweren Jugendkutter zu Wasser, pullten über den Strom und durch die breiten Deichlücken, die die Seen geschlagen hatten. Den Bombenkrieg hatte die Insel Finkenwerder überstanden, in der Orkanflut aber war sie abgesoffen: Hunderte Kadaver toter Schweine und Rinder trieben mit aufgedunsenen Leibern leblos zwischen Obstbäumen, Balken und Hausrat. Einen Trecker hatte die Flutwelle auf die Diele eines Fachwerkhauses geschubst.

Frost überzog inzwischen die Misthaufen der Bauernhöfe mit Eis. »Die Ratten sind darunter gefangen«, sagte ein Bauer zufrieden. Die Mauer seines Gehöfts war auf der Nordseite eingedrückt. »Die Biester werden sich gegenseitig fressen, wie bei den Menschen.« In der Astgabel eines Kirschbaums am Westerdeich hing die Leiche eines kleinwüchsigen Mannes. Max und seine Segelfreunde ruderten dicht vorbei. Die Astgabel war jedoch zu hoch, um die Leiche zu bergen. – In der Nacht darauf träumte Max von Anne und schwor sich, nie aufwachen zu wollen.

Viele Leichen konnten selbst zehn Tage nach dem Orkan nicht identifiziert werden. Das *Handelsblatt* brachte als erste Zeitung die Kurznotiz, worin es hieß, der neue Vertriebsvorstand der Ambiance werde seit geraumer Zeit vermisst.

Max fragte Babette: »Warum hast du das getan?«

»Er ließ mir keine Wahl«, antwortete sie.

Alles auf Anfang

Es war der typische New Yorker August. Schwülheiße Luft brütete in den Straßenschluchten Manhattans. Manchmal, wenn der Verkehrslärm für Sekunden erstarb, vernahm man das eintönige Sirren und Rauschen Zehntausender Kühlaggregate. Kein Windhauch erleichterte das Atmen. Sein blau-weiß gestreiftes Oberhemd klebte am Körper. Jackett und Schlips streifte Max ab: »Be casual!« Selbst den Enten auf dem Pond im Central Park wurde die Hitze zur Qual. Sie bewegten sich kaum, steckten ihren Kopf unter die Flügel. Auf dem Uferweg unterm Sonnenschirm versorgte ein Verkäufer Kinder mit Eis.

Im UN-Gebäude am East River hatte die Debatte diplomatischer Schlaumeier über die Schwächen des amtierenden Präsidenten Jimmy Carter nicht enden wollen. Nach einem Wahlsieg von Ronald Reagan sei eine Zuspitzung des Ost-West-Konflikts zu befürchten. Das Gerede der Kollegen hing Max zum Hals raus. Carter sei der typische Südstaatenspießer, spottete obendrein ein Diplomat aus Rom: Er kümmre sich als US-Präsident lieber darum, wer auf den Tennisplätzen des Weißen Hauses spielen dürfe, als um den Machtkampf im Kreml.

Der Central Park erfüllte Max mit Gelassenheit. »Wer nicht an Wunder glaubt, ist kein Realist.« Das Wort Ben Gurions schoss ihm durch den Kopf. An diesem himmelblauen Donnerstag wollte sich Max nur aufs Segelwochenende in

Newport freuen. Ein amerikanischer Journalist, der als UPI-Korrespondent Jahre in Bonn verbracht hatte, hatte ihn eingeladen.

»Mäxchen?«

Er drehte sich um, er konnte es nicht fassen.

»Max, mein Mäxchen, bist du's?«

Das Publikum auf den Bänken und Sesseln spitzte die Ohren. Eine Frau in enger Jeans erhob sich aus dem wuchtigen Holzsessel, schob ihre schwarze Sonnenbrille hoch auf ihr dichtes blondes Haar und ging ohne Zögern direkt auf ihn zu. Das Kindchenschema ihrer Stirn, die hohen Wangenknochen, die Lachfältchen um die großen blauen Augen – achtzehn Jahre war es her, dass er sie zuletzt berührt hatte. Max spürte ihre vollen Lippen und den merkwürdigen Höcker ihres verwachsenen Brustbeins. Er konnte nicht von ihr lassen.

»Warum hast du mich eine Ewigkeit warten lassen?«, sagte sie.

Das Taxi setzte Anne und Max Ecke Ninth Avenue/Gansevoort Street vor Annes Wohnung ab. Der Westen von Greenwich Village begann sich zu mausern. Als Max dem Fahrer die Dollarnoten reichte, sagte Anne: »Beeil dich. Vite, vite! Wir müssen noch zehn Kinder zeugen.«

Die Tochter von Anne und Max, an einem stürmischen Nachmittag in Amsterdam gezeugt, wuchs in Hamburg zu einer ebenso attraktiven wie klugen jungen Frau heran. Sie erreichte das achtundzwanzigste Lebensjahr. In der Nacht vor dem mündlichen Staatsexamen wurde sie in ihrer Hamburger Studentenwohnung von einem militanten Salafisten überfallen und erdrosselt.

Inhalt